석파란

석파란

초판 1쇄 찍은 날 2012년 3월 30일
초판 2쇄 펴낸 날 2012년 11월 30일

지 은 이 | 류서재
펴 낸 이 | 서경석

편 집 장 | 권태완
책임편집 | 조수희
디 자 인 | 이혜정

펴 낸 곳 | 도서출판 청어람
등록번호 | 제1081-1-89호
등록일자 | 1999. 5. 31
어람번호 | 제10-0012호

주소 | 경기도 부천시 원미구 심곡2동 163-2 서경B/D 3F (우) 420-822
전화 | 032-656-4452 팩스 | 032-656-4453
E-mail | chungeorambook@daum.net
HOMEPAGE | http://www.chungeoram.com
NAVER CAFE | http://cafe.naver.com/goldpenclub

ISBN 978-89-251-2817-7 03810

석파란

류서재 장편소설

옳음과 옳음을 양팔저울에 동시에 올려놓으면 어느 쪽으로 기울 것인가. 한쪽 옳음을 내려놓고 그름을 올려놓으면 양팔저울은 어느 쪽으로 기울 것인가. 당사자가 바라보는 시선에서는 옳음과 그름만 이 보이고 타인이 바라보는 시선에서는 옳음과 옳음이 있을 뿐이 다. 당사자와 타인이 소속된 집단을 묶는 통념도 옳음과 그름의 개 념에서 자유롭지 못하다.

조선 말 격동기 양팔저울에는 세 부류의 사람들이 올라가 있다. 성리학과 동학과 서학을 따르는 사람들이다. 민중의 시선으로 보면 옳음의 접시에는 동학과 서학이 올라가 있고 그름의 접시에는 성리 학이 올라가 있다. 위정자의 시선으로 보면 옳음의 접시에는 성리 학이 올라가 있고 그름의 접시에는 동학과 서학이 올라가 있다. 당 사자의 입장을 벗어나면 타인의 시선이 보이듯이 집단의 개념을 벗 어나면 자연의 이치가 보인다. 세상사 무엇이든 한쪽으로 심하게 기울어지면 자연적으로 평형을 이루려는 반동의 힘이 생긴다.

인간 사회의 시비와 충돌은 이데올로기의 순수성과는 무관하다.

낭만 없는 사랑에는 성욕만 남고 인간 없는 이데올로기에는 권력욕만 남는 것이니 계급과 집단의 개념에 우선하는 인간 그 자체만 유의미하다. 작가로서 주인공을 내세우지 않았고 옳음과 그름을 설정하지 않았다. 인간사를 조감하는 시선을 유지하며 옳음과 옳음을 대칭으로 올려놓았다.

이 소설에는 서사를 이끄는 주인공이 없고 다만 군상이 있을 뿐이므로 그림으로 치면 인물화가 아니라 풍속화이다. 이하응은 주인공이 아니라 격동기에 서 있는 한 인물일 뿐이다. 서사적 낭만은 석파란으로 대신했다. 이 소설에는 국립중앙박물관의 석파란 11점을 게재했다. 아름다운 그림들을 보며 문장의 행간에 숨은 유토피아를 생각했다.

2012년 3월 류서재

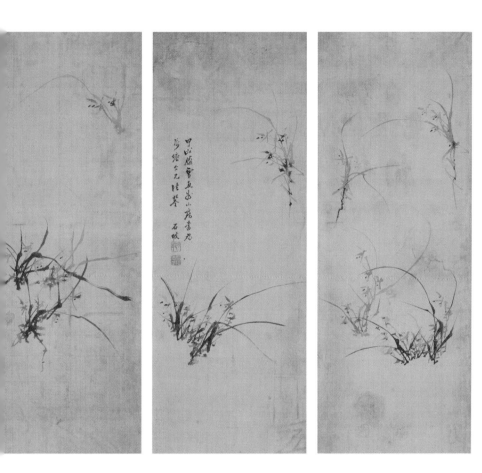

전(傳) 이하응(李昰應, 1820—1898) 필(筆) 묵란도(墨蘭圖), 82×32㎝, 국립중앙박물관

1장

네 마음이 내 마음이다

기와 담장 주위로는 아무 소리도 들리지 않았다. 소리가 없었기 때문에 움직임이 없었고, 움직임이 없었기 때문에 평화로웠다. 조대비는 조용한 평화를 눈으로 음미하듯 바라보았다. 소소한 나무들 사이에서 울음을 우는 새는 없었고 화려한 꽃들 사이를 나비가 날고 있었다. 소리가 없었기 때문에 나비의 율동은 움직이는 그림처럼 보였다.

조대비는 방문을 열면 그림처럼 들어오는 풍경을 좋아했다. 방문으로 보이는 꽃들은 액자를 걸어놓은 것처럼 크기가 꼭 맞아야 했다. 조성하는 방문 크기에 맞춰 꽃을 심었다. 꽃 주위 돌에는 천년의 시간을 의미하는 목숨 수(壽) 글자를 음각했다. 철쭉 옆으로 매발톱꽃이 야생 냄새를 풍겼고, 매발톱꽃 옆으로 가막살나무, 때죽나무, 오동나무 잎들이 비밀스런 그늘을 만들었다.

방문이 많은 집이어야 했다. 사방으로 벽보다 방문이 많아서 바람이 수시로 드나들어야 했고, 마당에는 꽃들이 계절 따라 피어서 꽃이 없는 날은 없어야 했고, 햇빛, 비, 눈이 하늘에서 자유롭게 내리는 대로 볼 수 있어야 했다. 조대비 말에 따르면 자연은 자유롭지 않고 실서정연했다. 조대비가 원하는 것은 자유가 아니라 질서였다.

방금 전의 비질이 느껴질 만큼 깨끗한 마당이었고, 노비들은 마당을 돌아다니지 않았다. 집주인 조성하의 특별 지시였다. 조대비는 일 년에 예닐곱 차례 조카의 집에 들르고 있었다.

방문이 열린 만큼 햇빛이 들어왔다. 햇빛은 투명하게 움직였고, 숨어 있던 먼지들이 드러났다. 뭉텅 풀어지는 햇빛과 탁한 먼지들과 방문 문살마다 숨어 있는 그림자들. 그림자의 굴곡은 방문에 남아 있었다. 조대비는 방문 밖의 햇빛을 쳐다보다가 다시 종이로 눈길을 돌렸다.

무엇을 보고 있는 것일까. 조성하는 남몰래 한숨을 쉬었다. 조대비가 온다는 기별을 받자마자 서둘러 집 단장을 했던 것이다. 열흘 전이라도 미리 기별을 받으면 좋겠지만 기별은 빨라야 삼 일 전이었고, 갑자기 당일에 찾아오는 적도 많았다. 시간이 없는 것을 핑계 삼아왔지만 조대비의 취향을 맞추기가 어려웠고, 조대비의 안목을 맞출 사람은 조선에 없었다.

조대비는 궁궐에서 못하는 일을 사가에서 하고 싶어 했는데 그것은 남의 눈을 의식하지 않고 방문을 활짝 열어놓는 것이었다. 사람 없는 곳에서 자연을 완상하는 것이 조대비의 취미였다. 방문 밖으로 지나가는 사람이라도 보이면 조대비는 난색을 표하며 방문을 닫았다. 감옥 안에서 세월을 보낸 사형수처럼 낯가림이 심했다. 삼 년 전에 남자 노비가 마당을 지나가다가 호되게 곤욕을 치른 일이 있었다. 노비는 태형을 받아 초죽음이 되어 대문 밖으로 쫓겨났고, 조성하는 차가운 마당에서 이슥한 밤이 들도록 석고대죄를 해야 했다. 조대비는 그 후로 삼 년 동안 조성하 집에 들르지 않다가 최근에 와서야 다시 들르기 시작했다.

조성하는 조대비의 얼굴을 조심스럽게 쳐다보았다. 조대비의 감성은 바늘처럼 날카로워서 방심하다가는 언제 찔릴지 알 수 없었다.

—요즘 어울리는 사람이 있느냐.

교방이나 저잣거리를 기웃거리며 소일하는 조성하는 얼른 대답하지 못했다. 어울리는 사람들이 한량이나 기녀 정도인데 금방 대답하면 부끄러움을 모른다는 꾸중을 들을 것이다. 조대비는 친정 조카의 얼굴을 뚫어지게 쳐다보며 조용히 대답을 기다리고 있었다. 조대비의 눈초리가 예사롭지 않았으므로 조성하는 더더욱 대답을 못했다. 조대비는 상대방 눈빛의 움직임만 보고도 거짓을 가려낼 만큼 예민했다.

—이 묵란의 주인이 누구냐.

아, 묵란 이야기였구나. 조성하는 내심 안도하며 옅은 숨을 몰아쉬었다. 조대비는 중전을 의식하기 때문인지 조성하를 궁궐로 부르지 않았으므로 사가에서 조대비 수발을 들기에는 늘 진땀이 났다. 독서량이 많은 조대비는 대화하기가 어려운 상대였다. 여인의 몸으로 특히 어려운 정치 문제에 관심이 많았다. 사가에 들르면 세간의 이야기를 이것저것 묻고는 했는데 그건 정치와 관련된 일이었다. 때로 조대비의 속내를 알아차리기가 어려워서 대답하는 정도를 가늠하기도 어려웠다.

조성하는 묵란의 주인이 기녀라고 선뜻 대답하지 못했다. 조선에서 제일 높은 여인에게 천한 기녀의 이름을 함부로 입에 올릴 수는 없었다.

—누가 그런 묵란을 소장하겠습니까.

시중에 흔한 묵란이다. 게다가 표구를 하지 않아서 종이 귀퉁이마다 손때가 잔뜩 묻은 묵란이었다. 이리저리 사람 손을 타서 종이는 구겨질 대로 구겨져 있었다. 누군가 돈을 주고 묵란을 샀다면 표구를 했을 것이다.

—고작 묵란을 산 사람 정도를 알고 싶은 것이 아니니라.

조대비 음성이 목 안에서 쇳소리를 내며 차가워졌다. 조성하는 황급히 고개를 숙였다. 돈에 대해 묻는 질문이 아니었던 것이다. 조대비 입장에서 돈이란 쇳덩이 이상도 이하도 아니었다. 궁궐에 사는 조대비에게 돈이 필요한 적은 단 한 번도 없었다. 돈의 가치를 넘어선 자의 의중을 헤아리지 못하고 냉큼 속물적인 대답을 한 상황이었다.

—누가 그린 묵란이냐.

조대비는 잠깐씩 묻는 동안에만 조성하를 쳐다보면서 눈길은 여전히 묵란을 떠나지 않았다. 조성하는 뭔가 말을 하려다가 울컥 목이 메었다. 하루에 하는 일 중에서 그림 보는 걸 유일한 소일거리로 살아온 조대비다. 남다른 안목 때문에 웬만한 그림에 대해서는 눈길을 끈다는 말을 하지 않았다. 조대비는 그림을 안 본 지가 꽤 오래되었다고 말하고 있었다. 그림 보는 일과를 소홀히 했다는 뜻인지 그림 보는 안목이 흐려졌다는 뜻인지 알 수 없었다.

그것은 일종의 벽(癖)이었다. 그림뿐만이 아니라 방 안 물건이나 바깥 풍경에 이르기까지 조대비는 깐깐한 안목을 여지없이 드러냈다. 조성하가 어렵게 수소문을 해서 명작과 명품을 구해와도 조대비를 만족시킨 일은 단 한 번도 없었다.

방 안을 정성껏 꾸며놓으면 조대비는 허접한 물건들을 바라보는 눈초리로 차갑게 쳐다보았다. 속뜻이 분명한 멸시였다. 방 안을 단순하게 치우라는 것이 궁녀를 통해 전한 말이었다. 조성하는 단순하게 하라는 말에 그 뜻을 몰라 당혹해했다. 수를 줄이라는 말인가, 아니면 한 종류로 꾸미라는 말인가. 궁녀는 유용한 물건으로 최소화하라고 덧붙였다. 조성하는 궁녀를 붙잡고 물어대다가 면구스러워져서 입을 다물었다. 사람이 만든 물건보다 정원의 꽃들은 그나마 나았다. 정원이 욕먹는 일은 없었지만 그렇다고 별다른 말도 듣지 못했다.

조선의 그림은 물론이고 당나라, 명나라, 일본 그림까지 손에 쥐고 살던 조대비다. 조각을 하기에 굵고 긴 비녀들과 화려한 뒤꽂이들은 조대비를 위해 특별히 맞춤 제작되었다. 조선의 내로라하는 장인들이 당나라 측천무후의 노리개를 은근슬쩍 모방했다가 태형을 당한 일도 있었다. 조대비는 무엇과 무엇이 닮았는지를 즉석에서 알아냈다.

조대비가 가진 소유물들은 세상에서 유일한 것들이었다. 유일한 것을 가진 자의 자부심은 함부로 경험할 수 없기에 완전히 이해될 수도 없었다. 자연은 똑같은 게 하나도 없다는 것이 조대비의 지론이었다. 조대비가 원하는 것은 오직 다름이었다. 장인들은 다름을 찾아내기 위해 밤을 낮처럼 살아야 했다. 보통 사람 눈에 보이지 않는 다름을 찾아낸다는 것은 먼지 한 알갱이까지 구별하는 예민함이었고, 보통을 넘는 과도함이었다. 장인들은 일을 쉴 때에도 감각이 무디어지지 않게 늘 예민해야 했고 늘 과도해야 했다. 조대비의 마음을 읽는 것이 구름의 수를 헤아리는 일보다 어렵다는 말은 그때 생겨났다. 그러나 그건 권력을 쥐고 살던 과거의 일이다.

조대비는 격이 낮은 칠보 장롱과 주칠 문갑으로 꾸민 방 안을 둘러보다가, 조선이 망해가는구나, 침울한 얼굴로 장탄식을 했다. 상거래가 엉터리로 행해지고 있다는 말이다. 조선에서 내로라하는 장인이 만든 진품들은 몇몇 거물 사이에서 암거래로 이루어지고 있었고, 그 거래에 누가 개입되어 있는지는 알 수 없었다.

어울리는 사람이 없는 것이냐? 예. 조성하가 부끄러운 표정으로 겨우 대답했다. 쯧쯧. 조대비는 고개를 흔들었다. 조성하가 한량이나 기녀들과 어울리는 것을 조대비는 알고 있었다. 한 계절에 두세 번씩 사가에 들러 조카의 얼굴을 보는 것이 낙이라면 낙이었다. 만나는 사람들이 바뀌어야 조성하도 바뀌는 것이었고, 조성하가 바뀌어야 자신의 처지도 바뀌는 것이다.

—궁을 옮기면서 그림을 안 본 지 꽤 오래되었지만 내 눈에 녹이 슬진 않았을 터인데 말이다. 이건 여자가 그린 묵란이 틀림없어.

조대비는 눈을 몇 번 깜빡였다. 온몸의 감각을 차단하고 오로지 묵란에만 집중하는 눈빛이었다. 정확한 직감이 내공이라면 내공이랄까. 방 안을 고독하게 지키는 초로의 여인에게서 나오는 직감은 직관 이상이었다. 묵란의 주인이 여자인지 남자인지 맞히는 것쯤은 알려고 하지 않아도 저절로 아는 것처럼 아주 사소했다.

─권력에서 밀려난 십여 년 동안 잃은 것은 사람이고 얻은 것은 직관이다. 어떤 여자인지 알아보아라.

조성하는 찬물을 덮어쓴 표정으로 난색을 표했다. 조대비는 묵란의 주인을 향해 말을 걸 듯이 상상에 빠진 얼굴이었다. 묵란이 사람이라면 아주 오랜만에 대화 상대를 만난 듯했다.

─청초한 아름다움이 난초의 꽃말이나 이 난초에게는 범접할 수 없는 아름다움이라 부르고 싶구나. 천상천하 유아독존의 기품이랄까. 잡스런 인간들 위에서 여유롭게 홀로 피어 있는 듯해. 아름다움이 저기 있는데 함부로 범접할 수가 없다면 차라리 슬픈 것인데 말이다.

방문 밖을 쳐다보는 조대비의 얼굴에는 갑자기 생기가 흘렀다. 방문 밖이 아니라 이 세상 너머 피안을 바라보고 있는 듯했다. 영원히 지지 않는 꽃. 묵란은 영원을 붙잡고 있었다.

─어찌 여자라고 장담하시오니까.

─나를 의심하는 것이냐.

자존감을 다친 여인의 불같은 역정이었다. 아, 아니옵니다. 조성하는 황급히 조아렸다.

─남자에게서 이런 필획이 나올 리가 없다. 공간 분할은 심미감

에서 나오느니라. 심미감은 그윽한 미야. 슬픔도 조화를 이루면 기쁨에 가깝지. 이 슬픔을 보아라. 먹물은 눈물인 듯 깊이를 알기가 어렵고 난엽들이 서로 닮은 듯 어울리며 미세한 차이를 드러내고 있어. 이 섬세한 필획은 가슴의 슬픔을 누르고 옷고름을 단단히 맨 여인의 당찬 마음인 것 같구나.

—허면 미세한 차이들을 자로 재면서 그린 묵란이 아니겠나이까. 어찌 눈으로만 그렸겠나이까. 어찌 손으로만 그렸겠나이까.

—눈에 보이지 않는 미세한 차이 말이니라. 눈으로 식별되는 차이를 표시하는 자와는 다르지. 이건 그린 사람의 영혼으로만 잴 수 있는 차이야.

—천의무봉이란 말씀입니까. 그림에도 천의무봉이 있단 말씀입니까. 그린 사람의 공력이 그 정도인 줄은 몰랐나이다.

—인위적인 시선으로는 절대 보이지 않으니 천의무봉이지. 흔치 않은 통찰력이다. 범상한 관찰력으로는 오를 수 없는 경지니라. 종이의 여백과 먹물이 어울리는 지점은 사람의 눈으로 보이는 게 아니라 생각의 눈으로 보이는 것이니.

조대비는 묵란을 쳐다보며 내내 즐거운 표정이었다. 조성하는 자신이 애써 꾸민 방 안을 불안한 눈으로 쳐다보았다.

—자기 생각이 많지만 얼음 조각의 결정처럼 정확하고 겨울 물속처럼 사려 깊지. 섬세하다, 날아간다, 두 단어가 절묘하게 표현된 묵란이다. 이 붓질은 수천 번, 수만 번의 연습을 통과한 선이야. 음. 그런데 누구에게 무엇을 빼앗긴 것일까. 가슴의 통증을 앓지 않고서 이런 선이 나올 수가 없어. 여기(餘技)로 그린 그림이 아니다.

─마마, 왜 빼앗겼다고 보시나이까.

─빼앗긴 자만이 볼 수 있는 게 있느니라.

조대비는 묵란의 여백을 손가락으로 쓸었다. 허공의 바람을 조심스럽게 쓸어내듯이. 그리고는 손가락 자국을 남긴 듯이 여백을 바라보았다.

─바람에 흔들리는 꽃이 아니라 바람을 거느리는 꽃 같다. 바람보다 강하고 서늘한 기운이 느껴지는 것이. 사람 곁에 붙어 있으나 온기 없는 칼과 같구나. 사람을 보호하는 칼처럼 꽃을 보호하는 것은 난엽들이야. 꽃에서 기백이 흐르는 것은 난엽들 때문이다.

─마마, 천한 기녀의 묵란이옵니다.

조성하는 몹시 곤혹스런 표정을 지었다. 계속 잠자코 있다가는 잠자코 있었다고 날벼락을 맞을 것이다. 조대비는 왜 하필 미처 치우지 못했던 종이에 눈길이 꽂힌 것일까. 종이는 청색 보료와 흰색 베개 사이에 반쯤 끼어 있었다. 계집종이 방 안을 치우면서 미처 보지 못했던 것이다.

조대비의 소문은 북한산 빨래터 궁녀들의 수다거리로 전락하고 말았다. 궁궐 방귀신이라는 별명이 붙은 조대비의 귀에 들어가는 걸 두려워할 궁녀는 없었고, 조대비는 듣고도 모른 척해야 할 입장이었다. 권력을 빼앗긴 조대비는 살아 있는 전설이었는데, 살아 있는 전설이 전하는 진리는 화무십일홍이었다. 사람들의 시샘 때문에 아름다운 꽃은 명이 짧아야 했다. 세상을 차지하는 수많은 이파리를 위해 꽃은 활활 불타는 색깔을 거두고 조용히 날개를 접어야 하는 운명인 것이다.

음. 조대비는 교방에서 얻은 그림이라는 말에 심하게 흔들리는 듯했다. 호기심 어린 눈빛은 실망으로 확 흐려졌다.

—난엽들이 바람을 가르는 날카로운 검무 같은데, 기녀가 이렇게 연습할 시간이 있을까.

조대비는 실망을 감추려고 조금 웃었다. 안목이 흐려졌음을 인정하는 억지웃음이었고, 억지웃음에는 운명에 대한 비관마저 묻어 있었다. 강한 확신이 어처구니없는 일들에 깨지는 경우는 종종 있었다. 중대사는 뒤에서 다가오는 사소함을 이기지 못했다. 기녀의 묵란 따위에 이렇듯 마음이 흔들리다니. 조대비는 머리카락 한 올 흘러내리지 않은 이마를 쓸어 넘기며 조심스럽게 뒤꽂이를 매만졌다.

—누구냐. 기녀지만 이름 있는 여인이냐.

조성하가 말없이 고개를 가로저었다.

—천한 기녀 중에서 간혹 이름 있는 기녀가 있던데 말이다. 붓놀림이 이리도 예리한데 이름이 없다니 안됐구나. 술 취한 사내들만 바라보는 기녀의 경험이라는 것이 일천할 터인데. 아침이면 등 돌리는 남자를 바라보는 비애는 세상의 비애에 비하면 쌀알 반쪽만도 못한 것이다. 반쪽이 다 무엇이냐. 반쪽의 반쪽만큼도 안 되느니라.

조대비의 얼굴은 실망으로 확 붉어져 있었다. 묵란의 주인이 기녀인 것을 인정하기 싫은 듯 자꾸만 말을 하고 싶은 표정이다. 조대비는 방문 밖으로 확실하게 시선을 돌렸고, 더 이상 묵란을 쳐다보지 않았다. 조성하는 조대비의 눈치를 살피며 조심스럽게 말을 꺼냈다.

—마마, 오늘은 대궐로 들어가지 않으시는 게 좋겠습니다. 창덕

궁 거리가 소란스럽습니다.

창덕궁에서 농민 시위가 있는 날이었다. 금년 들어 이미 서너 번 있는 일이다. 농민들은 수문군들이 총칼로 위협해도 흩어졌다가 다시 모여들었다. 무서운 기세로 달려드는 물살에 위태로운 모래성을 쳐다보듯 조대비는 손안에 쥔 묵란을 다시 쳐다보았다.

—망극하게도 전하를 뵙기를 청한다 하옵니다.

농민들이 대신들이 드나드는 금호문도 아닌 왕이 드나드는 돈화문 앞에서 불법 시위를 하는 것은 대역죄였다. 창덕궁 길거리는 농민들의 고함으로 술렁였고, 창덕궁은 한 척의 범선처럼 거대해 보였다. 바람이 불어오면 범선은 좌로 기우뚱해졌고, 바람이 지나가면 우로 기우뚱해지면서 수평을 잡는 듯 보였다. 농민들이 몰고 온 바람은 어디로부터 달려와서 어디로 몰려가는지 몰랐다. 사람들의 고함 소리만 그때그때 흔적처럼 남았다.

—지방에서 탐관오리들의 행패가 심각하다 하옵니다. 박규수가 진주로 내려가 겨우 처리했다 하옵니다.

—그런데도 아직 끝나지 않은 것이냐.

—진주뿐만 아니라 다른 지방에도…….

조성하는 조대비의 눈치를 살피며 우물우물 대답했다. 흉년에 굶주리고 환곡에 허덕이는 농민들은 불한당이 되어 관아의 창고를 털었다. 남쪽 경상도 단성에서 시작된 민란은 진주에서 심각해졌고, 2월 18일에 시작된 진주 민란은 농민들의 6일 천하로 끝났다. 그러다가 다시 한양으로 농민들은 세를 불려가며 이동했고, 민란이 번져 나가는 지역이 70개가 넘었다는 보고가 들어왔다.

―허면 언제쯤이면 끝이 나느냐!

조대비의 목소리가 격해졌다. 조대비의 눈동자는 방 안을 불안하게 떠돌다가 방문 밖 담장에 가서야 멎었다. 담장에는 야생화가 피어 있었다. 조대비가 온다는 기별을 듣고 들판으로 나가 뿌리째 고이 뽑아온 매발톱꽃이다. 매발톱꽃의 화사함은 끝물에 가 있었다. 곧 낙화할 시간이었다. 조대비는 매발톱꽃을 바라보고 있는 것일까. 조대비의 눈빛이 잠깐 움직였다.

차라리 잘됐구나. 조대비는 깊은 슬픔에서 힘들게 빠져나오는 듯 미간을 찌푸렸다. 슬픔은 아무리 깊어도 다른 사람과 공유할 수 있는 것이 못 되었다. 다른 사람에게 의지하려고 하면 할수록 슬픔은 또 다른 의미로 왜곡되었다. 동종의 슬픔은 없었다. 서로를 이해한다 해도 이종의 슬픔일 뿐이었다. 내가 돌아갈 궁궐은 없으니까. 조대비가 중얼거렸다.

―망극한 말씀 거두시옵소서.

―누가 나를 알아볼까. 야밤에 비단옷 입고 걸어가는 팔자가 아니냐.

조대비가 힘없이 말했다. 권력을 잃은 여인은 날개를 꺾인 새처럼 어깻죽지를 힘없이 내렸다. 아니옵니다. 아니옵니다. 조성하는 눈앞이 흐려지는 슬픔에 머리를 수없이 조아렸다.

―기다리옵소서. 북한산 화계사에 정성으로 기도를 올린 지 오년이 넘었나이다.

조대비는 가벼운 두통을 느끼며 두 손가락으로 이마를 쓸었다. 내가 왜 기도라는 말을 들어야 하지? 조대비는 의문에 찬 눈길을 보냈다.

—종교란 인간에게 당한 인간이 마지막으로 찾는 관념일 뿐이다.

—마마, 믿으시옵소서.

—흥. 기도를 들어주는 신이 있다면 인간의 아부를 좋아하는 신인가 보구나. 너는 내게 고작 기도 이야기를 전하는 것이냐. 작년에도 기도만 하더니 올해도 기도만 하고 있는 것이냐. 네가 할 수 있는 일이 고작 기도밖에는 없는 것이냐.

조대비는 말끔히 소제된 방바닥을 노려보았다. 마음의 행로를 잃은 여인은 방바닥의 무엇을 더듬고 있었다. 목소리는 어느 때보다 차가웠으며 차가움으로 참담함을 가렸다.

조대비의 용잠만이 함부로 낮아지지 않는 지존을 표현하고 있었다. 조대비는 조성하 집에 머물 때에만 화려한 당의를 입고 용잠과 뒤꽂이로 머리치장을 했다. 조성하의 집은 조대비의 별궁이었다. 조대비는 별궁에 머물면서 지존의 자존심을 즐겼다. 조대비는 자존심을 거울처럼 꺼내어 자신을 비추고 또 비추었다.

북한산 화계사 이야기를 꺼낸 조성하는 머리를 숙인 채로 할 말을 잃었다. 한때 권좌에 앉아 있던 여인은 신 앞에서도 낮아지지 않는 자존을 가지고 있었다. 그런 여인을 위로할 수 있는 건 사람밖에 없었다. 기도는 희망이 아니라 절망을 드러내는 것. 조성하를 노려보는 조대비의 눈에 서슬이 퍼랬다. 조대비의 꿈은 검고 어두워서 어쩌면 신과 대결하는 것인지 몰랐다. 조선 궁궐의 왕좌는 어둠 속에 서 있는 나무처럼 음산했다.

—지금 내 마음을 고작 부처에게 의지하란 말이냐. 우리 풍양 조

씨들이 의지할 데가 고작 신이란 말이냐? 안동 김가들처럼 사람을 데려와, 사람!

탕! 탕! 탕! 방 밖에서 들리는 세 발의 총성이었다. 조대비와 조성하의 눈길이 불안하게 마주쳤고, 조대비의 무릎에서 난초가 떨어졌다.

—무엇이냐! 또 천주학쟁이들이냐!

조대비는 비명을 지르듯 소리를 내질렀고, 단정한 어깨가 심하게 흔들렸고, 희끗한 머리에 꽂은 용잠이 몇 번 움직였다. 조성하는 불안해하는 조대비를 따라 어쩔 줄을 몰랐다. 조대비는 기해년의 일을 떠올리고 있었다.

기해년(1839)은 아들 헌종이 왕위에 있을 때였고, 풍양 조 씨 가문이 정쟁의 날을 세울 때였다. 조대비가 말하는 천주학쟁이들은 벽파의 정적인 시파의 무리를 의미하는 것이었다. 시파는 서학에 우호적이었고, 세례를 받은 천주교인이 많았다. 벽파는 프랑스외방전교회 신부 모방(Maubant)을 비롯해서 신부 두 명과 천주학교도 119명을 처형했고, 마을마다 오가작통법을 실시해서 서로를 감시하게 했다. 한 집에서 천주학교도가 나오면 나머지 네 집까지 처형했다.

—마마, 고정하시옵소서. 아니옵니다.

조성하가 고개를 푹 숙였다. 조대비는 아들 헌종이 가장 왕다웠던 시절, 풍양 조 씨가 세도를 누리던 시절을 잊지 못하고 있었다. 과거의 그늘에서 서성이는 그림자처럼 조대비는 방문 밖을 노려보았다. 바깥 풍경을 알 수 없도록 높이 세운 담장이다. 바깥사람들도 집 안을 들여다볼 수 없도록 높이 세운 담장이었다.

전(傳) 이하응(李昰應, 1820—1898) 필(筆) 묵란도(墨蘭圖), 82×32㎝, 국립중앙박물관

탕! 탕! 탕!

이하응은 사랑방에서 난을 치다가 어깨를 움찔했고, 붓질은 어긋
났다. 총소리를 들으며 붓을 댄 순간 난엽은 그 자리에서 푹 꺾여
버렸다. 귓가의 총소리는 사라졌고, 종이에 남은 것은 빗나간 선이
었다. 이하응은 화가 난 표정으로 종이를 마구 구겨서 방문으로 휙
던졌다. 방문 앞에는 종이 뭉치들이 나뒹굴고 있었다.

집이 창덕궁과 가까운 탓이었다. 금년 들어 농민들은 서너 달에
한 번꼴로 궁궐 앞에서 시끄럽게 시위했다. 수문군들이 모두 붙잡
아 신분 조사를 해보면 농민들도 아니었다. 과거에 농사를 지었던
장사를 했던 지금은 생계가 막막한 양민들이었다. 수문군들 입장에
서는 농민들을 붙잡는 일도 시들해진 모양이었다.

이 세상 어디가 도원(桃源)이냐. 도원은 아득한 거리에서 등
돌리고 있구나. 싸움 끝에 남은 적막을 책임질 자는 누구냐.

이하응은 남은 먹물로 글자를 휘갈겨 쓰고는 늘어지게 하품을 했
다. 지독히 권태로운 날들이다. 총소리가 들려도 권태롭기는 마찬
가지였다. 방 안에 칩거한 지 달포가 지나 있었다. 기방에서 잠을
자거나 술 먹고 시회 패거리와 싸움질하다가 그것도 싫증이 나면
종친 모임에서 바둑을 두다가 바둑판을 엎어버렸다. 어쩌다가 술기

운에 김병기 멱살을 움켜쥐고 주먹을 날리면 기분은 화끈하게 풀렸는데 거물을 건드린 만큼 후환이 컸다. 언제 어디서 쥐도 새도 모르게 죽을지 모를 일이라서 적어도 한 계절은 방 안에서 두문불출해야 했다. 김병기를 교방에서 만났다가 술상을 엎어버린 이후로 지금은 얌전히 앉아 묵란을 치는 중이었다.

나는 어느 쪽이냐. 왕족 아닌 왕족으로 살고 있으니 어느 계급에도 끼지 못한 잉어의 존재였다. 이하응은 종이를 무릎으로 바짝 끌어당겼다. 총소리에 잠깐 멈췄던 그림이다. 요즘 들어 안평대군의 꿈을 자주 꾸고 있었다. 안평대군은 수양대군에 맞서다가 계유정란 때 사사된 인물이다. 옆구리에 검을 차고 있지는 않았지만 칼날을 쓰다듬듯 보이는 얼굴이다. 권력의 비운으로 스러진 왕자. 안평대군은 사랑방에서 붓을 놀리고 있었다. 학창의를 입고 좌정한 몸에는 비범한 의지가 보였다.

서안 위에는 소원화개첩(小苑花開帖)이 보였다. 여인의 치마인 듯 보이는 황홍색 비단이었고, 무더운 한여름을 지낸 치자 열매 색깔이었다. 황색과 홍색이 한곳에서 묶인 색깔. 황색과 홍색의 중간쯤 되는 색깔은 여름과 가을이 겹친 날씨에 툭 떨어진 열매와 비슷했다. 그리고 광활한 평원을 가르는 듯 활달한 글씨. 행서체 56자. 꽃잎처럼 점점이 수놓은 송설체 글씨. 검은 글씨는 꽃술처럼 보였고, 황홍색 비단은 글씨를 품은 꽃잎처럼 보였다.

황홍색은 초희라는 기녀가 자주 입던 치마 색깔이네. 새벽이슬처럼 짧은 만남이었지만 내가 온몸으로 사랑했던 유일한 여자일세. 초희. 검을 품고 돌아온 가슴을 달처럼 물컹 안아주던 여자. 계집이 사내 품에 안기는 것 같지만 사내도 계집 품에 안길 때가 있어. 특히 정적(政敵)이 많은 사내에게 때로 계집은 어머니와 같지.

초희는 검을 무서워하지 않았어. 방 안에서 헤어지고 나서 일 년을 떠돌다 온 가슴은 검처럼 무겁고 아주 위험했는데. 초희는 가슴에 안겨오는 날카로운 위험을 알고 있었어. 사람은 외로울수록 검을 든다는 걸. 사람은 외로울수록 붓을 든다는 걸. 그녀는 알았지. 지상낙원을 꿈꾸는 사내는 위험하다는 걸. 사람도 알고 사내도 아는 계집의 품은 하늘가를 떠도는 달 같은 젖가슴과 달 같은 둔부를 가졌다네. 두 눈동자는 하늘의 별이 내려온 것처럼 사내의 영혼을 끌어당기지. 초희와의 밤은 위험함과 달콤함을 알고 있는 사람들끼리의 은밀한 교미였지.

뱀의 혀처럼 유혹적인 입술과 남자의 손길을 잠시 허용하는 다리. 나는 초희의 두 다리에 머리를 처박고 홍도화 냄새를 흠씬 맡고는 혼곤한 잠에 그대로 빠졌네. 짧고 덧없는 생을 알고 있는 남녀의 정사는 교미하면서 죽는 벌레와 같았어. 그 자리에서 죽어도 좋았지. 나는 바깥 풍상에 꺾일 대로 꺾여서 마지막으로 여자에게 돌아간 것일세. 새벽 방문에 칼이 꽂혀 있는 적도 있었으니까.

삼십이 안 된 안평대군은 계집도 알고 세상도 알았다. 인간도 알고 사랑도 알고 권력도 알고 비리도 알고 죽음도 알았다. 세상의 모든 것을 알고 있는 안평대군이 모르는 것은 오직 꿈속이었다. 위에서 한눈에 내려다보듯 그리는 부감법이 그림에만 있는 것이 아니었다. 세상 풍상을 겪고 난 안평대군의 붓질에는 부감법이 배어 있었다.

아, 송설체로 쓴 몽유도원도의 발문. 이하응은 탄식했다. 아름다운 도원을 이야기하고 있으나 처절한 죽음을 잉태하고 있는 글이었다. 안평대군은 알고 썼을까, 모르고 썼을까. 지독한 권태로움은 사라지고 참담한 슬픔과 격렬한 그리움이 가슴에 들어찼다.

이하응은 황홍색 비단을 눈으로 쓸었다. 황홍색 비단에 먹으로 쓴 글씨는 새처럼 날렵했다. 안평대군의 학창의 소매가 지나가자마자 종이는 천지를 끌어안은 듯 커졌다. 그 옆에는 응축된 듯 절제되고 퍼진 듯 자유로운 세계가 있었다. 허공까지 꽉 차오른 듯 빼곡한 세계. 치자색 바탕 때문이었다. 뼈대로만 질감을 살린 몽유도원도였다. 먹물의 농담 따라 계곡물이 흐르고 있었고, 치자색 여백 때문에 복숭아나무에는 꽃이 만발했다.

이하응은 몽유도원도를 한참 들여다보다가 묵란을 쳐다보았다. 산, 바람, 흙, 이름 없는 것들 위에서 피는 지란. 이하응은 몽유도원도의 잔상 때문에 얼떨결에 붓을 떨어뜨렸다. 붓은 종이의 공간을 떠돌다 방향을 잃은 것처럼 방바닥으로 툭 떨어졌다. 아, 여기는 내 방이었나. 이하응은 방 안을 낯설게 둘러보았다. 안평대군은 옆에 없었다. 꿈은 날아갔다. 백일몽은 깃털이 단단한 새처럼 허공으로 날아올라 방 밖으로 사라졌고 방 안에는 아무런 흔적이 없었다.

이하응은 한숨을 쉬며 방문가로 시선을 돌렸다. 햇빛이 뚜렷한 낮이었다. 사백 년 전의 안평대군이 살아 있다면 당장에 만나서 술 한 잔 하고 싶었다. 동시대를 살아가는 친구처럼 그를 만나고 싶었다. 무릉도원의 꿈을 꾸었지만 꿈을 한 번도 잊은 적이 없는 사내. 주위에 여자들이 많았지만 참된 여자를 볼 줄 알았던 사내. 권력의 암투에 청운의 뼈를 꺾인 비운의 왕자.

이하응은 몹시 아쉬운 얼굴로 붓을 들었다. 붓에는 먹물을 묻히지 않고 맹물을 묻혔다. 조금만 시간이 지나면 금방 마르는 맹물은 꿈처럼 덧없었다. 눈을 뜨면 꿈을 잊는 현실도 덧없었다. 그러나 맹물이 금방 말라 버려도 거기 맹물이 있었다는 것을 아는 사람은 알리라. 맹물 자국을 본 사람은 덧없는 맹물이 수많은 글자였다는 것을 알게 되리라.

이하응은 꿈을 적어 내려가기 시작했다. 옛 사람의 감정과 통하니 그 사이에 가로놓인 시간을 따지는 일은 무색했다. 안평대군도 간밤의 꿈을 현실로 옮기기 위해 수탉이 새벽 깃을 치기 전에 서둘러 사랑방으로 화공을 불렀으리라.

이하응은 방바닥에 붓을 대고는 자유롭게 선을 그었다. 맹물은 투명해서 방바닥만을 드러냈다. 맹물에 밀려난 먼지가 길을 만들고 있었다. 붓은 금방 말랐다. 이하응은 붓에 다시 맹물을 묻혀 과거와 현재의 구별을 지웠다. 시간이 쓱쓱 지워지고 있었다. 이하응은 방바닥에 빼곡하게 글을 적어 내려가기 시작했다. 징검다리 물을 건너듯 씩씩한 글씨였다.

—한가롭게 도원을 거닐다 문득 깨어 보니 조선이었어. 그리고 글씨를 썼지.

—독특하군요. 종이에 먹으로 쓴 송설체(松雪體)뿐만 아니라 청색 비단에 쓴 주서(朱書)[1] 말입니다.

—나는 필법이 굳센 송설체를 좋아했네. 특히 먹으로 쓰거나 주서로 써서 굳셈을 표현했네. 굳센 사람은 화가 많은 법이야. 송설이 걸으로는 고요해 보이나 속은 뜨거울 걸세. 한겨울의 강물처럼.

조선에 화가 나서 일필휘지로 썼지.

—그리도 화가 났나이까.

—화가 났지. 죽어서는 저절로 신선 세계로 들어가겠지만 살아서는 화가 나야 도원을 이루는 것일세. 혼자서만 화를 내면 재미없지. 나 같은 바보가 있었어. 박팽년이라고. 같이 화를 내다가 마음이 통했지. 도원으로 가는 길동무로. 그런데 도원에 가 보니 최항과 신숙주도 와 있더라고.

—신숙주는 변절했나이다.

—아. 그랬나. 그 친구 참.

—이건 돌아가시기 삼 년 전의 글인데 알고 쓰셨나이까.

—아마도 나는 곧 신선 세계로 돌아가리라 생각했었나 보네. 허나 어찌 내 죽음이 수양대군 한 사람 때문이겠는가. 내 본디 천성이 유벽한 곳을 즐겨 천석(天錫)의 회포를 지녔다네.2)

---

1)주서(朱書) : 붉은 글씨.
2)회포 : 몽유도원도 발문 中

—천석의 회포. 하늘이 내려준 회포라. 허면 도원은 무엇입니까.

—함부로 낮아지지 않는 격조일세.

—함부로 꺾이지 않는 격조를 표현하려고 먹으로 글씨를 쓰셨나이까.

—붓보다 단단한 먹으로 발문을 썼지. 단단한 먹이야말로 뼈보다 단단한 가슴의 울음이 아니겠는가. 비해당 매죽헌에서 쓴 글씨지. 자네는 무엇으로 화를 내려고 하는가.

—마음의 눈으로 무엇을 바라보느냐는 뜻인지요.

—그렇지. 무엇으로 도원을 표현하려고 하는가.

—이 세상에서 가장 완벽한 선을 가지고 있으나 가장 무방비해서 사람들이 스스로 조심하며 시간이 다 해야 다만 스러질 뿐인 아름다움으로 표현하고자 하나이다.

—꽃?

—예. 꽃입니다.

전(傳) 이하응(李昰應, 1820—1898) 필(筆) 난도(蘭圖), 125×44㎝, 국립중앙박물관

이하응은 꿈이 스러져 간 방문을 노려보았다. 햇빛은 뿌연 창호지 쪽으로 스쳤다. 띠살문이었다. 세로 날살에 가로 띠살이 세 군데를 가로질렀다. 문살은 각이 진 곳마다 어둠을 숨겨놓고 있었다. 문살을 쳐다보면 사람이 보였다. 지란을 그리다가도 사람이 보였고, 사람을 생각하다가 지란을 그렸다. 사람의 눈동자가 지란의 꽃잎으로 보였고, 지란의 이파리들은 사람의 눈썹처럼 휘어졌다. 생각이 많은 날은 그림을 망친 날이었다. 무념무상. 이하응은 눈을 감았다. 기단을 조심스럽게 걸어오는 소리가 들렸다.

―보름쯤 걸릴 거야.

민씨 부인이 조심스럽게 신발을 벗다가 고개를 들었다. 또요? 민씨 부인이 방문을 열고 급히 들어왔다. 여러 번의 외출이다. 아내가 그리 놀랄 일은 아니었다.

―아까 창덕궁 앞 초군 때문에 그러세요? 모두 쉬쉬하지만 진주에서는 수천 명이었다고 하는데 도대체 어딜 가신다고 그러세요.

이하응이 벼루를 윗목으로 밀어냈다. 민씨 부인이 방바닥에 떨어진 붓을 들어서 붓걸이에 세로로 걸었다. 민씨 부인은 여기저기 뒹굴고 있는 종이들을 불안하게 쳐다보았다.

―농민들이 관아로 쳐들어가서 환곡징수를 취소한다는 문서를 받아내고는 아전들을 불태워 죽였대요. 조선의 법은 양반이 양반을 위해 만든 법이니 그 법 치우라고 악을 썼대요. 다른 향리 집에도 불 지르고 사람 죽이고 재물을 약탈하고도 의적이라고 생각한대요.

―박규수가 내려가서야 겨우 진정이 됐다는군. 농민 편을 들자니 관리가 충성하지 않을 테고 관리 편을 들자니 불난 집에 기름 끼얹

는 꼴이고. 양측 다 공평하게 벌을 주었다는데. 농민 열 명 사형, 스무 명 곤장형, 탐관오리는 스무 명을 파직하고 유배했다는데 말이야.

—끔찍해요. 아무리 관리가 잘못을 했다 해도 위아래가 있는 법인데. 농민들이 도대체 무슨 법을 들이대면서 싸우는 건지 알 수가 없어요.

—여기저기 시끄러우니 이세보나 만나볼까. 북송의 주돈이는 국화를 은일자라고 했는데 이세보의 시에서는 국화 냄새가 나. 그래서 강진으로 귀양을 갔나. 에이, 국화 같은 인간.

이하응의 눈빛이 가라앉았다. 행동하는 시인의 시어는 훔칠 수도 흉내 낼 수도 없었다.

—대사헌 대감을 탄핵하는 상소를 올렸다는 왕실 종친 말씀이에요? 귀양 간 사람은 왜요?

민씨 부인은 어떤 말로 남편을 붙잡을 수 있을까, 몹시 다급한 표정이었다. 제주도로 귀양 간 이하전도 사약을 받고 죽은 상황이다. 왕을 움직이는 건 안동 김 씨 가문이었고, 김병학 일가는 그물처럼 얽힌 조직이었다. 왕실 종친은 밖으로 돌아다니지 말고 방 안에서 조용히 난이나 치면서 소일하는 편이 이로웠다. 공연히 왕위 계승자로 주목받는 날에는 살아남기 힘들었다.

민씨 부인은 남편 앞으로 한 걸음 더 바짝 다가앉았다. 제발 안평대군은 닮지 마세요. 남편은 가끔 안평대군 이야기를 했다. 민씨 부인은 꿈이 불길했다. 다른 건 말고 그림만 닮으세요. 시, 글씨, 그림에 능해서 삼절이라 불렸다면서요. 그리 뛰어난 분이었다니 그림만 닮으면 돼요. 정치는 닮으면 안 돼요.

민씨 부인은 방바닥을 둘러보며 종이 뭉치를 한 장씩 펼쳤다. 지란은 여기저기 찢어지고 구겨졌는데 먹물은 하나도 번지지 않았다. 남편이 정성스럽게 먹을 갈아낸 흔적은 종이에 그대로 배어 있었다. 밤을 새우셨어요? 민씨 부인은 손바닥으로 자잘한 구김살들을 폈다. 한 장씩 종이를 펼수록 마음이 아파왔다. 오늘은 과작이네요. 민씨 부인은 윗목에 나뒹굴고 있는 종이 뭉치를 다 가져왔다. 종이에는 사람들의 이름이 적혀 있었다. 이항로, 김순성, 이돈, 이사규, 이극선. 이 사람들 누구예요? 이하응이 황급히 종이를 빼앗았다. 민씨 부인이 방문으로 달려가서 두 팔을 벌리고 남편을 막아섰다. 종이의 이름들은 이하전의 죽음에 연루된 사람들이었다. 이하응은 아내의 얼굴을 한참 쳐다보았다. 저고리의 노란색은 탁해졌고 치마는 얼마나 오래 입었는지 흐린 남색이었다. 옷고름을 진한 보라색으로 만들어서 겨우 멋을 낸 듯했다.

—제발, 죽은 사람은 잊으세요. 하전이가 안동 김 씨들 앞에서 이나라가 이 씨의 나라냐, 김 씨의 나라냐 따졌다는 소문도 있어요.

민씨 부인의 눈에 눈물이 고였다. 눈물은 아내의 자존심이었다. 눈가에 고인 눈물에는 왕가의 여인으로 살면서 안으로 삭이고 삭였던 두려움이 있었다. 이하응이 아내의 미간을 쓰다듬듯 쳐다보았다. 민씨 부인은 두 다리에 힘이 빠지는 걸 느꼈다.

—참아야겠지. 그놈의 왕족이 뭔지 하루라도 죽음을 생각하지 않은 날이 없었소. 왕족이 옷이라면 벗어던지고 싶어. 내 마음은 수없이 벗었소. 하지만 내가 벗었다고 생각했는데 아니야. 나도 모르게

또 입고 있소. 내 맘대로 안 돼.

이하응이 고백하듯 말했다. 아내의 눈동자에 고여 있던 눈물이 흘러내렸다. 그냥 시름을 풀려고 여행 가는 거요. 이하응은 아내의 어깨에 가만히 손을 얹었다. 남편의 눈동자에 수백 가지 말이 담겨 있었다. 민씨 부인은 남편을 막을 수 없다는 걸 깨닫고는 그 자리에 주저앉았다. 과한 상상에 가슴이 조여들었다. 이 정체 모를 불안함이 세상일을 모르는 아녀자의 소견 때문이라면 얼마나 좋을까요.

이하응은 병풍을 향해 돌아섰다. 짐을 싸야 할 시간이었다. 병풍 속에도 길이 있었다. 길옆 기다란 바위를 따라 매화꽃이 피어 있었다. 그리고 바위산이었다. 구름과 눈이 똑같이 희었고, 불투명한 흰색을 따라 여백은 확장되었다. 새하얀 설경이 마음을 이끌었다. 햇빛과 꽃 때문인지 과하지 않은 차가움이 느껴졌다. 조선의 어디쯤 분명 있을 것 같은 풍경이었다.

그때였다. 한 사내가 방문을 급히 열고 들어왔다.

―네놈은 누구냐!

―행랑아범!

―사, 살려주시오!

사내의 저고리는 피에 흥건히 젖어 있었다. 방 안에 역한 피비린내가 풍겼다. 사내는 머리에 흰 두건을 두르고 무명옷을 입고 있었다. 창덕궁 농민 시위에 가담한 사내인 것 같았다.

―기, 길거리를 헤매다 대문이 열려 있어서 겨, 겨우 들어왔소. 사, 살려주시오.

사내는 한 손으로 가슴을 부여잡고 피를 흘리며 간신히 서 있었다. 고통스럽게 피 흘리는 몸으로 담장을 넘어 들어왔을 리는 없었다. 이하응은 앞뒤 분간도 못하는 어리석은 사내를 바라보며 몹시 귀찮은 표정을 지었다.

─돌아가라. 국법을 어겨 총을 맞은 농민을 살릴 수는 없다.

─나는 농민이 아니고 서, 선비요. 이름은 최갑수…… 경주 구미산으로 보내주면 꼭 보, 보답을 할 것이오.

흥. 그 꼴에 보답이라니. 이하응이 사내를 노려보았다. 무지렁이 농민이 아니라 글을 읽은 선비라면 더더욱 용서 못할 일이었다. 벼슬길에 나아가지도 못하고 세상을 원망하며 불법 시위나 일삼는 골통임이 분명했다.

─나를 살려주면 후천개벽의 비밀을 알려주겠소. 조선에서 양반이 아주 없어진단 말이오. 이 씨 왕조도 끝장이…….

사내는 문설주를 간신히 붙잡고 숨을 헐떡이며 아주 힘겹게 말하고 있었다. 누구 집인지도 모르면서 다만 비밀을 전한다는 표정이다. 그때 급히 방 안으로 들어온 행랑아범이 몽둥이로 사내의 머리를 후려쳤다. 이하응이 말릴 틈도 없이 순식간에 벌어진 일이었다. 사내는 그 자리에서 힘없이 고꾸라졌다. 사내는 총을 맞아 죽었는지 몽둥이에 맞아 죽었는지 불확실했다. 확실한 건 이하응의 사랑방에서 죽었다는 사실이다. 이하응은 몹시 난처한 표정을 지었다. 농민 시위를 구경 나가면서 대문을 닫지 못한 행랑아범이 그 자리에서 무릎을 꿇었다.

─에구머니. 하필 내 집에서! 수문군에게 당장 데려가라고 하게!

민씨 부인이 역겨운 표정으로 입술을 떨었다. 창덕궁 거리에서 임금을 불러대는 불경(不敬)에다가 왕실 종친 사랑방에 피를 묻힌 죄는 죽음으로도 용서받지 못할 것이었다. 안 돼! 이하응이 난색을 표하며 고개를 가로저었다. 재수 없이 당한 일이라 말한다 해도 문제를 피해갈 수는 없었다. 행랑아범이 대문을 열어놓은 것도 문제였지만 몽둥이로 사내를 후려친 것도 문제였다. 민씨 부인은 우리에게 무슨 죄가 있느냐는 표정이었지만 사내를 어떻게든 대문 밖으로 쫓아내야 했다.

수문군 총에 맞아서 죽었다고 해도 이하응 사랑방에서 죽은 것이고, 행랑아범의 몽둥이에 맞아 죽었다고 해도 이하응 사랑방에서 죽은 것이다. 사내가 죽었다는 사실이 중요한 게 아니라 이하응의 사랑방이라는 사실이 중요했다. 농민 시위에 연루될 가능성이 컸고, 공연히 무고를 당할 위험이 있었다. 왕족이라는 이유로 대역죄를 덮어쓸 판국이니 사내의 죽음이 이하응에게는 익재이지만 김병학에게는 호재인 것이다. 이하응은 잠시 고민하다가 행랑아범에게 죽은 사내를 밤에 몰래 인왕산에 가매장할 것을 지시했다. 행랑아범이 죽은 사내를 행랑방으로 옮겼다.

유모는 피가 묻은 방바닥을 걸레로 서둘러 닦아내면서 사내가 흘린 손수건을 발견했다. 이상한 무늬가 그려진 손수건이었다. 동그라미가 그려진 문양이었는데 물고기 눈알처럼 보였다. 유모는 피 묻은 걸레를 들고 나갔고, 방 안은 피 한 방울 없이 깨끗해졌다.

사내의 죽음을 우연으로 돌려 버리기에는 기분이 썩 좋지 않았다. 사내가 흘린 말 중에 몇 가지 말이 머릿속에 남아 있었다. 후천개벽의 비밀이라는 허황된 말은 궁금하지 않았다. 사교(邪敎)에서 흘러나온 말일 것이다. 그러나 이 씨 왕조가 끝나게 되리라는 말은 마음에 걸렸다. 이하응은 사내의 손수건을 손안에 움켜쥐었다.

경주 구미산이라고 했지. 이하응은 손수건에 그려진 붉은 문양을 노려보며 중얼거렸다. 강렬한 붉은색이 눈앞에서 어릿어릿 움직였다. 동그라미 두 개가 안팎으로 그려진 모양이 성리학자 주돈이의 태극도와 흡사했다. 태극 문양을 변형한 그림이었는데 태극을 뿌리로 하고 있다면 성리학과 무관하지 않은 것이다.

—이퇴계 성학십도의 제일도가 태극이야. 성리학과 농민들이 무슨 관계가 있는지 알아야겠어.

❖

먼 하늘은 늦여름의 물기를 왕창 떨어뜨리고 있었다. 시야가 지독하게 흐린 날이었다. 이하응은 희뿌연 산길을 따라 올라가고 있었다. 한 걸음씩 걸을 때마다 안개는 한 발자국씩만 물러섰다.

어딘가 웅숭깊은 샘물이 있어서 차디찬 허공으로 흰 빛깔을 계속 뿜어내는 것 같았다. 이하응은 안개로 꽉 차 있는 길을 걸어가다가 저도 모르게 아, 심호흡을 했다. 안개 속에서 맥문동 꽃밭을 딱 마주친 순간 가슴은 선택된 색깔로 흐려졌다. 뿌옇게 퍼진 황금색 바탕에 이리저리 검은 선을 그은 몽유도원도처럼 뿌옇게 퍼진 흰색 바탕에 이리저리 보랏빛 선이 그어진 풍경이었다.

맥문동은 꽃대가 긴 보라색 꽃이다. 하늘로 솟은 기다란 꽃대 때문에 창을 든 병사들처럼 보였다. 기다란 꽃들은 셀 수 없이 빽빽하고 촘촘했다. 사열 중인 병사들처럼 질서 있게 피어 있는 꽃 무리였다. 보랏빛 꽃 무리는 눈동자에 강하게 휘감겨 들었다. 창을 든 병사처럼, 천을 뚫는 바늘처럼 날카롭게 보이는 꽃들이다. 이하응은 맥문동 밭을 넋 놓고 쳐다보다가 꽃대 하나를 슬며시 꺾어 들었다.

흐리고 음습한 안개에 싸인 맥문동 꽃밭에서 어떤 영감을 받은 것은 확실했다. 천재 화공의 그림 속에 서 있는 것처럼 비현실적이고 몽환적이었다. 희뿌연 안개는 흐릿한 먹물처럼 맥문동 주변의 나무들을 하나씩 지웠다. 천공이 내려앉은 곳에 서 있는 것처럼 땅의 경계선은 보이지 않았다. 새하얀 적막 속에서 눈에 보이는 것은 오직 그것으로 전부인 듯했다. 이하응은 안개를 찍어서 그림 그리는 붓을 생각했고, 무림 고수가 쓰는 연검을 떠올렸다. 보이지 않는 바람을 가르는 부드러운 칼날. 지상낙원의 안개를 표현하는 화공이 거기 있는 듯했다.

지지지지, 지지배배, 지지지지.

안개 속에 숨은 새의 울음소리가 지친 발걸음을 이끌었지만 이하응은 그 자리를 떠날 생각을 잊고 있었다. 몽환적 세계와 완벽하게 하나가 되는 순간이었고, 시간은 우뚝 정지했다.

그때 풀숲 흐릿한 안개 속에서 사람들이 하나둘씩 보이기 시작했다. 한 손에 낫을 든 사내들이었다. 사내들은 안개만큼 가까이 다가와 있었고, 눈빛은 적의에 차 있었다. 낡고 더러운 옷에 끔찍하게 마른 몰골들이었다. 핏기 없는 얼굴에 퀭한 눈동자. 굶주린 몰골은 손에 든 낫보다 무서웠다. 이하응은 문득 다가오는 공포와 죽음을 느꼈다.

갑자기 놀란 말은 혼자 내달렸고, 이하응은 말을 쫓아서 무작정 달렸다. 낫을 든 사내들이 바짝 뒤를 쫓아오고 있었다. 이하응은 악! 소리를 지르며 어디론가 쑥 빠졌고, 아무것도 보이지 않았다. 자잘한 흙덩이들이 얼굴로 굴러떨어졌다.

여러 명이 두런거리는 소리가 들렸다. 이하응은 캄캄한 어둠 속에서 힘들게 눈을 떴다. 입속에 흙이 씹혔다. 퉤퉤. 이하응은 입술을 오므리며 침을 뱉었고, 이건 뭐여. 어떤 사내가 구덩이를 향해 소리쳤다. 누군가 밧줄을 휙 던졌고, 이하응은 온 힘을 다해 밧줄을 붙잡았다.

낫을 든 사내들은 아니었다. 이하응은 다리를 가슴으로 끌어당기며 고통스러운 표정을 지었다. 재수 없군. 멧돼지가 아니잖어? 생사람을 잡아놓고도 멧돼지보다 못한 푸대접이다. 사내들은 도끼를 들고 있었다. 눈빛에서부터 못 배운 백성의 몰골을 하고 있었는데 옷은 더럽고 남루했다. 다른 사내들은 죽창을 들고 있었지만 사람을 죽일 만큼 적의가 있어 보이지는 않았다.

구해줘서 고, 고맙소. 이하응은 간신히 일어서며 하대를 버리고 존대를 택했다. 양반의 거드름을 피웠다가는 당장에 죽음을 면치 못할 것 같았다. 이하응은 양반 옷을 입었지만 양반을 잊은 표정으로 물었다. 여기가 어디요? 이하응은 사내들에게 그렇게 호의를 표현했다. 배고픔에 굶주린 거지들을 피해 도망치다가 변을 당했다는 말은 꺼내지도 않았다. 사내들은 때 묻은 도포 자락을 툭툭 털고 있는 이하응을 향해 아무도 대답하지 않았다. 아, 경주 구미산이지. 이하응은 주위를 살피며 혼자 중얼거렸다.

이하응이 사내들로부터 도망갈 궁리를 하는 순간에 어떤 소리가 들렸다. 사내들은 소리 나는 쪽을 향해 몸을 돌려 공손히 고개를 숙였다. 다치지 말라. 웬 사내의 음성이었다. 깜짝 놀라 주위를 둘러보니 집이 보였다. 사내의 목소리는 산사의 풍경 소리처럼 고요하게 울렸다.

이하응은 사내들에게 이끌려 허름한 집으로 들어갔다. 작은 기와집이었다. 집 주변에는 대나무가 무성해 있어 집을 폭 가렸다. 바람은 대나무 밑으로 지나가며 조용히 댓잎을 흔들었다. 사람들은 분주해 보였으나 발걸음은 느렸고, 얼굴은 평온해 보였고, 행동에는 절도가 있었다. 흐트러짐 없는 단일한 질서가 느껴졌다. 여자들과 어린아이들도 가끔씩 지나갔다. 사내들까지 합하면 어림잡아 스무 명은 넘어 보였다.

이하응은 어떤 방으로 들어갔다. 무쇠 문고리가 굵은 방문이 닫혔고, 아랫목에 정좌한 사내가 있었다. 나이가 사십은 됐음 직한 장년의 사내였고, 정자관에 도포를 입고 있었다. 이하응은 사내의 양반 옷차림에 안심하며 윗목에 앉았다. 사내의 표정은 단순했고, 이하응의 표정은 복잡했다. 칼자루를 쥔 자의 여유로움과 칼끝을 잡은 자의 조바심이었다.

이하응을 데려온 사내가 머리를 조아리며 뒷걸음질로 조용히 나갔다. 사내의 몸짓이 과한 복종이 아닌데도 이상하게 시선을 끌었다. 왕족 출신으로 궁궐에 몇 번 출입해 보았어도 환관이나 궁녀들에게서도 보지 못한 태도였다. 복종이 아니라 순종이었고, 사내들의 얼굴에는 부끄러움마저 들어 있었다. 사내들은 마루를 걸을 때도 달걀 위를 걷는 듯 발걸음 소리를 죽였다. 이하응은 거친 사내들을 완벽하게 통솔하고 있는 사내의 정체가 몹시 궁금해졌다.

—여기가 어딥니까.

이하응이 사내를 향해 예를 표하며 물었다. 그 말에는 목숨 때문에 경어를 쓰는 자의 수치심이 어쩔 수 없이 배어 있었다. 이하응이 조선에서 존대어를 쓸 대상은 왕실 어른뿐이었다.

—용담정입니다.

사내의 얼굴에는 표정이 없었다. 저 표정 없는 얼굴에 내공이 있거나 꼼수가 있거나. 이하응이 사내의 표정을 분석하며 속으로 중얼거렸다. 화적패는 아니라는 생각에 일단 안심했지만 불안한 기분은 완전히 사라지지 않았다. 이하응은 사내의 얼굴을 경계하면서 말했다.

—나는 꽃을 찾아왔는데 말이오. 심심산중에 피는 꽃이오. 꽃을 즐겨 그려서 꽃에 관심이 많지요. 깊은 산속에서 사람들을 만날 줄은 미처 몰랐소.

난세에 꽃이라. 사내가 천천히 말했다. 호흡처럼 낮은 음성이었다. 사내가 난세라고 하면 난세인 것 같은 느낌이 들었다. 사내가 꽃이라면 꽃일 것도 같았다.

—이 근처 기후가 어떤지 몰라도 그렇게 많은 맥문동은 처음 보았소. 인상 깊은 꽃이오.

—심심산중 기화요초를 찾는 모양인데, 인간의 욕심을 품고는 꽃의 진가를 알아볼 수 없지요.

사내가 이하응을 뚫어지게 쳐다보았다. 얼굴에 붙은 욕심을 찍어내는 눈길에 이하응은 흠칫 놀랐다. 꽃을 볼 수 있는 자격이 따로 있겠소? 이하응은 사내의 말을 되받아치려다가 꾹 참았다.

산속에서 참선을 오래한 사람에게서 느껴지는 맑은 기운이었다. 수행 중인 남자인 것 같았다. 세상과 절연한 남자라면 속물근성을 싫어할 테고, 세상과 소통하는 남자라면 적당한 선에서 거래를 할 것이다. 사내의 독특한 기운을 해석하기는 어렵지 않았다. 사내의 얼굴에서 특이한 것은 뭔가 내공이 깊은 듯 반쯤 감겨진 눈이었다. 어쩌면 부처의 얼굴을 흉내 내고 있는지도 몰랐다. 이하응의 의심스러운 눈길을 따라 사내의 시선은 정확하게 움직였고, 대화에서는 빈틈을 보이지 않았다. 사내의 눈동자는 보기 드문 용안이었다. 길게 째진 눈매는 잘생긴 귀를 향해 있었다.

사내 옆에는 벼루가 놓어 있었고, 흰 종이에는 글씨가 빼곡했다. 한자였다. 산속에서 혼자 공부하는 선비인가? 이하응의 눈가로 호기심이 스쳤다. 인맥을 따르는 소인이 아닌 듯 보였고, 난데없이 귀양 간 이세보가 떠오르기도 했다. 벼슬길에 나가지 않고 산야에서 혼자 공부하는 유학자는 많았다. 세상을 떠도는 사람 중에는 실력자가 많았다.

—나는 한양에서 온 이하응이오.

—나는 최제우요.

—글을 쓰고 계셨군요. 나도 유학자입니다. 선비는 무슨 공부를 하시오?

—조선을 공부하고 있소.

주자가 해석한 공자의 저술을 베껴놓은 것이라면 모를까, 조선을 공부하는 서책이 따로 있었던가? 이하응은 방바닥의 종이를 훑어보았다. 종이에는 글씨가 빼곡했다. 이하응은 문득 벽에 걸린 족자를 쳐다보았다. 방 안에 들어올 때부터 눈에 걸렸던 것이다.

네 마음이 내 마음이다.

굵은 붓으로 쓴 해서체였다. 이하응은 글자를 오래도록 노려보았다. 오심즉여심(吾心則汝心). 네 마음이 내 마음이다. 자꾸 읽을수록 뜻은 눈에 머물러 있어서 이하응은 문장에서 눈을 떼지 못했다. 다른 데로 고개를 돌려도 다시 문장으로 고개를 돌렸다.

여심즉오심(汝心則吾心), 내 마음이 네 마음이라는 논리와는 정반대였다. 생각의 출발점을 자기가 아니라 상대방에게 두는 것이었다. 여심즉오심은 자기 마음을 상대에게 강요하는 말인데, 오심즉여심은 상대의 마음에 공감하는 말이었다. 상대방의 경계심을 무장해제해 버리는 힘, 그것은 상대방을 향해 마음을 열어놓은 사람만이 할 수 있었다. 그런 마음을 가진 자를 신이라고 명명한다면 사람들은 그 앞에 기꺼이 무릎을 꿇을 것이다. 오심즉여심은 사람 마음에 대한 가장 명쾌한 해석이었다.

이하응은 최제우와 내공을 겨루어보고 싶은 욕구를 느꼈다. 내가 혹시 꽃을 찾아다닌 것이 아니라 사람을 찾아다닌 것은 아니었을까. 발자국에 꽃향기를 남기듯 걸어가는 사람. 이하응은 최제우의 얼굴을 더 자세히 보기 위해 눈을 부릅떴다. 문장과 사람이 일치하는지를 알고 싶은 호기심이었다. 단순하면서도 깊은 눈매였다. 눈동자는 상대방을 끌어당길 듯 강렬했다. 천상천하 유아독존의 얼굴에는 상대방의 신분을 개의치 않는 듯 미소가 가득했다.

…오심즉여심이라니? 말장난으로 무지한 백성을 희롱하지 마시오. 그대 마음이 어찌 내 마음과 같겠소?

이하응이 눈으로 시비를 걸었다. 최제우가 눈으로 화답했다.

…서로의 마음이 통해야 합니다. 마음이 통하질 않으니 난세입니다. 사람들은 각자 자기밖에 모르고 계층 간의 마음이 땅과 하늘의 거리만큼 멀지요. 오심즉여심은 완벽한 일치를 말합니다.

…완벽한 일치란 무엇이오? 신의 뜻이오?

…사람의 뜻입니다.

이하응이 코웃음을 쳤다. 이하응의 의심과 조롱에도 최제우의 표정은 변하지 않았다. 신을 믿느냐 믿지 않느냐의 차이는 바늘구멍보다 작은 것인데 공연히 사람들이 그 믿음을 확대 해석허는 것이 아닌가. 허나 우주의 이치를 모르는 자와 신을 맹신하는 자의 무지는 똑같았다.

…바둑 내기에서 나를 이기면 그대의 궤변을 인정해 주지요.

이하응이 말했다. 최제우는 바둑 둘 생각이 없는 듯했다. 이하응은 오심즉여심 글귀 옆에 걸린 붉은 문양을 노려보았다. 최갑수의 손수건에서 보았던 물고기의 눈이다.

—최갑수라는 사내를 아시오?

이하응이 물었다. 불필요하게 큰 목소리였고, 최제우의 미간이 조금 움직였다.

—무슨 일입니까?

―무슨 일인지는 내가 묻고 싶소.

이하응은 괴나리봇짐에서 최갑수의 손수건을 꺼냈다. 최제우는 붉은 궁을영부(弓乙靈符)를 확인했다. 궁을영부는 꿈속 상제에게서 받은 영부를 최제우가 그림으로 옮긴 것이었고, 동학의 상징으로 사용하고 있었다.

―하늘을 세우는 도는 음과 양이다. 땅을 세우는 도는 강하고 부드러운 것이며 사람을 세우는 도는 인과 의이다. 사물의 시작은 반드시 끝을 잉태한다. 끝이 나야 시작이 되는 이치를 알면 죽고 사는 이론을 안다.[3]

이하응은 최제우를 쳐다보며 주돈이의 태극도설을 크게 읊었다.

―최갑수는 내 양아들입니다.

최제우가 순순히 대답했고, 이하응이 말을 돌렸다.

―우리가 바둑 내기로 천하의 이치를 논하는 것은 어떨지요.

이하응은 어깨를 으쓱해 보였다. 상대방이 누구인지 모르는데 어찌 쉽게 얘기해 줄 수 있겠냐는 표정이다. 이하응은 방문에 어릿거리는 그림자들을 쳐다보다가 다시 고개를 돌렸다. 수하를 거느린 두목 같은데 얼굴에는 제법 먹물기가 묻어·있군. 이하응은 중얼거리면서 최제우의 얼굴을 갈 지(之) 자로 훑어 내렸다. 시대가 어수선해서 그런지 사연이 없는 사람이 없소만. 산중에 있을 얼굴이 아닌데. 이하응이 중얼거리는 소리를 최제우는 듣지 않는 듯했다.

두 사람 사이에 촛불이 흔들흔들 움직이며 옅은 그림자를 만들고 있었다. 제자리에서 아주 조금씩만 움직이는 촛불이다. 촛불의 미

---

3) 立天之道 曰陰與陽 立地之道 曰柔與剛 立人之道 曰仁與義 原始反終 故知死生之說.

동은 최제우의 얼굴로 향해 있었다. 쉬워 보이지 않는 사내의 얼굴을 조심조심 비추는 촛불은 신중해 보였다.

최제우는 잘생긴 사내였다. 믿음직스럽게 다문 입과 뽀얀 미간 사이로 사내다운 굵직한 선이 보였다. 이하응은 촛불을 바라보다가 최제우를 바라보다가 벽에 걸린 족자를 바라보았다. 네 마음이 내 마음이다. 천하의 명기보다 더한 몸매를 가진 글귀다. 쳐다볼수록 눈길이 끌렸고 읽을수록 마음이 끌렸다.

밤은 깊숙한 방에 촛대를 밀어 넣은 주인의 얼굴로 방 밖으로 공손히 물러나 있는 듯했다. 희미한 바람도 방문의 문살을 피해서 지나가는 듯했다. 촛불이 두 남자의 얼굴에 그림자를 만들며 미세한 표정을 숨겼다. 낯선 긴장감이 돌고 있었다. 이하응은 방 밖의 깜깜한 밤처럼 방 안의 적막함이 어색해서 턱수염을 쓸었다. 최제우가 어떤 인물인지는 모르겠지만 방 밖에는 지나가는 사람이 많았고 촛불 밝힌 방에서 방주인과 홀로 독대하고 있었다.

─무극대도를 아는 손님이니 그리 하지요.

최제우가 아주 늦게 대답했다.

방문이 열렸고, 남자 둘과 여자 둘이 들어왔다. 조금 열린 방문으로 새까만 밤이 보였다. 이하응은 달을 보려고 방문을 조금 더 열었다. 바깥바람이 저고리 가슴 자락을 훑었다. 달이 동석해야. 이하응이 말했다. 사내들은 바둑판과 바둑알을 들었고, 여자들은 뜨거운 물과 연차를 준비했다. 한 여자가 공손히 고개를 숙이며 연차를 따랐고, 이하응은 머쓱한 표정으로 고개를 숙이며 찻잔을 들었다. 여자 앞에서 고개를 숙여보기는 처음이다. 흙으로 물이 스미듯 자연스레 몸에 밴 예법을 쳐다보며 이하응은 한풀 기죽은 목소리로 말했다.

─바둑 내기에 문장이 빠질 수는 없지요.

진흙에서 살아도 깨끗한 연꽃이 좋아라
予獨愛蓮之出於泥而不染
줄기가 물결에 흔들리지만 요염하지 않구나
濯清漣而不妖中通外直

이하응이 찻잔을 손가락으로 더듬으며 시문을 읊었다. 주돈이의 애련설(愛蓮說)이었다. 찻잔은 뜨거웠다.

단 하나의 가지에서 나오는 향기가 점점이 퍼지는데
不蔓不枝 香遠益清
맑은 자태를 흠모할 수는 있어도 범접할 수는 없네
亭亭清植 可遠觀而不可褻玩焉

최제우가 나머지 시구로 화답했다. 이하응은 찻잔을 방바닥으로 떨어뜨릴 뻔했고, 찻잔은 손가락 사이에서 급히 기울어졌다. 이하응은 찻잔을 소반에 조심스럽게 내려놓았다. 연잎은 찻잔 바닥에 푹 가라앉아 있었다. 과묵한 사내가 읊어대는 시구에는 단순한 힘이 들어 있었다. 시격을 아는 듯 목소리가 애상적이었다. 이하응이 불콰한 얼굴로 최제우를 쳐다보았다.

국화는 은일자이며,

予謂菊花之隱逸者也,

모란은 부귀를 쫓는 자이며,

牡丹花之富貴者也,

연꽃은 군자를 흠모하는 자인데,

蓮花之君子者也,

아! 도연명 이후로는 국화를 좋아하는 자가 없으니

噫! 菊之愛, 陶後鮮有聞

지금 세상에서는 오직 나 홀로 연꽃을 좋아하는 것인가?

蓮之愛, 同予者何人?

이하응은 나머지 시구를 혼자서 다 읊어버렸다. 마지막 한 구절은 읊으나마나 한 뜻이라는 걸 두 사람은 다 알고 있었다.

민중은 모란을 좋아하는 자들이다

牧丹之愛 宜乎衆矣

최제우가 마지막 시구를 천천히 읊었다. 이하응이 군자의 꽃을 먼저 가져갔으니 최제우는 부귀를 따르는 소인배의 꽃을 가져간 셈이었다. 이하응은 확실히 기선 제압한 것을 느끼며 웃었다. 괜찮은 밤이군요. 이하응이 저고리 가슴에 손을 얹으며 느리게 말했다. 최제우는 경상에 바둑판을 올려놓았고, 이하응은 바둑판으로 여유롭게 다가앉았다.

─도연명은 주돈이보다 육백 년 전의 사람이고 주돈이는 팔백 년 전의 사람이지만 가깝게 느껴집니다.

최제우가 옛 인물에 대해 말하며 꽤 아는 척을 하고 있었다. 흠. 보통이 아니군. 이하응은 팔짱을 끼다가 인상을 썼다. 때 묻은 옷자락 사이로 땀 냄새가 슬슬 기어 나왔다. 한양을 떠난 후 목욕을 전혀 못했다.

─매일 보는 밤이지만 밤이 다르게 느껴지는 건 만나는 사람 때문이 아니겠소. 오늘 밤은 꽤 괜찮은 것 같소. 괜찮은 시문이 절로 생각나는 풍취이니 도연명 형님이나 주돈이 형님을 막 불러내도 결례가 아니겠지요. 낮부터 그랬던가. 아까 보았던 맥문동 꽃이 참 아름다웠소.

이하응이 연차를 따라주는 여자들에게 은근슬쩍 눈짓을 보내며 말했다. 여자들은 가볍게 고개를 숙이며 방을 나갔다.

─맥문동? 혹시 자주감자 꽃을 보신 것은 아닙니까.

최제우가 턱을 가까이 내밀며 조심스럽게 물었고, 이하응은 호전적인 태도로 바둑알을 집어 들었다. 검은 바둑알이었다.

─아니오. 분명히 맥문동이었소. 내가 농사를 짓지는 않아도 감자 꽃을 모르지는 않지요.

이하응은 검은 바둑알을 오른쪽 끝에 탁 내려놓으며 정색을 했다. 최제우는 흰 바둑알을 들고 무슨 생각을 골똘히 하는지 약간 뜸을 들였다.

─둘 다 보라색이고 꽃 모양이 취산화서인 것도 똑같지요.

최제우는 흰 바둑알을 왼쪽에 내려놓았다. 검은 바둑알과 흰 바둑알의 거리는 멀었다. 상대방의 행동을 멀리에서 바라보는 탐색전이었다. 최제우는 결코 서두르지 않는 사내였다. 한눈에 들어오는 흑백의 바둑알들을 쓱 훑었다. 바둑판은 잘 닦인 길처럼 매끄러웠다. 바둑 두는 기술이 다르다 해도 사교 교주에게 밀릴 수는 없었다. 사교 교주와 대국하고 있는 것만으로도 이미 은혜를 베풀고 있는 참이다. 속전속결이 이하응의 특기였다. 판을 오래 끄는 것을 좋아하지 않기 때문에 상대방을 위한 특별 배려가 아니면 기다릴 필요가 없다고 생각하는 쪽이었다. 최제우는 상대방이 고수임을 알아보았기 때문에 일부러 꽃 이야기로 시비를 걸고 있는 건가. 이하응이 고개를 끄덕였다. 아무리 그래도 전혀 닮지 않은 꽃으로 생트집이라니.

연못에 잔물결이 일지 않는 것은 물이 고요하기 때문이 아니라 연꽃이 사람의 시선을 끌기 때문이 아닌가. 물은 끊임없이 움직이고 있는 것을. 나이테 없는 나무가 없듯이 물결 없는 물은 없는 법. 조급증을 방바닥에 내려놓고 잔물결 같은 승부수를 띄우며 고요한 시간을 낚는 것도 재미있을 것이다. 이하응은 다리의 통증을 까맣게 잊었다.

—화서라. 꽃차례 말씀이시군요. 하나의 꽃대에 빙글빙글 돌아가며 피어나는 자잘한 꽃들. 꽃이라기보다는 꽃 무더기 같소만. 이런 산중에서 꽃에 정통한 사람을 만나니 반갑소. 보통 사람들은 꽃을 보며 다만 즐길 뿐이지 꽃의 생김새인 화서를 따지지는 않으니까요. 생각해 보니 화축에 달려 있는 자잘한 꽃들이 인상적이었소. 그렇다고 맥문동과 감자 꽃이 혼동될 만큼 똑같은 꽃은 아니지요.

바둑판은 동서남북이 탁 트인 광활한 벌판이었고, 정사각형은 한

필지의 정확한 땅이었다. 마른 흙먼지 속에 숨은 병사들. 먼저 깃발을 꽂는 자가 천하를 지배하리라.

—화축에 매달려 있는 게 아니고 화축을 중심으로 모여 있지요. 취산이기 때문이 아닙니까. 가운데 꽃이 먼저 핀 다음에 주위의 꽃들이 피지요. 가락지나물, 개머루, 미나리아재비, 작살나무…….

최제우는 바둑판에는 관심이 없는 듯 꽃 이야기에 빠져 있었다. 흥. 이하응은 코웃음을 쳤다. 바둑판에 집중 못하게 하려고 일부러 꽃 이야기로 상대방의 시선을 끌어당기는 수작이 아닌가.

—취산이라. 하나의 꽃대에 집단으로 꽃이 핀다는 사실을 강조하는 이유는 뭡니까? 맥문동과 감자 꽃은 보라색도 아니고 취산화서도 아니지요. 색깔도 다르고 꽃 모양도 확연히 다릅니다. 이 사람을 무지렁이로 보셨습니다. 재미없는 농이군요.

이하응은 턱수염을 쓸었다. 최제우가 말하는 취산화서는 왕과 백성을 의미하고 있었다. 최제우는 백성 이야기에 강한 관심을 드러냈다. 백성이 없는 왕은 꽃이 떨어진 꽃대이겠지요. 이하응이 최제우를 쳐다보며 괘씸한 표정을 지었다. 왕이 아닌 자가 백성을 논하다니. 최제우가 바둑판을 바라보며 흰 바둑알을 집어 들었다.

—취산화서 꽃 모양은 수국, 백당나무, 자양화도 그런데 허면 모두 민중을 닮은 꽃들이오?

최제우가 이하응의 말을 조용한 웃음으로 넘기며 흰 바둑알을 탁 소리 나게 내려놓았다. 서쪽이었다. 천지사방에 깃발을 꽂겠다는 뜻이군. 이하응이 검은 바둑알을 집어 들었다.

—꽃들도 중심을 잡아줄 꽃대가 없으면 허공을 떠도는 먼지와 같

은 신세가 아니겠소.

—그러니 상생해야 합니다.

이하응은 몹시 불쾌한 표정이었다. 상하 관계가 평등 관계로 바뀐다는 것은 세상이 바뀐다는 뜻이다. 그것은 조선의 신분 질서를 거스르는 말이었다. 이하응은 최갑수 이야기를 꺼내려다가 참았다. 아직은 때가 아니었다.

—달콤한 말이긴 하지만 현실성 없는 논리인 것 같소. 꽃대는 꽃이 아니고 꽃은 꽃대가 아닌데 서로의 마음을 어찌 알겠소?

이하응은 벽 쪽으로 고개를 돌리며 네 마음이 내 마음이라는 문장을 쳐다보았다. 그리고는 심오한 진리라며 아주 조금 웃었다.

—창덕궁 앞에서 농민들이 모였소. 이유가 무엇이겠소.

이하응이 정색을 하며 물었다. 총을 쏘아야만 도망가는 백성들. 소리를 지를 줄만 아는 백성에게 측은지심은 들지 않았다. 이하응은 검은 바둑알을 내려놓았다. 최제우의 흰 바둑알을 향해 바싹 다가섰다.

—고되게 하루하루를 살아가는 백성에게 어찌 이유가 없겠습니까. 그 이유를 알기 위해서는 대궐 문을 열어야 합니다.

—누가 누구에게 대궐 문을 열어야 한다는 것이오? 모여야 해결된다는 생각은 무법이오. 무법은 횡포이고 폭력이지요.

최제우가 화난 표정을 지었다. 이하응은 최갑수 이야기를 우회적으로 돌리고 있었다.

—형평성을 상실한 법은 차라리 없느니만 못하지요. 그러니 힘없는 백성들은 모일 수밖에 없지 않겠습니까.

—흥. 법이 유명무실한 것은 법 자체가 문제가 아니라 사람들이 법대로 하지 않기 때문이오. 법의 본질이야말로 저울처럼 평형을 이루지요. 법을 무시하고 모인 사람들이 법을 알겠소? 가진 사에 대한 질투와 불신으로 눈먼 장님들이오.

이하응의 냉랭한 표정을 바라보는 최제우의 얼굴에 안타까움이 스쳤다. 최갑수에게 좋지 않은 일이 생긴 것만은 분명해 보였다.

—아까 보셨다는 그 꽃, 혹시 꺾으셨습니까.

최제우가 흰 바둑알을 검은 바둑알 옆에 내려놓았다. 이하응이 웃었다. 최제우가 남쪽에 내려놓을 줄 알고 있었다는 표정이다. 이하응은 왼쪽 소매 속에서 시든 꽃 하나를 슬쩍 꺼냈다.

—하나 꺾었소.

—저런. 생명 빛을 지셨습니다.

최제우가 시든 꽃을 바라보며 슬픈 표정을 지었다. 직감은 정확했다. 이하응이 구미산을 찾아온 걸 보면 최갑수를 죽였을 리는 없었다. 최갑수의 소식을 전하려고 온 듯했다.

—혹시 꽃밭 주인이 있었소?

한양 집 마당에 핀 꽃들을 애지중지 기르는 터라 꽃밭 주인의 마음을 이해할 수 있었다. 최제우는 침울한 생각에 잠긴 듯 아무 대답이 없었다. 꽃밭 주인이 최제우인가 보군. 이하응은 미안한 표정을 지었다. 최제우는 꽃을 향해 두 손을 모으고는 머리를 숙였다. 비통한 표정이었다. 그 엉뚱한 모습은 너무도 진지해서 이하응은 숨소리조차 내지 않고 쳐다보았다. 미친 짓으로 보이는 게 아니라 꽃에 대한 황홀경을 보는 듯했다.

—꽃밭 주인은 없습니다. 있다면 산이랄까.

—주인 없는 꽃이었군요.

—주인이 없다고는 할 수 없지요. 꽃이 그 자리에 인연을 맺기까지 수백 년의 세월이 필요했을 터인데.

최제우의 안색이 어둡게 가라앉았고, 이하응은 어색하게 웃었다. 어떤 불합리한 상황에서 최제우에게 한 수 꺾이는 것을 느꼈다. 그의 행동을 함부로 비웃을 수 없는 건 꽃을 우주의 생명으로 확장해서 보는 안목 때문이었다. 말로 표현 못할 진지함이 최제우에게 있었다. 이하응은 손가락으로 코 근처를 슬슬 긁었다. 꽃을 가지고 싶은 욕심 때문에 우주 속의 꽃을 관조하지 못했다.

—살생을 했다는 말이군요.

최제우가 고개를 끄덕였다. 뭐, 그렇게까지. 이하응이 난처한 표정을 지었다.

—남을 죽이는 것은 자기를 죽이는 것. 우주 안에서 함께 사는 생명인데 어찌 함부로 살생을 하겠습니까.

—물론 꽃을 꺾었을 때 바람이 움직였으니 아무 일도 일어나지 않았다고 말할 수는 없지요.

최제우가 꽃의 의미를 강조하며 자기를 조롱하는 것 같지는 않았다. 그렇다고 그의 설교를 듣고 싶지도 않았다. 이하응은 바둑판으로 시선을 돌렸다. 최제우가 바둑을 두는 태도를 보면 흰 바둑알의 방향을 예측하기 쉬웠다. 최제우는 흰 바둑알을 사방으로 포진해놓을 뿐이었다. 아주 단순한 수였다.

—허면 꽃에게 사과하고 제사라도 지내야 되겠군요.

이하응은 시든 꽃을 들고는 장난스럽게 조의를 표했다. 그러다가 최제우의 술수에 말리는 것 같아 기분이 언짢아졌다.

—제사를 지내야 한다는 말을 들으니 이교도는 아니군요.

—서학 말씀입니까.

최제우가 정색을 했다. 서학에 대해서는 안 좋은 감정을 가지고 있는 듯 보였다. 여기는 왠지 익숙한 느낌이오. 유불선이 혼합된 느낌이 드는데. 이하응의 눈빛이 적의를 품었고, 최제우가 조금 웃었다. 이하응은 최갑수의 소식을 전하려고 온 것이 아니라 동학이 궁금해서 찾아온 것이었다.

—도는 천도를 따르지만 학으로는 동학을 강조합니다. 동학은 조선의 종교이니 마땅히 제사를 지냅니다. 서양 신을 모시면서 조상 제사도 지내지 않는 서학과는 근본이 다르지요.

—허나 난세의 종교는 그 어떤 것이라도 사도난정(邪道亂正)이 아니겠소.

—수천, 수만 명을 죽이고도 남을 말입니다. 어찌 그런 말을 그리 쉽게 하십니까?

최제우가 분노한 얼굴로 말했다. 쉽게 하지는 않았지요. 이하응이 검은 바둑알을 잡고 눈어림하다가 결심을 한 듯 바둑판에 탁 소리 나게 내려놓았다. 검은 알들은 사방으로 퍼졌다. 쥐새끼 한 마리도 빠져나가지 못하게 만들 요량이었다.

—왕에게만 호불호가 있겠습니까. 무지렁이 백성도 사람인지라 호불호가 분명합니다.

이하응은 최제우의 말을 듣는 둥 마는 둥 다시 공격 자세를 취했다. 최제우가 여유롭게 한발 물러섰다.

—백성들을 구휼하는 문제는 종교가 아니라 국가가 해야지요.

이하응은 검은 바둑알을 다시 들었다. 최제우의 말이 틀린 말이 아니기 때문에 심기는 점점 불편해지고 있었다. 서로 다른 곳에서 사는 호랑이와 사자가 만난 것처럼 두 사람은 닮지 않았지만 비슷한 정서를 공유하고 있었다.

—허나 종교가 성한 것이 정치 탓이겠소? 종교는 늘 있었소. 성리학을 공격할 일이 아니지요.

이하응은 흰 알을 공격하기 좋은 위치에 검은 알을 슬쩍 내려놓았다. 최제우는 흰 바둑알을 집었다. 공격을 먼저 할 것이냐, 수비를 먼저 할 것이냐, 최제우 얼굴에 수심이 가득했다.

—허면 인간은 원죄를 가지고 태어났다는 서학의 논리와 비슷해집니다. 이렇게 사나 저렇게 사나 죄를 짓는 인간일 수밖에 없다는 논리. 우리 동학에서는 어두운 마음을 닦는 수행을 강조합니다. 절대자에 기대어 용서를 구하는 것과는 다릅니다.

—난 종교를 믿지 않소.

—홀로 강해서 그렇습니다.

—내가 종교가 필요 없을 만큼 강한 남자요? 하하하. 듣기에 나쁘지는 않군.

—그만큼 의심도 많으시지요. 어떤 사람도 믿지 않으십니다. 오로지 자기 자신만 믿는 분이지요.

—나는 종교에 관심 있는 게 아니라 백성에 관심 있을 뿐이오. 왕족으로 태어나서 하루라도 조선을 걱정하지 않은 날이 없었소.

—우리 모두 그렇습니다. 언제나 조선을 걱정합니다.

무슨 권리로? 이하응이 퉁명스럽게 물었다. 사교의 명분을 요구하는 질문이었다. 내전, 폭동, 민란은 이름만 달랐지 모두 같은 뜻이었다. 최제우가 쓸쓸히 웃었다.

—아버지만 아들을 걱정합니까? 아들도 아버지를 걱정할 때가 있습니다.

—종교의 이름으로? 신의 이름으로? 종교란 나약한 인간의 마음을 노리는 속임수요.

최제우가 바둑판 귀퉁이를 흰 알로 톡톡 가볍게 두드렸다. 바둑판에서는 격전이 붙고 있었다. 검은 알들은 흰 알들을 바둑판 귀퉁이까지 밀어붙일 참이었다.

—정치를 말씀하시니까 말입니다만 곧 유명해질 관상입니다.

최제우가 이하응을 뚫어지게 쳐다보았다. 강렬한 눈빛이었다. 최제우는 대답을 기다리고 있었고, 이하응은 어떤 태도를 취할지 고심했다. 서서히 이기고 있는 중이었다. 이하응은 심호흡을 했다. 승자가 되는 순간을 오래도록 즐기기 위해 상대를 천천히 몰아가야 했다.

—누구? 나요? 하하하. 이런. 지금도 한양에서 유명합니다. 미친놈으로 말이지요.

—좋은 일로 유명해지십니다.

—내게 좋은 일이 뭐가 있겠소.

이하응이 퉁명스럽게 대꾸했다. 한양에서의 방황과 고통이 푸르르 되살아나는 듯했다. 세월이 흘러도 가슴속 내상에는 굳은살이 생기지 않아서 누구의 말에 스치기만 해도 쓰라렸다. 왕족의 족쇄를 차느니 차라리 이름 없는 사내로 살았으면. 이하응의 눈가가 확 붉어졌다. 묵란에 정 붙이고 살지 않았으면 미쳐 버렸을 시간들이었다.

—국부(國父)가 되십니다.

국부? 이하응은 무슨 뜻인지를 몰라서 멍한 눈길이다가 곧 어이없는 표정을 지었다. 최제우의 눈을 뚫어지게 쳐다보다가 바둑판으로 눈길을 돌렸다. 수세에 몰린 쪽은 최제우였다. 검은 알들이 흰알을 완전히 포위하고 있었다. 전쟁으로 치면 싸움은 끝났고 이긴자의 관용만 남아 있었다.

—내가 영조대왕의 혈통인 건 맞소만.

최제우는 이하응의 웃음을 정색으로 밀어냈다. 속이 아픈 웃음인줄을 아는 표정이었다.

—뭔가가 한쪽으로 심하게 몰려 있으면 우주는 평형을 이루려고 반동을 일으킵니다. 이제 곧 후천개벽시대가 옵니다. 세상이 변하거든 이 세상에 쓸모없는 사람은 단 한 사람도 없다는 사실을 기억하소서.

—흥. 불쌍한 백성들에게는 희망이 되는 말일지 몰라도 나는 다르오. 적어도 그런 말 따위에 희망을 품지는 않소이다. 대국은 끝났으니 패자의 자존심 따위는 버리고 승복하시오. 내 환심을 사려 해도 승부는 승부인 법. 판을 되돌릴 수는 없소.

—관상에 나오는 대로 말씀드렸을 뿐입니다. 다만 한 가지.

최제우는 관심법을 쓰는 사람처럼 상대의 미간을 뚫어질 듯 쳐다보았다. 그러다가 다 끝난 바둑판에 흰 바둑알을 탁 소리 나게 올려놓았다. 이하응은 마른침을 꿀꺽 삼켰다. 뭐 하자는 건가. 이하응은 최제우가 방금 올려놓은 바둑알을 쳐다보며 때늦은 수를 읽고 있었다. 최제우가 흰 바둑알을 올려놓은 곳은 검은 바둑알들이 포진해 있는 정중앙이었다. 화약을 안고 성안으로 들어가는 병사처럼 무덤자리를 찾아 들어가는 격이었다. 처음 접해보는 수였다. 자살수라. 이건 도대체 무슨 수일까. 흰 바둑알을 가져갈까 말까.

—목숨 빚을 알려 드리기 위해서입니다.

목숨 빚이라니? 이하응이 흰 바둑알을 가져가려고 슬쩍 손을 내밀었다. 최제우가 이하응의 팔을 얼른 붙잡았다.

—국부께서는 동학교도 최갑수를 거두셨습니다. 또한 우리 성지에서 꽃 하나를 꺾으셨습니다. 또한 내기 바둑에서 지셨습니다.

이런! 이하응은 흥분한 얼굴로 이마를 짚었다. 지금까지 흰 바둑알만 노려보았지 다른 것들은 미처 보지 못했다. 정중앙에 놓인 흰 바둑알 뒤로 흰 바둑알들이 줄지어 있었고, 그 틈에 낀 검은 바둑알이 보였다. 최제우가 마지막에 놓은 흰 바둑알은 자신을 희생해서 전체를 살리고 있었다. 죽음의 수가 회생의 수였다. 이하응은 어이없는 표정으로 팔을 내렸고, 최제우가 검은 바둑알을 마지막으로 집어 들었다. 이하응은 다 끝난 바둑판을 노려보았다. 상대가 꼼수를 쓰는 상황만 예측했지 단순한 수를 쓰는 상황은 무시했다. 단순한 것이 복잡한 것을 이긴다는 말이 실감나는 상황이었다. 바둑판에서 이런 경우는 단 한 번도 보지 못했다.

—후일 국부가 되시거든 우리 동학교도들을 지켜주시지요.

최제우는 이 한마디를 꺼내려고 내내 기다리고 있었던 듯 패자 앞에 공손히 머리를 조아렸다. 승자는 최제우였다. 흰 바둑알만 내

내 바라보고 있던 이하응으로서는 깔끔하게 말린 기분이었다. 막상
막하 박빙의 승부처럼 보였는데 생각해 보면 그것마저 최제우의 계
략으로 보였다. 이하응은 어디서부터 상대의 수에 말려들었는지를
찾기 위해 고심했다.

─하루하루 미치광이로 사는 주제에 후일이 어디 있겠습니까.

이하응이 낙심한 표정으로 말했다. 역전할 수 있는 여지는 없었
다. 최제우는 승부욕이 강한 이하응을 쳐다보았다.

─진짜 미치광이는 미친 줄을 모르는 법입니다.

최제우는 수담(手談:손으로 나누는 대화. 바둑)으로 사람에 대한 질
문을 계속 던지고 있었던 것이다. 인맥이 판치는 세상에 외로운 사
내 둘이 만났소이다. 최제우가 중얼거리는 소리를 언뜻 들은 듯했
다. 홀로 간직한 외로움은 독한 술로도 본의를 드러낼 수 없었는데
바둑판에서 속을 들켜 버린 셈이 되었다. 오직 자기 자신만 믿는 남
자의 외로움을 최제우가 읽어낸 것이었다.

─허면 내가 가짜로 미친 행세를 한단 말이오?

이하응은 기가 막힌다는 표정으로 재차 물었고, 최제우의 눈은
조금 흐려졌다. 도무지 속을 알 수 없는 깊은 눈이었다. 최제우의
눈에는 이긴 자의 여유, 관용, 치기 그 어떤 것도 없었다. 인간의 감
정을 초월해서 어느 경지에 오른 듯했다. 어쩌면 저것이 꽃 속에 있
는 꽃술의 표정이 아닐까. 이하응은 비밀의 문을 들여다보듯 최제
우의 눈동자를 한참 쳐다보았다.

─정치의 본질은 백성에게 다만 정성을 다하는 겁니다. 사람이
사람을 다스린다는 것은 옳지 않을뿐더러 또한 사람에게 정직하지

않고서 어찌 정치를 하겠습니까.

―아무리 정성을 다한다 해도 한쪽이 이익이면 다른 쪽은 손해인 법이오. 그게 세상의 이치이지요. 오늘은 더러운 정치 이야기를 피하고 싶지만 말이오.

―조선의 정치는 성리학을 내세워서 백성을 차별하고 있습니다. 예는 사람을 구별할 뿐이고 소수만을 위한 학문은 학문이 아닙니다. 경쟁과 차별의 논리는 상생을 그르칩니다.

음. 이하응은 눈을 감았다. 섣불리 최갑수의 소식을 묻지 않으면서 상황을 알아채는 최제우는 거물이었다. 속으로는 양아들의 죽음을 아프게 받아들이면서 겉으로는 전체 동학교도를 살피는 마음을 놓지 않고 있었다. 공의와 명분이 무엇인지 아는 최제우는 개인의 슬픔을 함부로 드러내지 않았다. 이하응은 이 씨 왕조의 운명을 생각하며 잠시 침묵했다. 동학은 함부로 볼 사교(邪敎)가 아니었다.

―부디 오늘의 바둑 내기를 잊지 마시옵소서.

최제우는 이하응이 왕이나 된 듯 공손히 머리를 조아렸다. 마치 오래전부터 이하응을 기다리고 있었던 듯 표정은 진지했고 행동은 진중했다. 글자를 아는 사내의 말과 마음은 다른 법인데 최제우의 말은 마음과 불일치한다는 느낌을 주지 않았다. 이하응은 최제우를 처음 보았을 때 느꼈던 묘한 안정감을 그제야 이해했다.

바둑의 신까지는 못 되어도 한양에서 밀리지 않는 실력이었다. 최제우는 도는 안 닦고 바둑만 두었나. 시간을 되돌리고 싶을 만큼 아쉬운 승부였다. 최제우는 더 이상은 대국할 마음이 없는 듯했다. 이하응은 검지와 중지 사이에 끼워 넣은 검은 알을 아쉽게 내려놓았다.

—최갑수는 창덕궁에서 총을 맞고 공교롭게도 내 집 사랑방에서 죽었소.

이하응은 하늘을 쳐다보며 검지와 중지 사이에 달을 끼워 넣었다. 그리고는 바둑판을 향해 달을 내던졌다. 달은 바둑판을 구르다가 정중앙에서 몸을 조아리듯 고요히 앉았다. 내 오늘을 결코 잊지 않으리다. 이하응이 달을 향해 던진 말이었다.

허은숙, 〈달아! 너 딱 걸렸구나!〉, 40.9×31.8㎝, 2011 作

❖

옆방에서 들리는 소리였다. 남녀의 목소리가 섞여 있었고, 어린 아이 목소리도 간혹 들렸다. 사람들은 삼칠주 주문을 외고 있었다. 야릇한 향내가 어젯밤의 기억을 희미하게 일깨웠다. 이하응은 이마를 짚으며 일어나 앉았다. 이불은 낡았지만 깨끗했다. 성물(聖物)은 없었다.

사람이 하늘이라. 여자는 한울님을 낳은 한울님이니 귀하게 대하여라. 어린아이도 한울님이니 어린애를 때리는 것은 한울님을 때리는 것과 같으니라. 지기금지 원위대강 시천주 조화정 영세불망 만사지.

한 사내가 방문을 열고 들어왔다. 이하응은 최시형이라는 사내의 뒤를 따랐다. 수초 뿌리까지 보이는 맑은 물이었다. 용담이라고 했다. 수천 개의 나뭇잎이 하늘을 감쌌고 하늘도 물속에 조용히 들어가 있었다. 이하응은 용담을 바라보며 토정비결 구절을 떠올렸다. 세상 일이 꿈처럼 깊은 계곡으로 들어가리라[世事如夢 深入幽谷]. 최제우는 새벽마다 냉수 목욕을 하는 모양이다. 최시형은 최제우 말만 했다. 최제우에게 미쳐 있는 사내였다. 이하응은 간밤의 내기 바둑을 떠올리며 젖은 얼굴을 들었다. 최제우는 새벽에 한양으로 떠난 듯했다.

최시형이 노새를 끌고 왔다. 노새는 궁둥이가 더럽고 노린내가 고약했다. 오래도록 묶여 있었는지 똥 딱지가 새까맣고 단단했다. 눈곱이 엉겨 붙었고 털은 듬성듬성 빠졌다. 가만히 서 있지도 않고 불안하게 서성이는 꼴을 보니 말귀도 못 알아먹는 놈 같았다. 노새보다 기가 막힌 것은 최시형의 표정이었다. 머슴으로 고되게 살다가 동학 집회에 들어와서 새사람이 되었다는 사내는 상대방이 화를 내는 것도 모르고 큰 눈을 껌뻑였다. 순한 눈동자는 배움이 없는 표정과 어울렸다.

용담정에서 말을 잃어버렸다고 화를 낼 수가 없었다. 상대방의 불쾌함을 누르는 무구함 때문이었다. 그에게 화를 내는 것은 지나는 바람에게 화를 내듯 쓸모없게 느껴지기까지 했다. 최시형은 이하응에게 예를 다했고, 말 한 마디마다 공대어를 붙였다. 성리학의 예가 아니라 동학의 예였고, 공대어에는 비굴함이 아니라 당당함이 있었다. 이하응은 한때 머슴이었던 사내의 얼굴을 보며 충격을 받았다. 적어도 최시형의 얼굴에서는 과거의 멍에가 보이지 않았다. 사내의 어깨너머로 나무들의 푸른빛이 스쳤다.

최시형이 노새 고삐를 건네주면서 공손히 고개를 숙였다. 이하응은 얼떨결에 노새 고삐를 받아 들었다. 노새는 킁킁 콧김을 뿜어댔고, 이하응의 도포에는 노새의 침이 묻었다. 최시형은 두 손을 모으고 계집처럼 서 있었고, 비루먹은 노새는 쉴 새 없이 움직였다. 노새에서 빠진 털이 갑자기 코끝에 달라붙어 간지러웠다. 에취! 이하응이 재채기를 하며 돌아섰다. 최시형은 계속 그 자리에 서 있었다. 제길. 눈물 나는 배웅이군. 워워. 이하응은 노새 고삐를 신경질적으로 끌어당겼다.

이하응은 말을 포기하지 않았다. 노새를 끌고 이리저리 산길을 돌아다니다가 고단하게 지쳐갈 즈음 마을 초입에 있는 주막에 들렀다. 두 귀가 곧고 배가 매끈하고 똥구멍이 튼실한 말을 잃어버려서 마음이 괴로웠다. 주막은 한가로웠다. 반쯤 허물어진 낮은 돌담에는 사립문도 없었다. 좁은 부엌에서는 국밥 냄새가 은근히 풍겨 나왔고, 이하응은 급하게 시장기를 느꼈다. 이하응은 구석 자리를 찾아 앉으면서 국밥과 막걸리를 주문했다. 말귀도 못 알아듣는 노새를 끌고 다니느라 팔도 뻐근했고 다리도 아팠다. 이놈도 시장하겠지예? 주모는 노새를 끌고 집 뒤로 사라졌다.

주모가 개다리소반에 가져온 국밥을 본 이하응은 기가 막혔다. 멀건 국물에는 밥알이 몇 개 가라앉아 있었고 건더기는 없었다. 막걸리는 없어예. 주모는 은근한 목소리로 말하며 소금 종지를 탁 내려놓았다. 소금을 치면 맛이 괜찮지예. 주모는 한쪽 눈을 찡긋했다. 그 의미를 몰라서 주모 얼굴을 빤히 쳐다보다가 오른쪽 눈 밑에 검은 사마귀만 발견했다. 다른 사내들 밥상을 둘러보니 다들 비슷했다. 이하응은 주위 눈치를 보며 마지못해 숟가락을 들었다.

—저 산에 맥문동 밭이 있느냐?

—모르지예.

—허면 감자밭은 있느냐?

—있지예. 감자를 훔친 놈이 있었는데 수운 선생이 도둑놈을 수소문해서 감자를 더 많이 줬다니께.

주모는 왜 묻느냐는 표정을 지으며 이하응의 행색을 살폈다. 이하응은 국물을 한 숟갈 겨우 넘겼고, 밥알이 하나 씹히는 표정을 지었다. 추악한 거지들과 맥문동 꽃밭이 떠올랐다. 거지 눈동자의 핏발과 맥문동의 꽃잎들이 흐려졌다. 이하응은 국밥을 먹는 중에도 구겨진 도포 자락을 자꾸 펴가면서 옷매무새를 매만졌다.

─멧돼지가 감자밭을 엉망으로 만들어놓으니께 구덩이를 만들어도 소용없어예. 멧돼지가 잡히면 괴기 국물이라도 얻을 텐디 멧돼지가 아니라 사람이 그런다는 말도 있어예. 쇤네도 구미산에 올라가 나무뿌리라도 캐서 고기 국물 맛을 내려고 하는데예. 우짤기고. 관아에서 내주는 구휼미 한 바가지를 받아도 쌀을 골라내는 데만 한나절이 걸리는디. 천하에 개새끼들이지예. 쌀이 없으면 없다카지 모래를 섞을 일이 뭐래요.

─그니께 여러분도 동학을 믿어야 함니더. 수운 대선생께서 말씀하셨듯이 머지않아 일본이 바닷속으로 가라앉게 된다고. 그니께 일본을 조심해야 함니더. 일본이 다른 나라로 이사 갈 준비를 한 꺼 아닙니꺼? 조선을 먹으려고 할 꺼 아닙니꺼?

웬 사내가 방문을 벌컥 열고는 사내들을 향해 말했다. 임진년처럼 일본이? 사내들의 표정이 어두워졌다.

─염병할. 돈도 못 버는 인간이 일본 타령 하고 있네.

주모가 달려가서 방문을 쾅 닫아버렸다. 사내들은 주모의 기둥서방이라고 수군거렸다.

─여기는 서원이 어디에 있느냐?

이하응은 숟가락을 점잖게 내려놓고 주모에게 말했다. 서원에 들어가 회화나무 아래에서 편안히 쉬고 싶은 마음이 간절했다. 서원은 왜. 주모가 말끝을 흐렸다. 이하응은 나무 평상에 걸터앉아서 가

죽신을 신었다. 더러운 먼지 때문에 검은색이 흐려진 흑혜였다. 주모가 이하응의 행색을 살폈다. 천지 유람을 하는 모양인지 옷은 꼬질꼬질했지만 양반들이 흔히 입는 편복 차림이었다. 꽉 동여맨 상투 아래로는 머리카락 한 올 나오지 않았다. 주모는 망건에 붙은 옥관자를 발견했다. 저, 저기로. 주모는 먼 산자락을 손가락으로 가리키면서 옥관자를 흘깃 쳐다보았다.

그때 어떤 여자가 들어왔다. 술병을 품 안에 껴안고 들어온 들병이였다. 들병이가 들어오자 술 냄새인지 몸 냄새인지 시큼한 냄새가 고약하게 풍겼다. 치마는 때에 절고 찢어져서 허벅지가 다 드러났다. 여자는 맨발이었다. 주모는 미친년, 이라고 욕을 하면서도 술병으로 시선을 보냈고, 들병이의 얼굴은 해죽 웃고 있었지만 눈빛은 사납게 빛났다.

—미친년, 씻고나 다니지. 개울 바닥에서 자빠져 자면서 그 물로 씻지도 못하니.

사내들 중 한 명이 눈치를 보며 일어서자 들병이가 마당에서 치마를 확 걷어 올렸고, 오메, 미친년. 밥상에서 똥을 누지. 주모가 들병이를 부엌으로 확 떠다밀었다. 다른 사내들은 국밥을 먹으면서 차례를 기다리는 눈치였다. 사내가 부엌에서 나오자 이하응은 속이 메스꺼워서 돌담으로 뛰어가 토악질을 했다.

—오메. 저 양반은 들병이를 처음 보는가 보네.

주모가 짜증을 내면서 토사물에 구정물을 확 들이부었다. 이하응이 해쓱해진 얼굴을 들었다. 토사물과 구정물 때문에 흑혜가 다 젖었다. 역한 냄새 때문에 욕지기는 가라앉지 않았다. 주모의 기둥서

방이 방에서 투덜거리며 나왔다.

―얌전히 국밥이나 팔지 또 지랄이네. 인간들 드러운 냄새 때문에 기도에 집중할 수가 없어. 돈이라면 지 서방도 팔아먹을 년. 새 대가리에 생각하는 꼴이라고는.

―돈도 못 버는 병신이 내 덕에 밥 처먹고 사니까 도 닦는 소리 하고 자빠졌네.

―이 문둥이 년아, 후천 개벽할 시간이 다가오는데 백주에 그러믄 죄 받는다!

―저 씨발 놈이 뭐라카노? 죄 같은 소리 하고 있네! 누가 누구 보고 죄인이래!

주모가 주걱으로 기둥서방의 뺨을 후려쳤고, 기둥서방은 주모의 가체를 잡아채서 길가로 내던졌다. 가체는 날아가다가 돌담에 걸렸다. 주모가 가체를 가지러 허겁지겁 뛰어갔다. 주모의 기둥서방은 씨근덕거리며 방 안으로 들어갔고, 주문 외는 소리가 크게 들렸다. 지기금지 원위대강 시천주 조화정 영세불망 만사지.

들병이가 빈 술병을 들고 뛰어나가자 사내들이 나무 평상에 도로 앉았다. 사내들은 쥐 죽은 듯 조용히 국밥을 먹기 시작했고, 이하응은 사십 년 동안 들어본 욕을 한꺼번에 죄다 들었다는 표정으로 괴나리봇짐을 서둘러 멨다. 오물로 더러워진 흑혜를 씻을 생각도 없이 얼른 이 생지옥을 벗어나고 싶은 마음뿐이었다.

이하응은 서둘러 나가다가 어떤 여자와 어깨를 심하게 부딪쳤다. 여자와 어깨를 부딪치는 바람에 수염에 묻어 있던 오물 건더기가 땅에 떨어졌다. 실례했소. 이하응이 여자를 향해 말하자 여자가 그 자리에서 쓰러졌다. 이하응은 기겁을 하며 뒤로 물러섰고, 나무 평상에 앉아 있던 사내들이 모두 일어섰다. 돌담에서 가체를 집어다가 머리에 쓴 주모가 에구머니, 소리를 지르며 다가왔다.

—나, 나는 아무 짓도 안 했소.

이하응이 난색을 표했고, 주모가 여자의 손목을 잡아 일으켰다. 여자는 나무 평상으로 비틀거리며 걸어갔다. 저고리와 치마를 단정히 입은 여염집 여자였다. 여자는 사내들을 바라보고 있었지만 아무도 눈에 들어오지 않는 듯 눈동자는 초점 없이 흐렸고 무엇에 취한 듯 혼잣말로 중얼거렸다.

불만서원에서 사람을 뽑는다고 해서 갔는데……. 오랜 망설임을 뚫고 간신히 새어 나온 말이다. 여자는 떨리는 손으로 치맛자락을 움켜쥐었다. 여염집 여자의 체면보다 설움이 컸던 모양인지 계속 입술을 달싹거렸다. 오메. 기다리다가 속 터져 죽겠네. 주모가 답답한 표정으로 말했고, 여자는 숨죽이며 울었다.

—나는 여자가 아니라고 했어요.

엥? 사내들이 의심스러운 눈초리로 여자의 몸매를 이리저리 살폈다. 여자가 맞는 것 같은데. 한 사내가 여자의 가슴께를 흘깃 쳐다보면서 고개를 갸웃했다.

—혼인한 여자는 여자가 아니라고.

—서원에서 처녀까지 뽑나 보네. 사당에 제물로 바치려나?

—벽보에 남녀노소 다 와도 된다고 해서 갔어요. 나도 여자인데 못 갈 이유가 없지요.

한 사내가 고개를 끄덕였다. 듣지 않아도 다 안다는 표정이었다.

서원의 횡포는 한두 해 듣는 일이 아니었다. 돈 문제 아니면 여자 문제는 당연했고, 공동 부역으로 일을 시키거나, 말 안 들으면 공개적으로 패버리거나 뭐 그런 것 아니냐는 표정이었다. 하도 많이 들어서 시답잖은 이야기라는 비웃음마저 들어 있었다. 상황을 쉽게 넘겨짚는 사내의 표정을 본 여자가 그게 아니라는 표정으로 고개를 가로저었다. 그리고는 무겁게 입을 열었다.

—저보다 남편에 관한 일이에요.

산자락에는 무성한 나무그늘이 져서 어스름했다. 나무들이 단단한 벽처럼 길을 내주었고, 여자는 팽팽한 나뭇가지들을 지나며 발걸음을 서둘렀다. 빨리 걸을수록 새 짚신이 맞지 않아서 뒤꿈치가 자꾸 벗겨졌다.

불만서원은 어느 양반의 사가를 확장한 것이었다. 산자락에 지은 집이라서 마을의 집들보다 높았고, 새로 얹은 기와들이 암청색을 띠었다. 하늘로 시선을 옮긴 여자는 숨 막히는 기분을 느꼈다. 불만서원이라는 현판이 드러내는 위용 때문이었다.

고향에서 아버지 손을 잡고 서원의 기와 담장을 따라 한참을 거닌 적이 있었다. 서원의 높은 담을 흘끔 쳐다보았던 아버지는 고명딸의 손을 꼭 붙잡고 산길을 아쉽게 돌아왔다. 아버지는 기해년 천주교 사건 때 가문이 몰락한 양반이었고, 죽을 때까지 과거를 잊지 않았다. 천주학쟁이 어머니의 죽음을 지켜본 아버지는 아들이 태어나면 죽인다는 결심을 했을 정도로 가문의 대를 잇기를 두려워했다. 아버지는 소원대로 딸을 낳았지만 유학자의 본성을 버리지는 못했다. 매일 밤 〈논어〉, 〈맹자〉, 〈대학〉, 〈중용〉을 베고 잠을 잘 정도였다. 아버지 머리카락에서 나온 기름기가 책표지를 단단하게 만들었다. 천주학쟁이 할머니 때문에 가난하게 살았던 여자는 몰락한 양반 집으로 시집을 왔다.

기와 담장 댓잎들 사이로 바람이 지나가고 여자는 더운 이마를 쓸었다. 천주학을 공부하던 할머니는 왜 그리도 배움에 갈급했을까. 신분 구별이 없는 천주학에서 할머니는 자기 존엄성을 배웠다고 했다. 비질이 말끔한 마당을 여자는 조심조심 걸었다. 강학당(講學堂)이라고 쓰인 현판이 보였다. 여자는 곧고 정연한 글씨를 바라보며 저고리 옷고름을 단단히 매고 치맛자락을 조심스럽게 여몄다.

큰 대문을 지나 본당으로 들어가는 문 하나가 더 있었다. 높이가 낮아서 갓을 쓴 선비는 머리를 숙이고 들어가야 하는 문이었다. 겸양지덕을 표현하는 문이었다. 검고 단단한 기왓장과 오래된 나무기둥과 명문장을 새긴 주련들. 여자는 긴 호흡으로 저고리 가슴을 쓸었다. 금녀의 문지방을 넘어서며 아버지 어깨너머로 몰래 배웠던 글공부다. 여자는 댓돌 위에서 부끄러운 얼굴을 숙이며 조심스럽게 짚신을 벗었다.

여자는 어깨를 움츠리고 숨죽이며 걸어가서 조용히 방문을 열었다. 여자는 방 안의 눈치를 살피며 방문을 닫고는 문지방에 바짝 앉았다. 강학당 마룻바닥에는 열댓 명이 앉아 있었는데 아주 숙연한 분위기였다. 유생들은 〈논어〉를 펴놓고 있었고, 김달수는 강학 중이었다.

—성리학은 우주의 원리와 인간의 본성을 궁구하는 학문이니 이 둘의 결합관계를 깨달으면 공자처럼 인간의 완성을 이루게 될 것이다. 여러분은 자부심을 가지고 성리학 공부에 정진하여 조선의 대유(大儒)가 되기를 바란다.

예. 유생들이 일제히 머리를 조아렸다.

—우리 서원에서도 다른 서원처럼 소학과 가례를 입문으로 하고 사서와 오경을 공부한다. 우리 서원의 이름은 알다시피 불만(不滿)이다. 불만이란 불만족이 아니라 아직 차지 않았다는 뜻이다. 학문이란 부족한 것을 채우는 것이라는 본질을 강조한 것이며 학문으로 덕행을 닦는다는 뜻을 살렸다. 비록 불만서원이 작은 마을에 있지만 여기는 어느 향교보다 월등해서 한양의 사부학당과 같은 수준이라는 점을 명심하기 바란다. 여기를 거치면 성균관에 쉽게 들어갈 수 있으니 자부심을 가져야 할 것이다. 장차 후원에는 유생들이 머물 기숙사를 지을 것이다. 산그늘이 시원하고 나무들이 울창하니 호연지기를 기르는 데 부족함이 없을 것이다.

유생들을 바라보는 김달수의 눈은 진지했다. 불만서원을 와가 세 채로 시작하는 것이 불만이었지만 조금도 내색하지 않았다. 와가를 여러 채 더 짓고 누마루까지 만들어야 서원의 위엄이 설 것이다. 높은 누마루에 세 개의 대문을 더 만들어서 본채인 강학당으로 통하는 길을 만들어야 했다.

—과거 합격자들 중에 서원 출신이 많은 것을 보면 알 것이다. 서원 출신들이 지방 유림의 중심을 이루고 있으며, 혹여 정치 문제가

일어나더라도 유일하게 보호받는 곳이다.

명심하겠습니다. 유생들이 고개를 숙였다. 김달수는 다른 서원들은 권위 때문에 횡포가 심한데 불만서원은 다르다는 점을 누누이 강조했다.

—허면 질문을 해보겠다. 정치란 무엇이냐?

—정자정야라 했으니 나라를 바르게 다스리는 것입니다.

한 유생이 씩씩하게 대답했다. 유건이 잘 어울리는 청년이었다. 다른 유생들도 공감한다는 표정으로 고개를 끄덕였다.

—허면 학문은 인격도야인가.

—그렇습니다.

김달수가 허공을 쳐다보며 난색을 표했다.

—곧고 바른 길을 가면 당쟁에 휘말려서 사약 먹고 죽는다. 학문은 인격도야가 아니라 정치적 자아실현이다. 도대체 바르다는 의미가 무엇이냐? 인간들은 왜 싸우느냐? 다 자기만 곧고 바르다는 생각 때문에 다들 머리가 아픈 것이다. 역사를 봐라. 곧고 바른 길을 가려는 사람은 타협을 모르는 고집불통에다가 자기 생각에만 이상적 가치를 부여하는 자아도취형 인간이다. 자고로 모든 경전의 가르침은 서로 싸우지 말고 상생하라고 했느니라. 상생이 무엇이냐? 타협 아닌가? 인간으로 태어나서 불로장생 못하고 죽는 것도 서러운데 맛도 고약한 사약 먹고 죽고 싶나?

—정치가 타협이라면 상황에 따라 다르다는 것인데 허면 정치의 의미를 정확하게 정의 내릴 수 없지 않겠습니까?

맨 앞에 앉은 유생이 다소 회의적인 표정으로 물었다. 김달수가 정확하게 맞혔다는 표정으로 무릎을 탁 쳤다.

　—우리가 살아가면서 정확하게 정의 내릴 수 있는 게 얼마나 되겠느냐? 여기는 성현의 사당을 만들어놓고 유생들이 앉아 있으니까 서원이라고 정의 내릴 수 있다. 그러나 불상을 들여놓고 중들이 앉아 있으면 절이 아니겠느냐? 확고부동하게 정의를 내리다가는 정의에 배반당하기 쉽다. 유생들이 앉아 있으면 서원으로 쓰고 중들이 앉아 있으면 절로 쓰면 된다. 정치도 상황에 따라 다르니까 상황에 따라가면 무탈하게 되느니라.

　—허면 원칙이 없지 않습니까?

　맨 앞에 앉은 유생이 다시 물었다. 김달수가 그만 답답하다는 표정을 지었다.

　—정치는 원칙을 배신하는 길이다. 원칙은 지키라고 있는 게 아니라 다른 생각을 구별하기 위해 있는 것이나. 옆에서 사람이 죽어나가는 걸 보면 원칙이 중요하지 않다는 걸 깨닫게 된다. 그러니 원칙에 의미를 부여하지 마라.

　김달수는 유생들의 얼굴을 한 명씩 둘러보다가 금방 들어온 여자의 얼굴을 발견했다. 멀리서 보아도 음전해 보이는 여자가 공손히 고개를 숙였고, 김달수의 얼굴이 환해졌다. 늦어서 죄송합니다. 여자가 머리를 외로 틀며 고개를 숙이는 바람에 은비녀가 조금 보였다. 김달수는 여자를 호기심 있게 쳐다보다가 쪽진 머리를 발견하고는 난색을 표했다.

　—여기는 경학을 공부하는 유생들의 수도장이네.

　김달수가 여자를 향해 근엄하게 말했다. 여자는 당황한 얼굴로 강학당을 둘러보았다. 남자들 사이에 여자 두 명이 앉아 있었다. 저기. 여자는 다른 여자들 쪽으로 시선을 던지며 말을 더듬거렸다. 열두어 살쯤 되어 보였다. 여자는 여자애들을 쳐다보면서 안심한 표정을 지었다.

―벽보를 보고 왔어요.

여자가 조심스럽게 말했다. 김달수가 뭔가를 생각하더니 고개를 끄덕였다.

―남녀노소를 잘못 읽은 모양이군.

―분명히 남녀노소라고 쓰여 있었어요.

김달수는 턱수염을 매만졌다. 글자를 아는 사람의 위엄을 드러내듯 짐짓 신중한 표정을 지었다.

―지금이 어떤 세상인데 혼인한 여자가 감히 서원에 들어온다는 것이오? 아무리 천지개벽을 해도 안 되는 건 안 되는 것이지. 남녀노소라고 했소? 다른 글자들은 괜찮은데 계집 녀 글자에는 부가 설명이 필요하지. 굳이 설명하지 않아도 다들 이해하던데.

여자는 무슨 뜻인지 알아듣지 못해서 두 눈만 껌뻑였다. 김달수가 서안을 손바닥으로 탁, 소리 나게 쳤다. 답답하군. 김달수는 진실로 답답한 표정을 지었다. 천주학 때문에 여자들 모임도 사사로이 늘었지만 서원까지 버선발을 들이밀어서야 너무하지 않느냐는 표정이었다. 여기가 천주학 모임인 줄 잘못 알고 들어온 것 아니냐는 눈초리가 비쳤다. 여자라고 다 같은 여자가 아니지 않나? 여자는 다른 여자들을 쳐다보며 허전한 뒷목을 매만졌다. 쪽진 머리에 은비녀. 나머지 두 여자는 댕기머리였다. 여자의 안색이 하얗게 변했다.

　—그럼 저 여자들은 뭐지요.

　—이 서원에서는 특별한 존재들이지. 남녀노소를 뽑겠다는 건 서원 역사에서 단 한 번도 없었던 일이니까.

　김달수가 자상한 표정으로 대꾸했다. 남녀노소에서 노인과 어린아이는 보이지 않았다.

　—여기에 들어오겠다는 걸 보면 글자를 아는 모양인데.

　—서당에서 공부했어요.

　여자의 목소리가 입 안으로 감겨들 듯 줄어들었다.

　—글자를 공부한 것이냐, 글을 공부한 것이냐?

　혼자 부끄러운 감정에 몰려 있던 여자는 김달수가 계속 말을 붙이는 것이 고마울 지경이었다. 대화를 주고받다 보면 부끄러움 속을 빠져나갈 수 있을 것만 같았다. 유건을 쓰고 앉아 있는 사내들. 〈논어〉를 읽고 있는 유생들은 가끔씩 여자를 쳐다보았지만 아무것도 묻지 않고 무표정했다. 그 무관심이 무서웠다.

　—천자문을…….

　—천자(千字)만 공부했으니 그렇지.

　—천자문만 공부한 것은 아니고 명심보감까지…….

　—허. 정말 벽창호로군. 그러니 천자만 공부했다는 것이다. 세상엔 천자만 있는 게 아닌데 말귀를 자꾸 천자로만 알아듣잖아.

　강학당에서 숨죽인 웃음이 터져 나오기 시작했다. 여자는 자신이 말장난감이 된 줄을 그제야 깨달았다. 김달수는 유생들의 웃음을 유도하고 나서야 입매가 늘어지게 웃었다. 여자의 부끄러운 표정이

겁먹은 표정으로 바뀌었다. 깜깜한 숲길을 홀로 걷는 것 같은 공포감이었다. 사내들은 어두운 나무들로 보였다. 댕기머리 여자들도 함께 웃고 있다는 걸 알았을 때 여자의 얼굴은 더욱 하얘졌다.

—여기에서 하는 공부는 보통 공부가 아니다. 특히 여자에게는 더욱 그렇지.

김달수는 여자에게 자꾸 말을 붙이고 있었고, 여자는 말대답을 하지 못했다. 이대로 물러설 수 없다는 생각과 부끄러워 도망가고 싶다는 생각이 동시에 들었다. 사람들 속에서 처음 경험하는 고립이었다.

—벽보를 보고 찾아왔는데 못 올 데를 온 것입니까?

—저런. 무식한 계집년을 보았나. 벽보를 잘못 읽고 왔다지 않느냐? 많은 사람들이 벽보를 읽었어도 혼인한 여자가 찾아온 적은 없었다. 네년이 여기서 혼자라면 혼자인 이유를 알아야 할 것이다!

—나는 무식하니 여기에서 좀 배워야겠습니다. 혼인한 여자와 혼인 안 한 여자를 구별하는 법은 어떤 법인지를 알아야겠습니다.

여자는 마룻바닥에 벌렁 누워 버렸다. 〈논어〉를 읽고 있던 유생들은 두 사람의 대화를 난처한 표정으로 듣기 시작했다.

—흥. 세상이 거꾸로 물구나무를 선다 해도 혼인한 여자가 서원으로 들어오는 법은 없다. 여기가 부엌인 줄 아느냐.

김달수의 고집도 보통이 아니었다. 그런 소동을 무시하고 기어이 수업을 마쳤다. 여자는 누워서 대들보를 쳐다보며 귀로 수업을 들었다. 수업을 마친 김달수가 〈논어〉를 들고 일어섰다.

—서학인지 뭔지가 조선에 들어온 이후로 나라의 기강이 무너져

서 개판이 되었다. 조상 제사를 무시하는 건 가문의 뿌리를 뒤엎어 버리겠다는 것이고 신분의 법도까지 개차반으로 무너뜨리니 저런 계집년까지 따지며 덤벼드는 세상이 되었다. 여자에게는 혼인이 법도인데 무슨 법도를 또 배우겠다고 경망스럽게 집밖을 나서는 것이냐? 네년처럼 머리에 바람 든 계집은 천주학 모임이나 가보는 게 이로울 것이다.

어험! 김달수는 뒷짐을 지고 천천히 걸어나갔다. 유생들은 여자의 몸을 피해서 밖으로 나갔다. 강학당에는 여자들만 남았다. 〈논어〉를 손에 든 여자들이 고집스럽게 누워 있는 여자의 몸을 내려다보았다. 조용히 쏘아보는 눈길이었다. 혼인한 여자와 혼인 안 한 여자의 거리는 남녀 관계보다 멀었다. 정말 창피해. 댕기머리 여자들은 경멸스런 표정을 지었다. 여자가 벌떡 일어나 앉자 댕기머리 여자들은 〈논어〉로 입을 가리며 웃었다. 저런 모습을 보니 혼인하고 싶지 않아. 강학당 문이 닫히고 여자는 차가운 마룻바닥에 홀로 남았다.

―벽보가 거짓이었다는 겁니꺼? 왜 처녀이어야 한다는 거지예? 사당에 제물로 바치려고 그러능가. 제사 음식을 차리는 여자가 필요하다는 뜻잉가.

―처녀들은 부엌일을 한 게 아니라 〈논어〉를 공부했다지 않습니꺼?

―놈들 보는 눈이 있으니 처음부터 부려먹지는 못하고 가르치는 척하는 거지예. 그니께 공연히 낚싯밥 던진 거라. 조금 지나면 다른 서원들처럼 마을 사람들에게까지 세금 내라, 부역해라 행패를 부릴 거 아닙니껴?

―후천개벽시대에는 음의 시대가 되어서 여자들의 세상이 될 것이니께 울지 마이소. 남녀노소 차별 없이 다 받겠다고 해도 누가 서원으로 가겠능교? 과거급제를 하려면 돈이 필요하다는 걸 모르는 사람이 없는디. 서원으로 종살이를 하러 가면 모를까. 물질만능의 시대가 가고 정신 수양의 시대가 되기에는 아직은 멀은 거지예.

주모의 기둥서방이 방에서 나오면서 말했다. 오메. 거렁뱅이 똥구멍에서 콩나물을 빼 먹지. 주모가 난색을 표했다.

―그런데 그게 왜 남편의 이야기라는 것이오?

이하응이 의아한 표정으로 물었다. 여자가 소리 죽여 흐느끼기 시작했다. 서원 이야기에는 반쯤 분노와 반쯤 절망인 표정이었다가 남편 이야기에는 힘없이 무너져 내렸다.

―과거에 일곱 번이나 떨어졌어요. 일곱 번째 떨어졌을 때에야 왜 떨어졌는지 이유를 알았다고 통곡을 하대요. 한양에서 내려오는 길에 돈으로 벼슬을 산 친구를 만났는데 그 자리에서 수모를 당했나 봐요. 평생을 공부해도 합격할 수 없는 몸이라는 걸 알고부터는 방 안에 틀어박혀 술주정뱅이로 꼬박 삼 년을 살았어요. 올해 들어 겨우 정신을 차리는가 싶더니 동학에 빠져들기 시작했어요. 불만서원이 문을 열었을 때 남편을 설득했는데 돌부처처럼 꼼짝을 안 해서 차라리 나라도 들어갔던 거지요. 남편은 한양으로 올라가 버리

고 나는 하도 답답해서 전후 사정이라도 알아보려고……. 어찌 아
녀자가 지아비를 제치고 공부하려는 생각을 했겠습니까.

　─방금 누가 한양으로 올라갔다고 하셨음니꺼? 그럼 혹시 동막
골 접주 최갑수…….

　주모의 기둥서방이 놀라는 표정으로 물었다.

　─제가 안사람입니다.

　─한양으로 올라가셨다는 말씀은 들었습니더.

　─농민들의 고통을 나누는 것이 행복하다고 해서 차마 막지 못했
어요. 이번에는 이상하게 불안해서 밤에는 잠을 못 자요. 창덕궁으
로 가서 임금님을 뵈었는지 모르겠어요.

　사내들은 눈물에 가려진 여자의 눈동자를 쳐다보았다. 홀쭉한 볼
과 부은 눈이 몹시 불안해 보였다. 여자는 잠깐씩 어지러운 듯 손가
락으로 이마를 짚었다.

　─서원에 가시려고요?

　주모가 주막을 빠져나가는 이하응을 불러 세웠다.

　─밥값은 주고 가셔야지예.

　아, 그렇지. 이하응이 미안한 표정을 지으며 괴나리봇짐에서 오
푼을 꺼냈다. 주모가 이맛살을 찡그렸다.

　─한 냥입니더.

　이하응이 놀란 얼굴로 따지려다가 꾹 참고는 다시 한 냥을 꺼냈
다. 세상이 어수선하니께 물가가 장난 아니라예. 서원은 저 산길로
쭉 올라가시면 됩니더. 주모가 활짝 웃었다.

　─내 노새는.

—아이구마, 사람 목숨이 중하지 그깟 노새가 중합니꺼. 노새는
두고 가이소. 불만서원에서 이 근방의 말을 다 가져가서 여기에는
말이 없습니더. 말 값이 금값이니 노새까지 금값이지예. 아무리 금
값이라고 해도 나리 목숨 값만 하겠습니꺼? 양반들이 하도 날도둑
질을 해서 이 근방 농민들은 양반만 지나가면 풀 베던 낫을 들고 달
려드는 판국인데예. 괜히 노새 타고 가다가 황천길로 갈 수 있지예.

—황천길이라니?

—한양에서 오셨다고 했지예? 지방 사정을 잘 모르시는 모양인
데예. 괘서가 뭔지 암니꺼? 관리의 죄상을 낱낱이 적어서 길거리에
붙이거나 장대에 매달아서 폭로하는 거지예. 그라믄 산호가 뭔 줄
암니꺼? 산에 올라가서 양반의 비리를 고발하는 거지예. 그라믄 투
서는 암니꺼? 관리의 부정을 글로 써서 던져 넣는 거지예. 얼마나
조직적으로 움직이는지 알겠지예? 쇤네가 무식해서 아는 것은 없
어도 국밥집을 오래 해서 셈은 분명합니다요.

주모가 이하응을 향해 눈을 흘겼다. 옆으로 흘겨보는 눈길에는
양반에 대한 동정심이 묻어 있었다. 노새 값만큼의 충고라는 뜻이
다.

—관아의 수령도 무서워하지 않는데 노새 타고 떠돌아다니는 양
반을 무서워하겠습니꺼. 없는 사람들이 더 잘 뭉치지예. 얼굴을 서
로 몰라도 없다는 이유만으로도 뭉칩니더. 관아 수령들이 그걸 몰
랐다가 죽어 나간 사람이 한둘이 아니지예. 진주민란 이야기 못 들
어보셨습니꺼. 농사꾼들이 관아의 수령을 처벌한 이야기는 얼라도
다 아는 이야기인데 모르진 않겠지예?

주모는 한쪽 눈을 찡긋하며 돌아섰고, 엉덩이를 실룩이며 걸어갔다. 허리께에서 질끈 묶은 치마는 폭이 좁았고 저고리는 허리까지 내려와서 펑퍼짐했다. 이하응은 주모의 뒷모습을 멍한 표정으로 쳐다봤다. 생지옥을 벗어나는 값을 톡톡히 치른 셈이었다. 주모가 다시 뒤돌아서며 허리를 푹 꺾었다. 서원에서 나오시거든 우리 한울님 주막을 꼭 한번 들러주이소.

이하응은 휘청거리며 불만서원으로 걸어갔다. 산길을 올라가자 탁 트인 곳이 나타났고, 격조 있게 꾸민 정원이 보였다. 야생 나무들과 정원의 나무들은 높은 기와 담장 때문에 금을 그은 듯 다르게 보이기도 했고, 깊숙한 정원 때문에 하나로 보이기도 했다. 서원 뒤쪽으로는 금강송 십여 그루가 있었다. 금강송은 붉은 용의 등줄기처럼 허공을 갈랐다. 솔잎은 가늘어서 푸른 안개가 뭉친 듯 보였고, 아래로 매끄럽게 쓸려 있었다. 햇빛은 푸른 솔잎으로 미끄러져 내렸고, 솔잎은 무더기로 환했다.

이하응은 속된 시장기를 잊으며 가슴이 묵직해지는 흥분을 느꼈다. 당장 종이로 옮기고 싶을 만큼 빼어난 자태다. 광활한 허공을 종이 삼아 눈으로 붓질을 하며 감상에 빠졌고, 금강송의 푸른 기운은 눈길 따라 흐려졌다 진해졌다. 허공은 금강송 배후로 물러났다. 허공을 누르는 격조 높은 기개였다. 이하응은 눈앞이 노래지면서 갑자기 화가 치밀어 올랐다. 아름다움에는 비싼 값이 있었다. 값을 과하게 치르고 바라보는 금강송이었다. 금강송과 말이, 금강송과 노새가 눈가에서 어지럽게 어릿거리면서 속된 시장기가 다시 돌았다.

—이리 오너라!

남자 노비가 쪼르르 달려나와서 대문을 열었다. 잘 가꾼 정원에는 늘씬한 나무들이 푸르렀고, 해서체로 쓴 강학당 현판이 선명했다. 이하응은 질서 있는 나무들을 노려보다가 잘생긴 현판 글자를 향해 소리를 질렀다.

—이 서원에는 인간 그림자도 없느냐?

김달수가 뒷짐을 지고는 기단을 천천히 걸어 내려왔다. 이하응의 얼굴을 쳐다보고는 몹시 한심하다는 표정을 지었다. 갓은 말할 것도 없고 오물로 지저분한 옷이 도포임을 드러내는 것은 가슴께에 질끈 묶은 다회였다. 다회도 때가 묻어서 실의 종류를 알 수는 없으나 매듭은 굵고 튼실했다. 양반은 양반인 모양인데 꼴이 말이 아니니 섣불리 공대할 수도 하대할 수도 없었다. 조선에서 서원에 대고 함부로 소리 지를 수 있는 인물은 몇 안 되었다.

—나는 한양에서 온 흥선군이다.

김달수는 의심스러운 눈초리로 이하응의 얼굴을 뚫어지게 쳐다보았다. 작고 깡마른 체구에 쌍꺼풀 진 눈이 날카로웠다.

—이 누추한 곳까지 어인 일이시옵니까.

김달수가 허리를 푹 꺾으며 예를 표했다. 험. 이하응은 기단을 향해 성큼 걸어갔다. 김달수는 가까이 다가가려다가 깜짝 놀라며 뒤로 물러섰다. 어느 시궁창을 떠돌다 왔는지 고약한 냄새가 풍겼다. 이하응이 마룻바닥에 올라서자 발자국이 선명하게 찍혔다. 김달수는 더러운 발자국을 피해서 걸어갔다.

사액서원인가 보군. 여자 노비가 연차를 내왔고, 연꽃 향 때문에 목소리는 누그러졌다. 넓은 마룻바닥에는 윤기가 자르르 흘렀고 굵은 기둥을 돌아 나오는 산바람은 부드러웠다. 원생들의 기숙사인 동재와 서재는 보이지 않고 누각이 보였다. 그렇습니다. 김달수는 조금 뜸을 들이며 대답했다. 이하응이 만만히 보이는 인물은 아니었다. 꾀죄죄한 얼굴에서도 눈빛은 날카롭게 빛났다.

—땅과 노비는 얼마나 받았는가?

이하응은 두 손으로 찻잔을 들어 찻물의 온도를 코로 느끼고 나서 단도직입한다는 표정을 지었다. 결례였다.

—무슨 말씀이신지요.

—학전 말이네. 임금께 현판을 하사받은 사액서원이라면 땅도 받았을 것이 아닌가?

이하응은 찻물을 하릴없이 빙글빙글 돌렸다. 찻물은 넘치지 않게 조금씩 흔들렸다. 이하응이 움직이는 물을 홀짝 마셨다.

—감읍하게도 조금 받았습니다.

김달수는 찻잔을 바짝 받쳐 들고 고개를 숙여 찻물을 마셨다. 음. 차향이 좋군. 이하응이 턱 끝을 들어 올리며 만족스러움을 표시했다. 그리고는 약과 하나를 입에 넣고 우물거렸다. 약과를 몇 번 씹고 꿀꺽 삼키자 배에서 꼬르륵 소리가 났다.

—근처 사찰 연못에서 직접 키운 연잎으로 만들었습니다.

—그래? 그럼 때가 묻지 않았겠지? 인간 노린내 말이야.

—그럼요. 맑은 꽃입니다. 귀한 잎이라서 주지한테만 공양한다는 것을 조금 얻어 왔습니다.

—오, 그런가. 맑은 향기가 드높을 것 같군. 자네는 땅을 얼마큼

받았나?

이하응이 세 번째 찻물을 홀짝 마시고 나서 턱 끝을 조금 더 들어 올리며 물었다. 그리고는 뭔가를 생각하는 표정으로 빈 잔을 손톱으로 톡톡 두어 번 두드렸다. 김달수의 표정이 어두워졌다. 격 없는 질문과 결례 사이를 가늠하려고 애쓰는 눈빛이었다. 이하응은 종잡을 수 없는 인물이었다. 거침없는 질문에는 상대방에 대한 배려가 없었고, 그걸 아는 식견을 가졌는데도 표정에는 미동이 없었다.

—얼마큼 받았는지는 중요한 게 아니겠지. 서원에 따라 다를 테고 이야기를 들어봤자 구린내만 진동할 테니 안 들은 것만 못하겠지. 물론 그것도 전하가 아닌 김병학에게 받았겠지만.

—법대로 받았을 뿐입니다.

이하응이 질문할 권리도 없고 자신이 대답할 의무도 없는 대화였다. 김달수는 입술을 깨물었다. 무례한 질문에 대해 참아야 할 이유가 없는데도 김병학 이름 때문에 계속 참기로 했다. 겉모습은 더럽게 꾀죄죄해도 한양 실세와 친한 인물인지 모를 일이다.

—법대로 했다면 면세전에다가 노비까지 받았을 터이니 자네는 좋겠네그려. 이 나라에서 서원은 특별 대접이니 그 권위에 시시비비를 따지는 사람은 없네. 농민들이 관아는 습격해도 서원을 습격한 사건은 아직 없으니 말이야.

이하응은 눈을 가늘게 뜨고는 턱수염을 쓸었다. 김달수가 어색하게 웃었다.

—사당에는 누구의 영정을 모셔놓고 제사 지내고 있는가?

—송구하게도 사당이 완성되지 않아서 아직 성현을 모시지 못했

습니다. 부끄럽습니다.

김달수는 공손히 고개를 숙이며 거짓말을 했다. 성현의 이름을 대면 대화가 또 길어질 것이다. 성현이 어떤 얼굴짝인가? 안동 김씨 가문에서 찾아냈는가? 그 학통이 과연 이어받을 만한 것인가? 제사에 쓸 음식과 노비들에 대해서까지 세세히 간섭하며 캐물을 것이다. 김달수는 어떻게 하면 이 불편한 대화에서 빨리 풀려날 수 있을 것인지 궁리하기 시작했다.

─사당이 없다니 이상한 서원이군. 서원에서 제례봉행을 하지 않고 어찌 후학을 양성한단 말인가. 설봉서원은 서희, 김안국을 제사 지내고 있고, 소수서원은 안향과 안축, 주세붕을 제사 지내고 있고, 화양서원은 송시열 사당과 명나라 신종과 의종을 기리는 만동묘가 있는데. 사림이 도학정치의 구현으로 대유현성을 내세워서 제향을 실천하는 것으로 서원을 세웠는데 남녀노소라는 이상한 변보에다가 사당도 없고 토지만 제대로 하사받았군그래. 조선 역사에서 이런 서원은 없었네.

이하응의 화법은 갈 지(之) 자처럼 오락가락해서 속내를 파악하기가 어려웠다. 잘못 응수했다가는 허를 찔릴지도 모르겠다는 조바심이 들었다. 독 안에 든 쥐 같은 표정이군그래. 이하응이 중얼거렸다.

─그림에도 폐필이 있는 법.

─폐필이라니요?

─쓸모없는 붓질 말일세. 쓸모없는 붓질이 많으면 그림이 되겠나? 성리학이 나와 남을 구별하기 위한 현학적 취미밖에 안 된다면

그야말로 폐필이지 무엇이겠나. 배운 사람과 못 배운 사람을 구별하는 학문이라면 폐필 중에서도 고급 폐필일세. 나는 오늘 자네에게서 폐필을 한 수 배웠네.

이하응이 네 번째 찻잔을 코끝에 갖다 대며 고개를 갸웃했다. 약과 한 그릇을 다 비워냈다. 무슨 말씀이온지. 김달수의 눈동자가 확흐려졌다.

—나는 묵란을 좋아하는데 그동안 난엽의 부드러움만 생각했지 그 수를 생각하지 못했는데 오늘은 폐필을 생각하게 되는군. 난엽이 너무 많아서 꽃의 자태가 흐렸던 거야. 난엽이 과도하게 많으면 꽃이 부실해지지 않겠나. 나무도 가지치기를 해야 선이 살아나는 것처럼 난엽도 쳐내야 해.

이하응은 꽃 이야기를 하고 있었지만 들어보면 꽃 이야기가 아니었다.

—고려를 생각해 보게. 국가 경제를 좀먹는 사찰들 때문에 나라가 망할 지경이었으니 조선에서는 성리학을 국가의 근간으로 내세운 것이 아니겠는가. 삼봉 정도전은 〈불씨잡변〉으로 불교의 폐단을 조목조목 비판했었지. 백성에게 돌아가야 할 토지는 물론 백성을 상대로 고리대금업까지 성행했으니 백성의 입장에서는 나라가 있다 한들 조국이라고 생각하겠는가.

—……

—자네가 면세전을 받았는지 백성의 땅을 강탈했는지 나로서는 알 수 없네. 내 보기에는 사액서원 같지 않고 일개 문중에서 세운 서원 같은데. 문중에서 서원을 세우는 경우에는 오로지 가문의 권

위를 드러내는 역할을 하지 않겠는가. 요상한 서원을 세우라고 시킨 사람이 김병학인가. 김병학에게 처녀를 바칠 요량이 아니면 서원에 여자가 필요할 리는 없지 않겠나. 원생에 대한 소문을 들었네. 보통은 양반 자제들 중에서 생원, 진사, 초시 입격자로 뽑는데 여자를 뽑았다니.

—아마도 천주학 집회와 혼동하는 백성이 있는 듯합니다. 그런 일은 없습니다.

—아, 그런가.

—예.

—그런데 오는 길에 보니 금강송이 훌륭하더구먼. 탈속인지 세속인지 경계를 모르도록 아름답더군. 이 서원은 탈속인가, 세속인가? 서원은 훈구파의 세속적 입신양명에 대한 반발로 생겨난 것인데 말이야. 과거에는 관학 때문에 유학이 출세 도구인 시절이 있었지.

사람보다 이쁜 나무야. 금강송만 한 사람이 있던가. 이하응이 중얼거리며 밖을 향해 아득한 눈을 들었다. 금강송의 가지처럼 단순했으면 좋겠군. 이하응의 시선은 허공의 어디쯤을 더듬고 있었고, 누구의 방해도 받지 않는 과거 속으로 들어가 있는 듯했다.

—금강송을 뽑아내는 일은 시간이 걸리는지라.

—시간을 달라?

—금강송을 뽑아내서 한양으로 올리겠습니다.

김달수가 환한 표정으로 웃었고, 이하응의 얼굴이 일그러졌다.

—저런. 더러운 인간들 때문에 금강송이 곤욕을 치르겠구먼.

김달수는 매우 곤혹스러운 표정을 지었다. 대화의 핵심에서 자꾸만 밀려나고 있었다. 금강송 이야기가 아니었다. 김달수는 변명할 여지도 잡지 못하고 억울한 표정을 지었다.

—혹독한 추위를 겪은 후에야 송백의 푸름을 안다[歲寒然後知松柏之後凋也]고 했으니 시절이 궁핍할수록 백성의 마음을 얻지 못한다면 공자께서 자네를 마음에 들어 하시겠는가? 천하의 공자라도 백성을 괴롭힐 수는 없는 것이네. 백성을 거느리는 공자라면 그 사람은 공자가 아니라 사기꾼이겠지. 학문으로 사기 치는 소인배 말일세.

그, 그렇지요. 김달수는 말을 더듬었다. 이하응은 말상대하기가 어려웠다. 대화를 한 것이 아니라 일방적으로 설교를 들은 셈이다.

—이 서원에는 말이 많다는데 자네는 말 장사를 하려고 하는가, 아니면 김병학 사냥 길에 말을 바치는 사람인가? 이곳 산수가 화려하다 해도 사서삼경을 말 위에서 읽는 건 아닐 터이고. 김병학은 지리산으로 백호 사냥을 가고 없는데 자네는 왜 사냥 길에 따라가지 않았나?

빈 찻잔에 달라붙은 연꽃이 남아 있었다. 열락의 꽃을 피우고 햇빛에 말랐던 연꽃은 찻물에 몸을 적시고는 찌꺼기로 남았다.

—내가 한양에서 내려올 때 말을 타고 왔는데 산속에서 잃어버렸네. 말을 내주게.

결국은 말 이야기였군. 김달수는 비로소 안심하며 셈이 분명한 표정으로 머리를 조아렸다. 김달수는 노비를 불러 급히 지시했다. 붉은빛이 도는 수말이었다. 궁둥이가 매끈하고 말총이 유연하게 늘어졌다. 천리마 혈통인지 눈동자에서 총기가 느껴지는 말이었다.

서원에 있는 말 중에서 제일 명마를 끌고 나온 듯했다. 자네, 확실해서 좋군. 이하응이 말 잔등을 쓰다듬으며 만족한 표정으로 말했다.

말을 찾으려거든 김병학 집으로 오게. 이하응이 말에 올라탔다. 서원 마당에서부터 대문 밖으로 타고 나갈 생각인 듯했다. 후일을 위해 잠시 손해 본다는 심정으로 내준 명마다. 명마에 올라탄 이하응의 얼굴에 말간 햇빛이 비쳤다. 비뚜름한 갓과 음울하게 빛나는 눈동자. 보통 사내보다 과한 목소리. 대사헌 김병학 집에서 얼핏 본 얼굴 같기도 했다. 기억을 더듬는 김달수의 표정이 잠깐 흐려졌다. 김병학 생일잔치에 불청객 왕족이 와 있다는 수군거림을 들었던 기억이 났다. 지금까지 조심했던 건 김병학과 흥선군의 관계를 알 수 없었기 때문이다. 흥선군이 우군인지 좌군인지 모르는 상황에서 섣불리 패를 보일 수는 없었다. 설마. 김달수는 햇빛이 어지러운 듯 고개를 흔들었다. 뱃속의 열기가 얼굴까지 뜨끈하게 치밀어 올라왔다. 한양에서 유명한 궁도령이란 자가 흥선군? 개망나니 왕족?

—지엄한 서원에서 말을 탄 사람은 단 한 명도 없습니다.

이하응은 의아한 표정을 지으며 말고삐를 바짝 쥐었다. 김달수가 남자 노비들에게 눈짓을 보냈다. 남자 노비들이 이하응을 말에서 끌어내렸고, 숨 돌릴 틈도 주지 않고 달려들었다. 재수 옴 붙은 날이네. 미친년에다 미친놈까지. 김달수는 뒷짐을 지고 기단을 올라섰다.

❖

이 조그맣고 완고한 나라. 조선은 천천히 무너지고 있는 중이다. 방바닥이 균열되듯이 사방으로 갈라지고 있다. 방바닥 구들장은 다 허물어지고 있는데 지붕은 높고 단단한 나라. ……나는 전교를 하면서 매일 죽음이라는 놈과 숨바꼭질을 하고 있다. 문 뒤에 숨어서 죽음을 쳐다보기도 하고 문밖으로 나와서 죽음을 피해 다니기도 한다. ……지금은 봄이지만 아직 겨울이 남아 있다. 잘 녹지 않는 얼음처럼…… 느껴지는 ……쨍쨍한 날씨이다.

1838년 3월 모방(Maubant).

어스름한 저녁이었다. 신부는 프랑스어로 휘갈기듯 써 내려간 일기를 읽고 있었다. 조선 최초의 선교사 모방의 일기였다. 모방은 프랑스 파리외방전교회원으로는 처음으로 조선말을 배웠지만 일기는 프랑스어로 쓰고 있었다. 어쩌면 다음에 오는 프랑스 선교사를 위해 조선 전교의 속마음을 은밀히 기록해 놓았는지 몰랐다. 단숨에 써 내려간 듯 보이는 글씨체는 단 한 가지에 대한 생각 때문에 몹시 불안정하고 조급해 보였다. 문장의 호흡은 행간에 숨어 있었으며 자헌치명(自獻致命)[4]은 모방이 애써 피해가고 있는 단어였다.

마구 휘갈겨 쓴 생각들은 문장들 사이에서 불규칙한 간격을 유지하고 있었다. 어떤 단어들은 아주 미세한 폭으로 떨어져 있어서 문장의 뜻이 혼동되었고, 어떤 단어들은 너무 멀리 떨어져 있어서 띄

---

4) 자헌치명(自獻致命): 천주교를 금하는 곳에서 스스로 자결하여 순교함.

어쓰기가 서투른 어린애의 글씨처럼 보였다. 단어의 띄어쓰기 간격은 일정치 않았으나 그 간격에는 모방만 아는 절대 거리가 숨어 있어서 남다른 휴지기를 표현하고 있었다. 휴지기는 급박한 현실 속에 숨은 욕망이었다. 마치 문 뒤에 숨어서 호흡하는 사람처럼. 남몰래 일기를 쓰고 있던 모방은 단어와 단어 사이에 숨어서 재빨리 숨을 쉬고 있는 것처럼 느껴졌다. 죽음과 가깝게 대면하고 있는 자의 불안한 호흡이었다. 신부는 글을 읽어가면서 단어가 끊어진 거리를 느낄 때마다 자기도 모르게 재빨리 숨을 내쉬었다. 그러면서 24년 전에 남몰래 일기를 쓰며 불안한 호흡으로 숨을 쉬고 있던 모방을 느꼈다.

프랑스어 일기장을 숨기기에 방 안은 충분히 어두웠다. 작은 촛불에서 나오는 빛은 일렁이는 그림자를 거느리며 어슴푸레했다. 의혹과 의심의 시선으로부터 쫓겨다녀야 하는 것이 조선 전교였다. 24년 전 봄에 쓴 모방의 일기는 겨울 눈빛[目光]처럼 냉혹하고 차가웠다. 차가운 땅속 뿌리처럼 오직 견뎌야 하는 본능만이 남아 있었다. 모방은 조선에서 죽는 두려움을 감추려고 조선인이 알아볼 수 없는 글씨로 휘갈겨 썼던 것일까. 그러나 조선 땅에서 프랑스어를 알아볼 사람은 거의 없었다. 이 일기를 조선의 길거리에 공개한다 해도 조선인들은 무관심하게 지나칠 것이다. 모방의 일기를 프랑스 외방전교회로 가져간다면 모를까.

정확히 뭔지는 알 수 없었지만 조선 사람들의 관심은 다른 데에 있었다. 조선 정부가 공격하는 것은 천주교가 아니었다. 그 비밀을 알고 있는 조선인은 정권을 잡고 있는 상류층이었다. 표면적으로는 천주교를 내세우고 있지만 그것은 상류층 집단의 정치 카르텔이었다. 신부는 프랑스에서 유행하는 단체전 마상 시합을 보는 듯 불안한 표정을 지었다. 프랑스 귀족들은 정치적 갈등을 때때로 마상 시합을 통해 해결했다. 말 위에서 싸우는 기사의 죽음은 귀족층이 짜놓은 각본에 의한 것일 뿐이었다. 기사는 영예로움이란 헛것을 향해 온몸을 내던졌고, 그 죽음 뒤에는 귀족층의 포만감 어린 웃음이 숨어 있었다.

오. 신부는 가슴에 성호를 그으며 고개를 숙였다. 기해년(1939)에 모방은 앵베르 주교와 샤스탕 신부와 함께 새남터에서 순교했다. 일기에는 조선 이름 나백다록(羅伯多祿)이 아닌 프랑스 이름 모방(Maubant)으로 서명되어 있었다. 모방은 죽기 전에 고국 프랑스를 생각했을까. 프랑스와 조선은 현실과 꿈처럼 먼 거리였다. 모방은 죽음의 순간까지 말 위에 앉아 있는 기사처럼 불안해했다.

조선에서 천주교 박해는 신유년(1801)과 기해년(1839)과 병오년(1846)에 이미 세 차례나 있었고, 언제 또다시 죽음의 소용돌이가 일어날지 알 수 없었다. 신부는 일기장을 책상 첫 번째 서랍에 도로 집어넣었다. 두 번째 서랍에서 무딘 펜과 반쯤 굳은 잉크를 발견했다. 오랫동안 쓰지 않던 펜에 검은 잉크를 살살 묻히고는 새 종이를 꺼냈다.

신부는 흰 종이를 쳐다보면서 오랫동안 생각에 잠겨 있었다. 모방이 살던 시대와는 달랐기 때문에 생각할 시간은 많았다. 조선의 왕은 헌종에서 철종으로 바뀌었고 더 이상의 박해는 없었다. 외부로 드러내 놓고 사목 활동을 하지는 못했으나 사람들 눈을 피해 다

급하게 쫓기는 일도 없었다.

신부는 눈을 감았다. 잔물결만 출렁이는 수면을 지나 바다의 중심으로 들어가듯 깊은 심연을 느꼈다. 신부는 펜을 들고는 아주 신중하게 잉크를 묻혔다. 그리고는 모방을 흉내 내며 일기를 쓰기 시작했다. 조선에 대한 문장들을 곰곰 생각하다가 문득 황새 한 마리를 떠올렸다. 신부는 또박또박 휴지기가 분명한 거리로 일정한 간격을 유지하며 단어들을 써 내려갔다.

푸른 바다에 둘러싸인 조선은 오직 중국하고만 교류하고 있다. 조선은 중국 이외의 세상을 알고는 있을까. 거대한 중국 대륙에 매달린 조선은 바다 건너에서 소식이 오기를 기다리는 황새[5]처럼 고독해 보인다.

1862년 8월 깔레(Calais).

신부는 방문을 열고 밖으로 나갔다. 흙냄새 나는 밤바람은 시원했고 밤하늘은 낮게 보였다. 얼굴을 조금만 들어도 까마득한 하늘이 지붕처럼 보였다. 어둠은 집의 윤곽을 따라 굴곡져 있었다. 공소(公所)[6]는 전형적인 조선의 가옥이었다. 말이 공소지 아직도 천주교 신자의 집을 옮겨 다니며 미사를 보는 실정이었다.

신부는 하늘을 쳐다보며 밤바람을 호흡했다. 기와지붕을 따라 어둠이 내려앉았고, 하늘은 형상을 모르게 허물어져 있었다. 달은

----

5) '황새'라는 표현은 문경, 한실 지방 깔레 신부의 전교 수기에서 인용.
6) 조선 초창기 천주교회.

혼자서 숨바꼭질하듯이 숨어버리고 몇몇 별들도 보이지 않는 밤이었다. 신부는 캄캄한 어둠 속에서 흙벽을 더듬었다. 옆방이었다.

마리. 남자의 목소리는 어둠을 타고 들어온 바람처럼 은밀했다. 수녀는 흰 두건을 쓴 머리를 숙이고는 숙연한 느낌에 온몸을 내맡겼다. 남자의 목소리는 수녀의 머리를 지그시 눌렀다. 주여, 뜻대로 하소서. 수녀가 중얼거렸다. 예수는 십자가 위에 올라가 있었다. 벽에 걸린 예수는 수녀를 내려다보고 있었다. 수녀는 예수의 눈길을 온몸으로 느꼈다.

남자의 목소리는 다가오는 발자국처럼 점점 가까이 들렸다. 어떤 간절함이 목덜미를 뜨겁게 스쳤다. 기도의 열락에 빠진 수녀는 눈을 뜨고 싶지 않았다. 불길에 휩싸인 집들과 비명을 지르며 달아나는 사람들. 아. 수녀가 고통스럽게 신음했다. 주여, 어디에 계시나이까.

바로 뒤에서 인기척이 느껴졌을 때에야 수녀는 눈을 조금 떴다. 그리고는 타인의 체온과 함께 깊은 고독을 느꼈다. 흰 두건 속에서 여자의 얼굴이 오롯이 나타났다. 기도에서 막 깨어난 여자의 눈동자는 늪처럼 깊었다. 신부는 수녀의 눈을 들여다보았다. 조선으로 들어온 수녀로는 처음이었다. 천국이 불탔어요. 수녀가 절망한 얼굴로 매달리듯 말했다. 잊어요. 신부가 단호하게 말했다. 수녀는 벽쪽의 예수를 향해 성호를 그었다. 수녀는 프랑스 외방전교회 소속이 아니었다. 신부는 끔찍한 전쟁을 피해 들어온 수녀에게 출신과 소속을 묻지 않았다. 수녀는 여자라서 조선의 사대부 여인들과 친해질 수 있었다.

—여기는 조선이니까 조선만 생각해요.

—아, 여기는 조선이지요.

—조선 사람들은 예수의 행적을 신앙으로 받아들인 게 아니라 학문으로 받아들였어. 조선 사람들은 학구열이 강한 사람들이야. 특히 식자층의 사람들에게는 예수를 잘 설명해야 돼. 토론을 잘하는 만큼 싸움이 잦은 나라야. 자존심이 높아서 신앙심조차 다른 사람과 비교하려고 해.

신부는 모방의 일기에서 읽은 구절을 떠올리며 말했다. 신을 쉽게 받아들이는 사람들. 모방은 조선 사람들에 대해 자세히 써놓았다. 아이에게 젖을 먹이려고 가슴을 다 드러내 놓고 일하는 여자들.

—가난한 사람들에게 희망을 주지 못하는 종교는 죽은 종교야. 예수님도 가난한 사람들과 함께하셨어.

아. 수녀가 두려운 얼굴로 고개를 끄덕였다. 조선의 사정은 위태로웠다. 길거리에는 집회가 자주 열렸고 자주 해산되었다. 집회마다 불안한 기운이 숨어 있었다. 집단의 함성 소리도 들렸고 개인의 고함 소리도 들렸다. 탕! 탕! 탕! 세 발의 총소리. 총을 든 사람은 누구고 총을 맞은 사람은 누굴까. 수녀는 십자가가 걸린 벽을 쳐다보며 고개를 흔들었다.

—프랑스도 조선도 우리가 순교하기를 바라지 않아. 전교에 최선을 다하겠지만 모방처럼 조선에서 죽을 수는 없어. 우리는 프랑스로 돌아갈 거니까.

신부와 수녀의 눈길이 불안하게 마주쳤다. 신부는 엄숙하게 성호를 긋고는 손가락에 입을 맞추었다.

—조선에서 주의할 점들이 있어. 어떤 계층이든 자존심을 건드리지 말 것.

수녀는 뭔가 말하고 싶은 듯 입술을 달싹였다. 아직 마치지 못한 기도의 끝자락을 붙잡고 있는 표정이었다. 촛불이 흔들리고 있었다. 흔들흔들. 촛불의 움직임을 응시하던 수녀는 어지러움을 느꼈다.

—두 번째. 조선의 국부(國父)가 누구인지 알아야 해. 국부는 조선 사람들이 아버지처럼 따르는 인물이어야 해. 지금 조선에서 중요한 인물은 왕이 아니야. 우리는 진짜 왕을 찾아야 해. 왕 뒤에 숨은 권력자 말이야.

—그가 누굴까요.

신부는 수녀 앞에 무릎을 꿇었다. 금녀의 땅에 들어온 성녀를 바라보는 표정이었다. 수녀는 신부의 진지한 눈동자에 기꺼이 응했다. 수녀가 이마를 방바닥에 대며 십자가 모양으로 엎드렸다. 두 팔을 쫙 벌렸고 두 다리를 곧게 오므렸다. 이 몸을 천주께 바칩니다. 수녀가 중얼거렸다. 십자가의 예수는 수녀를 내려다보고 있었다. 신부가 수녀의 뒤통수와 등과 다리를 내려다보며 꼭꼭 다짐하듯 프랑스어로 물었다.

—마리, 당신은 여자입니까, 수녀입니까?

—나는 여자가 아닙니다. 오직 수녀입니다.

—마리, 당신은 수녀입니까, 프랑스인입니까?

—나는 프랑스인이 아닙니다. 오직 수녀입니다.

수녀의 목소리에 경건함과 자부심이 흘러 온몸으로 퍼지는 듯했다. 수녀는 신부의 시선을 등으로 느꼈다.

계세요. 계세요. 낯선 여자의 목소리가 방문 가까이에서 조심스럽게 들렸다. 수녀가 방바닥에서 벌떡 일어났고, 신부가 조심스레 방문을 열었다. 어둠 속에서 머리를 쪽진 여자가 장옷을 들고는 공손히 고개를 숙였다.

—박 마르타, 어서 들어오세요.

왕가의 여자로서 체통도 생각했지만 여느 사대부처럼 형편이 좋아서 유모를 들인 깃은 아니었다. 민씨 부인이나 둘째아들 재황이나 모두 허약한 체질이었다. 노산인데다 난산이었다. 이하응은 아기를 낳은 지 백 일이 안 된 여자를 수소문해서 유모를 들였다. 다행히 젖이 흔한 유모는 아기의 손이 가슴을 스치기만 해도 젖이 돌았고, 젖꼭지는 아기가 물 수 있을 만큼 작았다. 유모의 아기는 낳은 지 한 달 만에 황달로 잃었다고 했다. 서원 부역에 나갔다가 남편도 잃고 아기까지 잃은 불쌍한 여자였다.

이하응은 집이 없는 유모에게 행랑방을 내주었고, 유모는 재황에게 정성을 다했다. 남들은 유모의 아픔을 금방 잊었지만 유모는 마음속 아픔을 잊지 않았다. 유모는 집안일을 열심히 하다가도 다른 생각에 곧잘 빠졌다. 다른 생각이라는 것이 하늘의 별을 쳐다보는 것처럼 비현실적이고 허황되었다. 유모는 이 세계에 살면서도 이

세계 사람이 아닌 듯했고, 피붙이 죽음에 대해 수백 번을 곱씹어 생각하는 여자의 감정은 달랐다.

유모가 남몰래 책을 숨기고 다니는 것을 알아챈 것은 최근이었다. 유모가 글자를 안다는 사실도 처음 알게 되었다. 유모는 천주학 집회에 참석하게 되면서부터 세례를 받고 이름을 가지게 되었다고 고백했다. 박 마르타라니. 서양 성녀의 이름이라고 했다. 민씨 부인은 몇 번 곱씹어 생각하다가 고개를 흔들었다. 이름이 없던 유모에게 이름이 생긴 건 좋은 일이었지만 서양 이름을 본명으로 부른다는 건 이해하기 어려웠다.

─서학 때문에 사람들이 다 죽었는데 뭐가 좋아.

민씨 부인은 바늘을 들고 시큰둥한 표정으로 대꾸했다. 베갯잇을 새로 만드는 중이었다. 치자 물을 연하게 들인 생목이었다. 양옆으로 꽃과 나비를 수놓을 참이었다. 남편은 묵란을 칠 때 난초를 양옆으로 나란히 그리는 일이 없었다. 대칭은 안정감을 주지만 생동감을 주지는 못한다고 했다. 남편은 대칭보다 비대칭을 좋아했다.

민씨 부인은 달랐다. 비대칭보다는 대칭이 좋고 생동감보다는 안정감이 좋았다. 하지만 남편의 묵란처럼 한쪽에 중심을 두어야 한다면 어느 쪽에 중심을 두어야 할까. 오른쪽에 둘까. 왼쪽에 둘까. 오른손잡이라서 오른쪽이 더 안정되어 보였다. 꽃에 중심을 둘까. 나비에 중심을 둘까. 민씨 부인은 베갯잇을 손가락으로 가늠하면서 이리저리 생각을 옮겼다. 그리고는 홍화 색깔 실을 바늘구멍에 꿰었다.

─기도 모임에 오는 사람들은 죽음도 두렵지 않다고 했구먼요.

죽음이 두렵지 않은 사람이 어디 있어? 민씨 부인은 유모의 얼굴을 힐끔 쳐다보고는 정성스럽게 수를 놓기 시작했다. 홍화 색깔은 화려하고 고왔다. 약을 발라서 광택을 낸 실보다 색만 들인 실을 사용하는 이유가 있었다. 인위적인 광택은 천연의 질감보다 못했다. 화려한 광택은 잠깐 눈길을 끌지만 오래도록 시선을 붙들어 매지는 못했다.

천연의 자태는 남이 훔칠 수 없는 깊이였다. 남편이 말한 생동감이 그런 뜻이라면 생각을 더 해볼 필요가 있었다. 우물이 겉으로는 고여 있지만 땅속으로는 흐르는 물줄기를 잡고 있듯이 그런 깊이를 표현하고 싶었다. 그렇다면 나비보다 꽃이 좋지 않을까. 소리 없이 화려한 꽃이 우주의 중심을 잘 표현하는 듯했다. 민씨 부인의 손가락이 스치자 베갯잇에서 홍화 꽃잎이 돋을새김으로 나타났다.

—나는 죽음을 생각해 본 적이 없어. 아니, 생각하기도 싫어.

—마님, 사람은 언젠가는 죽어요. 육신은 죽어도 영생하는 건 영혼이래요. 영혼의 배부름은 육신의 배부름과는 다르다고 했어요. 육신의 안락을 위해서만 살면 영혼은 몹시 배고프대요. 사람이 좋은 음식을 찾듯이 영혼도 좋은 음식을 먹어야 한다고 했구먼요. 쇤네는 그 말씀이 옳다고 생각하는구먼요.

—자네, 예수를 봤어?

—못 봤지만 믿어요. 궁궐에 있는 임금님도 못 봤지만 없다고 하는 사람은 없으니까요.

낯설음이었다. 천주학에 대해 이야기할 때 유모는 다른 사람으로 변한 듯했다. 민씨 부인은 아랫사람에게 뭘 자꾸 설명하려고 애쓰는 자신을 느끼며 한숨을 폭 내쉬었다. 주인이 시키는 일만 하던 유모가 자기주장을 하는 모습은 의외였다.

그렇지만 유모의 말은 자꾸 생각하게 만들었고, 생각할수록 또 다른 생각을 끌어당겼다. 무엇보다 확실한 건 유모의 표정이었다. 예수를 이야기할 때 유모의 얼굴이 색실처럼 화사해지면서 지극히 평화로워 보였다. 종교는 느낌으로 아는 것이고 느낌은 느끼는 사람만이 아는 것이지 설명할 수 없는 것이라는 말은 타당하게 들렸다.

─천한 사람들이 따랐기 때문에 십자가형을 받고 죽었다면서.

─삼 일 만에 부활하셨대요.

유모가 활짝 웃었다. 민씨 부인은 그 표정에 더욱 떨떠름해졌다.

─환생이 아니고 부활이야? 죽은 사람이 어찌 다시 살아난다는 말인가? 죽어서 다시 태어나는 게 아니고?

─신이니까 부활하지요. 예수는 신이니까 윤회하지 않는대요.

─그렇지. 부처님도 윤회하지 않으니까. 인간의 오욕칠정을 넘어섰으니 윤회할 필요가 없지.

─다르지요. 부처님은 사람의 아들이고 예수님은 신의 아들이래요.

민씨 부인은 또박또박 말대꾸하는 유모를 낯설게 쳐다보았다. 처음에는 유모의 태도가 신경 쓰였는데 시간이 갈수록 태도보다 말에 신경이 쓰였다. 저리도 확신을 가질 수 있을까.

─도대체 누가 사람의 아들이고 누가 신의 아들이야? 신의 아들

이라면 인간이 범접할 수 없는 거리에 있다는 말이 아닌가. 그럼 조선 사람들은 왜 예수라는 이름 때문에 죽어야 하지? 조선 사람이 서양 신 때문에 죽어야 한다면 그거야말로 우스운 일이야.

민씨 부인은 불확실한 기분을 밀어내며 실로 매듭짓듯이 확언했다. 유모는 민씨 부인의 날카로운 표정에 난색을 표했다.

—헤헤. 그렇게 다 알면 쇤네가 수녀 하지요.

이하전이 죽은 이후로 죽음은 남의 일 같지 않았다. 귀를 스치는 소문에 민감해졌고 밤에는 잠을 이루지 못했다. 그런데 죽음의 두려움으로부터 자유롭다는 사람들은 뭔가. 개똥밭에 굴러도 이승이 좋다는데 살아남는 자가 이기는 거였다. 삶이 팍팍할수록 살아야 하는 이유는 분명했다.

민씨 부인은 베갯잇에 바늘을 꽂아놓고 잠시 허공을 쳐다보았다. 기도 모임에는 여자 남자 구별 없이 농민, 장사꾼, 몰락한 양반, 사대부집 자제까지 여러 계층의 사람들이 온다고 했다. 모든 일을 천주께 맡기면 마음이 평온하답니다. 유모는 저고리고름에 손을 대면서 수줍게 웃기까지 했다. 그분은 하늘의 왕이신데 기도하면 신분 구별 없이 다 들어주신대요. 속이 답답한데 남에게 못하는 말도 있잖아요.

민씨 부인은 나비의 한쪽 날개를 손가락으로 더듬었다. 날개의 곡선이 마음에 들지 않았다. 나비의 날개는 무거워 보였다. 어디가 문제인지 정확히 알 수는 없지만 유연하지 못하고 날렵하지 못하다는 느낌이었다. 민씨 부인은 나비와 꽃의 거리를 재며 꼼꼼히 살폈다. 나비가 남편의 마음에 들까.

—박 마르타라는 이름을 누가 불러주기는 하던가?

민씨 부인은 퉁명스럽게 물었다. 유모가 박 마르타로 살고 있는 세계. 차라리 베갯잇에서 날고 있는 나비의 세계가 더 자연스러웠다.

—아유. 기도 모임에서는 다들 그렇게 부르는데요.

유모는 잇몸이 다 드러내도록 웃었다. 민씨 부인은 그 웃음에 밀리는 표정을 지었다. 그때 유모가 정색을 하고는 마님, 수녀님을 한번 만나보시지요, 라고 말했다.

민씨 부인은 화계사로 기도하러 가는 날을 잡았다. 최갑수라는 사내가 사랑방에서 황당하게 죽은 이후로 좌불안석이었다. 하루에도 몇 번씩 닫힌 대문을 확인했고, 방문을 꼭꼭 닫아걸었다. 방 안에 혼자 앉아 있으면 불안해져서 유모를 불러서 함께 바느질을 하곤 했다. 이래저래 불안한 마음을 기도에 의지하려는 참이었다.

—무슨 생각을 그리 오래 하세요. 저는 묵주기도를 하고 있었는데 다 끝났을 정도예요.

민씨 부인은 저고리 매무새를 단정히 하며 어깨를 조금 움츠렸다. 민씨 부인은 집 떠난 남편 생각을 하고 있었다. 남편이 집을 떠나고 난 뒤 동학교도들이 밤중에 찾아왔었다. 동학교도들이 인왕산으로 가서 최갑수의 시신을 찾아갔지만 남편은 집으로 돌아오지 않고 있었다.

—제가 방해가 되었나요.

조선말이 서투른 수녀는 어설픈 표정으로 미안함을 표시했다. 민씨 부인은 아주 조금 웃었다. 보일 듯 말 듯 옅은 웃음이었다. 외국인 수녀 앞에서 감추려고 해도 두려움과 불안감은 얼굴에 배어 있었다. 수녀는 자신이 누구와 마주 앉아 있는지를 잘 알고 있었다. 민씨 부인은 검은 머리카락을 곱게 빗어서 뒤로 묶고 옥비녀를 가로질렀다. 정수리의 가르마와 옥비녀는 흐트러짐 없는 직선이었다. 왕족 여인답게 단정하고 꼿꼿한 몸가짐이었다.

예불 시간이랍니다. 유모가 방문 밖에서 조심스레 얼굴을 들이밀고 말했다. 민씨 부인은 신발을 신고 디딤돌을 내려서며 수녀를 흘깃 쳐다보았다. 수녀는 사람들 눈을 피해 쓰개치마를 이마까지 가렸다.

민씨 부인은 대웅전의 큼직한 방문들을 보며 깊은 위안을 느꼈다. 민씨 부인은 디딤돌 옆에 당혜를 가지런히 벗고 문지방을 조심스럽게 넘어갔다. 법당에는 불교 신자 열댓 명이 부처를 향해 앉아 있었고 법의를 입은 스님이 목탁을 탁, 탁, 탁 두드리며 부처의 세계를 열고 있었다. 민씨 부인은 향을 피우고 오백 나한을 향해 합장을 하고 부처의 측면에 앉았다. 옴마니밧메훔(om mani padme hum). 완전한 성스러움에 생각을 맡기고 알 수 없는 미래, 오지 않는 시간 앞에 공손히 무릎을 꿇었다. 부처를 향해 눈을 감으면 나타나는 얼굴은 남편이었다. 지방에 내려간 뒤로는 깜깜무소식이었다. 남편의 부재에 상상력이 덧보태져서 괴로웠다. 민씨 부인은 눈을 내리깐 부처의 좌상을 보며 심란한 마음을 내맡겼다. 부처의 눈은 마주 보고 있는 미래처럼 깊은 위안을 주었다.

대웅전에 사람들이 드나들어서 당혜는 비뚤어져 있었다. 울이 깊고 코가 작은 여당혜였다. 평소에 아껴서 신는 신발인데도 앞코의

덩굴무늬는 희미해졌다. 민씨 부인은 당혜를 신고 법당을 나와 수녀에게 걸어갔다.

두 사람은 서로의 발걸음을 의식하며 천천히 걸었다. 사람 허리께에 닿도록 낮은 기와 담장이었다. 기와 담장을 따라 작약이 피어 있었다. 열댓 송이가 넘었고 붉디붉었다. 기와 담장과 어울리는 붉은 꽃이었다. 하나의 꽃대에 하나의 꽃. 하나의 얼굴인 듯 큰 꽃송이. 붉은 획을 그은 듯 표정이 정확해서 말을 걸고 싶은 꽃이었다. 꽃잎에 바람은 붙지 않았다.

─조선은 특별한 나라예요.

수녀가 나란히 걷다가 걸음을 멈추며 말했다. 민씨 부인은 계속 작약을 보고 있었다. 말없이 손을 뻗어 꽃잎을 매만졌다. 홍비단 색깔보다 붉은 작약은 천연스러웠다.

─이렇게 믿음이 깊은 백성들은 처음이에요. 신부님도 그리 말씀하셨어요.

민씨 부인이 작약에게서 눈길을 돌려 수녀를 쳐다보았다. 바람 냄새는 수녀에게서 났다. 앳된 얼굴의 수녀였다. 수녀 뒤로는 붉은 빛이 달려들고 있었다. 서쪽 하늘을 점령해 버린 태양빛이었다. 수녀가 쓴 쓰개치마도 환하게 붉었다. 저녁 예불이 끝났어도 날은 완전히 어두워지지 않았다. 산은 아직도 붉은 태양을 붙잡고 있었다. 민씨 부인은 소슬한 바람을 쳐다보았다. 수녀가 말하는 하늘나라는 어디쯤일까. 하늘은 경계를 가늠할 수 없을 정도로 점점 어두워지고 있었다.

─조선 꽃은 참 예뻐요. 무슨 꽃이에요?

작약. 남편이 좋아하는 꽃. 꽃송이가 굵어서 자잘한 꽃들과는 확연히 다른 꽃이었다. 다른 꽃들과 섞여도 유독 도드라졌다. 독특한 자태였다. 선과 색채에 관한 한 남편은 예민했다.

어디 꽃뿐일까. 남편의 성정은 까다롭고 유난스러웠다. 옷을 입은 후에 옷매무새가 딱 떨어지지 않으면 어김없이 바느질 타박을 했다. 문제는 그 예민한 차이를 다른 사람들은 거의 알아채지 못한다는 것이었다. 민씨 부인이 하루, 이틀, 보름 밤을 꼬박 새우고 나서야 한 번, 두 번, 수십 번을 거쳐야 마무리되는 옷도 있었다. 남편은 외출할 때는 새 옷을 놔두고 낡고 해진 옷을 입고 나갔다. 민씨 부인이 힘든 건 바느질이 아니라 남편의 변덕이었다.

꽃송이 사이를 유유히 떠돌던 샛노란 나비였다. 아주 작은 나비여서 바람결에 꽃이 순순히 떨어지는 듯 보였다. 나비의 날갯짓에 따라 시간이 잠깐씩 멈췄다. 날고 있는 것은 나비가 아니라 햇빛이었다. 낮 시간을 놓친 나비였다. 나비는 밤을 기다리는 것인지 밤에 잡혀 있는 것인지 알 수 없었다.

민씨 부인은 샛노란 나비를 보며 베갯잇을 떠올렸고, 남편을 떠올렸다. 베갯잇에 나비를 수놓으면 남편이 좋아할까. 남편이 베갯잇의 나비를 보고 바늘땀이 정확하지 않다고 타박하지는 않을까. 남편의 묵란을 정확히 이해하기는 어려웠다. 가녀린 난초가 왜 호랑이로 보이는지 알 수 없었다. 남편의 꽃에는 범접할 수 없는 기운이 느껴졌다. 땅속에서 뿌리로만 단단해져 있다가 봄을 이끄는 햇빛을 따라 돋아난 이파리들처럼. 남편이 그린 것들은 세상에서 제일 가녀린 것들이었지만 결코 가녀려 보이지 않았다.

민씨 부인은 노란 나비에게 조심스럽게 다가갔다. 나비의 모습을 정확하게 기억해서 베갯잇에 옮겨야 했다. 민씨 부인은 나비의 움직임에 집중하면서 수녀를 잠시 잊었다. 수녀는 그 모습을 지켜보며 쓰개치마를 반쯤 내렸다. 금발 머리카락이 드러났다. 바람의 방향이 갑자기 바뀌었다.

—남편을 사랑하세요?

수녀는 민씨 부인의 눈동자에서 남편의 그림자를 본 것인지도 몰랐다. 어쩌면 지나치는 대화에서 남편에 대한 얘기를 잠깐 흘렸는지도 몰랐다.

—조선에서는 그런 질문을 안 하네. 후훗. 사랑이라니. 존경이라면 몰라도.

—조선에서는 남녀가 유별하다고 하니 남자에게 해야 할 질문과 여자에게 해야 할 질문이 따로 있겠군요. 혹시 남자에게도 부인을 사랑하세요, 라고 물을 수는 없는 건가요.

—그런 질문을 받아본 남자는 조선에 없을 걸세.

민씨 부인은 웃으며 고개를 흔들었다. 수녀에게 들키고 싶지 않은 마음이었다. 수녀의 머리카락은 치자색이 오래도록 햇빛에 쏘인 것 같은 색깔이었다. 아무리 흉내를 내려 해도 조선에서 그런 색깔은 내기 어려웠다. 금발과 천주는 낯설다는 점에서 닮았다. 그런데도 그 낯선 것에 기대고 싶은 마음이 아주 조금은 있었다. 조선 산천에 꽃이 흐드러지게 피었어도 그런 꽃을 쳐다보아도 몸은 추웠다. 남편은 가슴에 열꽃이 피듯 덥다가 등골에 한기가 들 듯 춥다고 했다.

오직 천주만을 모신다는 저 여자는 정말로 고독하지 않은 걸까. 고독을 고독으로 느끼지 않는 마음이 진짜인지 가짜인지 알 수 없었다. 신심이 죽음보다 위에 있는 것이라면 당연히 고독보다도 위일 것이다.

—여자도 남자도 하느님 앞에서는 동등해요.

수녀가 하는 말은 낯설었다. 동등은 똑같다는 뜻인데 출신이 다른 사람들이 어떻게 똑같을 수 있나. 민씨 부인은 갑자기 얼굴을 돌렸다. 아, 나비를 놓쳤다고 생각하는 순간 남편에 대한 상념까지 휙 날아가 버렸다. 민씨 부인은 나비가 날아간 곳을 쳐다보다가 대웅전으로 몸을 돌렸다.

—나는 마구간에서 태어난 예수보다 왕좌를 버린 부처가 더 위대해 보이네.

그때 동자승이 다가와 민씨 부인에게 고개를 숙이며 기다리는 사람이 있다는 말을 전했다. 민씨 부인은 동자승을 따라 걸었다. 스님들이 기거하는 방들이 있었고, 방문 하나가 벌컥 열렸다. 이게 얼마만이야. 민씨 부인은 방 밖으로 나오려는 여자의 손을 덥석 잡았다. 두 사람은 손을 꼭 잡고 방 안으로 들어갔다. 과거의 시간을 놓지 않으려는 듯이 두 사람은 앉아서도 손을 놓지 않았다.

—옴마니밧메훔(om mani padme hum). 인사를 드리고 싶어서 얼마나 참았는데요. 나중에는 기도고 뭐고 부처님도 눈에 들어오지 않았어요. 대웅전을 나오고 나서야 동자승께 부탁을 드렸지요.

—여주에 살고 있다는 소식은 들었어.

—본가가 여주에 있으니 다른 곳에서 살 생각은 못하겠어요.

저런. 민씨 부인은 여자의 메마른 얼굴을 매만졌다. 병을 앓고 있는지 여위고 해쓱했다. 민씨 부인은 방을 이리저리 둘러보았다. 스님이 기거하는 방인데 지금은 여자가 머물고 있는 듯했다. 이불장과 경상만 있는 단출한 방인데 두 사람이 마주 앉기에는 좁았다. 벽한쪽에는 불교 서적들이 십여 권 보였다. 윗목으로 미닫이문이 하나 더 있었는데 옷을 갈아입는 공간인 것 같았다.

조그만 창문 너머로 굵은 팽나무가 어둠을 칭칭 휘어 감으며 나뭇가지를 내렸다. 어슴푸레한 밤기운은 팽나무에서 나오고 있었다. 팽나무를 지나던 바람이 몰려들어 왔다가 방 안에서 스러졌다.

—딸이 하나 있어요.

여자가 방문을 쳐다보며 말했다. 자영아. 여자애가 몸을 돌렸다. 여자애는 치맛자락이 땅에 끌릴까 봐 고개를 숙이며 조심조심 걸어왔다. 자영이 두 손을 이마에 대고 공손하게 큰절을 했다. 음전하구나. 민씨 부인이 웃었다. 여자가 자영을 향해 눈짓을 했고, 자영은 뒷걸음질로 조용히 방을 나갔다.

—엄마를 많이 닮았어.

—아니어요. 지 아버지를 쏙 뺐어요. 민씨 가문의 아이입니다. 바깥양반이 돌아가시기 전까지 직접 글을 가르쳤어요. 지금은 혼자서도 어려운 서책들을 곧잘 읽어요. 사부학당에 다닌 아이들보다 못할 거 없어요.

민치록은 영주 군수로 부임한 이듬해 자영의 나이 여덟 살 때에 죽었다고 했다. 여자는 인현왕후 아버지 민유중의 5대손인 남편에 대해 남다른 자부심을 가지고 있었다. 태종의 정비인 원경왕후, 숙종의 정비인 인현왕후를 낸 가문이다. 여자는 민치록의 후처로 들어가서 1남 3녀를 두었는데 자영이 하나만 살아남았다고 말했다. 남편은 선혜청낭청을 내놓고 영주 군수로 있으면서 인현왕후 묘지기를 자처할 정도로 가문에 충성했어요. 여자를 바라보는 민씨 부인의 눈가로 안쓰러움이 스쳤다. 아들이 있으면 민씨 가문에 뿌리를 내렸을 텐데 딸만 있으니 여자의 미래는 불확실했다.

등불이 낮은 방 안은 적당한 기온으로 아늑해졌고, 어스름한 밤기운은 간혹 잊었던 이야기들을 생각나게 했다. 정겨운 이야기 때문에 밤이라도 새울 것 같았다. 민씨 부인이 북한산 계곡을 내려오는 물줄기를 생각하고 있을 때 여자가 약과와 차를 준비했다. 자영이 방을 드나들며 심부름을 했다. 자영은 화계사 근처 오탁천(烏琢泉:까마귀가 쏜 샘물)에서 물을 떠왔다. 물을 담은 바가지를 들고 방문 앞으로 조심조심 걸어왔는데 누리장나무의 붉은 꽃을 머리에 꽂고 있었다. 샘 주변에 핀 꽃이었다.

민씨 부인이 옛일을 떠올리며 웃었다. 언젠가 남편이 오탁천에서 얼굴을 씻고는 나뭇가지에 가려진 하늘을 쳐다보다가 누리장나무의 꽃을 꺾어 든 적이 있었다. 남편과 누리장나무의 꽃은 잘 어울렸다. 그 옆에 자주색 물봉선화도 피어 있었다. 남편은 꽃에 미친 사람이었다. 혼인한 후에 그 광증을 이해하는 데에 십오 년이 걸렸다. 수놓는 데에 특별한 재미를 느낄 즈음에야 남편의 광증이 조금 이해되었다.

─저는 바느질을 가르쳤어요. 웬만한 옷도 만들 줄 알고 수도 제법 놓을 줄 알아요. 제가 이렇게 아픈 몸으로 무슨 낙이 있겠어요.

저 애 하나 잘 되는 거밖에는.

―딸이 있어 의지가 되니 얼마나 다행이야.

―그런 말씀 마세요. 이젠 다 커서 어미를 의지 삼을 나이가 아니에요. 저는 부처님께 몸을 의탁하려고 해요. 절에서 요양을 하려고요. 여주로 내려가야지요. 잘 아는 암자가 있어요.

여자는 어릴 적에 소꿉놀이를 즐겨했던 다섯 살 아래 동생이었다. 민씨 집안으로 시집을 오는 바람에 더욱 가까운 사이가 되었지만 먼 친척이라서 십여 년 동안 특별히 만난 일은 없었다. 생기가 돌던 피부와 윤기 나는 머리카락과 뽀얀 이마는 기억에만 남았다.

민씨 부인은 손가락으로 이마를 쓸어 넘겼다. 변할수록 다를수록 암담한 현실을 받아들이기는 어려웠다. 민씨 부인은 뭘 말하려다가 그만두었다. 가여운 처지에 있는 여자 앞에서 답답한 속마음을 털어놓을 수는 없었다. 여자 쪽에서도 두 사람이 공감할 수 있는 이야기는 과거뿐이었다.

―만인 스님께 오신다는 소식을 듣고 기다렸어요.

―그럼 우연히 만난 게 아니란 말이야?

여자는 부끄럽게 고개를 끄덕였고, 민씨 부인은 실망한 얼굴이었다. 만남이 의도적이었다는 고백을 듣는 순간에 반가움은 사라졌다. 만인 스님은 남편에게 시아버지 묏자리를 옮기라고 충고한 사람이다. 경기도 연천에 있는 남연군의 묘를 충남 예산 가야사로 옮기면 왕통을 잇게 될 것이라고 예언했다. 이하응은 가야사 탑을 부수고 그 자리로 부친의 묘를 옮겼고, 그 인연으로 만인 스님과는 막역한 사이가 되었다.

화계사는 궁궐 사람들과 왕래가 많아서 궁절이라고 불렸다. 궁녀들이 계곡물에서 빨래도 하고 목욕도 하는 빨래터가 절 가까이에 있었다. 왕족들의 근황을 알기 위해 일부러 들르는 사람들도 있었다. 민씨 부인의 삶은 궁궐과는 거리가 멀었다. 간혹 산길에서 궁녀들과 마주쳐도 얼굴을 알아보는 사람은 드물었다. 설혹 알아보는 궁녀가 있을지라도 개의치 않을 만큼 시절은 많이 변해 있었다.

—눈치가 빨라서 밥값은 할 거예요.

여자는 오직 하나의 소원만을 가진 듯 무릎을 꿇고 허리를 깊이 숙였다. 고개 숙인 머리에 짧은 은비녀가 보였다.

—물론 양자를 들이지 양녀를 들일 생각이 없으시겠지만…….

민씨 부인이 계속 말이 없자 여자는 상심을 감추려 말했다. 그러다가 그것마저 혼자 생각인 줄 알고는 귓불까지 붉혔다. 두 사람 사이에 어색한 분위기가 감돌았다. 여자는 어두운 얼굴로 입술을 깨물었다. 처음부터 쉬운 이야기는 아니었지만 너무 빨리 속마음을 보였나 후회도 들었다. 그러나 외동딸을 부탁하는 마음에는 손톱만한 자존심도 남아 있지 않았다. 물론 다른 집으로 보낼 수도 있지만, 라고 말하고 싶은 마음을 억누르면서 여자는 마음을 감췄다.

열린 방문으로 밤바람이 스쳤다. 멀리 담장의 꽃그늘은 보이지 않고 자영의 댕기머리가 슬쩍 보였다. 법당에서는 아무 소리도 들리지 않았다. 민씨 부인은 벽 쪽으로 시선을 맞췄다.

—요즘 양반들이 벌열가문을 만들려고 너도나도 양자를 들이는 모양인데. 명문가에서는 똑똑한 후계자가 필요하고 똑똑한 남자는 명문가 배경이 필요하니 상부상조하는 거지. 그런데 우리 집에서는

양자 문제를 한 번도 의논한 적이 없어. 그만큼 세상과 담쌓고 사는 집안이야. 더군다나 양자를 들이는 건 바깥어른의 뜻이지 내 뜻이 아니네.

여자는 마지막까지 희망을 놓지 않으려는 듯 간절한 눈을 들었고, 민씨 부인은 난처한 표정으로 고개를 돌렸다. 민씨 부인에게는 아들이 둘, 딸이 둘이었다. 더는 자손에 대한 욕심이 없었다.

—제발 말씀이라도 한번 올려주세요. 허드렛일을 하며 부엌에서 밥을 먹어도 됩니다.

—우리 집에서 밥을 먹이는 일은 어렵지 않네.

여자는 옷고름을 누르며 얼굴을 숙였다. 보이지 않는 슬픔을 옷고름으로 묶어 가두듯이 가슴에서 손을 떼지 않았다. 두 사람은 서로의 눈을 피하고 있었다. 이미 캄캄해진 어둠 속에 수녀는 없었다. 민씨 부인의 얼굴에 문득 한 생각이 스쳐 갔다.

—프랑스 선교사 집으로 보내는 건 어떤가? 아이가 원하는 만큼 공부도 시켜주고 외국으로 유학도 보내준다고 하던데.

—허면 거기에 무슨 조건이 있는지요?

—천주를 믿으면 돼.

—안 돼요. 제게는 하나밖에 없는 딸이에요. 죽게 할 수는 없어요.

—믿는다고 다 죽는 건 아니야. 천주교도를 죽이는 사건이 또 일어나리라는 법도 없고.

—그래도 싫어요. 더 잘살겠다고 불구덩이로 들어갈 수는 없어요. 그건 안 돼요. 더군다나 외국으로 유학을 간다니요? 거기가 어

디인데요? 지옥이에요? 설마 외국 놈에게 시집가라는 말씀은 아니 겠지요? 외국 놈에게 시집을 보내느니 차라리 비구니가 되는 게 낫 지요.

여자는 터져 나오는 눈물을 억지로 삼키면서 눈을 동그랗게 떴 다. 민씨 부인은 몹시 당혹스러운 표정으로 일어섰다. 세상살이가 어려우니 옛날 인연이라도 부담이 되는 사이라면 만나지 않는 편이 이로웠다. 여자는 민씨 부인을 따라 급히 일어서려다가 다리에 힘 이 풀리는지 도로 주저앉았다. 방문 밖에는 자영이가 어둠 속에 우 두커니 서 있었다. 자영은 눈물을 흘리는 엄마를 어리둥절한 눈으 로 쳐다보았다. 자영이 옆으로 수녀와 유모가 다가왔다.

새벽이었다. 김병학은 새벽의 노곤함을 안개에 씻으려는 듯 얼굴 을 이리저리 돌렸다. 김병기도 짙은 안개 속을 뚫어지게 쳐다보았 다. 백호를 기다리는 마음은 설렘과 긴장이라는 말로는 표현할 수 없었다. 기분에도 색깔이 있다면 그 기분은 안개로 하얗게 표백된 것 같았다. 사위는 적막했다. 오직 안개만이 있었다. 소리 없는 안 개는 물속 나무속까지 들어가서 숲의 소리들을 집어삼킨 듯했다. 거대한 안개 속에서 소리를 내는 건 사람밖에 없었다. 몸을 옆으로 조금만 움직여도 안개가 얼굴로 확 쓸려왔다. 김병학은 안개 속에 서 심호흡을 하며 간밤을 떠올렸다. 청명한 밤이었고 별들은 막사 위에서 빛났다. 하룻밤 사이에 갑자기 들이닥친 안개는 낯설었다.

맹렬히 밀려드는 안개에 시야는 완전히 가려졌다. 안개는 거대한 물체로 보이기도 했고 소슬한 바람으로 느껴지기도 했다. 안개의 눈동자. 저렇게 희디흰 눈동자 속에서 희디흰 백호의 털은 결코 보이지 않을 것이다. 깊은 잠을 못 자서 목뼈가 뻐근했다. 언제 나타날지 모르는 백호 때문이었다. 활활 타오르는 횃불이 달보다 환해서인지 백호는 찾아오지 않았다.

백호를 만나기는 아주 드문 일이라서 백호는 소문 속에서만 살아 있었다. 김병학에게는 희귀한 것을 찾아다니는 취미가 있었고, 지리산 백호는 입소문을 타고 유명해진 참이었다. 김병학은 소문 속의 그놈을 꼭 잡아서 백호 가죽을 벗겨내어 사랑방에 턱 걸어놓고 싶었다.

김병학은 조총을 들고는 보이지 않는 시야를 향해 정면으로 섰다. 안개 속에서 길을 잃었던 사냥꾼들이 하나둘씩 나타났다. 사냥꾼들이 나타나자 안개가 뭉텅 밀렸다. 젖은 나뭇잎 사이로 사락사락 바람이 지나가는 소리가 들렸다. 안개는 얼굴에 달라붙었다가 입김을 따라 훅 떨어져 나갔다. 온통 안개뿐인 세상이었다. 백호를 기다리기에는 인내심이 필요했다.

—이런 지독한 안개는 처음이야.

김병학이 텁텁한 입속으로 습한 안개를 훅 들이마시며 호흡하듯 말을 내뱉었다.

—이렇게 앞이 보이지 않으면 백호 울음소리라도 들려야 할 텐데요. 안개 속에서 갑자기 모습을 드러내면 위험할 텐데.

김병기는 고요한 주위를 불안하게 쳐다보며 말했다. 김병학은 총을 꽉 부여잡고 있었다.

—함부로 나타나지 않으니 영물답지 않느냐.

김병학은 안개에 가려진 허공 어디쯤에 있는 호랑이굴을 더듬듯 바라보다가 옆으로 고개를 돌렸다. 늦게 얻은 독자이고 서자였다. 비록 서자이지만 핏줄을 이어받은 유일한 아들인데 계집애처럼 뽀얀 얼굴에 턱이 갸름했다. 김병학에게는 적자가 없었다. 어디에 내놓아도 부끄럽지 않을 만큼 귀애하는 자식이 있었지만 애석하게도 딸이었다. 명문가 사내에게 적자가 없는 것은 중대한 결핍이었다. 김병학은 별다른 내색을 하지 않았지만 남보다 못하다는 열패감은 깊었다. 적자가 있든 없든 양자를 들이는 게 대세였지만 아직 대놓고 양자를 들이지는 않았다. 김병학은 한숨을 쉬었다. 짙은 안개가 한숨을 감췄다. 아들은 아비의 한숨을 모르고 있었다.

아들은 기녀에게 얻은 서자였다. 남 보기에 줄신이 부끄러워서 어미의 신분을 밝히지도 않았고 아들도 제 어미가 누구인지를 모르고 살았다. 기녀 초선은 한 번도 어미로서 존재를 드러내지 않는 속 깊은 여자였다. 그러한 이유로 김병학이 가끔 기방에 들러 초선을 만나도 두 사람의 관계를 의심하는 사람은 한양 거리에 없었다. 초선은 모정을 버리는 것이 아들을 위한 길이란 걸 알고 있었고, 김병학은 속 깊은 여자를 위해 나름으로 뒤를 보살폈다. 어미가 누구인지 모를 바에는 적자로 입적을 해도 별 문제는 없었다. 김병학이 뒤를 이을 후계자로 확실히 낙점하지는 않았지만 곁에 두고 주의 깊게 보살피고 있는 아들이다. 아버지의 세심한 눈길을 받은 아들이 부끄러움에 고개를 숙였다.

─네가 백호를 잡을 수 있겠느냐?

총을 든 무사들이 아버지에게 호랑이를 종종 잡아 올렸던지라 그 질문은 무슨 뜻인지 얼른 알아듣기 어려웠다. 아버지에게는 이미 호랑이가 많았다. 단지 지금은 백호가 필요했다.

─내가 너의 근성을 보고자 한다.

아들의 얼굴로 안개바람이 쓸렸다. 어디선가 바람이 일어나고 안개는 이동하고 있었다. 안개바람. 김병학은 차가운 안개를 느끼며 짐짓 웃었다.

─너는 김 씨 가문의 근성을 배워야 한다. 네 손에 천하를 쥐어줄 수 있는 가문이니 네가 목숨을 내놓고 지켜야 할 가문이다.

아들은 한 손에 총을 잡아 세우고 한쪽 무릎을 꿇었다. 총의 성능을 의심하지 않았지만 백호는 두려운 존재였다. 그러나 김 씨 가문이란 말을 듣는 순간 두려움은 사라지고 가슴이 울렁거렸다. 백호를 잡아서 아버지에게 인정받고 싶었다. 아버지 뒤에는 등용문과 같은 김 씨 가문이 있었다. 가문을 지키는 문지기처럼 아버지의 팔은 단단해 보였다.

김병학은 아들의 희고 매끈한 이마를 바라보았다. 지난달에 문중 사람들 앞에서 떠들썩하게 관례를 치른 아들이다. 김병학은 청나라 상인에게 받은 백마를 선물했다. 청나라 황실에서 키우는 천리마 혈통이었다. 아들의 나이는 열일곱이었다.

─백호가 나타나면 백호를 정면으로 보아야 한다. 두려움을 피하지 말고 정면으로 보라는 말이다. 두려움을 피하는 자에게는 백호이지만 두려움을 응시하는 자에게는 고양이가 된다.

예, 아버지. 아들은 씩씩하게 대답했다. 아버지의 말은 선을 그리듯 명쾌했다. 아들은 그 명쾌함에 고개를 숙였고, 자신의 몸은 아버지의 명쾌함에 안전하게 갇힌 듯했다. 홀로 백호를 마주치는 것은 아니지 않은가. 아버지만 옆에 있다면 백호는 무섭지 않았다.

—너무 쉽게 대답하는구나. 네가 방 안에서 본 병풍의 호랑이가 아니다.

아들은 병풍의 맹호도를 떠올리며 부끄러운 얼굴을 숙였다. 아버지는 호랑이 그림을 좋아했다. 열두 폭 병풍에는 사계절마다 변하는 나무숲이 그려져 있었다. 빽빽한 나무숲을 거느린 호랑이의 눈빛은 예사롭지 않았다. 배경으로 그려진 나무숲은 중요하지 않았다. 어떤 나무숲을 거느리든 호랑이만 보였다. 화공은 그걸 아는 듯했다. 나무숲을 정면으로 그렸고, 앞발을 드러낸 호랑이는 측면에 있었다.

—글만 읽어서야 쓰겠느냐.

김병학이 아들의 미간을 뚫어지게 쳐다보았다. 김병학은 아들이 가진 평온이 불편했다. 평온은 부모가 만들어준 것이지 스스로 만든 것이 아니었다. 아들은 아버지 말이 단단하게 끊어지는 것을 느끼며 고개를 들었다.

—강화도에서 나무 장사를 하던 놈이 왕이 되는 시대야.

김병학이 입매로 비릿한 웃음을 흘렸고, 옆에 있던 김병기가 따라 웃었다. 본의를 드러낸 웃음이었다. 거대한 산은 안개에 폭 가려져서 형체가 제대로 보이지 않았다. 안개는 여기저기로 흘러 다니며 시야를 완전히 가리고 있었다. 보이지 않는 눈동자였다. 쉬이 걷

히지 않는 안개는 불안했고 음습했다. 우우우. 가끔씩 들리는 산짐
승 소리에 안개가 음산하게 흔들렸다.

—만석꾼은 걱정이 만 가지라고 하더니 조선을 쥐고 흔드시는 분
이 무슨 걱정이십니까.

김병기가 김병학에게 한 걸음 다가서며 말했다.

—요즘은 누가 적인지를 가늠할 수가 없어.

—왕이 왕 노릇을 잘하고 있는데 어디에 적이 있다고 걱정이십니
까.

김병학은 고개를 가로저었다. 달도 차면 기울기 마련이다. 오르
막길일 때는 오르는 일만 생각하면 되는데 권력의 정점에서는 내리
막길을 생각해야 했다. 완벽하면 어딘가 균열을 생각하고 행복하면
멀리 숨어 있는 불행이 두려웠다. 괜한 걱정을 사서 하는 꼴이었지
만 금년 들어 잦은 농민 시위가 은근히 신경이 쓰였다. 지리산 숲에
들어와서도 긴장의 끈은 풀리지 않았다. 공연한 걱정은 지독한 안
개 때문인지도 몰랐다. 어젯밤에는 밤하늘에 퍼진 별들을 쳐다보느
라 새벽안개를 예측하지 못했다. 미처. 김병학은 미처, 라는 단어를
곱씹었다. 조그마한 흠결도 못 참는 완벽주의 성격 탓이기도 했지
만 나이가 들수록 눈에 보이는 필연보다 눈에 보이지 않는 우연에
신경이 쓰였다.

아들은 아버지와 숙부 뒤로 한 걸음 물러서서 조용히 이야기를
들었다. 왕의 이야기는 설화처럼 흥미로워서 조선 사람이면 다 아
는 얘기였다. 김병학의 양아버지 김준근이 김문근과 함께 강화도초
가에서 왕을 모시려고 삼배를 했다. 나무꾼으로 살던 열아홉 살 청

년에게 하늘의 지존인 태양이 떨어져서 천지가 개벽하던 날이었다. 김문근은 강화도 청년에게 덕완군 이름을 붙여주고 봉영 의식을 행한 후에 왕으로 세웠다. 그리고는 딸을 중전으로 들여보냈다. 김문근은 왕의 장인 국구(國舅)가 되었고 김병학은 국구의 조카가 되었다.

세간의 소문대로라면 철종은 별똥이 머리에 맞을 억겁의 확률, 천운을 움켜쥔 사나이였다. 그러나 인간 세상에서 천운은 해석하는 자의 몫이었다. 강화도 청년이 왕이 되던 날에 김준근, 김문근 형제는 잔치를 열었다. 그때 죽이지 않기를 잘했어. 1844년 회평군 이명의 옥사 때문에 강화도에 유배되어 있던 왕족을 잊고 산 지 육 년 만의 일이었다. 왕족의 혈손이라는 이유로 열세 살에 죽을 뻔했던 이원범은 왕족의 혈손이라는 이유로 열아홉 살에 왕이 되었다.

김병학은 희뿌연 안개 속을 응시했다. 어제는 하루 종일 햇빛이 있는데 오늘은 하루 종일 안개였다. 시간이라는 놈을 묶어서 대들보에 걸어둘 수만 있다면. 권력의 정점이라는 게 그랬다. 장정 노비 수십 명이 집안을 지키고 있어도 편안하게 잠을 자지 못했다. 주위 사람들은 가족처럼 정다워 보이기도 했고 적처럼 싸늘해 보이기도 했다. 근자 들어 공연히 불안해진 마음 때문에 기녀 초선을 자주 찾았다. 핏줄로 연결된 여자만이 위로해 줄 수 있었다. 아들을 넣어둔 초선은 등에 칼을 꽂지는 않을 것이다.

아들은 어른들의 대화에 낄 용기가 나지 않아서 말갈기만 쓰다듬었다. 말은 총소리에 대비해서 굵은 나무에 단단히 매어져 있었다. 정치 문제는 잘 모르겠지만 남자의 세계에 대한 강한 호기심은 있었다. 남자의 세계는 하얀 안개처럼 싸늘했고 매혹적이었다.

─왕족의 움직임을 주시해야 해. 이빨이 없어도 호랑이는 호랑이
니까.

김병학은 안개를 쫓아내듯이 팔을 휘저었다. 쫓아내도 자꾸만 달
라붙는 안개. 공연히 성가실 뿐이었다. 총으로는 안개를 쏠 수 없었
다. 다시 햇빛이 나올 때를 무기력하게 기다려야 했다. 안개 뒤에
숨은 백호의 눈동자가 신경을 조금씩 건드리고 있었다.

─이빨 없는 호랑이를 어찌 호랑이라 부르겠습니까. 먹이를 사냥
하는 게 아니라 얌전히 풀만 먹는데요. 호랑이가 아니라 토끼이지
요. 홍선군만 보아도 아니 그렇습니까?

김병기가 목소리를 높이며 웃었다. 안개 낀 수풀 속에서 메아리
가 되돌아왔다. 풀? 김병학이 인상을 찌푸렸다.

─자네는 홍선군을 모르는군. 풀을 조롱하는 게 홍선군이야.

홍선군이 붓을 돌리는 기술은 보통이 아니었다. 김병학은 붓놀림
에 관한 한 홍선군보다 하수였다. 홍선군이 붓을 들면 난이 그려졌
고 김병학이 붓을 들면 풀이 그려졌다. 난과 풀의 대비는 분명했고
분명한 만큼 가슴이 쓰렸다. 범을 그리려다 고양이를 그린 꼴이었
다.

─아, 형님도. 또 석파란 말씀이십니까? 허나 조선의 사대부들이
묵란으로 힘을 겨루는 시대는 갔습니다. 다른 사람들은 총을 들고
있는데 혼자 칼을 들고 설치는 꼴이지요.

─홍선군 아들들은 어때?

─묵란에 미친 홍선군이 아들을 제대로 키울 리가 없지 않습니

까. 작은아들은 열한 살인데 학문에는 관심이 없는 천둥벌거숭이라고 하고 큰아들은 열일곱 살인데 성균관이나 시회에는 나오질 않고 방 안에서만 글공부를 하는 모양입니다. 그러니 뭐 신경 쓸 아들들은 아니지요. 조선에서 인맥이 없으면 공자라도 별수 없으니까.

열일곱이라. 아들과 동갑이다. 김병학은 아들을 처다보았다. 아들에게 아느냐고 묻는 표정이다. 아들은 고개를 흔들었다. 김병기는 멀리 서 있는 일본 남자를 처다보았다. 왕실과 무기 거래를 하러 온 상인이었다. 외국 상인들은 왕실과 통하기 위해 김병학을 거쳐야 한다는 사실을 잘 알고 있었다. 외국과의 통상, 그것은 두려움이었다. 황해에는 가끔씩 이양선이 나타나서 하늘을 향해 대포를 쏘고는 사라졌다. 마치 유령선처럼 나타나 공포탄을 쏘아대다가 아직은 때가 아니라는 듯 슬그머니 사라졌다.

김병학이 외국 상인들을 만나는 것도 강력한 무기를 원하기 때문이었다. 일본 상인이 조선에 들고 들어온 총은 김병학이 사냥 길에 가지고 온 총과 수문장이 가지고 있는 총 두 자루였다. 창덕궁 수문장은 김병학이 신뢰하는 사람이었다. 김병기는 일본 상인이 가지고 온 총 두 자루 중 하나가 고작 수문장 손에 있다는 사실을 못마땅해하면서 사냥 길에 따라나선 참이었다.

안개는 태양빛을 흐릿하게 막아섰지만 시간은 태양 쪽으로 자꾸 기울어갔다. 태양이 투명한 빛으로 부서졌고, 울창한 나무들이 모습을 드러냈고, 보랏빛 야생화 군락이 보였고, 가끔씩 꽃들이 무더기로 흔들렸다. 총을 든 무사들은 긴장했고, 김병학과 김병기는 막사 안으로 들어갔다. 짙은 안개가 물러갔어도 태양은 높은 나무숲에 가려져서 흐릿했다. 비밀이 많은 산이었다. 낮은 산비탈로 떨어지는 잎처럼 빠르게 흘러갔다. 무성한 나뭇가지 사이로 태양은 붉은 자국을 남기며 떨어지고 있었다. 어두운 구름들이 붉은 노을을 피해 이리저리 몰려다니다가 흩어졌다.

탕! 아들의 눈동자가 휘둥그레졌다. 한 무사가 잘못 쏜 오발이었고, 덩치 큰 멧돼지가 쓰러졌다. 그날 김병학은 막사 안에서 술을 진탕으로 마셨다. 작년에 담근 연엽주였다. 아가리가 좁은 술병에서 술이 쪼르르 소리를 내며 떨어졌다. 형님. 김병기가 걱정스런 표정으로 불렀다. 김병학은 술잔을 다 채운 걸 모르고 있었다.

밤이 되었다. 달은 나무숲에 걸린 것처럼 꼼짝을 안 했다. 어둠이 깊을수록 나무숲은 거대한 가시나무 수렁으로 보였다. 달은 백호 얼굴로 보이기도 했다. 아무리 기다려도 오지 않는 사람을 생각하듯이 김병학은 쓸쓸하게 술잔을 잡았다. 백호가 사람처럼 느껴지다니. 술 때문인지 호흡이 가빠졌다. 막사 앞에서는 멧돼지가 통째로 구워지고 있었다. 횃불은 활활 타올랐다. 가끔씩 불에 타는 기름 냄새가 풍겼다.

—형님이야말로 조선의 황호이지요. 느껴보셨습니까? 산에서 호랑이의 황색 털을 보았을 때 금빛에 제압되는 그 아찔한 순간을요.

김병학이 엷게 웃었다. 김병기의 과한 말이 아부라는 걸 알면서도 듣기 싫지는 않았다.

—자네는 곰 같아 보이기도 하고 진돗개 같아 보이기도 하고.

—진돗개처럼 충성하겠습니다.

고맙군. 곁에 사람이 있어도 술잔으로 위로하는 일인자의 고독을 이인자인 자네가 알까. 김병학의 우울한 말은 술과 함께 목젖으로 넘어갔다. 권좌에 앉아 있는 사내의 고독을 이해할 수 있는 사람은 없었다. 조선에서 같은 입장에 서 있는 사람은 아무도 없었다. 김병학은 허허로운 벌판에 혼자 총을 들고 서 있는 착각에 문득 얼굴을 떨었다. 술. 술 한 잔 더. 김병학은 술을 보며 깊은 위안을 느꼈다.

—이하응은 어떤 동물이 어울리는지 모르겠어. 겉보기엔 단순하지만 생각해 보면 난해한 인물이야. 종잡을 수가 없어.

—형님도. 난해한 인물이 아니라 겉과 속이 아주 단순한 인물이지요. 끼를 주체할 수 없어서 가는 곳마다 분란만 일으키는 위인인데요.

—독불장군처럼 보이는 그 끼란 게 말이지. 잘생긴 미치광이를 미치광이라고 할 수 있겠나.

김병학은 갑자기 백호의 포효가 들리는 것 같아 막사 밖으로 고개를 돌렸다. 솔바람 소리였다. 이상하게도 묵란밖에 안 떠오르는군. 김병학이 코웃음을 쳤다. 김병기가 냉큼 술을 따랐다.

안개는 다음날에 또 나타났다. 날이 흐려서 태양을 볼 수 없는 날들이 이어졌다. 막사 안에서 며칠을 더 기다려도 백호는 끝내 나타나지 않았다. 김병학은 무사들을 이끌고 산속을 수없이 돌아다녔다. 가끔씩 길을 잃었지만 나침반 덕분에 쉽게 되돌아왔다. 김병학은 그 어느 때보다 확실한 안개를 보았다. 산의 어슴푸레한 적막 속에서 깊은 숨을 쉴 때마다 안개는 몸속으로 스멀스멀 들어왔고, 마음속 상념 속에 함께 섞여 있다가 한참 후에야 빠져나갔다.

고요히 엎드린 짐승 같은 산. 일본의 신식 총은 무용지물이었다.

안개에 제일 실망한 사람은 일본 상인이었다. 사방 어디에서도 백호는 나타나지 않았고, 총은 습기에 약한 쇳덩이였다. 일본 상인은 안개 때문에 총에 녹이 슬까 봐 전전긍긍했다. 김병학 일행은 백호를 지리산에 남겨두고 산을 내려왔다.

김병학은 한양으로 돌아와서도 며칠 동안 백호를 잊지 못했다. 인왕산에서 내려오는 어둠은 매끈한 바위들을 지나갔다. 바위들도 어두워졌다. 산 아래로 퍼지는 어둠 속에 꽃들의 색깔도 흐리게 섞였다. 나무들은 보랏빛으로 보이다가 거무스름해졌다. 산속 어둠은 자잘한 것들을 숨기고 굵은 윤곽만을 드러냈다. 시간의 인장을 찍듯이 속도감 있는 어둠이었다.

김병학의 집은 인왕산이 마주 보이는 산마루였다. 청지기가 후원문을 삐걱 열고는 종종걸음으로 들어왔다. 청지기는 연못 앞에서 걸음을 멈췄고, 뒤에 서 있던 돌쇠는 물지게를 내려놓았다. 청지기는 연못 주변을 걸어 다니며 물속을 살폈다. 이놈들이 다들 어디로 갔나. 수련 이파리들은 잎맥이 굵고 청청했다. 돌쇠가 긴 막대기를 가져다가 연잎 사이사이를 들추었다. 똥 많이 싸면 물만 더러워지는데. 청지기는 돌쇠를 향해 한마디를 지르려다가 그만두었다. 하루에도 몇 번씩 연못으로 물동이를 지고 나르는 돌쇠가 안쓰럽기는 했다. 물동이에는 청계천에서 잡은 토종 물고기 이십 마리가 들어 있었다.

얼마나 살았느냐? 김병학은 얼굴 표정으로 묻고 있었다. 다 죽었습니다. 청지기가 고개를 숙이며 대답했다. 돌쇠는 물속에 푹 박아놓았던 막대기를 슬그머니 빼냈다. 김병학이 뒷짐을 지고 연못으로 다가가서는 물속을 내려다보았다. 수면으로 바람이 지나가고 있었다. 한복판을 메운 연잎들은 둥글고 넓었다. 연잎 줄기 사이를 헤엄쳐 다니던 물고기들이 하나둘씩 나타나기 시작했다.

김병학은 장안의 명화(名畵)들을 수집하다가 이국종 물고기로 취미를 바꿨다. 남들이 안 가진 것을 가지고 있다는 건 중요했다. 남다른 물건을 소유하는 것은 시대에 앞서가는 사람이라는 확실한 증표였다. 호승심이 강한 유학자들은 남들과 비교를 통해 자신의 입지를 과시했다. 넓은 연못에 수련 이파리들이 대여섯 군데 몰려 있었고, 물은 여백처럼 평화롭게 흔들렸다. 이국종 물고기는 수련 잎들 사이를 유유히 건너다니는 사냥꾼들이었다. 평화로운 연못에 광풍이 몰아칠 때는 토종 물고기가 사냥꾼 영역에 들어갈 때였다.

이국종 물고기들이 조선 민물에 적응이 될 때까지 토종 물고기들이 희생해야 했다. 토종과 이국종이 섞여서 하나가 될 때까지는 피바람 몰아치는 시간이 필요했다. 이국종 물고기들은 날카로운 이빨을 감추고 유유히 헤엄치고 다녔다. 계집의 머리 장식처럼 화려한 지느러미를 가진 물고기도 있었다. 김병학이 좋아하는 것은 남성적인 물고기였다. 뼈대는 튼튼하고 살집은 두툼하고 지느러미는 단순해야 했다. 이국종 물고기들은 붉은빛이 도는 지느러미에 아가미는 크고 튼튼했다. 두 눈깔이 분명했고 작은 점이 지느러미를 따라 촘촘히 박혔다.

물 항아리에는 토종 물고기 스무 마리가 들어 있었다. 김병학은 항아리에 손을 집어넣고는 미끌미끌한 물고기를 잡으려고 이리저리 휘저었다. 잡힐 듯 잡히지 않던 물고기 한 마리를 잽싸게 쥐고는 연못으로 휙 던졌다. 물고기는 공중으로 날아가서 연못으로 풍덩 들어갔다. 토종 물고기 옆으로 이국종 물고기가 다가섰고, 두 물고기는 입을 맞추듯 아가미를 대며 뱅글뱅글 돌았다. 적을 가늠하기 위한 탐색전이었다. 토종 물고기가 재빨리 달아나려고 하자 이국종 물고기가 더 빨리 달려들어 토종 물고기의 옆구리를 아가미로 공격했다. 두 물고기의 움직임을 따라 물살이 급하게 휘휘 돌더니 수면은 곧 조용해졌다.

토종 물고기는 몸집에서도 밀리고 속도에서도 밀렸다. 쯧쯧. 김병학의 표정이 일그러졌다. 못난 놈. 물고기를 향한 말인지 노비를 향한 말인지 알 수 없었다. 청지기가 명령을 받을 자세로 허리를 구부렸고, 돌쇠는 연못의 물을 몽땅 갈아내던 일을 떠올리며 어깨를 잔뜩 움츠렸다. 장정 노비 열 명을 불러 모아 보름 동안 어깨가 부서져라 물동이를 지고 날랐던 것이다.

언제 왔는가. 김병학이 김병기를 쳐다보며 눈짓했다. 김병기는 김병학의 뒤를 따라 정자 안으로 들어서면서 방문을 가린 휘장을 낯설게 쳐다보았다. 어스름한 빛은 휘장이 굴곡진 곳마다 스며들어 있었다. 설익은 어둠은 휘장이 접힌 곳으로 들어갔다.

조선으로 밀입국하는 상인들 때문에 고가의 외국 물건이 심심찮게 들어오고 있었다. 김병학은 조선의 구슬 주렴보다 더 눈길을 끄는 화려한 휘장을 사들였다. 여러 장의 비단을 잇대어서 앞뒤로 박음질을 한 휘장은 사람 키보다 컸고 무거웠다. 김병기는 낯선 분위기에 적응하지 못하는 표정으로 방 안을 이리저리 둘러보았다.

구각 정자는 물 위에 뜬 집처럼 아늑했다. 방문들이 없을 때에는 기둥들이 도드라져 보였는데 방문을 닫으니 사방이 막힌 아늑한 공간이 되었다. 방문 양쪽으로 휘장들이 늘어져서 정자 안은 이국적인 분위기를 냈다. 조선의 정자와 서양의 휘장이 절묘한 조화를 이루었다. 연못이 보이는 방문 두 개는 들쇠에 걸어 올렸다. 수면이 검은빛을 내면서 수련 이파리들도 검푸르렀다. 연못 뒤로 대숲이 있었고 더 멀리 달이 보였다. 달빛은 먼 데서부터 연못으로 길을 만들고 있었다.

구각 정자에서 보는 연못 풍경은 연못을 거닐 때와는 달랐다. 연못 풍경이 별세계처럼 보일 때가 있었다. 김병학은 구각 정자를 혼자만의 밀실로 애용하고 있었다. 근자에 들어 벼루에 먹을 가는 일은 아랫사람을 시켰고, 여유롭게 화첩을 살펴보다가 갑자기 붓을 드는 일이 많아졌다. 시간이 그어대는 자연의 음영이 눈으로 들어오는 순간이었다. 김병학은 연못 풍경을 바라보며 종이에 몇 번 선을 긋다가 시들해져서 붓을 내려놓곤 했다.

김병학의 아내가 계집종들을 앞세우며 조심조심 주안상을 들여왔다. 김병기가 자리에서 일어나 머리를 숙이며 예를 표했고, 김병학의 아내가 머리를 숙이며 답례했다. 가체에 꽂은 나비떨잠이 가늘게 흔들렸다. 김병학 아내는 붉은 치맛자락을 여며 쥐며 옆으로 몸을 돌렸다. 매실주이옵니다. 계집종들이 고개를 숙이며 뒤로 물러섰다.

김병학은 술상을 흘깃 바라보며 볼멘소리로 뭔가 중얼거렸다. 청나라 상인이 가져온 거 있잖소. 연엽주로 바꿔. 김병학의 아내는 남편의 눈길을 조용히 이마로 받았다. 그건 지난번에 다 드셨어요. 그

럼 사케 없어? 저번에 받은 일본 술 말이야. 곧 준비하겠습니다. 고
개 숙인 계집종들이 뒷걸음질로 나가며 방문을 조심스럽게 닫았다.

김병기는 부러운 눈빛을 감추지 않았다. 같은 북촌이라도 집의
위치에 따라 격이 달랐다. 옆옆이 비슷한 언덕이라도 인왕산 꼭대
기가 보이는 산마루에 지어서 하늘과 가장 가까운 집이었다. 김병
학 집은 다른 집들보다 훨씬 컸으나 내부는 복잡하지 않았다. 방들
의 배치는 지극히 단순했지만 그 공간들에는 범접할 수 없는 기운
이 들어 있었다. 그것은 방 안의 가구나 그림들로 분명하게 표현되
었다. 김병학은 방 안의 그림을 삼 개월에 한 번씩 다른 그림으로
바꾸었다. 그림을 보는 미적 감각은 남들이 따라 할 수 없는 부분이
있었다. 김병기 입장에서는 심미안을 돈으로 살 수만 있다면 당장
에 사고 싶은 심정이었다. 은근한 열패감이 가슴을 눌렀다.

돈과 권력을 다 가진 사내가 마지막으로 가지고 싶은 게 뭔지 알
아? 김병학은 약한 열기가 느껴지는 이마를 짚었다. 남모르게 성급
한 마음이 있는지 술이 들어오자마자 벌써 다섯 잔째 비우고 있는
중이었다. 내겐 딱 하나 없는 게 있어. 주지육림에 나오는 말희 같
은 여자. 에이, 형님도. 김병기는 얼굴을 숙이며 웃었다. 명문가 사
내의 자존심을 논하는 자리에 계집은 어울리지 않았다. 그러나 김
병학은 계집 이야기로 거드름을 피우고 있었다. 권좌에 오른 사내
의 고독은 그 자체로 멋이고 풍류였다.

—계집도 다 같은 계집을 말하는 게 아니야. 심미안을 가진 계집
말이지. 그러니까 그 계집은 계집이 아니라 심미안인 셈이야. 그 사
람이 소유하는 그림을 보면 안목을 알 수 있는 것처럼 계집을 보면

남자 수준을 아는 거라고.

—제 눈에는 그 여자나 그년이나 다 똑같이 보이는데요.

김병기가 김병학에게 은근한 눈짓을 보냈다. 김병학은 그때서야 문간을 쳐다보았다. 계집종들이 몇 번을 지나간 방문 앞에서 말없이 앉아 있는 사내아이가 있었다. 소년티를 막 벗어난 얼굴이었다. 어떠십니까. 김병기의 목소리는 조심스러웠다. 김병학은 말없이 술잔만 들이켰다. 세도가에서 양자를 들이는 풍습은 오래된 것이었다. 적자가 있어도 친척 중에 똑똑한 아이를 양자로 들였다. 원래는 제사를 지낼 아들이 없는 집에서 아들이 많은 집안의 차남을 데려가는 것이었는데 아들이 있는 집에서도 또 다른 아들 욕심을 부리기 시작했다. 세간의 눈을 의식해야 할 명문세가에는 영민한 후계자가 필요했다. 양자를 들여 집안과 집안이 엮이면서 벌열가문이 되기 때문이었다.

열 잔째 사케를 들이켜던 김병학이 갑자기 매화주로 바꿨다. 방문이 열렸고 계집종들이 상을 들고 다시 들어왔다. 김병학의 아내는 방문 밖에 서 있었다. 달빛에 저고리와 치마 색깔이 흐려졌다. 김병학은 아내의 움직임을 느꼈지만 방문 밖을 쳐다보지 않았다. 밤이 더 이슥해졌다. 연못이 끌어당긴 어둠이 깊어지고 시야는 희끄무레해졌다. 김병학이 술병을 들고 김병기는 술잔을 들었다.

—서원의 모집 요강을 남녀노소로 바꾸라고 했습니다. 하지만 이해하기가 어렵습니다. 여자가 서원으로 온다니요. 세상에 그런 일이 어디 있습니까. 암탉에게 독수리 날개를 달아주는 꼴이지요. 독수리라면 남자 잘 만난 계집일 테니 서원에서 삼천 궁녀라도 나오

면 저한테도 하나 주시겠습니까?

칠보문갑 위에는 곡선으로 휘어진 검이 걸려 있었다. 김병학이 일본에서 가져온 것이었다. 사무라이 무사가 자결하면서 남긴 명검이었다. 일본 사무라이 시대는 끝장이 났다. 도쿠가와 바쿠후. 최후의 막부가 사용했던 검은 벽을 등지면서 부드럽게 휘어졌다. 칠백년을 내려오던 막부는 반 막부 세력에 의해 위기 상황에 처해 있었다. 구시대와 함께 몰락하는 자와 새로운 시대와 함께 등장하는 자. 그것이 일본만의 이야기인가. 김병학이 술잔의 술을 단숨에 들이켰다.

—자네의 장점은 단순하다는 거야. 그건 물론 단점이기도 하지.

예, 형님. 말조심하겠습니다. 김병기가 저고리 옷자락을 여미며 냉큼 고개를 숙였다. 김병학이 방문가로 고개를 돌렸다.

—충남 공주에서 왔다고. 이름이 무엇이냐?

—김옥균이라 하옵니다.

사규삼을 입은 옥균이 공손히 머리를 숙이며 대답했다. 김병학은 그때서야 옥균의 모습을 찬찬히 바라보았다. 두어 시간이 흘러가도 흐트러짐 없이 앉아 있는 모습이 믿음직스러워 보였다. 옥균이 김병학의 시선을 의식했는지 방문가로 얼굴을 조금 기대었다. 방문의 창호지 색깔과 어울리는 해맑간 얼굴이었다.

—몇 살이냐?

—열두 살이옵니다.

—얼굴이 옥처럼 희고 곱다고 옥균이라 지었다 합니다. 아비가 시골에서 흙냄새 안 묻히고 잘 키웠습니다.

―아비는 누구냐?

―김병태라고 합니다. 아직 벼슬길에는……. 그 집에서는 장남인 모양입니다.

―그 집에서는 제사를 이을 아들인데 말이야. 아비가 욕심이 많군. 그래.

김병학은 방문가로 고개를 돌려 방문에 비치는 오동나무 그림자를 쳐다보았다. 오동나무 잎사귀가 방문에 비껴들면서 더욱 커졌다.

―이리 가까이 와서 백부께 인사 올려라.

김병기가 옥균에게 말했다. 옥균이 사규삼 옷자락을 여미며 조심스럽게 일어섰다.

북촌이었다. 오르막 언덕을 따라 비슷한 기와집들이 연이어 있었다. 기와집들을 따라 한참 올라가야 했다. 기와집들이 끝난 지점에 있는 기와집은 달랐다. 길거리 끝에서 발견한 집은 다른 집들과 나란히 붙어 있지 않았다. 길거리 끝은 오르막길의 끝이었고, 그곳에서부터 새로운 길이 시작되었다. 그 집으로만 통하는 길이었다. 길은 높은 기와 담장을 따라 둥글게 돌았다. 길을 따라 둥글게 돌고 나면 작은 대문으로 통했고, 나무숲이 우거진 후원이 보였다. 그 집은 더 이상 통행로가 없다는 표시였고, 길을 되돌아 내려가라는 이정표였으며, 막다른 골목에서 숨을 돌리면서 발견한 구름 같은 집이었다.

하늘은 물에 씻은 거울처럼 미끄러지는 빛을 냈다. 피리 소리와 장구 소리가 경쾌했고, 처음 듣는 가락이었다. 까치발을 들면 방문들이 조금 보이다가 까치발을 내리면 기와지붕만 보였다. 자영은 기와지붕만 쳐다보다가 뒤로 물러섰다. 까치발을 힘껏 들면서 기와담장 안을 들여다보기도 하고 대문간을 이리저리 기웃거려 보기도 하다가 다시 기와담장으로 다가가면 기와지붕은 더욱 높아졌다. 기와집 마당의 풍경은 돌 위에 올라서서야 겨우 눈에 들어왔다. 기와담장은 높았고 돌은 불안하게 건들거렸지만 자영은 돌을 금방 잊었다.

자영은 기와담장으로 간신히 두 눈만 내밀고는 후원을 몰래 훔쳐보고 있었다. 남의 집 안을 몰래 들여다보고 있다는 수치심은 들지 않았다. 음악 소리는 빗방울처럼 경쾌했다. 세찬 빗줄기에 온몸이 확 젖어들었을 때처럼 몸을 꼼짝할 수 없었다. 다다단다다, 다다다, 딴딴딴, 따아아아아. 녹의홍상 여자애들이 몸을 움직이면 붉은 댕기는 허리춤에서 가볍게 흔들렸다.

비 내린 지 하루가 지난 오후였다. 태양은 더 가까이 젖은 땅으로 다가들었고, 습기를 먹은 바람은 오동나무 잎들 사이를 휘돌았다. 오동나무는 잎맥이 팽팽했고, 절구통에는 빗물이 고여 있었다. 절구통에는 어디서 날아 들어온 날벌레가 물 미끄럼을 타고 있었다. 땅은 약간 덜 말랐으나 춤을 추는 데에는 더 좋았다. 발 딛는 동작마다 흙이 밀려나는 소리가 눈 밟는 소리처럼 뽀드득 들렸다. 음악 소리는 같은 음절이 몇 번씩 반복되고 있었고, 여자애들의 붉은 치맞자락이 한 번씩, 두 번씩 나풀거렸다. 춤추는 여자애들은 웃음을 감추느라 얼굴을 숙였고, 허리춤의 비단댕기만 흔들렸다.

자영은 여자애들이 남몰래 짓는 웃음을 보는 순간 머릿속이 텅 비어버렸다. 여자애들은 비단 녹의홍상을 입고 있었는데 연녹색 저고리와 연붉은 치마는 자주고름과 잘 어울렸다. 물에 퍼지는 물감처럼, 바람에 흔들리는 꽃처럼 녹의홍상은 움직이는 색깔로 보였다.

음악 소리가 그치자 자영은 그때서야 다른 사람들에게로 시선을 돌렸다. 장독대 쪽으로 장구를 치는 남자와 피리를 부는 사내아이가 앉아 있었다. 자영은 그때서야 옥색 도포와 사규삼을 입은 남자들을 발견했다.

―이건 기본 동작이에요. 어깨가 먼저 나가면 안 돼요. 눈빛이 먼저 나가야 해요. 이렇게.

춤 선생은 서양 여자였다. 소문으로만 듣던 흰 얼굴의 여자였다. 춤을 추던 여자애들은 수녀라고 불렸는데 전체적으로 이상한 복장을 하고 있었다. 검은 옷을 입고 있었고, 머리에는 흰 꼬르넷을 쓰고 있었고, 어깨에는 흰 피쉬를 둘렀다. 수녀의 복장은 엄격해 보였다.

수녀가 사규삼을 입은 남자를 손짓으로 불렀다. 두 사람은 앞으로 나가 시범을 보이며 몸을 뱅그르르 돌렸다. 장구 소리와 피리 소리가 먼저 앞섰다. 장구 소리와 피리 가락을 따라가는 섬세한 몸동작이었지만 꼭두각시놀음과는 달랐다. 남자의 행동에 따라 울고 웃는 여자의 모습이 아니었다. 여자의 춤사위는 장구 소리와 피리 가락을 끌고 다니며 바람을 가르는 것처럼 당당했다. 여자는 턱 끝을 조금 들어 올리고 얼굴은 약간 뒤로 젖혀서 남자를 바라보는 도도함을 표현했으며, 허리와 발끝으로만 몸을 돌리면서 남자의 품에 안길 듯 말 듯 자유롭게 움직였다. 여자의 눈은 남자의 어깨 위를 향해 있어서 남자의 몸이 움직일 때 일어나는 바람을 보는 듯했다. 남자가 바라보는 것은 여자의 옆얼굴이었고, 여자의 몸은 가락에 따라 움직일 뿐 남자의 손에서는 자유로웠다. 여자가 남자로부터 몸을 돌릴 때마다 바람이 출렁였고, 귀를 스치는 음악 소리가 났다. 남자는 꽃잎을 받치는 꽃받침처럼 오로지 여자만을 향해 있었다. 춤의 묘미는 남녀의 시선이 어긋난 각도에 있었다. 남자는 여자에 대한 세심한 배려를 표현했고, 여자는 남자 앞에서 발랄했으며, 수줍음 따위는 없었다.

음악 소리가 뚝 그쳤을 때 자영의 귀에는 파도 소리가 남았다. 음악의 물살 따라 몸을 움직여도 서로 부딪치지 않는 것처럼 속 깊은 배려가 있었다. 음악은 처마 끝에 고인 빗방울이 떨어지면서 그다음 빗방울이 떨어지기 전까지의 휴지기를 표현하는 듯했다. 오. 자영은 남몰래 한숨을 쉬었다. 한숨으로 휴지기를 메우지 못하면 숨쉬기도 어려울 것 같았다. 어깨까지 들썩이는 한숨 때문에 기왓장이 조금 움직였다.

짝짝짝. 녹의홍상의 여자애들이 박수를 치며 눈매로 웃었고, 사규삼을 입은 남자가 춤 선생을 향해 정중히 고개를 숙였다. 녹의홍상 여자애들과 남자들이 수줍게 다시 마주 섰다. 음악 소리가 다시 시작되었다. 붉은 댕기와 남색 복건, 녹의홍상과 사규삼은 잘 어울렸다. 농(Non) 농(Non). 수녀가 고개를 흔들며 손을 내저었다. 그게 아니라는 뜻인 듯했다. 음악 소리가 그친 후원은 조용했고 수녀의 목소리만 또렷했다. 남자의 눈은 여자의 몸짓을 계속 쳐다보아야 한다는 걸 잊으면 안 돼요. 또다시 음악이 연주되었다. 피리 소리가 경쾌한 가락으로 앞질렀고, 장구가 따닥따닥 소리를 내며 뒤따랐다. 남녀가 짝을 맞추어 빙글빙글 도는 것 같았지만 어색하게 흉내만 내고 있을 뿐 정확하게 가락을 타지 못했다.

　—남자를 똑바로 쳐다보는 게 그렇게 어렵나요. 여자는 시선을 아래로 내리까는 게 아니라 위로 올려야 해요. 처음 만난 사람들처럼 그러지 말아요. 친척들이라면서요.

　수녀는 약한 한숨을 쉬며 조금 힘들어하는 기색을 보였다.

　—정확히 어디를 쳐다봐야 할지 모르겠어요.

　녹의홍상 여자애가 고백하듯 말했다.

　—허공이지요. 여자의 몸은 허공으로 날아갈 듯 새처럼 움직여야 해요. 땅을 쳐다보면 날갯짓을 할 수가 없어요. 날개를 접은 새의 모습이니까요.

　녹의홍상 여자애는 역관을 쳐다보았다. 예, 그렇습니다, 아씨. 역관이 고개를 끄덕였다. 녹의홍상 여자애는 여전히 이해할 수 없다는 표정이었다. 시선을 아래로 내리는 것은 어릴 때부터 몸에 배어 있었다. 그것은 남자 앞에 선 요조숙녀의 자태였고, 춤을 추는 순간이라고 다를 것은 없었다. 남자와 시선을 맞추다가 얼굴을 측면으로 돌렸을 때 천박한 여자가 된 듯 수치심마저 느꼈다.

　수녀는 녹의홍상 여자애를 쳐다보았다. 조선 여자는 춤을 어려워하는 게 아니라 남자와 시선 맞추는 일을 어려워하는 듯했다. 처음 에만 남자와 시선을 맞추고 춤이 끝날 때까지 어긋난 각도를 유지 하면 되는 일이었다.

김병학이 공소로 은밀하게 가마를 보내왔을 때에 수녀는 수녀복 을 새것으로 갈아입으면서 성경을 손에 꼭 쥐었다. 조선 여인이 타 는 가마는 겉으로는 화려했으나 속은 좁고 불편했다. 처음 가마 안 으로 들어갈 때는 긴장하고 설레었으나 가마꾼들이 걸을 때마다 흔 들림이 심해서 곤욕스러웠다. 수녀는 심한 어지럼증 속에서 간절히 기도를 했다. 신부의 말은 기도 속에서 맴돌았다. 조선에는 시파와 벽파가 있는데 시파에는 천주교도가 많고 벽파가 천주교 박해를 했 다는 것이다. 지금은 시파가 정권을 잡고 있고 시파의 거물이 마리 를 부르는 거야.

흔들리는 가마 속에서는 가는 길을 알 수 없었다. 수녀는 묵주를 손에 꼭 쥐고 성모마리아를 수없이 불렀다. 시파의 거물이 불렀으 니 죽으러 가는 길은 아닐 테지만 설혹 죽음의 길이라 해도 안 갈 수는 없었다. 조선은 이미 세 차례의 천주교 박해를 견디어온 땅이 다. 조선에 온 수녀로서 신해년(1791), 신유년(1801), 기해년(1839) 박 해 사건들을 잊으면 안 되었다. 남들 모르게 가는 길이라 문을 열 수가 없었고, 구토증이 목에까지 차올라 왔을 때에야 가마가 멈춰 섰다. 수녀가 가마에서 내린 곳은 김병학 집이었다.

수녀는 어느 방으로 들어갔고, 방에는 윗목과 아랫목 사이에 발 이 쳐져 있어서 김병학의 얼굴을 자세히 볼 수 없었다. 조선의 사랑 방은 청나라 귀족 집안보다 화려하지 않았지만 단아한 격조가 있었다. 청색과 황색을 중심으로 한 가구들이 정연하게 배치되어 있었다. 은은한 색감의 가구들 가운데에 적색으로 멋을 부린 방이었다. 벽보다 방문이 많아서 방 안은 환했고, 벽 중간쯤에 유연하게 휘어진 검(劍)이 걸려 있었고, 그 아래 서책 몇 권이 보였다.

구슬로 촘촘히 엮은 발 너머에 앉아 있는 김병학은 말이 없는 사내였고, 측면에 앉아 있는 김병기는 말이 많은 사내였다. 김병학은 수녀를 쳐다보고 있었고, 수녀는 김병기와 이야기를 나누었다. 김씨 가문의 자제들에게 서양 귀족 문화를 가르치라는 말은 의외였다. 역관은 전후 사정을 자세히 설명해 주지 않고 전할 말만 간단히 했다. 마리는 수녀라서 아는 것이 천주밖에 없다는 말로 거절했다. 그때 서양 춤에 대해서 말한 사람이 김병기였다. 김병기는 서양 귀족의 사교춤에 많은 관심을 보였다. 일본 상인에게 들었다는 말도 전했다.

천주교 전교 활동에 도움이 될까 싶어서 왔지만 명문가 도령들에게 왈츠를 가르치는 건 내키지 않는 일이었다. 왈츠는 서양 문화에 대한 관심이지 천주교에 대한 관심이 아니었다. 김병기와 이야기를 나누는 내내 천주교에 대한 질문은 단 한 번도 없었다. 그것은 천만다행이었지만 한편으로 섭섭했다. 조선은 모방 신부가 순교한 땅임을 잊지 말라는 신부의 말을 떠올리며 수녀는 거절했던 마음을 되돌렸다. 신부는 전교 활동 때문에 경상도에 내려가 있었다.

조선의 귀족 문화에는 사교춤이 없나요? 수녀는 의아해했다. 어느 나라든지 상류층에는 그들만의 문화가 있었다.

—조선에서 빙빙 돌아가는 것이 무엇이 있지요?

—팽이가 있습니다.

옥색 도포를 입은 김병학 아들이 대답했고, 사규삼을 입은 옥균이 웃었다. 다른 여자애들도 고개를 돌리며 수줍게 웃었다.

—그럼 팽이처럼 돌아요.

—강강수월래도 있어요. 팽이처럼 돌면 어지러워요.

김병학 딸이 기겁하는 표정으로 옷고름을 매만졌다. 김병기 딸도 고개를 끄덕였다. 그들의 대화를 들으며 유일하게 고개를 가로젓는 사람은 피리 부는 사내였다. 강강수월래도, 꼭두각시 춤도, 팽이의 움직임도 아니라는 표정이었다. 오, 제발 어렵게 생각하지 말아요. 수녀는 한숨 쉬듯 말했다. 녹의홍상 여자애들은 음전하게 서서 숨죽여 웃고 있었다. 그때, 피리를 쥐고 있던 사내애가 벌떡 일어섰다.

—아씨, 저 좀 보세요. 이건 아주 단순한 가락인데요. 가락에 몸을 싣고는 이렇게.

사내애는 음악 소리도 없는데 혼자서 입장단으로 춤을 추기 시작했다. 다다다단단다다, 다다단.

상대 남자를 믿어야 하겠구만. 잉. 장구 치는 남자가 중얼거렸다. 사내애의 숨소리는 음악이 되고 있었다. 사내애의 표정은 절세미인처럼 도도했고, 사내들의 시선을 손끝으로 끌어당기고 있었다. 사람들의 시선을 집중시킬 만큼 매력적인 몸짓이었고, 가락을 이끄는 경쾌한 발걸음이었다. 사람들은 음악 없는 움직임 속으로 빨려들었고, 사내애의 숨소리에 집중했다. 남자의 어깨를 잡은 자세로 허공을 껴안은 사내애는 그 누구도 쳐다보지 않았다. 후원의 마당이 사

내애를 따라 돌아갔다. 꽃이 빙글빙글 돌고 나무가 꽃을 따라 빙글
빙글 돌아갔다.

위(Oui)! 위(Oui)! 수녀는 춤추는 사내애를 숨죽이며 바라보다가
기쁜 얼굴로 손뼉을 쳤다. 수녀가 사내애에게로 달려갔고, 사내애
는 웃으면서 마주 섰다. 수녀와 사내애는 짝이 되어서 왈츠를 추기
시작했다. 따따단단다다다, 단단단. 장구 소리가 들리기 시작했다.
음음음음. 수녀는 장구 소리를 따라 콧노래를 부르면서 춤을 추었
다. 수녀의 콧노래와 바람 소리와 장구 소리와 사내애의 발장단이
경쾌한 속도로 어우러졌다. 수녀와 사내애가 마주 보고 고개를 숙
였을 때 사람들은 왈츠 한 곡이 다 끝났음을 문득 알아차렸다. 수녀
의 얼굴에는 만족한 웃음이 남아 있었고, 사내애의 손에는 춤의 여
운이 남아 있었다. 사내애는 녹의홍상 여자애들에게 다가가서 손을
내밀었다.

─아씨도 해보세요.

─이 더러운 손 치우지 못하겠느냐!

김병학 딸이 싸리나무 회초리 같은 소리를 질렀고, 사람들은 그
때서야 사내애의 손을 쳐다보았다. 물러서라! 김병학 아들이 사내
애를 향해 소리쳤다. 사내애는 질겁한 표정으로 한 걸음 물러섰다.
장구를 치는 남자가 달려와서 녹의홍상 여자애들 앞에 무릎을 꿇었
다. 어디서 감히. 김병학 딸은 떨리는 손으로 저고리 고름을 쥐면서
하늘을 쳐다보았다. 가슴속 분을 삭이지 못하는 마음을 눈물로 드
러냈다. 피리를 부는 천한 것이 양반의 춤을 추다니. 부끄럽구나.

옥균이 사내애 앞으로 걸어갔다. 사내애는 고개를 푹 숙인 채로

있다가 잔뜩 겁먹은 얼굴을 들었다. 나설 때를 모르고 나섰으니 참으로 안됐구나. 장구 치는 남자와 피리 부는 사내애를 남사당패에서 불러온 사람은 옥균이었다. 제 불찰입니다. 용서하세요, 형님. 옥균은 김병학 아들에게 정중히 고개를 숙이며 말했다. 프랑스인 수녀에게 서양 춤을 배워보자고 제안한 사람은 옥균이었고, 집안 어른들께 수차례 고해서 어렵게 허락을 받아낸 사람도 옥균이었다. 프랑스 선교사들이 조선에 들어와 있다는 건 프랑스 문화를 알 수 있는 좋은 기회였다. 외국 상인들을 통해서만 서양 문물을 접할 수 있는 건 아니었다. 프랑스 외방전교회와 통하는 건 프랑스 정부와 통하는 것과 같으며, 미래가 어떻게 변할지 모르니 서양 문화에 대해 미리 배워두자는 것이 옥균의 생각이었다. 천주교는 서양 역사를 주체적으로 이끌어온 종교라는 일본 상인의 말을 들은 까닭이었다.

김병학 딸은 사내애의 따귀를 힘껏 때렸다. 주위 사람들의 위로에도 치욕이 가시지 않은 눈빛이었고, 상처 입은 자존심 때문에 눈물이 그렁그렁했다. 남녀의 법도가 유별한데 어디다 대고 감히 더러운 손을 내미는 것이냐! 아니에요. 사내애가 그건 아니라는 표정으로 손사래를 쳤다. 짝! 따귀 때리는 소리가 한 번 더 들렸다. 감히 누구를 능멸하는 것이냐! 남자가 아니면 짐승이라는 게냐! 네놈이 죽고 싶어서 자꾸 이러는 것이냐! 그게 아니고 여자라구요. 사내애는 오른쪽 볼을 움켜쥐고는 힘없이 무릎을 꿇었다.

사람을 때리면 안 됩니다! 수녀가 놀라는 표정으로 소리쳤다. 나는 천주학을 믿는 사람이 아니니까 내게 명령하지 마세요. 김병학 딸이 수녀를 향해 말했다. 수녀는 상황을 이해하기 위해 역관에게 재빨리 걸어갔다.

사내애가 무릎을 꿇은 자리는 빗물이 덜 마른 곳이었다. 그늘진 땅에는 흙탕물이 고여 있었다. 사내애는 바지 종아리가 젖는 것도 모르고 고개를 숙인 채 앉아 있었고, 김병학 딸은 흙탕물을 쳐다보면서 붉은 치맛자락을 살짝 들었다. 그리고는 마른 땅으로 걸어갔다.

—너 따위가 여자라도 변하는 건 없어. 그러고 보니 얼굴은 계집이라고 해도 믿겠는데 몸에 걸친 사내 옷이 우습구나. 역시 광대는 달라. 어느 것이 진짜 네 얼굴이냐. 남사당패 계집을 불러다가 피리 소리를 듣고 있었다니 내 자신이 몹시 부끄럽구나.

사람은 때리면 안 됩니다. 수녀가 김병학 딸에게 다가가서 다시 한 번 말했다. 이긴 조선의 일입니다. 나서지 마세요. 김병학 딸이 단호한 표정으로 말했고, 수녀가 역관의 얼굴을 쳐다보았다. 역관이 걱정스런 표정으로 고개를 가로저었다.

—처음부터 양반의 격에 어울리지 않는 춤이라고 생각했어요. 남녀의 구별도 없고 반상의 구별도 없는 춤이면 막춤이 아니겠는지요.

김병학 딸이 말했다.

—서양에서는 남녀가 손을 마주 잡고 춤추는 것이 예의입니다. 남자가 여자를 배려하는 춤이니 막춤은 아니고 서양식 예법을 갖춘 춤이랍니다.

수녀가 말했다. 김병학 딸은 그 자리에 있어봤자 더 나아질 것은 없다고 판단했는지 두 남자에게 고개를 숙여 예를 표하고는 안채로 들어가 버렸다. 두 명의 여자 중에 한 명이 빠져버린 상황이 되었다.

용서해 주세요. 고개를 숙이고 무릎을 꿇은 사내애는 누구를 보고 말하는 것인지 분명치 않았다. 자기 외의 모든 사람에게 전하는 말인 듯했다. 사람을 용서할 수 있는 분은 오직 천주님뿐입니다. 수녀가 사내애에게 다가가서 손을 내밀었다. 사내애가 눈물이 그렁그렁한 얼굴을 들며 힘없이 고개를 가로저었다. 수녀는 사내애 앞에 무릎을 꿇었다. 회색 눈동자의 수녀는 검은 눈동자의 사내애에게 물었다.

—이름이 뭐예요?

—…….

—정말 춤도 잘 추고 피리 연주도 완벽해요.

—그럼 용서해 주시는 건가요?

사내애의 눈에서 눈물이 뚝 떨어졌다. 수녀가 눈물을 닦아주며 고개를 가로저었다. 무릎 꿇은 수녀의 치맛자락으로 흙물이 스며들었다. 사내애는 수녀의 말보다 수녀의 눈동자에 관심이 있었다. 눈동자로 전하는 진심은 말보다 뜻이 깊었다. 뭔지 모를 따뜻함을 느낀 사내애가 입가를 실룩이며 조금 웃었다. 눈물이 입속으로 들어갔다.

—사람은 사람을 용서할 수 있는 존재가 아니에요. 오직 천주님만이 사람의 죄를 용서할 수 있어요.

—천한 년이 지체 높은 아씨한테 죄를 지었어요.

─천하다니요. 죄라니요. 춤은 남과 함께 추는 것이고 재능은 천주님께서 주신 축복이에요.

─그럼 참말로 용서해 주시는 거지요?

수녀는 측은한 표정으로 마지못해 고개를 끄덕였다. 사내애가 팔뚝으로 눈물을 훔치며 피리를 들고는 장구 치는 남자 옆으로 가서 다시 앉았다. 춤을 추기에는 한 명이 모자랍니다. 김병학 아들이 말했다. 수녀가 피리 부는 사내애를 향해 이리 오라고 손짓했다. 사내애가 자리에서 일어나서 눈치를 보며 걸어왔다. 이제 짝이 맞지요? 수녀가 웃었다. 김병기 딸이 사내애를 쳐다보며 미간을 찌푸렸다. 저도 그만 들어가 봐야겠어요. 언니가 괜찮은지 걱정이 되어서요. 김병기 딸이 두 남자를 향해 고개를 숙이고는 몸을 돌려 안채로 들어갔다. 사내애는 다시 피리를 집어 들고 제자리에 앉았고, 수녀는 뭐라고 중얼거리면서 가슴에 성호를 그었다. 사내애는 징구 치는 남자와 함께 짐을 싸기 시작했다.

─낭자는 누군데 남의 집 안을 들여다보는 것이오?

자영은 깜짝 놀라 돌에서 내려서다가 비틀거렸다. 에구머니. 자영이 당황한 얼굴을 얼른 숙이고는 옥균에게 공손히 예를 표하며 물었다.

─여기가 흥선군 대감 댁인지요?

─아닙니다. 대사헌 대감 댁입니다.

자영이 당황한 얼굴을 숙이며 재빨리 돌아서서 걸어갔다. 이보시오! 낭자! 옥균이 소리쳤다. 자영은 뒤를 돌아보지 않고 뛰었다. 저고리가슴은 뛰기 전부터 두방망이질을 하고 있었다.

❖

—예수라는 남자가 정말 있었을까요?

이하응은 피곤한 눈을 감았다. 경주 구미산에서 한양으로 올라온 지 한 달이 지났다. 그때의 기억은 시간이 지날수록 뼛속까지 뚫고 들어왔다. 눈으로 볼 수 없는 작은 가시가 살 속을 파고드는 것처럼 정확히 어디인 줄을 모르게 흐릿한 통증은 좁고도 깊었다. 불만서원에서 몰매를 맞고 쫓겨난 뒤에 우연히 길을 지나는 사람을 만나 그 집에서 몸을 추스르지 못했다면 한양으로 올라오지도 못했을 것이다. 열흘간 꼬박 누워서 앓을 정도로 삭신이 쑤셨고, 앓고 난 뒤 눈동자에서는 총기가 빠졌다. 되새기고 싶지 않은 기억을 붙들고 사는 저항감은 강렬해서 다른 사람과 대화를 나눌 때조차 혼자만의 생각 속으로 빠져들었다.

—대감, 제 이야기 듣고 계신 거예요?

이하응이 돌아눕자 민씨 부인이 토란고약을 서너 개 붙이며 말했다. 끙. 이하응이 낮게 신음했다. 아직도 어깨가 결렸고 등이 뻐근했다. 산속에 살던 남자가 붙여주던 약초들이 더 효과가 있었다.

산속의 남자는 서원에서 몰매를 맞았다는 사실에 당자인 이하응보다 더 분개했다. 반상에 청수를 떠놓고 잠깐씩 기도하면서 이하응을 정성으로 간호했다. 이하응은 남자가 외는 주문을 꿈결인 듯 자주 들었다. 지기금지 원위대강 시천주 조화정 영세불망 만사지. 이하응이 아랫목에서 신음하고 있는 사이에 남자는 촛불을 켜고 앉아 동학 포덕문을 열심히 읽었다. 남자는 공손히 무릎을 꿇고 앉아 포덕문의 시 한 구절을 읊었다. 황하의 물이 맑아지고 봉황이 우는 때를 누가 알겠는가. 운이 어디에서 오는 건지 나는 알지 못하네[河淸鳳鳴熟能知 運自何方吾不知].

사람들 마음에 도(道)가 사라져서 임금이 임금 노릇을 못하고 신하가 신하 노릇을 못하니 나라가 어지럽고, 나라가 어지러우니 먹고사는 일에 크고 작은 분쟁이 끊이질 않아 전체적으로 조선의 운수가 사나워졌다는 것이다. 남자는 이하응이 누구인지도 모르면서 포덕문을 열심히 읽어주었다. 조선 운수가 나빠서 이 씨 왕조가 곧 망하게 될 것이며, 동학은 잃어버린 도를 되찾는 학문이라고 말했다. 남자가 기도를 하듯이 정성스럽게 간호했기 때문에 이하응은 남자의 이야기에 감히 토를 달지 못했다.

─사람의 아들이면 사람들이 그리 절실히 믿겠어요? 신의 아들이고 별의 계시를 받았다니까.

촛불 때문에 아내의 남색 저고리는 흐리게 보였다. 아내는 천주교에 관심이 부쩍 많아졌다. 사람들이 똑같이 믿는 데에는 합당한 이유가 있을 것이었고, 제례를 어기면서까지 믿는 데에도 분명한 이유가 있을 것이라고 했다.

─유모 말이에요. 다리에 난 피부병이 기도하면서 감쪽같이 나았대요. 아무리 의원을 찾아다녀도 낫지 않았는데 말이어요.

민씨 부인은 남편의 등을 손바닥으로 살살 눌렀다. 끙. 이하응은 옅은 한숨을 내쉬었다. 말도 안 되는 소리.

─그렇죠? 평소에 치마를 입고 있으니 본인만 알지 누가 알겠

어요?

—천주학이 언제부터 천주교로 둔갑했지? 사람들이 논리를 믿지 않고 기적을 믿는 건가.

—그러게요. 빨리 죽어서 천국에 가고 싶대요.

이하응은 코웃음을 쳤다. 아내는 신들 중에서 제일 영험 있는 신을 믿고 싶어 하는 눈치였다.

—내가 부처 이야기를 해줄까? 부처는 전형적인 왕의 아들이었어. 싯다르타 왕자가 태어났을 때 왕은 유명한 관상쟁이를 불러다가 점을 쳤지. 늙은 관상쟁이는 왕자가 위대한 왕이 되든가 위대한 수도승이 될 거라고 예언하면서 눈물을 흘렸어. 왕이 물었지. 그대는 왜 우는가. 소인은 이미 늙어서 곧 죽을 테니 위대한 각자(覺者)의 모습을 볼 수 없어서 웁니다. 왕은 아들을 성 안에 가두고 키우면서 인생의 고통을 모르도록 오직 긍정적인 단어들만 들려줬지. 기쁨. 환희. 사랑. 즐거움 같은. 어느 날 싯다르타는 궁녀들과 놀다가 바람결에 들려오는 노래를 듣게 되었어. 성밖에서 떠돌이 집시 여인이 부르는 노래였어. 슬픔의 강물이여. 슬픔이 뭐지? 싯다르타가 궁금한 표정으로 물었지. 슬픔을 찾아 몰래 성을 나온 왕자는.

—어머나. 사람들은 슬픔을 피해 다니는데 슬픔을 찾아다녀요?

—늙은이와 병자를 보게 되었어. 충격이었지. 그러다가 농부가 밭을 가는 모습을 보며 잠시 평화를 느꼈지. 그런데 농부의 쟁기질에 죽은 지렁이를 보면서 또 충격을 받았지. 새가 날아오더니 반쪽으로 잘린 지렁이를 물어갔어.

민씨 부인은 고개를 끄덕였다. 남편의 등에 멍 자국은 거의 없어졌다.

—충격을 받지 않는다는 건 그 사실에 익숙해 있다는 뜻이야. 벌레 따위라고 말하기 전에 이미 하찮은 생명의 죽음에 익숙해진 거라고. 전쟁 통에는 사람의 죽음에 익숙해지듯이. 허나 종교적으로 보면 사람과 벌레의 구별은 무의미한 거지.

아내는 이야기의 주술에 탁 걸린 표정이었다. 이하응은 씁쓸하게 웃었다. 서학 모임에는 여자들이 많았다. 콩밭에 팥을 심으면 콩이 난다고 해도 믿는 여자들이었다. 옛날이야기부터 옆집 이야기까지 세간의 소문은 여자들 입을 통해서 퍼졌다. 구중궁궐도 마찬가지였다. 수라간과 빨래터를 돌아다니는 무수리들 입이 문제였다.

—공자는 오소야천 고다능비사(吾少也賤 故多能鄙事)라고 했어. 어릴 때 천한 환경에서 자랐기 때문에 보잘것없는 일에 능하다고 했지. 성인은 깨달음과 동격이기도 하지만 고생과도 동격이야. 고생을 모르고서 진리를 깨닫겠어?

—그렇겠지요?

—큰 인물은 결코 한 부분만을 보지는 않아. 전체를 바라보는 통찰력이 있지. 절벽이 길을 가는 사람에게는 장벽이지만 하늘에서 보면 단지 절벽이지 않은가. 하느님이니 뭐니 해도 결국은 정치 이야기야. 정치에 불만 가진 남자는 어느 시대에나 있는 법.

—마구간이라니 심했어요. 말구유가 다 뭐예요.

—가난한 백성들과 출신 성분이 똑같은 인물이 필요했겠지. 백성들 삶과 다르면 백성들이 따르겠소? 백성들에겐 그런 허상이 필요한 것이지.

이하응은 몸을 조금 틀어 앉았다. 붉은 모란을 그린 족자가 눈에 들어왔다. 아내의 볼이 붉어져 있었다. 아내는 말수가 적어서 표정이 새치름했지만 공연히 말 많은 계집들과는 달랐다. 아내는 어떤 이익을 얻기 위해 진실을 모르는 척하거나 사실을 감추는 적이 없었다. 그 고지식함 때문인지 가난하게 살아도 사대부 여인다운 기품을 잃지 않았다.

옛날에는 왕족에게 시집 온 여자가 옹주보다 못할 것도 없었다. 그러나 지금은 사정이 달라졌다. 옛날처럼 행동하면 조롱과 멸시만 되돌아왔다. 왕족이란 신분은 드넓은 벌판 한번 달려보지 못하고 좁은 마구간에서 비루먹은 천리마처럼 옹색했다.

이렇게 불편한 시대에 아내는 안방에서 무슨 생각을 하며 하루를 살고 있는 것일까. 웬만한 바느질감이 아니면 바늘을 들지 않는 아내였다. 아내가 가지고 있는 반짇고리는 특별한 보석함처럼 귀한 것이었다. 아내는 나들이할 때에 꺼내 드는 비녀처럼 특별한 경우에만 바늘을 꺼내 들었다. 아내는 자존심이 강한 여자였다. 붓놀림에도 격이 있는 것처럼 바느질에도 격이 있었다. 집안 식구들의 바느질감, 녹의홍상이거나 남편과 아들의 도포라든가 선녀의 날개옷 정도라면 바늘을 꺼내 들 만했다. 그러나 현실은 가난하고 초라했다. 아내는 가끔씩 바느질감을 가려내며 유모에게 신경질을 부렸다. 바느질감이 시원찮다고 밀어내면 유모는 상전 대신 부지런히 바느질을 했다. 바늘처럼 꼿꼿한 자존심이었다.

이하응은 아내의 얼굴을 똑바로 쳐다보지 않았다. 묵란을 팔아야 하고 바느질품을 팔아야 하는 부부가 나누는 대화는 사금파리처럼 아팠다. 서로의 아픔을 나누면서 가까워져야 하는데 아픔을 나눌수록 마음이 멀어지고 있었다. 부부는 각자의 자존심을 숨기고 살면서 서로의 자존심에 거리를 두는 법을 알았다. 그것은 집안의 비극을 알고 있는 사람끼리의 암묵적인 합의였다.

건널 수 없는 강가에 처박힌 배처럼 왕족이란 말은 그랬다. 강바닥에 흉물스럽게 처박힌 배로 휘청거리며 걸어가는 이하응의 옷자락을 잡는 건 아내였다. 이하응은 묵란에 몰입하지 않으면 칼날보다 더한 독설로 아내의 가슴에 상처를 냈다. 심사가 새끼줄처럼 배배 꼬이는 순간은 문득문득 불청객처럼 찾아왔다. 이하응은 아내의 눈물에서 자신의 처지를 보는 것 같아서 더욱 괴로웠다. 먹물을 묻히는 붓은 칼이었고, 때때로 찾아오는 자존심은 고약한 손님이었다.

—아깝게도 서른세 살에 죽었대요.

민씨 부인은 남편의 어깨를 손바닥으로 쓸면서 정말로 안타까운 표정을 지었다. 더 오래 살았으면 큰일을 했을 텐데, 라는 표정도 지었다.

—누군가 순교해야 숭배할 대상이 생기거든. 그러니까 죽음이 명분이 되지. 인간의 죄를 대속했다는 숭고한 의미를 부여할 수 있으니까.

그럴까요. 아내는 옷고름을 만지작거렸다. 아내는 순진한 여자였다. 손익 계산이 빠르고 입맛이 섬세해서 남자를 잘 고르는 계집과는 달랐다.

—전하도 내년이면 서른세 살이 되는군.

어느 시대에나 순교할 사람은 필요했다. 왕이 하수인인 시대에서 백성들은 왜 궁궐로 몰려든단 말이냐. 영리한 놈들은 궁궐로 가지 않아. 이하응이 차가운 웃음을 흘렸다.

—헛된 이야기라면 사람들이 믿기도 전에 금방 없어져 버렸을 거예요. 거짓이 오래가는 법은 없으니까요.

아내의 음성이 갑자기 커졌다. 예수 이야기가 꼭 사실이어야 한다는 이유를 가진 여자처럼 보였다. 이하응은 아내의 고집스런 눈동자를 쳐다보았다.

—강한 부족이 약한 부족을 점령하면서 자기 부족 신화를 믿으라고 교육시키는 거 아니겠어? 종교는 다른 나라 땅에 피를 묻히지 않고 점령해 버리는 고급 수단이니까.

이하응은 방바닥에 종이를 좍 펼치고는 손바닥으로 쓸어보며 종이의 결을 살폈다. 붓도 대지 않은 흰 종이는 매끈했다.

—이하응은 상구, 부인은 천주학쟁이라고 사람들이 떠들겠군.

—상구라니요? 설마 공자라는 별명은 아니겠지요.

—초상집 개 말이야.

이하응은 여덟 폭짜리 병풍을 바라보았다. 추사 김정희가 그려준 대죽 병풍이었다. 대나무에는 잎이 많이 매달려 있었지만 곧은 직선들 때문에 얼핏 단조로웠다. 대나무 주위는 고요했다. 대나무와 어울리는 것은 달이었고, 권문세가 사랑방에 흔한 것은 대죽병풍이었다.

문인화를 그리는 유학자들은 대나무의 마디에 붓끝을 당기고 싶어했다. 대나무는 군자의 성품을 드러내기에 좋은 나무였다. 조화는 균형에서 나오고 균형은 아름다움을 이룬다. 아름다움이란 어떤 감정일까. 병풍을 바라보고 있는 이하응의 옆얼굴이 깊은 수심을 드러내고 있었다. 대죽 병풍 옆에는 모란 족자가 걸려 있었다.

─누가 감히 그런 말을! 정말 고약한 사람들이네요.

민씨 부인이 울먹이듯 말했다. 사람들 눈을 피해 문밖출입도 제대로 하지 못하는 세월이 가슴으로 스쳐 갔다. 왕족의 핏줄 아들 둘을 낳은 탓에 더욱 머리를 숙이고 살아야 했다. 남편도 문밖출입을 안 했으면 상구라는 조롱을 받지 않았을 것이다.

─사람들은 왜 그렇게 남의 말을 하죠?

─자기 얼굴은 안 보이니까.

─남의 말 안 하는 사람들도 있어요.

민씨 부인은 뭐라고 말을 계속 하려다가 입을 다물었다. 남편의 표정은 평온했다. 사촌심이 내꼬챙이처럼 뾰족한 남편이 치욕적인 단어를 무심히 들어 넘겼을 것 같지는 않았다. 남편은 붓을 들고 세로 줄을 좍좍 그어대더니 조심조심 붓끝을 세우며 난엽을 가늘게 좀 더 가늘게 그리려 애를 쓰고 있었다.

─초상집을 기웃거릴 만큼 가난하다는 뜻이에요?

이하응은 연적을 들어서 벼루에 물을 조금 더 부었다. 아니지. 이하응은 고개를 가로저었다.

─그렇지요? 왕족이 가난할 수는 없는 거지요?

민씨 부인은 콧물을 냉큼 삼키며 물었다. 남편의 말이 적어지기 시작하면 긴 침묵이 시작되었다. 침묵 중에 말을 건네면 대답 대신 벼루가 날아왔다. 옆에서 숨소리나 옷자락 소리라도 내면. 민씨 부인이 고개를 흔들었다. 남편의 말수가 적어지기 전에 재빨리 말을 건네야 했다.

─가난하다는 뜻이 아니라면 뭐지요?

남편의 예민한 성정으로 뜻을 되씹지 않는 것을 보면 남편의 마음에 그리 거슬리는 말은 아닌 듯했다.

─생각하기 나름이야. 돼지나 먹을 구정물에서 밥과 나물을 구별해서 뭐 하겠어. 구정물 같은 세상에서 밥과 나물처럼 섞였는데 누가 누굴 욕해. 단지 내 편이 아니라는 뜻이지, 뭘. 합하자니 성향이 다르고 나누자니 구정물통이 같아서 공생하는 처지인데. 그렇게라도 말하지 않으면 그 사람들 가슴이 허전해서 살겠어? 욕할 사람이라도 있어야 그 집단이 한마음으로 힘을 합하고 유지될 테니. 나는 홀로 싸워도 집단과 싸우는 격이니 내가 상격이지.

대감, 제발 몸을 소중히 하세요. 민씨 부인은 남편의 고독한 마음이 느껴져 눈물을 글썽였다. 남편은 심상히 말했지만 속은 다를 터였다. 사랑방에서 밤을 새우는 날이 많아졌고, 무슨 생각에 빠진 듯 눈가에는 수심이 깊었다. 집안 식솔들에게 이유 없이 성을 내는 일도 다반사였다.

남들 눈 밖에 나 있으면서 소문의 중심에 서 있는 모습은 정말 싫었다. 아무리 너그럽게 생각하려 해도 불편하고 불쾌했다. 세간의 관심이란 건 호의라고는 가을날 털갈이하는 개의 뒷다리 털 하나만큼도 없는 감정이었다.

─남들이 말할 테지. 부인은 자존심이 있는데 남편은 자존심이 없다고. 아무리 더러운 세월이라고 해도 자존심을 붙들고 살아야

사람답지 않은가. 상구라고 하든 말든 묵란이 시원찮다는 말은 듣기 싫어.

　―대감께선 화공이 아니라 학자예요.

　―내가 이세보처럼 행동해도 그리 말할 텐가. 정치를 모르는 학자는 정의를 모른다고 할 수 있고, 그림을 모르는 학자는 미를 모른다고 할 수 있지. 뭐든 불완전하기는 매한가지야.

　―그럼 학문을 모르는 학자는요?

　남편은 묵란을 치는 것보다 서책을 읽는 편이 훨씬 나았다. 서책을 가까이 하는 것이 훨씬 귀족답고 현실적이지 않은가. 그러면 묵란에 대한 집착과 광증은 없어질 듯했다.

　―그건 학자가 아니지. 진리를 모르는 거니까.

　―그럼 종교는요? 종교를 모르는 학자는 선을 모르는 건가요?

　이하응은 계속 물어대는 아내를 쳐다보지 않았다. 아내의 외로움을 감싸주기에 마음은 넉넉하지 못했다. 묵란이란 유학자의 이상을 표현한다 해도 단지 여기(餘技)일 뿐이었다. 매순간 묵란에 미쳐 사는 유학자는 없었다. 그러나 이하응에게 묵란은 그림 이상의 것이었고, 유일한 탈출구였다. 묵란은 세상의 편견과 구속을 깨는 호방한 호흡과 같은 것이었고, 묵란이 없으면 마치 죽은 목숨처럼 방 안에서 무기력하게 널브러져 있을 것이다.

　묵란은 나를 표현하는 거야. 아내의 존재를 완벽하게 잊었을 때에 이하응은 손목을 슬쩍 움직였다. 난엽의 움직임 따라 호흡을 조절했다. 붓을 대는 순간에는 호흡을 멈춰야 했고, 붓을 떼는 순간마다 호흡하지 않으면 손가락 힘의 균형이 깨지고 먹물의 균형이 깨졌다. 묵란의 호흡. 호흡은 생동감이었다. 생동감은 율동이었다. 곧바로 나아가나 완급을 조절하는 힘. 호흡이 일치해야 아름다움이 피어난다. 이하응의 호흡 따라 묵란이 호흡하고 있었다.

이하응의 눈동자가 검게 일렁였다. 눈동자의 기운이 검은 바람을 만난 듯 검은색에 사로잡혔다. 난초들이 제각각 거리를 두며 조금씩 움직이고 있었다. 눈에 보이지 않던 거리다. 확대경으로 들여다보고 있는 것처럼 아주 미세한 공간들이 눈에 보이기 시작했다. 생각할 필요도 없이 손이 먼저 움직였다. 완벽한 자아의 세계. 직관을 체험하는 순간이었다. 다른 것들보다 웃자란 난엽 하나가 바람을 타고 휘어졌다. 그 옆에 오밀조밀한 난들은 인간의 발목들처럼 단단해 보였다.

이하응은 마지막으로 붓을 떼며 웃음 같은 호흡을 흘렸다. 가슴속 미세한 감정들이 새벽 기운처럼 파동을 쳤다. 떼거지로 움직이는 사람들. 백성들은 발목들이었다. 꽉 막혔던 가슴이 종잇장처럼 얇아지고 있었다. 무극대도라. 보랏빛 맥문동과 최제우. 이하응은 눈을 질끈 감았다. 난초와 최제우는 전혀 닮지 않았다. 경주 구미산을 떠나 한 달이 넘도록 남아 있는 감정은 보랏빛 맥문동이었다. 무리로 움직이는 꽃. 이하응의 눈시울이 확 붉어졌다. 땀인지 눈물인지 하나가 뚝 떨어졌다.

고맙군. 남편이 누구를 향해 고맙다고 하는 것인지 알 수 없었다. 민씨 부인은 남편 앞에 망부석처럼 앉아서 흐릿한 눈으로 벽을 쳐다보고 있었다. 집안의 기둥과 기둥을 이어서 붙어 있는 벽. 거스를 수 없는 벽. 남편은 벽이었다.

—구미산에서 사람을 만났어.

—지난번에 찾아온 동학교도들 말이에요?

—난세일수록 도통했느니 어쩌니 하면서 하늘을 팔아먹는 인간은 흔한 법인데. 최제우는 그런 하수급은 아니었어. 가난한 사람들을 불러다가 먹이는 모습을 보면. 자기를 그럴싸하게 포장하거나 내세우지 않았고 기본적으로 생명에 대한 측은지심이 있었어. 아무리 그래도 명색이 양반인데 양반의 법도를 그리 쉽게 거스르다니. 집안 노비가 두 명 있었는데 하나는 수양딸을 삼고 하나는 며느리를 삼았다더군. 쉽지 않은 일이지.

—제발. 낯선 사람과 어울리지 마세요. 어떤 사람인지 잘 모르잖아요.

주변 사람들이 출세를 방해하는 꼴이니 조용히 천운을 기다리시지요. 최제우가 그리 말했지. 최제우가 뭘 알긴 아는 *걸까*. 최제우가 원하는 게 뭘까. 무극대도라는 말은 누구나 할 수 있어. 문제는 실천이지.

—지방에 가보고야 알았어. 조선이 뭔가 뒤죽박죽이라는 걸. 농민들이 부르짖는 것은 배고픔이 아니고 단지 절박함이야. 어떤 절박함이 사람들을 불러 모으고 있는 거라고. 배고픔 때문이라면 곳간을 풀고 곡식을 나누면 될 것을. 조선 전체가 힘을 합해서 가뭄을 견디면 되는 거라고. 그런데 그게 아니야. 백성들은 배고픔 속에서 어떤 질서를 찾고 있는 거란 말이지. 지금까지와는 다른 새로운 질서 말이야. 그런데 백성들의 마음을 알아줄 권력자가 없다는 게 문제야. 김병학은 그들만큼 절박하지 않다고.

—대감.

—대감은 무슨. 벼슬도 없는데.

이하응이 아내의 얼굴을 뚫어지게 쳐다보았다. 남편의 눈 그늘이 깊어지는 것을 보고 민씨 부인은 옷고름을 매만졌다. 묵란에 미쳐 있는 남편을 원망하는 마음은 사라지고 알싸하니 가슴이 아파왔다. 남편의 절망은 보기 싫었다.

—종친부 유사당상이시잖아요.

—그까짓 거 해서 뭘 해. 종실 연락책이고 심부름꾼인데. 공연히 발품만 파는 거지. 추수 끝난 논바닥에서 벼이삭만 줍고 다니는 꼴이야.

이하응은 시답지 않다는 표정으로 고개를 가로저었다. 아내는 종친부에서 선원록을 출간한 일을 말하는 것이었다. 순전히 풍계군의 제사 문제 때문이었다. 제사 문제로 시비를 따지는 동안 풍계군의 양자 경평군 이세보와 안동 김 씨의 갈등이 생겼고, 그 때문에 어부지리로 되찾은 유사당상 자리였다. 이하응은 이세보와 풍계군의 양자 관계를 끊고 이신덕을 양자로 들여보냈다. 제사가 죽은 자를 위한 예의인지 산 자를 위한 명분인지 알 수 없었다. 경평군 이세보는 귀양을 떠났고, 그의 국화 시는 그리움으로 남았다.

조선 왕실을 살려내기 위한 묘수는 없었다. 선원록(璿源錄). 아름다운 근원을 가려 뽑은 책. 선원록은 조선 왕실 족보였다. 조선 왕실의 핏줄을 옥구슬 정도에 비길까. 선원록을 냈다고 해서 조선 왕실의 정통성이 살아날까. 이하응은 입가가 비틀어지게 웃었다.

—풍계군의 제사를 이을 자손이 없어서 이세보가 양자로 들어간

건데 결국은 그것 때문에 귀양을 갔으니 세상일이란 새옹지마야.
안동 김 씨 쪽에서야 풍계군의 제사를 이을 사람이 필요한 게 아니
라 말을 잘 들을 사람이 필요한 거지.

　—대감, 우리도 양자를 들이는 게 어때요?

　민씨 부인은 뭔가 퍼뜩 생각난 얼굴이었다. 나야. 뭐. 이하응은
피곤한 얼굴로 우물우물 대답했다. 긍정도 아니고 부정도 아닌 어
중간한 말투였다. 남편의 어중간한 말투는 긍정의 표시였다. 때로
남편의 속내를 알기가 어려웠지만 말투로 호불호를 짐작하기는 쉬
웠다. 완벽주의자라서 어지간하면 말참견이 많았고, 외골수라서 한
번 아닌 것은 끝까지 아니었다. 지나친 관심이거나 완벽한 무관심.
남편의 태도는 모 아니면 도였다. 상대방이 말을 하고 들어올 틈을
주지 않을 만큼 까칠했지만 어중간한 말투를 내비친다는 건 상대방
의 말을 듣겠다는 태도였다. 민씨 부인은 자영의 저시를 생각하며
남편에게 조심스럽게 말을 꺼냈다.

　—자영을 수양딸로 들이는 건 어때요? 바느질을 곧잘 해요.

　—그 아이는 얼굴에 표정이 없어.

　너는 누구냐. 이하응은 자영을 처음 본 날에 대청마루에 서서 물
었다. 여자아이는 두려운 표정으로 고개를 숙였고, 좀처럼 얼굴을
들지 않았다. 이하응은 흰 가르마 선이 분명한 머리를 쳐다보았다.
민자영입니다. 여자애는 이름을 말하고 나서 얼굴을 들었다. 체구
는 작았다. 말은 적었고 발음은 또렷했으며 대답이 정확했다.

　이하응은 먹물이 마른 종이를 한쪽으로 밀어냈다. 붓대로 묵란을
치고도 눈동자로, 손끝으로 격렬함을 흘려보내고도 가슴에 남아 있

는 감정이 있었다.

—대감이 어려워서 그럴 거예요. 제 앞에서는 잘 웃어요. 아버지 없이 엄마와 둘이 여주에서 살았으니 살기가 힘들었을 거예요. 어미를 떠나왔으니 기가 죽었을 테고, 딸을 떼어내는 어미 심정도 오죽하겠어요. 그 어미가 부탁을 하는데 처음에는 거절했어요. 그런데 그 아이가 〈천수경〉을 들고 집에 찾아왔지 뭐예요. 화계사에 갔던 날 방 안에 두고 그냥 나왔는데 난 그것도 모르고 있었지 뭐예요. 온 집안을 다 뒤지며 찾았는데 결국에는 못 찾아서 시름에 잠겨 있던 참이었어요. 〈천수경〉을 찾으니 얼마나 기쁘던지. 그게 어디 보통 책이에요? 사람들에게 길을 물어물어 찾아온 모양인데 박정하게 쫓아낼 수가 없어서 며칠 데리고 있었는데 애는 괜찮아 보여요.

—민치록의 딸이라지.

—아들 하나에 딸 셋을 두었는데 모두 어려서 죽고 자영이만 남았대요. 홀어머니 슬하에서도 교육은 잘 받은 것 같아요. 음전하고 참해요.

—내 눈에는 착해 보이기도 하고 영리해 보이기도 하고 그래.

—수양딸로 착한 게 좋아요, 영리한 게 좋아요? 저는 둘 다 좋네요.

글쎄. 이하응이 아내의 얼굴을 더듬었다. 아내의 얼굴은 부끄러움을 감추며 해사해졌다.

—착하면 고집이 없어서 남의 동정을 사거나 남에게 이용당하기 쉬울 테고, 영리하면 남의 동정도 못 사고 남에게 이용당하지도 않

겠지. 겉으로는 착해 보이고 속으로 영리하면. 음. 그런 애는 싫군. 언젠가는 이빨을 드러낼 테니 말이야.

이하응이 아내의 옷고름을 풀어 헤치며 젖꼭지를 꽉 깨물었다. 치마로 가려져 있어도 젖꼭지의 위치를 정확히 조준했다. 아내는 아픔을 참으며 허리를 비틀었다. 흐릿한 연붉은 웃음이 아내의 입가에 남았다. 처음으로 총란화를 완성한 날이었다. 묵란에 대한 더 이상의 느낌은 없었다. 그런데도 뭔가를 확실히 물어뜯고 싶은 충동이 남아 있었다. 약간의 먹물이 남아 있었다. 그릴 수도 버릴 수도 없는 먹물이었다. 이하응은 온몸이 뭔가로 꽉 차서 몽롱한 기분 속에서 눈을 감았다. 짙은 안개보다 밀도 높은 밤이었다. 족자의 붉은 모란이 바람을 먹고 푸른 이파리가 잠깐 흔들리는 듯 보였다. 꽃은 언제나 거기 있었다.

민씨 부인은 촛불을 끄려고 서둘러 손을 뻗었다가 낌찍 놀라서 치맛자락을 움켜쥐었다. 이하응이 붉은 치마 속으로 손을 집어넣어 젖가슴을 움켜쥐었다. 가슴께에 질끈 묶은 치마끈 때문에 더 이상의 고지는 없었다. 이하응은 아내의 호흡을 묶고 있는 치마끈을 간단히 풀었다. 방문으로 새벽달이 내려앉고 있었다. 습하고 차가운 밤이었다. 이하응은 나무를 타는 뱀처럼 머리부터 들이밀며 붉은 치맛자락 속으로 숨어들었다. 민씨 부인은 아래로부터 올라오는 남편의 머리를 힘껏 끌어안았다. 새벽 기운을 묻히고 들어온 남자처럼 남편의 머리칼에서는 흙냄새가 났다. 몸이 다 나을 때까지 집 안에서 편히 쉬세요. 아내는 허리를 만질 때마다 간지럼을 타며 한마디씩 힘주어 말했다. 집밖으로 나가지 마세요. 아내는 두 다리를 힘껏 그러모았다. 이하응은 등을 구부릴 때마다 몰려오는 통증으로 이빨을 세우며 아내의 젖을 자꾸 깨물었다. 아랫도리에 힘이 생기고 등에 땀이 밸수록 고약 냄새가 풍겼다.

❖

김병기는 문설주에 서서 궁궐을 바라보고 있었다. 산 중턱을 돌아서 마당으로 들어오는 바람은 시원했다. 소나무의 솔잎들을 샅샅이 훑어내고 들어오는 바람인지 솔 냄새가 났다. 기와지붕은 청색과 검은색을 섞어놓은 색깔이었고, 궁궐을 지나는 사람들은 점을 찍어놓은 듯 보였다.

김병학 집에 문중 사람들이 모이기만 하면 외국 물건들에 대해 목소리를 높였고, 과하게 웃었다. 김병기는 내내 거북한 기분이었다. 과거급제로 들어온 인물이나 뇌물로 들어온 인물이나 어느 서원 출신이라는 이름표를 달고 신고식을 해야 했다. 그 보고를 받는 사람은 김병기였다. 재주는 곰이 부린다는 말처럼 김병기는 곰의 역할이었다. 서원의 유생들은 성균관으로 들어갈 때 김병기를 통과해야 하지만 성균관을 통과하고 나면 김병학에게 충성을 맹세했다. 결국 김병학의 사람만 넘쳐나고 김병기의 사람은 없었다.

김병학은 서원에 대해 겉으로는 무관심했지만 서원에 대한 입장은 분명히 했다. 사학의 뿌리들은 지방 곳곳에 퍼져 있는 것이니 서원의 수를 늘려야 안동 김 씨 정권을 튼튼히 유지할 수 있었다. 중앙에서 통제를 하려면 재정 지원은 필수였다. 김병기는 김병학이

가지고 있는 재정권에 관심이 많았다. 김병기에게도 사람이 필요했고 정치 자금이 필요했다.

　김병기는 방문의 문살을 노려보았다. 조선의 어느 유명한 목수가 짰는지 모를 방문이었다. 김병학 방 안의 가구들은 모두 독특한데 어디서 구한 것인지 장인의 이름을 알 수 없었다. 김병기에게는 부러운 일이었으나 대놓고 묻지는 못했다. 명문가 선비의 미의식에 대해서는 보이지 않은 질투와 경쟁심이 있다는 걸 서로 잘 알고 있었다. 자존심 높은 사내들이 서로의 물건에 대해 인사치레로 좋다는 표현을 할 수는 있어도 어디서 구했느냐고 묻지 못하는 불문율이 있었다. 그것은 상대방의 우위를 인정하는 셈이었다.

　방문의 문살은 질서 있게 도드라졌고, 넝쿨처럼 연이어지는 완자살 무늬와 백색 창호지는 잘 어울렸다. 들기름을 제대로 먹였다는 창호지다. 김병학 집에서는 하인들에게 매질을 하시 잃았다. 물을 먹인 창호지로 죄인의 얼굴을 덮으면 시간은 오래 걸리지 않았다. 창호지는 수십 번을 사용해도 찢어지지 않았다. 피 한 방울 흘리지 않은 마당은 비질 따라 말끔했고, 철따라 피는 꽃은 세상일을 잊을 만큼 고혹적이었다.

　김병학은 방문마다 천 년의 시간을 박아놓으려는 듯 조선에서 제일 질긴 창호지를 썼다. 열 개의 방문 중에서 까만 옻칠한 창호지를 여러 겹 겹쳐서 방문 하나를 만든 것은 그중 제일이었다. 갑옷보다 단단한 방문이었고, 방문이 아니라 거대한 그림이었으며, 햇빛은 조용히 그 사이를 비껴 들어왔다. 그건 이하응의 영감(靈感)에 따른 제안이었고, 그 때문에 김병학은 이하응의 출입을 막지 못하는지 알 수 없었다.

이하응과 이야기를 나누다 보면 남들이 절대로 생각하지 못하는 것들이 튀어나왔다. 김병학은 그 안목을 높이 샀다. 주위 사람을 활용하는 용도로만 생각하지 개인의 감정으로 대하지 않는 것이 김병학의 성품이었다. 겉으로 보기에는 적군도 없고 아군도 없었다.

김병기는 앉았던 자리로 되돌아가서 다시 앉았다. 김병학은 아랫목에 앉아 총을 닦고 있었다. 깨끗한 옥양목 수건으로 정성스럽게 닦아내자 총에서는 반들반들 윤기가 났다. 백호 사냥 길에 사용했던 총이다. 겨우 멧돼지만 잡고 말았지만 총의 성능은 확실히 좋았다. 목표물과 가늠쇠 사이의 오차를 발견할 수 없었고 정확히 백발백중이었다. 김병학은 총잡이의 실력보다 총의 성능에 무게를 두고 싶었다. 정확하다는 것은 기계가 가진 장점이었다.

—창덕궁 농민 시위에 썼던 총이 그것인지요? 총소리가 어찌나 큰지 백성들이 혼비백산해서 흩어졌다는 소문입니다.

—궁궐 동태는 어떠한가.

—후궁들 치맛자락을 순례하느라 양기가 다 빠진 모양입니다. 방 안에 꼼짝없이 누워서 돌아다니지도 못하고 있답니다. 어의가 양기를 보충할 약재를 구하느라 고생하는 모양입니다. 특이체질인 모양인지 청나라로 사람까지 보냈다고 합니다.

김병기가 김병학의 눈치를 살피며 말했다. 청나라로 사람을 보낸 게 어의가 한 일인지 김병학이 한 일인지 알 수 없었다.

—공연히 수선을 피우는군. 술 먹고 죽은 사람이 없는 것처럼 여자 밝히다가 죽은 사람도 없어.

―혹시 다른 병이 있는 건 아닌지요.

왕의 병은 하루 이틀의 일이 아니었다. 건강하다가도 두문불출했다. 상선내시나 지밀상궁도 들어가지 못하게 꽉 닫은 방문을 보고는 몸이 허약한 게 아니라 게을러서 그렇다는 소문도 돌았다.

―다른 병이 뭐가 있겠어. 향수병이라면 모를까.

―강화도 말씀이십니까?

김병기가 어이없다는 표정을 지었다. 송충이는 솔잎을 먹고 살아야 해. 몸이 말해주는 거 아니겠어? 자기 자리가 아닌 거야. 핫하하. 김병학의 웃음소리는 소란스런 말들 틈에서 가장 크게 터졌다.

―왕의 재목은 아니지만 후사를 보아야 하지 않겠습니까. 왕통이 끊겨서야.

김병기는 왕실 문제에 관심이 많은 듯 말을 이어갔다. 김병학이 그 얘기는 그만 하자는 표정을 지었다. 자네는 딸을 후궁 자리에 밀어 넣을 심산인가. 김병학이 눈을 가늘게 뜨고 나지막하게 중얼거렸다. 전주 이 씨의 씨가 마르면 더 좋지 뭘 그래. 김병학의 기분은 은근히 들떠 있었다. 김병학의 화법이 아니었다. 실없는 농담을 하며 과하게 웃고 있었다. 얼핏 술기운 때문인가 싶기도 했지만 술에 쉽게 취하지 않는 체질이었다. 남몰래 뭔가를 준비 중이 아니라면 저렇게 들뜬 기분일 리가 없었다.

―형님, 지리산 호랑이 뼈로 만든 술입니다.

김병기는 내심 긴장하며 고개를 숙였다. 김병학은 술잔의 술을 쭉 들이켰다. 조용히 뒷맛을 음미하면서 두 번째 잔을 결코 서두르지 않았다. 백호사냥 후유증은 뼛속에 박힌 것처럼 몸을 움직일 때마다 튀어나왔다. 안개가 잔뜩 낀 산에서 뭔가 불확실한 기분에 휩싸였던 기억은 한양에 돌아와서도 잊히지 않았다. 불확실성은 일인자가 느끼는 두려움이었다. 안개 낀 산에서 치르는 전투처럼. 보이지 않는 적들을 향해 방아쇠를 당기는 것처럼. 어떠십니까. 김병기는 빈 술잔을 바라보며 은근히 대답을 재촉했다. 음. 김병학은 상념에서 깨지 못한 눈빛을 들었다. 백호는 짐승들의 왕이었고 보이지 않는 영물이었다. 웬만한 동물 사냥은 양에 차지 않았다. 오직 백호 이빨에만 만족할 수 있었다. 시대를 이끄는 강력한 총. 총이 필요했다. 독한 술기운은 목젖을 뜨겁게 적시면서 아래로 흘러내려 갔다.

─호랑이가 뼈까지 바친 것이 가상하군. 사람보다 나아.

형님, 말씀만 하십시오. 김병기가 고개를 숙였고, 김병학은 빈 술잔을 끌어당겼다. 지방 상인이 금궤 상자에 넣어준 술이다. 술은 투명하게 맑았다가 뼛속까지 빨아내면서 뽀얗게 익어갔다. 김병학은 게슴츠레한 눈을 뜨고는 술잔을 노려보았다.

─형님도 양자를 들이시는 게 어떠십니까. 제사 지낼 아들을 여럿 두어야 하지 않겠습니까.

벌써 후계자를 세우라고? 뼈있는 농담이었다. 김병기가 도포 자락을 펴고 정자세로 앉았다. 음. 김병학은 옅은 신음을 토했다. 다른 건 몰라도 아들 문제는 마음대로 되지를 않았다. 김병기 말대로 양자를 들여야 할 쪽은 김병학이었다. 자네처럼 친척 중에서 고르면 전혀 남은 아니지.

김병학은 고개를 돌렸다. 방문 밖에서 무슨 소리가 난 듯했다. 행랑아범이 난처한 표정으로 방문 앞에 서 있었다. 흥선군께서. 김병학이 괜찮다는 듯이 행랑아범을 향해 손을 내저었다. 이하응은 벌써 문지방을 넘어서고 있었다. 중간 미닫이 방문이 두 개인 방이어서 길이가 길었다.

대문간에는 웬 군졸들인가? 이하응은 김병학 앞으로 걸어가며 해죽 웃었다. 불편한 속을 드러내는 억지웃음이었다. 솟을대문 양옆으로 창을 든 군졸 여섯 명이 좌우로 서 있었다. 군졸들과 격한 실랑이를 벌이자 행랑아범이 달려나왔고, 이하응은 행랑아범을 밀치고 들어온 참이었다.

웬일인가. 김병학이 고개를 들지 않고 물었다. 보나마나 이리저리 흐느적거리는 걸음걸이일 것이다. 이하응의 걸음걸이는 늘 그랬다. 앉은 사람을 개의치 않아서 도포 자락을 밟기 일쑤였고, 이리저리 방향을 모르게 걷는 갈 지(之) 자 걸음이었다. 무례였다.

웬 술인가. 이하응은 기름진 안주상을 보노는 만색을 히며 앉았다. 불청객에게 술을 따라주는 사람은 없었다. 이하응은 술병을 들어 술을 한 잔 따라 마시고는 손가락으로 화전을 덥석 집어서 먹었다. 이하응의 인상이 굳어졌다. 호골주의 독특한 맛은 눈을 가리고도 알 수 있었다. 과거에 추사 김정희 집에서 대작했던 술이 호골주였다. 무슨 일이 있나? 이하응은 청자 술병을 은근히 쳐다보며 말했다. 오늘 술은 나를 기쁘게 하는군. 이하응은 또 술을 따랐다. 일은 무슨. 김병학이 불쾌해진 얼굴을 들었다.

―자네 집에 들어오기가 여간 힘들어서 말이야.

―자네가 뭘 알긴 아는가 보군. 산이 호흡하는 걸 가까이 느낄 수 있는 집은 내 집뿐이지. 어디 내 집의 호흡을 붓으로 옮길 생각이

드는가. 오늘도 송차를 먹어보겠나.

송차는 솔잎, 설탕, 물을 창호지에 밀봉해서 이삼 개월 동안 숙성시킨 차였다. 솔잎은 걷어내고 물만 따라 마시는데 맛은 송엽주와 비슷하고 톡 쏘는 맛이 일품이어서 이하응이 좋아했다. 송차를 마시면 솔잎 냄새가 코끝으로 올라오기 전에 거침없이 붓을 들곤 했다.

—아니. 오늘은 이 술. 호랑이 냄새가 더 좋네.

이하응은 혼자서 계속 술을 마셨고, 이하응을 말리는 사람도 대작하는 사람도 없었다.

—이 대단한 집에 친구 묵란 하나 걸어놓게. 대들보 밑에 구름이 걸린 것처럼 잘 어울릴 걸세.

—묵란이야 이름값인데 석파가 누군지 사람들이 알겠는가.

—거참, 장사꾼 같은 말이군. 묵란을 시중에 팔다니. 선비가 돈에 정신을 파는 것인가? 그런 말 하는 걸 보니 옛날의 김병학은 죽었나 보네. 문인의 정신이 돈에 팔리다니.

—아무나 그림을 팔겠나. 추사의 그림 정도가 암거래되고 있어. 그 붓질은 이미 사람의 것이 아니지. 세상에 잠시 내려온 신선의 족적처럼 말이야. 족적만 분명해졌어. 옛날에 알던 친분으로 그림 몇 점 받았다가 호사를 누리는 사람도 있네. 청나라 상인에게 고가로 파는 걸 봤지. 세상이 자꾸 바뀌어가고 있는데 자네만 옛 시절을 그리워해서야 되겠나.

—허, 이 사람. 세상 사람들이 다 잊는데 바보처럼 못 잊는 사람도 한 명 있어야 하지 않겠는가. 사람들이 다 똑같다면 난 지루해서

단 하루도 못 견딜 걸세. 나는 똑똑한 무리에 개성 없이 섞이느니 나 홀로 바보가 되겠네. 그리고 추사 선생의 그림이 살아생전에도 그랬는가. 누구 때문에 귀양 다니느라 바빴지.

오늘은 하고 싶지 않군. 김병학이 굳은 표정으로 딱 잘라 거절했다. 이하응이 온 뜻을 알고 있었다. 함께 묵란을 치며 고수를 가르자는 말인데 내키지 않는 내기였다.

—이런. 조선은 선비의 나라인데 묵란이 죽다니.

—자네는 묵란을 통해 조선을 느끼는 모양이군.

—서양 것이 들어온다고 해서 붓을 버릴 수 있나? 나도 본 적이 있네. 고작 공작 깃털 하나 빼내서 먹물 찍어가며 글을 쓰는 모양인데 아주 조잡스러워. 게다가 그림을 그린다는 서양 붓은 붓도 아니야. 털이 붙다가 말았어. 옹색해.

—갈대나 거위 털을 이용한 건데 그건 옛날 말이네. 지금은 달라. 지난번에 일본 상인이 기록하는 걸 봤어. 손에 쥐기 좋고 튼튼한 강철로 되어 있네. 이봐, 오늘은 조용히 술이나 얻어먹는 게 어때. 자네만 들어오면 방 안이 시끄러워. 맛이 시거든 떫지는 말아야지. 시면서 떫기까지 하면 버려야 해.

—내가 과일인가? 나가라는 말보다 더 무서운 말이군. 자네 지방에 내려가 보았나? 화양동서원 소식을 들으니 서원의 횡포가 심하더군. 지방에서는 서원이 궁궐이야. 만인지상이라고.

서원? 김병학의 표정이 뜨악해졌다. 꽃에 취해 있는 이하응답지 않은 말이었다. 언제나 꽃에 대한 장광설을 늘어놓으면서 얼굴은 환희에 찼다. 그러나 오늘 이하응의 표정은 몹시 어두웠다.

―불만서원을 찾아갔다가 봉변만 당했네.

김병학이 총을 내려놓으며 이하응을 노려보았다. 말을 잃어버려서 죽을 고생을 했네. 이하응이 침울하게 중얼거렸다. 김병학은 이하응의 말을 못 알아듣는 듯했다. 말 이야기는 또 뭔가. 허. 금강송이 명물이던데. 자네는 모르는가? 이하응은 의아한 표정으로 말했다. 김병학은 뭔가를 생각하는 듯 대들보로 시선을 올렸다.

―백호 사냥은 잘 다녀왔는가?

사냥은 무슨. 김병학은 말을 정면으로 받지 않고 한쪽으로 흘렸다. 이하응이 난색을 표하며 또 술병을 들었다. 김병학이 눈살을 찌푸렸다. 이하응은 술을 먹으면 대취할 때까지 먹고 대취하면 방바닥에 대자로 누워 버렸다. 그럴 때면 남자 하인들이 두세 명 달려들어 대문 밖으로 들고 나가기 일쑤였다. 멸문지화를 걱정하며 몸을 사리는 다른 왕족들과는 달랐다.

―사람 마음이란 게 말이야. 떠난 자는 자꾸 멀어지고 오는 자는 자꾸 친해지는[去者日以疎 來者日以親] 게 세상 이치 아니겠나. 내가 자네 집에 들르는 유일한 이유야.

이하응은 남의 술잔으로 거드름을 피우고 있었다. 새 술잔을 내주지 않았기 때문에 이하응은 김병학의 술잔을 사용하고 있었다. 김병학은 술상으로 고개를 약간 숙인 채로 묵묵히 듣고 있었다.

―난 그동안 헛공부를 했다는 걸 깨달았네.

이하응이 아득한 표정으로 턱수염을 쓸었다. 김병학은 또 무슨 소리를 하느냐는 표정으로 고개를 들었다.

―성리학자로서 말이네. 공자의 아픔이 가슴으로 느껴졌어. 공자

의 저술은 고통의 기록이라는 걸 깨달았네. 이상적인 군주를 찾아 세상을 떠돌아다닌 공자의 외로움을 생각하며 눈물이 났네.

—공자 핑계 대지 말고 단도직입하지 그래.

김병학이 입가에 야릇한 미소를 지었다. 술자리에서 쉴 새 없이 떠드는 게 이하응의 술버릇이었다. 옆에서 적당한 추임새만 넣어주면 이야기는 꼬리에 꼬리를 물고 이어졌다.

—헛된 이상을 품고 떠돌아다니는 저 사람은 누구요? 시골 노인이 나루터를 묻는 공자를 쳐다보며 그렇게 말했다지? 시골 은자에게 마음을 들킨 성인의 모습을 상상해 보게나. 겨우 네 명의 제자와 함께 세상을 떠도는 공자에게 건배를.

이하응은 눈을 질끈 감고 술 한 잔을 금세 비웠다. 눈물이 글썽한 눈을 감추기에 술 한 잔은 부족했다. 이하응은 자꾸만 술을 따랐고 술잔을 금세 비웠다.

—한유가 진학해에서 말했듯이 맹자도 공자의 도를 전하고자 세상을 떠돌아다니다가 길거리에서 늙었다지. 성인은 떠돌아다니는 게 숙명인가 보네. 하긴 떠돌아다니지 않고 한 자리에서 잘살려면 불의와 타협을 해야 하니까. 불세출의 서책들이 어디 한 자리에서 나왔겠는가. 다 떠돌아다니면서 깨달은 기록들이지. 공자가 그렇게 떠돌지 않고 한곳에 정착했더라면 지금 우리는 얼마나 실망하겠는가. 한곳에 정착한다는 건 고결한 이상을 헌신짝처럼 버리고 더러운 현실과 타협하는 의미란 걸 너무도 잘 알고 있으니까. 산해진미 술상과 아부로 뽑은 아첨꾼들 속에서 살찐 육신은 절대로 복음을 알 수가 없지. 그런 돼지가 쓰는 글이란 게 고작 풍류가일 테니. 복

음이란 혹독한 겨울날에 피어나는 얼음 꽃과 같은 것이니 확실히 격이 다르지 않겠는가. 비록 공자의 몸은 고생했지만 하늘의 달처럼 우러를 수 있는 고결한 이상을 남겼다는 건 의미심장한 일이지.

—자네가 떠돌아다니는 길 그렇게 미화하지 말게. 떠돌아다니는 건 비슷할지 모르지만 그렇다고 그게 어디 공자와 동격을 이룰 일인가. 공자와 동격이 된다면 나도 떠돌아다니겠네.

—이보게, 자네는 절대로 떠돌아다닐 수 없는 인물이네.

—내가 잘살고 있는 게 부러우면 부럽다고 말하지 그래.

—이건 본심이네. 완전한 도덕정치. 공자가 생각한 것은 오로지 그것뿐이었네. 한쪽으로 권력이 치우쳐서 불안하고 불완전한 세계가 아니야. 자네가 생각해야 할 문제이지.

—어디가 불안하고 어디가 불완전하다는 말인가. 멋대로 말하지 말게. 정치가 묵란인 줄 아는가.

—정치도 묵란이네. 헛된 줄을 알면서도 절대로 놓을 수 없는 그 이상이란 놈을 말일세. 이상을 꿈꾸는 사람의 고통을 나는 알고 있네. 끊임없이 배반당할 줄을 알면서도 이번만은 다를 것이라는 환상 말이네. 그 환상이라는 놈을 끝내 외면할 수가 없다는 말이지. 외면하려고 해도 자꾸만 마음이 끌리네. 마치 눈에는 보이나 손에 잡을 수 없는 별처럼. 내 맘대로 안 될 줄을 알면서도 포기할 수 없는 자식처럼. 끝내는 이별인 줄 알지만 거부할 수 없는 사랑처럼.

하하하. 김병학은 큰 소리로 웃었지만 이하응은 냉담한 표정으로 웃지 않았다.

—학문을 하는 자로서 어찌 고뇌가 없겠나. 성리학 서책들은 가

습으로 읽어야 하네. 조선을 생각해 보게나. 성리학자들은 공자의 저술을 고통 속에서 나온 복음으로 읽지도 않고 치세의 방편으로 활용하는 것도 아니고 단지 권력의 수단으로만 이용하고 있네.

—오늘은 내가 자네 이야기를 들을 만큼 한가롭지가 않아.

김병학은 고개를 흔들며 손을 내저었고, 이하응은 이야기를 그만 둘 수 없다는 완고한 표정을 지었다.

—이 나라 조선에서는 서원이 문제야. 공자 말씀대로 사람의 도리는 부지런히 배우는 것에 있다고 했지. 서원은 그걸 어겼어. 학문으로 정신을 수양하기는커녕 가난한 백성들의 꿈을 빼앗고 있다고. 백성들은 배우고 싶어 하지만 제대로 배울 곳이 없네.

—자네, 서원을 하나 차리는 게 어떻겠나. 여기가 강학당도 아닌데 성인 운운하는 걸 보면 아마도 유생들을 모아놓고 개똥철학을 말하고 싶은가 보군.

—어이쿠. 그거 좋네. 개똥철학이니 뭐니 진리는 끊임없이 의심받게 마련이지. 공자도 세상에 대해 절망했을 때에 학생들을 모으고 개똥철학을 강론하지 않았나. 개똥철학이 거름과 같아서 겉보기에는 별 볼일 없어도 척박한 땅에 스며들어 씨앗을 키울 테니.

—그냥 서원 한 자리 달라고 부탁하면 될 것을 쓸데없이 장광설이군.

김병기가 보기에 김병학과 이하응의 대화는 이상한 합의였다. 두 사람이 뭔가에 합의하지 않은 이상 김병학이 성가신 말장난을 계속 들을 이유가 없었다. 이하응이 참석하는 순간부터 술자리는 냉랭해지고 무의미해지고 있었다. 좌중의 사내들은 불쾌한 표정만 드러낼 뿐 아무도 입을 열지 않았다. 밥상에 앉은 파리를 보며 국물이 더러워질까 봐 죽일 수도 없다는 표정이었다.

—묵란을 가져왔으면 두고 가지.

김병학이 게슴츠레한 눈으로 이하응을 노려보았다. 속감정은 옅어졌다 짙어졌다 술기운처럼 변하고 있었다. 어지간히 술에 취할뿐더러 이하응에게 잡혀 있기도 싫은 표정이었다. 이하응은 보이지 않는 금에 걸린 사람처럼 몹시 긴장한 표정을 지었다.

—서원을 저리 놔둔다면 문제가 커질 거야. 서원이 서원 노릇을 해야 농민이 농민 노릇을 할 게 아니겠나?

—자네가 갑자기 농민에게 관심을 갖는 이유가 뭔가?

김병학이 날카로운 눈빛으로 이하응을 노려보았다. 농민이라는 말이 김병학의 심기를 건드린 듯했다. 이하응은 침울한 눈빛으로 어깨를 움츠렸다. 조선 사람인데 어찌 안 느낄 수가 있겠나.

—자네는 농민과 관계가 없어. 꽃에 미쳐 있는 사람이 무슨. 농민과 꽃이 무슨 관련이 있나?

—농민과 꽃은 관련이 있네. 이번에 경상도에 내려가서 그걸 확인했지.

이하응은 술잔의 술을 벌컥 들이켰다. 김병학의 조롱에 조금도 동요하지 않는 얼굴이었고, 술병의 호골주는 아주 바닥이 나 있었다. 혼자서 술을 다 먹어버린 이하응이 빈 병을 흔들며 더 가져오라는 표정을 지었다. 좌중의 사내들이 동요하기 시작했다. 이하응은 그제야 김병기의 얼굴을 발견했다. 이하응은 김병기의 얼굴을 쳐다보다가 술병으로 시선을 돌렸다.

그만 내쫓을까요? 한 사내가 김병기에게 눈짓을 보냈다. 좌중의 사내들은 이하응을 주목하고 있었지만 김병기는 김병학의 표정만을 주목하고 있었다. 이하응의 말과 행동은 관심 밖이었다. 김병학은 신중한 성격이니 남모르게 숨겨놓은 생각이 있을 터였다. 호골주에 취했으니 이하응의 말장난에 말실수라도 흘릴 줄 알았는데 흔들림이 없었다.

자네가 뭘 안다고 그래? 김병학이 이하응을 향해 비웃음을 흘렸다. 길을 지나가다가 남의 집에 들러 술을 얻어 마시는 건 괜찮아도 정치 문제를 건드리는 건 용납할 수 없다는 표정이었다.

—최제우에게 한 수 배웠네.

가끔씩 기억 속으로 들어오는 사내였다. 이 순간에 최제우라니. 제길. 이하응이 실소했다.

—최제우?

—산에서 농사짓는 사내야.

—그런 천한 자가 눈에 들어오다니 석파는 확실히 죽었군.

—성리학은 우주의 이치와 인간의 본성을 궁구하는 학문인데 지금 시대에 성리학이 어찌 사람을 안다 하겠는가. 서학보다 못하고 동학보다 못해. 성리학은 죽었어. 조선은 죽었어. 오. 지금은 진정 선비가 사라진 시대라는 말인가. 내가 지금 성리학이라는 껍데기만 붙들고 있다는 말인가.

이하응이 괴로움을 토해내며 참담한 얼굴을 들었다. 호골주라는 이름 때문인지 술은 가슴까지 격하게 차올라 왔다. 가슴속의 감정을 몰아내듯 센 술이었다. 이하응은 처음 하는 고백인 듯했으나 김병학은 백번도 더 들었다는 표정이다.

―흥. 나는 오래전에 성리학을 버렸네. 이제 선비라는 말로는 그 누구도 설득하지 못하네. 자네 말에 귀를 기울일 사람은 조선에 없어. 선비보다 더 강력한 것이 나타났다는 뜻이야.

―그런가. 선비가 사라진 시대라면 서원도 사라져야지.

―서원은 선비를 길러내는 곳이 아니야!

이하응이 깜짝 놀라는 얼굴로 김병학을 쳐다보았다. 호골주에 몽롱하게 취해 있다가 갑자기 술이 확 깨는 느낌이었다. 김병학이 총을 들고는 가늠쇠로 이하응을 노려보고 있었다. 서원은 자네하고 관계가 없어. 내 정치 배경을 건드리지 말게. 김병학이 눈으로 말했다. 나를 쏠 참인가. 이하응이 눈으로 물었다. 자기 기분에 빠져 살지 말고 주위를 둘러보게. 김병학이 눈으로 대답했다. 방 안의 두 사람은 누구보다 가까운 거리였으므로 김병학은 충분히 명중할 수가 있었다. 명중이라면 술자리의 명분 없는 싸움이 될 것이고, 오발이라면 이하응은 개죽음을 당하는 꼴이었다. 이하응의 눈빛이 흔들렸다. 부탁이니 내 눈동자 사이를 정확하게 맞춰주게. 자네를 쳐다보며 죽고 싶으니까.

―오해 말게. 이건 호랑이를 쏘는 총이라네.

김병학이 웃으면서 총을 내려놓았다. 아무도 생각하지 않는 것을 붙들고 사는 사람. 자넨 그거야. 내가 사람 보는 눈은 정확하지. 김병학이 이하응만 들도록 작은 목소리로 중얼거렸다.

친구와의 술자리에서 그 잘난 총을 자랑한다는 말인가. 이하응이 불쾌한 표정으로 자리에서 벌떡 일어났다. 문인화는 정중동이야. 묵란은 고요하지만 소리는 무성해. 선비가 묵란을 칠 때에 집중하는 것은 생명이야. 자네는 왜 농민들이 창덕궁으로 모여드는지를 고민해야 하네.

김병학이 말했다. 생명? 나는 기(氣)를 믿지 않고 리(理)를 믿기로 했네. 지금은 농민들을 제압하는 힘이 필요한 시대야. 이하응이 말했다. 기(氣)는 리(理)의 바탕이 되는 생명이네. 농민들의 마음을 모르고서야 어찌 정치를 안다 하겠는가.

김병학이 말했다. 리(理)는 무한히 반복되는 원리지. 지금은 그 원리가 바뀌고 있네. 두 사람의 대화는 두 사람만 들을 수 있을 만큼 작았다. 이하응은 취기 때문에 벽을 잡고 한참을 서 있다가 돌아섰다. 벽에 걸려 있는 족자가 좌로 심하게 기울어졌다.

이하응이 중얼거렸다. 증자가 말하기를, 나는 날마다 세 가지를 반성하노라. 사람을 만나면서 그에게 모략을 꾸미지는 않았는가. 친구와 만나면서 혹여 그를 믿지 아니하였는가. 서책에서 배운 깃을 삶에 실천하지 않았는가.[7] 이하응의 눈가에 물기가 맺혔다. 못난 사람. 서책을 연애하듯 보는구먼. 김병학이 침울한 표정으로 총을 내려놓았다. 자기 밑으로 들어오지도 않고 품 안에 제압할 수 있는 계집도 아닌 친구에 대한 연민이 있었다.

―최갑수가 죽었어.

이하응의 목소리는 힘겹게 단단함을 붙잡고 있었다. 얕은 물가에서 억지로 움직이는 배처럼 배의 밑바닥이 모래에 심하게 긁히는 소리가 들렸다. 김병학이 냉정한 표정으로 고개를 돌렸다.

―이 방 안의 사내 중에 최갑수를 아는 사람이 아무도 없는가.

---

7) 曾子曰. 吾日三省吾身 爲人謀而不忠乎 與朋友交而不信乎 傳不習乎.

우웩. 이하응은 혼곤한 표정으로 좌중의 사내들을 둘러보다가 갑자기 구토를 하기 시작했다. 몽롱한 술기운 속에서 경주 주막집에서의 기억이 거꾸로 돌진해 왔던 것이다. 최갑수가 사랑방에서 죽었던 일, 아귀 들린 농민들을 피해 도망가다가 멧돼지 구덩이에 빠졌던 일, 최제우 집단의 요상한 주문 소리, 술을 파는 들병이와 사내들, 불만서원에서 몰매를 맞았던 일. 지옥 같은 기억은 머릿속을 어지럽게 돌다가 온몸이 조여드는 통증과 함께 뱃속의 찌꺼기를 힘껏 밀어 올렸다.

온몸을 휘어잡는 호골주 때문이었다. 화전과 맥적, 배추만두, 도토리전병, 떡갈비, 굴두부조치, 죽순채. 기름진 술안주들은 위장에 섞여서 형체를 모르게 짓이겨졌고, 눈을 사로잡던 색깔과 향기는 강력한 위산에 합병된 듯 사라졌으며, 간으로 넘어가지 못한 호골주는 고약한 음식 찌꺼기 냄새에 묻혔다. 배를 움켜쥐고 토하던 이하응은 게슴츠레한 눈을 들어 사내들을 쳐다보다가 마지막으로 한 번 더 토했다.

우웩. 김병기의 비단 도포 자락에 뱃속의 오물이 튀었다. 김병기가 사색이 된 얼굴로 벌떡 일어나서 이하응의 면상을 후려쳤다. 음식이 뱃속에 들어가면 다시는 나오지 않는 게 예의야. 이하응이 넘어지면서 방문에 머리를 쾅 부딪쳤다. 아홉 번 옻칠한 창호지는 한군데도 찢어지지 않았고 문살이 단단한 방문은 꿈쩍을 안 했다.

이하응이 얼얼한 표정으로 방문에 등을 기댔다. 도포가 더러워져서 심히 불쾌한 김병기가 이하응의 멱살을 바짝 틀어쥐었다. 다시는 발을 들여놓지 마! 이하응은 쇠고기와 시금치 찌꺼기가 낀 이를 드러내며 힘들게 말했다. 다시는 이라고? 나는 인생을 살면서 그런 무서운 단어는 쓰지 않네. 자네는 나와 영원히 이별할 수 있을 것 같은가. 흥. 그건 인간에 대한 결례일뿐더러 미래에 대한 오만이야.

병신 새끼! 김병기가 이하응을 힘껏 밀쳤다. 방문이 문틀에서 어긋나면서 그대로 뒤로 넘어갔지만 단단한 창호지는 찢어지지 않았다. 이하응은 넘어진 방문에 대자로 누워서 미동도 없었다. 방 안의 사내들은 기어코 소동이 일어날 줄 알았다는 불쾌한 표정을 지었고, 김병학은 고개를 돌렸다. 행랑아범이 달려와서 깨웠지만 이하응은 꿈쩍도 하지 않았다. 이하응의 이마에는 피가 흘렀고 입가에는 토사물이 묻었다.

―형님! 이 인간을 대문 밖으로 쫓아낼까요?

김병기가 거친 호흡을 몰아쉬며 김병학을 향해 말했다.

―이 개새끼! 넌 생각하지 마! 생각은 내가 하는 거야!

김병학이 김병기를 향해 재빨리 총을 겨누며 소리를 꽥 질렀다. 총의 가늠쇠가 동굴처럼 커졌고, 박쥐처럼 어둠 속에서 빛나는 눈이었다. 김병기가 겁먹은 얼굴로 얼른 엎드렸다.

―저 반편이를 후원으로 데려가!

김병학이 방으로 들어온 남자 하인들을 향해 소리를 버럭 질렀다. 집으로는 제 발로 걸어가게 해. 김병학이 그리 옹졸한 놈은 아니잖아. 빌어먹을. 김병학은 총을 내려놓으며 중얼거렸다.

2
장 ─ 배신의 얼굴

—가시금작화를 먹는 여우를 보신 적이 있습니까. 토종보다 귀가 길쭉하고 꼬리봉까지 길쭉해서 어찌 보면 토끼처럼 순하게 생겼는데 번식력이 놀랍습니다. 낯선 환경을 순식간에 점령해 버립니다. 아시다시피 여우란 놈은 굴을 파고 삽니다. 떠돌아다니는 개새끼만 한 체구에 볼품이 없어 보여도 특징적인 것 하나는 땅을 이용할 줄 안다는 겁니다.

일본 상인은 다소 흥분한 어조였다. 프랑스 상인에게 받은 커피와 빵, 포크 이야기에서 어느새 여우 사냥 이야기로 넘어갔다. 청나라 상인은 저 일본 놈이 무슨 구라를 치는 건가, 하는 표정이었다.

—프랑스 상인이 개를 데리고 왔는데 처음에는 개가 여우처럼 생겼다 생각했습니다. 그런데 프랑스로 돌아갈 즈음 개를 잃어버린

겁니다. 일본을 다 뒤질 기세로 찾다가 포기하고 돌아갔는데 개가 아니라 여우였던 겁니다.

자, 보세요. 일본 상인은 여우 가죽을 방바닥에 펼쳐놓았다. 노란 빛이었다. 죽은 여우의 눈동자는 새까맸고 주둥이와 귀는 길었다. 일본 상인은 단도를 꺼내서 여우의 이마에 꽉 박았다. 청나라 상인은 재빨리 돋보기를 꺼내 들고 여우의 털을 쓱 만졌다.

─이 서양 여우를 무엇으로 잡았겠습니까. 대일본 제국은 사무라이 정신으로 세운 나라이지만 목숨과 같은 검을 버렸습니다. 과거에는 검이 명예를 상징했지만 이제 사무라이 시대는 갔습니다. 머리 나쁜 민족들이나 서로 달려들어서 싸우는 게 아니겠습니까. 성능이 좋은 총을 들고 멀리서 여유롭게 쏘는 거지요. 우리는 그걸 문명이라 말합니다. 머리 좋은 민족이 문명을 만드는 거지요. 이제 대일본제국에서 여우 사냥이라는 말은 의미심장하게 되었습니다. 새시대를 의미하는 거지요. 검은 복잡한 검법이 있지만 총은 총법이 없지요. 그냥 먼저 쏘는 사람이 이기는 겁니다. 우리 일본인들은 총을 가지면서 속도전에 익숙해졌습니다.

일본 상인은 여우의 이마에서 단도를 빼내어 칼집에 다시 꽂았다. 여우의 이마에 세로금이 선명했다. 기모노를 입은 일본 여자는 무표정한 얼굴로 무릎을 꿇고 앉아 있었다. 간혹 좌중의 웃음을 따라 웃을 때마다 귀고리가 미세하게 흔들렸다. 그 여자의 몸에서 움직이는 것은 귀고리뿐이었다. 허리를 곧게 펴고 무릎을 꿇은 자세가 잘 훈련된 인내심을 보여주고 있었다.

붉은 치파오를 입은 청나라 여자도 무릎을 꿇고 앉아 있었다. 치마폭이 좁아서 무릎을 꿇을 수밖에 없는 것이 일본 여자와 같았다. 일본 여자는 눈을 내리깔고 앉아 있었고 청나라 여자는 부채로 얼굴을 반쯤 가리고 있었다.

사랑방은 꽤 넓었다. 두 개의 미닫이문을 다 열어서 방은 세 배로 넓어졌다. 한쪽 벽면을 완벽하게 장식한 것은 백송나무였다. 열 폭이 넘는 병풍이었다. 단 두 그루의 백송나무가 가지를 뻗어서 열 폭을 채웠다. 김병학이 제일 아끼는 그림이었다.

─그래서 두 분을 이리로 모셨습니다. 양국의 거상들이시니 최첨단 무기를 보셨을 것이 아닙니까.

김병학이 상인들을 향해 말했다. 초대해 주셔서 감사합니다. 두 나라 상인이 나란히 고개를 숙였다.

─우리 대일본 제국의 사람들은 사냥을 좋아합니다. 자연 속에서 호연지기를 기를 만한 것이 사냥밖에 더 있겠습니까. 가시금작화 들판에서 여우몰이는 흥미진진합니다. 그놈들의 털빛도 노래서 꽃인지 털인지 구별이 어렵습니다. 여우들은 노란 꽃들 사이로 나타났다가 사라집니다. 사냥꾼은 노란색에 금방 취해 버리지요. 가시금작화 꽃씨 하나만 날아오면 오 년 안에 온 산을 덮어버립니다. 대일본에서는 가시금작화를 전쟁에 비유하는 노래까지 생겼습니다. 가시금작화를 먹은 여우 똥도 노랗습니다. 가시금작화와 계약을 맺은 놈처럼 말이지요. 그런데 좋은 걸 보면 가만히 못 있는 게 사람 아니겠습니까. 가시금작화가 무성하니 여우만 들어가겠습니까. 사람도 들어가지요.

─그 좋은 곳에 여자도 들어간 거요?

청나라 상인이 말했다.

—어디든지 남자가 먼저 들어가지 여자가 먼저 들어가는 예는 없답니다. 남자는 터전을 만들고 여자는 아기를 낳지요. 그렇지만 이건 실패한 남자들의 이야기랍니다. 남자들이 가시금작화로 숨어들기 시작했지만 조국에 반란을 일으킨 남자들이었어요. 그래서 여우 사냥이 사람 사냥이 된 겁니다. 노란 숲에 바람이 부니까 죽은 남자들의 머리카락이 날렸어요. 사무라이 시대를 지키는 게 대일본을 지키는 거라는 그들의 생각은 완전한 착각이었지요. 사무라이 반란이 끝난 후에야 대일본은 서양을 향해 문을 열었습니다. 우리 대일본은 명치유신 이후로 무역 관계를 맺는 나라들이 많아지고 있습니다. 위대한 천황 폐하의 안목이지요.

기녀들이 양국 상인들에게 다가와 고개를 숙이며 술을 따랐다. 김병학이 술 한 병을 더 시켰다.

—우리 청나라에서도 태평천국의 난이 있었답니다. 홍수전 군대 이야기와 흡사하군요.

청나라 상인이 말했다.

—어느 나라이건 보수와 진보 두 가지 길만 있을 뿐입니다. 일본은 보수를 버리고 진보를 택했지요. 명치유신을 통해 새로워졌습니다. 조선은 어떻습니까.

일본 상인이 김병학을 쳐다보며 술잔을 들었다.

—어느 나라나 그렇듯이 여기저기 소소한 사건들은 있지만 나라에서 군대를 풀 만큼 큰 사건은 없습니다. 조선에 계시는 동안 안심하셔도 됩니다. 자, 자, 어서 술을 드시지요.

김병학이 먼저 술잔을 들며 말했다. 모두 우호적으로 술잔을 들었다. 그들은 서로의 얼굴을 보며 웃고 있었지만 눈빛으로는 보이지 않는 국경선을 그었다.

　—조대비께서 그림을 보는 안목이 뛰어나다는 소문을 들은 적이 있습니다. 언제 한번 뵐 수 있도록 다리를 놓아주시지요.

　청나라 상인이 말했고, 김병학은 정색을 했다.

　—뭘 잘못 아신 듯합니다. 대비마마께서는 그림을 좋아하시지 않습니다. 외려 중전마마께서 좋아하시지요.

　—그럼 언제 한번 중전마마를 뵙고 싶군요. 대청제국 서태후께서는 서양 인물화를 좋아하십니다. 세상의 아름다운 것들은 다 여인의 품으로 돌아갑니다. 천하를 가진 분이 더 바라는 것이 무엇이겠습니까. 상당한 미적 안목을 가진 분이라서 그분을 웃게 만들 그림이 청나라에 더는 없습니다. 그래서 조신에 왔습니다. 큰 나라든 작은 나라든 아름다움은 통하니까요. 물론 그분의 말씀입니다. 본래 큰 것을 가진 분은 큰 것에만 연연하지 않지요.

　서태후의 초상화는 궁의 한쪽 벽면을 다 차지할 정도로 컸다. 초상화의 서태후는 실제 서태후보다 훨씬 컸다. 가체에 얹은 구룡희주가 궁인들을 차갑게 내려다보고 있었다. 아홉 마리의 용은 아가리에 여의주를 물고는 뱀 같은 꼬리를 숨겼다. 서태후의 치마는 청록색이었다. 유화로 그린 인물화는 가까이에서 보면 붓질만 난무했다. 서태후는 인물화를 보며 실망했다. 서양 그림은 화폭의 크기만큼 떨어져서 감상하셔야 하옵니다. 프랑스 선교사가 말했다. 시간이 흘러도 유화가 질리지 않는 이유는 덧칠한 색깔들이 은은히 배어 나오기 때문입니다. 서태후가 뒤로 몇 발자국 물러섰다. 보시옵소서. 천의 얼굴을 가진 오묘한 표정이옵니다. 서태후는 그 말에 만족했다. 성경을 누를 수 있는 그림을 가져와. 서태후는 손톱이 긴 손가락으로 청나라 상인에게 명령했다. 그림에서 천국이 느껴져야 해. 청나라 상인은 서태후의 말을 곱씹으며 술을 마셨다.

—서양에서는 천장에까지 그림을 그려 넣는답니다. 미켈란젤로라는 천재 화공이 성경 이야기를 천장에 옮겨 그렸답니다. 그림은 언어로 표현할 수 없는 정서를 전달하지요.

일본 상인이 말했다. 바티칸 시스티나 예배당의 천장화 이야기였다. 오, 천장에 그림을. 좌중의 시선이 쏠리자 일본 상인은 갑자기 총을 꺼냈다. 일본 상인은 방 안의 사내들 눈동자를 가늠쇠로 차례로 조준하다가 방문 밖으로 총구를 돌렸다. 뭔가 죽어줄 것이 필요했다. 하늘에 새는 없었다. 조용히 허공을 더듬는 동안에 시간이 흘렀다. 푸른 매화나무를 지나 기와담장을 쳐다보았다. 그러다가 다시 처마 끝으로 시선을 옮겼다. 탕! 일본 상인은 입으로 총소리를 냈다.

청나라 여자는 깜짝 놀라는 표정을 지었다. 그리고는 은색 십자가를 밖으로 꺼냈다. 붉은 치파오 위에서 은색 십자가는 돋보였다.

—천주교가 청나라에서도 교세 확장을 이룬 모양이지요. 면죄부라고 합니다. 저것.

일본 상인이 총을 내려놓으며 은색 십자가를 흘깃 쳐다보았다.

―허허. 단순히 목걸이일 뿐이랍니다. 영국 상인이 정표로 주고 가는데 마다할 이유가 없었지요.

청나라 상인이 황급히 손을 내저으며 말했다.

―조선의 정세는 알고 있습니다. 농민들 생계 문제라면 모두 군대로 징집하세요. 월급을 주고 훈련을 시키면 궁궐에서도 일석에 이조가 아니겠습니까. 무기는 제가 대어드리겠습니다. 지난 백호 사냥에서 총의 성능을 보여 드리지 못한 것이 아쉽습니다. 총의 성능은 실험하나마나 최고입니다. 조선도 개화가 되어야 합니다. 일본이 돕겠습니다. 저는 돈보다 조선 땅의 개발권을 원합니다.

일본 상인의 눈빛이 은근해졌다. 김병학은 호의적으로 웃으며 술잔을 비웠다. 일부러 무관심한 척하고 있었지만 민란이 자주 일어나고 있는 것은 사실이었다. 총은 미래에 대한 불안감을 없애줄 수 있었지만 술자리에서 대놓고 논의할 사안은 아니었다. 음. 김병학은 연속적으로 술잔을 들이켜며 말을 아끼고 있었다.

청나라 여자는 옆자리에 없었다. 청나라 상인은 슬그머니 방을 나갔다. 조선에 들어와서도 복잡한 마음은 없어지지 않았다. 프랑스 군대와 영국 군대를 끌어들여 태평천국을 없애려 하면서도 서태후는 분을 풀지 않았다. 권력자의 분노는 이상한 것이었다. 서태후는 태평천국의 여자를 질투했다. 하찮은 벌레를 좁은 미로 속에 가두어놓고 즐기는 사람처럼. 가난하고 하찮은 것들의 면죄부가 십자가이냐. 서태후는 여자를 처형할 시간을 유예한다고 말했다. 벌레가 가는 곳으로 따라가라. 벌레를 데리고 다니면서 민음의 근원을 알아오라. 태평천국 때문에 서태후의 자존심은 심하게 구겨져 있었다. 땅에 속해 있으되 속되지 않고 하늘을 향해 있으면서 그 자체로 권력인 것. 그것이 무엇인지는 아는 자만이 알리라.

청나라의 정치 거물인 이홍장이 태평천국의 여자를 첩으로 삼기 전에 청나라 상인이 조선으로 데리고 왔다. 홍수전의 여자들 중에 조선 여자가 끼어 있었던 것이다. 조선인이라는 정보만 있을 뿐 여자의 출신을 정확히 알기는 어려웠다. 청나라 상인은 신발을 신고 기단을 내려와 어두워지는 하늘을 바라보았다.

─나리, 소인이 뒷간으로 안내해 드리겠습니다.

행랑아범이 청나라 상인에게 허리를 구부리며 다가왔다. 청나라 상인은 행랑아범을 따라 기와담장 모퉁이를 돌아 사라졌다.

청나라 여자는 후원에 서 있었다. 서쪽 하늘로 태양이 떨어지는 시각이었다. 태양을 쫓는 구름은 붉은 말들처럼 보였다. 하늘의 불꽃이 땅으로 옮겨 붙을 것 같았다. 붉은 전율이었다. 누군가 하늘을 향해 칼을 던진 것처럼 불투명한 구름들이 일시에 흩어졌다가 한군데로 모여들고 있었다. 태양을 향해 불화살을 쏜 군사들은 날개를 달고 구름으로 변하기 시작했다. 광활한 하늘은 고개를 숙였다.

과거의 환상은 여자가 걸을 때마다 따라붙었다. 요란한 말발굽 소리가 들렸고, 하늘에서 불화살이 쏟아졌다. 태평천국은 세상에 드러나지 않은 요새였다. 성이 불타던 날 밤에 하늘은 대낮처럼 밝았다. 하늘과 땅은 구별되지 않았고, 달은 우주 너머로 사라졌다.

태평천국 사람들은 하느님을 부르며 아우성을 쳤고, 갈팡질팡하다가 도망가도 불속이었다. 청나라 여자는 두 손으로 뜨거운 얼굴을 감쌌다. 서태후를 피해 도망칠 곳은 없었다. 죽음만이 내 몸을 자유롭게 하리라.

하늘의 붉은빛은 순식간에 흐려졌다. 빛이 사라진 하늘에는 저녁별이 뜨기 시작했고, 후원은 어두웠다. 문설주마다 등을 걸어놓은 사랑채와는 달랐다. 같은 집 안일 텐데도 길을 잃은 듯했다. 후원에도 똑같은 방문들이 보였고 기와지붕도 보였는데 확연히 다른 집인 것처럼 느껴졌다. 후원에는 사랑채 마당보다 훨씬 더 많은 나무가 있었다. 잎이 무성한 나무들은 낮에 감춘 냄새를 어둠을 향해 풍겨내기 시작했다. 청나라 여자는 나뭇가지에 얼굴을 기댔다. 청나라나 조선이나 숲은 똑같았다.

피피피피. 피피피. 삐삐. 청나라 여자는 숲을 향해 입술을 오므리며 새소리를 냈다. 그리고는 코에 손가락을 대며 바람 냄새를 맡았다. 사랑방을 나온 청나라 여자는 달라져 있었다. 두 눈동자에는 사람을 피하는 요기가 보였고, 입을 가리던 부채는 보이지 않았다. 청나라 여자가 자신 이외에 또 다른 사람이 있다는 것을 깨달은 것은 그때였다. 청나라 여자는 빛을 향해 요기 어린 얼굴을 들었으며, 환한 방을 찾아냈다. 방문은 반쯤 열려 있었다. 방문 사이로 남자의 얼굴이 보였다.

남자는 벼루를 끌어당겼다. 벼루에 물을 붓고 나서 먹을 쥐었고, 먹물을 밀어 올리기 시작했다. 남자의 동작은 오래 계속되고 있었다. 남자의 단순한 노동은 청나라 여자에게 깊은 신뢰를 주었다. 남자의 먹물은 밤이 가라앉은 강물처럼 보였고, 남자는 반드시 가야 할 어느 곳을 바라보는 사람처럼 느껴졌다. 먹물은 남자의 손가락 끝을 따라 조금씩 밀려났다가 다시 모여들었다. 먹물은 남자의 전부인 듯했다.

청나라 여자는 불빛을 향해 걸어갔다. 댓돌 위에 신발을 가지런히 벗고 툇마루로 조용히 올라섰다. 여자가 성큼 올라섰는데도 툇마루는 소리를 내지 않았다. 툇마루로 어둠이 스며들었고, 여자는 버선발로 조용히 서 있었다. 먹물 소리는 들리지 않았고 붓이 스치는 소리가 났다. 남자는 붓으로 꽃을 그리고 있었다. 청나라 여자는 남자가 그리는 꽃을 지켜보다가 겨우 한 발자국을 떼었다. 툇마루가 삐걱거리며 조금 소리를 내는 듯했다. 청나라 여자는 발걸음 소리를 치마 속으로 재빨리 감추면서 한 걸음씩 정성스럽게 걸었다. 툇마루에서 방까지는 세 걸음이면 충분했는데 청나라 여자는 열 걸음도 넘게 걷고 있었다.

처음부터 방문이 열려 있었기 때문에 애써 방문을 열지 않아도 되었다. 청나라 여자는 안심하며 문지방을 넘었다. 윗목에 무릎을 꿇고 어둠을 등지고 앉았다. 처음부터 방문이 열려 있었기 때문에 방문을 닫지 않았다. 청나라 여자의 등 뒤로 달이 보였고, 대숲이 보였다. 청나라 여자의 뒤를 따라 바람이 들어오는 소리가 들렸다. 아주 작은 바람이었기 때문에 문지방을 넘자마자 허공으로 스러졌다. 남자는 청나라 여자를 단 한 번도 쳐다보지 않았다. 타인에게 무관심한 것인지 무심한 것인지 알 수 없었다. 청나라 여자는 남자가 자신을 보아주기를 기다리면서 조용히 앉아 있었다. 그러나 남자는 오로지 꽃만을 바라보고 있었다. 붓을 들고 삼매경에 빠진 남자에게 말을 붙이는 것은 결례였다. 남자의 무관심이 편해지려는 순간에 청나라 여자는 고개를 돌려 조선의 달을 쳐다보았다.

하늘의 붉은 기운은 거짓말처럼 사라졌고, 검은 어둠과 노란 달은 또렷했다. 조선의 달이 조선만의 달이 아님을 확인한 청나라 여자는 남자의 옆얼굴을 뚫어져라 쳐다보았다. 옥관자와 흰 이마가 매끈하게 어울렸고, 종이를 향한 눈빛은 지극히 평화로워 보였다. 부드러운 콧날과 굳게 다문 입술에서는 강직함이 보였고, 붓을 든 손은 신중해 보였다.

남자는 조선의 선비였다. 조선 남자가 그리고 있는 것은 조선의 꽃이 아니었다. 이 세상 어느 나라에나 존재해 있지만 쉽게 피지 않는 꽃이었디. 한 번 핀 꽃은 바람에 흔들리지 않고 찬 기운에 쉽게 떨어지지도 않는 강직한 근성을 가진 꽃이었다. 남자는 꽃의 고귀함을 그리고 있었다. 그것은 바람의 속살거림에도 함부로 피지 않는 꽃이며 바람의 등을 바라보고 있어도 오래도록 피어 있는 꽃이었다.

방문을 스치는 바람은 불청객이었고, 멀리서 침묵하는 달은 반가운 손님이었다. 청나라 여자는 남자의 얼굴을 바라보며 혼자 묻고 혼자 대답하는 자신을 느끼며 부끄럽게 웃었다. 청나라 여자는 용기를 내어 남자의 속눈썹이 보이는 거리로 다가앉았다. 거리가 훨씬 가까워졌어도 두 사람은 약속한 듯이 아무 말도 하지 않고 있었다. 조심스럽게 방 안에 들어온 여자와 조심스럽게 그림을 그리고 있는 남자의 표정은 어딘지 닮았다. 무엇을 간절히 원하는 마음. 어떤 간절함이 불규칙한 호흡을 붙잡고 있었다. 여자의 시간과 남자의 시간, 두 개의 시간이 만나는 중이었다. 방 안의 침묵 속에서 남자의 호흡과 붓의 호흡과 청나라 여자의 호흡이 완벽하게 일치하고 있었다.

남자는 흰 종이에 검은 난초를 정성스럽게 그리고 있었다. 청나라 여자는 호흡을 조절해 가며 남자의 붓을 조심스럽게 따라갔다. 난초의 수가 늘어나기 시작했다. 남자는 붓으로 종이와 벼루 사이를 오가며 먹물의 질감과 거리를 섬세하게 재고 있었다. 먹물의 질감은 난초의 거리였고, 그 사이에 여백이 만들어졌다. 여백은 하늘을 표현했고, 하늘이 만들어지자 꽃들은 아우성을 치듯 움직였다. 꽃들은 벽공을 향해 일제히 피어나고 있었다. 햇빛이 환한 종이였고, 한 움큼의 그늘도 없었다. 흰 종이는 광활한 벌판이었고, 난초만 독존했다.

청나라 여자는 작은 목소리로 노래를 부르기 시작했다. 여기는 지상 천국. 태평한 나라. 악한 자는 하늘의 그물로 잡으리라. 세상이 태평하면 얼마나 좋으리. 천사의 나팔 소리 들으며 태평천국 노래를 부르네. 남자는 그때서야 음률의 파동을 느끼며 청나라 여자를 쳐다보았다. 여자가 방 안에서 부르는 노래로 들리지 않았다. 뱃머리에 서서 바다를 향해 부르는 것처럼 파도를 헤치는 강한 힘이 들어 있었다. 푸른 바닷물은 여자의 발아래 엎드린 것처럼 느껴졌고, 바닷물 소리가 발목 아래에서 자박자박 들리는 듯했다.

―혹시 내가 방해가 되었나요.

청나라 여자가 조심스럽게 물었다. 조선에서 듣는 청나라 반역의 노래였다. 남자는 고개를 가로저었다. 청나라 여자는 비로소 안심하며 웃었다. 아주 조심스러운 웃음이었는데 여자는 웃었는지조차 곧 잊어버렸다. 세상이 태평하면 얼마나 좋으리. 마지막 후렴구는 귓가에 남았다. 남자는 종이에 그린 난초를 쳐다보았다. 오직 시구와 어울려 노는 독존의 꽃. 지금까지 붓을 들 때 난초 하나면 충분했다. 난초 옆의 또 다른 난초. 총란화를 그리기 시작한 건 최근의 일이었다. 종이에서는 난초가 흐드러지게 무리를 졌다. 남자는 청나라 여자의 어깨를 지나 조선의 달을 쳐다보았다. 독존의 달이었다. 우수수. 후원 대숲으로 바람이 지나가고 있었다. 저기 저 대숲에게는 후원이 세상이리라. 남자는 눈을 감았다. 붓을 든 순간부터 생각은 강의 밑바닥처럼 가라앉았고 마음은 고요했다. 청나라 여자는 이야기를 하기 시작했다. 누군가에게는 꼭 전해야 할 말이었다.

―천왕(天王)께서는 유교 사회의 부패한 제도인 과거시험을 두 차례나 낙방하시면서 혹독한 열병을 앓으셨어요. 그러다가 하느님의 부름을 받고 배상제교를 세웠지요. 광시성 농민들과 소지주, 광부들이 합세해서 신도는 일만 명으로 늘었어요. 계급도 없고 불평등도 없는 지상천국이 세워졌지요. 위대한 천조전무제도(天朝田畝制度). 토지를 아홉으로 나누어 남녀 차별 없이 가족 단위로 보급하였어요. 모든 제도는 새로 만들어졌고 차별과 대립이 없었어요. 엄마를 따라간 그곳에서 십 년을 살았어요.

청나라 여자의 눈동자가 평화롭게 빛났다. 과거 십 년을 기억하는 눈동자였다. 태평천국은 중국 대동사상에 서학의 평등사상을 접목한 것이로군. 남자는 잠시 생각하다가 문득 최제우를 떠올렸다. 동학의 시천주는 동양 유불선 사상에 서학 평등사상을 혼합한 것이었다.

—천왕은 하늘을 대신하는 왕이에요. 하느님의 아들이며 예수님의 동생이지요. 꿈속에서 하느님과 예수님을 만났답니다. 황금빛 용포를 입은 위용을 뵈면 하느님 아들이라는 걸 알게 됩니다.

청나라 여자는 불가사의한 신화를 믿는 표정이었다. 불가사의를 믿고 싶은 간절한 어떤 것. 지상천국이라. 남자가 다시 한 번 탄식했다. 허나 지금 지상천국은 위험해요. 정치 세력을 가진 자들이 반란을 일으켰어요. 천왕 밑에는 지도자 여섯 명이 있었는데 그들끼리 세력 다툼을 하다가. 여자의 얼굴에 분노가 생겼다. 벽에 잠시 기댄 얼굴은 배신감에 부들부들 떨고 있었다. 방 안의 침묵은 완벽하게 깨졌다.

신의 아들이 여러 명으로 늘어났군. 남자의 눈빛은 호기심을 드러냈고 여자의 눈빛은 혼란스러움을 드러냈다. 대숲 어디선가 밤새가 시끄럽게 울고 있었다. 지지지. 지지지지. 영원한 건 없는 법. 남자는 실망한 표정을 지었다. 신의 아들이라는 단어가 만든 늪에 푹 빠졌다가 겨우 헤어 나온 기분이었다. 피지배 계급인 농민들이 혁명을 통해 지배 계급으로 변해도 달라지는 것은 없었다. 질곡의 신분을 벗어나도 또다시 차별의 신분을 만드는 인간의 본능이었다.

남자는 여자의 목에 걸린 십자가를 쳐다보았다. 십자가는 작았고 은빛이었다. 남자는 신성(神性)을 붙들고 있는 여자의 얼굴을 쳐다 보았다. 청나라 여자는 천왕 홍수전을 생각하며 깊이 슬퍼하고 있 었다. 천국은 어둠 속의 불처럼 악의 꽃이구나. 남자는 자신을 내내 괴롭혀 온 두통의 정체가 무엇인지를 비로소 깨달았다. 경주 구미 산에서 굶어 죽은 시체들을 보았다. 극심한 가뭄이 있었고 악랄한 수탈이 있었다. 시체들의 얼굴은 처참했지만 고요했다. 삶은 고통 을 끝냈다. 동학교도들이 시체를 구미산에 묻었다. 남자는 깊은 숨 을 몰아쉬며 붓을 내려놓았다. 네 마음이 내 마음이다. 남자는 최제 우의 말을 되뇌었다. 사람의 말을 하늘의 소리로 들어라. 그것이 시 천주였고 인내천이었다.

그대는 왜 조선으로 왔는가. 청나라 여자의 얼굴이 안개처럼 부 옇게 보였다. 가슴에 찬 슬픔 때문에 눈이 흐렸다. 그녀의 눈이 웃 고 있는지 울고 있는지 알 수 없었다. 서태후께서 보내셨습니다. 서 태후가 그대를 왜 조선으로 보냈는가. 모르옵니다. 청나라 여자가 있어야 할 곳은 조선이 아니었다. 남자는 생각에 잠겼다. 청나라 여 자의 바보 같은 인상이 무지의 표정이 아니라 무관심의 표정이란 걸 아주 어렵게 알아차렸다. 상관없는 일입니다. 청나라 여자가 덧 붙였다. 목숨이 달린 문제인데 상관없는 일이라니. 그대에게 서태 후는 태후가 아니라 또 다른 여자일 뿐인가. 태평천국의 여자에게 청나라 계급은 중요하지 않았고 또한 무의미했던 것이다. 청나라 황실에서는 나를 천왕의 여자라고 생각하지만 천왕께서는 금욕주 의자입니다. 나는 단지 관리였어요.

음. 남자는 신음했다. 여자 노비들을 며느리와 수양딸로 삼은 최제우와 여자를 관리로 임명한 홍수전은 닮았다. 홍수전이 청나라 백성이 아니고 태평천국의 천왕이듯이 최제우는 조선의 백성이 아니라 후천개벽의 왕이었다.

―태평천국에서 내란이 일어났을 때에 조선으로 건너온 수녀를 찾아왔어요. 혹시 그녀가 어디 있는지 아시나요?

여자는 한 가닥 희망을 잡은 표정이었고, 남자는 고개를 가로저었다.

―지금 청나라 군대와 태평천국 군대는 전쟁 중이에요. 청나라 군대를 돕는 것은 영국과 프랑스 군대예요. 프랑스 군대는 하느님 나라인 태평천국을 도와야 해요. 수녀는 태평천국이 전쟁 중이라는 사실을 몰라요. 그걸 안다면 반드시 도울 거예요.

청나라 여자는 벼랑으로 내몰린 절박함을 드러내며 울부짖었다. 남자는 또다시 고개를 가로저었다.

―수녀라니. 그대는 조선에 없는 것 중에 하나를 맞혔소. 조선에 수녀는 없소.

남자는 다리를 절뚝거리며 방을 나갔다. 청나라 여자는 남자의 걸음걸이를 지켜보다가 방 안에 남겨진 묵란을 보았다. 남자가 그려놓은 무수한 꽃이었다. 거기 꽃 옆에 남자가 있었다는 사실이 무색할 만큼 방 안은 더없이 조용했다. 청나라 여자는 묵란을 들고 벌떡 일어섰다.

전(傳) 이하응(李昰應, 1820—1898) 필(筆) 난도(蘭圖), 125×44㎝, 국립중앙박물관

❖

이하응은 사랑방에 앉아서 홀로 바둑을 두고 있었다. 방 안은 조용했고 바둑알 올려놓는 소리만 탁, 탁, 탁 간헐적으로 들렸다. 이하응은 병풍의 소나무 밑에 앉아 있었다. 두 그루의 소나무는 좌우로 균형을 잡고 있었고, 가운데에는 흰 목단이 무리를 지었다. 병풍의 목단은 흰 꽃잎에 노란 꽃술만 분명했다.

이하응은 흰 알을 바둑판에 올려놓고는 이리저리 생각해 보다가 다시 검은 알을 손에 쥐었다. 흰 알의 위치를 알고 있으면서도 검은 알을 어디에 놓아야 할지 생각하는 데에 시간이 좀 걸렸다. 마음에 걸리는 것이 있었다. 혼자서 바둑을 두려니 흰 알이나 검은 알이나 서로 다르게 보이지 않았다. 바둑판에서 대적하는 사람이 없으니 천하를 쥐고 마음대로 뒤흔드는 셈이었는데도 생각의 행로는 분명치 않았다. 바둑판을 격전지로 바라보며 속전속결로 마무리하던 습관은 사라지고 흰 알을 들면 검은 알이 보였고 검은 알을 들면 흰 알이 보였다. 흰 돌과 검은 돌이 둘로 보이지 않고 하나로 보이는 것이 문제였다. 상대의 수가 마음에 걸리지 않아야 바둑판을 제패할 수 있었다.

이슥한 밤에 혼자서 바둑판을 붙들고 시간의 수를 두며 신선놀음하는 것은 아니었다. 흑과 백으로 정확히 가늠하기에는 이쪽도 아니고 저쪽도 아닌 복잡한 마음이었다. 흰 알을 집어 드는 마음도 검은 알을 집어 드는 마음도 바둑알의 색깔만큼 분명치 않았다. 대국하는 사람이 없는 바둑판에서 생각은 여러 방향으로 갈라졌다. 이하응은 턱을 괴고 홀로 생각에 잠겼다. 마구간에 매인 말들처럼 흑백의 바둑알들은 움직이지 않았다.

한 집안 싸움이었다. 다 같은 조선 사람이라서 적은 분명하지 않았고, 게다가 이파전이 아니라 삼파전이었다. 이하응은 흰 알을 꼭지에 놓고 검은 알을 하나씩 집어 들어 꼭지 아래 왼편과 오른편에 각각 놓았다. 전형적인 삼각형 구도에서 흰 알은 왕이었고 두 개의 검은 알은 백성이었다. 힘의 역학으로 따져보아도 밑바닥에서 균열을 일으키면 꼭대기는 무너지게 되어 있었다. 동학이나 서학이나 구별할 것 없이 결국에는 계층 이동 싸움이었다. 그렇게 본다면 동학과 서학이 한편이었고 성리학이 상대편이었다.

그러나 백성들은 동학과 서학으로 또 갈라졌다. 양편의 백성이 모두 성리학을 공격하는 것이라면 성리학이 무너지는 자리에 서학이 치고 들어올 것인가, 동학이 치고 들어올 것인가. 오백 년 이 씨 왕조가 무너지고 새로운 세상이 온다 해도 백성들은 그들이 원하는 지상천국을 이룰 것인가.

이하응은 삼각형의 꼭지 성리학을 내려놓았다. 동학을 한편으로 두고 서학을 상대편으로 둔다면 결국에는 조선의 정체성 싸움이었다. 허면 어느 쪽이 더 많이 조선의 백성을 끌어들일 것인가. 성리학이 한편이고 동학이 상대편이라면 내란이 일어날 것이다. 성리학이 한편이고 서학이 상대편이라면 국제 전쟁이 일어날 것이다. 성리학은 어느 편과도 전쟁을 해야 하고 성리학이 무너지면 새로운 세상이 온다.

혼자 두는 바둑판은 깊은 생각으로 이끌었지만 재미는 없었다. 이쪽 편을 드나 저쪽 편을 드나 피할 수 없는 전쟁이라면 특별한 묘수는 없었다. 절망만 확인할 뿐이었다. 정도전이 조선을 설계할 때부터 조선은 백성이 주인인 나라였다. 오백 년이 지난 지금에 와서 새삼스러운 문제였다. 허나 조선에서 어떤 왕이 천제를 대신할 정도로 강한 왕권을 휘두른 적이 있었던가. 이하응은 수심에 찬 눈을 들었다. 조선은 밤을 지낸 수탉이 홰를 치는 것처럼 부활해야 한다.

그때 방문에 사람 그림자가 어릿거렸다. 자영이 약사발을 들고 조심스럽게 방문을 열었다.

—네가 들어오는 소리에 판이 깨졌으니 값을 물어야 할 것이다.

이하응이 손에 쥐고 있던 흰 돌을 바둑판에 내려놓았다. 자영은 공손히 무릎을 꿇고 약사발을 내려놓았다. 부엌에서 막 나왔는지 저고리 소매가 걷어 올려 있어서 흰 손목이 드러났다.

—방문 밖에서 어떤 인기척 소리도 내지 마라 하셔서 약을 들여야 하는지 여쭙지 아니 하였습니다.

자영은 조금 당황한 얼굴이었지만 공손히 대답했다. 이하응은 약을 달인 물을 쳐다보았다. 김병학 집에서 방문으로 넘어지던 날에 다리를 부딪쳤다. 경주 구미산에서 다쳤던 다리가 또 한 번의 충격으로 통증이 재발했다. 불만서원에서 말에서 떨어지면서부터 더욱 심각해졌는지도 몰랐다.

—나는 지금 약을 먹고 싶지 않다. 어찌하겠느냐.

—앞으로는 분부만 받들겠습니다.

매일 밤 약시중은 아내의 몫이었다. 자영은 아내 대신으로 온 것을 말투로도 표정으로도 내색하지 않았다. 상황을 파악하는 눈치가 빠르고 입이 무거운 아이였다. 말귀를 못 알아먹어도 문제였지만 말귀를 잘 알아먹어도 문제였다. 이하응은 자영의 이마를 찬찬히 살폈다. 아직 어린 나이라서 이마는 희고 매끈했지만 검은 눈동자에는 유달리 생각이 많았다. 순해 보이지는 않지만 깊은 눈이었다. 생각이 많은 눈에 입이 무거우면 심지가 굳거나 아니면 소심할 것이다. 마음에 드는 건 옷매무새였다. 어깨선에 꼭 맞는 치마저고리는 낡았지만 깨끗했다.

—왜 네가 온 것이냐.

자영은 대답하지 않고 고개를 숙였다. 이하응은 아내와 유모가 천주학 집회에 간 것을 알고 있었다. 몸이 아픈 유모가 마음으로 의지하는 것은 상전도 아니었고 의원도 아니었고 오로지 천주였다. 아내의 관심도 남편과 아들보다 천주에 가 있었다. 방 안에서 난만 치는 남편을 둔 아내는 무엇에 의지하려고 밤길을 돌아다니는 걸까. 근래 들어 아내가 집을 비우는 날이 많아졌다. 아내는 담장 밖에서 일어나고 있는 일들에 예민하게 반응했다. 궁궐 기둥처럼 단단했던 삼강오륜이 무너지고 있다는 것을 아내는 눈치 챈 것일까.

—너도 천주학 집회에 가고 싶으냐.

—아니옵니다.

자영은 분명한 목소리로 대답했다.

—왜?

이하응은 분명한 목소리로 물었다.

—천주가 누군지를 모르옵니다.

하하하. 이하응은 크게 웃었다. 가장 정확한 대답이었다. 자영의 이마가 확 붉어졌다. 미간 사이에 붉은 점이 있는 아이다. 자영의 이마는 간혹 이하응의 눈길을 끌었다. 하늘의 별을 안고 태어난 아이는 이마가 붉었다. 고귀한 기품이 있으나 잡스런 생각이 많고 아래로 사람들을 거느리나 일신은 고독한 여자. 〈마의상법〉에서 읽은 구절이 생각났다. 고귀한 이마에서 하나 부족한 것이 있구나. 너는 아비가 없다.

―사람들은 모르면서도 찾고 있다.

―모르는 걸 어찌 찾는지요.

―허망한 일이지. 보이지 않는 것을 보이는 것처럼 믿고 있으니. 그 마음이란 게 확실하지 않아서 말이다. 사람들은 사람 때문에 기쁘고 사람 때문에 슬픈데 그건 신이 해주는 게 아닌데 말이다. 사람을 배신하고 신을 따른들 무슨 소용이 있느냐. 개인은 종교 집단 속에 숨은 그림자일 뿐이야. 어떤 신을 믿어야 할까는 믿음의 문제가 아니라 어떤 집단에 들어야 유익할까를 따지는 일과 같다.

자영은 독대로 마주 앉은 자리를 불편해하는 기색이 없었다. 묵묵부답은 모르는 것에 대해 함부로 말할 수 없다는 태도였다.

―너는 이 나라 조선에 대해 어찌 생각하느냐. 이 씨가 망하고 다른 성 씨의 나라가 세워진다는 소문이 돌고 있다. 하늘이 낸 조선 사람이라는 말도 있고 이국 오랑캐라는 말도 있어.

이하응은 두다 만 바둑판을 노려보았다. 혼자 두는 바둑판이 무의미해졌다는 사실이 문득 심기를 건드렸다. 보이지 않는 손들이 은밀하게 바둑을 두고 있는 것처럼 조선은 지금 어떤 과정 속에 놓여 있었다.

—왕족의 후손으로 조선의 멸망을 어찌 입에 담겠는지요.

자영이 공손히 까만 머리를 숙였다. 직설로 묻는 질문에 조금도 당황하는 기색이 없었다.

—네 어미가 잘 길렀구나.

자영의 이마가 또 붉어졌다. 이하응은 자영의 이마로, 콧날로, 목 덜미로 칼날 같은 시선을 옮겼다.

—네 얼굴이 바둑판보다 재미있구나. 이리 와서 난을 쳐보겠느냐.

이하응은 자영의 매끈한 댕기머리를 쳐다보다가 붓을 바라보았다. 종이를 펼쳤다. 조용히 자태를 드러내는 석란이었다. 자영은 옷고름을 매만지며 긴장했다. 사랑방은 아무나 드나들 수 없었고 아무 때나 드나들 수 없었다. 처음에는 약시발만 놓고 나가려고 했는데 무슨 까닭인지 이하응은 계속 말을 붙이고 있었다.

—세상일이 다 그렇겠지만 난을 처음 그릴 때에는 난에 대해 정확히 아는 것이 중요하다. 정확히 알기 위해 연습에 연습을 거듭하지. 그러다가 눈을 감고도 난을 칠 수 있을 때에 중요한 것은 난의 생김새가 아니다. 무엇이겠느냐.

자영이 석란을 뚫어지게 쳐다보았다. 마당을 지날 때 보는 꽃과 길거리를 지날 때 보는 꽃을 떠올렸다. 들판에 핀 꽃과 흰 종이에 그린 꽃의 차이. 들판에 핀 꽃은 똑같이 느껴져도 종이의 꽃은 똑같이 느껴지지 않았다.

이하응의 입가에 희미한 미소가 감돌았다. 단어 몇 개를 던져 놓

앉으니 얼마나 알아듣는지를 보겠다는 의중이었다. 자영은 시험에
들었다는 것을 눈치 채고 있었다. 지금까지 보았던 이하응과는 다
른 모습이었고 낯선 대화였다. 집 안에서 여러 차례 이하응을 마주
쳤지만 처음 보는 눈빛이었고 처음 받는 질문이었다. 자영은 이하
응의 예리한 시선을 붉은 이마로 느끼며 묵란에서 눈길을 떼지 않
았다.

—묵란은 붓을 든 사람의 생각이옵니다. 난초는 붓을 든 사람의
생각 따라 피어납니다.

—오늘은 내가 너와 통했다. 문인화는 사물을 사실대로 그리는
것이 아니라 사물에 대한 사의(寫意)를 표현한다.

이하응이 석란을 옆으로 치웠다. 그리고는 다른 종이를 펼쳐 보
였다.

—이것은 뿌리가 다 드러난 노근란이다. 네 눈에는 꽃이 먼저 보
이느냐. 뿌리가 먼저 보이느냐.

—뿌리가 먼저 보입니다. 뿌리가 다 드러난 난초는 한군데 정착
하지 못하고 떠도는 심정을 표현한 것 같습니다. 흙을 멀리 하고도
피어나는 강한 꽃입니다.

—그래. 아름다움은 매혹적이지만 때로 괴롭다. 석란과 노근란
둘을 놓고 본다면 아름다움보다는 괴로움이 먼저 보인다. 음. 너의
영특함이 복이 될지 화가 될지 모르겠구나.

—죽어도 나리의 은혜를 잊지 않을 것이옵니다.

—경솔하구나. 죽음은 함부로 거는 것이 아니다.

이하응은 고소했다. 왕족으로 태어나서 숨죽이며 살아온 이력은

가슴속에 날 선 칼처럼 숨어 있었다. 웬만한 멸시는 멸시도 아니었고 웬만한 배신은 배신도 아니었다. 세상의 멸시와 배신을 수없이 겪은 자의 가슴은 갑옷처럼 두꺼웠다. 이하응은 가슴이 돌처럼 딱딱하게 굳어가는 증상을 매일 밤 꿈으로 경험하고 있었다.

─평생 나리의 은혜를 잊지 않을 것이옵니다.

자영이 공손히 고개를 숙였다. 이하응이 의심하는 눈초리를 보내도 과하게 머리를 조아리지는 않았다. 꽃대처럼 허리를 곧게 세우며 얼굴을 숙인 모습에서는 그 누구 앞에서도 구부러지지 않는 자존심이 보였다. 내가 너의 영특함을 죽일 정도로 옹졸하지는 않지. 집안이 몰락한 것이 영특함을 가리니 그나마 다행이구나. 이하응이 홀로 중얼거렸다.

─오만하구나. 어린 나이로 평생을 약속하다니.

자영은 이하응 앞에서 어떤 말도 필요 없음을 비로소 깨달았다. 오직 이하응만이 생각하고 이하응만이 판단할 것이다.

─유학자에게는 이상(理想)이 있다. 문인화는 유학자의 이상을 추상적으로 표현한다. 너는 오늘 내 마음의 천국을 본 것이다.

아! 자영이 놀라는 표정으로 석파란을 쳐다보았다. 석파란의 지극한 미는 그것 때문이었구나.

─내가 세상의 비밀을 말해줄까.

이하응의 목소리가 은근해졌고, 자영의 미간이 움직였다. 이하응은 자영이 지적 욕구가 강한 아이라는 걸 알고 있었다.

─예, 대감마님.

자영이 머뭇거리며 대답했다.

—아니.

이하응이 고개를 가로저었다.

—예, 어르신.

자영이 다시 대답했다.

—아니.

이하응이 고개를 가로저었다.

—하오시면.

자영의 눈동자가 확 흐려졌다. 이하응의 의중을 알 수 없었다.

—아버지라고 불러보아라.

자영이 눈을 내리깔고 고개를 푹 숙였다. 전혀 예상치 못한 명령이었고 감히 꿈꾸어본 적 없는 말이었다. 고아로 살아가면서 가장 듣고 싶은 말이었지만 순간의 농인 듯싶어서 대놓고 좋아할 수도 없었다. 자영의 눈빛이 황황해졌다. 너무 오래 묵힌 외로움이었다. 그러나 외로움을 들킬 수는 없었다. 외로움을 들키는 순간 버림받을 것 같은 두려움 때문이었다. 남이 너에게 생색내게 만들지 말고 남이 너에게 손을 내밀게 만들어야 한다. 자영은 엄마의 말을 곱씹었다.

—내 말을 농으로 듣는 게냐?

이하응이 자영의 대답을 재촉하며 웃었다. 아, 아니옵니다. 자영의 이마가 또 붉어졌다. 하하. 이하응이 아주 흡족한 얼굴로 고개를 끄덕였다. 자영의 얼굴을 보는 표정에는 장난기마저 스쳤다. 자영은 고개를 숙인 채로 아마 사실이 아닐 거라는 생각을 끝없이 되풀이했다. 순진하게 사실로 믿었다가 농담이 새처럼 날아가는 변덕을 부리면 무척 부끄럽고 곤란한 일이었다.

—김병기는 옥균을 들였는데 나는 너를 들이고 싶구나. 내가 너를 딸로 대할 것인데 너는 아비의 뜻을 따를 것이냐.

예, 아버지. 자영은 방바닥에 떨어진 눈물 한 방울을 얼른 치맛자락으로 덮었다. 이하응이 가르마가 분명한 정수리를 쳐다보며 고개를 끄덕이다가 시선을 돌렸다. 여러 대째 내려오는 먹감나무 장롱이었다. 흑백의 색감은 희미해졌지만 물결을 이루는 나이테는 선명했다. 단조로운 흑백의 조화가 마음에 들었다.

—세상의 비밀을 핏줄에게만 살짝 알려주는 것이다. 유학자의 적(敵)은 유학자이다. 양반 계급 사회를 뒤엎으려는 동학교도나 천주교도가 아니다. 천주학을 조선에 가지고 들어온 사람도 유학자였다. 유학자가 제일 반골이지. 천민은 분노할 뿐 반골이 아니다. 치세의 논리를 내세우며 왕을 살아치우는 사람은 유학자야. 성리학 제도를 공고히 할 사람 같아도 늘 이상 사회를 꿈꾸며 뒤엎으려고 하지. 김병학은 그걸 알고 있어. 김병학이 나를 대문 밖으로 내치지 않는 이유다. 사정권 안에 들여놓고 움직임을 보자는 뜻이 아니겠느냐. 김병학은 부려야 할 자존심과 버릴 자존심을 구별할 줄 아는 사내야.

예. 자영이 어려운 뜻을 어렵게 알아듣는다는 표정으로 공손히 대답했다. 아직 표정을 숨기지 못하는 나이였다. 이하응은 그것이 마음에 들었다.

—이제 석파란이 보이느냐.

이하응이 새 종이를 꺼냈고, 붓을 들었다. 자영은 공손히 일어서며 고개를 숙였다. 이하응은 방문으로 걸어가는 자영을 쳐다보지 않았다. 내가 너를 가까이 두는 것은 아비가 없는 처지를 표정에 드러내지 않기 때문이다. 떠돌이 냄새를 풍기면 자존심을 잃어. 방문이 조용히 닫혔다.

이하응은 경상에 올려놓은 약을 마셨다. 약사발은 금방 비었다. 목 안의 갈증은 약물로 다스려지지 않았다. 백성들은 길거리를 돌아다니고 집회를 만들었다. 모이지 않으면 견딜 수 없는 백성들이었다.

조선의 달은 저 홀로 높고 왕좌를 잃은 몸은 갑옷처럼 무겁구나. 나는 노장의 검 대신에 붓을 든다. 나의 분노는 뜨겁지만 자유롭다.

이하응은 붓을 들고 허공을 슬쩍 묻혔다. 먼지를 하나 잡으려는 표정이었다. 먹물이 땅으로 뚝 떨어졌다. 이하응은 먹물을 너무 많이 묻힌 붓을 벼루에 내려놓았다. 까만 먹물처럼 과한 감정이 가라앉기를 기다려야 했다. 인맥이 없는 조선에서 혼자서 할 수 있는 일은 없었다. 먹물이 지나갈 길을 고독한 눈물이 막고 있었다. 종이는 눈물을 받아들이지 않았다. 눈물이 먹물처럼 일어서고 있었다.

오늘 밤에는 단순한 사람이 왜 이리 그리운 게냐. 이하응은 적막한 밤기운에 대고 중얼거렸다. 왕좌를 잃은 치욕보다 외로움이 깊었지만 외로움보다 치욕이 깊어야 했다. 치욕의 감정에는 사람들이 있었으나 혼자 겪는 외로움에는 사람이 없었다.

세상에는 두 종류의 사람이 있다. 사람을 죽이고 나서 밥을 먹는 사람과 사람을 죽이고 나서 시를 쓰는 사람. 밥을 먹든 시를 쓰든 사람은 자기가 하는 일에 가치를 부여한다. 그것이 각자가 살아가는 이유다.

간밤의 흰 종이에는 검은 난초가 무리를 지었다. 가파른 바위에서 수를 늘려가며 하늘로 오르고 있었다. 난엽은 바람을 가르는 날개가 되었고 바위에 붙은 흙은 절제를 표현했다. 이하응은 난초가 무리 진 세상에서 미동도 하지 않았다. 스치는 바람. 바람은 여백이었다.

김병학의 총도, 최갑수의 죽음도, 최제우의 눈빛도, 청나라 여자의 눈물도 모두 세속적이었다. 석파란도 세속적이었다. 이하응은 감정의 찌꺼기를 바라보듯 탁한 먹물을 바라보았디. 언젠가는 머물이 먹물을 표백하리라. 세속에 머물러 있는 자는 탈속에 이를 수가 없었다. 세속을 부정할수록 거짓에 도달하기가 쉬웠고 탈속을 지향할수록 세속을 부정하기가 쉬웠다. 세속이든 탈속이든 숨이 붙어 있는 자는 무엇이든 욕망하는 법. 대청마루에 앉아 새벽이 오는 하늘을 바라보고 있으면 알 수 있지. 이렇게 끝낼 수는 없다는 사실을 말이야. 이하응은 홀로 중얼거렸다.

자영은 사랑방을 나와서 마당에 혼자 서 있었다. 달빛이 실지렁이처럼 풀어지는 밤이었다. 주위의 사물들은 어둠을 따라 하나로 뭉쳐지고 있었다. 밤기운 때문인지 물비늘 냄새가 났다. 사랑방을 나오는 순간부터 밤기운이 몸에 달라붙는 듯 친근하게 느껴졌고 저고리가슴은 여전히 두방망이질을 하고 있었다. 아버지라 불러보아라. 아버지라 불러보아라. 자영은 눈동자에 눈물을 머금고 밤하늘을 쳐다보았다. 눈물 때문에 별은 보이지 않았다. 하늘 어딘가에 숨어 있을 수많은 별. 자영은 숨어 있는 별들을 향해 웃었다. 주인어른의 변덕이란 것이 묘했다. 종이에 붓질할 때의 눈빛과 술을 마실 때의 눈빛, 심부름시킬 때의 눈빛은 확연하게 달랐고 어딘지 닮았다.

그때 대문이 삐걱 열리는 소리가 났다. 자영은 발걸음 소리를 죽이며 조용히 들어오는 민씨 부인을 보고는 고개를 숙였다. 민씨 부인이 손짓했고, 자영은 어둠 속으로 사라졌다. 민씨 부인은 어두운 기단을 지나 대청마루로 올라가서 방문 앞에 잠시 서 있었다. 아내의 그림자를 본 이하응이 헛기침을 하며 들어오라는 뜻을 전했다. 민씨 부인은 남편 옆에 앉았지만 눈동자는 딴 생각에 빠져 있었다. 밤거리를 걸어온 아내의 치맛자락에는 찬 기운이 묻어 있었다. 무슨 일이 있었소? 이하응이 아내의 표정을 바라보며 벼루에 붓을 내려놓았다.

─반상의 법도가 엄한 양반 사회에서는 도저히 있을 수 없는 일이에요. 과거에는 계집종들이 감히 그러지도 못할뿐더러 만약 그랬다 해도 죽음으로 죗값을 물어야 했을 거예요. 그런데 지금은 이상한 일들이 비일비재하게 일어나고 있어요. 양반집 여자가 계집종들에게 몰매를 맞고 자결했어요. 아랫사람에게 얼마나 치욕을 느꼈으면 그랬을까요. 그런데 그 계집종들이 천주학 집회에 와서 뻔뻔하게 기도를 하고 있었어요. 계집종들은 상전을 팬 것을 죄라고 생각

하지 않았어요. 오히려 천민을 하대하는 양반을 죄인이라고 생각하고 있었어요. 신부에게 그 말을 전하니까 황당하게도 자살은 죄라고 대답하는 거예요. 그럼 천주께서는 살인한 사람은 용서하고 자살한 사람은 용서하지 않는 건가요? 사람의 생명은 천주께서 주신 것이니 자기가 함부로 할 수 있는 게 아니라고 했어요. 그럼 다른 사람의 생명은요? 다른 사람의 생명도 천주께서 주신 게 아닌가요? 아. 민씨 부인이 괴로운 듯 두 손으로 머리를 감싸 쥐었다. 그래? 이하응이 눈빛으로 물었다.

—예전에 수녀가 양반 자제들에게 왈츠를 가르친 적이 있었는데 천민을 대하는 양반의 태도에는 확실히 문제가 있대요. 양반이 천민을 벌레처럼 여기는 걸 봤다고 했어요. 사람이 사람을 함부로 대하는 건 권력의 횡포라고 했어요. 그럼 계집종들이 양반 여자를 집단으로 때린 것도 권력의 횡포 아닌가요? 집단이라는 권력 말이에요. 종교는 진리라는데 뭐가 진리인지 모르겠어요. 천주께서 정말로 계시다면 어찌 살아야 되는지를 묻고 싶어요.

민씨 부인은 신부에게 쏟아부울 질문을 남편을 향해 쏟아내고 있었다. 진리를 구하는 눈빛은 간절했고 목소리는 사뭇 떨렸다. 수녀? 이하응은 한순간 멍한 표정을 지었다.

—어느 양반집 자제들 말인가, 하고 내가 물었더니 지금은 기도 중이니 나중에 이야기하죠. 그렇게 대답해요. 교리는 이래라저래라 가르치면서 신도는 따지면 안 된다는 건가요? 천주학이 뭐죠? 사람은 평등하다고 말하면서 죄인을 대하는 태도는 왜 평등하지 않은 거죠?

─그러니까 성리학이 보다 분명하고 구체적이오. 모든 걸 신의 섭리로 돌리는 종교는 모호하지. 인간의 선악 개념으로는 이해하기가 어려워. 부인은 천주학 집회는 왜 나가서 고민을 사서 하는 것이오? 천주교의 죄의식보다는 불교의 무념무상이 낫겠군.

─집 안에 틀어박혀 세상 돌아가는 것도 모르는 바보가 되라고요? 대감, 저는 지금 어떤 사회에서 살고 있는 건가요. 여기는 조선인가요?

인간 세상에서 그런 일쯤은 새 발의 피야. 구미산에서 양민들에게 당했던 일도, 서원에서 당했던 일도 끔찍하기는 마찬가지였다. 성향이 다른 사람이나 다른 집단을 향해 거침없는 분노를 표출하는 시대가 무섭긴 했다.

─부인은 세 번 생각해 보았소? 양반의 입장에서, 계집종의 입장에서, 천주의 입장에서. 천주가 어떤 사람 편을 들 것 같소? 아까 혼자 바둑을 두다가 생각했는데 적수가 없으니까 바둑알이 아군인지 적군인지 구별되지 않았소. 바둑알이 구별되지 않으니까 바둑을 두는 일이 재미가 없고 무의미해지더군. 부인은 양반의 입장에서만 사건을 바라보았을 뿐이오.

이하응은 아내를 측은한 눈길로 바라보았다. 집 안에서만 조용히 살던 아내는 시대의 변화에 가장 격렬하게 반응하고 있었다. 양반 가문에서 요조숙녀 교육을 받은 아내의 머릿속은 잔뜩 엉클어졌을 것이다.

─저는 계집종의 입장도 모르고 천주의 입장도 몰라요. 양반에 대해서는 잘 알지만 다른 입장에는 서보질 못했으니 그 속을 알 수

가 없지요. 유모는 그리 심각하게 생각하지 않는 눈치였어요. 말은
안 하지만 계집종들 편인 것 같아서 배신감도 들고 서운해요.

　―상전에 대한 의리보다 자신의 입장이 더 중요하겠지. 사사로이
고마운 것과 양반 편을 드는 것은 다르지 않겠소.

　대감. 부인. 두 사람은 서로의 얼굴을 애틋하게 마주 보았다. 남
편의 눈빛은 부부애가 아닌 동지애를 표현하고 있었다. 두 사람은
서로의 아픈 마음을 냉정하게 위로해 줄 수밖에 없다는 사실을 잘
알고 있었다. 혼란스러운 시대를 함께 살아가야 할 가족이었다. 이
하웅도 아내를 위로하고는 있지만 사방이 꽉 막힌 곳을 응시하듯
몹시 갑갑한 얼굴이었다.

　―계집종의 입장에서는 자기를 무시하는 양반이 싫었을 테니 그
에 합당한 벌을 주었다고 생각할 것이오. 옛날이나 계집종이었지
지금은 계집종이 아니라는 뜻을 분명히 한 거지. 계집종의 죄라. 우
습군. 뭐든지 기도하고 회개하면 면죄부를 받는다니. 사람들은 법
을 무서워하지 선(善)을 무서워하지는 않아. 유모가 그렇게 신경이
쓰이면 그만 내보내지 그래.

　―빨리 죽어서 천국에 가고 싶다는 사람을 어찌 내쫓아요. 몸이
아프니까 정신이 온전하지 않은 거지요. 예수를 믿어야만 천국에
들어간다니 그런 억지가 어디 있어요.

　―서로 생각이 달라도 측은지심 때문에 노비를 내쫓지 못하는 부
인의 마음이 상격이오. 유모가 생각하는 천국은 소아적 관념일 뿐
이야. 종교도 몸에 좋다니까 믿는 것이니 가장 인간답지만 하격이
지. 몸에 좋다는 보약을 찾아 먹는 행위와 뭐가 달라. 기복신앙이야

늘 있어 왔잖소. 그건 인류의 보편적 신이 아니고 그 사람이 생각하는 그 사람만의 신일 뿐이야. 위대한 신은 사람으로 치면 성인과 같은 존재인데 자기를 믿는다는 이유로 천국에 보내주면 그야말로 옹졸한 신이지. 자기 자식에게 높은 벼슬자리 만들어주는 아버지야. 그러니 믿음이란 개념을 제대로 생각해야 하지 않겠어?

—대감은 천주학 집회에 나가지 않고도 어찌 그리 잘 아세요? 신부는 교리의 실천을 강조하고 수녀는 개인의 구원을 강조해요. 그래서 두 사람이 가끔 사이가 안 좋을 때도 있어요. 저는 어느 쪽을 따라야 할지 모르겠지만 교리를 전부 실천할 수 있는 사람은 없다고 하니.

—부인은 단순하게 구원받고 싶은가 보군. 종교는 교리의 실천을 통해 자아를 확장하고 영적 수준을 높이는 거지 신비한 현상이 아니라고. 교리를 정확히 해석하는 의무는 성직자에게 있어. 신도는 성직자를 통해 배우는 거니까.

그만 이부자리를 깔까요. 민씨 부인은 답답한 속이 풀렸는지 얼른 눈물을 닦고는 남편의 눈치를 살폈다. 이하응은 아내의 얼굴을 쳐다보지 않았다. 조선은 정말로 이대로 끝나는 것일까. 사방이 꽉 막힌 방 안이었다. 좁은 방 안에서 앉아서 더 좁은 우물을 들여다보는 듯 몹시 갑갑해졌다. 눈에 보이는 추락이었고 끝이 없는 어둠이었다.

이하응이 별다른 대답이 없자 민씨 부인은 조용히 방문을 열고 나갔다. 방문을 잠깐 연 순간에 찬 공기가 재빨리 들어왔다. 화단의 꽃나무 주위를 떠돌던 바람이었다. 이하응은 눈을 감고 습한 바람 냄새를 오래도록 맡았다. 그리고는 난엽을 아주 길게 그렸다. 종이 속에서는 제주도에서처럼 거센 바람이 불고 있었다.

전(傳) 이하응(李昰應, 1820—1898) 필(筆) 묵란도(墨蘭圖), 82×32㎝, 국립중앙박물관

❖

　이하응은 한양에서 파락호로 떠돌다가 제주도로 김정희를 찾아
간 날을 회상했다. 조선 묵란의 대가 김정희가 제주도로 귀양 가 있
다는 사실은 처절한 슬픔이지만 은밀한 기쁨이기도 했다. 한양 방
안에서 난엽의 휘돌림을 수없이 연습하면서 제주도에 묶인 대가의
시간을 온전히 독차지하고 싶다는 욕망에 빠져 있었다. 추사의 외
로움은 세사의 치욕이기도 했지만 세사의 초월이기도 할 것이었다.
햇빛처럼 쏟아지는 시간들을 제주도 누옥에서 혼자 감내하고 있을
추사는 밤하늘의 별빛처럼 또렷이 박힌 예술혼을 발견했을까. 그날
은 구름과 햇빛도 어중간했고 날씨도 어중간했는데 바람만 세차게
불었다. 바람이 어찌나 세게 부는지 몸에 매달린 것들은 모두 하늘
로 날아가 버릴 정도였다. 하늘의 이단아는 바람이었다. 거센 바람
때문에 갓을 벗으면서 겨우 올라선 땅은 절해고도였다. 흰 도포 자
락이 가슴에 묶은 청록색 쾌자띠로 날아올라 얼굴을 확 덮었을 때
그 사이로 보인 것은 하늘과 바다였다. 이하응의 손에는 한양에서
그린 난초가 뿌리부터 돌돌 말린 채로 들려 있었다. 묵란 삼천 장을
다 채우고 성마르게 찾아간 길이었다. 김정희를 찾아가는 발걸음에
는 과한 승부욕이 배어 있었다.
　김정희는 말없이 종이 한 장을 꺼냈다. 그리고는 첫 번째 세한도
를 그리기 시작했다. 이하응은 세한도를 보는 순간 멍한 표정으로
붓을 내려놓았다. 허공을 치고 올라가던 난엽이 순간적으로 푹 꺾

어졌다. 내공이 깊은 그림이었다. 뼈만 남은 집과 뼈만 남은 나무들. 모든 수사를 배제하고 뼈대만 그린 그림이었다. 극도로 단순한 그림 앞에서 한양에서 제주도까지의 거리는 무색해졌고, 삼천 장의 종이는 어제 먹은 술과 다르지 않았다.

더 이상 붓을 들지 못하는 이하응에게 김정희가 몇 권의 책을 읽었냐고 물었다. 이하응은 딱히 몇 권이라고 대답할 수가 없어서 우물거렸다. 서책을 조금 읽었으면 조금 읽었으면서도 허세를 부리니 건방진 것이었고, 서책을 많이 읽었으면 많이 읽었으면서도 알지 못하니 우둔한 것이었다. 묵란 삼천 장을 채우고도 진리를 깨치지 못했다는 사실만 분명했다. 남과 비교해서 얻을 가치가 있다면 삼천 장이란 숫자로 평생 자족하게. 자족이란 단어가 칼침처럼 날카로웠다. 김정희는 붓을 들고 허공에 동그라미를 그렸다. 이하응과 김정희는 동시에 붓을 쳐다보았고, 김정희가 붓을 내리자 동그라미는 사라졌다.

—자네가 그린 삼천 장의 종이는 저 허공의 동그라미와 같네. 저 허공에 동그라미가 있었다고 말하는 사람과 동그라미가 없다고 말하는 사람의 차이를 생각해 보게. 손과 붓이 하나로 움직였지만 눈에 보이지도 않고 순간적이어서 말일세. 그러나 방금 그린 동그라미가 사라졌다고 말할 수는 있지만 존재하지 않았다고 말할 수는 없네. 찰나의 공간 속에 존재했지만 그린 사람의 머릿속에는 불멸로 남아 있지. 각자 마음속에 있으면 있고 없으면 없는 거지. 따질 일은 아니지만 허공에 그린 동그라미처럼 존재감이 없는 길을 홀로 걸어가는 사람이 진짜 고수이네. 묵란 삼천 장이 고작 남과 비교하는 수라는 점에서 세속적이고 충분히 세속적이니까 자네의 마음속

에서만 유의미한 거지. 나무가 나이테를 몸속으로 새겨 넣듯이 자네도 삼천 장을 몸속으로 새겨 넣기를 바라네. 나무를 완전히 베어 내어야 나이테가 보이듯이 자네가 죽었을 때에야 사람들이 삼천 장의 나이테를 발견할 수 있도록 하게. 자, 이제 말해보게. 자네가 말한 삼천 장이라는 것이 내게도 유의미한 것인가?

— 아닙니다. 부끄럽습니다.

— 문자는 향기를 가지고 있고 서책은 기를 담고 있네. 서책은 눈으로만 읽는 것이 아니라 머리로 뜻을 사색하고 가슴으로 느껴야 생동하는 것이네. 자네는 어떤 서책을 머릿속에 담으셨는가. 그림보다 글을 먼저 배운 자들이 떠드는 화론(畵論)에 귀를 기울이시는가. 이 그림은 어떻고 저 그림은 어떻고 파벌 만드는 재미로 사시는가. 어느 놈의 파당인가?

— 아직 파당에 들지 못했습니다.

— 말장난이나 일삼는 파당에는 절대로 들지 말게. 자연을 거울삼아 자신을 들여다보고 그 거울로 외부 사물을 바라보는 순간에 독보적인 그림이 완성되는 것일세. 부분의 안목으로 전체를 편협하게 바라보는 게 아니고 전체 속의 부분을 객관적인 시선으로 바라보는 것이지.

노학자의 눈동자에서는 제주도 바람이 불고 있었다. 뼈만 남은 그림은 배신당한 흔적이었지만 자존심에는 절도가 있었고 세사에 무심했으며 그 때문에 아름다웠다. 인간사를 내려다보는 시선으로 그린 그림에는 탈속의 기운이 강하게 배어 있었다. 이하응은 눈물을 글썽였다. 밤새워 서책을 읽은 날 방문으로 들어오는 새벽빛을 보는 느낌이었다.

김정희는 저녁 밥상을 물리고 나서 기녀를 불렀다. 제주도 계집에게 한 수 배우고 올라가라는 뜻이었다. 노학자 옆에서 수발을 들던 여자는 어깨너머로 문리를 깨친 얼굴이었다. 이하응은 하룻밤 값을 물었고 기녀의 이름은 묻지 않았다. 이름을 물을 필요도 없는 밤이었기에 남녀라는 사실만 분명했다.

사내의 욕심을 노련하게 잠재우는 계집이었다. 낯선 동침은 밤까지도 깨끗하게 표백했다. 단지 몽롱했다. 날이 바뀌었는가. 어렴풋이 생각나는 대로 뭘 말하려고 하면 기녀가 속치마로 입을 막았다. 기녀가 속치마에 대고 입을 맞추기 시작하면서 이하응의 몸은 속치마에 돌돌 말렸다. 온몸이 꼼짝할 수 없게 힘이 빠지는 순간 기녀의 속치마에서 시든 풀냄새만 흠씬 맡았다. 날 선 새벽빛이 방문을 뚫었을 때 이하응은 요강 앞에 공손히 무릎을 꿇고 앉아서 밤이 깃든 오줌을 오래노록 누었다. 사기로 만든 요강에는 난초가 그려져 있었다. 난초 옆의 글자는 장우상망(長毋相忘)이었다. 오랫동안 잊지 말기를. 기녀의 요강다운 글귀였다.

계집종이 방문을 열자 아침이 불쑥 들어왔다. 기녀는 한쪽 눈만 게슴츠레 뜨고는 요강 속에 시든 꽃을 던졌다. 계집종이 서둘러 요강을 들고 나가자 기녀는 머리에 동백기름을 잔뜩 바르고는 문고리를 밀었다. 문고리에 동백기름이 묻었다.

하룻밤의 격렬한 정사로 속을 다 비워내서인지 잡념들이 거짓말처럼 사라졌고, 한양에 돌아오자마자 미친 듯이 공부에 집중했다. 그때에 읽은 서책들은 그 후로도 오랫동안 기억되었다.

이하응은 죽은 노학자가 생각나서 붓을 내던졌다. 일렁이는 가슴을 안고 찾아갈 노학자가 없다는 사실은 몹시 서글펐다. 소인배가 넘치는 세상에서 학문은 치욕이었고 안다는 것은 절망이었다. 진리를 탐구하기 위해 공부하는 것이 아니라 경쟁에서 살아남기 위해 공부하는 세상에서 학문은 진리가 고행임을 증명해 가면서 정치적 야합 수단이 되었다. 세상의 출세란 좋은 집에서 좋은 음식을 차려놓고 주변 사람들을 불러 모아 자랑하는 것이었고, 개인의 현학적 취미로 전락한 학문은 계집이 치마에 달고 다니는 노리개처럼 보였다.

붓은 방문 쪽으로 날아갔다. 창호지 방문에 먹물이 묻으면서 붓이 방바닥으로 떨어졌다. 창호지의 희뿌연 색깔은 밤풍경을 가로막고 있었다. 방문은 등 돌린 여자의 눈매처럼 쾌씸해 보였다. 외로움 따위는 두렵지 않아. 달의 이치가 두려울 뿐. 화무십일홍이니 다른 꽃은 어둠 속에 꼭꼭 숨어라. 새벽이 오면 그 몸이 열릴 것이다.

세상 것들은 어울려야 무엇이 되었다. 김병학 가문으로부터 밀려나 방 안에 홀로 갇힌 욕망이 들끓었다. 주체할 수 없이 끓어오르는 그놈을 죽여야 산다. 이하응은 방문을 열 듯 말 듯 우두커니 서 있다가 뒤로 돌아섰다. 어둠은 궁색한 살림을 비웃는 듯 방문 앞을 음험하게 서성거렸다. 아궁이 속처럼 안으로 깊숙한 밤. 가난한 남자에게 고독한 밤은 견디기 어려웠다. 그러나 마음에 품은 뜻은 낮보다 강렬했다. 생각은 촛불이 아니라 장작개비였다. 활활 타올라라.

이하응의 눈동자는 방문의 창호지를 네 개의 선으로 정확히 분할했다. 붓은 보이지 않는 선을 따라 아주 천천히 조금씩 움직였다. 방문 고리로부터 생겨나와 방문의 가운데를 향해 뻗어 나가는 꽃들이었다. 점. 점. 점. 이하응은 방문에 점을 찍으려다가 멈칫했다. 어디쯤이 허공인지 땅인지를 구별할 수 없었다. 허공에 동그라미를 그리듯이 점을 찍어야 했다. 요동치는 마음에 고요한 점을 찍어야 한다. 바람이 멈췄다. 바람도 멈추는 고원에서 호흡을 멈추며 오른 손을 들었다. 천지를 공들여 잡듯이 붓을 잡았다. 붓은 손보다 먼저 나가고 있었다. 손은 붓을 붙들려고 힘을 주었고, 붓은 손을 피해 달아나고 있었다. 붓이 멈추었다. 먹물에 눈동자가 붙었다. 눈동자와 먹물은 하나로 움직였다.

날숨과 들숨이 꽃들 속으로 들어갔을 때 붓놀림이 가벼워졌다. 먹물의 선을 따라 숨바꼭질하듯이 자유로운 호흡 속에서 꽃은 꽃들이 되었다. 꽃 옆에 꽃. 그 옆의 꽃. 꽃과 꽃. 촘촘히 붙어서 일어서는 꽃들. 난초는 점점 무리를 짓고 있었다. 집단의 유혹이 있었다. 홀로 사는 세상이 아니었다. 눈동자에 가두고 있던 말[言]들은 검은 동자 안에서 몰려 나왔다. 어둠을 살라먹는 노깨비불처럼 주체 못할 광기였다. 이하응은 방문으로부터 한발 물러섰다. 거친 붓놀림만 선명한 방문을 노려보았다. 칼바람을 맞고 자란 속된 난초였다. 이하응은 뜨겁고 매운 속기(俗氣)를 느꼈다.

술주정뱅이 이하응은 고상한 난초로 가려지지 않았다. 먹물은 빛처럼 세세한 표정까지 비췄다. 이하응은 방문의 새벽빛을 바라보며 뒤로 물러섰다. 인간임을 치욕으로 느끼는 순간 방문으로 벼루를 던져 먹물을 죄다 쏟았다. 먹물이 허공으로 튀었고, 방문이 찢어졌고, 그곳은 새까매졌다. 찢어진 곳으로 어둠이 보였고, 방문은 먹물로 어두워졌다. 낄낄. 김병학의 비웃음 소리가 들려왔다. 이하응은 그것이 자신의 목소리인 줄 깨달은 이후에야 겨우 잠이 들었다.

안 주무셨어요? 민씨 부인이 남편의 눈동자를 빤히 쳐다보며 말했다. 먹물 냄새가 밴 방 안에 햇살이 환하게 퍼지고 촛대의 초는 다 녹아내려서 불이 완전히 꺼져 있었다. 이하응은 혼곤한 표정으로 열없는 이마를 짚었다.

—이번에는 방문 짝을 내다 팔아. 그깟 종이 쪼가리보다는 나을 거야. 그놈! 김병학 집으로 보내!

이하응은 밤이 묻은 얼굴로 소리를 꽥 질렀다. 민씨 부인은 치맛자락을 움켜쥐고는 난색을 표했다. 묵란은 고통 속에서 피는 꽃이야. 어젯밤에 공연한 말씀을 드려서……. 그거하고는 상관없어. 이하응은 서둘러 세수를 하고는 깨끗한 도포로 갈아입었다. 민씨 부인은 갓을 씌워주었다. 갓 끈을 묶는 손가락이 조심스럽게 떨렸다. 아내의 손이 도포 자락을 스쳤다. 또 무슨 봉변을 당하시려고. 이하응은 아내의 어깨를 잡고 눈동자를 들여다보았다. 괜찮아. 민씨 부인이 조용히 병풍 쪽으로 물러섰다. 이하응은 행랑아범을 불러 방문을 떼어냈다. 조심조심. 달구지에 방문을 싣고는 김병학 솟을대문에 섰다.

—이리 오너라!

날밤을 새운 탓에 목이 잠겨서 목소리는 크게 나오지 않았다. 남자 노비 두어 명이 달려나와 솟을대문을 열었다. 오늘은 아니 계십니다. 청지기가 불쾌한 표정을 지었다. 아니 계신지 알고 왔네. 이하응은 뒷짐을 지고 기단을 성큼 올라갔다. 청지기는 김병학의 명령에 대기하기 위해 제자리에 서 있었다. 어험. 이하응은 대청마루 앞에서 크게 헛기침을 하고는 신발을 벗고 사랑방으로 들어갔다. 김병학은 청룡이 양각된 연적을 앞뒤로 만지고 있었다.

—바둑이나 두세. 간밤에 혼자 두었더니 영 재미가 없어. 술도 대작해야 하는 것처럼 바둑도 대국해야…….

무슨 말을 하려고 왔나. 김병학은 이하응의 말을 끊으며 절름거리는 다리를 쳐다보았다. 이하응은 대나무 지팡이를 문설주에 기대어놓았다.

—자네가 알아야 하네. 농민들이 농사는 안 짓고 하늘나라 이야기에 홀렸다지 않나. 배를 타고 건너온 서양 신. 최제우가 발견한 동양 신. 뭐 그렇다네.

김병학은 관심 없다는 표정으로 연적을 내려놓았다. 이하응은 문지방 옆에 앉으며 방문 밖을 향해 소리쳤다. 방문을 가져오너라. 청지기가 김병학의 눈치를 살폈다. 김병학이 고개를 끄덕였다. 조심조심. 남자 노비들이 방문을 들고 들어와서 벽과 문설주 사이에 기대어놓았다. 김병학이 이하응과 방문을 번길아 쳐다보며 말했디.

—방문을 사라는 말이군. 얼마면 되겠나.

—자네 눈에는 내가 쌀을 구하는 사람으로 보이는가.

—신선은 아닐 터.

—요즘은 한 경지에 올라서 이슬을 먹고 있네.

이하응은 김병학을 쳐다보다가 새로 들여놓은 병풍을 문득 발견했다. 호피를 그린 열두 폭 병풍이었다. 조선의 호랑이 황호였고 호피 무늬는 폭마다 제각각이었다. 짙은 치자색 바탕에 검은색이 좌우로 균형 있게 퍼지며 율동감을 드러내고 있었다.

—역시 세도가는 다르군. 솟을대문에 걸어놓은 호랑이 정강이뼈로도 모자라서 사랑방까지 호피를 모셔놓다니. 열두 마리 황호가

호피를 벗어놓고 자네 방에서 승천할 듯하네. 역시 진시황이 놀라고 갈 아방궁이야.

―승천할 것 같다고? 호랑이가 용인가? 오늘은 이야기가 어디로 튀는 거야?

―흔히 볼 수 있는 작품이 아닐세.

―역시 자네가 병풍을 볼 줄 아는군. 보통 화공이 아니지. 호피가 살아 있다는 평을 듣는다네.

김병학이 호피 병풍을 쳐다보며 만족스런 표정을 지었다. 지리산 백호 사냥을 다녀왔을 때 김병기가 마련해 준 것이다. 백호 사냥에 실패한 것이 호피 병풍을 보면 어느 정도 위로가 되었다. 병풍으로는 백호보다 황호가 낫다는 평이었다. 흰 바탕은 차갑고 강렬한 느낌을 주는데 비해 누런 바탕은 격조 있고 안정감이 있다는 전언이었다.

―저따위 똥색 무늬를 누군 못 그리겠나. 호랑이 등짝만 쳐다봐도 알 것을. 자네 병풍 말고 내 작품 말이네. 허공에 점을 찍었어.

―다 찢어진 걸 들고 와서는 작품이라니. 미쳤군.

―아직 덜 미쳤네. 완전히 미치면 걸작이 만들어진다는데. 요새는 매일 미치는 연습 중이라고.

저런. 안평대군이 또 꿈에 보였는가. 김병학의 입가에 비아냥거리는 미소가 스쳤다. 이하응은 침울한 표정을 지었다.

―나도 밤마다 뵙고 싶네만 신성한 꿈은 한 번만 보이는 법이라네. 자주 꾸면 개꿈이지.

―시서화가 사대부의 교양이기는 하지만 자네는 증상이 심해.

―우정 어린 충고 고맙네. 내가 여기를 찾아오는 유일한 이유야.

자네가 이리도 나를 알아주니 백아와 종자기가 부럽지 않네.

—욕을 욕으로 듣지 않는군. 공연한 집착이 아닌가.

—어머니 태중에서부터 생겨난 끼를 어찌하겠나. 끼에 휘둘려 사니 세상 돌아가는 일에는 도통 관심이 없네. 오직 미치는 일에만 관심이 있을 뿐이라네. 그 절대경지라는 놈은 언제 내게로 오겠는가. 최제우도 신의 목소리를 들었고 우리 집 유모까지 신을 만났다는데 나는 난초의 신도 만날 수 없으니 말일세. 먹물의 신은 어디로 갔는가. 공자는 어디로 갔는가.

이하응의 뱃속에서 꼬르륵 소리가 났다. 아침까지 굶고 달려온 것이다. 김병학은 이하응을 흘끔 쳐다보았다. 이하응은 밥을 굶는 것쯤이야 별일 아니라는 듯이 어깨를 으쓱했다.

—중증이군. 나는 자네를 통해 측은지심을 실천하고 싶네. 계속 작품 활동을 할 수 있도록 방문 값만 주면 되겠는가.

—나는 자네에게 사양지심을 실천하고 싶네.

—지난번 방문 값을 하겠다는 뜻이군.

그렇지. 이하응은 새로 끼워놓은 방문을 노려보았다.

—역시 부잣집이라 다르군. 더 좋은 방문을 끼웠으니 내가 넘어지길 잘했군그래. 김병기가 갈아 끼웠나?

—내가 대신 사과하네. 하지만 하필 방문으로 넘어질 일이 뭔가.

—말은 미안하다고 하면서 자네 표정에는 미안한 감정이 보이질 않는군. 뭐. 내가 자네 하수인인 김병기와 비교될 인물은 아니니까.

—방문 값을 하겠다니 말인데 저 방문은 임자가 따로 있는 것 같네. 난엽이 어찌나 고운지 계집 냄새가 나. 기방에서 그렸나? 난초

무리를 보니 팔선녀도 아니고 수가 너무 많아.

　김병학은 방문의 난초들을 쳐다보며 웃었다. 이하응은 정색을 하며 고개를 가로저었다.

　—이건 기생집에서 술 먹고 그린 그림이 아니네. 우리 집 사랑방 방문이란 말일세.

　—하긴 색주가 방문이라면 기녀와 담판을 지으려고 했을 테니 내 집으로 발걸음을 했을 리 없지.

　김병학은 눈을 가늘게 뜨고는 이하응을 노려보았다. 이하응은 푸푸, 입에서 바람을 내보내며 방귀 같은 웃음을 지었다.

　—허나 자네가 방문을 거절한다면 색주가로 가지고 갈 생각이네.

　—이런. 문사의 정신이 들어간 것이 문인화인데 색주가로 가면 천박해지지 않겠나.

　—자네는 나랏일을 색주가에서 처리하면서 뭘 그러는가? 외국 상인들을 만나려면 예쁜 계집뿐만 아니라 좋은 그림도 있어야지.

　김병학은 고개를 돌리며 서안 서랍을 열었다. 그리고는 공무(公務)에 바쁜 표정을 지었다. 그런 지루한 표정 짓지 말게. 이하응은 한숨을 쉬듯 괴로움을 토했다.

　이 세상 어디가 꿈속의 도원인지 알 수 없어.
　완벽한 세상을 천연히 노니는 사람을 보니
　절세의 그림처럼 좋은 일이 생기려나.
　그림 속 천년을 계속 바라보아도 좋으리.[8]

----

8)안평대군, 〈몽유도원도〉(世間何處夢桃源 野服山冠尚宛然著畵來定好事 自多千載擬相傳)

―또 안평대군 몽유도원도 이야기로군. 게다가 해석은 제멋대로. 자네는 확실히 자네에게 미쳐 있어. 내 방문 값을 줄 테니 약을 더 사 먹게. 아픈 다리가 다 나을 때까지는 제발 돌아다니지 말지그래.

―천재는 남의 그림이나 글 따위에 각주를 다는 사람이 아니지. 뭐든 내 것으로 만들어놓아야 속이 후련하니까. 세상이 어수선하니까 내게는 그림이 사람보다 위로가 되네. 자네나 나나 성리학자로서 꿈꾸는 세상이 다르지는 않을 터. 자네는 백성들이 왜 신에 미치는지 알아야 하네. 백성들은 산속에 터만 잡으면 자기들끼리 제국을 만든다네. 조선 안에 또 다른 나라가 있는 거지. 조선의 위정자 입장에서는 치욕이지 않은가.

―종교는 종교일 뿐 그것으로 제국을 만들 수는 없네.

자네 말대로 종교로 제국을 만들 수는 없네. 허나 여러 종교가 나라를 어지럽게 한다면 제국의 뿌리가 흔들리고 있다는 뜻이네. 백성들이 하느님 소리라는 허무맹랑한 이야기에 끌리고 있어. 백성을 통해 뭔가 새로운 것이 꿈틀거리고 있는 거야. 새로운 시대를 근대라고 한다면 근대를 이루는 힘을 종교가 아닌 성리학에서 찾아야 할 것이네. 조선이 무너지지 않으려면 성리학이 새로워져야 하네. 그렇지 않으면 백성들을 이끄는 어떤 이념에 국가를 통째로 넘겨줘야 할 걸세.

이하응의 표정은 더없이 진지했다. 김병학이 찢어진 방문을 쳐다보았다. 난초들은 찢어진 창호지 구멍을 피해서 여기저기에서 피어나고 있었다. 묵란을 치며 성리학을 생각하는 사람은 이하응뿐이었다. 대세를 따르지 않는 홀로인 자의 치기(稚氣). 김병학이 고개를 끄덕였다. 자네 말이 과히 틀리지 않지만 듣기는 싫구먼. 김병학은 묵란을 치며 밤도 새우고 밥도 굶는 친구를 바라보았다.

쏴쏴. 갑자기 비가 내리기 시작했다. 비가 바람을 밀어내서 바람이 방문으로 밀렸다. 방문이 바람에 덜컥 움직였다. 조금만 늦게 출발했으면 큰일 나지 않았나. 이하응은 방 밖을 쳐다보며 질겁한 표정을 지었다. 빗물은 처마에서 수직으로 낙하했고, 나무 기둥을 타고 죽죽 흘러내렸다.

거침없는 것은 빗줄기뿐이었고 다른 것들은 숨죽였고 고요했다. 기와담장 마당에는 이제 막 개화하는 꽃과 이제 막 떨어지려는 꽃이 함께 있었다. 개화하는 꽃은 이리저리 흔들리며 빗줄기를 견뎌야 했고, 시든 꽃은 힘없이 추락해야 했다. 피고 지는 꽃들은 세차게 비가 내릴 줄을 알고 있었을까. 꽃들은 빗줄기를 쳐다보고 있었고, 빗줄기는 꽃들을 쳐다보지 않았다. 방 안의 두 사람 모두 방 밖의 빗줄기에 주목해 있다가 서로의 얼굴을 빤히 쳐다보았다.

—자네는 무엇 때문에 그렇게 힘들게 살아가는 건가. 이제 그만 편안히 사는 방법을 배우게. 자네가 불편하지 않게 좋은 음식과 좋은 옷을 보내주겠네.

—자네는 나를 권력에 아부하는 돼지로 보는 것인가.

—돼지로 살게.

두 사람 모두 몹시 불편한 표정을 지었다. 말하는 자의 인내심과 듣는 자의 인내심이 부딪치는 정점이었다. 이하응은 화를 내지 않았다. 화를 내는 순간부터 정점은 확인되고 남는 것은 내리막이었다.

─내가 무엇 때문에 괴롭게 사느냐고? 불행히도 나는 헛된 이상 때문에 살고 있네. 자네는 다 죽어가는 이 씨 조선의 숨통을 끊어놓을 셈인가. 나라가 망해 가는데 좋은 옷을 입고 있으면 어두운 밤길을 홀로 걷는 왕이 아니겠는가. 그런 왕에게 새벽은 오지 않겠지. 성리학은 지도자의 학문일세. 위정자는 성리학을 종교처럼 믿고 실천해야 하네. 공자와 자공의 대화를 생각해 보게. 백성의 신뢰를 잃으면 국가는 존립할 수 없다고 했네. 무기, 식량, 백성 중에서 자네는 제일 먼저 버려야 할 무기에 집착하고 있어. 총은 나라를 지킬 수는 있으나 백성의 마음을 이끌 수는 없네. 백성은 적군이 아니지 않은가.

─방 안에서 묵란이나 치는 자네가 정세에 대해 뭘 안다고 그러는가. 총을 말하려거든 일본을 보고 이야기하게.

─다른 나라보다 중요한 국가의 근본을 밀하는 것이네. 지금 백성들은 지도자를 믿을 수 없다는 걸세. 조선을 버리고 다른 나라로 떠나는 백성도 있네. 백성이 믿지 못하는 나라는 모래성이네.

─모래성이라. 어쩌면 자네가 원하는 일인지도 모르겠군.

─하하하. 농이 아닐세. 성리학자들은 천주교도를 보며 배워야 하네. 보이지 않는 천주를 위해 기꺼이 목숨을 내놓는 백성들이 있지. 그 믿음이 무섭지 않은가?

─왕도정치를 하라는 말이군. 누구나 다 아는 구태의연한 논리를 내 방에서 역설하는 이유는 뭔가. 자네가 내 집에 왜 오는 건지 속을 알겠군. 결국은 어떤 끈을 붙잡고 정치를 해보겠다는 속셈이야.

김병학이 단도직입으로 물었다. 이하응이 이리저리 속을 찔러도 자꾸 웃는 것이 마음에 들지 않았다. 그러나 김병학은 왕족이라는 단어를 입에 올리지 않았다. 대놓고 거론하지 않아도 왕족은 없어져야 할 존재였다. 굳이 없애지 않아도 저절로 없어지고 있으니 관망하는 자의 배려심만 남아 있었다.

―이 사람, 내가 드러내 놓고 수를 쓰겠는가. 우정이라 생각하게.

―여러 가지 음흉한 생각 속에 우정도 있겠지.

―우정뿐이네.

김병학이 청지기를 불렀다. 정사에 지친 몸을 바둑으로 풀고 싶은 심정이었다. 격론을 일삼는 이하응은 피곤한 상대였지만 바둑 두는 일에는 쓸모가 있었다. 이하응의 입을 다물게 만드는 건 바둑과 묵란뿐이었다. 묵란은 이하응의 상대가 되지 못했고, 바둑을 두면 이하응의 수를 읽을 수 있었다.

―잠시 들어도 되겠습니까.

방문이 열린 틈으로 청나라 상인이 고개를 숙이며 말했다. 빗길을 걸어왔는지 옷이 젖어 있었다. 요란했던 비는 그쳐 있었다.

―오늘은 손님이 있어서요. 다른 방으로 드시겠습니까.

김병학이 대청마루로 서둘러 나오면서 말했다. 청나라 상인과 이하응의 눈이 방문 사이로 마주쳤다.

―손님을 후원 방으로 모시고 가서 옷을 내어드려라.

김병학이 계집종들을 향해 말했다.

전(傳) 이하응(李昰應, 1820—1898) 필(筆) 난도(蘭圖), 125×44㎝, 국립중앙박물관

❖

—후원에서 분명히 만났는데 아무리 기억하려 해도 얼굴이 희미해요. 많은 이야기를 나누었는데 얼굴은 도통 기억이 나질 않으니. 그 남자가 나가고 난 후 마치 꿈인 듯 제 손에는 묵란이 쥐어져 있었어요.

—그날 어디를 갔나 했더니 이 남자를 만나고 있었느냐. 묵란은 문인화야. 유학자가 그린 것이다. 너는 공자를 싫어하지 않느냐.

천왕께서 공자를 싫어했으니까. 청나라 여자는 종이를 둥글게 말아서 손에 꼭 쥐고는 주위를 둘러보았다. 그날도 후원에 서 있었다. 하늘에는 붉은 해가 떨어지고 있었고 바람은 부드럽게 제자리를 돌고 있었다.

—청나라에서는 문인화를 통해 유학자의 마음 그릇을 판단한다. 남이 흉내 낼 수 없는 격조가 보일수록 상당히 위험하지. 여러 문인들 속에서 우두머리일 가능성이 크니까. 내가 보기에 그 묵란은 난엽의 비율이 저울 눈금처럼 정교하고 난엽을 길게 뻗치는 장별 기법이 독특하다. 난초들을 제압하는 힘이 보이는데 그것은 마치 절대미에 대한 욕구처럼 보인다. 난초들이 줄곧 한군데를 향하고 있으니 마치 단 한 사람을 위해 충성스럽게 피어 있는 것 같다.

—맞아요. 유학자였어요. 잠에서 막 깨어난 듯 흰 저고리를 입고 있었지요.

청나라 여자는 남자의 얼굴을 기억하려 애썼고, 청나라 상인은 정색을 하며 말을 돌렸다.

―다른 생각할 새가 없다. 이 묵란의 주인이 그리 궁금하다면 김병학 대감께 물어보면 알 일이다. 우리는 궁궐로 들어가는 연줄을 잡아야 해. 김병학 대감 댁에만 머물다 청나라로 돌아갈 수는 없다.

청나라 여자는 고개를 푹 숙였다. 수도 남경이 함락되는 날이면 태평천국은 지상에서 사라질 것이었다. 동왕 양수청, 북왕 위창휘, 익왕 석달개……. 배신자들. 청나라 여자는 치를 떨었다. 위대한 태평천국의 성병(聖兵)들은 청나라 군대에 맞서면서 죽는 순간까지 도망가지 않았다.

청나라 상인은 여자의 표정을 보며 입을 다물었다. 여자는 홍수전이 태평천국을 다시 살릴 것이라는 헛된 희망 때문에 살고 있었다. 청나라 상인은 여자에게 홍수전의 소식을 일절 전하지 않았나. 그 때문에 청나라로 돌아가기 전까지 여자를 감시하지 않아도 여자의 몸은 안전했다. 홍수전이 죽기 전에 여자는 결코 먼저 죽지 않을 것이다.

프랑스와 영국 군대가 태평천국을 공격하는 것은 북경조약 때문이었다. 서태후는 프랑스 정부와 밀약했고, 프랑스가 태평천국을 없애주는 대신 청나라는 조선 천주교 전교를 돕겠다는 내용이었다. 서태후 입장에서 프랑스의 조선 전교 조건은 청나라 무역권을 요구하는 영국보다는 훨씬 나았다. 프랑스는 태평천국을 버리는 대신 조선을 선택한 것이었고, 태평천국은 하느님의 나라가 아니라는 공식적인 결론이었다.

—태평천국 때문에 한인 관료 증국번, 좌종당, 이홍장이 군대를 가지게 되었다. 청나라 실세가 바뀌었으니 내 목숨도 장담할 수 없다. 서태후께 청나라 속국으로서 조선이 변함이 없다는 걸 보여야 해.

청나라 상인은 여자를 쳐다보며 서로가 다른 운명이 아님을 강조했다. 청나라 여자의 소원은 프랑스 도움을 받아 태평천국을 보호하는 것이었고, 청나라 상인은 청나라 실세가 한족 출신 정치인으로 바뀌는 것을 원치 않았다. 청나라 상인은 치런(旗人, 만주족)이었다. 이홍장은 한족이었고 태평천국을 공격한 공로로 서태후의 신임을 얻었다. 서태후는 이홍장에게 태평천국의 땅을 내줄지도 모를 일이었다. 정치 실세가 한족으로 바뀌면 이홍장에게 청나라 상권을 뺏길 것이다.

—서태후마마께 중요한 걸 가져가면 네 존재 따위는 관심도 없으실 게다. 그러면 너는 완전히 자유야. 서태후께서는 자비로운 분이시다. 태평천국의 백성도 청나라 백성이라고 하셨다.

청나라 상인은 여자의 눈을 뚫어지게 쳐다보았다. 여자가 딴생각을 품고 있는 것 같지는 않았다. 여자가 상인의 눈빛을 피하며 돌아섰다. 청나라 상인은 여자의 고집스런 어깨를 한참을 노려보다가 고개를 돌렸다.

—일본 상인은 객관을 택했지만 나는 김 대감 댁을 택했어. 일본 상인도 나도 조선 사정을 잘 알고 있다. 일본 상인은 안전하게 머물 곳을 택했지만 나는 다르다. 조선의 정세를 알 수 있는 권력의 중심부가 좋아. 위험하다 해도 말이다.

여자는 등을 돌린 채로 고개를 끄덕였다. 청나라 상인의 말은 틀리지 않았다. 청나라 상인과 여자는 후문을 열고 사랑채로 향했다. 사내들의 웃음소리는 기와담장 밖으로 넘어갔고, 햇빛은 처마그늘을 지나며 각을 세웠다.

중간 방문을 다 열어놓은 사랑방 아랫목에는 갓을 쓰고 도포를 입은 선비들이 앉아 있었고 산해진미 술상이 놓여 있었다. 장방형 회화나무 교자상을 나란히 이어 붙여서 흰 종이를 깔고 오색진미로 술안주를 차린 건교자였다. 김병학의 아내는 계집종들과 함께 방문 밖에 조용히 서 있었다.

멀리 윗목에는 대금을 든 사내가 앉아 있었다. 사내가 손에 든 거무스름한 대금은 십 년생 오죽(烏竹)이었다. 대금을 든 사내는 윗목에서 고개도 못 들고 방바닥만 쳐다보며 앉아 있었다. 글자를 모르는 소심한 얼굴이었다. 김병학이 눈짓을 보내자 사내가 대금을 입에 물고는 조용히 숨을 불어넣었다. 김병학은 여러 선비들과 함께 술잔을 들며 말없이 귀를 기울였다. 저음의 평조회상과 고음의 청성자진한잎을 넘나드는 곡조였다. 두 음의 경계를 넘나들며 살짝 끊어질 듯 천연히 이어지는 청성곡이었다. 김병학이 술잔을 내려놓고 합죽선을 들고 일어나 한량무를 추기 시작했다.

과거시험에 낙방한 선비가 기생을 꾀는 몸짓으로 추는 춤이었다. 방 안의 허공을 쳐다보는 김병학의 얼굴은 무표정했다. 무표정한 얼굴은 무심(無心)이 아니라 수심(愁心)이었다. 선이 굵은 대금 가락과 팔소매가 넓은 도포 자락은 잘 어울렸다. 달밤과 대숲이 하나로 어울리듯이 합죽선과 도포 자락이 하나로 어울렸다. 김병학이 합죽선을 접고 펴면서 손을 들어 올릴 때마다 도포 자락은 새 날개처럼 벌어졌다. 무릎까지 내려오는 긴 소매 자락은 흰 버선발이 이리저리 움직일 때마다 달을 향해 날아가는 새처럼 움직였다.

대금 소리는 굵었고 한량무는 동선이 컸다. 천하를 누빌 듯 움직이는 동선에 방 안은 좁았다. 김병학은 한쪽 도포 자락을 오른손으로 걷어 올리며 흰 바지저고리를 슬쩍슬쩍 내보였고, 도포 자락을 새 꼬리처럼 뒤로 걷어 올리기도 하면서 옥관자 상투머리를 숙였다. 옥관자와 상투머리가 관을 쓴 새처럼 보였다. 몇 걸음씩 걸어갈수록 폭 넓은 도포 자락은 자유로웠으며 날아가는 듯 보였다. 선비들의 눈길을 끌어당긴 곡조가 끝났고 춤도 끝났다.

김병학은 아랫목 정중앙으로 걸어가 합죽선을 내려놓고 술잔을 들었다. 황금색 합죽선이었다. 그림이 없는 황금색 한지가 대나무 부챗살과 어우러졌다.

—과거에 낙방한 선비의 모습을 어찌 그리 잘 표현하십니까.

김병기가 웃으며 술잔을 들었다. 김병학이 좌중을 향해 술잔을 높이 들었다. 다른 선비들이 술잔을 높이 들며 한마디씩 말했다.

—옆에 기녀가 없는데도 기녀가 있는 것처럼 느껴질 정도였습니다.

—다음번에는 기녀와 함께 춰보지. 과거에 또 낙방해야겠군. 과거에 급제한 사내의 춤은 재미없을 테니.

—오늘 잔치는 의미가 깊습니다. 솟을대문을 활짝 열어놓으니 백성들이 대감의 덕을 칭송할 것이고, 청나라 상인과 일본 상인까지 경하를 해주니 대감의 권세가 궁궐보다 높다는 것을 만천하에 보이

는 것이 아니겠습니까.

—숲이 좋으면 새가 날아드는 법이지요. 참으로 보기 드문 탐화연입니다. 등림에 나쁜 나무가 없듯이 안동 김 씨 가문의 남자들이 보통 남자들이어야지요. 안동 김 씨 문중에서 왕비가 세 명, 대제학이 여섯 명, 정승이 열다섯 명, 판서가 서른다섯 명이 나왔습니다.

그렇습니다. 선비들이 가문의 자부심으로 고개를 끄덕였다. 술이 몇 순배 돌아가고 나서 화제는 그림 이야기로 넘어갔다.

—김정희의 난맹첩이 모조품으로 돌아다닌다는 소문입니다.

—이미 없는 것을 그리워하는 마음이 아니겠나. 하지만 진품은 따로 있지.

김병학이 난맹첩을 꺼내며 말했다. 오. 좌중의 선비들이 탄성을 지르며 김병학에게 집중했다.

—가슴속에 문자기(文字氣)가 없으면 공연히 남의 화법만 따라 한다고 했네. 세상의 격식을 초월한 대가다운 말이야. 어디 볼까. 지초와 난초가 어울려 향기를 함께한다. 남은 먹물로 장난을 쳤다니. 과연 붓의 고수는 달라.

서화불분론(書畵不分論). 글씨를 그림처럼 그렸던, 그림을 글씨처럼 썼던 조선의 명필이었다. 제주도 유배지에서 추사체는 더욱 그림다워졌다. 김병학은 고사소요도(高士逍遙圖)를 펼쳤다.

—고사소요. 뜻 높은 선비가 숲 속을 거니는 모습이지. 귀양살이를 이렇게 고급스럽게 표현하다니. 나무들은 울창하게 서 있고 나무 뒤를 걷고 있는 선비의 모습은 안개처럼 흐릿하군.

—세한도와 같은 해에 그린 그림이라고 합니다.

─고사소요도는 중국 명산을 거니는 도인의 모습이고, 세한도는 추운 겨울날 집 한 채 풍경이야. 그림을 보며 느끼는 감정이 아침과 저녁처럼 달랐다는 소문이야. 팔색조 같은 슬픔이라서 하나로만 해석할 수 없다는 거지.

　─유배지에서 외로움 하나만은 확실히 터득했으니까.

　이하응이 볼멘소리로 대꾸했다. 술에 취한 몽롱한 얼굴이었다.

　─오, 대단한 그림입니다.

　청나라 상인이 놀라운 표정을 지으며 선비들을 향해 말했다.

　─아까 선비 춤을 보았을 때 도포의 아름다움을 보았습니다. 조선은 미의식이 높은 나라입니다. 여기 계신 선비들은 대유(大儒)라고 들었습니다. 난초는 사의(寫意)라 했으니 이중에서 누가 뜻이 깊은지 묵란으로 보이는 것이 어떻겠습니까.

　일본 상인도 고개를 끄덕였다. 내공이 단단한 남자가 붓을 자유로이 움직이는 것이었고, 그것은 천하를 휘어잡는 기상이었다. 그거 좋지요. 선비들이 호기 어린 표정으로 고개를 끄덕였다.

　─저도 좋습니다. 시품(詩品)을 따지는 일은 과거의 일입니다. 요새는 화품(畵品)을 따지는 일이 대세라지요. 난을 치는 여백을 어떻게 감당하느냐에 따라 배포를 알 수 있으니까요.

　김병학이 눈짓을 보내자 계집종들이 벼루를 들여왔다. 방 안의 선비들은 자존심이 강한 얼굴로 종이를 바짝 끌어당겼고, 공들여 붓을 잡았다. 방 안이 조용해지면서 선비들의 호흡과 붓만 움직였다.

　─일본 황실에서는 그림보다는 사진에 관심이 많습니다. 붓으로

그리는 게 아니라 기계로 찍는 건데 거울처럼 똑같지요.

일본 상인이 화전을 집어 먹으며 사진에 대해 장황하게 설명하기 시작했다. 선비들은 일본 상인의 말에 귀를 기울이며 난을 치기 시작했다. 선비들이 이리저리 분주한 틈에서 이하응이 벌떡 일어났다. 아무도 쳐다보는 사람이 없었다.

—붓이 없어서 그러는가? 붓이 일곱 개밖에 없는가 보군. 이런. 문한가 체통이 서질 않는군.

김병학이 선비들을 둘러보며 난처한 표정을 지었다. 하하하. 사내들이 붓을 들고 일제히 웃었다. 일곱 개의 붓이 방 안을 화기애애하게 만들었다.

—그따위 붓은 필요 없네.

—손가락에 먹물을 찍어 지두화라도 그릴 작정인가. 아쉽게도 삼전지묘를 보지는 못하겠군.

—흥. 손가락이든 붓이든 그릴 마음이 동하질 않는군. 문인답게 문제의식을 가지고 그림을 그리라고? 문제의식은 무슨 문제의식이야. 현실의 문제가 뭔지도 모르는 놈들이 잔칫상 차려놓고 문제의식을 가질 리가 없지. 도연명의 무릉도원을 비슷하게 흉내 낸다면 모를까. 술만 먹기 심심하니까 공연한 붓으로 문인의 허세를 부리는 거야. 이 나라 유학자들의 문제가 자기들이란 걸 알고도 외면하는 놈들이 조선의 현실 문제를 어떻게 진단한다는 거야. 탁상공론에다 속물근성. 파당을 만드는 양반 사회에서 외롭지 않은 놈들은 다 거짓이야.

—이 자리는 술주정하는 자리가 아니네. 조용히 술안주나 싸들고

가지그래.

김병학이 피식 웃으며 말했다.

―열심히들 그리시게. 난 술 취했을 때는 붓을 들지 않네. 술 취해서 보이는 극락은 극락이 아니니까.

이하응이 정색을 표하며 문지방을 넘어가려다 고꾸라졌다. 지팡이도 가져가야지. 김병기가 문설주에 세워놓은 대나무 지팡이를 방문 밖으로 던졌다. 대나무 지팡이는 대청마루를 지나 기단 밑으로 굴러떨어졌다.

웬일인지 청나라 여자는 마당에 서 있었다. 청나라 여자는 절뚝거리는 이하응을 쳐다보며 대나무 지팡이를 가만히 집어 들었다. 두 사람은 서로 말을 하지 않아도 낯익은 감정을 눈치 챘으나 남녀로 인사를 나누기에는 밝은 낮이었고 햇빛은 서로 다른 옷을 비추었다. 이하응은 기단을 지나 마당으로 천천히 내려섰다. 청나라 여자가 대나무 지팡이를 건네주고는 고개를 숙이며 뒤돌아섰다. 남녀 간의 예의를 갖추려고 천천히 걷는 발걸음이었다. 혹시. 청나라 여자가 얼굴로 부채를 들어 올리며 멈췄다가 빠르게 뒤돌아섰다. 어, 취한다. 이하응은 갑자기 비틀거렸다.

조심하세요. 청나라 여자가 부채를 입에 가져다 대며 황급히 말했다. 이하응이 대나무 지팡이를 들고 비틀거리며 오동나무로 걸어가 몸을 기대었다. 갓은 삐뚤어졌고 오동나무 잎 때문에 얼굴이 반쯤 가리었다. 오동나무 가지 사이로 흩어지는 햇빛은 흐렸고 잎들은 푸르고 검었다. 이하응의 눈동자가 고양이 눈처럼 날카로워졌다.

―서준이 지었지. 맑은 바람은 글자도 읽을 줄 모르면서 무슨 까

닭으로 어지럽게 책장을 넘기는지.[9] 장사꾼이 물건만 거래하면 되지 조선을 알고 싶은 이유가 무엇이오? 태평천국은 유교 국가를 부정하고 멸만흥한을 내세웠으니 명백한 역모인데 조선에서 무엇을 하겠다는 것이오? 조선은 청나라와 밀접한 관계인데 그대도 청나라로 돌아가는 것이 순리일 터.

—어찌 그런 말씀을.

—어허, 취한다. 변소까지 따라올 테요?

이하응은 오동나무 잎들을 헤치고 얼굴을 내밀더니 히죽 웃었다. 청나라 여자는 황급히 고개를 숙이며 사라졌다.

이하응은 청나라 여자가 없는 것을 확인하고는 솟을대문을 나갔다. 길거리에 나와서 김병학의 집을 한번 돌아보았다. 길거리는 한적했다. 이하응은 김병학 집이 잘 보이는 길거리에 대나무 지팡이를 꽂아놓고 돌아섰다.

또 취하셨어요. 민씨 부인이 달려나왔다. 미친놈들. 이하응이 중얼거렸다. 언제부터 묵란을 쳤다고 한가롭게 내기를 해. 그래, 그렇겠지. 이하응이 고개를 끄덕였다. 또 김 씨들만 모였어요? 민씨 부인이 남편의 얼굴을 살폈다. 또 술상을 엎으셨나요? 쫓겨나신 거예요? 몸은 괜찮으세요? 이하응은 아내의 말을 등 뒤로 들으면서 기단을 흔들림 없이 차례차례 올라갔다. 걸레질이 말끔한 대청마루를 지나 조용한 사랑방으로 들어갔다. 민씨 부인이 서둘러 뒤따라 들어와서 남편 앞에 앉았다.

가짜들만 모여서 내기를 하는데 나는 그만 싫증이 나서. 이하응

---

9)淸風不識字 何故亂飜書.

은 손가락을 들어 아내의 이마를 쓸어내리고는 눈썹을 매만졌다. 부인 얼굴에서 명당이 이곳이오. 초승달이 뜬 곳. 세상일은 당신 눈썹만 못해. 민씨 부인은 남편의 물기 맺힌 눈동자를 쳐다보고는 안색이 변했다. 대낮에 집으로 멀쩡하게 돌아온 것은 반가운 일이 아니었다. 남편은 몸이 멀쩡할수록 몸보다 깊은 고뇌에 빠져들었다. 몸은 고뇌로 차올라 몸을 움직이기도 힘들어했다. 차라리 술이 만취한 날에는 몸에 술이 꽉 차 있어서 그런지 얼굴은 평화로웠다.

―제발 다른 사대부들처럼 사세요.

―나는 조선의 사대부들과 싸우는 게 아니오. 나는 내 몸의 이상(理想)과 싸우는 중이오.

이하응은 몸이 천근만근 무거운 듯 까무룩 잠겨드는 목소리로 말했다. 눈빛은 날카롭지 않고 흐려지고 무뎌져 있었다. 새벽까지 난을 치며 어젯밤을 새운 남편이다. 주무세요. 민씨 부인이 조용히 일어나서 이불을 깔았다. 이부자리에 누운 남편은 조용해졌다. 규칙적인 숨소리는 한 번씩 몸을 돌려 누우면서 불규칙적으로 변했다. 주무시는 거예요? 대답은 들리지 않았다. 민씨 부인은 남편의 불규칙한 숨소리를 들으며 망부석처럼 앉아 있었다. 남편의 성정은 눈에 보이게 단순했지만 집요해서 속을 볼 수 없는 우물 바닥처럼 느껴졌다. 민씨 부인이 남들 눈을 피해 불교에서 천주교로 은밀히 개종한 것도 남편 때문이었다. 남편의 서원을 풀어주는 신이 있다면 지옥 신이라도 믿을 것이다.

차라리 조선의 사대부들 틈에 끼어 일신의 입신양명을 하는 일이라면 쉬울 것인데 남편의 서원(誓願)은 조선이라는 거대한 이상 때문에 하늘의 달처럼 끝내 손에 쥘 수 없는 것처럼 보였다. 왕족의 혈손으로 태어나서 가슴의 불꽃을 방 안에 묵혀둘 수는 없었다. 종이의 묵란. 검은 꽃. 석파란은 남편이 붓을 들면 방 안에서 활활 타오르다가 붓을 내리면 열기가 빠지면서 남은 시커먼 재처럼 변했다. 가슴에 불꽃의 인을 박듯이 수많은 날을 얼마나 많은 불꽃을 피우고 재를 만져야 이루어질까. 차가운 마룻바닥에서 삼천 배를 올려 온몸의 기를 소진해야 보이는 부처의 얼굴처럼 부질없는 집착과 환상은 아닐까. 남편 방의 수천 장의 파지들을 차라리 불쏘시개로 태워 버리고 싶은 마음도 수백 번이었다. 그러다가 묵란이 남편 생을 붙잡고 있는 유일한 힘이란 걸 알게 된 건 불과 얼마 전이었다. 그걸 뺏는 날에는 남편이 어쩌면 방 안에서 시름시름 죽어갈지도 모르겠다는 불안한 마음이 들었던 것이다. 불안한 마음을 움켜쥐는 민씨 부인 뒤에는 방문이 있었다. 남편 때문에 새로 끼운 방문이었다. 민가에서 사용하는 세살무늬 평범한 방문이었다.

　청지기가 그만 돌아가라고 몇 번씩 말하는데도 자영은 고집스럽게 마당에 서 있었다. 남의 집에 기별 없이 찾아온 것이 결례인 줄은 알겠으나 그렇다고 쉽게 발길을 돌릴 수는 없었다. 솟을대문 앞에서 청지기와 실랑이를 벌이는 것도 이미 여러 번이었다. 다른 날보다 더욱 화를 내는 청지기의 태도에도 자영은 그대로 서 있었다. 묵란을 전달하는 일은 오늘 해야 할 몫이었다. 이하응이 다리를 다친 이후로 자영은 석파란 심부름을 도맡았다. 이하응은 바깥출입을 자제하면서 예전보다 더 맹렬히 붓을 들었다.

문설주와 방문이 많은 사랑방을 지나 청기와 담장 매실나무를 중심으로 외로 돌아서 있는 안방까지 집 안은 조용했다. 햇빛이 만들어내는 적요가 집 안 곳곳에 꽉 차올라 있었다. 집 안 어디에도 김병학은 없는 것이 분명해 보였고, 청지기의 말은 거짓이 아닌 듯했다.

―긴한 용무이면 잠시 내 방에서 기다리시지요.

김병학 집에 머물고 있다는 청나라 여자였다. 가체를 올리고 화장한 얼굴에 오른손에는 합죽선을 들고 서 있었다. 계관화 모양으로 올린 가체 때문에 여자의 키는 훨씬 커 보였다. 합죽선에는 날개 달린 사람이 그려져 있었는데 남자인지 여자인지 성별이 모호했고, 그 옆에는 한자가 세로로 쓰여 있었다.

太平天國.

치파오는 조선 옷에 비해 폭이 좁았다. 목부터 발목까지 하나로 박음질된 옷은 여자의 체형을 그대로 드러냈다. 오낭(五囊)을 낀 개(狗)의 후손이라는 오랑캐다웠다. 남에게 예를 표하며 허리를 숙이는 일도 계단을 올라가는 걸음걸이도 극도로 조심해야 할 옷을 입고도 부끄러워하지 않는 여자였다.

청지기는 청나라 여자와 내외하는 표정으로 한 걸음 물러서 있었고, 청나라 여자는 괜찮다는 표정으로 고개를 끄덕였다. 청지기는 잠시 머뭇거리다가 행랑채로 들어가고, 자영은 청나라 여자를 따라 후원으로 들어갔다.

김병학이 청나라 여자에게 한적한 방을 따로 내준 듯했다. 방은 후원의 나무들과 가까운 곳에 위치해 있었고, 무성한 나뭇잎 때문에 쪽마루까지 햇빛이 들지는 않았다. 서쪽으로 조그맣게 창문을 내어 햇빛은 그곳으로 잠깐 머물다 사라졌다. 청나라 여자는 쪽마루까지 붉게 퍼지는 석양빛을 좋아했다. 햇살의 미세한 파동은 짧은 저녁에 절정을 이루다가 스러졌다.

여덟 폭 모란 병풍과 먹감나무 장롱이 놓인 방은 화려했고 정갈했다. 먹감나무의 화려한 결 때문에 무쇠 장식은 소박해 보였다. 자영은 먹감나무 장롱을 계속 쳐다보았고, 청나라 여자는 자영을 쳐다보았다. 그러다가 둘은 눈이 마주쳤다. 청나라 여자는 엷은 미소를 지었다. 치파오의 색깔은 고왔다. 붉은색은 강렬했고 치맛단을 장식한 수(繡)도 화려했다. 붉은색과 용을 좋아하는 나라.

—나는 태평천국에서 왔어요. 청나라 광시성 구이핑현 진톈에서 시작했지요. 수도는 남경이에요.

—청나라 안에 또 다른 나라가 있다는 말이에요?

자영이 놀라는 표정을 지었다. 청나라가 대국이라지만 두 나라가 동시에 존재할 수는 없었다.

—천왕께서 타락한 청나라를 구제하라는 하느님 명을 받고 세웠답니다.

—하느님이 명령을 내려요?

—천왕께서 청나라 남자 홍화수로 살았을 때는 종교를 믿지 않았어요. 천주교를 믿지 않는 사람이 꿈속에서 하느님을 만났다는 건

확실한 계시예요. 그 후에 홍수전으로 개명했지요.

청나라 여자는 이해하기 어려운 말을 하고 있었다. 자영은 여자의 표정을 더듬었다. 꿈은 꿈 꾼 사람만이 아는 진실일 터였다.

—청나라에 전파된 복음서는 〈권세양언(勸世良言)〉이었어요. 청나라인 량아파가 프랑스 선교사와 함께 성경을 한자로 번역한 책이에요. 아주 재미난 이야기예요. 들어볼래요? 천왕의 이름은 원래 홍화수였어요. 불과 물이 성경에서 뜻하는 게 뭔지 알아요? 세상에서는 물과 불이 으뜸이지요. 세상을 전부 뒤엎어 버리니까. 산불도, 홍수도, 해일도. 그런 위대한 힘을 가진 하느님 아들이었던 거예요. 천왕께서는 자기가 누구인 줄도 모르고 한갓 과거시험에 낙방한 괴로움에 빠져 있었던 거지요. 실력이 없었던 게 아니었어요. 과거제도가 엉망이었으니 사회에 배신을 당하고 꿈을 잃어버렸던 거지요.

—자기가 누구인 줄도 모르고요?

—그 충격에 혼수상태로 열병을 앓았답니다. 아주 인간적인 고통을 겪은 이후에 〈권세양언〉을 읽고는 큰 깨달음을 얻어 배상제교를 세웠고, 그게 세력이 커져서 태평천국이 되었어요. 천왕께서 사시는 곳은 천왕부랍니다.

청나라 여자는 쉴 새 없이 말을 이어갔다. 자영은 다소 충격적인 표정으로 이야기를 들었다. 어느 서책에서도 볼 수 없었던 흥미미진진한 이야기였다.

—꿈속에서 하느님께서 인간 세상의 법과 도덕을 바로잡을 것을 명하셨지요. 천왕께서는 거룩한 지상천국을 세웠으니 세상 사람으로는 유일하게 신이며 인간이고 세상의 진짜 군주이시지요. 인간의

언어로는 설명할 수 없는 분입니다. 오직 하늘의 소리 천어(天語)로만 이해할 수 있어요.

―천왕을 만나보셨나요?

자영은 더듬더듬 물었다. 가까이서 모셨지요. 청나라 여자의 얼굴에는 자부심이 흘렀다. 자영은 후원의 방 안이 아닌 낯선 세계에 들어온 듯 착각이 들었다. 천왕 이야기보다는 이야기를 전하는 여자의 강렬한 믿음에 이끌렸다.

―조선 아씨는 처음 보아요.

청나라 여자가 자영을 찬찬히 쳐다보았다. 가르마가 보이는 이마를 지나 꼭꼭 땋아 내린 까만 댕기머리가 인상적이었다. 유일하게 표정을 드러내는 눈빛. 저고리와 치마는 소박하지만 단아했다.

―난 조선을 모르지만 그리워했어요. 열두 살 때 조선인 엄마를 따라 태평천국에 들어가서 십 년을 살았으니까. 지금 생각해 보니 꼭 아씨만 했을 때였지요.

청나라 여자의 생김새는 조선 여자와 비슷해 보였다. 대화를 하면서 두 사람은 무척 가까운 사이가 된 것처럼 마주 보며 웃었다. 청나라 여자의 말은 복음처럼 귀에 쏙쏙 들어와서 그다음 무슨 말을 해줄까 궁금할 만큼 자영의 마음을 끌어당겼다.

청나라 여자가 조그만 나무 상자를 열었다. 이건 아씨에게만 보여주는 거예요. 은화에는 〈太平天國〉이 돋을새김되어 있었다. 글자 테두리에는 용과 봉황이 새겨져 있었다. 은화 중에는 금화도 섞여 있었다. 청나라 여자의 손가락에 딸려 나오는 긴 줄이 있었다. 은빛을 내는 십자가였다.

자영은 은화를 만졌다가 다시 십자가를 만졌다. 작은 십자가에는 아주 작은 남자가 매달려 있었다. 예수였다. 손톱보다 작아도 조각이 섬세해서 예수의 표정은 또렷했다. 기도해 본 적 있어요? 아니요. 두 사람은 십자가의 아주 작은 예수를 쳐다보며 웃었다.

—난 어른이 되면서 행운이란 놈을 알게 되었어요. 행운이란 놈은 어깨를 툭 치고 지나가는 사람 같아요. 어떤 사람을 만났을 때 밤하늘의 별을 볼 때처럼 이상한 행복감이 밀려들고, 그러다가 그 행복에 익숙해질 때가 되면 그 사람은 가만히 있는데 행운이 떠날 준비를 한단 말이에요. 그래서 그 사람이 떠나가는 거예요. 언젠가는 그 사람이 떠나겠지 예감했어도 막상 떠나가면 예감했던 것보다 훨씬 견딜 수 없어요. 처음부터 배반이 뭔지를 몰랐던 것처럼 거칠게 행동하죠. 그래서 나는 십자가를 손에 쥐고 간절히 기도해요. 그 사람이 떠나지 않게 영원히 떠나지 않는 행운을 주세요.

자영의 이마가 붉어졌다. 사람은 변함이 없는데 상황이 변해서 이별이 생긴다는 말이었다. 사람을 원망하는 것보다 행운을 원망하는 게 선한 감정이었다. 청나라 여자는 선한 감정을 훈련하고 있는 것처럼 보였다. 여자의 아버지는 만주족이었다. 광활한 벌판을 떠돌아다녔던 만주족답게 여자의 이마에는 고독한 별이 떠 있는 것 같았다. 어떤 사람을 만났어요? 자영의 눈에 고독이 스며들었다.

천왕을 만났지요. 자영은 여자의 눈을 쳐다보며 이상한 통증을 느꼈다. 완전한 사랑을 믿는 눈빛이었다. 한 사람의 눈동자를 이토록 가까이에서 들여다본 적은 없었다. 태평천국 이야기를 전하는 청나라 여자의 눈동자는 신성을 담고 있는 듯 보였다.

맘에 들면 줄게요. 청나라 여자가 자영의 표정을 유심히 살피며 말했다. 흰 가르마가 분명한 얼굴에는 표정이 없었다. 그 어떤 생각도 읽어낼 수 없는 무표정한 얼굴이었다. 청나라 여자는 십자가를 자영의 손에 꼭 쥐어주었다. 이제 행운은 아씨 거예요. 청나라 여자는 칠보 장식 손거울을 내밀었다.

─이 거울도 내 유일한 친구예요. 내가 원할 때만 나타나는 친구죠. 조선에 온 후로 거울을 보는 일이 많아졌어요. 거울을 들여다보면 기도할 때만큼 마음이 차분해져요. 거울을 보며 얘기하면 하나도 외롭지 않아요.

자영은 고개를 외로 돌렸다. 이마에 난 마마 자국이 싫었다. 붉은 자국도 싫었다. 아주 조그만 흠도 싫어하는군요. 보세요. 청나라 여자는 자영의 마음을 알고 있는 듯 말했다. 자영은 어떤 목소리에 이끌리는 것처럼 수동적이었다. 거울을 한참 쳐다보니 한 여자가 보였다. 새까만 눈매는 또렷했지만 무엇엔가 긴장한 얼굴이었다. 청나라 여자가 거울을 보며 조금 웃었다. 자영도 청나라 여자를 따라서 조금 웃었다. 청나라 여자가 손거울을 내려놓았다.

─서양에서는 사람이 그린 초상화보다 더 잘 그린 그림이 있어요. 기계가 그린 그림인데 얼굴이 거울처럼 똑같아요. 아씨는 초상화도 사진도 다 싫어하겠군요. 완벽한 미인은 아니지만 꽤 매력 있는 얼굴인데.

자영이 고개를 숙였다. 외모에 관심이 있지만 다른 양반 규수들처럼 꾸미지는 못했다. 예쁜 비단옷이나 화려한 패물에는 관심이 없는 척 행동했지만 가끔 김 씨 문중 규수들을 마주칠 때면 가슴이 남모르게 일렁였다.

—아씨를 표현한다면 이렇게 말할 수 있어요. 민들레는 민들레로 살아야 하고 난초는 난초로 살아야 하는데 때로는 민들레 밭에 난 초가 들어가 있기도 해요. 주변 것들과 뭔가 달라 보이면 숨은 천성 이 드러난 거예요. 처음부터 난초였던 것인데 난초는 자기가 누군 지를 모르고 민들레 속에 묻혀 있었던 거지요.

자영의 이마가 확 붉어졌다. 특별한 뭔가가 감춰져 있다는 말처럼 들렸다. 청나라 여자는 자영에게 숨어 있는 열정을 감지하고 있었다.

—그런 일들은 겪어본 사람만이 알아요. 세상에는 어처구니없는 일들이 확실히 있어요. 사람들은 그런 걸 운명이라고 말하지요.

청나라 여자가 힘주어 말했기 때문에 정말 그런 듯이 느껴졌다. 어쩌면 특별한 나라의 여자라서 이런저런 경험이 많을지도 몰랐다. 자영의 얼굴이 흐려졌다. 사람들이 운명이라고 말하는 알 수 없는 변화들. 어머니, 아버지가 갑자기 사라졌던 날처럼. 운명이라고 말 하기에는 생각하기도 싫은 일들뿐이었다.

—아씨는 뭔가 달라 보이는데 이 옷은 어울리지 않아요. 아씨의 자태를 분명하게 드러낼 수 있는 색깔이 더 어울려요. 노란색보다 감색이, 연두보다 녹색이. 약간의 음영이 들어가 있는 좀 더 격조 있고 진중한 색깔. 궁중의 여인처럼.

정말요. 자영은 속으로 기어드는 목소리로 겨우 대답했다. 궁중 의 여인이라는 말이 마음에 강하게 와 닿았다.

—그런데 아까부터 아씨가 들고 있는 그 종이는 뭐지요?

청나라 여자는 자영의 손을 쳐다보았다. 자영도 손에 들고 있는 두루마리 종이를 새삼스럽게 바라보았다. 보여줄래요? 청나라 여자의 목소리가 은근해졌다. 자영은 조금 놀라는 표정으로 새삼스레 방 안을 둘러보았다. 이 집에 왜 왔는지를 잠시 잊고 있었다. 김병학 대감을 기다리려고 잠시 쉬려고 들어온 방이었다.

심부름을 왔어요. 자영은 청나라 여자의 얼굴을 빤히 쳐다보다가 방바닥에 십자가를 내려놓고 벌떡 일어섰다. 이야기의 주술에 걸려 있다가 정신이 돌아온 느낌이었다. 이걸 왜 내게 주는 거지요? 자영은 의심쩍은 표정으로 말했다. 청나라 여자의 표정이 굳어졌다. 자영은 방문 앞에서 치맛자락을 여며 쥐고는 다른 손으로 방문을 열었다.

—조선에 들어온 수녀를 찾고 있어요. 천주학 집회가 어디서 열리는지 알려줘요.

청나라 여자의 목소리는 앙칼지게 들렸다. 자영은 방문 앞에 서 있었다. 방 안의 사물들이 석양빛에 꾸물꾸물 움직이는 듯 보였다. 자영은 청나라 여자의 버선발을 쳐다보았다. 여자는 전족이었다. 자영은 두루마리 종이를 꽉 움켜쥐고는 결심한 듯 문지방을 넘어갔다. 청나라 여자는 십자가를 주워서 문갑 서랍 속으로 얼른 밀어 넣었다.

묵란이란 걸 알고 있어요. 청나라 여자는 자영 앞을 지나쳐서 사랑채로 재빠르게 걸어갔다. 자영은 청나라 여자의 뒤태를 노려보다가 뒤를 따랐다. 청나라 여자는 사랑방 앞에서 잠시 주변을 살피더니 조용히 방문을 열었다. 두 사람은 각자의 신발을 들고 사랑방으로 몰래 들어갔다.

—어제 이 방에는 선비들이 묵란을 치고 있었지요. 조선 사대부의 생활을 보고 싶다는 청나라 상인의 간청에 따른 것이었어요.

널찍한 아랫목은 열두 폭 호피 병풍을 펼쳐놓아도 좌우로 벽이 남았다. 깨끗한 비단 청색 보료에는 그 흔한 수(繡)가 없었다. 청색 보료는 값비싼 비단결만으로 충분했다. 고급스런 청색에 수를 놓으면 외려 비단의 격이 떨어질 것이다. 윗목에는 주칠한 농들이 한 단으로 길게 가로놓여 있었다. 남자의 방인지 여자의 방인지 모르게 선이 굵었고 정갈했고 섬세했다.

자영은 문살이 고운 방문을 쳐다보다가 선비들의 웃음소리가 들리는 듯 귀를 기울였다. 방의 중앙에는 벼루와 붓이 가지런히 놓여 있었고, 창호지로 스며들어 온 햇빛이 은은했다. 천장을 가로지른 대들보와 수직으로 걸린 족자와 서책들이 놓인 서가는 조금씩 눈길을 끌었다.

서가 앞에는 묵란을 친 종이들이 쌓여 있었다. 자영은 그 앞에 무릎을 꿇고 앉아 종이들을 조심스럽게 만졌다. 종이를 한 장씩 방바닥으로 펼쳐놓을 때마다 난초들이 여기저기 흩어지는 것 같았다. 한 장, 두 장, 세 장……. 단번에 눈길을 끌어당기는 묵란은 없었다. 자영은 방바닥에 흩어진 종이들을 도로 쌓아놓았다.

─다른 묵란들을 봤으니 알 거예요. 그 묵란의 주인은 방 안의 어떤 사내하고도 어울리지 못하는 외로운 사내라는 걸. 천상을 바라보는 남자는 고독하고 천하를 바라보는 남자는 분주하지요. 그 묵란을 보세요. 천상의 냄새가 날 거예요.

자영은 슬픈 얼굴로 입을 다물었다. 이하응은 오늘 새벽에 일어나 이슬을 받은 첫물로 정성스레 먹을 갈고는 묵란을 쳤다. 새벽빛을 받은 묵란은 꾸물꾸물 움직이는 듯 보였다. 여백이 많은 묵란이었고, 이하응은 수심을 비워낸 표정이었다. 자영이 사랑방으로 들어갔을 때 이하응은 묵란을 내밀었다.

─어제는 여덟 명의 선비가 앉아 있었는데 붓은 일곱 개뿐이었어요. 여덟 번째 사내는 붓이 없어서 묵란을 치지 못했지요. 재능은 권력만 못해요. 그 사실을 알고 있는 사내의 속은 속이 아니겠지요. 나는 방 안에 들어온 후부터 계속 여덟 번째 사내를 보고 있었어요. 다른 사내들은 볼 필요가 없었지요.

자영은 두루마리 종이를 조심스레 펼쳤다. 검은 난초들이 화려한 자태를 드러냈다. 다른 묵란들을 까맣게 잊게 만드는 독보적인 묵란이었다. 자영은 맨 위에 석파란을 올려놓았다.

─나는 방 주인이 없을 때에 가끔 이 방에 들어와요. 금기를 깨야 또 다른 세계가 열리는 법이거든요.

자영은 깜짝 놀라는 표정으로 청나라 여자를 쳐다보았다. 청나라 여자는 석파란을 지그시 쳐다보다가 거대한 호피 병풍을 쳐다보았다. 병풍에서 호피의 중심점은 무늬였으므로 호랑이 얼굴은 선명하지 않았다. 호랑이 얼굴은 균일하게 분포된 무늬 속으로 절대지존의 표정을 숨긴 듯 흐릿했다. 검은색 줄무늬들은 둥둥 떠다니는 물방울처럼 아주 순해 보였다. 고요한 물속에 잠긴 듯 순한 호랑이 얼굴은 얼핏 고양이처럼 보였다. 사람 앞에 납작 엎드린 죽은 호랑이였다.

─공소로 찾아가 보세요. 이번 달에는 집회가 그믐날 열린다고 했어요.

자영이 호피 병풍을 쳐다보며 말했다. 청나라 여자의 눈빛이 반짝였다.

전(傳) 이하응(李昰應, 1820—1898) 필(筆) 묵란도(墨蘭圖), 82×32㎝, 국립중앙박물관

❖

이하응은 사랑방 문을 열고 바깥 어둠을 쳐다보고 있었다. 새벽에 묵란을 친 뒤 반 식경이 지난 다음부터 다시 근질거리는 마음 때문에 낮술을 실컷 먹었다. 어지러운 상념은 살갗 틈틈이 박혀 있다가 어느 순간 마음을 뒤흔들었다. 온몸을 감싸던 취기가 저녁이 되면서 옅어졌고, 정신이 맑아졌다. 열기에 취한 동안 선이 굵은 대금 소리와 한량무에 사로잡혀 있었고, 대금 소리가 뚝 그치면서 선비들의 묵란이 떠올랐다. 일곱 개의 붓. 그래, 김병학은 냉정한 인물이지.

이하응이 홀로 앉아 있는 방이었다. 지체 높은 선비들의 발걸음으로 문턱이 낮은 김병학의 사랑방과는 달랐다. 조선의 유휘자들로부터 고립된 집이었고 집안으로부터도 고립된 방이었다. 가을을 끌어들인 마당에서는 수레국화만이 화려했다. 이하응은 붉은색 수레국화를 무더기로 쳐다보았다.

아버지, 소자 들어가옵니다. 큰아들 재면이었다. 오늘이 그날이냐. 이하응은 아들의 버선발에서 대님으로, 바지 자락에서 저고리 자락을 세심히 살펴보다가 얼굴을 쳐다보았다. 서안 앞에서 넙죽 절하는 아들의 두 손은 희고 길었다.

이하응은 서안에서 새 벼루를 꺼냈다. 집 안에 사용하는 벼루가 많았지만 아들을 위해 새 벼루를 샀다. 아들에게도 사용하는 벼루가 있었지만 특별히 묵란 칠 때만 사용하라는 뜻이었다. 재면이 연적의 물을 벼루에 붓고 먹을 들었다. 처음 먹을 가는 사람처럼 조심스럽게 먹을 갈았다. 벼루 안에서 먹물이 쓸려 나가고 먹물이 쓸려 들었다. 먹을 갈려면 시간이 필요했다. 이하응은 벼루 안에서 시간들이 새까맣게 섞여드는 것을 바라보았다. 먹물의 검은색은 옻빛처럼 깊어야 했다.

―벼루 안에서 물결을 느껴야 한다. 물이 움직이면서 먹을 받아들이는 것이다. 물이 먹을 받아들이는 것은 먹을 가는 사람의 마음을 받아들이는 것이다. 벼루는 먹을 가는 사람의 호방한 마음을 담았으니 묵해(墨海)라고 한다. 너의 꿈을 묵해에 담아라. 꿈을 꾸지 않고 어찌 그림을 그리겠느냐. 그러니 벼루는 크기가 손바닥만 하지만 벼루가 품은 뜻은 밤하늘처럼 크고 넓다. 문인에게 글과 그림은 태양과 달처럼 밀접한 관계이다. 낮과 밤처럼 세상일을 비추니 글자의 운용을 아는 사람은 그림에도 심취하는 법이다. 글만 안다면 반쪽만 아는 격이지. 반쪽만 알아서는 세상을 안다 할 수 없다.

―예, 아버지.

―문인화는 사물을 단순히 모사하는 게 아니고 사의(寫意)를 표현하는 것이니 성급히 그리려 하지 말라. 인생이 그러하지 않느냐. 제대로 알지 못하는 사람이 남을 흉내 내어 아는 체를 하는 것이니 뭐든 내 것으로 만들려면 어린아이처럼 순수하게 느끼는 것부터 시작해야 할 것이다. 내가 왜 인생이라고 자꾸 강조하는지 알겠느냐.

저, 재면은 우물거렸다. 뭔지는 알겠는데 정확히 설명할 수가 없다는 표정을 지었다.

―바다. 기억하느냐? 너를 동해로 데려간 건 네가 한강을 보고

바다라고 말한 까닭이었다.

아, 예. 재면은 어렸을 때를 떠올리며 부끄러운 얼굴을 숙였다. 집밖으로 나가본 적이 없는 여섯 살 때의 일이다.

—겨울바다를 생각해 볼까. 겨울바다에 들어가는 사람은 없다. 어릴 때는 부모에게 춥다고 배웠으니 겁나서 들어가지 않고 어른이 되어서는 경험이 없어도 춥다는 것을 알게 된다. 그러니 겨울바다에 들어가는 사람은 어린애도 없고 어른도 없다. 겨울바다뿐이겠느냐. 사람들은 바다라는 대상을 제대로 알기보다 자기 몸이 추운 것이나 자기 옷을 버리는 것을 꺼린다. 처음부터 남에게 보고 들은 대로 행동하는 것이다. 간혹 겨울바다에 들어가는 사람이 있다고 가정해 보자. 어린애라면 곁에 부모가 없어서일 것이고 어른이라면 특별한 사연이 있어서일 것이다.

예. 재면이 고개를 끄덕였다.

—사람들이 똑같이 행동하는 것은 진정한 배움이 아니다. 부모로부터 춥다고 배웠는데도 직접 들어가서 추운 것을 경험하거나 부모로부터 배우지 않고도 몸으로 터득하는 사람은 드물지. 그런 사람은 대세에서 벗어난 사람일 것이다. 남다른 감성을 가졌으니 고독한 사람이지.

—남다르게 행동하는 것은 이성 때문입니까.

—감성 때문이다. 이성적인 사람은 남을 주시하면서 상황을 판단하기 때문에 남다르게 행동하지 않는다.

이하응은 단언적으로 말했다.

—똑같은 사고방식을 공유하는 사람들의 문제는 그것이 노예근

성이라는 걸 모른다는 것이다. 자기가 노예처럼 살면서 불평하고, 그러다가 세상을 바꿔줄 구세주를 기다린다. 그래서 진리는 사람들 속에서 왜곡될 가능성이 많다. 진리가 서책에만 살고 있는 이유이다. 유생들에게 서책을 외우게 하고 얼마나 잘 외웠는지 시험 문제를 내며 사람을 뽑는 제도가 우습지 않느냐. 지금 조선 사람들은 그런 서책마저도 외우려 하지 않는다. 돈으로 사람을 뽑는다는 걸 알기 때문이지.

이하응이 아들을 바라보며 쓰게 웃었다.

—그런데 선생의 입장과 아비의 입장이 다르구나. 아비의 입장에서는 겨울바다에 들어가지 않고도 춥다고 아는 아들이 되기를 바란다. 그러나 선생의 입장에서는.

—겨울바다에 직접 들어가 보라고 말씀하실 겁니다.

—그렇지. 그게 학문이다. 학문은 서책을 읽어서 외우는 것이 아니라 정확한 의문을 가지고 진리를 체험하는 것이다. 남이 발견한 진리를 원숭이처럼 외우는 게 아니라 자신의 체험을 바탕으로 서책에 저항하는 것이다.

—허면 세상에서 이단이라 부르지 않겠습니까.

—이단이 없는 진리는 무섭지 않느냐. 전제와 복종뿐일 터이니. 진리라는 깃발을 들고 사람들이 기계처럼 하나로 움직인다는 뜻이다.

아. 재면이 고개를 끄덕였다. 이단을 악으로 보는 편견을 깨달았다.

—정통이 모두 옳은 것이 아니듯이 이단이 모두 그른 것은 아니

다. 진리가 발전하려면 때로는 이단이 필요하다.

이하응은 만족한 표정으로 고개를 끄덕였다. 장자를 키우는 것이 아비로서의 유일한 낙이었다.

─네가 이제 그림을 배울 나이가 되었다. 문인화에는 여러 종류가 있지만 나는 맨 먼저 난 치는 법을 가르치려 한다. 다른 유생들이 맨 마지막에 배우는 것을 너에게 맨 먼저 배우라는 뜻을 아비의 과욕이라 생각해도 좋다. 아들에게는 과욕을 부리고 싶은 게 아비의 마음이다. 나는 추사 선생께 배웠으니 어디에 내놓아도 부끄럽지 않다.

예. 재면은 아버지 앞에 고개를 숙이며 공손히 부복했다.

─붓은 흔들림이 없어야 한다. 선이 흔들린 것은 마음이 흔들린 것이니 마음이 흔들렸다면 왜 흔들렸는지 생각해 보아라. 이유야 수만 가지겠지만 과욕을 부렸거나 정성스럽지 못한 것이다. 또한 묵란은 먹물의 농담만으로 색을 만든다. 지극히 단조롭고 단순하지. 그 오묘한 이치를 알겠느냐. 검은색만으로 색깔을 만들어 쓰는 것은 최상의 격이다. 다른 색깔이 필요하지 않도록 독특함을 담아라. 그러면 지상의 색이 아니라 하늘의 색이 되느니라. 흑백의 묘미를 이해하기 어렵다면 그림을 그리기 전에 어둠과 새벽 두 가지를 생각해 보아라. 허면 이해가 될 것이다.

아. 재면은 고개를 끄덕였다. 어둠과 새벽은 먹물의 농담을 표현하는 말이었다.

─추사 선생은 첫째는 서책이고, 둘째는 계집이고, 셋째는 술이라 했지만 나는 다르다. 첫째는 서책이고, 둘째는 그림이고, 셋째가

술이야.

그럼 계집은……. 재면은 곰곰 생각하며 고개를 갸웃했다.

—술과 계집은 하나다.

이하응은 단언적으로 말했다. 재면은 피식 웃었다. 이하응은 거의 매일 술에 취해 집으로 들어오고 있었다. 술에 취해 있지 않으면 난을 치고 있었다. 허면 서책은 무엇인지요. 재면은 성마르게 묻지 않았다. 재능 없는 사람이 서책만 끼고 다닌다는 말을 들은 적이 있었다. 단순히 외는 서책을 의미하는 것이 아니라 서책을 통해 통찰력을 키우라는 의미였다. 통찰력은 한두 권의 서책으로 얻어질 일이 아니었다. 수천, 수만 권의 서책을 넘어선 자의 강론. 재면은 아버지의 화론(畵論)에 머리를 깊이 조아렸다.

—추사 선생의 글씨와 그림에는 독보적인 힘이 들어 있으나 그런 사람의 마지막은 고독이다. 귀양을 갔으니 세상으로부터 쫓겨난 것이지만 사실은 추사 선생이 세상을 밀어낸 것이다. 사람을 쫓아다니는 사람이 아니라 자기로 꽉 차 있는 사람이기 때문이지. 사람들 속에 있는 사람은 권력으로 패거리를 만들지는 몰라도 작품으로 일가를 이루기는 어렵다. 죽을 때가 되어야 인생의 의미를 아는 것처럼 사람을 떠나야 사람이 보이는 법이다.

예. 재면은 감동으로 얼굴을 붉혔다. 서책을 통해서는 알 수 없는 이야기였다.

—난은 제일 어렵지만 문인화의 처음이라 할 수 있다. 난엽이 날렵하게 뻗어 나가는 모양이 한자의 서체와 비슷하다. 그래서 서화동원(書畵同源)이다. 글과 그림은 근원이 같다는 뜻이지. 특히 난초

의 경우에는 더욱 그렇다. 글만 써서야 형상의 묘미를 알 수 없지 않겠느냐. 상형 글자는 사물의 형상을 본떠서 만들었지만 그 이후의 글자부터는 형상을 버렸다. 글자가 형상을 버리기 시작하면서 뜻이 생겨난 거야. 그래서 사람도 글자를 많이 알면 생각이 많아지는 것이지.

이하응은 단 한 명의 청중을 향해 웃었다. 바깥에서 사람들 앞에서 웃는 웃음하고는 달랐다. 이하응이 기와담장 안에서만 유일하게 웃는 웃음이었다. 아버지는 웃음의 의미를 알았고 아들은 몰랐다.

—또한 문인화의 마지막은 난이다. 군자를 닮았다는 사군자 중에서 난엽을 그리기가 제일 어렵다. 필선이 굳고 매끄러워야 하니 붓대를 쥐는 손에는 힘을 빼야 한다. 참으로 어려운 경지다. 복잡한 마음으로는 어렵지. 그래서 추사 선생은 욕심이 없어야 이룰 수 있다고 하셨다.

예. 재면은 공손히 대답했고, 이하응은 갑자기 아들의 얼굴을 빤히 쳐다보았다.

—너는 질문을 할 줄을 모르느냐. 어찌 대답만 하고 앉아 있는 것이냐. 아는 게 없는 것이냐, 아니면 묵란에 재미가 없는 것이냐.

이하응의 목소리가 조금 날카로워졌다. 아, 아니옵니다. 재면은 당황스러운 얼굴을 숙였다. 아버지의 감정을 따라가기가 어려웠다. 조용히 글을 가르치다가도 아버지의 감정은 낮과 밤처럼 갑자기 돌변할 때가 있었다. 아버지의 이야기는 혼자서 말을 하듯이 계속 이어졌고, 새삼스럽게 아들을 쳐다보기도 했다. 아버지의 강론은 유익했으나 일방적이었다. 혼자서 이야기를 끊임없이 이어가다가 문득문득 쳐다보면서 아들이 잘 알아들으면 좋아했고 못 알아들으면 화를 벌컥 냈다. 재면은 아버지의 성정을 늘 겪으면서도 언제쯤 불호령이 떨어질 상황인지 어림짐작하지 못했다.

아버지의 날 선 눈초리에 재면은 가시방석에 앉은 듯 엉덩이를 움직였다. 고지식한 성격 때문에 불편한 상황으로부터 자연스럽게 빠져나가지 못했다. 이런 때에 어머니라도 들어오면 훨씬 수월할 것이다. 이하응은 코털이 굵어지기 시작한 아들의 인중을 쳐다보았다. 아버지의 시선을 받은 아들의 얼굴이 새빨개졌다. 이하응은 아들의 얼굴을 유심히 바라보며 말했다.

—연애라도 하고 있는 것이냐.

이하응의 목소리가 누그러졌다. 아니옵니다. 재면은 황급히 고개를 숙였다. 아들의 말보다 아들의 얼굴이 훨씬 정직했다. 얼굴 표정이 정직할 나이였다.

—사내에게 쑥스러움은 어울리지 않는다. 금지된 여자를 사귀어도 이 여자는 내 여자라고 사람들 앞에서 큰소리를 쳐야 진짜 사내야.

재면이 두려운 표정으로 고개를 들었다. 아들 중에서 아버지를 제일 많이 닮은 눈이었다. 얇은 눈두덩에는 또렷하게 쌍꺼풀이 졌다.

—나는 그림 이야기를 하기 위해서 계집 이야기를 꺼낸 것이다. 너는 계집에게서 무엇을 보느냐. 나는 미(美)를 보고 선(善)을 본다. 규방에서 수를 놓는 여자를 보아라. 여자가 미를 알아야 음전함을 알고 또한 남자를 따르는 모습은 선해야 한다. 그러나 한자에서 계

집녀가 하나라도 더 들어가면 그 뜻은 복잡해진다. 악한 뜻으로 타락하지. 절제된 아름다움이 미인 것처럼 절제된 마음이 선인 것이다. 그러니 계집들을 제압하면 악을 제압하는 것이다. 계집을 초월해야 그림을 초월하는 것이지. 하하하.

아. 재면은 멍한 표정을 지었다. 내 멋대로 해석이다. 이하응이 아들의 표정을 보며 덧붙였다. 난을 쳐보련. 재면이 아버지 옆으로 다가갔다. 붓에 먹물을 찍고 심호흡을 했다. 혼자 방 안에서 난을 치는 일은 있었지만 아버지 앞에서는 처음이다. 재면은 손가락에 단단히 힘을 주었다. 흰 종이에는 열일곱 살 청년의 서투른 손길이 지나가고 있었다. 재면은 오른쪽 뺨으로 아버지의 시선을 느꼈다. 붓을 세 번을 어설프게 돌리다가 손가락에서 떨어뜨렸다. 재면이 얼른 고개를 숙이며 퍼진 먹물 자국을 망연히 바라보았다. 이하응은 아들의 미숙한 어깨를 어루만졌다. 아버지처럼 되고 싶습니다. 재면이 울먹였다.

—소자가 그림을 망쳤습니다.

—이파리를 보아야 하는데 붓 끝만 보고 있구나. 나이가 어릴수록 시야가 좁지. 너는 너를 보고 있어. 무턱대고 잘 그리고 싶은 마음. 그 마음이 과도하게 힘을 주고 있는 것이다. 잘 보아라. 너무 약해도 안 되고 너무 강해도 안 돼. 그것이 평정심이다. 공력이 생기면 네 마음 따라 붓이 움직일 것이니 그것이 자유로운 기교이다. 대나무는 하늘을 향할수록 휘어진다. 속을 알 수 있더냐. 대나무의 마디에는 붓을 찍지만 난엽에서는 붓을 돌린다. 굴곡은 바람이고 물결이다. 파도가 그러하지 않더냐. 바람이 그러하지 않더냐.

재면이 두려운 얼굴로 고개를 끄덕였다. 아버지의 불호령이 또 떨어질까 봐 아주 조심스러웠다.

—문장은 격렬하게 쓸 수 있지만 난은 격렬하게 칠 수가 없다. 그리는 사람의 감정을 남김없이 표백해야 해. 추사의 난엽은 뼛가루를 찍어서 그린 느낌이야. 다른 사람은 감히 흉내를 낼 수가 없어서 그 자체로 신기(神氣)가 흐르지. 김병학이 수백 권의 이론서를 읽고도 터득하지 못한 것을 너는 아비 때문에 쉽게 배우는구나. 이론은 실제와 달라. 그만큼의 차이가 있고, 틈이 있고, 거리가 있지.

재면의 이마에서 땀이 한 방울 똑 떨어졌다. 먹물은 금세 흐릿해지더니 종이로 스며들었다. 재면은 흐려진 먹물 속에 아쉬운 눈동자를 박았다. 제왕의 품위를 배워야지. 이하응이 중얼거렸다.

—너는 임금이 무엇이라고 생각하느냐.

—어제 북한산에 다녀왔습니다. 산길을 따라 걸으면서 단단한 성벽을 보니 새삼 나라를 생각하게 되었습니다. 나라를 위해 끊임없이 돌을 날랐을 백성들의 땀이 느껴졌습니다.

오, 그래. 백성의 마음을. 이하응은 칭찬을 하려다가 입을 다물었다. 재면이 주춤거리며 일어서더니 주머니에서 돌들을 꺼내놓았다. 작고 매끄러운 돌들이었다. 이하응은 정색을 하며 아들의 눈을 쳐다보았다. 얼마 전부터 아들의 눈동자에는 표정이 많아지고 있었다.

—돌을 모으는 취미가 있었더냐. 유학자들은 모두 재주 한 가지씩은 가지고 있다. 바둑을 잘 두거나 시문을 잘 짓거나 그림을 잘 그리거나. 너는 바둑을 두고 싶은 게냐.

이하응의 말이 빨라졌다. 예. 재면이 돌을 만지작거리며 순진하게 대답했다.

—바둑은 다분히 정치적이야. 상대방의 속마음을 볼 줄 알아야 이긴다. 말이 거칠며 속이 옹졸한 자와 말이 부드러우며 목적을 숨긴 자. 너는 둘 중에 누구를 취하고 누구를 버릴 것이냐.

—두 종류의 사람만 있는 것은 아닐뿐더러 어찌 형세에 따라 사람을 취하고 버리겠습니까.

재면이 돌들을 방바닥에 내려놓았다. 아버지의 말뜻을 알아들은 재면의 표정이 어두워졌다.

—말이 부드러운 사람은 속 감정을 숨기는 데 능숙하니 실수가 없으나 잇속에 밝으니 배신을 하기 쉽다. 말이 거친 사람은 속 감정을 숨기는 데 미숙해서 실수가 많으나 순간의 감정에 충실하니 때로는 믿음직스럽다. 어찌 생각하느냐.

—이렇게 보고 저렇게 보아도 말을 불신하는 자와 말을 과신하는 자의 차이일 뿐. 그들 모두 소인인 것은 분명합니다.

재면은 돌들을 주머니에 다시 넣으려다가 아버지의 눈치를 보고는 옆으로 슬쩍 밀어냈다.

—논리는 길과 같다. 사람은 자기 생각대로만 길을 가려고 하지. 그러다가 길이 멀어지면 되돌아갈 수 없으니 공연히 고집만 생긴다.

—자신이 선택한 길이라면 소신을 가져야지 다른 사람과 함께 갈 필요가 있겠습니까.

—그래서 소신이 필요한 것이다. 논리가 필요한 순간은 길이 다

른 사람을 마주치는 순간이니까. 그러니 집착과 고집은 외로움의 또 다른 이름이지. 사람들은 두 부류야. 외로울수록 약해지는 사람과 외로울수록 강해지는 사람.

예, 그렇습니다. 재면이 고개를 끄덕였다.

—너는 감정이 섬세하구나. 그깟 돌에서 사람을 읽다니 기특하구나. 감정이 풍부하니 시인도 괜찮다. 애련이 때로는 덕이 될 수 있다. 메마른 마음보다야 사람 냄새 나지. 허나 난초를 그려도 쉽게 꺾어지는 풀이 아니라 물고기의 등처럼 탄력 있는 부드러움이라야 한다. 강단이 있어야지. 한껏 휘어져도 꺾어지지 않고 그 힘으로 제자리로 되돌아오는 부드러움이라야 한다.

—예.

—감정이 섬세하니 내 너를 걱정한다. 사람의 말을 믿지 말라. 정치의 첫걸음이다. 사람의 말은 속을 드러낸 말과 속을 감추는 말 두 가지다. 허나 시간이 흐르면 그 말이나 그 말이나 똑같아진다. 그러니 시간을 믿어라. 시간을 이기는 것은 없어. 네가 이겨야 할 것은 사람이 아니라 시간이다.

이하응이 아들에게 다시 종이를 내밀었다. 재면이 옷매무새를 단정히 하고 다시 붓을 들었다.

—추사 선생이 살아 있을 때에는 죽이지 못해 안달하더니 지금은 추사체라고 추켜세우고 난리들이다. 미친놈들. 문인화에서 문사의 정신을 생각하지 않고 공력만 따지는 것은 문장을 마음에 새기지 않고 토론하는 모습과 같다. 갓 쓴 선비들이 모여앉아 권력만 추종하는 꼴이야. 세도가 꽁무니만 쫓아 다녀서 그래. 원래 세도(世道)는

그게 아니었는데. 조광조의 도학정치에 근본을 둔 것이었다. 아느냐.

—예. 세도란 정치로 사회를 교화한다는 뜻이옵니다.

—그래. 서책을 잘 읽고 있구나. 그것이 조선 사림의 이념이다. 성심으로 천리를 밝히고 인심을 바르게 하는 것이니라. 작금의 세도는 처음의 세도(世道)가 아니라 변질된 세도(勢道)이다. 척신이 권력을 장악하는 것은 사림이 지향하는 이상이 아니야. 안동 김 씨 세도가 벌써 육십 년이다. 선왕 순조 때부터 중전의 가문이 배후 세력이 되었기 때문이다. 순조 때에는 정순왕후가 수렴청정을 했고 헌종 때에는 순원왕후가 수렴청정을 했느니라. 나약한 왕과 수렴청정의 고리를 끊어내지 않으면 조선은 위태롭다.

이하응은 잠시 어지러운 상념에 잠겼다가 아들의 그림을 세심하게 살폈다. 붓이 아니라 칼을 잡아야겠구나. 이하응은 미간을 찌푸렸다. 아들의 필선은 고르지 않았고 구도는 안정감이 없었다. 난의 배치는 느낌으로 잡는 것인데 아들은 그 느낌을 모르는 듯했다.

—소자는 난을 아직 완성하지 못했습니다.

—완성해도 똑같다. 달라지지 않아. 오늘은 그만 물러가라.

이하응은 낙심한 표정으로 고개를 가로저었다. 아들의 그림은 보통보다 하수였다. 재면의 얼굴이 노래졌다. 조금 더 기다려도 아버지의 엄격한 표정은 바뀌지 않았다. 재면은 고개를 숙이고는 뒷걸음질로 방문을 열고 나갔다. 재면은 기단으로 내려서기 전에 사랑방을 한번 쳐다보았다. 아버지는 붓을 잡고는 종이를 쳐다보고 있었다.

―이 밤중에 어디를 가느냐?

―마님께서 출출하다고 하셔서요.

자영은 어둠 속을 걸어가다가 발걸음을 멈추었다. 문살로 비치는 불빛 덕분에 얼굴은 보였지만 눈동자는 흐릿해서 보이지 않았다. 달빛이 흐린 밤이었다.

―계집종이 있는데 네가 왜 그것을 하느냐.

자영의 이마로 밤바람이 지나갔고, 자영은 조금 웃었다. 재면은 밤바람을 느낄 수 없었고, 웃지 않았다. 자영의 웃음은 눈물인 것 같았다. 자영아. 재면이 자영의 어깨를 잡았다. 자영은 머리를 숙이고는 부엌으로 얼른 들어갔다. 재면은 어둠 속에 가만히 서 있다가 안방으로 들어갔다.

―자영에게 집안일 시키지 마세요. 아직 집안일을 할 나이는 아닌 듯합니다.

―어리다니? 네 남동생보다 한 살이 더 많다.

민씨 부인은 베갯잇에 수를 놓고 있었다. 정성스런 손길 따라 눈동자가 움직였고 안경은 콧잔등에 내려와 있었다. 바느질할 때마다 꺼내 쓰는 안경이었다. 안경은 수녀에게서 얻은 것이었다. 코언저리까지 내려오는 굵은 안경이었는데 〈천주실의〉를 읽을 때와 바느질을 할 때에만 사용했다. 베갯잇에서 학이 날개를 펼치고 있었다. 베갯잇과 학은 똑같이 흰색이었지만 학은 베갯잇보다 더 하얗게 도드라졌다. 민씨 부인은 반짇고리에서 까만 실 하나를 빼내 바늘에 꿰었다. 까만 실로 학 날개의 테두리를 만들었다.

민씨 부인은 까만 실에 매듭을 짓고 반짇고리에 바늘을 끼우고 베갯잇을 무릎에 내려놓았다. 아들은 안경에 대해 묻지 않았다. 아들 앞에서 처음 쓰는 안경이다. 민씨 부인은 안경을 벗고 아들을 쳐다보았다.

—적당한 혼처가 있으면 그 아이도 혼인을 해야 하는데 내가 어미 노릇을 해야 할 처지가 아니냐. 집안일을 아무것도 배우지 않고 시집갈 수는 없지 않으냐? 공부도 그만하면 모자람이 없고 바느질도 곧잘 하니까 부엌일만 배우면 된다.

—혹시…… 혼처가 생긴 건 아니지요?

—너는 네가 묻고 싶은 것만 묻는구나.

민씨 부인은 큰아들의 얼굴을 빤히 쳐다보았다. 첫아들의 울음소리를 들으며 품에 안았을 때의 기쁨은 세월이 흘러도 잊히지 않았다. 관례를 치른 후 상투를 두른 이마는 반듯해지고 저고리를 입은 어깨는 넓어졌다. 장남에게는 제일 좋은 음식과 제일 좋은 의복을 해 입혔다.

—아버지를 뵈었느냐. 아버지께서는 너를 이 씨 가문의 후계자로 키우고 계신다. 알고 있느냐?

—예.

—명심 또 명심하여야 한다.

예. 재면은 공손하게 대답했지만 생각은 딴 곳을 떠돌고 있었다. 아까부터 방문 틈으로 소리가 자꾸 들려왔다. 뒤란에서 우물물을 퍼 올리는 두레박 소리였다. 멀리 들리는 소리였지만 재면의 귀에는 크게 들렸다. 재면은 자영의 얼굴을 떠올리며 벌떡 일어섰다.

재면은 방으로 들어와서 흰 종이를 펴고 붓을 들었다. 단 한 사람을 위해서 글을 쓰고 싶었다. 글을 쓰는 동안에는 자영이 옆에 있는 듯 체온이 느껴졌다. 자영과 북한산 성벽에 다녀오던 날에는 낮볕이 뜨고 낮달이 졌다. 산에서 내려다본 울창한 나무숲은 푸르게 수를 놓은 구름처럼 보였다. 높은 바위에서 뛰어내려 울창한 나무숲에 누우면 바람이 지나가는 대로 허공에서 둥실 그네를 탈 것 같았다. 자영아, 아버지께서 그러셨어. 세상에 훌륭한 사람은 없다고. 훌륭한 사람으로 기록되는 데에는 단지 이유가 있을 뿐이라고. 역사는 거래다. 그러셨어. 그리고 또 있어. 사람의 말이나 행동은 결과에 이르러서야 명확해지는 것이니 처음부터 믿지 말라고 하셨어. 정치에 실패한 아버지의 말씀인 줄을 알지만 난 사람의 말을 믿고 싶어. 사람의 말을 믿을 수 없는 세상은 싫구나.

사람을 보고 아파하는 마음은 처음이다. 너는 어디로부터 온 사람이냐. 나는 너를 보며 아름다움을 본다. 아름다움이란 이리도 아픈 것이냐. 마당의 수레국화는 석양빛처럼 머물다가 스러지는데 너는 수레국화보다 붉구나. 마당의 수레국화처럼 너를 내 품에 가두고 싶다.

재면은 붓으로 난을 치려다가 붉은 수레국화를 그렸다. 담장 밑 수레국화의 그늘이 흙빛으로 가라앉았다. 달빛 때문이었다.

❖

하하하. 키득키득. 김정희와 이하응은 서로의 얼굴을 쳐다보며 동시에 웃었다. 김병학은 조용히 묵란을 치다가 웃음소리에 깜짝 놀라 붓을 떨어뜨릴 뻔했다. 다행히 붓을 떨어뜨리지는 않았지만 필선이 흐트러져서 먹물이 눈에 띄게 빗겨 나갔다. 김병학은 종이를 옆으로 치우면서 난색을 표했다. 파지는 수를 헤아릴 수 없을 지경이다. 방 안에 앉아 난을 친 지 꼬박 한나절이 지났고, 흰 종이를 바라보면 머리가 어지럽고 눈동자가 시렸다. 김병학은 벼루 위에 다시 붓을 올려놓고는 저고리 자락을 단정히 여몄다.

다른 사람은 아랑곳하지 않고 헤프게 웃고 있는 두 사람은 서른 네 살의 나이 차이를 잊고 있는 듯했다. 아무리 생각해도 스승의 웃음을 이해할 수 없는 김병학은 두 사람 몰래 얼굴을 붉혔다. 뒤늦게 같이 웃어보려고 했지만 어색한 웃음은 면구스러움만 남겼다. 두 사람과 떨어진 거리는 끝이 보이지 않는 심리적 거리였다. 심리적 거리는 아무리 좁히려고 애를 써도 조금도 좁혀지지 않았다.

가까운 촌수거나 먼 촌수이거나 왕족끼리의 모임이었다. 김병학은 임금의 국구 영은부원군 김문근의 조카였고, 김정희는 종척이었고, 이하응은 남연군의 아들이었다. 김병학은 이조판서 김수근의 아들이었는데 김준근의 양자로 들어갔다. 양부 김준근은 김정희 문하에서 서화를 배우도록 주선했다. 김정희는 영조의 부마 월성위의 양자였다.

명문가 사내들 모임에서 서화는 중요했다. 소일거리로 즐기는 여기가 아니라 내공을 겨루는 자존심 싸움이었다. 가끔 조희룡, 허유, 권돈인이 끼어들어 함께 난을 치기도 했다. 김정희의 방 안은 문인들의 붓이 그어대는 문기로 가득 찼다. 김정희의 집은 청나라 옹방강의 석묵서루처럼 보였다. 청나라를 다녀온 직후부터 김정희는 남들과 뭐가 달라도 달라야 직성이 풀리는 듯했다. 천상천하 유아독존의 자존심은 한겨울 처마 고드름보다 투명했고 차가웠다. 조선만의 새로운 필체를 만들어내겠다는 의지는 뜨거웠고, 유학자들은 그를 향해 고개를 숙이는 듯했다.

조희룡은 홍매화인지 백매화인지 색이 담백한 매화를 잘 그렸고, 허유는 난을 치다가도 다른 종이를 끌어와서 글을 썼다. 탁월한 기교보다는 마음의 정취를 우선으로 한다는 온유돈후였다. 인간의 선한 본성을 지향한다는 점에서 글과 그림은 본질적으로 같았다. 허유의 글은 단순하고 담백했지만 기세 좋은 대나무 숲 같은 글이었다. 허유가 뼈대처럼 단순한 문장을 쓴다 해도 그림보다는 설명적이었다. 김병학은 난초를 배우기 위해 허유의 글을 읽기 시작했다.

그림의 여백에 대한 토론이 시작되면 유학자들은 집으로 돌아가지 않았다. 해가 떨어지고 어둠이 풀어져서 사물들의 존재를 지워버려도 유학자들은 등불을 켜고 모여 앉았다. 김정희는 눈을 감고 청나라 어디쯤을 더듬는 듯했고, 허유의 날카로운 눈동자는 기와지붕을 따라 미끄러지다가 밤하늘로 비상하는 듯했다. 청송과 백송의 차이처럼 두 사람은 같은 듯 달랐다.

김병학은 유학자의 마음속에 침잠해 있는 묵직한 언어들을 보았다. 여백은 우주 공간처럼 부정형이었고, 무한의 공간이었다. 난을 어떻게 그릴 것인가의 문제는 여백을 얼마큼 남길 것인가의 문제였다. 난엽과 여백은 서로 다른 조각을 맞추는 것처럼 다르면서도 같은 한 쌍이었다. 김정희는 밤새 종이에 붓을 끌면서 여백이 예술혼이라는 말로 끝장을 보았다.

김정희 사랑방에 있는 서찰들은 옹방강과 그의 아들 옹수배과 옹수곤, 완원과 그의 아들 완상생이 보낸 것들이다. 청나라 이방인들이었지만 김정희는 금석지교를 맺었다. 옹방강의 제자 섭지선이 보낸 서책과 화첩, 시첩들은 한쪽 벽을 다 차지하고 있었다.

김병학은 김정희의 필선에서 청나라 화풍을 눈치 챘다. 이하응은 김정희 그림에서 청나라와 조선이 구별되지 않는다고 말했다. 청나라 사람과 조선 사람이 같은 기분을 느꼈다면 그것은 보편성이지 모방이 아니라는 견해였다. 김병학은 고개를 가로저었다. 보편성과 모방은 구별되어야 마땅했다. 모방은 닮은 것이 아니라 한쪽이 다른 쪽을 베낀 것이었다. 보편성과 모방이 쌍둥이라면 도대체 창조는 무엇인가. 김병학이 이하응에게 실문의 날을 세웠다. 창조는 오직 그 사람다움이고 모방은 두 사람이 인간이기에 어떤 점에서 닮은 것이니 창조와 모방은 한 끗 차이라고 주장했다. 이하응의 모방론에는 김정희에 대한 주관인인 감정이 배어 있었다. 이하응과 김병학은 한 끗 차이에 대해 밤새도록 격론했다. 격론은 사대주의냐 국수주의냐의 문제로 치닫고 있었다. 김병학은 묵란에 대한 이론 서적들을 밤새 뒤지기 시작했고, 누구보다 열심히 그렸다. 이하응은 게으르고 여유로운 표정이었지만 붓을 들 때의 눈빛은 날카로웠다.

김병학은 이론 서적을 읽을수록 어려움을 느꼈다. 서책의 내용들이 이론적으로는 이해가 되는데 붓을 들면 손목에 힘이 들어갔고 필선은 아득해졌다. 이론 공부를 게을리 하는 이하응의 필선이 앞서 나가는 것을 이해하기 어려웠다. 김병학은 청나라 고증학 서책들을 옆구리에 끼고 다녔지만 이하응은 간밤 술기운에서 깨지 못한 표정으로 게으르게 나타났다.

묵란의 경지는 문자향서권기를 이룬 다음이었다. 문제는 향(香)과 기(氣)가 모호하다는 것이었다. 그것은 보편적이면서 개별적이었고 부정형이면서 독특했다. 서책을 얼마나 읽어야 하는지는 사람에 따라 달랐다. 어떤 사람은 몇 권만 읽어도 알 수 있고 어떤 사람은 천 권을 읽어도 모른다고 했다. 김병학이 곤혹스러운 것은 이하응 때문이었다. 열심히 하는 것과 미쳐 있는 것의 차이를 절감해야 했다.

그림은 묵언수행인데 그림을 말로 그리는 사람들이 있지. 그림은 설명할 수 있는 게 아니지. 김정희의 교수법은 늘 그런 식이었다. 눈으로 보고 가슴으로 느끼는 것 이상의 교수법은 없다는 것이다. 김정희는 붓질을 한번 쓱— 해놓고는 종이를 보여주면서 이렇게 하면 되지, 라고 간단히 말했다. 김정희가 건네는 그림은 언제나 붓을 가지고 한순간 장난치듯 그린 것이었다. 그런데도 붓질의 강약을 넘어선 듯 그린 그림이었다. 김병학은 종이에 눈동자를 박을 듯이 쳐다보다가 절망하면서 고개를 돌렸다.

검다 못해 푸른빛이 도는 먹물은 상급 중의 상급이었다. 이하응이 부러워하는 것은 김병학의 벼루였다. 김병학의 벼루는 먹물이 천천히 마르는 단계석 벼루였다. 세도가 안동 김 씨만 손에 넣을 수 있는 청나라 명품이었다. 벼루 모서리는 양각으로 용을 새기고 벼루 중앙에는 붉은 원이 있어서 그곳으로 먹물은 빗물이 고이듯이 흘러들었다. 그러나 김병학에게는 세 손가락으로 간단히 잡히지 않는 붓, 붓이 문제였다. 더 잘 그리려고 마음먹을수록 붓은 불편해졌다. 난의 배치와 구도를 어떻게 잡을 것인가. 김병학은 이 생각 저 생각으로 고심하고 있는데 이하응은 별다른 생각 없이 쓱쓱 붓을 끌고 다녔다. 이하응의 붓이 별다른가 싶어 자세히 만져보면 시중에 파는 평범한 붓이었다.

붓에 대한 공력에 변화가 있다면 더 단순해질 뿐이지 복잡해지는 것이 아니라고 했다. 김병학은 여백을 채우며 뭔가를 덧붙이는데 김정희는 여백을 확장하며 뭔가를 빼내는 데에 관심을 썼다. 김병학은 단순해지는 것과 세밀해지는 것의 차이를 이해하기 위해 한겨울 꼬박 방 안에서 붓과 함께 지냈지만 묵란은 더 복잡해졌다. 하늘에서 눈이라도 펑펑 내리지 않았으면 허무해서 못 견뎠을 겨울이다. 하늘이 싸질러 놓은 눈으로 분칠한 지붕들을 보면 답답증이 잠깐 해갈되기도 했다. 수북한 눈이 미처 녹지 않은 날, 마음에 들지 않는 필선에 개칠을 하는 순간 김병학은 붓을 마당으로 내던졌다.

지독히 우울해하는 김병학에게 김정희는 눈꼬리가 처지게 웃는 얼굴로 말했다. 자네는 서화가가 아니라 감식가이네. 남의 그림을 보는 안목은 탁월하지만 자네의 필선은 어디서 많이 본 기억을 드러내지. 자네의 그림에는 환상이 없네.

김병학은 괴로움과 부끄러움 사이에서 갈팡질팡하다가 이하응을 따라 기방 순례를 하면서 술에 만취하기 시작했다. 계집과 난초는 관계가 없었지만 계집이라도 알아야 난초를 이해할 것 같았다. 김병학은 이하응을 따라다니며 나름으로 열심히 분석을 했다. 계집들을 꽃처럼 분류하고 각자의 향을 맡았다. 그러나 그런 객기마저 이하응의 그림자에 지나지 않는 것을 깨달았을 때에는 칼침에 찔린 듯 자존심에 내상을 입었다. 누군가를 따라 하면 아무리 잘해도 이류라는 것을 깨달은 다음에야 김병학은 기방 순례를 그만두었다.

—형님!

김병기가 가까이 다가와서 부르는 소리에 김병학은 문득 과거에서 깨어났다. 김병기는 과거 임진왜란 때에 선조가 언문으로 교서를 내려 백성들의 마음을 어루만졌던 일을 말하는 것이었다. 동요하는 민심을 달랠 때에는 백성의 언어를 사용해야 했다. 왕을 향해 대립각을 세우는 백성들에게 모두 한편임을 강조하는 데에는 언문만 한 것이 없었다.

김병학은 김병기의 말을 한 귀로 흘려들으며 난을 치고 있었다. 그러다가 미간을 찌푸렸다. 어딘가 어색했다. 그 어딘가가 문제였다. 정확히 무엇 때문인지 알 수 없지만 난엽들은 균형이 맞지 않았다.

나리. 청지기는 방문 앞에서 머뭇거렸다. 흥선군 집에서 심부름을 왔다는 여자애다. 자영은 완자무늬 방문을 향해 공손히 고개를 숙였다. 김병학은 뻐근해지는 목뼈를 만지면서 대꾸를 하지 않았다. 방문은 반쯤 열려 있어서 여자애의 얼굴은 반쪽만 보였다. 반쯤 열린 방문으로 들어온 햇빛이 묵란 위에서 소리 없이 맴을 돌았다. 김병학은 먹물을 노려보았다.

몇몇 분합문은 천장을 향해 걷어 올려 있었다. 대청마루에는 다섯 개의 기둥이 있었고, 기둥마다 주련이 붙어 있었다. 자영은 주련을 쳐다보다가 눈을 내리깔았다.

옥균이 일어섰다. 김병학이 그림에 쓸 먹물을 다 만든 참이었다. 흑룡이 양각된 청나라 벼루를 꺼내놓고 먹물의 명성을 시연하는 참이었다. 흑룡벼루는 먼 나라의 명성만큼 낯설었다. 김병기는 먹물에 감탄했지만 그 말은 묵란 치는 실력을 제외한 뜻으로 들렸다. 김병학은 그 예의가 비위에 거슬렸다. 예의를 차리는 아랫사람의 언어는 때로 불편했다. 방 안에서 서둘러 버선을 신고 나오는 여자처럼 속을 알 수 없었다.

이하응에게 느끼는 열패감과 친구로서 느끼는 측은지심. 그 어느 쪽도 분명하지 않았다. 이하응의 방문을 거부할 수도 환영할 수도 없었다. 사랑은 식었지만 이별을 결정할 수 없는 계집을 대하는 느낌이랄까. 두 팔 벌려 환영하지는 못하지만 출입을 막을 이유까지는 없었다.

김병학은 묵란이 시원찮은 이유를 먹물 탓으로 돌리며 자존심을 달래고 있었다. 새 벼루의 먹물에 적응하는 데에는 시간이 걸릴 것 같아서 옥균에게 다른 벼루를 내주면서 먹을 갈라고 했다. 조선 벼루는 벽장에 넣어두고 한동안 쓰지 않던 것이다. 청나라 벼루가 벽장 속의 조선 벼루를 끌어낸 셈이었다. 김병학은 잠시 붓을 놓고 쉬었다가 익숙한 먹물로 다시 난을 칠 생각이었다.

옥균은 먹물이 걸쭉해진 걸 뒤늦게야 깨달았다. 오랜 시간 정성을 다했기 때문에 먹을 내려놓았을 때에는 가벼운 한숨까지 나왔다. 청나라 벼루와는 다른 느낌이었다. 조선 벼루는 오랜 시간 빛이 바래서 윤기가 없었지만 먹이 잘 미끄러져서 먹물이 부드러웠다.

옥균은 벼루 밑바닥을 손바닥으로 감쌌고, 먹물은 수평을 이루었다. 옥균이 조심스럽게 한 발자국 걸을 때마다 옥색 도포가 무릎에서 소리를 냈다. 옥균은 흐트러짐이 없는 자세로 벼루를 들고 그대로 앉았다. 옥균의 시선은 먹물을 향해 있었고 마지막까지 조심스러웠다. 김병학이 벼루를 내려놓은 옥균을 향해 고개를 끄덕였다. 방 안 서가에서 서책들을 훑어 읽던 옥균에게 갑자기 먹을 갈라고 시킨 것은 성품을 보고자 한 뜻이었다.

—석파란을 후원 정자에 갖다 놓아라.

김병학이 말했다. 옥균은 반쯤 열린 방문을 조금 더 열고는 대청마루로 나갔다. 자영은 가슴에 소중히 끌어안고 있던 시통을 내밀었다. 후원은 저쪽입니다. 옥균이 태사혜를 신고 마당으로 내려서며 말했다.

자영은 낯익은 사내의 얼굴을 쳐다보았다. 높은 기단을 내려오면서 발밑을 살피는 몸짓에서 명문가 사내의 신중함이 보였고, 자영이 불청객인 줄을 알면서도 감정을 드러내지 않는 절제심이 보였다. 흰색 동정이 새의 깃대처럼 매끄러운 옥색 도포였다. 옥색 비단 옷은 옥균의 흰 얼굴과 잘 어울렸다. 자영은 옥균의 해맑간 얼굴과 예의 바른 태도가 불쾌해졌고, 열 번씩이나 문전박대를 당하고도 석파란을 들고 찾아온 자신이 싫었다. 뾰족한 감정은 같은 또래 남자에게 느끼는 자존감의 균열이었고 본심의 조각이었다.

아무리 큰 집이라도 후원의 위치는 눈짐작으로 알 수 있었다. 자영은 옥균보다 먼저 뒤돌아섰다. 자영은 앞서 걸어가다가 뒤돌아서서 옥균을 쳐다보았다. 옥균이 들고 있는 서책 때문이었다. 유심히 살펴보니 『문명론』이라고 쓰여 있었다. 옥균은 자영보다 먼저 후원으로 걸어갔다. 자영은 옥균의 뒤태를 쳐다보며 천천히 걸었다.

산수유나무 열매가 확 붉어진 담장을 지나 연못이 보였고 정자가 보였다. 감국이 핀 나무숲에 하늘이 조금 어두워지고 있었다. 옥균은 정자 앞에 뒷짐을 지고 서서 자영을 호기심 어린 눈빛으로 쳐다보고 있었다. 옥균이 어깨를 펴고 뒷짐을 지자 가슴에서 무릎까지 내려오는 초록색 도포 끈이 흔들렸다. 옥균은 뭔가를 골똘히 생각하고 있었다. 초면이 아닌 얼굴인데 어디서 보았는지 정확한 기억은 떠오르지 않았다. 그러다가 까만 머리카락을 귀 뒤로 꼭꼭 땋아 내린 낭자의 얼굴이 뭔가로 조바심을 내고 있는 듯 느껴졌다. 가까이 다가올수록 사잉은 서책을 뚫어지게 쳐다보고 있었다. 서책을 사람 대하듯 쳐다보는 서늘한 눈빛이었다.

빌려 드릴까요? 자영이 고개를 가로저었다. 옥균은 부끄러움에 고개를 숙이거나 내외를 하느라 얼굴을 돌리지 않는 자영이 마음에 들었다. 요조숙녀 교육을 받은 김 씨 가문의 규수들과는 다른 점이 있었다. 서책은 우리 집에도 많아요. 자영이 낮게 중얼거렸다.

이건 시중에서 흔히 볼 수 있는 서책이 아닌데요. 옥균은 자영의 눈매에서 눈길을 거두지 않았다. 낯선 남녀의 대화에서 중요한 것은 명분 있는 대화였고, 명분 있는 대화만이 양반 규수의 자존심을 살렸다. 자영은 명분에서 조금만 어긋나도 금방 뒤돌아서 가버릴 표정을 짓고 있었다.

자영의 어깨에 꼭 맞는 저고리는 깨끗했지만 색이 바랬다. 양반 규수들이 입는 열두 폭 치마가 아니었다. 자영의 눈매와 발걸음이 독특해서 옷은 쳐다볼 겨를이 없었다. 자영에게는 눈매뿐만 아니라 옷매무새에서 단순함인지 단단함인지 모를 분위기가 있었다.

—금서라는 거 알아요.

—틀렸습니다. 다른 집이라면 몰라도 우리 집에는 금서가 없어요.

—금서가 아니라는 뜻인가요? 아니면 이 댁은 다른 집과 다르다는 뜻인가요?

자영은 불쾌한 표정을 지었다. 금서라는 말은 조선 백성에게 두루 통하는 말이지만 안동 김 씨 집안 남자들에게는 통하지 않는 말이었다. 그들은 금서든 금서가 아니든 자유롭게 서책을 읽을 수 있는 대단한 집안의 남자들이었다. 자영은 치마끈이 조여드는 답답증을 느꼈다. 국법을 집행하는 안동 김 씨 집안 남자들에게 금서라는 법은 적용되지 않았다.

—조선에서 후쿠자와 유키치의 〈문명론〉[10]이 있는 집은 우리 집뿐일 겁니다. 바로 며칠 전에 일본 상인으로부터 얻은 것이니까. 이건 일본에도 없는 책이에요. 아직 서책으로 만들지 않았기 때문이지요. 그러니 이 세상에서 단 한 권뿐인 서책입니다. 물론 일본 상인이 후쿠자와 유키치 집안사람이니까 가능한 일이었지만. 이건 후쿠자와 유키치가 자기 생각을 그때그때 종이에 적어놓은 것에 불과하지만 서양 문명의 본질을 꿰뚫고 있다는 점에서 정말 대단해요.

---

10)실제는 1875년에 나온 책임.

난 일본으로 가서 저자를 만날 생각입니다.

—일본으로요?

—배움이 있는 곳이라면 어디든 갈 준비가 되어 있어요. 내겐 새로운 것이 종교예요. 새로운 것만이 나를 움직일 수가 있어요. 조선도 일본처럼 개명해야 돼요. 모두 아버님 덕분이지요. 우리 집에서는 서학을 믿지 않지만 학문적으로는 자유롭게 토론을 합니다. 그옛날 허균이 명나라에서 들여온 서책까지 있어요. 사람들이 허균에 대해 역적의 집안이라고 돌을 던져도 나는 서책의 가치에 집중할 뿐 감정에 주목하지 않아요.

자영의 이마가 확 붉어졌다. 새로운 게 종교라는 말은 대단한 충격이었고, 새로운 것만이 자신을 움직인다는 자부심이 대단했다. 자영은 거친 숨이 차올라서 고개를 돌렸다. 후원에 잔잔한 바람이 불고 있었다.

—난 김옥균입니다. 설마 통성명을 하는 자리에서 고리타분한 조선의 예법 때문에 이름을 감추지는 않겠지요.

—난 민자영이에요. 남자가 묻는다고 해서 여자가 대답해야 할 의무도 없지만 여자가 남자 앞에서 이름을 감추며 내외한다고 해서 조선 남녀의 예법을 폄하하는 건 상당한 실례예요.

—난 고리타분한 구식은 재미없어요. 그 예법이라는 것 때문에 과공(過恭)으로 비례(非禮)인 일이 너무도 많아서 말이지요. 이 나라 조선에서는 과한 예법이 탈이지요. 모두들 따라 하는 과도한 예의 때문에 상대의 속마음을 알 수가 없거든요. 예법을 학습하면 예법에 길들여져서 똑같이 행동하게 되고 새로운 것에 무조건적인 저항

감을 느끼기도 해요.

—조선 사람으로 어찌 그리 말할 수 있어요?

—난 한양 거리에서 정치 토론이 열리는 곳이면 어디든 쫓아갔어요. 사람들 생각이 궁금하니까. 그러다가 사람들이 내 편 네 편 가르는 것이 집단으로 훈련된 이기심 때문이라는 걸 깨달았어요. 조선 사람들은 서로의 얼굴만을 쳐다보며 갑론을박하는데 그건 옳지 않아요. 다른 나라로 눈을 돌리면 굉장한 힘을 가진 것들이 보입니다. 조선 안에서 조선 사람들끼리 싸우는 것은 바보짓이에요.

—굉장한 힘을 가진 나라? 청나라 말이에요?

—하하하. 청나라는 세상의 전부가 아닙니다.

옥균은 자영과의 대화가 몹시 재미있다는 표정으로 웃었다. 자영은 얼굴을 돌려 허공을 쳐다보았다. 먼 곳으로부터 빠르게 이동하는 구름이 보였다. 흰색과 회색이 흐리게 뒤엉키고 있었고, 바람은 코끝까지 내려왔다.

자영이 알고 있는 건 청나라밖에 없었다. 청나라만 생각해도 아득함이 느껴질 만큼 가까이할 수 없는 대국이었다. 그러니 청나라를 안다고 해도 딱히 아는 것이 없었다. 청나라에 태평천국이 있다는 것도 최근에 알았다. 그런데 청나라를 코웃음으로 넘기는 옥균의 태도는 뭔가. 자영은 무지와 앎의 중간에 낀 표정으로 미간을 찌푸렸다.

멀리 보이는 산이 검푸르렀다. 뭔가가 부산스럽게 움직이면서 사물들의 색깔이 짙어지고 있었다. 가까이 보이는 나무숲이 출렁 움직였다. 다른 날과 다르게 급하게 꺾이는 시간이었고, 하늘은 눈에 띄게 낮아졌다.

—낭자는 서책을 좋아하는 것 같은데 어느 쪽입니까? 낭자의 의견을 듣고 싶군요.

—나도 공부하는 중이에요.

자영은 조선 예법이 고리타분하다고 말하면서도 명문가 예법을 벗어나지 않는 옥균을 향해 차갑게 말했다. 자영이 시통에서 두루마리 종이를 꺼냈다. 옥균이 후원 정자의 문을 열었다. 자영은 정자 안으로 들어가는 옥균을 말끄러미 쳐다보았다. 정자의 기둥은 둥글고 매끄러웠으며 방문들은 섬세한 아자문살이었다.

옥균은 기둥 앞에서 태사혜를 벗고 흰 버선발을 드러냈다. 옥균의 옆얼굴로 촘촘한 아자문살이 보였다. 깨끗한 이마가 어울리는 보기 드문 미남자였다. 자영의 표정이 흐려지고 옷고름이 날렸다. 옥균이 방문 옆으로 조금 눌러서자 한쪽 구석에 식파란 수십 장이 쌓여 있는 것이 보였다. 이 집안에서 석파란을 주의 깊게 살피는 사람은 없는 듯했다.

자영은 거센 바람 때문에 치맛자락을 간신히 붙잡고 서 있었다. 붉은 치맛자락이 이리저리 날리며 흰 속치마까지 보일 지경이었다. 검은 구름이 소리를 내며 몰려들었고, 장대비가 쏟아지기 시작했다. 자영이 정자 밑으로 뛰어들어 갔다. 장대비 때문에 괴로움은 허공으로 날아갔다.

두 사람의 눈이 어색하게 마주쳤고, 부끄러움에 얼굴이 붉어졌다. 숱 많은 속눈썹과 눈동자 움직임까지 보이는 거리였다. 자영의 콧등과 입술을 느끼는 순간 옥균은 당황했다. 옥균은 조선 남녀의 예법이 고리타분하다던 말을 잊은 듯했고, 남녀의 예법과 사내다움의 어디쯤을 더듬는 눈빛이었다. 자영은 옥균에게 호흡이 들킬까 봐 잔뜩 숨을 죽였다. 두 사람이 함께 서 있을 수도 정자 안에 함께 들어가 있을 수도 없었다. 정자에 들어가서 잠깐 기다려요. 옥균이 얼른 태사혜를 신고 후원의 방으로 급히 뛰어갔다. 옥균이 후원의 구석진 방에서 도롱이를 겨우 찾아 나왔을 때 장대비는 그쳤고, 자영은 없었다.

─도대체 후원에서 뭘 했기에 비 맞은 생쥐 꼴이냐?

김병기가 엄한 표정으로 말했다. 죄송합니다, 아버지. 옥균은 옷이 젖어서 대청마루로 올라서지도 못하고 기단에서 고개를 숙였다.

─그 아이는 갔느냐?

─청지기가 출입을 막아서 몇 번 헛걸음을 했나 봅니다.

─네가 신경 쓸 것 없다. 왜 그러고 서 있느냐?

서책이 그만 비에 젖어서……. 옥균은 매우 곤혹스런 표정을 지었다. 방 안에서 서책을 뒤적이고 있다가 자기도 모르게 방 밖으로 가지고 나갔던 것이다. 〈문명론〉은 흠뻑 젖어서 겉표지뿐만 아니라 속표지까지 불룩해졌다.

─나는 볼 일이 없으니 네가 가져도 된다.

김병학이 말했다. 예? 정말이요? 김옥균은 잔뜩 흥분한 표정으로 허리를 꾸벅 굽히고는 다른 방으로 재빠르게 들어갔다.

─청지기에게 그 아이를 들이지 말라고 신신당부했는데도 기어코 들어오는 걸 보면 보통 내기는 아닌 듯합니다.

김병학은 붓을 내리며 실망한 표정을 지었다. 아무리 보아도 난엽의 각도가 마음에 들지 않았다. 이하응의 묵란에는 사람의 눈을 끌어당기는 힘이 들어 있었다. 그 힘의 정체가 뭘까. 먹의 농담과 여백의 조화. 석파란의 각도는 이상하리만큼 치밀하고 정확했다.

처마에 고인 빗물이 아래로 떨어지고 있었다. 멀리 보이는 기와 담장의 색깔은 짙어졌다. 자연에는 눈으로 정확하게 보이는데도 붓으로 표현할 수 없는 색깔들이 있었다. 사물과 눈의 간극. 근접할 수 없는 도저한 거리.

─홍선군을 쉽게 보지 말게. 겉보기에는 허술해 보여도 남다른 강단이 있는 사람이야. 어렸을 적에 홍선군 생일에 초대받은 적이 있는데 어찌나 추웠는지 그 후로도 그리 추운 날은 없었어. 눈이 엄청나게 내린 날이었고, 칼 같은 날씨 때문에 눈은 하나도 녹지 않았어. 길거리 눈을 피해 더듬더듬 찾아갔던 날 방 안에서 먹은 뜨거운 미역국은 세월이 흘러도 잊히지 않아. 그때 들었어. 홍신군은 한겨울 흑서(黑鼠)의 기운을 타고난 사람이라고. 홍선군이 태어나던 날에도 그렇게 추웠다는군. 추운 한겨울에 이리저리 곳간을 떠돌아다니는 배고픈 쥐가 흑서야. 가을 쥐는 무섭지 않아. 무서운 건 겨울 쥐야. 나는 방 안 화롯가에 앉아서도 추웠는데 홍선군은 저고리만 입고 마당을 돌아다녔어. 충격이었지. 홍선군은 자꾸 내 집에서 실수할 기회를 주는데도 좀처럼 실수를 하지 않는 사람이야.

─설마 흑서 따위의 이야기에 그러시는 건 아니시지요? 가을 쥐든 겨울 쥐든 쥐는 백해무익합니다.

─내 집에 들어와서 겨우 들이미는 게 묵란이야. 그런데 나는 묵란을 거절할 수가 없어.

—가진 게 묵란밖에 없으니 그렇지요.

—그럴까.

—출세하면 허물까지 덮어지고 실패하면 허물만 드러나는 법이 아닙니까. 그러니 실패한 자는 말이 없는 법이지요. 왕족이 씨가 말라가는 세상에서 묵란이고 뭐고 공연한 선비의식을 들먹이지 말고 사대부들 앞에서 조용히 사라질 일입니다. 흥선군은 남의 집에 제 허물만 남기며 돌아다니는 꼴입니다.

김병학은 피곤한 기색을 보이며 김병기의 말을 흘려듣고 있었다. 이하응의 묵란에는 이상한 힘이 들어 있었다. 그것도 흑서의 기운일까. 묵란의 아름다움은 먹물이 만드는 것이 아니었다. 김병학은 청나라 벼루와 조선 벼루, 두 개의 벼루를 노려보았다.

—세도가 대사헌 대감 댁을 드나드는 사람이라고 자랑하려고 싶은지도 모르지요. 허나 그 자랑을 누가 듣는다고. 사대부들은 아무도 주목하지 않습니다. 석파의 말도. 석파란도. 게다가 지금은 서방에서 들여온 그림이 더 유행입니다. 양반들이 뒷돈으로 거래하는 모양입니다.

—유화인가 뭔가 보기는 했어. 천주학쟁이 집에서 나왔다면서.

—상인 김치호 집에서 나왔습니다.

김병기는 예수와 여인들을 그린 유화를 떠올리며 웃었다. 예수는 설교를 하고 있었고, 여인들은 예수를 쳐다보고 있었다. 여인들을 바라보는 예수의 눈빛은 온화했고, 예수를 바라보는 여인들의 눈빛은 반짝였다. 김치호는 그림 한 점을 빼앗기며 가택 수색을 받았다. 남녀의 예법을 문란하게 한다는 남녀상열지사 죄목이었다.

—천주학쟁이들이 조선 사회가 썩었다고 하는데 자기들은 얼마나 깨끗한지 의심스럽지요. 남녀가 한 방에 모여 앉아 예배를 본다니. 김치호가 다른 유화 작품들을 구해온다고 해서 의금부에서 내보냈습니다.

—흥선군도 왕족인데 문전에서 내치면 우리 쪽이 손해이지 않겠어. 여기저기 바람처럼 떠도는 사람이라 가끔 얼굴마저 보지 않으면 움직임을 알 수 없지 않은가? 아직은 왕족이야. 가까이 곁에 두고 살펴보아야지.

—설마 석파를 의심하고 계신 겁니까?

김병기의 질문에 김병학은 천장 대들보를 쳐다보며 생각에 잠겼다. 몇 마디 묻기만 해도 속내를 다 내보이는 흥선군에게 미움은 들지 않았다.

—흥선군이 왕이 된다면 지나가는 개가 웃을 일입니다. 술에 취하기만 하면 정신이 오락가락하는데 그 술주정도 듣는 사람이 없으니까요.

—글쎄. 그 정신머리라는 것이. 술만 취하면 남의 눈을 붙들어 맬 명작을 만들어내지 않나.

김병학은 붓을 하릴없이 만지작거렸다. 다른 생각 때문에 붓은 보이지 않았다. 석파가 친구가 아니라면 석파란으로 병풍을 만들었을 것이다. 김병학 눈치를 보느라 사대부들이 말을 아꼈지만 석파란은 독보적이었다.

—그러니 평생 방 안에서 난이나 치다가 죽으라고 하지요. 그런데 아까 그 아이 말입니다. 흥선군이 어디서 양녀를 들였을까요? 민

치록의 무남독녀라는 소문입니다. 고아가 되어서 친척 집을 떠돌며 연명하고 있는 모양입니다.

그래? 김병학이 시큰둥하게 대꾸했다. 옥균이 새 옷으로 갈아입고 방으로 들어왔다. 재미있느냐? 김병학은 옥균이 손에 들고 있는 서책을 쳐다보며 물었다. 옥균은 비에 젖은 『문명론』을 들고 있었다.

—서구 문명에 대해 이렇게 명쾌하게 쓴 책은 처음 봅니다.

—이 먹물로 필사해 보아라.

김병학이 두 벼루를 모두 밀어 올렸다. 옥균은 놀란 얼굴을 들었고, 김병학은 난을 친 종이를 반으로 접고 또 접었다. 난을 치며 소일했던 시간들이 조그맣게 접혀지고 있었다. 두 개의 벼루에 먹물은 충분했고 정성스럽게 만든 것을 아깝게 버릴 수는 없었다.

—서책이 비에 젖어서 다행이구나. 이 붓으로 한 문장씩 필사하면서 천천히 읽어보아라.

김병학은 영민한 옥균을 향해 기분 좋게 웃었다.

내가 왜 이러지. 자영은 길거리에 우뚝 섰다. 어디로 도망가려는 마음을 애써 붙잡고 있는 것처럼 몸은 무거웠다. 청나라 여자 앞에서도 주눅 들지 않았던 마음이 옥균 앞에서는 힘들어졌다. 장대비에 어색한 표정을 숨길 수 있었던 것은 다행이다. 하늘은 아무 일도 없었던 것처럼 휘영청 맑았다.

옥균에 대한 생각은 툭툭 털어버려도 달라붙는 먼지처럼 따라다녔다. 같은 조선에 살면서도 다른 세상을 살고 있는 사람처럼 느껴졌고, 사고방식은 조선과 일본의 거리만큼 차이가 있었다. 옥균은 영어로 된 서책도 있다고 했다. 자영은 다른 나라의 글자는 본 적이 없었다. 옥균이 일본으로 공부하러 갈 것이라는 말은 사실인 듯했다.

하늘은 급하게 물을 떨어뜨리고 나서 가벼워졌다. 하얀 뭉게구름이 모여들고 있었다. 자영은 구름의 수를 세어보다가 눈이 어지러워서 그만두었다. 하나의 구름에 집중하려고 하면 구름은 다른 모습으로 바뀌었다. 조금 전에 보았던 구름이 어느 구름인지 찾을 수가 없었다.

아, 그랬었지. 자영은 깊은 숨을 몰아쉬었다. 옥균이 후원으로 사라진 뒤에 묵란을 다시 시통에 넣었었다. 자영은 시통을 열고 묵란을 꺼냈다.

거기 누구냐. 딴 사람의 목소리였다. 자영은 좌우를 둘러보았다. 아무도 없는 걸 확인하고는 멍한 기분에 빠졌다. 그러다가 그 목소리가 높은 기와담장 안에서 들려왔다는 사실을 깨달았다. 누구세요? 자영이 담장을 향해 말했다. 이 집 주인. 아, 죄송해요. 자영이 기와담장을 향해 정중히 고개를 숙였다.

—괜찮으니라. 이 담장은 튼튼하니까. 어쩌면 갑자기 찾아온 사람을 좋아할지도.

기와담장이 누군가 찾아와서 좋아할 거라는 말은 여인의 마음처럼 느껴졌다. 자영은 여인이 궁금해서 까치발을 들었지만 담장 안은 보이지 않았다. 다른 집들보다 훨씬 높은 기와담장이었다.

—울고 있었느냐.

자영은 깜짝 놀랐다. 응어리진 가슴에서 미처 나오지 못한 물기 묻은 목소리 때문이었을까. 자영은 여인의 말에 부끄러운 감정도 없고 부정할 생각도 없을 만큼 슬펐다. 그러나 왜 슬픈지에 대해서는 말하고 싶지 않았다. 남 앞에서 절대로 눈물을 보이지 말라는 엄마의 당부를 생각하면서 고개를 숙였다. 아무도 알 수 없을 것이다. 고독 속에 숨은 슬픔은.

─나는 아주 작은 울음소리를 듣고도 알 수 있느니라. 얼굴은 몰라도 목소리만으로도 알 수 있지. 왜냐면 난 슬픔에 대해 아주 오랫동안 생각해 왔거든. 울음에는 남에게 말하지 못하는 이야기가 숨어 있어. 남에게 숨기면서 우는 울음, 자기만 듣게 우는 울음, 남이 들을 수 있게 우는 울음, 남을 의식하지 않는 울음과 남을 의식하지 못하는 울음.

─보지 않고도 어찌 그렇게 잘 알 수 있어요?

─완전한 감각은 진실을 흐릿하게 가리기도 하느니. 목소리의 미세한 떨림 같은 것들은 귀로만 들어도 충분히 알 수 있느니라. 나는 방 안에 앉아 방문으로 들리는 빗소리, 바람 소리를 귀기울여 듣고 살아서 소리에 아주 예민해. 나무 위를 지나가는 바람과 나무 아래를 지나가는 바람이 다르단다. 꽃 주위를 도는 바람과 잎을 치고 지나가는 바람도 다르다. 왜 그런지 아느냐? 내가 만날 사람이 없었기 때문이야. 아이만 고아가 있는 게 아니라 어른도 고아가 있지.

여인에게는 피붙이가 없다는 말로 들렸다. 자영의 눈가도 여인의 목소리도 축축해졌다. 남들보다 무엇이 하나 빠진 채로 살아가는 사람들에게는 서로를 알아보는 직감이 있었다. 자영이 먼저 고백했다.

　—저는 아버지를 잃었고 형제도 없어요. 엄마는 홀로 아프시고요.

　—음. 내가 어떤 왕후 이야기를 해줄까?

　서쪽 궁에 어떤 왕후가 살았는데 후원에는 그 흔한 꽃이 없었지. 메마른 벽과 잡풀더미만 무성했지. 꽃이 귀한 후원에는 사람이 찾아오지 않고 가끔 비가 찾아왔지. 메마른 벽에는 물에 젖는 꽃이 피기 시작했지. 물에 젖는 꽃도 꽃이라서 냄새를 풍긴단다. 곰팡이 냄새.

　—아들이 죽은 십이 년 동안 방 안에서 눈물만 흘린 왕후였느니라. 그 왕후에게는 오직 방 안이 천하였지. 방 안에서는 마음대로 꿈을 꾸고 자유로웠으니까. 하지만 외로운 왕후의 몸은 자꾸만 허약해졌느니라. 꽃이 햇빛을 쐬어야 하는 것처럼 사람은 사람을 만나야 하거든. 아들이 죽었기 때문만은 아냐. 아들이 왕으로 살았던 십오 년 동안도 몹시 슬펐지. 하나뿐인 아들이었지만 왕후가 품을 수 있는 아들이 아니었어. 시어머니에게 뺏겼거든.

　—아, 저도 아는 이야기가 있어요. 그 중전마마는 후궁의 계략에 휘말려서 사가로 쫓겨났대요. 착한 심성 때문인지 후궁을 들인 왕을 원망하지도 않았고 쫓겨난 신세를 한탄하지도 않았대요. 그렇게 착한 중전마마였지만 후사가 없었대요.

　—아. 서포 김만중이 쓴 〈사씨남정기〉의 주인공 말이냐. 백성들은 다 아는데 궁궐의 당사자만 모르는 비밀이었지. 궁궐의 비밀은 눈뜬

벙어리라서 권력 앞에서는 사람들이 알고도 모른 척해. 그 중전이 왕의 태도에 상처를 받았을까. 주위 사람들의 태도에 상처를 받았을까. 권력으로부터 부당하게 밀려나 고립을 경험한 사람만이 알 수 있는 감정이지. 권력의 속성을 아는 사람은 영리하지만 뻔뻔하고 권력의 속성을 모르는 사람은 고집스럽고 무지하다. 착한 중전이라니. 착하다는 말이 모질게 가슴을 치는구나. 사람들이 사용하는 가장 음흉한 단어이면서 당자에게는 가장 모진 단어야. 착하다는 말은 무지하다는 말이다. 과연 누구를 위해 착해야 하는 것인지.

인현왕후 이야기에서 착하다는 단어를 칭찬으로 사용한 자영은 당황했다. 착하지 말라는 말은 이해하기 어려웠다. 숙종은 인현왕후가 착했기 때문에 장희빈을 사랑했다는 말로 들렸다.

─착하다는 말이 왜 나빠요?

─허면 옳지 않은 일에 순종하는 것이 착한 것이냐. 착하다는 말에는 여러 의미가 있느니라. 몰라서 순한 건지, 알고도 순한 건지, 어쩔 수 없이 순한 건지. 숙종의 행동은 옳은 게 아니었다는 사실이 중요한 것이니라.

─인현왕후께서는 착했기 때문에 사람들에게 칭송받으셨어요.

─허나 착하지 않았다면 조선의 역사가 바뀌었을지도 모르지. 돌려 말하면 중전이 그리 나약하지 않았다면, 이라고 말할 수 있느니라.

─……

─그런데 네가 손에 든 게 무엇이냐?

기와담장 안의 여인은 자영을 눈앞에 보고 있는 것처럼 스스럼없이 묻고 있었다. 어서 보여달라고 재촉하듯 목소리는 빨랐다. 자영이 난색을 표했다. 담장 안의 여인은 마녀처럼 담장을 뚫고 보는 것일까, 아니면 담장에 남모르는 구멍이라도 뚫린 걸까. 아, 이건 보여 드릴 수가 없어요. 자영은 얼굴도 보이지 않는 상대방을 향해 계속 대답해야 할까 고심했다. 여인은 자영의 변심을 예민하게 감지한 듯했다.

—나는 세상에 대해 아는 것이 없느니라. 그림만이 유일한 친구야.

여인의 목소리는 속울음을 참는 듯 가늘게 떨렸다. 자영은 여인의 목소리에 마음이 흔들렸다. 어쩌면 몸이 아파서 얼굴을 가리고 사는 사람인지도 몰랐다. 남에게 얼굴을 보일 수 없는 사람은 자연만이 친구일 터이니 몹시 외로울 것이다. 그럼 잠시뿐입니다. 자영은 두 팔을 높이 들어서 담장 위로 묵란을 올렸다. 여인은 묵란을 보며 침묵했고, 침묵은 묵란 주위를 떠돌고 있는 것처럼 느껴졌다.

그건 묵란이 아니니라. 오랜 침묵 끝에 내놓은 여인의 말은 의외였다. 자영이 팔을 내리고 묵란을 시통에 얼른 넣었다. 여인의 눈앞에서 묵란은 사라졌다. 여인은 안타까운 듯 말을 조금 더듬었다.

—묵란이 아니고 글이구나. 상대를 향해 하고 싶은 말이 많은 묵란이다. 도대체 누구한테 가져가는 묵란이냐?

그건 대답할 수 없어요. 자영은 숨길 수 없는 감정에 휘말리는 표정을 지었다. 묵란 때문에 수모를 당했던 순간들이 푸르르 떠올랐다. 남모를 사연이 있구나. 자영의 얼굴이 발그레해졌다. 정말 초능력 귀를 가진 여인에게 얼굴도 들키고 속마음까지 죄다 들킨 것 같았다.

—꽃의 구도는 너무나 정확해서 조금도 치우침이 없으니 완벽의

경지다. 평생 눈물 한번 흘려보지 못한 선녀의 얼굴처럼. 어찌 그런 묵란을. 혹시 너는 교방에서 온 아이냐?

—아니어요.

—묵란이 사람을 잘못 찾아가면 묵란에게 그보다 슬픈 일은 없어. 사람처럼 감정이 있다면 묵란이 먼저 싫다는 표현을 하겠구나.

—아, 정말. 저는 바보처럼 묵란을 거절당한 사실에만 상심하고 있었어요.

—묵란을 못 알아보는 사람이라면 거절도 의미가 없지 않겠느냐. 아. 그러고 보니 묵란을 그린 사람의 이름이 들어가 있으면 좋겠구나. 사람들은 묵란을 그리면 자기 이름을 써놓기 바쁜데. 아마도 그 묵란의 주인은 이름이 없거나 숨어사는 사람인 거 같다.

—이름이 있어요. 숨어살지도 않아요.

지금까지 여인의 말은 한 번도 틀리지 않았다. 목소리만 듣고도 상대방의 마음을 정확하게 알아맞히던 여인의 말이 조금씩 틀리기 시작했다. 자영이 웃었다.

—필획의 내공이 보통을 넘어서는 걸 보면 벼슬이 높은 남자인가 보구나.

—벼슬은 없대요.

자영의 얼굴에 웃음이 걷히고 장난기로 채워졌다. 잠시 동안 여인의 목소리가 들리지 않았다. 아마도 여인은 생각하는 중인 듯했다.

—아, 시간이 늦었어요. 다음에 또 뵙지요.

자영이 몸을 돌려 재빨리 걸어가기 시작했다. 자영이 보여준 묵란은 난초가 무성한 총란화였다. 담장 안의 여인은 옆에 서 있던 궁녀를 향해 손짓했다. 궁녀가 서둘러 대문을 열고 자영의 뒤를 쫓아가기 시작했다.

쟁강쟁강, 쩽쩽쩽, 쟁쟁쟁쟁.

요란한 꽹과리 소리였다. 자영은 저잣거리를 재빨리 걸어가다가 제자리에 섰다. 저잣거리 한복판에서 광대놀이가 벌어질 예정이었다. 저잣거리를 지나던 사람들은 남사당패가 왔다고 수군거리며 모여들었다. 남사당패에는 기예가 뛰어난 여자가 있다고 했다. 그러나 여자라는 소문만 있지 여자라는 사실은 확인되지 않았다. 남사당패에서 인기를 끌려고 부러 소문을 퍼뜨렸는지도 몰랐다. 남자 꼭두쇠가 품는 여자라면 모를까. 남사당패에 여자가 있을 리 없는 것이다. 그러나 사람들은 사내애가 아니라 여자애라고 믿고 있었다. 그렇게 믿으면서 남자들을 이끌고 다니는 대단한 여자애를 보고 싶은 마음이 있었다.

남색, 자주, 노란색이 화려하게 어우러진 옷을 입은 여자애가 나오자 사람들은 귀가 멍멍 울리도록 환호했다. 광대 옷을 입었지만 선이 고운 얼굴, 까만 눈매와 콧등, 가녀린 어깨선을 보면 여자가 분명했다. 열다섯 살에 남사당패 꼭두쇠가 되었다는 여자다. 자영은 여자애의 얼굴을 유심히 살펴보다가 어떤 익숙한 느낌에 사로잡혔다. 누구였더라. 어디서였더라. 애써 생각할수록 머릿속은 백지처럼 하얘지고 여자애의 움직임만 흐릿하게 남았다.

아슬아슬한 공중 줄타기가 시작되었다. 굵은 장대가 세워진 곳으로 성큼 올라간 여자애는 사람들 머리 위에서 손을 흔들었다. 흰색 구름 사이로 햇빛이 어른어른 어지럽게 움직였다. 거칠 것 없는 공중에서 날아온 투명한 햇빛이 눈을 찔렀다. 여자애가 몸을 움직이면 남색, 자주, 노랑 옷자락은 어지럽게 나풀거렸다. 높은 줄은 삶과 죽음을 가르는 금이었는데 여자애는 위태로운 금을 자유롭게 넘나들고 있었다. 땅과 하늘을 넘나드는 새처럼 보였다. 여자애는 사람들 머리 위에 서서 사람들의 시선을 받는 독보적인 존재였다.

사람들은 여자애의 위태로운 발걸음을 따라 긴장했고, 여자애 대신 비명을 꽥 질렀고, 간혹 안도의 한숨을 내쉬었다. 여자애는 눈을 어지럽히는 햇빛을 피해 아슬아슬하게 움직였고, 지붕보다 높은 줄은 한껏 위태로웠다. 여자애는 세상의 지붕들 위로 날아오를 것처럼 두 팔을 쫙 벌렸고, 결심한 듯 두 발로 힘껏 뛰었다. 자영은 눈을 감아버렸다. 여자애는 사람들 앞으로 다가와서 넙죽 큰절을 했다. 와와. 사람들은 여자애에게 미친 듯이 환호했다.

남자가 한 명 나오더니 곧이어 양반놀이가 있을 것이라고 말했다. 여자애는 녹의홍상을 입은 음전한 규수로 분장을 하고 다시 나왔다. 장소는 양반집이었다. 공연은 마당으로 들어가려던 가마가 대문에 걸리면서 시작되었다. 가마꾼들이 난색을 표하며 가마를 뒤로 뺐고, 양반집 주인이 달려나와 호통을 쳤다. 남자 하인들이 달려나와 대문을 부수더니 더 높은 대문으로 만들었다. 솟을대문은 즉석에서 만들어졌다. 녹의홍상 규수는 가마에서 나와 조용히 방 안으로 들어갔다. 댕기머리를 곱게 땋아 내린 규수는 웬일인지 슬픈 얼굴이었고, 관중들은 이유도 모르면서 가슴을 졸였다. 붉은 모란 병풍 앞에서 한쪽 무릎을 세우고 앉아 있는 규수의 얼굴은 불안하게 흔들렸다.

공간은 궁궐의 내전으로 바뀌었다. 신하들 사이에 격론이 붙었고, 외국인 선교사도 끼어 있었다. 외국인 선교사의 조선말은 발음이 부정확해서 이상한 말로 들렸다. 관중들의 박수 소리와 웃음소리가 터졌고, 약간의 소란스러움 속에서 공연은 활기를 띠었다. 처음부터 끝까지 침묵했던 왕과 어전회의 내내 화를 냈던 신하들은 어두운 얼굴로 퇴장했다.

그다음에는 남녀노소가 모여 앉은 방 안이 나왔고, 찬송가 소리가 조심스럽게 울려 퍼졌다. 엄숙하게 들리는 찬송가 소리가 그쳤고, 미사를 드리는 서양 신부의 모습이 보였다. 주인집을 몰래 나온 계집종은 신부에게 세례를 받았다. 양반집 규수는 눈을 감고 묵주기도를 하고 있었고, 그 옆에 남자 노비가 고개를 숙이고 앉아 있었다.

솟을대문 양반집 뒷마당이 다시 나왔고, 남자 노비가 십자가 나무 널빤지에 납작 엎드려서 처절하게 매를 맞고 있었다. 엉덩이에 달라붙은 바지에는 시뻘건 핏물이 배어들었다. 주인영감의 명령을 받은 남자 하인들이 좌우에서 계속 물을 끼얹으면서 몽둥이를 들었다. 주인 영감은 절간의 사천왕처럼 서 있었다.

주인집 아씨를 사모한 남자 노비의 이야기였다. 혼인해! 혼인해! 혼인해! 갑자기 구경꾼들이 한 목소리로 외치기 시작했다. 사방에서 내리꽂히는 빗줄기처럼 거칠 것 없는 외침이었다. 하늘이 장대비를 쏟아낼 때 들리는 천둥소리처럼 두려움이 느껴질 정도로 거센 외침이었다. 자영은 당황한 얼굴로 좌우 사람들을 쳐다보았다. 사람들로 꽉 들어찬 비좁은 공간 속에서 사람들의 땀 냄새가 훅 끼쳤다. 자영은 갑자기 불안해져서 주위를 이리저리 둘러보았다. 해는 설핏 기울어졌고 집으로 돌아갈 시각을 점점 놓치고 있었다. 저잣거리 상점들은 대부분 문을 닫았고, 몇몇 난전의 주인들만 땅바닥에 앉아서 쉰 목소리로 호객하고 있었다. 자영은 사람들 틈을 빠져나왔다. 청나라 비단을 파는 여자가 붉은 천을 펼쳐 보였다. 여자 주인은 붉은 비단을 어깨에 두르면서 웃었고, 자영은 고개를 돌렸다.

탕! 느닷없이 들리는 총소리였다. 공연이 갑자기 중단되었고, 사람들이 사방으로 달아났다. 이유를 묻는 사람은 없었다. 저잣거리에서 금지된 공연이었고 흔한 일이었다. 신발을 잃어버린 사람은 맨발로 뛰었다. 뛰어가다가 넘어지는 사람도 있었고 어린애 울음소리도 들렸다. 자영은 서둘러 뛰어가다가 치맛자락을 밟고 땅바닥에 넘어졌다. 사람들은 돌개바람처럼 무섭게 지나갔고, 시통을 사람들의 발자국 속에서 잃어버렸다. 거친 말발굽 소리가 들렸고, 자영은 말들을 피해 몸을 이리저리 굴렸다. 사냥터에서 돌아오는 김 씨 가문의 사내들이었다. 사냥 옷을 입은 사내들은 하늘을 향해 탕탕 총을 쏴댔고, 군중을 순식간에 해산시켰다.

말발굽 소리와 흙바람과 총소리와 비명 소리. 혼미해지는 의식 속에서 강한 햇빛을 느꼈을 때 말을 탄 녹의홍상 규수가 손을 내밀었다. 아까 공연했던 남사당패 여자였다. 녹의홍상 규수는 자영을 태우고는 무작정 내달렸다. 사람들이 보이지 않고 나무숲만 보이는 한적한 길로 들어섰을 때에야 말이 멈췄고, 자영은 말에서 내렸다. 녹의홍상 규수는 아무 말 없이 자영을 내려다보았고, 자영은 녹의홍상 규수를 올려다보았다. 고맙다. 녹의홍상 규수는 아무 대꾸 없이 말머리를 돌리고는 이럇! 하며 내달렸다. 서쪽 태양을 향해 달리는 남사당패 여자의 붉은 치맛자락이 바람을 품고 거칠게 휘날렸다. 서쪽 태양은 붉게 풀어지고 있었고, 나무들은 거무스름해지고 있었다. 자영은 온몸이 가라앉는 듯 통증이 심했지만 걸어야 했고, 살아야 했기 때문에 이를 악물고 참아야 했다.

자영은 집으로 무사히 들어가고 나서야 저고리가슴에 가둬두었던 숨을 몰아쉬었다. 자영은 사랑방 앞에 간신히 섰고, 이하응이 기다린 듯이 방문을 열었다. 이마에서 피가 흘러내려 볼에서 굳었지만 자영은 아픈 줄도 모르고 서 있었다. 민씨 부인이 달려나와서 자영을 안방으로 데리고 들어갔다.

삼 일이 지난 후에 자영은 약을 바른 얼굴로 사랑방에 들었다. 이하응은 병풍 앞에 앉아 서책을 읽고 있었다.

—몸은 괜찮으냐.

—괜찮사옵니다.

이하응은 고개를 끄덕이며 자영의 얼굴을 살폈다. 며칠 앓은 몸은 다소 수척해 보였고 이마와 볼에는 약간의 찰과상만 남았고 붓기는 가라앉았다. 머리카락을 단정하게 빗어 넘겼지만 이마에는 붉은 기가 돌았다.

—그래, 김병학의 표정은 어떻더냐?

—방 안에 계셨고, 저는 처다보지도 않으시면서 후원 정자에 갖다 놓아라, 그러셨어요.

그래? 다행이구나. 이하응은 고개를 돌리며 웃었다. 자영은 다행이라는 뜻을 알아듣지 못해서 표정이 어두워졌다. 심부름을 제대로 못했다고 꾸짖는 말인지 알 수 없었다. 자영은 옷매무새를 바로 하며 긴장했다. 이하응의 질문이 계속 이어질 것이기 때문이다.

—네 얼굴을 쳐다보지도 않으면서 말이지. 방 안에는 누가 함께 있더냐.

—지난번에도 뵈었던 분인데 얼굴이 작고 수염이 많은.

—김병기로군. 바둑을 두러 온 거야. 그래, 너를 보는 김병기의 표정은 어떻더냐?

—마찬가지로 쳐다보시지도 않고 말씀도 없으셨어요.

그래. 이하응이 서책 한 장을 넘기며 또 웃었다. 김병기의 태도가 재미있다는 것인지 서책이 재미있다는 것인지 알 수 없었다. 이하응은 한참 동안 말이 없었고 서책만 넘기고 있었다. 자신을 쳐다보고 앉아 있는 자영에게 그만 나가보라는 말도 하지 않았다. 시선 둘곳을 찾지 못하던 자영이 병풍의 흰 목단들을 하나씩 쳐다보았다.

—좀 여쭈어도 되겠습니까?

자영이 나가야 할까 말까를 고심하다가 조심스럽게 물었다. 이하응이 서책을 다음 장으로 넘기면서 고개를 끄덕였다.

—제 말씀을 들으시면서 왜 계속 웃으십니까? 화를 내셔야 옳다고 생각합니다.

—문전박대를 당한 일이 억울해서 그러느냐?

—저는 괜찮습니다. 정말로 괜찮습니다. 단지 어르신께서…….

—어허, 아버지께서.

아버지께서. 자영이 부끄러움에 고개를 푹 숙였다.

—자존심이 상했느냐?

이하응이 다시 한 번 웃었다. 자영은 이미 눈물을 몇 방울 떨어뜨려서 그렁그렁한 눈이었다. 그러면서도 애써 참는 표정이 역력했다.

—그 자존심은 너를 위해서이냐, 나를 위해서냐.

자영이 깜짝 놀란 얼굴을 들었고, 이하응은 또 한 번 웃었다. 이하응은 평소에 잘 웃지 않는 성품이었다. 자영은 말보다 더한 웃음을 망연히 쳐다보았다.

—자존심은 네 몸의 가치를 말하는 것이냐? 자존심에 가치가 있다면 누가 너의 자존심을 재는 사람이냐? 너의 자존심은 상대의 반응에 따라 생기는 것이냐? 자존심은 너만 알고 있는 네 속의 친구처럼 다른 사람들은 그 존재에 대해 아무도 몰라야 한다. 그게 진짜 자존심이다. 김 씨 가문의 사내들이 너를 쳐다보지 않아서 자존심이 상했다면 너는 신경 쓸 필요도 없는 것에 과노한 신경을 쓰고 있는 것이다. 때로 자존심은 단순히 인내심일 뿐이다. 시간이 저절로 해결해 줄 일을 가지고 자존심을 과하게 내세운다면 인내심이 부족하다는 뜻이다.

—소녀는.

—너는 묵란을 전해주려고 갔고, 묵란을 전해줬다.

—하지만.

자영은 묵란을 전하지 못했다는 말을 하지 못했다. 묵란은 사람들의 어수선한 발길 속에서 잃어버렸다.

—너는 할 일을 다 한 것이라는데도 고집이구나. 소심한 사람이 자신의 행동을 곰곰 되씹으며 의미를 부여하는 것이다. 상대는 아

무 생각도 하지 않고 편안히 밥을 먹고 있는데 말이다. 똑똑한 줄 알았는데 겉똑똑이구나.

예. 자영은 알 듯 모를 듯 애매한 표정으로 겨우 대답했다. 이해하기에 어려웠지만 따라야 할 것 같았다. 자영은 자신의 감정이 정확히 무엇 때문인지 알 수 없어서 혼란스럽기도 했다. 분명한 이유가 하나뿐이라기보다는 뭔가 서로 얽혀서 뒤죽박죽인 느낌이었다.

─너는 김 씨 가문의 사내들 앞에서 절대로 싫은 내색을 하지 말거라. 할 수만 있다면 정중히 예의를 갖추고 좋은 내색만 하면 된다. 김 씨 가문의 사내들이 너에게 은혜를 베푸는 자들임을 잊지 말거라. 그러면 저절로 웃게 된다.

─은혜라니요?

─그렇게라도 생각하라는 거지. 그러면 애써 노력하지 않아도 마음이 편할 것이 아니냐. 그래야 어쩌다 대화라도 하게 되면 말도 거짓 없이 나오지. 그러니 너는 그렇게 생각하고 살아라. 상심하지도 말고 따지지도 말고 후회하지도 말고 결심하지도 말아라.

─아버지, 소녀가 어리석어서.

─아직도 못 알아듣는구나. 상대가 김병학이니 얼마나 다행이냐. 김병기보다는 훨씬 낫지. 김병기라면 내가 왕족이라는 이유로 도성 밖으로 벌써 내쫓았을 것이다. 도성 밖으로 내쫓기면 우리에게 기회는 없어. 권력자의 눈 밖으로 벗어나 있는 것보다 사정거리 안으로 들어와 있는 게 더 안전할 때가 많아. 상대의 움직임을 빤히 알수 있으니 오히려 안심하게 되지. 김병학은 용의주도하고 찬찬한 성품이야. 상대를 도성 밖으로 내쫓고 잊어버리는 인물이 김병기라

면 상대를 도성 밖으로 내쫓고 옆에 감시하는 사람을 붙이는 인물이 김병학이야. 만약에 김병학이 네 얼굴을 유심히 살피면 그게 더 문제가 된다. 김병학이 마음먹고 생각만 한다면 너는 표적이 되고 네 행동은 금방 들켜. 그러니 네 얼굴을 쳐다보지 않는 것을 다행으로 생각하여라.

—계속 참으라는 말씀이옵니까?

자영은 솟구치는 감정을 억지로 누르며 말했다. 이하응의 말은 머리로는 이해하지만 가슴으로는 받아들여지지 않았다. 이하응은 아무 말 없이 자영의 눈동자를 쳐다보았다. 석파란 심부름을 할 아이로 자영은 적임자였다. 만약에 아들을 시키면 김병학이 그 일을 예사로 보지 않을 것이다.

—어째 뱃속이 출출하니 술이 고파오는데……. 난은 그만 치고 술이나 먹으러 나갈까.

—방 안에 한 명이 더 있었어요. 제 또래처럼 보이는 도령이 있었는데 서책을 많이 읽었는지 아는 것이 많았어요.

—김옥균을 본 모양이구나. 김병기 양아들인데 한양 명문가 사이에 소문이 날 만큼 똑똑한 놈이야. 흥. 요즘은 개나 소나 먹고살 만하면 양자를 들이니 그래야 권세가 축에 끼는 모양이다.

이하응은 혼자 중얼거리다가 문득 자영의 새침한 얼굴을 빤히 쳐다보았다. 미간 사이에는 붉은 기운이 돌았다. 평소에는 눈에 잘 보이지 않는 붉은 점. 붉은 점은 퍼져 있어서 점이라고 보기도 어려웠다. 이하응은 자영의 기분이 예민해질 때마다 이마에 붉은 기운이 도는 것을 언제나 눈여겨보았다.

작은 눈매에는 총명한 기운이 감돌아서 또래보다 영리한 얼굴이었다. 게다가 이하응의 심부름으로 조선의 일인자 김병학을 만나고 있으니 보기 드문 행운아였다. 한 시대를 풍미한 별똥별이 급히 떨어질 때 이제 막 태어나는 신생의 별을 스치기도 하는 법. 인연이란 그런 것이었다. 자신이 행운아인지도 모르고 흘리는 눈물은 별의 이치를 모르는 어린 눈물이었다. 그러나 눈물을 흘리는 자존심을 가진 아이가 어른으로 성장해 별의 이치를 알게 되는 날 눈물은 비수가 될지도 몰랐다.

─세상이 무섭습니다. 소녀는 무엇을 따라야 하는지 혼란스럽습니다. 왜 남자 노비가 양반집 규수와 혼인을 해야 되는지요. 남사당패 공연을 보고 구경꾼들이 그리 하라고 막 외쳤어요. 단지 서로 좋아한다는 이유만으로 그리 하라고 외쳤습니다.

자영의 목소리가 사뭇 떨렸다. 자영은 아직도 관중들의 외침 속에서 빠져나오지 못한 표정이었다.

─좋아한다는 이유만으로 남녀가 혼인할 수 있다면. 아, 그런 세상은 상상하기가 어렵지만. 저라면 혼인하지 않겠어요. 좋아하는 감정은 평생을 약속할 수 있는 기준이 못 됩니다. 좋아해서 혼인할 수 있다면 싫어지면 이혼할 수도 있다는 말이 아니겠는지요. 어찌 사람으로서 인륜을 따르지 않고 한순간의 감정을 따르겠는지요.

─성리학 법도에서는 금기지만 서학 교리에서는 가능한 일이다.

─서학의 인간 평등이라는 말이 인간 존엄성을 뜻하는 것이지 인륜의 대사에 감정을 내세우는 말은 아니라고 생각합니다. 인간 존엄성이란 자기 딸을 좋아한다고 이유로 주인어른이 남자 노비를 함

부로 패서는 안 된다는 것이지 서로 좋아하니까 혼인할 수 있는 것이 아니라고 생각합니다.

―정확한 지적이다. 네 말을 들으니 너는 영락없는 양반집 규수이구나. 나는 양반이기 때문에 네 말이 옳다고 생각한다. 그러나 네가 여자 노비였다면 어찌 말했을지 생각해 보아라. 성리학의 입장에서 서학을 바라보면 저항감만 생길 뿐이니 각각의 입장에서 고루 생각해 보아야 한다. 노비 입장에서는 옛날에는 감히 생각지도 못했던 것들을 자유롭게 말하는 시대이겠지. 허나 성리학 입장으로 보면 반인륜적 행위가 가능한 시대가 아니냐? 그걸 서학이 가르쳐 준 것이다. 좁은 마당을 돌아다니는 닭에게 독수리의 날개를 달아 준 격이지. 서학을 믿으면 하느님을 만난다는 말. 그건 하늘을 나는 독수리의 꿈이다.

아. 누구나 독수리가 될 수 있다면. 자영이 한숨을 내쉬었다. 내일은 무슨 일이 일어날지 알 수 없는 불안한 정국이었다.

―군중이 무서워요. 다 같이 힘을 합해 소리를 지르는데 그건 사람을 혼인시키라는 말이었지 사람을 그만 때리라는 말이 아니었어요.

―인간 존엄성은 성리학이나 서학이나 똑같다. 성리학에서도 사람을 함부로 때리라는 말은 없다. 그러나 성리학에서는 반상의 법도가 엄격하기 때문에 단순히 좋아한다는 감정만으로는 혼인할 수 없다. 양반이 반상의 법도를 내세워 남자 노비를 팼다면 성리학적 가치관을 개인의 감정으로 악용한 것이다. 권력자가 일방적으로 사람을 패는 것이나 집단의 목소리로 사람을 혼인시키라고 강요하는

것이나 둘 다 폭력이다.

—그래서 혼란스럽습니다. 양반도 무섭고 군중도 무섭습니다.

—그래. 권력자는 감정보다는 법을 세우려 하고 군중들은 법보다는 감정에 움직이려 한다. 그래서 충돌이 일어나는 것이다. 합리적인 법을 백성들이 따르지 않는 게 아니라 법이 불합리하게 악용되었을 때 백성들이 불합리성에 저항하며 따를 필요가 없다고 생각하는 것이지. 성리학은 지배층을 위한 학문이다. 성리학 입장에서 보면 백성의 감정을 부추기는 서학은 적이야.

—서학은 백성들 편에 서 있는 것인지요.

—성리학도 백성들 편에 서서 정치를 하라고 말한다. 위정자들이 그것을 지키지 않는 게 문제이지. 모든 정치 이념에는 이상(理想)이 들어 있다. 성리학의 이상은 인을 바탕으로 한 덕치국가니라. 서학이 내세우는 사랑과 다를 것이 없다.

사람을 사랑하라……. 자영은 고개를 끄덕였다.

—지금은 공자가 이상적인 군주를 찾아 철환천하하던 춘추시대와 다를 것이 없다. 고깃덩어리가 있으면 쇠파리들이 날아드는 것처럼 동물적인 감각에만 반응하는 시대는 불행하다.

—마음이 불행하겠지요.

—본질은 그것이다. 사람의 마음. 서학이나 동학이나 마음을 강조하는 것이다. 김병학은 그걸 간과하고 있어. 위정자이기 때문에 보지 못할 수도 있지. 권력자가 볼 수 있는 시야는 외려 좁다. 그래서 간언하는 아랫사람이 필요한 것이지.

—정말 그런 사람이 없는지요?

―없지. 권좌에서 시퍼렇게 눈을 뜨고 있지만 백성들의 마음을 보지 못하니 눈뜬장님과 같다. 다른 나라는 총칼로 지배할 수 있지만 백성은 총칼로 지배할 수 없다. 그런데 방 안에 앉아 총칼만 쥐고 있으니 권력에 취한 자의 모습이 아니겠느냐. 하하하.

이하응은 기분 좋게 파안했다. 바둑판에서 바둑을 두듯 예리한 눈빛이 눈웃음에 사그라졌다.

―만약에 성리학적 질서가 무너지면 어떤 사회가 되겠느냐. 청나라 태평천국처럼 신의 아들이 왕이 되는 신권국가가 될까. 서학이 만민평등을 주장하나 그 속에는 하느님이라는 절대관념 아래 사람이 순명하라는 율법이 있으니 그것도 지배와 피지배의 이분법적 논리다. 서학의 율법이 지키기에 더 까다로운데 백성들이 그걸 모르는구나. 백성이 성리학을 양반처럼 적으로만 바라보아서 그렇다. 그러니 조선의 위정자들은 백성들의 배신을 탓하지 말고 성리학적 가치관을 재정비해야 한다. 법을 합리적으로 실행해야 백성들이 따를 것이다.

자영은 의문이 풀린 표정으로 고개를 끄덕였다. 이하응의 말은 언제 들어도 명쾌했다. 사람들을 만날 때에 가슴으로 달려들던 의문들이 모두 제자리를 찾아가는 느낌이랄까. 듣고 나면 서책보다 재미있었고 자신감이 생기기도 했다. 어느 날은 하루 종일 묻고 싶은 마음에 조바심이 나기도 했다. 자영의 이마는 더욱 붉어졌고 두 눈동자는 까맣고 또렷해졌다.

―정말로 양반 계급사회가 무너진다면 어찌 되옵니까.

―산이 무너져 봤자 땅밖에 더 되겠느냐. 또 다른 어떤 것을 통해

서 계급사회가 만들어지겠지.

—또 다른 어떤 것. 그게 도대체 뭔지요.

—그걸 알고 있다고 말하는 사람이 나타나지. 가장 쉬운 게 신흥종교 지도자. 대단한 일을 겪은 사람들은 더욱 하늘에 의지하지. 하늘도 자기편이라는 몽상에 빠지니까. 허나 종교는 변혁을 이루는 징검다리일 뿐 그것 자체가 신흥국가가 될 수는 없다.

이하응은 웃으면서 그만 물으라는 표정을 내비쳤고, 자영은 붉게 상기된 얼굴을 숙이며 일어섰다. 이하응은 방문을 열고 나가는 자영의 뒤태를 바라보다가 고개를 돌렸다. 방문을 나갈 때에도 누구보다 조심스럽게 걷는 발걸음이었다. 꼭꼭 땋아 내린 머리카락에 매달린 댕기는 조금도 움직이지 않았다. 반은 마음에 들고 반은 마음에 들지 않았다. 똑똑하니까 마음에 들고 똑똑하니까 마음에 들지 않는 모순된 감정이었다.

이하응은 흰 종이를 꺼냈다. 내일을 알 수 없는 조바심 때문에 감정이 지나치게 많아지는 날들이다. 희망이 있는 내일은 가두었던 욕심을 일깨웠고, 백성들이 그 희망을 열어가고 있었다. 백성들이 희망의 문을 여는 날에 가장 맨 앞에 서 있다가 제일 먼저 들어가야 했다. 시대가 바뀌는 건 새 사람이 필요하다는 것. 불안한 시대에서 궁궐의 왕으로 산다면 백성들에 의해 쫓겨날 것이니 어쩌면 몰락한 왕족으로 기회를 노리고 사는 처지가 천운일지 몰랐다.

서안 옆에는 벼루와 먹과 연적이 놓여 있었다. 생각이 많은 밤에 선잠에 들었다가 깨어나 새벽에 갈아놓은 먹물이다. 점점 새까매지는 먹물이 고즈넉한 시간을 견디는 친구가 돼주었으나 새까만 먹물에는 제 얼굴이 비치지 않았다. 이하응은 거울을 닦듯이 벼루에 대고 먹을 문질렀다. 시간이란 놈은 먹물 속으로 들어와서 날 선 기억들을 되비추었다. 연적에는 청룡의 뿔이 심하게 깨어져 있었다. 며칠 전에 난을 치다가 화가 나서 연적을 집어 던졌던 것이다. 그리다 만 석파란은 세상으로부터 쫓겨난 것처럼 반쪽이 되었다.

최제우의 푸른 눈빛이 생각났다. 조선사회에서 십 년을 떠돌며 방황하고 십 년을 입산수도한 사내의 입에서 나온 말은 단순했다. 네 마음이 내 마음이다. 자기 마음을 상대방에게 강요하는 것이 아니었다. 내 마음과 네 마음이 서로 통한다는 공감의 언어인 것이다. 억압과 투쟁이 아닌 평등과 상생의 대화. 위대한 평등은 속된 계급을 무너뜨리기 때문에 적(敵)이 될 수밖에 없는 남자.

이하응은 붓을 잡았다. 공자가 살아 있다면 공자에게 길을 묻고 싶었다. 먹물과 치욕이 차갑게 뒤섞이고 있었다. 날숨이 뿌연 안개로, 뿌연 안개가 종이의 여백으로 바뀌는 순간은 알 수 없는 시간 속이었다. 높은 산 깊은 계곡처럼 꿈이 높은 사람은 현실에 깊이 절망하는 법이다. 꿈은 아름다운 허상이며 바위처럼 각박한 현실에서 피어나는 것. 흙 한 줌 없는 척박한 바위. 그곳에서의 완벽한 개화. 진흙에 물들지 않는 연꽃처럼 그래야 했다. 바위 위에서 뼈와 같은 뿌리를 뻗는 난초처럼. 거침없는 허공에서 난초는 피어나고 난초의 뿌리가 바위를 감싸면서 결국에는 바위를 깨리라. 그것이 나 이하응의 석파란이다. 이하응은 먹물이 지나는 길을 노려보았다. 허공과 난엽과 바위가 어우러진 절묘한 각도였다. 이하응은 달빛이 들어올 때까지 석파란을 들여다보며 내내 앉아 있었다.

전(傳) 이하응(李昰應, 1820—1898) 필(筆) 묵란도(墨蘭圖), 82×32㎝, 국립중앙박물관

철종은 침전인 희정당에 누워 있었다. 꿈결인 듯 들었던 그 소리는 스쳐 지나가듯 아스라했지만 방 안을 쩡쩡 울리듯이 컸다. 설핏 잘못 들었나 싶었는데 탕! 탕! 탕! 벽이라도 뚫을 듯 정확히 세 번 울렸다. 꿈은 자꾸 반복되었다. 철종은 가위 눌린 잠에서 힘들게 눈을 뜨고는 육각 무늬 방문을 겨우 쳐다보았다. 나인들의 그림자가 어릿거렸다.

정전인 인정전에도 편전인 선정전에도 언제부터 나가지 않은 것인지 기억이 희미했다. 신하들의 꼭두각시 노릇을 할 때에도 국정을 알 수 없었지만 방에서 칩거하는 동안에는 국정을 더욱 알 수 없었다. 왕을 찾아오는 신하는 없었다. 어의는 정확한 병명을 내지 잃고 신경증이라는 말로 얼버무렸다. 나인들은 매 끼니마다 신경증 치료에 좋은 백합죽을 끓여댔고, 돼지염통볶음 요리를 올렸다. 저울에 정량을 달아서 가루로 빻거나 물에 달이는 연꽃 열매, 쥐오줌풀, 천궁, 석창포, 백복신, 측백씨를 요리했다. 탕! 탕! 탕! 세 번 울린 소리는 돼지고기 냄새도 맡기 싫은 날에 들은 소리였다.

그 소리는 무엇이더냐. 철종은 이부자리에 누워서 눈을 감은 채로 말했다. 지밀상궁이 붉은색 비단 이불 호청을 이틀 전에 황금색으로 갈았다. 황금색은 장수를 기원하는 색이었다. 전하. 상선이 다가왔다. 철종은 목소리를 향해 손을 들다가 힘없이 내렸다. 환청이었나. 철종의 눈가에서 눈물이 흘러내렸다. 병든 몸이 서러웠다. 아니옵니다. 상선이 난색을 표하며 머뭇거렸다.

—망극하게도 어리석은 백성들이 전하를 뵙기를 청한다 하옵니다.

꿈이 아니었더란 말이냐. 나를 죽이러 백성들이 왔다는 것이냐. 지밀상궁은 참담한 표정으로 고개를 돌렸고, 상선이 그 자리에 이마를 대고 엎드렸다.

—아니옵니다. 수문군의 총소리였는데 하늘을 향해 쏘았을 뿐 다친 백성은 없다고 하옵니다.

백성들이 무섭구나. 철종은 눈을 감았다. 잠은 불안한 의식을 붙들고 있다가 드문드문 사라졌고 가끔씩 정신이 들었다. 잠도 어깨를 누르는 짐처럼 무거웠고 맘대로 할 수 있는 건 없었다.

방문이 조심스럽게 열렸고 버선발 소리가 들렸다. 비단 치맛자락 소리와 함께 체온이 느껴졌다. 환후는 어떠신지요. 중전이 옷고름을 들며 눈물자락을 보였다. 철종은 고개를 돌리지 않았고 눈을 뜨지도 않았다. 전하. 중전의 목소리는 간절했다. 소첩은 전하 때문에 하루도 마음 편할 날이 없사옵니다. 중전은 지아비의 병색을 측은한 눈길로 바라보았다.

중전은 무슨 감시를 하러 온 거요. 철종의 목소리는 겨울철 얼음장보다 차가웠다. 열에 들뜬 얼굴에서 나온 목소리 같지 않게 냉랭했다. 중전은 남색 당의를 입은 허리를 곧게 펴고 지아비를 원망스럽게 쳐다보았다. 부부의 인연을 맺었지만 결코 한 군데서 흐르지 않는 두 개의 강물처럼 두 사람의 거리는 멀었다. 안동 김 씨 여자를 통하지 않고서도 혈손을 볼 수 있는 철종은 오직 그 사실에만 집착하는 것처럼 후궁들을 번갈아 불러들였다. 왕과 밤을 섞은 후궁들은 많았지만 이상하게도 수태 소식은 들려오지 않았다.

중전은 나쁜 생각을 물리치려 고개를 흔들었다. 선왕 영조의 혈손으로는 헌종과 철종 두 사람뿐인데 헌종이 요절했으니 철종도 요절할 것이라는 소문이 돌고 있었다. 후손의 명줄에 영향을 미칠 만큼 선왕 대에 무슨 일이 있었다는 말인가. 요절한 사도세자의 한이 아직도 어두운 구천을 떠돌고 있다는 말인가. 중전은 용하다는 박수무당을 대조전으로 여러 번 불러들여 굿을 하기도 했고, 유명한 사찰에 백일치성을 올린 것도 수십 번이었다. 선조 대에 폐지되었던 소격서를 다시 만들어서라도 일월성신께 치성을 올리고 싶었다. 여염집 여자에게 있는 것이 왜 제게는 없는 것입니까. 초월적 존재에게 매달렸던 마음은 무심한 남편에게로 향했다.

들라 하라. 방문을 쳐다보는 중전의 눈매가 차갑게 가라앉았다. 오랜 생각을 거친 표정이었고 결심을 굳힌 눈빛이었다. 방문 밖에서 조용히 서 있던 무수리가 어두운 얼굴로 들어왔다. 무수리는 아주 조심스러운 발걸음으로 두려움을 표현하며 겨우 문지방을 넘어서고는 허리를 푹 꺾었다. 어서. 철종이 무수리를 향해 이리 오라고 손짓했다. 무수리가 중전의 눈치를 살피며 머뭇거렸다. 철종은 메마른 입술을 달싹이며 손으로 계속 재촉했다. 중전은 지아비의 얼굴을 빤히 쳐다보았다. 지아비의 눈동자는 뜨거웠고 손은 떨렸다. 어서 부르라.

그곳으로 찾아가면 잃어버린 사람을 만날 수 있을까요. 집은 허물어지

고 잡초가 우거진 그곳으로 가면 잃어버린 사람을 만날 수 있을까요. 인적 없는 집에 달이 뜨면 멀리 보이는 그곳을 그리움이라 불러도 될까요.

무수리의 들숨이 없는 가락을 만들어내고 있었다. 숨소리만 깔린 방 안에서 노래는 도드라졌다. 철종은 고향을 생각하며 뜨거운 한숨을 토했다. 무수리도 고향 노래를 부르며 외로움을 달래고 있었다. 그 마음을 알아챈 철종이 무수리의 손을 끌어당겨서 제 심장에 대었다. 왕의 흰 저고리 속은 따뜻했고 심장은 약하게 파닥였다. 무수리가 중전의 눈치를 살피며 억지로 손을 빼냈다.

너는 누구냐. 철종이 확인하듯 물었다. 무수리 앞에서 수백 번을 반복한 질문이다. 두 사람은 금지된 사랑을 나누는 것처럼 눈동자로만 상대의 얼굴을 더듬었다. 두 팔과 두 다리가 묶여 있는 사람들처럼 서로의 시선은 뜨거웠다. 두 사람을 쳐다보고 있던 중전은 민망한 얼굴을 돌렸다.

전하의 여자이옵니다. 둘만의 비밀을 말하는 것처럼 무수리의 목소리는 가늘게 떨렸다. 언제까지. 시간을 의심하는 사내의 질문이었다. 천한 목숨이 다하는 날까지 정성을 다할 것이옵니다. 죽음도 함께해야 할 것이다. 병색이 짙은 철종의 얼굴에 옅은 웃음이 스쳤다. 나가보아라. 중전이 치욕감을 뱉어내듯 말했다. 과인의 옆에 있으라. 철종이 무수리의 손을 꽉 붙잡았다. 무수리가 당황한 얼굴을 급히 숙였다. 무수리가 음전하게 구는 것이 중전의 자존심을 긁었다. 천한 출신은 천박하게 굴어야 했다. 지아비에 대한 배신감보다 무수리에 대한 질투심이 컸다.

네가 진정 내 마음을 알았느냐. 네 머리를 묶은 모양이 투구꽃 같구나. 내 고향 강화도에는 투구꽃이 지천이었느니라. 나무를 하다가 지쳤을 때 그 꽃을 바라보면 힘이 났느니라. 보라색 꽃인데 너처럼 예쁘니라. 네 머리를 보여주어라. 무수리가 고개를 숙인 채 등을 돌렸고, 철종은 무수리의 머리카락을 풀었다. 철종은 향기에 이끌리듯 머리카락에 코를 비볐다. 익숙한 풀 냄새였다.

무수리는 풀을 빻아서 진액을 만들고는 그것을 물에 풀어서 매일 머리를 감았다. 철종이 풀 냄새를 좋아했기 때문이다. 철종은 무수리의 등에 열에 들뜬 얼굴을 묻었다. 저고리 때문에 보이지 않는 등뼈를 코로 느끼는 중이었다. 너와 함께 세상 밖으로 도망치고 싶구나. 왕의 속삭임을 들은 무수리가 화들짝 놀라는 얼굴로 말이 새어나가지 못하게 등을 곧추세웠다. 얼굴이 등에 눌려서 깜깜함을 본 철종이 몹시 견딜 수 없는 표정을 지었다. 이마의 열기는 없어지고 뜨거움은 아랫도리로 몰렸다. 철종이 손으로 무수리 가슴을 더듬어서 저고리 고름을 풀었고, 무수리가 철종의 손을 꽉 붙잡았으며, 더 이상 참을 수 없는 중전이 벌떡 일어섰다.

중전은 서둘러 당혜를 신었다. 지아비의 방을 서둘러 나온 중전의 발걸음이 한없이 느려졌다. 외로움을 견디는 사내는 말이 없고 외로움을 못 견디는 사내는 말이 많은 법이었다. 중전과 무수리 두 사람 모두 철종의 외로움을 보았으나 철종은 무수리에게만 말을 건넸다. 지어미 앞에서는 외로움을 견디고 무수리 앞에서는 외로움을 견디지 못하는 지아비의 마음.

전하의 옥체에 명약이 따로 없구나. 달은 중전의 머리보다 한참

위에 떠 있었다. 여자로서의 자존심이 중전의 체통보다 커서 괴로웠다. 달을 보고도 철종과 무수리의 알몸이 그려졌다. 하나가 되기 위해 엉겨 붙는 두 몸. 중전은 괴로운 얼굴로 고개를 흔들었다.

미색인 줄 알았다. 중전의 얼굴이 실망으로 일그러졌다. 평범한 얼굴인데 그 계집의 무엇이 지아비의 마음을 흔들었을까. 고향을 그리는 노래도 핑계라면 핑계였다. 이유가 뭐든 끌어당기는 힘이 있으니까 그따위 허접한 노래까지 좋다는 뜻이 아니냐. 여자에 관한 일이라면 이골이 났는데도 무수리는 두려웠다. 십 년 동안 수태를 하지 못했던 중전은 똑같이 수태를 하지 못하는 후궁들에게서 위로받았다. 후궁들은 예뻤지만 철종은 단 며칠을 견디지 못했다. 수태를 못하는 후궁들의 눈물 때문에 견뎌온 세월이다. 그러나 이렇게 계속되는 것은 서로에게 좋지 않았다. 양기가 부족한 임금에게는 더더욱 혈손이 필요했다.

—전하가 무수리에게서 전하의 외로움보다 더한 외로움을 보았다고 들었나이다.

—전하의 외로움보다 더한 외로움?

—망극하옵니다.

—괜찮다. 궁궐 사람들이 다 아는 이야기가 아니냐. 나만 모르는 바보가 되고 싶지는 않구나.

—밤마다 수라간 문을 잠그고 노래를 부르다가 전하의 눈에 띄어서. 하룻밤을 지내고 나서 새벽녘에야 서로의 신분을 물었다고 하옵니다.

우습구나. 궁궐 안에 왕의 용안을 모르는 무수리가 있더냐. 그럴 수도 있겠지. 궁궐 안은 넓으니까. 중전은 검은 하늘에 뜬 달을 노려보며 말했다. 광활한 하늘이 밤에 잠식되어도 어둠에 밀리지 않는 달이었다. 외려 어둠을 거느리는 듯 제 홀로 또렷했다. 독존의 기품이었다. 구름을 거느리지 않을수록 달은 환히 빛났고, 그 빛남은 어둠을 다스리는 자태였다. 중전은 달을 보며 분명한 생각을 하려고 노력했다. 무수리 따위가 중전의 상대가 될 수는 없었다.

깜깜한 어둠 속에서 나뭇잎이 소리 없이 흔들리고 있었다. 지아비에 대한 연민이 미움이 되고 미움이 연민이 되는 동안 십여 년이 흘렀다. 천하의 왕이 되고 나서도 강화도 시골 막걸리와 우거지 국을 잊지 못하는 지아비였다. 산해진미 수라상 앞에서도 가난한 시절에 먹은 우거지 국 때문에 몸져눕기까지 했다. 조선팔도에서 구해온 산해진미로도 천한 근성은 지워지지 않았다. 왕으로도 모자라고 남자로도 모자란 지아비는 미워할 상대가 못 되있다. 언제나 놀란 듯 보이는 두 눈은 무지를 드러냈고, 어린애 같았다. 어지러운 마음은 무수리에 대한 미움도 아니고 지아비에 대한 원망도 아니었다. 지아비를 곁에 두고 독수공방하는 자신에 대한 지독한 연민이었다.

─저 여우같은 무수리가 천한 몸이어서 이름이 없다고 대답했다 하옵니다.

흥! 중전은 저고리가슴이 내려앉도록 코웃음을 쳤다. 선왕 영조의 취향 그대로구나. 천한 무수리를 좋아하는 모습까지 똑같으니 피는 못 속이는 법이다. 허면 장수하겠구나. 중전은 쓰게 웃었다. 처음에는 지아비에 대한 측은지심으로 달려왔지만 희정당을 나서는 발길에는 분노가 밟혔다. 이름 없는 사내로 살고 싶다고 말하면서 권력을 탐하는 눈빛을 내가 봤느니라. 그게 사내야. 배움이 없어서 무식해도 권력을 탐하는 게 사내야. 어정쩡한 시라소니가 호랑이보다 탐욕스럽다고 했느니라. 꼭두각시 왕이 아니라 천하를 호령하는 왕이 되고 싶다는 뜻이 아니냐. 그게 맘대로 안 되니까 스스로 병이 난 게야. 중전은 희정당의 불 꺼진 방을 쳐다보며 차갑게 웃었다. 가슴속 폐부를 찌르는 웃음이었고 고통으로 고독을 위로하는 웃음이었다. 강화도 고향을 향한 그리움은 진심이겠지만 이름 없는 사내로 살겠다는 말은 진심이 아니다. 맘대로 할 수 있는 것이 계집뿐인 줄을 아는 사내가 할 수 있는 일이 무엇이겠느냐. 스스로 병이 나서 눕는 일이지.

중전은 대조전을 향해 몸을 돌렸다. 중전의 옷고름이 날렸다. 낮게 불다가 높이 부는 변덕스런 바람이었다. 누가 들인 계집이냐. 등을 돌린 중전이 물었다. 중전의 등을 바라보며 지밀상궁이 머리를 조아렸다. 그것이 확실치가 않사옵니다. 뒤를 봐주는 대신이 없느냐. 나인들을 풀어 뒷조사를 했고 옆에서 살폈는데 없었사옵니다. 수태를 시켜야 한다. 지밀상궁이 조금 더 고개를 들고 중전의 어깨를 쳐다보았다. 달빛이 두 사람 사이를 비껴들었다. 중전이 몸을 돌렸다.

—나는 조선의 국모이니 조선을 걱정하느니라.

중전의 머리 위에 달이 떠 있었다. 중전의 눈빛이 어둠 속에서 교교하게 빛났다. 중전의 머리를 가로지른 봉황 비녀는 중전의 왼쪽 어깨 위에서 청옥 부리를 내밀었다.

―이 나라 조선은 전하의 혈손으로 대통을 이어야 한다. 내 말을 알아듣겠느냐. 반드시 왕자여야 하고 오직 왕자라는 사실만이 귀한 것이니 절대로 태생을 묻지 말라.

지밀상궁은 중전의 말을 오직 귓속에만 담았고, 중전은 지밀상궁이 알아들을 정도로만 돌려서 말했다. 말로서 부족한 진심은 눈빛에 담고 있었다. 저 무수리는. 지밀상궁은 주위를 둘러보며 뒷말을 끊었다. 오직 확인만을 요구하는 질문이었다. 무수리? 누구를 말함이냐. 중전은 심상한 표정으로 되물었다. 지밀상궁은 알아들었다는 표정으로 머리를 깊이 숙였다. 중전은 나인들을 데리고 어둠 속으로 사라졌다. 중전다운 발걸음이었다. 무수리는 배만 빌려주고 쥐도 새도 모르게 없어져야 할 몸이었다.

지밀상궁은 희정당으로 들어가서 문간에 앉았다. 궁궐의 법도에 익숙한 나인들이 방문을 지키고 있었다. 어두운 복도에서 불침번을 서는 나인들은 얼굴을 숙이며 잠을 쫓았다. 몰래 졸다가 마룻바닥에 머리를 부딪쳐서 잠이 깬 나인의 얼굴은 아득하게 흐렸고, 지밀상궁은 그 얼굴을 용서해 주었다. 삶의 기력을 잃은 왕 옆에는 여자가 있었다. 대통은 하늘만이 아는 일. 철종이 마지막 숨을 움켜쥐듯 치른 정사였다.

❖

조대비는 긴 담뱃대로 담배 연기를 쭉 빨아대며 몽롱한 한숨을 길게 뱉어냈다. 연기는 목 안으로 깊이 들어가서 폐부를 지나서야 코로 나왔다. 조대비는 담배 연기를 통해 깊은 위로를 받았다. 하루라도 담배를 피우지 않으면 가슴속이 텅 비어버린 것 같아서 두 손까지 떨렸다. 정신이 고플 때는 담배가 약이었다. 매캐한 담배 연기는 눈앞을 가로막았고, 연기가 눈동자를 찌르는 순간은 황홀했다. 매캐한 연기에 홀려서 세상사를 잊을 수 있었다. 조대비는 눈을 가늘게 뜨고는 눈물을 질금 흘렸다. 그리고는 혼자 웃으면서 손가락으로 눈물을 찍어냈다. 연기는 독하고 매웠지만 가슴속 눈물을 끌어당겼고 구수했다. 독한 담배 연기는 폐부를 한 바퀴 돌고 나와서야 순해졌다. 담뱃재 받침을 들고 있던 나인이 쿨럭쿨럭 기침을 했다.

마마, 방문을 조금만 열겠나이다. 녹색 당의를 입은 상궁이 머리를 숙이며 말했다. 조대비는 어지럼증이 확 일어난 얼굴로 눈을 치켜뜨고는 방문 한쪽을 응시했다. 담배의 몽롱함은 연기처럼 흐릿하게 사라졌다. 방 안은 실안개처럼 부옇게 흐려졌다. 나인이 담뱃대와 담뱃재 받침을 들고 나갔다. 백금으로 만든 담뱃대와 담뱃대 받침은 윤기가 나고 매끈했지만 문양은 없었다.

—안동 김가들이 피는 것보다 독한 것을 가져와. 청나라 것은 도대체 누구 손으로 들어가는 것이냐. 서태후가 피우는 것은 어떤 종류냐.

조대비는 매캐한 담배 연기에서 깨어나지 못한 표정으로 말했다. 궁궐 뒷방에 앉은 이후로 질 좋은 아편은 구경도 못했다.

—늦게 배운 도둑질은 날 새는 줄을 모른다고. 지게막대기만 잡고 살던 강화도령이 후궁들 치맛자락이나 잡다가 양기가 빠져서 병

이 났으니. 하기야 복상사로 죽으면 제일 좋겠지. 죽는 순간에 극락을 볼 터이니 화려한 죽음이지.

햇살은 문살로 들어와 방 안의 무료함을 거울처럼 되비추고 있었다. 담배 연기는 완전히 사라졌다. 조대비가 나인에게 거울을 가져오라고 손짓했다. 조대비는 낭자머리에 긴 비녀를 꽂았다. 비녀머리는 살구나무 이파리 모양이고 넝쿨과 꽃이 세밀하게 양각되었다. 나인이 조대비의 머리카락을 틀어 올려 조심스레 쪽을 지었다. 조심조심. 옆에 선 상궁이 긴한 눈짓을 보냈다. 조금이라도 머리 모양이 틀어지면 조대비는 그 자리에서 불같이 화를 냈다. 성질이 깐깐하고 완벽주의자라서 제대로 맞추는 나인이 드물었다. 게다가 조대비의 머리숱이 적어지면서 제대로 모양을 내기가 어려워졌다. 나인은 머리카락을 붉은 라(羅)로 묶고 청옥 비녀를 잘 꽂았다. 나인이 상궁의 머리카락으로 수백 번을 연습한 다음에야 익숙해진 솜씨였다.

조대비는 무슨 심경의 변화가 있는 것인지 갑자기 비녀를 빼내어 집어 던졌다. 쪽을 진 머리보다 비녀가 마음에 안 든다는 뜻이었다. 상궁은 떨리는 손으로 붉은 라를 풀어내어 치마 속으로 숨겼다. 나인이 비녀가 든 함을 얼른 가져왔다. 용잠으로. 내가 임금으로 보이느냐. 봉잠으로. 내가 중전으로 보이느냐. 매죽잠으로. 매조잠으로. 모란잠으로. 기녀는 싫다. 상궁과 나인은 조대비의 기분을 몰라서 사색이 된 얼굴로 안절부절못했다. 그럼 석류잠으로. 마마……. 조대비는 손가락으로 방바닥에 떨어진 비녀를 가리켰다. 나인이 쪼르르 달려가 황급히 주웠다. 화엽잠으로. 처음이 낫구나. 조대비는 거울에 비친 청옥 비녀를 바라보며 만족한 얼굴로 이마를 쓸었다.

문 열어라. 조대비는 얼굴의 턱을 들어 올리며 당혜를 신고 뒷마당으로 천천히 내려섰다. 머리와 어깨와 등이 반듯하게 십자를 이루는 꼿꼿한 발걸음이었다. 꼿꼿한 발걸음에는 과거의 영화로움이 묻어났고 늙었지만 당의의 뒤태가 고왔다. 한가로운 햇살이었다. 햇빛이 강렬했지만 바쁠 일이 없는 쓸쓸한 궁이었다. 중전이 있는 대조전 뒷마당은 온갖 꽃으로 화려하다는데. 조대비가 눈을 치켜 올리며 볼멘소리로 중얼거렸다. 상궁이 긴장한 얼굴로 서 있었다. 그다음 신세타령을 다 들으려면 그 자리에서 한나절이 꼬박 걸렸다. 이야기는 십 년 전으로 거슬러 올라가서 그다음 년도 순으로 꼼꼼하게 회상되기 때문이다.

조대비는 말없이 작은 나무만 듬성듬성한 마당을 바라보았다. 민가에 많다는 싸리나무 몇 그루였고, 가지가 굵어 잎이 많았다. 나인들이 심은 것이 아니라 바람 따라 날아 들어온 씨앗이 싹을 틔워 자란 것이었다. 칙칙한 흙이 많은 뜰에는 바람이 낮게 불어댔다. 무성한 나무가 없으니 바람은 소리를 내지 않았다. 조대비는 황량한 뜰을 서너 차례 서성였다.

저 자리에는 가지가 휘돌아 올라가는 등나무가 있으면 좋겠구나. 아침에 독한 담배를 빨고 나온 탓인지 조대비의 기분은 나빠 보이지 않았다. 내 언젠가는 나만의 화려한 궁을 지으리라. 높은 기단에 방주를 세워 창방으로 결구할 것이니라. 주간마다 운공을 덧붙이고 겹처마에 팔작지붕, 거기에 띠살창호를 달 것이다. 이팔청춘 여자의 부끄러움처럼 붉은 벽돌로 담장을 만들고 굴뚝 꼭대기까지 꽃을 새겨 넣을 것이다. 내 궁의 굴뚝에서 나오는 연기는 밥도 신선처럼 먹는 우아함을 표시할 것이니라. 넓은 마당에는 봄여름가을겨울 따라 꽃이 다를 것이고, 그 사이 벽돌마다 목숨 수(壽) 글자를 새겨서 천 년의 시간을 약속할 것이다. 청청한 나무는 자유롭게 가지를 뻗지만 푸른 하늘을 범하지는 않을 것이니 마치 고상한 문인화를 옮겨놓은 정원이 될 것이다. 하늘과 땅의 지극함과 고요함. 수목의 푸름과 사람의 분주함. 그 오묘한 조화를 일러 자경전(慈慶殿)이라 부르리라. 마마. 상궁이 난색을 표했다. 근자 들어 조대비의 정신은 오락가락하고 있었다.

—마마, 자경전이라 하오시면.

—왕의 할머니에게 늘 좋은 일이 생기라고 기원하는 말이다. 내가 여자의 몸으로 왕이 될 수는 없지 않느냐? 기껏해야 왕의 어미나 할미가 되겠지.

상궁과 나인들은 허리를 푹 꺾으며 머리를 조아렸다. 불행한 처지에도 희망을 품는 불굴의 기질이었고 호탕한 설계였다. 사물에 대한 심미안을 가진 조대비가 사는 궁은 초라했으므로 불행했으나 불행을 불행으로 받아들이지 않는 것이 조대비의 성품이었다. 뒷방으로 물러나 십 년의 세월이 흘러도 절망하지 않는 건 조대비의 근성이었다. 가장 혹독한 겨울이 품고 있는 건 뜨거운 열기, 라는 말은 조대비가 주역에서 빼내 자주 사용하는 구절이었다. 그런 까닭에 조대비의 나인들은 중궁전 나인들에게 가끔 수모를 당해도 그것을 입 밖에 내지 않았다. 권력의 밑바닥에서도 절망하지 않는 상전을 위해 각자가 견뎌내야 할 몫이라는 것을 잘 알고 있기 때문이었다.

혼자만의 즐거운 상상에 빠진 조대비의 표정은 시간이 점점 변해 갔다. 시간이 상상에 금을 그어대자 상상에도 균열이 생겼다. 눈앞에 분명히 보이는 것은 누구의 궁인지도 모르게 황량한 뜰이었다. 화려함으로 지극한 꽃구경은커녕 빈 바람만 쏘인 표정으로 조대비는 방 안으로 들어갔다.

조대비는 댓돌 위에 신발을 벗는 각도가 정확해서 조금도 흐트러짐이 없었다. 나인이 따로 손을 댈 일이 없었지만 설혹 나인이 다른 사람의 신발에 손을 대다가 옆에 있는 조대비의 신발에 조금이라도 손을 대면 마루를 향한 앞코의 각도가 미세한 차이로 어긋났다. 그 어긋난 각도를 알아채는 사람도 조대비뿐이었다. 방을 나설 때 조대비는 정확히 시선을 내리고 신발만 봤다. 만일 신발 각도가 어긋난 것이 눈에 띄면 나인들을 향해 불같은 역정을 내고 방으로 도로 들어갔다. 그런 이유로 조대비의 신발에 함부로 손을 대는 나인은 없었다. 나인들 모두 그런 사실을 주지했고 조심했기 때문에 마루 밑을 지나가는 생쥐가 아니라면 신발 각도가 어긋나는 일은 있을 수 없는 일이었다. 주머니에 송곳을 감출 수 없듯이, 주머니에 바늘을 감출 수 없듯이 그 예민하고 치밀한 성품은 언제 주머니 밖으로 비어져 나와도 나올 일이었다. 처지가 어찌 되었든 조대비의 깐깐한 성품은 신발을 정확하게 벗는 일에 남아 있었다. 조대비가 마음대로 할 수 있는 일이란 오직 신발을 벗는 일뿐이었지만 그런 사소한 일상에서 꼿꼿한 자존심을 여지없이 드러냈다.

나인들이 눈치 빠르게 지필묵을 가져왔다. 나인들은 조대비의 기분을 알고 있었다. 조대비는 얼마 전부터 지필묵을 자주 찾았다. 지필묵으로 심사를 달래는 건 근자 들어 생긴 일과였다. 독한 담배를 찾거나 없는 꽃을 찾을 때보다 훨씬 여유로운 얼굴이었다. 나인이 배시시 웃는 얼굴로 무릎을 꿇고는 열심히 먹을 갈았다. 전에는 별로 사용한 적이 없는 매끄러운 벼루였다.

쉬운 건 재미없어. 누구나 다 하는 일은 재미없지. 머리카락처럼 부드럽지만 먹물만 묻히면 굳세어지는 붓을 따라갈 것이 세상에 또 있겠느냐. 조대비가 붓을 들며 말했다. 예, 마마. 나인이 연신 고개를 끄덕이며 더욱 열심히 먹을 갈았다.

─청나라 서태후가 여장부라 하나 마마보다는 훨씬 못할 것이옵니다.

─흥. 남자를 통해야만 힘을 얻는 것이 여자의 한계라면 한계랄까. 그래서 남자들을 발밑으로 거느려야 여자의 지존으로 친다만. 내가 조선에서 태어났으니 조대비이지 청나라에서 태어났으면 서태후가 되느니라. 허나 서태후도 별거 아니니라. 어쨌든 아들 때문에 서태후가 된 것이고, 권좌에 앉으면 아랫사람들이 알아서 우러르니 저절로 여장부가 되는 거야. 그게 뭐가 어려우냐. 아랫사람들은 윗사람이 뭐라고 말하기도 전에 벌써 무릎을 꿇고 공손히 들을 준비를 하지 않느냐. 잘 차려진 밥상에 숟가락을 들고 맛있게 먹는 일은 누구나 다 해. 아랫사람들의 태도는 아주 편하지만 편함도 길이 들면 때론 권태롭고 지루하지. 나는 불손을 참을 수는 있어도 권태는 참기 어려우니라. 매일 똑같은 밥을 먹으며 포만감을 느끼는 돼지가 되고 싶지는 않다. 남들의 시선에 주눅 들지 않는 독특한 기

운이 필요해.

조대비는 혼자 중얼거리듯 거침없이 말하고 나서 붓을 뚫어지게 쳐다보았다.

—이 붓도 주인에게 길들여져야만 선이 정확해지지. 허나 나는 반복적인 길들여짐 밖으로 어긋나는 선을 주시하기도 하느니라. 붓의 천성은 역리다. 붓에게 순리를 거스르는 호방한 기운이 없다면 붓은 붓이 아니니라. 차라리 돌멩이로 글씨를 쓰고 그림을 그리겠다. 아마 먼 옛날 인간이 산짐승으로 살았을 때는 동굴에서 그리했을 것이다. 동굴 그림에 하늘의 별과 달이 많은 이유를 알겠느냐. 하늘의 별과 달에게 비는 소원이 무엇이겠느냐. 인간의 근본은 역리이지. 그래서 나는 밑바닥에서 올라가는 여장부에게 마음이 끌려. 주위 사람들의 냉소적인 시선을 딛고 자수성가한 사람 말이다. 그 사람 마음속에 수천 번 낙인찍힌 비통과 결기를 사랑한다.

상궁과 나인들은 그 어느 때보다도 조대비의 말을 골똘히 듣는 표정이었다. 가만히 들어보면 강렬한 끌어당김이 있어서 군가(軍歌)처럼 들렸다.

—서태후도 어렸을 때는 전란으로 고생을 했지만 말이다. 천하의 권좌를 얻은 것이 천운이었겠느냐, 노력이었겠느냐.

—아마도 천운이었을 것이옵니다.

상궁이 얼른 대답했다.

—너는 종교를 잘 믿을 얼굴이다. 남다른 생각과 지난한 노력 없이 천운으로만 되는 것이 있더냐. 천운으로만 된다면 매일 산속에서 기도만 하며 살겠다. 나는 종교를 믿지 않아. 물론 종교를 제멋

대로 해석하는 사람도 믿지 않지.

하하. 조대비의 웃음은 사내의 웃음처럼 거칠고 컸다. 상궁의 얼굴을 바라보는 조대비의 시선이 칼날 같았다. 말귀를 알아들은 상궁이 방바닥에 이마를 대고 납작 엎드렸다.

─에구머니. 지금은 절대로 천주학을 믿지 않사옵니다.

조대비는 상궁이 멀게 느껴지던 이유를 그제야 깨달았다. 조대비의 마음 가까이에 있어야 할 상궁은 아직도 과거를 기억하고 있었다. 과거를 바라보는 상궁은 미래를 바라보는 조대비와는 궁합이 맞지 않았다. 아랫사람이 윗사람을 믿고 따르지 못하는 건 좋은 일이 아니었다.

과거를 기억하는 상궁을 갈아치울 힘이 없는 조대비는 쓸쓸히 웃었다. 갈 데 없는 아랫사람과 갈 데 없는 윗사람이 운명적으로 짝을 이룬 셈이었다. 불교식으로 따지자면 과거의 업에 따른 결과였지만 그 인연법을 교묘히 이용한 중전이 얄미웠다. 과거에 만났더라면 조대비 손에 이미 죽었을 상궁이 지금은 대비전의 중심인물이 되어 있는 것이다. 음. 조대비는 낮게 신음했다. 중전은 만만히 볼 인물이 아니었다. 서로 꺼리는 사람들을 황량한 궁에 한 운명으로 묶어 놓고 화려한 대조전에서 웃고 있는 얼굴.

─내가 천주학쟁이를 미워한 것이 아니다.

조대비는 기해년의 일을 떠올리며 고개를 가로저었다. 기해년 박해는 천주교 탄압을 표면으로 내세웠을 뿐이지 사실은 정적의 뿌리를 자르려는 정치 술수였다. 선왕 순조 대에 일어난 신유년 박해도 시파에 천주학쟁이가 많다는 것이 이유였다. 민가에 파란을 일으킨 오가작통법도 벽파인 정순왕후의 작품이었다. 앞선 시대의 사람은 죽어서 말이 없고 무지한 백성은 정치 술수를 알 리가 없으니 모든 오해는 조대비 혼자만 뒤집어쓰고 있는 꼴이었다. 그러니 후일담을 이야기하는 처지는 치욕이었다. 조대비는 그 치욕을 향해 입술을 깨물었다.

—내가 공연히 예수를 미워할 이유가 없다지 않느냐! 지금 내게는 예수를 미워할 이유가 없으니 너는 내칠 대상이 아니니라.

방바닥에 납작 엎드려 겁에 질린 상궁은 여전히 고개를 들지 않았다. 조대비가 가엾다는 듯 눈을 흘겼다.

—내가 이리 말하는데도 믿지 않으면 그건 너의 문제이지 내 문제가 아니니라. 나는 네가 오해할 대상이 아니고 너 또한 내가 신경 쓸 대상이 아니다.

—불충의 고통을 가눌 길이 없사오니 차라리 죽여주소서.

—어두운 시대에 종교를 찾는 사람은 눈치 빠른 사람이 아니라 어수룩한 사람이니라. 눈치 빠른 사람은 사람을 찾지 신을 찾지 않는다. 나는 어수룩한 사람이 좋구나.

조대비는 과거 황사영의 얼굴을 떠올렸다. 초상화에서 한 번 본 얼굴인데 마치 방 안에서만 성장한 미소년처럼 세상사를 하나도 모르는 표정이었다. 황사영은 충청도 제천 배론의 토굴에서 붓을 들고는 장문의 편지를 썼다. 흰 비단에 적은 만 삼천 자의 글씨는 격렬했다.

나는 살아오면서 한 번도 그리 격렬해 본 적이 없었느니라. 조대비는 검버섯이 생겨나는 팔뚝을 쳐다보며 말했다. 팔뚝은 자색 당의에 가려져 있었다. 황사영의 젊음은 격렬함 때문에 부러웠고, 단한 번의 호흡도 느낄 수 없이 써 내려간 만 삼천 자의 글씨는 잊히지 않았다. 황사영 백서는 조선 천주교회를 살리는 방법으로 세 가지를 제안하는 내용이었다. 청나라 황제와 친한 신자를 조선에 파견해서 정치를 감시할 것, 청나라 공주를 조선의 왕비로 삼아 천주교를 보호할 것, 서양 군사를 보내어 조선이 종교의 자유를 허락하도록 협박할 것이었다.

　—그 편지를 북경의 주교에게 전하려고 했다니 그 무지가 가엾다. 조선의 백성으로 조선이 박해를 했다고 해서 조선을 팔 수 있느냐. 똑같은 천주교인이라는 이유로 다른 나라 사람에게 조국을 고발하고 조국을 팔려고 하다니 그 무지가 애석하고 가엾다. 나라 없는 세상이 온전한 세상일 것 같으냐. 하느님을 믿는다는 이유로 다른 나라 사람들끼리 조건 없이 뭉칠 수 있을 것 같으냐. 하느님을 믿기만 하면 국가의 경계를 초월할 수 있을 것 같으냐. 무지한 청년을 환상으로 꼬드겼으니 천주교가 임금도 없고 아비도 없는 무군무부(無君無夫)의 종교이며 대역부도한 사학이라는 사실은 옳으니라. 편견이 무지의 자식이듯이 순수도 무지의 자식인 것.

　조대비가 울음 같은 웃음을 흘렸다. 상궁의 얼굴이 새파랗게 질렸다.

　—가슴이 뜨거운 순간은 앞뒤를 모르는 무모함이거나 맹목인 법. 사람을 보지 않고 책을 보는 순수야말로 방 안에서 노는 어린애와 같지. 혹여 성경을 읽느라 내게 소홀한 적이 있었느냐?

　—아, 아니옵니다.

―허면 너는 내게 정성을 다한 것이니 불충한 일이 없는 것이다. 그러니 걱정 말라. 지금 내 주위에 누가 있다고 내가 보이지도 않는 예수를 향해 화를 낸단 말이냐. 그만 눈물을 거두어라. 종교는 네 문제이지 내 문제가 아니라고 했느니라.

상궁이 고개도 들지 못하고 소맷자락으로 눈물을 훔쳤다. 아직도 울고 있으니 네 몸은 물이 오르는 개화(開花) 나무 같구나. 내 몸에는 물이 말라 검버섯이 피는데. 아랫사람에 대한 실망보다 자신에 대한 절망이 더 큰 조대비는 고개를 돌렸다. 두루마리 종이가 눈에 들어왔다. 일전에 사가에 갔다가 묵란을 봤는데 그때부터 붓을 들고 싶어졌어. 조대비는 둥글게 말린 종이를 천천히 폈다. 종이를 펼치자 꽃이 피어나는 것처럼 방바닥이 환해졌다. 눈길을 확 끌어당기는 묵란이었다. 검은 꽃은 노란 방바닥과 잘 어울렸다. 나인들이 숨죽인 얼굴로 조대비의 표정을 살폈다.

―지금까지 이처럼 오래 쳐다본 묵란은 없었느니라. 전혀 심심하지 않았고 권태로움을 몰랐으며 오직 한 가지에만 집중해 있던 시간 속에서 지극한 평화를 느꼈느니라.

한 나인이 무릎걸음으로 다가와 조대비 앞에 머리를 숙였다. 마마께서 즐거워하시니 오직 그것이 좋사옵니다. 나인이 생글거렸다. 조대비가 파안했다. 꽃은 한 포기였다. 조대비는 난초 한 포기를 유심히 들여다보며 고개를 갸웃했다. 난초의 자태에 눈길이 확 끌려 조심스럽게 감상하다가 어떤 치명적인 결핍을 발견했다. 난초의 고고한 자태를 속되지 않은 아름다움이라고 명명해도 뭔가 부족함이 있었다. 첫 번째 볼 때와 두 번째 볼 때가 조금 달랐다.

—너는 이 묵란이 왜 좋으냐.

—예쁘옵니다. 그냥 예뻐서 좋사옵니다.

—이런. 그냥 예뻐서 좋은 것은 예술이 아니다. 여자가 눈코입이 잘생겼으면 예쁘다고 하지 아름답다고 하지는 않지. 이건 자태가 아름다운 거야. 아름다움은 긴장감이다. 예술은 긴장감을 주어야 해. 긴장감이 없는 건 예술이 아니지.

—마마, 가르쳐 주옵소서. 이렇게 예쁜 그림에 어떤 긴장감이 있사옵니까?

—흑백의 조화와 균형을 유지하려는 긴장감. 그 긴장감 때문에 타인의 눈길을 끌어당기지만 여기에는 어떤 결핍이 있구나. 이 묵란의 주인은 지나치게 긴장함으로써 필연적으로 생기는 결핍을 간과하고 있느니라. 지나친 긴장은 끊임없이 자신을 괴롭히는데. 그게 뭘까.

상궁과 나인들은 무슨 뜻인지를 알아듣지 못해 멍한 표정을 지었다. 조대비는 나인들의 표정에는 무심한 듯 묵란만을 뚫어지게 쳐다보고 있었다.

—현실과 이상의 부대낌이랄까. 세상이 괴로우니 천국을 찾는 것처럼. 현실과 이상은 다르지만 같은 얼굴이다. 쉽게 정의 내릴 수 없는 차이가 있지. 눈은 차갑지만 따뜻한 느낌을 주고 비는 미지근하지만 차가운 느낌을 준다. 눈의 따뜻함이나 비의 차가움은 실체와는 관계가 없고 오직 시각적인 느낌일 뿐이다. 이 묵란의 주인은 어떤 느낌에 사로잡힌 걸까. 이 묵란은 결핍이 완전하다는 착각을 주는 듯해. 그 결핍이라는 것이 남의 얼굴을 향해 창을 던지듯 의도

적인 것인가. 자기 스스로 골을 파는 자학적인 것인가.

상궁과 나인들은 입을 다물었다. 조대비의 눈은 어떤 낯섦으로부터 초대장을 받은 것처럼 보였다. 그 눈동자 속에 상궁과 나인들은 없었고 난초만 있었다. 조대비의 표정은 진지했다. 묵란의 주인은 하늘을 향해 자유롭지만 지극히 제한된 자유, 구속을 표현하고 있었다. 난엽은 무절제한 욕망보다 절제된 의지를 표현하고 있었으며 절제된 의지가 거친 바람을 거느리는 듯 보였다.

이 묵란은 기녀의 것이 아니다. 조대비가 확신하는 얼굴로 고개를 흔들었다. 조성하의 말은 틀렸다. 남의 시선을 끌면서도 숨이 막힐 듯 절제된 의지를 교방의 기녀가 알 리 없었다. 혹시 궁중에서 유출된 그림이거나 적어도 궁중 생활을 아는 사람의 묵란은 아닐까.

—마마, 기녀라니요?

—이 사람은 보통 사람이 아니다. 한갓 술이나 음욕을 파는 기녀가 아니야. 보통 그림은 절제된 욕망을 표현하기 쉬운데 이 그림은 절제된 의지를 표현하고 있어. 넘치는 욕망을 절제된 의지로 꽉 붙잡고 있다는 말이다. 금강송이 왜 아름다운지 아느냐. 절제되어 있기 때문이다. 나뭇가지를 옆으로 좍좍 뻗지 않고 최소한으로 뻗으면서 벽공을 향해 있느니라. 이건 성리학으로 단련된 자의 그림. 문인화야. 화공이나 여인이 그리는 자연모사 화조도 따위가 아니야. 혹시 궁중 밖으로 빠져나간 묵란이 있는지를 알아보아라.

—도화서에 알아보겠나이다.

어쩌면 역대 임금이 그렸던 묵란일지도. 시서화에 능했던 임금

중에서 말이다. 조대비는 묵란에서 남과 비교되지 않는 절대미를 보았을 때 내면에서 뭔가 강하게 꿈틀거리는 것을 느꼈다. 보이지 않는 손이 조대비 가슴속으로 들어가 밑바닥까지 마구 흔들어놓은 것처럼 끼 많은 묵란의 주인을 따라 붓을 들지 않고는 못 배기는 심사였다.

나인은 먹을 정성스럽게 다 갈았고, 조대비는 묵란에 대해 할 말을 다 했다. 조대비의 말을 들으면서 시간은 빛의 화살처럼 휙 지나간 듯했다. 나인들 입장에서는 조대비 방 안에서 처음 느껴본 즐거움이고 평화였다. 조대비의 서슬 푸른 눈초리 때문에 발바닥이 칼에 찔린 듯 조심스럽게 걸어야 하는 방 안이었다. 구들장에 따뜻하게 불을 때도 방 안은 황량한 벌판이었고, 한겨울 빙판이었다. 겨울의 나라를 살다 온 여인처럼 조대비의 얼굴은 석상처럼 굳었고 눈초리는 얼음 조각처럼 차가웠다. 나인들은 조대비의 유난스런 마음을 오랫동안 붙잡은 묵란을 호기심으로 쳐다보았다.

조대비는 고심 어린 미소를 지었다. 먹물이 배어든 붓은 씨앗을 품은 과육처럼 물큰하고 매끈했다. 조대비는 벽공을 향해 올라가는 난엽을 하나 그리려고 붓을 움직였다가 저도 모르게 짧은 눈썹을 그렸다. 검은 눈썹 아래 검은 눈동자. 어떤 여인의 초상화였고, 그릴수록 자신과 닮아가는 얼굴이었다. 왕의 어머니. 단지 종이의 여자는 아들 헌종을 품에 안았을 때처럼 늙지 않았을 뿐이다. 조대비는 눈을 감았다. 그 후로 오랫동안 시어머니 밑에서 숨죽은 여자로 살아왔다.

우리 조 씨 세상은 한때 부는 바람과 같았느니라. 꺼져가는 불꽃이 되살아나듯이 남은 인생에 승부를 걸 만한 사람이 필요해. 마치 불쏘시개 같은 사람 말이다. 방 안에서 홀로 저항한 세월, 그 세월의 습기를 걷어내지 못하면 나는 살아도 사는 게 아니고 죽어도 죽는 게 아니다. 나는 음해했던 세력들의 등을 맨발로 밟고 성녀처럼 서리라. 바람 없는 종이에 먹물의 습한 기운이 뚝 떨어졌다. 조대비는 붓을 꼿꼿이 세우고 난엽을 그리기 시작했다. 이파리 중에서 도드라지는 것은 두세 개 정도면 충분해. 난엽이 휘어지는 곳에 이르러서는 비탈길에 선 듯 몸을 옆으로 기울였다.

이 묵란은 날 선 새벽에 깃을 치는 새 같구나. 깃털 사이로 햇빛이 부스러지면서 벽공으로 날아오를 듯해. 고려시대의 주작은 아주 가늘고 가는 선으로 깃의 날렵함을 표현했느니라. 날렵함을 꽉 붙들고 있는 것이 무엇이겠느냐. 저울 눈금처럼 치밀한 각도와 비율이다. 이 묵란의 주인은 겹겹 속에 숨은 고갱이처럼 보이는구나. 남의 눈에 드러나 있지는 않으나 야심만만한 사람. 이미 죽어서 초상화에서만 살아 있는 사람이라도 그를 한번 보고 싶구나. 낯설지 않은 감정이었다. 비슷한 감정을 공유하는 사람은 기질이 비슷하거나 처지가 비슷한 사람이었다. 처지가 비슷한 사람이라. 처지가 비슷한 사람이라. 조대비는 천천히 되뇌었다.

—마마, 무수리이옵니다.

조대비가 붓을 내려놓으며 반색을 했다. 상궁이 방문을 쳐다보았다.

❖

조대비가 궁궐 밖으로 출행하는 일이 더욱 잦아졌다. 서너 달에 한 번씩 조카 집에 들르던 조대비는 한 달에도 몇 번씩 들렀다. 조성하는 조대비의 출행이 묵란 때문이라는 생각은 하지 않았다. 한갓 기녀의 묵란 따위가 조대비의 마음을 뒤흔들어 놓았을 리는 만무했다.

그날 조대비는 묵란을 보면서 옻빛이라는 말을 흘렸다. 검은 옻빛이 조대비의 눈동자를 단번에 사로잡고는 그 눈동자 속에 옻빛과 같은 먹빛으로 오랫동안 머물러 있었다. 그때부터 조대비의 검은 눈동자가 움직였던 것일까. 옻빛의 꽃들을 영원으로 가져가고 싶은 욕심이 수많은 감정을 거르고 걸러 단 하나의 감정만을 남긴 듯했다.

돌처럼 딱딱한 가슴에 은근한 생각을 지피듯 조대비 얼굴에는 열기가 있었다. 무슨 생각들인지는 모르지만 조대비 몸에 이상한 활기를 띠게 만들었다. 대비께 무슨 일이라도 생긴 걸까, 생각하며 조심스럽게 아뢰면 조대비는 미래가 낯설지 않다는 말로 대답했다. 동굴 속처럼 암울한 과거에 붙들려 있는 조대비는 미래라는 단어를 단 한 번도 사용한 적이 없었다. 그런데 내일 들이닥칠 손님을 기다리듯 조대비의 발걸음은 바빴다. 낮과 밤처럼 분명하게 갈리는 변화였다. 조성하는 조대비의 변화를 기쁘게 받아들이면서 석 달 전에 시중에서 구해 올린 보약이 비로소 효과를 내는가 싶었다.

조성하는 음울한 과거를 생각하다가 고개를 가로저었다. 조대비에게는 신경증이 있었다. 최정상에서 밑바닥으로 추락해 본 자만이 알 수 있는 비통함은 예민한 신경 속을 파고들어 간 균처럼 어둡게 증식하고 있었다. 조대비의 얼굴은 검었고 목소리는 떨렸으며 손발은 차디찼다. 사람에게서 나오는 차가움은 보는 이를 얼어붙게 만들었고, 사람들은 어둠을 피하듯이 다시는 찾아오지 않았다. 좋은 일에는 생면부지 사람까지 찾아와도 나쁜 일에 도움이 되는 사람은 없었다. 그것이 세상인심이었다. 조대비는 내면으로 깊이 들어가 좀처럼 밖으로 나오려 하질 않았다.

관이 높은 여인의 신경증은 웬만한 말로도 다스려지지 않았고, 어떤 상대도 양에 차지 않았다. 당대 최고가 아니면 상대하지 않던 조대비는 과거 인물들이 남긴 유품들을 보며 외로움을 달래고 있었다. 그러한 까닭으로 조대비에게는 죽음마저도 낯설지 않은 음습한 기운이 있었다. 피붙이인 조성하도 대화상대로는 별 볼일이 없었고 조대비의 의중을 알지 못했다. 조대비 앞에 허리를 숙여 순종해도 격이 다른 안목은 가슴에 무거운 추 하나를 매달아놓은 것처럼 불편했다.

궁궐에서도 조대비의 움직임을 아는 사람은 없었다. 궁녀들의 시선으로부터 자유로운 것은 서쪽 궁에서 십여 년을 죽어지낸 세월 때문이기도 했다. 아무도 주목하지 않는 것을 고통스러워하던 조대비는 이제는 궁녀들의 무관심을 즐기는 듯했다. 벽에도 눈이 있다고 믿는 궁궐이었지만 습관적인 일상이 아무도 모르게 세월의 각을 세우고 있다는 것을 아는 사람은 없었다.

조대비의 잦은 출행이 조성하 입장에서는 다행이기도 했고 불행이기도 했다. 조대비는 조카의 집에 자주 들르는 것이 미안한지 정원의 꽃이나 방 안의 물건들을 타박하는 눈초리가 둔해졌다. 조성하는 언제 올지 모르는 조대비 때문에 술에 취해 돌아다니는 파락호 생활을 그만두었다.

조대비가 조선에 들어온 프랑스 수녀를 보고 싶어 한다는 전언에 조성하는 두 귀를 의심했다. 기해년에 불어 닥친 피바람은 새까맣게 잊혀가고 있었다. 옛일을 새삼스럽게 거론할 일도 아니거니와 또 한 번 천주교도들을 처형시킬 일도 없었다. 조대비를 모시는 상궁이 천주교도였던지라 놀랄 일은 아니었지만 조대비에게 심경의 변화가 있다면 있는 것이었고, 어찌 보면 세상 속으로 들어오려는 움직임처럼 보이기도 했다. 조대비가 수녀를 통해 무엇을 얻어내려고 하는 것인지 의아했으나 전지전능한 신에 대한 정보가 아니라면 순전히 정치적 목적 때문일 것이다. 그러나 조대비는 무신론자였고 정치 실세가 아니었다.

조성하는 세간의 동정을 알아보러 다녔다. 전국을 떠돌며 남의 집에서 기숙하는 남사당패 사내들은 세간의 소문을 세세히 들려주었다. 조선에 들어온 수녀를 찾는 데에 시간이 걸렸다. 공소의 위치는 천주교도들의 집을 찾아가기를 수십 번 끝에 겨우 알아낸 정보였다. 조성하는 은밀히 공소에 들렀고, 조대비의 뜻을 전했다. 수녀는 성경을 들고 가마에 오르며 조선 여인의 가마에 오르는 건 두 번째라고 말했다.

수녀는 흔들리는 가마 안에서 지존의 여인을 상상하면서 어지럼증을 참았다. 오르막길은 아닌 것 같아서 울렁증은 덜했다. 조성하는 지존의 여인이 부른다는 말만 전했을 뿐 구체적인 신분을 알려

주지 않았다. 수녀는 조선에서 김병학 집안보다 더 높은 집안이 있다는 말은 들어보질 못했고, 조성하가 보낸 가마는 김병학이 보낸 가마보다 소박했다. 사인교 장식은 집안에 따라 화려함이 다르다고 했다. 김병학의 가마에는 운문(雲文)이 새겨진 나무에 오색실 굵은 매듭이 매달려 있었고 좌우로 붉은 태양이 그려져 있었다. 그러나 조성하의 가마에는 눈에 띌 만한 화려한 문양이 없었다. 글자인지 문양인지 모를 아자문(亞字文)이 몇 개 있을 뿐이었다.

수녀는 가마의 내부를 좌우로 쳐다보다가 몰래 밖을 내다보기도 했다. 기와집들이 보이는 길목이 보였고, 길거리에 사람들이 보이자 수녀는 고개를 돌렸다. 천주학 문제 때문이라면 수녀 대신 신부가 가야 하는 길이었지만 남의 이목을 조심하는 사대부가 여인들을 만나는 데에는 신부보다 수녀가 적임자였다. 가마에서 내리니 짐작대로 궁궐은 아니었고 조선에서 흔히 보는 사대부 집안이었다. 조선의 양반집들은 문패를 확인하지 않으면 알 수 없을 정도로 내부 구조가 비슷했다. 오래된 나무들 때문에 마당은 깊어 보였고, 넓은 대청마루 기둥들마다 주련이 붙어 있었다.

수녀는 조성하를 따라 후원으로 들어가며 누구를 만나러 가는 건지를 다시 물었으나 조성하는 묵묵부답이었다. 긴 기와담장을 따라 쪽문이 많은 집이었다. 집이 화려하지는 않았지만 되돌아 나가는 길을 모를 정도로 넓었다. 후원에는 밀실과도 같은 깊은 방이 있었다. 방은 후원의 마당에서 정면으로 보이지 않았고, 넓은 마루를 돌아서 들어가야 했다. 조성하는 방문 앞에 서서 고개를 숙였고, 수녀는 아자문 방문들을 쳐다보았다.

한 여인이 앉아 있었다. 수녀는 방문 옆에 앉아서 천장에서 방바닥까지 내려오는 발을 쳐다보았다. 황금색 실로 엮은 촘촘한 발 때문에 여인의 얼굴은 보이지 않았다. 여인은 방문의 햇살을 거스르는 그림자처럼 보였다. 사방으로 방문이 많아서 아침 햇빛부터 저녁 햇빛까지 고루 비칠 것 같은 방이었지만 그리 밝지도 그리 어둡지도 않은 중간 색조의 방이었다. 중간 색조의 기품은 여인에게서 나오고 있는 듯했다.

조성하가 수녀를 쳐다보았다. 조선에 온 지는 얼마나 되었으며 조선에서 무엇을 보았느냐고 물었다. 수녀는 여인이 부른 건 천주학 때문이 아니며 조선에서 상당히 높은 신분의 여인임을 눈치 챘다.

—조선에서 겨우 한 계절을 지냈지만 조선의 소리를 들었어요.

수녀는 조금 생각하다가 대답했다. 여인의 얼굴이 움직였다. 그게 무엇이냐고 조성하가 되물었을 때 수녀는 방문 밖으로 귀 기울이는 표정을 지었다. 북소리는 둥둥 울리며 친근하게 다가왔다. 민씨 부인과 박 마르타를 따라 북한산 화계사에 다녀온 날에 들었던 북소리다.

그날은 저녁바람이 쉭쉭 속도를 내며 불고 있었다. 저녁노을이 하늘가에 퍼지면서 나무숲이 무수한 금(線)으로 갈라지고 있었다. 종고루에 걸린 법고는 크고 둥글었다. 법의를 입은 승려가 북채를 들고 법고 앞으로 다가섰다. 둥둥둥. 승려의 손이 움직이면서 북소리는 허공에 꽉 차올랐다. 승려는 북의 가장자리를 따라 둥글게 원을 그리며 몸을 돌렸다. 커다란 북의 태극 문양이 승려의 손을 따라

도는 듯이 보였다. 승복의 소맷자락은 늘어지고 손놀림은 더욱 빨
라졌다. 땅을 울리는 북소리는 지축을 울리는 말발굽 소리처럼 급
하게 들리기 시작했다. 승려는 저물어가는 시간을 둥둥 두드리고
있었고, 저녁 시간이 묵직한 소리로 깨어나고 있었다. 예불 의식을
보고 있던 사람들은 북소리의 묵직함에 기대려는 듯 조용히 머리를
숙였다. 저녁 햇살이 사람들 머리 위로 내려앉았고, 숲에서 빠져나
온 산새가 대웅전을 향해 날아갔다.

수녀는 북소리에 유달리 집중했다. 쓰개치마를 이마까지 덮어쓰
고도 가릴 수 없는 백인 얼굴이었다. 수녀는 프랑스 교회 탑의 뎅그
렁뎅그렁 종소리를 떠올렸다. 사찰 마당의 북소리와 교회 탑의 종
소리는 닮은 듯 달랐다. 종고루에서 제일 무겁게 매달려 있는 것은
범종이었다. 범종은 속 안의 것을 토해내는 울음을 뎅뎅 길게 울었
다. 마지막 울음은 긴 꼬리를 남기며 산그늘로 숨었다. 가슴에 살아
있는 감정들. 현실에 죽어 있는 감정들. 말할 수 없는 비밀들. 수많
은 복잡한 감정들이 북소리와 종소리에 하나로 모아졌다. 수녀는
조선에서 순교한 천주교도들을 생각하며 고개를 숙였다. 목어는 딱
딱딱 가벼운 발걸음 소리를 냈다. 구름 모양 운판이 마지막 소리를
냈다.

사물 소리가 끝나자 대웅전에서 독경 소리가 들리기 시작했다.
승려들은 대웅전으로 들어가고 구경하던 사람들은 사방으로 흩어
졌다. 수녀는 순식간에 비어버린 마당을 쳐다보며 고개를 갸웃했
다. 조선 사람들은 너무 빨리 모이고 너무 빨리 흩어졌다.

─조선 사람들의 마음을 느꼈어요.

수녀는 예불 의식을 지켜보던 조선 사람들을 떠올리며 말했다. 조선의 소리라. 조선 사람들의 마음이라. 여인이 읊조리듯 중얼거렸다. 여인의 목소리는 정확하게 들렸다. 수녀는 목소리 하나만으로 여인을 느끼고 있었다. 여인은 조선에 관심이 많은 여인이었다. 여인이 조선이라고 발음했을 때에 조선은 무거운 의미로 들렸다.

단아한 색조의 가구들과 붉은빛이 선명한 화조도, 완자문 방문들과 높은 대들보. 전형적인 사대부 방 안이었다. 김병학 집보다 더 나아 보이지는 않았지만 발 너머의 여인은 그 누구보다 꼿꼿해 보였다. 약간 어두운 느낌은 창호지를 투과하는 명도나 가구들의 색깔이 아니고 여인의 얼굴에서 배어나오고 있었다.

—조선 사람들이 무엇을 원하는지 알 것 같아요. 예불 의식을 바라보는 얼굴에는 어떤 절박함이 있었어요. 조선의 얼굴은 사람들 앞에서 치는 북소리처럼 신실해 보였어요. 신심이 깊은 조선 사람들에게 꼭 인정받고 싶어요. 천주교도 불교처럼 당당하게 종을 쳤으면 좋겠어요.

—당돌하구나. 조선에 들어와서 서양의 종을 치고 싶다니.

여인은 기해년 천주교 박해 사건을 겪지 못한 수녀의 얼굴을 말끄러미 바라보았다. 조선에서 고난을 겪지 못한 수녀의 얼굴에는 그림자가 없었다.

—누구를 위해 종을 친다는 것이냐.

—길을 잃어 방황하는 어린 양들을 위해서입니다.

—어린 양들이 누구냐.

여인과 수녀. 두 사람 모두 서로의 얼굴을 자세히 볼 수가 없었는데 여인의 눈은 바로 앞에서 수녀의 얼굴을 찍어내듯 쳐다보았다. 수녀는 입을 다물었다. 조선 백성이 방황하고 있다는 말은 지존의 여인 앞에서 결례였다. 잠시 불편한 침묵이 흘렀다. 여인이 뭔가를 생각하며 거슬리는 표정을 지었다.

—그 이야기를 들려주게.

조성하가 어색한 침묵을 몰아내듯 말했다. 그래, 그 이야기. 여인은 수녀의 이야기를 들은 한참 후에야 본의를 드러냈다. 여인이 알고 싶은 것은 천주교 문제가 아니라 왕의 어머니였다. 여인은 어떤 천주교 신자로부터 피에타 이야기를 전해 들었다고 했다.

—아, 사백 년 전 미켈란젤로의 피에타 말씀이지요. 프랑스 추기경의 후원으로 어렵게 만들어진 작품이에요.

여인은 작품이라는 말에 눈빛을 움직였고, 수녀는 성모 마리아를 생각하며 가슴에 손을 얹었다. 교회에서 후원하지 않았다면 명작은 만들어지지 않았을지도 모릅니다.

—참담한 상황에서 울지 않는 여자의 모습을 담았다고. 왕의 어머니는 아들이 죽어도 정말로 울지 않느냐. 슬프지 않다는 뜻이냐?

여인은 가슴속의 말을 조심스럽게 꺼낸 듯이 같은 질문을 반복하고 있었다. 수녀는 섣불리 대답할 수가 없어서 잠시 뜸을 들였다.

—깊은 슬픔이지요. 슬픔이 온몸에 차 있으면 외려 슬픔을 느낄 수 없다고 합니다.

—그렇지. 몸속에서 피가 흐르듯 슬픔이 흐르면 슬픔은 더 이상 슬픔으로 느껴지지 않으니까.

—성모는 보통 사람처럼 울지 않을 뿐이지 울지 않는 것은 아닙

니다. 그건 인간의 감정 너머에 있는 슬픔이에요. 그녀는 신의 어머니이니까요.

신의 어머니라. 여인의 눈빛이 가라앉았다. 나는 기쁨도 알고 그에 상대되는 슬픔도 알고 있는데 그건 보통 사람의 감정이라는 말이냐. 수녀는 신의 어머니라는 말에 경외심을 느끼는 듯했다. 방문 쪽에 앉아서인지 수녀의 얼굴은 환해 보였다. 슬픔에 대해 오랫동안 생각해 온 여인은 천상의 눈물에 대해 문득 생각을 멈추었다. 천상의 눈물은 하얀 백지와 같은 느낌이었다. 수녀가 하얀 백지에 금을 그으면 긋는 대로 확실한 뭔가가 모습을 드러낼 것 같았다. 그러나 천상의 눈물은 한 번도 생각해 보지 않은 말이었기 때문에 불신의 감정이 앞서기도 했다. 수녀는 수녀이기 때문에 확실한 뭔가를 예수라고 부르겠지.

저 어린 수녀가 뭘 알기는 아는 걸까. 수녀는 천상의 비밀을 안고 조선에 들어온 여자처럼 보이기도 했고 본심을 가린 불여우의 얼굴로 보이기도 했다. 여인은 발을 걷으라고 명령하려다가 그만두었다. 수녀의 얼굴을 보다 분명히 살펴보고 싶었지만 꾹 참고 마음을 돌렸다. 외부 사람들을 만날수록 얼굴을 깊이 숨겨야 했다. 확실한 것이 나타날 때까지 시간을 견디는 자가 이기리라.

수녀의 얼굴이 어떻게 생겼든 어떤 표정을 짓든 중요하지 않았다. 수녀는 단지 수녀일 뿐이었고, 목소리를 통해 상대방의 표정을 추측하는 일이 더 재미있기도 했다. 평생 천주를 섬기며 혼인하지 않는다는 수녀 입장에서는 여자의 감정도, 어머니의 감정도 제대로 알기는 어려울 것이다. 어머니의 감정을 안다 해도 성경에서 배운 대로 아는 척하고 있을 뿐.

─아무리 신의 어머니라고 해도 그렇지, 아들이 억울하게 죽었는데 왜 울지 않을까. 서양 귀족들은 그런 터무니없는 이야기에 아무 조건 없이 이끌린단 말이냐?

여인의 목소리가 갑자기 커졌다. 발음이 정확했고 목소리는 굵었다. 터무니없는 이야기가 아니랍니다. 수녀는 황급히 고개를 가로저으며 말했다. 피에타에 표현된 성모의 얼굴은 거룩함의 표상으로 유럽 상류층으로 급속도로 퍼져 나갔다.

나는 알지. 아들보다 오래 사는 어미의 심정을. 여인의 말은 중얼거리는 듯 다시 약하게 들렸다. 약한 한숨과 같은 말이었다. 오래 산다는 게 얼마나 치욕인지를. 조성하가 근심스러운 얼굴로 여인의 눈치를 살폈다.

─보통 엄마의 감정이 아니라 성모의 감정이니까요.

그래, 성모. 성스러운 어머니라는 말이지. 수녀의 말을 되씹는 여인의 표정에는 웃음이 스쳤다. 참으로 달콤한 말이구나. 갑자기 성스러워지고 싶을 만큼.

─서양 귀족들이 무슨 꿍꿍이속으로 백성 편에 서 있던 반골 청년의 이야기를 신처럼 숭배한다는 것이냐. 귀족의 입장에서는 적이 아니냐. 그리고 성모는 신의 어머니이니까 사람이 아닌 건가? 어쩌다가 독특한 아들을 낳은 어머니일 뿐인데 그렇다고 신의 감정을 가졌다고 할 수는 없지 않느냐. 또한 사람이 아닌 사람의 마음은 사람과 같지 않겠지? 또한 사람의 마음을 모르는 신은 신이라고 할 수 없겠지? 그리도 많은 사람들이 애타게 기도하며 매달리는

데 말이야.

홀로 중얼거리는 여인의 말은 수녀를 향해 있지 않았다. 수녀는 여인의 말을 알아듣지 못해 당혹해하는 표정을 지었다.

─성모는 신은 아니지만 세상 어머니의 표상입니다.

수녀는 조금 힘든 표정으로 대꾸했다. 여인보다 말을 앞서나가다가는 여인에게 흠결을 들킬 것 같았다. 바늘로 한 땀 한 땀 꿰매듯 단어 하나하나에 반응하는 여인이었다. 여인은 수녀를 지켜보며 조금은 알겠다는 표정을 지었다. 국부는 백성의 아버지. 국모는 백성의 어머니. 왕족은 보통 사람과 다른 감정을 가져야 했다. 보통 사람의 감정을 뛰어넘는 감정. 여인은 얼굴로 스치는 바람을 느꼈다. 방 안에서 조용한 바람이 일고 있는 듯 가슴의 파동이 느껴졌다.

자세히 설명해 주게. 조성하가 말했고, 수녀는 자기가 알고 있는 것들에 대해 조심스럽게 설명하기 시작했다. 여인은 조용히 수녀의 이야기를 듣고 있었다. 여인은 듣고 싶은 이야기만 듣길 원했고 수녀는 여인이 듣고 싶어 하는 이야기를 짐작하려고 노력했다.

머리카락, 눈동자, 피부가 달라서 나이를 종잡을 수 없는 서양 여자였다. 그러나 도대체 무슨 잘못을 했기에 수녀가 된 것인지 의심은 좀처럼 물러가지 않았다. 하긴 비구니도 있으니까. 그러나 비구니는 부처를 위해 수절하지 않았다. 수녀는 뭔가 부족한 여자여야 하는데 이상하게도 그 부족함이 마음을 끌었다. 딱히 무엇이 부족한 게 아니라 이해할 수 없는 충만함이 느껴진다는 점이 문제라면 문제였다. 종교를 충만함이라고 말할 수 있을까. 천국이라는 달콤한 말로 꾀어서 죽음의 강에 발을 담그게 만드는 것이 충만함일까.

예수는 그토록 매혹적인 사내인가. 시집을 안 간 수녀가 성모의 감정을 이해할 수 있을까. 저 흰 얼굴에 거짓이 붙은 건 아닐까.

—피에타가 무슨 뜻이냐?

신이여, 자비를 베푸소서. 수녀가 가슴에 성호를 그었다. 조선에서의 삶은 언제 일어날지 모르는 폭동 때문에 전쟁처럼 불안했고 권력자의 입맛에 따라 이리저리 불려 다니는 신세였다. 천주가 아니었다면 단 하루도 견디지 못했을 시간들이었다.

—바티칸 베드로 대성당 미켈란젤로의 조각이 제일 유명해요. 피에타는 사백 년 전에 독일에서 처음 나왔어요. 그 후로 북유럽으로 퍼져 나갔지요. 그림뿐만 아니라 조각상도 만들어졌어요. 귀족들이 주머니에 넣고 다닐 수 있는 아주 작은 피에타까지 유행했어요. 겨우 손바닥만 하지요. 나는 조선으로 오는 길에 잃어버렸어요.

—피에타가 그토록 사람들을 사로잡다니 놀랍구나. 피에타는 남자이냐, 여자이냐?

—피에타는 사람이 아니에요.

—신이여, 자비를 베푸소서라고 했지. 외국 말은 정말 어렵군.

—이탈리아어로 슬픔, 비탄이라는 뜻도 있어요.

아, 그래. 슬픔. 비탄. 여인은 자신의 목소리가 가슴에서 깊이 울리는 것을 느꼈다. 설명을 필요로 하지 않는 단순한 종소리가 뎅뎅 울리는 느낌이었고, 묵직한 종소리는 폐부를 흔들어 깨웠다. 궁중 생활을 시작한 때부터 홀로 고독할 때마다 마주친 친숙한 단어였다. 등 뒤의 그림자처럼 붙어 있어서 결코 돌아보고 싶지 않은 감정이기도 했다. 여인은 옅은 한숨을 내쉬며 저고리가슴을 쓸었다. 남몰래 꼭꼭 쟁여놓고 새벽녘 방문 앞에서만 풀어놓던 거센 울렁거림이었다.

조성하는 여인을 바라보고 있었다. 여인이 수녀를 통해 알고 싶은 것이 무엇일까. 한양의 사대부들 사이에 수녀를 모르는 사람이 없다는 것, 그것이 여인의 마음에 한 점 먼지로 거슬렸을까. 천주교가 조선에 뿌리내리고 싶다면 나를 통해야 할 것이니라. 여인은 그 말을 입으로 뱉지 않았다. 여인이 조성하를 향해 눈짓을 보냈고, 수녀는 조성하와 함께 일어났다. 신의 어머니는 울지 않는다. 여인은 의미심장한 얼굴로 중얼거리며 정물처럼 앉아 있었다. 신의 어머니는 울지 않는다.

단 한 사람의 목소리였다.

살랑살랑 바람이 일 듯, 찰랑찰랑 물결이 일 듯 다정한 여인이 부르는 노랫소리였다. 노래는 아주 느렸다. 마치 불빛을 싸고도는 어둠처럼 조용히 다가서고 있었다.

철종은 열에 들뜬 몸을 뒤척였다. 눈을 뜨면 좁은 방 안이었고 눈을 감으면 드넓은 벌판이었다. 벌판에는 들꽃들이 별 무리처럼 퍼져 있었다. 어떤 것은 노란 별이었고 어떤 것은 하얀 별이었고 어떤 것은 보랏빛 별이었다. 광활한 벌판을 빈 지게로 돌아다녀도 배는 고프지 않았다. 산짐승처럼 걸어 다니다가 나무 열매를 따 먹으면 되었다.

그러다가 갈증이 나서 물을 발견하면 선녀처럼 예쁜 여자가 있었다. 여자는 물동이에 표주박으로 물을 담고 있었다. 철종은 맑은 물을 바라보다가 여자의 흰 손을 바라보았다. 여자의 노래는 물동이를 붙잡은 손과 어울렸다. 이마의 땀방울이 물동이로 뚝 떨어졌다. 아. 철종은 비몽사몽간에 고개를 돌렸다.

철종은 방문의 그림자를 얼핏 보았다. 상선과 지밀상궁이었다. 철종은 백일몽을 털어내듯 어깨를 떨었다. 누워서 바라보는 천장은 높았고 속이 깊었다. 좌우 두 개의 대들보가 천장의 중심을 가르고 있었다. 중간 대들보에는 여러 글자가 새겨져 있었다. 적색 나무는 검은 먹물을 무게감 있게 끌어당겼다. 대들보에는 글자들이 근엄하게 박혀 있었지만 그것이 뭔지 알 수 없었다. 철종은 글자들을 노려보았다. 제왕 교육을 받지 못한 눈동자에는 글자에 대한 두려움이 안개처럼 서렸다. 구중궁궐에서 글자를 모르는 것이 이리도 외롭고 서러운가. 첩첩 방문에 그림자가 어릿했다. 철종은 방문을 등지면서 돌아누웠다.

—전하, 수침에 드셨다고 전하오리까.

무수리가 속삭였다. 철종은 눈을 떴다. 오직 그 여자만 편했다. 대비마마께서. 철종이 눈을 도로 감았다. 무수리가 방문을 열고 나와서 철종의 뜻을 전했다.

조대비는 희정당을 걸어나오다가 중전을 만났다. 중전이 웃으며 고개를 약간 숙였고, 조대비는 단번에 낙심한 표정을 지었다. 중전의 웃음이 생선가시처럼 목에 걸렸다.

—중전, 희정당에는 들어가지 마세요. 원, 천하에 이런 일이. 내

명부 여인들이 무수리 계집만도 못하니 차별도 그런 차별이 없어
요.

무수리 이야기를 전할 때는 중전이 만만한 여자로 보였다. 중전
의 봉황 무늬 흉배 금박 당의가 여자의 외로움을 덮지는 못했다. 중
전은 기와담장에 홀로 핀 붉은 작약처럼 보였다. 지나가는 사람들
의 시선만 받는 꽃. 조대비의 눈빛은 많은 말을 품고 있었다. 조대
비는 궁궐 내명부 윗사람으로만이 아니라 나이가 많은 여자로서 해
줄 말까지 인내하고 있었다.

중전은 조대비 어깨를 지나는 바람을 쳐다보는 듯했다. 아무래도
상관없다는 표정이었다. 중전의 가체는 새의 관처럼 보였다. 정수
리에 꽂은 붉은 떨잠은 한 번도 고개를 숙인 일이 없는 여자의 존재
감을 표현하고 있었다. 단정하게 쪽진 뒷머리를 가로지른 용잠은
신분 높은 여자의 자존심이었다.

조대비는 중전의 화려한 장신구들을 더듬는 눈길을 잠깐 들켰다.
중전의 미간이 살짝 움직였다. 중전은 다시 한 번 웃고는 꼿꼿한 자
세로 걸어갔다. 조대비는 중전의 당당한 뒤태를 노려보았다. 조대
비의 뒤를 따르는 나인들보다 중전의 뒤를 따르는 나인들이 더 많
았다.

중전은 희정당 방문 앞에 섰다. 방문을 바라보는 중전의 얼굴에
는 미세한 경련이 일었다. 철종은 몸이 아픈 것이 아니라 게으름을
피우고 있는 것이 분명했다. 중전은 방문을 열까 말까 망설였다. 아
랫것들한테 불호령을 치는 것은 어렵지 않았으나 그것은 여자의 질
투를 온몸으로 드러내는 것이었다. 중전에게 질투란 뱀이 벗어놓은

허물과 같았다. 천상천하 유아독존의 여인으로 천한 아랫것들에게 우습게 보이는 건 죽기보다 싫었다. 방 안은 비밀스러웠고 나인들이 서 있는 복도는 공허했다. 중전은 무표정하게 돌아섰다.

철종은 무수리를 껴안고 잠들었다. 철종의 입술이 젖가슴을 파고들 때에 무수리는 상투관과 비녀에 자꾸만 턱을 찔렸다. 무수리는 아픔을 참고 철종의 머리를 끌어안았다. 외로움에 들뜬 철종은 얼굴이 붉어지도록 젖꼭지를 빨았다. 무수리의 젖가슴에 기력을 다 쏟은 철종이 몸을 틀자 무수리는 손가락으로 아래를 더듬었다. 왕의 아랫도리는 습하게 물컹거렸다. 무수리는 땀이 밴 이불을 빠져나오면서 철종의 품에 베개를 안겼다. 꿈속으로 들어간 철종은 깨지 않았다.

상선과 지밀상궁이 무수리를 향해 공손히 머리를 숙였다. 무수리는 옷매무새를 바로 여미면서 희정당을 서둘러 나왔다. 무수리는 궁과 궁 사이를 돌아가며 북쪽으로 부지런히 걸어갔다. 어슴푸레한 기운이 깔리는 저녁이었고 무수리의 발걸음은 조심스러웠다. 하늘이 새까매져서 기와지붕의 잡상들은 보이지 않았다. 나무숲도 없이 어둠만이 휩싼 궁이었다. 방문이 조용히 열렸고, 무수리가 들어가자 조용히 닫혔다.

—별다른 차도가 없사옵니다.

확실한 것이냐? 지체 높은 여인은 지체 낮은 여자를 내려다보았다. 몰라서 그리 대답하는 것 같지는 않았다. 그렇다고 똑 부러지게 아는 것도 없는 것 같았다. 확답을 피하는 여자는 찬찬한 성격이었다. 그렇지. 아직 분명한 것은 없지. 지체 높은 여인은 다만 표정으로만 웃었다.

　—너에게 전하는 내 말을 다른 사람은 모르게 하여라. 너는 항상 추상의 곁을 지켜야 한다. 다른 사람이 물으면 다만 추상의 뜻이라고만 말하라.

　예, 마마. 지체 낮은 여자의 이마에 땀방울이 맺혔다. 방 안은 덥지 않았다. 지체 높은 여인은 지체 낮은 여자의 이마를 보며 웃었다. 차가운 웃음이었다. 지체 낮은 여자는 아주 얕게 호흡했다. 왕 이외에는 기댈 곳이 없는 신세였다. 왕의 침전에 처음 들었을 때는 구름 위를 걷는 듯 떨리고 황홀했으나 그것이 허상이라는 걸 곧 알게 되었다. 궁궐에 들어올 때 받은 교육과는 달랐다. 웬일인지 후궁 첩지는 내려지지 않았다. 왕과 동침하기 이전과 이후에 변한 것이라고는 궁녀들 시선밖에는 없었다. 다른 무수리들은 질투했고, 중전은 눈길도 주지 않았으며, 지밀상궁은 늘 있어 왔던 일이라는 듯 심상히 대했다. 지밀상궁의 예의와 웃음은 호의적인 표현이 아니었다. 지체 낮은 여자는 언제 궁궐 밖으로 버려질지 두려웠다. 철종은 무수리의 신분을 지켜주지는 않고 의지하려고만 했다.

　지체 높은 여자의 방에서는 오래 묵은 냄새가 났다. 방 안의 세간들은 새 것이 없었다. 가구마다 색깔은 탁했고 향은 없었다. 문득 오래되었다는 것이 무서워졌다.

　—짧은 명을 타고났으면 사람의 힘으로 되겠느냐.

　지체 높은 여인은 왕의 수명을 확정 지은 표정으로 말했다. 지체 낮은 여자는 두려운 눈으로 방문을 쳐다보았다. 촘촘한 문살들을 창호지가 덮고 있었다. 방 안의 등불과 방 밖의 달빛 사이에 있는 창호지는 경계선이었다. 어느 쪽에도 섞이지 않는 경계선이 지체 낮은 여자의 두려움을 가두었다. 불투명한 창호지로 불빛이 비치자 방문은 환해져서 그림자가 비쳤다.

—나는 단순한 사람을 좋아하나 단순하면 비밀을 지키기 어려우니라. 고지식하지만 눈치가 필요해. 우리 몸에는 쓸모없는 것들이 간혹 있지. 양심 말이다. 너는 양심이 있느냐.

지체 낮은 여자는 방바닥에 납작 엎드린 가슴께가 뻐근해져 왔다. 꾸짖는 말인 듯했다.

—어, 없사옵니다.

지체 낮은 여자는 있느냐, 없느냐는 단순한 질문에 머뭇거리면서 없는 것을 겨우 선택했다. 선택을 잘못하면 죽을지도 모른다는 두려움이 엄습했다. 지체 높은 여인은 입을 크게 벌리고 남자처럼 껄껄 웃었다. 지체 낮은 여자는 누가 들을까 봐 두려워서 방문 쪽을 흘끔 쳐다보았다.

—독물을 타라는 것이 아니다. 언제나 추상의 곁을 지키면서 정성을 다하라는 뜻이다. 독물이든 약물이든 분별하지 마라. 정성을 다하면 되는 것이다.

지체 낮은 여자는 고개를 갸웃했다. 독물, 약물, 정성은 서로 어울릴 수 없는 단어들이었다. 본심이 무엇인지 알아듣기 어려운 말이었다. 지체 높은 여인의 표정은 무섭게 다그치는 듯했으나 낮은 목소리는 조심스러웠다.

—이 궁궐에서 추상을 재울 수 있는 여자는 너뿐이다.

칭찬인 듯했다.

―네가 외로운 몸이라는 걸 잊지 말라.

　협박인 듯했다.

　―그저 평상시와 같아라. 아무 일도 없는 듯 평상시와 같아야 한
다.

　지체 높은 여인의 목소리는 주문을 외듯 되풀이되며 간절해졌다.
예, 마마. 예, 마마. 지체 낮은 여자는 반복적으로 대답했다.

　―소원이 있느냐.

　―없사옵니다.

　지체 낮은 여자는 냉큼 대답했다. 지체 높은 여인이 급하게 인상
을 찌푸렸다.

　―네년이 내 앞에서 감히 흥정을 하느냐.

　목소리는 높지 않았으나 차가운 얼음장 같은 말이다. 지체 낮은
여자는 무슨 뜻인지를 몰라서 멍한 눈을 들었다. 지체 높은 여인은
멍한 눈을 꾸짖으려다가 웃었다. 속을 드러내지 않는 표정이구나.
선악의 분별이 희미하니 독한 계집이로다. 지체 높은 여인은 칼날
같은 음성으로 말하며 시선을 돌렸다. 그러면서 속으로는 적임자라
는 확신을 했다.

　―아, 아니옵니다. 아무 소원도 없사옵니다. 그냥 이렇게 자주 불
러주시면 되옵니다.

　지체 높은 여인은 자리에서 일어났다. 장롱 깊이 넣어둔 보석 상
자를 꺼내더니 지체 낮은 여자의 코앞에 내밀었다. 지체 낮은 여자
는 고개를 더욱 숙일 뿐 손을 내밀어 감히 받아 들지 못했다. 지체
높은 여자는 보석 상자에서 뒤꽂이 하나를 꺼내어 지체 낮은 여자

의 치맛자락으로 던졌다.

—너는 이제부터 내 사람이다. 네 운명은 내가 쥐고 있느니라.

예, 마마. 지체 낮은 여자는 뒤꽂이를 냉큼 치마 속으로 감추고는 방문께로 시선을 돌렸다. 몇몇 나인들이 서 있었지만 쥐 죽은 듯 조용했다.

—생각해 보아라. 중전이 독물을 탈지 어찌 알겠느냐? 또한 지밀상궁을 믿을 수 있느냐? 상선내시는? 만약에 중전이 약물을 탄다면 재빨리 해독할 수 있는 약물을 올리는 게 너의 일이다.

아, 예. 지체 낮은 여자는 그제야 이해한 듯 안심한 표정으로 바뀌었다.

—이 궁궐에서는 중전이 약을 타는 게 비밀이 아니라 네가 나를 찾아오는 것이 비밀이다. 중전과 나는 견원지간이야. 네가 나를 만나는 걸 중전이 알게 되면 네 목숨은 그날로 끝이니라.

예, 마마. 지체 낮은 여자의 얼굴이 어두워졌다.

—너와 나의 비밀이 지켜지면 후일 더없는 광영이 될 것이나 비밀이 깨지면 더없는 치욕이 될 것이다.

—무덤까지 가져가겠나이다.

—무덤까지 가져가겠다니 네 뜻이 가상하구나. 아주 비장한 대답이나 그리 어려운 일이 아니다. 너는 그냥 가만히 있으면 되느니라. 네가 가만히 있으면 시간이 해결해 줄 것이다. 너는 단지 시간보다 먼저 입을 열지 말아야 한다.

—그 시간을 어떻게 알 수 있는지요.

—그냥 직감으로 알게 된다. 시간은 다른 사람의 얼굴로 나타날

것이다. 그 사람이 나타나기 전까지 비밀을 까맣게 잊고 살면 되느
니라.

―그 사람을 어찌 아는지요.

지체 낮은 여자가 갈급한 목소리로 물었다. 지체 높은 여인이 그
만 답답하다는 표정을 지었다.

―상황이 매 순간 달라지는 것을 지금 이야기해서 뭐 하겠느냐.
약속은 허언이 될 뿐이다. 지금 이야기하면 그것을 지키느라 달라
진 상황을 모르게 되느니라. 매 순간 중요한 건 상황이다. 상황만
주시하면 되느니라. 상황이 달라졌을 때에 제일 먼저 내게 고하라.

지체 낮은 여자가 난색을 표했다. 설명을 들을수록 이해하기가
어려워졌다.

―네가 어린애처럼 질문하는 것이 나는 좋구나. 행동이 느려도
돌다리를 두드리며 건너갈 성격이니 흠은 아니지. 궁궐에는 말귀를
빨리 알아듣는 여우들만 모여 있으니 추상이 답답한 너를 좋아하는
이유를 알겠구나. 말귀를 빨리 알아듣는 사람은 이해도 잘하지만
오해도 잘하지. 추상이 다른 여자들의 속마음을 알기는 어려워도
너하고는 편안하게 대화할 것이다. 너는 말을 말대로 알아들으니
단순해서 좋다.

지체 높은 여인은 만족한 표정으로 고개를 끄덕였다. 지체 낮은
여자는 의문이 가득한 얼굴을 숙였다. 말귀를 못 알아듣는 것이 부
끄러웠다.

―너의 중요한 의무는 판단하지 않는 것이다. 판단하는 사람은
오직 나뿐임을 명심하라. 너는 오직 따르기만 하고 판단하지 말라.

이해하기 어려워도 이해하려 하지 말라. 나는 짧게 명령할 것이니 너는 짧게 행동하면 되느니라.

—예, 마마.

—지금 추상 곁에는 너밖에 없다. 너는 너를 의지하는 추상을 위해 살아야 한다. 수라간 일은 하지 말고 오직 추상 곁에만 있어야 한다. 네가 지켜야 할 사람은 조선의 왕이니라.

예, 마마. 물러가라. 지체 낮은 여자는 조심스러운 뒷걸음질로 방문을 열고 나갔다.

지체 높은 여인은 멀리 떨어져 있는 세월을 끌어당기는 것처럼 저도 모르게 치맛자락을 여며 쥐었다. 다행히 적임자를 찾아서 관계를 엮었으니 미래를 도모할 만했다. 사람을 엮어서 마음이 새털처럼 가벼워졌으나 족쇄를 두른 것처럼 무겁기도 했다. 낮과 밤처럼 분명한 마음이 때 없이 오락가락하고 있었다.

그 후로도 철종은 침전에서 여러 날을 나오지 않았다. 유폐된 공간으로 무수리만이 무시로 드나들었다. 가끔 조대비가 들었다. 무수리는 뒤꽂이가 없는 맨머리를 숙이며 왕은 금식 중이라는 말을 전했다. 금식이란 단어는 무수리와 약속한 비밀의 언어였다. 조대비는 무수리의 얼굴을 세심히 살펴보면서 무수리의 말을 신뢰했다. 의심이 가는 점은 없었다.

철종은 언제나 눈을 감고 있었다. 혈액 순환이 안 되는 얼굴은 나무그늘처럼 시커멓게 어두웠다. 철종의 병은 깊었다. 천지의 이치로 보면 왕의 병이 깊은 데는 이유가 있었다. 달이 지고 나야 태양이 뜨는 법이었다. 조대비는 조성하를 부를 것을 명령했다. 상궁은 평상복 차림으로 몰래 궁궐을 빠져나갔다. 조성하는 집에 없었다. 상궁은 저잣거리를 돌아다니면서 조성하를 찾았다.

❖

어머, 웬일이시어요? 초선이 냉큼 대문으로 달려나와 조성하의 뒤를 살피며 반색을 했다. 갓 그늘이 얼굴의 반을 가렸다. 턱수염이 초췌해 보이는 조성하는 어험, 크게 헛기침을 하며 뒷짐을 졌다. 남자 노비가 솟을대문에 빗장을 단단히 걸었다. 장명등을 매단 대문은 환했다.

웬일이라니? 오랜만이라는 인사가 뭐 그래? 초선이 조성하의 팔을 꼭 붙잡고는 어깨에 머리를 기대며 웃었다. 조성하는 가체에 꽂은 나비떨잠에 찔릴까 봐 얼굴을 뒤로 뺐다. 화려한 초저녁이었다. 방방마다 불이 켜져 있었고 청사초롱 불빛은 별처럼 점점이 빛났다. 청사초롱 사이를 돌아다니는 불나방의 날갯짓처럼 가야금 소리가 드문드문 들렸다.

좋은 방 있어? 조용한 방은 있어요. 조성하는 떨떠름한 표정을 지었다. 네년까지 끈 떨어진 왕족 취급을 하는 것이냐? 다음 말은 입 안으로 꿀꺽 삼켰다. 거의 일 년 만의 발걸음이었다. 초선은 일 년이라는 시간에 대한 내색을 하지 않고 마치 어제 만난 사람을 또 만나는 것처럼 대했다. 노련한 기녀였다.

—오늘만 이해해 주시어요. 조선, 일본, 청나라가 다 모였어요. 오늘은 아예 대문을 닫으려고 했는데 대감이니까 특별히 대접하는

거예요.

—내가 불청객이라는 말이군.

—청객도 없고 불청객도 없는 교방인 거 아시면서 왜 자꾸 그러시어요.

그럼 오늘은 조용한 방으로. 어험. 조성하가 크게 헛기침을 하며 초선의 뒤를 따랐다. 계집종들이 청사초롱을 들고 쪼르르 달려와서 어두운 발밑을 비추었다. 초선은 후원의 쪽문을 열고 들어갔다. 후원의 방들은 본채의 방보다 더 넓었다. 미닫이 방문들을 모두 닫으면 방은 십여 개로 늘어났다. 초선은 후원으로 깊이 들어가지 않고 후원 옆의 사랑채로 들어갔다. 기역 자로 꺾인 곳에 있는 방이었다.

조성하는 실망하는 표정을 지었다. 후원으로 더 들어가면 연못이 있고 정자가 있고 달이 있고 대숲이 있었다. 오동나무 이파리가 방문을 가리고 운치 있는 달그림자 때문에 청사초롱은 필요 없었다. 좋은 방은 높은 놈들 차지란 말이지. 조성하가 초선의 옥비녀를 노려보며 중얼거렸다. 드시지요. 초선이 웃는 얼굴로 방문을 열었고, 조성하는 체념한 듯 신발을 벗었다. 초선이 나비 촛대로 다가가 불을 붙이려고 하자 조성하가 초선의 손을 잡아끌었다.

술상은 필요 없고 게 앉아라. 불은 켜야지요. 조성하가 초선의 눈매를 쳐다보았다. 작년에 내게 준 묵란 말이다. 조성하의 목소리가 은근해지자 초선이 얼른 방문을 닫았다. 초선은 자리에 앉아서 한참 기억을 더듬다가 이내 고개를 끄덕였다. 두 사람은 서로의 표정을 알 수 없는 어둠 속에 우두커니 마주 앉아 있었다.

—아, 그건 그냥 술값인데요.

—누구를 좀 만나줘야겠다. 묵란을 아주 좋아하는 분이시다.

—이년이 왜요?

—묵란 주인이니까.

—그 묵란은 이년이 그린 게 아니옵니다.

—그날 분명히 네가 그린 것이라고 하지 않았느냐?

그날은 농을 하던 분위기였던지라. 초선이 옛 기억을 떠올리며 어색하게 웃었다.

—한량 몇 명과 기녀 몇 명이 술을 마시다가 갑자기 붓을 든 적이 있었어요. 천하를 얻은 듯 거침없는 붓질로 난을 치는 한량들이 얄미워서 이년이 슬그머니 내밀었던 묵란이지요. 이년이 이 묵란의 화제(畵題)는 천국입니다, 라고 말했고, 한량들은 단번에 기가 죽었지요. 아무도 토를 달 수 없을 만큼 압도적인 묵란이었어요. 비교 자체가 무색했지요. 그날 이후로 한량들은 이년에게 꼼짝을 못합니다. 고수와 하수를 가릴 줄 알고 인정할 건 깨끗이 인정하는 모습을 보면 계집보다는 사내가 명쾌해요. 그래서 이년이 남자를 상대로 장사를 하고 있는지도 모르지요.

초선은 아무나 상대하지 않는다는 자존심을 표현하고 있었다. 조성하가 피식 웃었다.

—따지기 좋아하고 말 많은 계집들을 거느리기는 쉽답니다.

—남자는 맞상대하고 계집은 거느린다. 한양 최고 교방의 우두머리다운 말이군.

—그런데 사실 이년이 그린 게 아니라 장롱 밑에서 몰래 꺼낸 거랍니다.

그 묵란이 장롱 밑에 들어가 있었더란 말이냐. 그건 이년도 모르지요. 초선이 무심한 척 대꾸했다. 조성하는 초선의 치마폭으로 엽전 꾸러미를 획 던졌다.

—에구머니. 도대체 무슨 일이어요?

—이유는 묻지 말고 묵란의 주인을 모시고 내 집으로 오너라.

초선의 얼굴이 흐려졌다. 그날 술기운이 몽롱한 상태에서 남녀의 동침과 천국을 이야기했다. 운우지락에서 천국으로 넘어가면서 이야기는 진지해졌다. 한 남자를 위해 수절한 여인네 이야기들이 입방아에 올랐다. 정신의 지조를 위해 목숨까지 버리는 이야기들. 환상이 없으면 이룰 수 없는 죽음들. 죽음은 꺾이고 짓밟히는 것이 아니라 완전무결하게 이루는 것이었다. 완전무결한 죽음에 대한 토론은 새벽까지 이어졌다. 그날 한량들은 유가의 이상(理想)을 석란으로 그렸고, 기녀들은 창녀의 발을 씻겨주었다는 예수의 얼굴을 그렸다. 그날의 술자리는 비밀로 덮어졌다.

—혹시…… 천주학에 관련된 일이옵니까?

초선은 오른손 청옥 가락지를 왼손으로 뱅글뱅글 돌리며 물었다. 농민 시위 때문에 시국이 어수선해서 기해년 천주교도 처형 사건이 또 시작될 것이라는 소문이 은밀히 돌고 있었다. 기해년의 일은 사학을 엄히 단속한다는 명분으로 조 씨 가문에서 일으킨 사건이었다. 피바람이 지나갔어도 과거는 끝나지 않은 듯했다. 결코 변하지 않는 여름을 사는 것처럼 천지를 뒤흔드는 장마는 예측할 수 없었다.

아니다. 믿을 수 있겠는지요. 조성하가 고개를 끄덕였다. 초선이 실눈을 떴다. 거짓은 아닌 듯했다. 정치 실세가 조 씨 가문에서 김 씨 가문으로 넘어간 지 오래였다. 권력을 잃은 조 씨 가문이 천주학 쟁이들을 단죄할 힘이 없다는 사실은 분명했다.

—단 야심한 밤이어야 할 것이다.

초선이 옷고름을 만졌다. 그동안 교방을 키우려고 손님의 신분을 가리지 않았고 돈이 되는 일이라면 살인 빼고는 뭐든지 다 했다. 하지만 고관대작만 거래하는 지금은 거래를 가릴 필요가 있었다. 이유도 모르는 일에 연루되는 악수(惡手)를 둘 필요는 없었다. 천주학쟁이 일만 아니라면. 초선은 옛일을 생각하며 근심 어린 얼굴을 숙였다. 묵란이 천주교도와 연결될 리도 없을뿐더러 묵란의 주인도 한량일 뿐이었다. 초선은 엽전 꾸러미를 조성하 쪽으로 슬그머니 밀어 올렸다. 조성하는 초선이 손가락에 낀 청옥 가락지를 노려보았다.

영문도 모르는 일에 개입할 수는 없어요. 초선은 고심 어린 눈동자를 지우며 말했다. 초선의 분명한 태도에 조성하의 안색이 변했다. 이 교방이 어찌 컸는지 모르지는 않겠지. 물론입니다. 초선도 정색을 하며 조성하의 눈빛을 피하지 않았다. 초선의 뒤를 봐주는 권력자가 있다는 것을 조성하도 알고 있었다. 음. 조성하는 속으로 기어들어 가는 신음 소리를 냈다.

두 사람 사이에 침묵이 흘렀다. 너무 오랜만에 들른 교방이었고, 소원했던 만큼 두 사람의 거리는 멀게 느껴졌다. 방 안의 어둠에 익숙해진 두 사람은 서로의 얼굴을 뚫어져라 쳐다보았다. 방문으로 들어오는 달빛은 문지방을 넘으면서 뿌옇게 부서졌다. 후원 나무숲

깊은 곳에서 울리는 가야금 가락이 가까이 들리다가 아련하게 멀어졌다. 조성하는 가야금 가락에 귀를 기울이는 표정이었고, 초선은 일어서야 할 때를 놓치고 있는 표정이었다. 초선이 긴장하는 얼굴로 치맛지락을 움켜쉬었고, 조성하는 어둠 속에서 조급해졌다.

조성하는 벽 쪽으로 시선을 돌렸다. 벽에는 여인의 초상화가 걸려 있었다. 초선이 조성하의 눈길을 따라 초상화를 쳐다보았고, 두 사람은 말없이 그림 속의 여인만 쳐다보았다. 〈배신의 얼굴〉이라는 화제(畵題)로 유명한 그림이었다. 어둠 때문에 배신의 얼굴은 잘 보이지 않았다.

—자네 어머니에게 감동한 화공이 부처의 탱화를 그리는 심정으로 그려주었다지?

예. 그렇게 들었어요. 초선이 저고리 옷고름에 가만히 오른손을 얹었다. 기억으로부터 아득한 어머니를 그리워하는 눈동자였다. 기해년 천주교도 처형사건에 돌아가시지만 않았으면. 초선이 울컥 올라오는 설움에 고개를 돌렸다. 어머니를 잃은 초선을 거둔 것은 김병학이었다.

—어머니가 돌아가셨을 때 철모르는 열세 살이었는데 아직도 기억이 생생해요. 대문으로 들어오는 손님을 구별 말라 가르치셨어요. 비록 기녀 신분이었지만 천주의 사랑을 정성으로 실천한 분이셨지요.

—한양에서 자네 어머니의 사랑 이야기를 모르는 사람이 없지.

—사람을 사랑하면 끝까지 사랑하며 목숨까지 바치는 분이셨어요.

—나도 선친께 들은 이야기가 있네. 자네 어머니가 정인이 배신하고 떠난 뒤에 석 달을 앓아누웠다가 초죽음에 이르러서야 깨어났는데 비몽사몽간에 천사들을 보았다고 했어. 그 후로 자네 어머니의 이야기는 일품이지. 다른 사람들은 배신당하면 분노와 복수의 칼을 가는데 자네 어머니는 배신의 감정을 가슴 깊이 앓고 나서야 참사랑을 알게 되었노라고 말했다네.

아, 어머니. 열세 살의 감정으로 돌아간 초선이 눈자위를 붉히며 울먹였다. 그 사람을 진정으로 사랑한다면 그 사람을 위해 기뻐할 줄도 알아야 하니 배신당했다고 괴로워하지 말고 그 사람이 더 좋은 여자를 만난 것을 기뻐해야 하며 사람에게 배신당할수록 다음 사람에게는 더욱 잘하라고 말씀하셨어요. 오. 조성하가 감동했다.

—선행을 한다는 것은 물을 주는 일과 같다고 하셨어요. 사람이 갈증이 생기면 물을 찾게 되는 것처럼 어려운 사람에게 도움을 주는 것은 목마른 사람에게 물을 주는 것처럼 자연스러운 일이라고. 그런데 사람은 물을 먹고 나면 물을 잊는 것처럼 도움을 받고 나면 도움을 잊게 되는데 그걸 서운해하지 말라고 하셨어요. 목마른 사람이 물을 마시고 나면 기운이 나서 다른 일을 하게 되니까 물을 잊게 되는 것인데 물을 기억하지 않는다고 해서 나쁜 사람은 아니라고 하셨어요. 목마른 사람이 물을 찾는 것처럼 물을 먹은 사람이 물을 잊는 것은 자연스러운 일이라고.

—쓸쓸한 이야기구나. 세상 사람들 중에는 물을 기억하는 사람이 있지 않을까.

—어려운 일이지요. 그래서 물을 기억하는 데에는 의지가 필요하

다고 하셨어요. 갈증이 나서 물을 찾는 건 본능적인 행위이고 갈증이 해결되고 나서도 물을 기억하는 건 인간적인 의지라고 말씀하셨지요.

—그래도 자네 어머니의 노력은 헛되지 않았어. 한양에서 교방을 연 이후에 자네 어머니의 덕을 입지 않은 사내가 없다고 들었네. 시절이 어수선할 때 다른 교방은 다 망해도 이 교방은 절대 망하지 않았다고. 선친께서 자네 어머니 이야기를 대비마마께 전했는데 아쉽게도 자네 어머니를 죽음에서 구하지는 못했네. 그러나 이 교방이 기해년의 피바람 속에서 살아남은 것은 대비마마의 은밀한 보살핌이 있었다는 걸 기억하게.

초상화의 어머니는 자애로웠다. 초선은 〈배신의 얼굴〉을 바라보며 입술을 깨물었다. 배신을 모르는 어머니의 얼굴이 초선에게는 배신의 얼굴이었다. 다른 사람들에게는 칭송을 받을지 몰라도 어린 딸을 버리고 죽은 어머니였다. 사람들의 칭송도 시간이 지나면 없어지고 과거의 칭송을 잊기 싫은 사람이 초상화를 그려서 벽에 걸어놓는 것일 뿐.

초선은 어머니를 잃었다는 충격에서 오랫동안 헤어 나오질 못했다. 사랑이니 배신이니 복수니 그따위 감정들이 도대체 뭐가 중요하다는 말인가. 자기 혼자만의 감정이란 하늘에 지나가는 구름처럼 부질없고 헛된 것이었다. 그 부질없고 헛된 감정에 휘둘리기는 싫었다. 어머니가 죽었다는 것은 분명했다. 어머니가 죽은 이후로 부질없는 인정에 속지 말 것을 수없이 다짐하며 살아왔다.

도와주게. 조성하가 간곡히 말했다. 그 어머니에 그 딸이란 걸 보이라는 표정이다. 조성하는 보통의 사내답게 여자의 감정을 헤아리기보다 일의 성사에 집중하고 있었다. 초선은 조성하의 눈을 뚫어지게 쳐다보았다. 눈자위까지 차올라 왔던 감정은 슬그머니 사라졌다. 남자는 이기적인 동물이다. 남자의 이성이란 남자들끼리의 생존 싸움에서 단련된 것이었고, 자기 마음에 따라 생명을 품는 여자의 감정에 비할 바가 아니었다. 교방 생활에서 얻은 것은 사내들의 욕심은 다 거기서 거기였고, 세상에 별다른 사내는 없다는 깨달음이었다.

나리 말씀대로 따르겠어요. 고맙구나. 조성하가 엽전 꾸러미를 다시 초선의 치맛자락 앞으로 밀어냈다. 초선이 엽전 꾸러미를 다시 조성하의 도포 자락 앞으로 밀어냈다. 이 정도 돈은 내게도 있어요. 초선의 중얼거림을 조성하는 듣지 못했다.

─이것이 처음이자 마지막이니 사례는 필요 없습니다.

허면 이건 어떠냐. 내가 주는 정표니라. 조성하가 칠보로 장식한 은장도를 꺼냈고, 초선이 웃었다. 고맙습니다. 조성하가 만족한 표정으로 일어섰고, 초선이 방문을 열었다. 휘황한 달빛이 조성하의 이마로 달려들었다.

─이리 가시면 서운합니다. 조금이라도 쉬었다 가시지요.

쉬기에는 밤이 짧구나. 조성하가 초선의 얼굴을 쳐다보며 웃었다. 다음에 또 오지. 그럼 살펴 가시옵소서. 초선은 대문을 조용히 닫고 돌아섰다. 나무들은 습했고 어둠은 흙냄새를 풍겼다. 하늘에는 달이 떠 있었다. 어머니는 사람에게 도움을 주라고 하셨지만 나는 달라요. 그 사람이 나를 떠나게 만들지 말고 나를 필요로 하게

만들어야지요. 초선은 어둠 속에서 은장도의 칠보 장식을 쳐다보다
가 정원 풀숲으로 획 던졌다. 그리고는 후원으로 난 반달문을 열고
안으로 들어갔다.

초선은 조용히 길어가다가 기와담장 밑 어둠에 몸을 숨겼다. 이
하응과 청나라 여자였다. 청나라 여자는 머리에 가체를 올리고 비녀
두 개를 엇갈려 꽂았다. 두 사람은 밀회를 하는 남녀처럼 가까웠고
말소리는 옆 사람에게만 들릴 만큼 작았다. 후원에서는 가야금과 해
금 가락이 울렸고, 그들의 말소리는 가끔씩 해금 소리에 묻혔다.

—김병학 대감댁에서 뵈었던 그날과 너무 다르십니다. 그날 제게
주신 묵란을 기억하십니까?

청나라 여자는 합죽선을 펼치면서 얼굴을 가렸다. 합죽선에는 붉
은 모란꽃이 그려져 있었다. 붉은 모란꽃 위에 의심 품은 두 눈동자
만 도드라졌다. 이하응은 취기에 몸을 비틀거렸고, 청나라 여자는
급격히 실망한 표정을 지었다.

—내 그림에서 망국의 환영을 보는 모양인데. 나는 먹물로 장난
을 친 것뿐이오.

이하응은 청나라 여자가 귀찮은 듯 돌아섰다. 청나라 여자가 합
죽선을 땅바닥으로 떨어뜨리며 힘없이 무릎을 꿇었다.

—도와주세요. 내 할아버지가 조선인입니다. 황사영 백서를 들고
청나라로 갔던 사람입니다.

—그건 오십 년 전 일이오. 천주학쟁이들이 사는 마을을 한 나라
로 인정해 달라는 글이 있었지만 압수됐소.

—흰 비단의 백서 말고 또 있었어요. 북경 구베아 주교께 보내는

편지 말입니다. 물론 그것도 결국에는 전달되지 못했지요. 할아버지는 조선으로 돌아가지 못하셨습니다.

청나라 여자는 떠도는 유령과 같은 자신을 느끼며 눈물을 흘렸다. 제길. 이하응은 청나라 여자의 절박함을 쳐다보았다.

─청나라 법 때문에 곤혹스러운 것을 알고 있지만 조선 법과 청나라 법은 다른 것이니 나는 그대를 벌할 수 있는 사람도 아니고 그대를 도와줄 수 있는 사람도 아니오. 그대가 조선에 온 이유가 무엇이오? 황사영 백서를 들고 갔다는 할아버지 때문이오? 타국을 떠도는 억울함을 알리려고?

청나라 여자는 고개를 가로저었다. 천왕의 생사를 모르는 여자는 죽을 수도 없는 몸이었다. 천왕이 발견되면 따라 죽을 일만 남은 여자였다. 태평천국의 운명을 바라보며 절벽 끝에 서 있는 여자. 천주는 바보를 좋아하는지 몰랐다. 여자의 절박함에 천주가 둥지를 틀고 있으니.

─조선에서 서성거리는 이유가 무엇이오. 서태후의 눈을 피해 거두어달라는 것이오? 아니면 청나라 상인의 눈을 피해서?

─차라리 성이 불탔을 때 포로로 붙잡히지 말고 자결을 했어야 해요.

청나라 남자의 노비는 되고 싶지 않다는 뜻이었다. 치욕을 아는 여자는 태평천국에서 어떤 신분이었을까. 여자의 말대로 관리였을까. 여자에게 평등한 땅이었다는 말은 사실이었을까. 이하응의 눈가로 의심이 스쳤다.

─그런 부탁을 하려면 조선의 실세가 앉아 있는 후원으로 가야

지. 김병학이 밤중에 교방에는 왜 왔겠소. 모종의 합의를 보기 위해서가 아닌가. 그 합의에 그대가 빠져 있다니 안됐군.

—그분은 청나라 상인이 만나는 분입니다. 그 합의가 무엇인지 알고 있어요. 제발 도와주세요. 조선에 온 수녀를 만나 프랑스에 전갈을 넣어야 해요. 태평천국을 공격하지 말라는 편지를 넣어야 해요. 공소가 어디에 있는지 알려주세요.

—그대는 나를 왜 믿는 것이오?

—묵란을 믿는 겁니다.

나보다 더 미쳤구나. 이하응은 밤하늘을 쳐다보았다. 나도 모르게 미친 듯이 묵란을 치지만 내 머릿속에는 죽음을 뛰어넘을 신념이 없어서 부끄럽구나. 석파란은 내 욕망일 뿐. 밤하늘은 어둠이 깊어서 두꺼운 이불처럼 보였다. 베개 같은 달이 머리 위에 놓여 있었다. 몹시 피곤했다.

이하응은 청나라 여자의 눈을 쳐다보기가 싫었다. 망해가는 나라를 살리려고 갈팡질팡하는 여자의 눈빛에서 외려 강한 이상이 느껴졌다. 석파란은 다른 유학자들보다 더 잘 그리려고 노력한 묵란에 지나지 않는 것. 호승심이 강한 유학자의 현학적 취미에 지나지 않는 것. 이하응은 오줌이 몹시 마려운 표정을 지었다. 제길. 달라붙는 여자는 정말 싫다.

나리, 무슨 일이 있는지요? 초선이 얼른 다가가서 공손히 고개를 숙이며 물었다. 청나라 여자는 얼굴을 붉히며 후원으로 들어갔다. 이하응은 초선의 뒤를 따라 걸었고, 초선은 후원 옆의 구석진 방으로 들어갔다. 조금 전에 조성하가 들렀던 방이다. 초선이 나비촛대로 다가가 불을 붙였다.

—너는 싫다. 아직 세상일을 겪지 않은 계집을 데려오너라.

—사람이 물건도 아닌데 새 계집, 헌 계집이 어디 있사옵니까? 이제 이년이 싫으시다면 무슨 말이 필요하겠어요. 그동안 고마웠다는 인사는 예의를 차린 말이고 다른 사람과 잘되기를 빈다는 말은 정이 다 떨어졌다는 뜻이지요.

—어떤 놈에게 심하게 데었느냐? 왜 이리 말이 많아?

—교방의 기녀에게도 순정이 있어요. 남자라고 다 좋아하는 게 아니옵니다. 허나 교방은 교방인 것이니 나리께서 이년만을 고집하실 이유는 없지요.

—다행이군.

—오늘은 여러 여자 울리십니다.

초선이 이하응의 얼굴을 빤히 쳐다보았다. 여느 때와 다른 눈초리였다. 촉촉이 물기 어린 눈동자는 많은 말을 담고 있었다. 머쓱해진 이하응이 턱수염을 쓸었다.

—내 얼굴에 뭐가 묻었느냐?

—자존심이 묻었어요.

—머리에 봉황을 달고 다니는 네년의 자존심과는 다른 것이냐.

어머. 초선이 봉황 뒤꽂이를 매만지며 웃었다. 봉황의 관(冠)은 풀꽃처럼 작아서 가늘게 흔들렸다.

—나는 밥상에 올리기 위해 잘 다듬어진 나물 따위에는 관심이 없다. 나는 배고픈 놈이 아니야.

초선의 눈동자에 어두운 그늘이 졌다. 자존심이 몹시 상한 얼굴이었다.

—다듬어진 년이 싫다면서 난초는 왜 그리 다듬고 계시옵니까?
오늘도 묵란으로 방값을 치르려 하시는지요?

—그 정도면 방값을 제하고도 남는 장사야. 돈 많고 무식한 양반
새끼들에게 팔아라.

—그렇지 않아도 석파란에 눈독 들이는 사람을 만났어요. 오늘은
이상하군요. 이 교방이 궁궐도 아닌데 이년을 통하지 않아도 될 분
들이 이년을 찾으니까요.

초선이 뾰로통한 표정으로 고개를 숙이며 벌떡 일어섰다. 무슨
말이냐? 이하응이 이맛살을 찌푸렸다. 승후관께서 다녀가셨어요.
조성하? 이하응의 눈빛이 날카롭게 움직였다.

잠시 후에 방문이 열렸다. 어린 기녀는 이하응 옆에 공손히 앉았
다. 저고리 고름을 단정하게 매고 치마를 풍성하게 입었지만 나이
가 어려서 젖살이 뽀얀 얼굴이었다. 다른 기녀의 옷을 빌려 입었는
지 어깨선이 남아돌았다. 이하응은 어린 기녀의 저고리를 눈길로
더듬다가 고개를 돌렸다. 조금 큰 듯 보이는 저고리는 겨드랑이까
지 넉넉하게 가렸다. 아직 교태를 모르는 얼굴이다.

—내가 스무 살이었을 때는 난 치는 법에만 관심이 있었느니라.
내게 신념이 있었다면 아마 그때였을 것이다. 뭔가 이루어야 한다
는 서슬 퍼런 신념. 신념을 끌어당기는 이상 세계가 있었어. 서슬
퍼런 신념이 빛을 내는 경지 말이다.

예, 나리. 어린 기녀는 부끄러움에 얼굴을 숙였다. 이해하기 어려
운 말에 가장 적당한 대답은 예, 나리, 라고 배웠다. 가끔 딴 생각을

하다가 상대방의 말을 놓쳐도 예, 나리, 하고 대답하면 팔 할은 해결된다고 초선이 살짝 가르쳐 주었다. 교방에 들어와서 이제 막 글자를 배우기 시작한 어린 기녀는 양반을 보기만 해도 주눅이 들었다.

이하응은 어린 기녀의 부끄러움을 바라보며 이상한 평화를 느꼈다. 순수한 부끄러움을 본 듯 가슴이 울렁거렸다. 기녀가 입을 가린 수건은 옥양목이었다. 기녀는 흰 옥양목을 네 겹으로 접어서 손에 꼭 쥐고는 웃을 때마다 입을 가렸다. 어린 기녀는 남들 다 웃는 웃음도 부끄러운 모양이었고, 옥양목의 흰색은 깨끗했다. 후원에 김병학이 와 있다는 소식은 먼 나라 일처럼 멀리 들렸다.

나는 나에게 빠져 있었지. 이하응의 눈자위로 과거의 시간이 배어들었다. 과거를 애써 기억하려는 눈동자에 행복은 불안하게 담겼다.

—묵란은 가르칠 수 있는 게 아니다. 형(形)은 가르칠 수 있어도 태(態)는 가르칠 수 없다. 감정은 가르칠 수 있는 게 아니야. 부끄러움을 가르칠 수 없듯이 말이다.

이하응이 기녀를 향해 손을 내밀었다. 예? 어린 기녀는 손을 잡을까, 옷고름을 풀까 갈팡질팡하다가 얼떨결에 옥양목 수건을 건네주었다. 이하응은 방바닥에 옥양목을 펼쳤다. 네 손수건은 비단도 아니고 그 흔한 꽃도 없구나. 네 볼연지만큼 붉은 꽃을 그려주랴? 이하응은 붓을 들었다. 네 마음은 너만 알 터이다. 내 마음을 말한들 네가 알랴. 획, 획, 획, 달리는 말처럼 무수히 만났다가 헤어지는 선들. 우리가 오늘 만난 것처럼. 그리고 여백. 진짜는 여백이다. 처음부터 마지막까지 여백을 주시해야 된다. 붓이 꽃을 바라보는 것 같지만 그건 착각이지. 붓이 바라보는 것은 여백이거든. 여백으로 향하는 마음을 붙들지 못하면 꽃은 어수선해진다. 꽃이 어수선해지면 단아한 자태를 잃어버려. 때로는 네 마음을 진정으로 알아주는 사람이 나타날 수도 있어. 그러나 길에도 갈림길이 있는 것처럼 언젠가는 반드시 헤어져야 해. 동상동몽으로 만나서 동상이몽이 되는 순간에 말이다.

예, 나리. 어린 기녀는 이하응을 따라 종이를 펼쳤다. 붓을 쥐고 집을 그렸다. 대문이 없는 집이었다. 붓을 쥐는 손가락이 떨렸다. 손가락을 불안하게 오므렸다가 밥주걱처럼 힘껏 쥐었다. 어린 기녀의 얼굴에 자신감이 생겼다.

길을 만들어야 집이다. 사람들이 드나들어야 집인 게야. 이하응이 손가락으로 여백을 가리켰다. 어린 기녀는 집 앞에 길을 그렸다. 여백이 작아졌다. 집 앞에 길만 있으니 허전했다. 나무를 하나 그려 넣었다. 무슨 나무지? 이하응이 물었다. 어린 기녀는 고개를 갸웃하더니 불룩하게 덧칠해 버렸다. 이하응이 그 옆에 두세 갈래의 길을 그렸고, 기와집들을 그렸다. 그중 한 집 위에 십자가를 그렸다. 이 약도를 청나라 여자에게 주어라. 청나라 옷과 일본 옷을 구별할 줄 아느냐. 빨간 옷. 그래, 빨간 옷을 입은 여자에게 전하라. 수녀와 함께 조선을 떠나라고. 이하응은 어린 기녀의 눈동자를 그윽하게 쳐다보았다. 세사를 모르는 백지 같은 눈동자였다. 밤새워 이야기를 하고 싶고 세상일을 죄다 가르쳐 주고 싶었다. 눈동자는 맑았다. 맑아서 시렸다.

—내가 왕이라면 자금성보다 위대한 궁궐을 지을 것이다.

예? 자금성? 어린 기녀는 천장의 대들보를 쳐다보았다. 처음 들어보는 말이다. 그게 뭐냐고 물으려다가 부끄러운 얼굴을 숙였다. 일패 기녀는 말귀를 잘 알아듣는 해어화라는데. 양반의 말을 못 알 아들으니 기녀로 출세하지 못할 것 같은 불안감이 가슴을 파고들었 다. 어려운 단어들은 계속 들렸다. 자금성을 모르니 위대하다는 뜻 도 알 수 없었다.

　생각해 보아라. 자금성을 무엇으로 이겨야 하겠느냐. 어린 기녀 는 어색하게 웃으며 고개를 흔들었다. 고문에 가까운 말들이다. 대 화를 나누는 것이 곤욕스러웠다. 묵란은 고원에 피는 꽃이다. 이하 응은 고원의 독수리를 생각했다. 독수리가 날개를 세우듯 이파리를 늘어뜨렸다.

　주무시겠나이까. 어린 기녀가 벌떡 일어섰다. 주안상에 술은 그 대로 있었다. 지겨운 대화에서 벗어나려면 얼른 술잔을 기울이고 이불을 깔아야 했다. 나름대로 자신 있는 일은 그것밖에 없었나. 그 러나 이하응은 술 먹을 생각을 하지 않았다.

　이하응은 황급히 종이를 치우려는 기녀의 손을 꽉 붙잡았다. 어린 기녀는 콩닥콩닥 뛰는 가슴 때문에 저고리 옷고름을 움켜쥐었고, 얼 굴을 푹 숙였다. 눈자위까지 빨개진 얼굴을 들키기 싫었다. 이하응은 처음이라 정성을 다하는 기녀의 손을 놓지 않았다. 너를 만난 것이 행운이구나. 이하응이 손가락으로 어린 기녀의 이마를 쓸었다. 서로 가 진심인 줄 알아버린 두 사람은 난초가 피는 고원으로 들어갔다. 어린 기녀는 옷고름을 풀었고, 이하응은 치마끈을 잡아당겼다. 치마 끈은 쉽게 풀리지 않았다. 어린 기녀가 한 바퀴 두 바퀴 제자리에서 맴을 돌았다. 어린 기녀는 바깥바람을 묻히고 들어간 이방인처럼 한껏 가빠지는 숨을 몰아쉬었다. 긴장돼요. 힘들게 토해내는 목소리였다. 조용히 하여라. 여기는 침묵의 땅이다. 허물 밖으로 고개를 내미는 뱀처럼 기녀의 머리는 연한 풀잎처럼 빛났다.

너의 이름이 무엇이냐. 나리께서 지어주시어요. 네가 오늘 이 방으로 들어온 것은 운명이다. 운명. 어떠냐. 팔자라는 뜻이다. 에구머니. 싫어요. 어린 기녀가 정색을 하며 고개를 흔들었다. 팔자가 좋다는 말보다 팔자가 사납다는 말을 더 많이 들었어요. 석파란은 어떠냐. 어린 기녀가 마음에 꼭 든다는 표정으로 웃으며 고개를 끄덕였다. 그래, 오늘부터 너의 이름은 석파란이다. 예쁜 이름 같아요. 석파란. 공주마마 이름 같기도 하고. 공주의 이름 같으냐? 예, 나리! 어린 기녀는 자신 있게 대답했고, 이하응은 뭔가를 생각하는 듯했다.

—너도 평등한 게 좋으냐. 차별이 싫으냐.

평등? 차별? 단어의 뜻을 모르는 어린 기녀가 미간을 찌푸렸다. 어려운 대화가 또 시작되었다.

—모르겠어요. 사람 이름 같지는 않아요.

—첩도 없고 기녀도 없는 나라가 있었더구나. 여자에게 평등했던 나라가 있었더구나. 태평천국이라고 여기서는 좀 멀지.

—나리, 세상에 그런 나라가 어디 있어요? 그럼 이년은 굶어 죽게요?

허면 네게는 차별이 좋겠구나. 풋. 어린 기녀는 장난기 있게 웃으며 이불 속으로 쏙 들어갔다. 몸이 작은 여자였다. 이하응은 희끄무레한 안개 속에서 길을 발견한 사람처럼 성큼 다가왔다. 석파란을 안은 이하응은 남이 숨겨놓은 비밀과 만난 것처럼 은밀한 평화를 느꼈다. 후원으로 들어간 청나라 여자는 머릿속에서 떠나지 않고 있었다. 이하응은 낯선 인물화를 보고 온 듯 생각이 많은 표정으로 어린 기녀의 이마를 만졌다.

너는 진정 차별이 좋으냐. 이하응의 목소리가 젖어들었다. 기녀가 되기에 앳된 얼굴은 아직 슬픔을 모르는 듯했다. 이하응은 어린 기녀를 두 어깨로 폭 가두고는 노래를 부르듯이 말했다. 차별을 모르는 너에게 바친다. 석파란. 이하응은 석파란을 그린 옥양목을 기녀의 손에 쥐어주었다. 이것이 무슨 글자입니까. 장우상망(長毋相忘). 오랫동안 잊지 않기를. 내가 제주도로 귀양 가면 따라오겠느냐. 어린 기녀가 고개를 끄덕였다.

—그림을 그려보면 알게 된다. 흰 여백보다 까만 여백이 더 화려하다는 걸. 까만 바탕에 그린 그림은 밤에 피는 야생화이냐. 그런데 까만 여백이 따라 할 수 없는 게 있지. 아무것도 그려 있지 않은 흰 빛. 네 옥양목 수건을 처음 보았을 때 천주학 여자들이 생각났어. 천주학 여자들이 머리에 쓰는 흰 수건 말이다. 순명의 뜻이라지.

천주학쟁이들은 무서워요. 어린 기녀는 이하응의 품속에서 어깨를 움츠렸다. 들리느냐? 이하응이 방문 쪽으로 귀를 기울였다. 어린 기녀도 방문 쪽으로 고개를 돌렸다. 방문 밖에는 화려한 어둠이 있었다. 몇 번씩 웃음소리가 터졌고, 가야금 소리와 해금 소리가 농염하게 어울렸다. 방문을 열면 웃음소리와 노랫소리가 쏟아져 들어올 것만 같았다.

어린 기녀는 후원에 들어간 기녀들을 무척 부러워하는 표정이었다. 후원에 들어간 기녀들은 낮부터 몸치장에 온갖 정성을 들였다. 조선 최고의 권력자가 주최하는 자리였다. 조개 가루로 분을 바르고 초승달 같은 눈썹을 그리고는 노루향낭을 찼다. 어깨선의 맵시를 드러내는 저고리와 발목이 드러나는 치마를 입었다. 장롱에 숨겨두었던 비녀와 뒤꽂이들이 모조리 나왔다. 즐거운 소란이었다. 그녀들 틈에서 어린 기녀는 부지런히 기름진 주안상을 준비했다.

─승냥이처럼 기웃거리는 외국 상인들. 권세 높은 김 씨 가문 남자들. 관아를 공격하는 농민들. 그들은 무섭지 않아. 내가 두려운 사람은 조용히 몰려다니는 천주학쟁이들이야.

─양반은 마음만 먹으면 천주학쟁이를 죽일 수 있는데 왜 두려워요?

─그들은 죽음을 두려워하지 않아. 그게 무서운 거지. 사람들 사이로 조용히 퍼지는 생각들 말이다. 너도 귀하게 대접받고 싶으냐. 양반에게 천대받는 것이 그리도 서러우냐. 산속에 사는 최제우는 한울님 소리를 들었다는구나. 청나라 홍수전도 꿈속에서 하느님을 만나고 태평천국을 세웠다지. 이 나라 조선에서는 아무리 수많은 서원을 지어대도 공자 목소리를 들었다는 유학자는 없어. 공자를 위해 순교하는 사람도 없다. 아무리 서원을 세워도 공자 목소리에 귀 기울이는 유학자는 없단 말이지.

어린 기녀의 얼굴이 까마득하게 흐려졌다. 너무 어려운 말이었다. 나비촛대에 몇 방울의 촛농이 흘러내리고 난 후 어린 기녀는 이불 속으로 몸을 들이밀었다. 쉽게 깰 수 없는 꿈의 나락으로 떨어진 사내의 얼굴이 거기 있었다. 두꺼운 이불을 턱밑까지 끌어 올린 사내의 얼굴은 잘 보이지 않았다. 어린 기녀는 이불 속으로 들어가려다가 깜짝 놀라면서 두 다리를 얼른 뺐다. 이불이 차가웠다. 어린 기녀는 갑자기 두려워져서 어둠 속에 계속 앉아 있었다. 잠에 빠진 사내는 잠꼬대인지 모를 한숨을 내쉬었다.

이 양반은 무슨 추운 사연을 가지고 있는 걸까. 사내의 가슴에는 녹지 않는 얼음이 있어서 깊은 숨을 쉴 때마다 냉기가 빠져나오는 듯했다. 어린 기녀는 사내의 몸을 뜨겁게 해주려고 홀딱 벗었다. 연민인지 의무인지 모를 만큼 종잡을 수 없는 밤이 흘러가는 소리를 들으며 어린 기녀는 젖가슴으로 이불을 바짝 끌어당겼다.

기녀가 되던 날은 요강의 오줌이 얼어붙도록 추웠다. 길가의 눈은 돌처럼 딱딱하게 굳었고 버선도 신지 않은 맨발로 우물가로 달려가서 요강을 비웠다. 고향에서 아버지가 죽었던 날도 혹독하게 추웠다. 화양동 서원의 부역에 참가하지 않았다는 이유로 맞아 죽은 아버지의 얼굴은 차가웠다. 시체는 언 땅으로 들어가지 못했다. 그 겨울의 기억은 매년 가을부터 찾아와서 이듬해 봄까지 마음속에서 같이 살았다.

오늘 밤의 사내는 도대체 무슨 이유로 저리도 춥단 말인가. 사내는 한여름에도 두꺼운 이불을 좋아한다고 초선이 살짝 말해주었다. 양반이 추운 것이 이해되지 않았다. 아까 했던 수많은 말 속에서 사내는 고백했는지도 몰랐다. 후원의 연회는 끝나지 않았는지 사내들의 웃음소리가 계속 들렸다. 어린 기녀가 겨우 잠들었을 때 새벽닭이 요란하게 홰를 쳤다. 방문을 통해 들어온 어슴푸레한 새벽빛이 석파란을 비추었다.

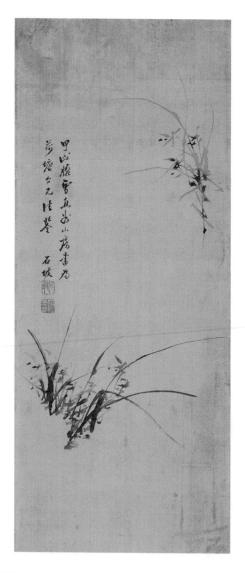

전(傳) 이하응(李昰應, 1820─1898) 필(筆) 묵란도(墨蘭圖), 82×32㎝, 국립중앙박물관

❖

후원의 대숲은 푸른빛을 띠었다. 밤이 이슥해지면서 훤히 밝아진 청사초롱 때문이었다. 오동나무로 달그림자가 비끼어 들고 희미한 어둠 속에서 꽃들은 노랗고 붉었다. 밤바람은 밤 그늘로 숨어들었다. 두 개의 지붕 모서리를 하나로 잇대어 만든 十자형 정자 위로 노란 달이 지나가고 있었다. 후원의 마당은 깊어서 여러 개의 장명등으로도 환해지지 않았다. 환한 불빛을 가리는 검푸른 숲이었다.

두 겹 미닫이문이 모두 열린 방 안은 길고 길었다. 가운데에 긴 복도를 두어 양쪽으로 두 개의 달이 겹쳐진 것처럼 이중 月자형 방이었다. 기다란 방 안의 아랫목에는 열두 폭 병풍이 화려했다. 조자룡의 홍매화 그림이었다. 그림 한 폭과 한 폭 사이를 굵은 매화가지가 매끄럽게 연결하고 있었다.

검은 비단에 그린 홍매화의 자태는 압도적이었다. 매화나무의 조형미는 먹빛 그윽한 색감으로 단아했다. 강한 뼈대가 드러나듯 휘어 꺾은 필획이었다. 여러 갈래로 구부러진 나뭇가지에 생기를 불어넣는 것은 연분홍 꽃이었다. 매화나무 가지를 따라 화려한 점이 무수히 찍혔다. 연분홍 꽃들은 하늘에서 내려온 듯 나무 주위를 돌며 분분히 날렸다. 수백 개의 작은 눈송이인 듯 흐드러지게 보이는 연분홍 꽃이었다. 열두 폭 병풍에서 홍매화는 한창이었고 봄은 영원했다. 기녀들은 작년에 담근 매실주에 진짜 홍매화를 살짝 띄웠다. 봄 햇빛에 꽃술까지 쨍쨍 마른 꽃들이었다. 술의 물기를 머금은 꽃이 분홍빛을 내며 다시 피어났다.

김병학은 속 깊은 대화를 위해 기녀의 창을 물렸다. 해금 소리는 대화 중간에 숨 돌리는 순간마다 눈치껏 끼어들었다. 조용히 술잔을 돌리는 시간에는 가야금 소리가 적절했다. 관이 높은 사내들은 서로의 얼굴을 쳐다보며 웃음을 읽었고, 웃음을 그쳤을 때에야 비로소 술잔을 확인했다.

홍매화는 술잔에 달라붙어 있기도 했고 목 안으로 슬그머니 넘어가기도 했다. 김병학은 술잔에 달라붙은 홍매화를 보면서 병풍의 홍매화를 노려보았다. 옆에 앉은 김병기가 술잔에 술을 부었고, 술을 만난 홍매화는 술잔에서 떨어졌다.

술 취한 김병학의 얼굴에는 옥관자의 푸른빛이 배어 있었다. 말 없는 사내의 도포 자락이 길게 늘어졌다. 방 안은 덥고 술 취한 밤인데 김병학은 도포를 벗지 않았다. 기녀가 김병학을 쳐다보며 실수로 가야금 줄을 튕겼다. 곡조에 집중하지 못하는 기녀의 조바심을 아무도 모르는 듯했다. 서투른 가야금 곡조를 구슬픈 해금 소리가 눌렀다. 김병학은 악기를 연주하는 두 기녀의 얼굴을 번갈아 쳐다보면서 권태롭게 웃었다.

일본 여자는 과하게 치장한 머리와 화려한 기모노를 입고 앉아 있었다. 인형인 듯했다. 정숙하지도 요염하지도 않은 애매한 얼굴이었다. 석상처럼 앉아 있는 그녀는 큰 소리로 떠드는 일본 상인과 어깨가 부딪칠 때마다 뒤늦게 조금씩 웃었다.

—조선은 남녀의 일이라면 뭐든 용서가 되는 나라인 것 같습니다.

일본 상인이 말했다. 무슨 말씀이신지. 김병학이 열 없는 이마를 들었다.

—난 〈춘향전〉이 도무지 이해가 안 되는데 그 시시한 소설이 그렇게 인기라면서요?

아, 〈춘향전〉 말이지요. 김병학은 일본 상인과 술잔을 기울이며 가볍게 응수했다. 그러나 일본 상인이 춘향이를 안다는 사실이 평범하게 느껴지지 않았다. 좌중의 분위기에 따라 눈치가 빠른 일본 상인은 언제나 조금은 불편했다. 일본 여자는 언제나 기모노를 입었고 일본 남자는 언제나 양복을 입고 있었다.

—따지고 보면 죄의식이 분명하지 않은 줄거리인데요. 모든 죄는 춘향이 절개 하나로 다 용서가 된다는 말입니다. 성리학적 관점으로 보면 어린 나이에 부모 몰래 연애를 한 것이나, 기녀 주제에 권세가 도령 이몽룡을 넘본 것이나, 수령 변학도의 수청을 들지 않은 것이나, 부모 앞에서 혼인하지도 않았는데 자기들끼리 합방을 한 것이나 조선의 법도로 보면 죄가 한두 개가 아닌데 말입니다.

—딴은 그렇지요.

—그런데 한 남자를 향한 절개가 가상해서 다른 죄는 다 용서된다는 말입니다. 절개를 지켰든 안 지켰든 죄는 죄인데 말이지요. 조선은 과연 연애지상주의 나라입니다. 그러니 남녀상열지사를 엄히 다스린다는 법은 허언이지요. 하하.

—법보다 사람을 중시하는 나라라서 그렇지 않겠습니까. 그리고 춘향이가 예외인 것이지 다른 여자들은 안 그렇습니다. 조선의 낭자들은 음전하고 아녀자들은 현숙합니다.

―그럼 기녀만 그렇습니까?

―기녀이기 때문에 절개를 높이 사는 게 아니겠는지요. 이 자리에도 춘향이가 많답니다.

―춘향이는 절개 높은 계집이 아니라 똑똑한 계집이 아니겠습니까. 이몽룡이 기다릴 만한 인물인 걸 알아본 거지요.

―그럼 못 가진 놈은 기다리는 계집도 없겠군요.

―그게 세상의 이치인 걸 어쩌겠습니까.

하하하. 방 안의 사내들이 박장대소했다. 이몽룡이 남자가 아니라 왕이라면 백성에게 충성을 강요하는 서사가 되지요. 이몽룡을 왕으로 바꾸고 변학도를 다른 나라의 왕으로 바꿔봅시다. 그러면 이해가 쉽지요. 조선은 백성에게 절대 충성을 요구하는 군주의 나라입니다. 일본 상인이 중얼거렸다. 취기와 음악과 말소리 때문에 일본 상인의 말을 제대로 알아들은 사람은 없었다.

청나라 여자가 방 안으로 들어와 앉았을 때에 청나라 상인은 여자의 얼굴에 남은 눈물 자국을 보았다. 청나라 여자는 조용히 무릎을 꿇고 앉으면서 얼굴을 가린 합죽선을 잠시 내렸다. 청나라 상인은 불편한 표정을 드러냈으나 술잔으로 입을 가렸다.

―춘향이를 열녀라 하는데 열남은 없습니까. 프랑스에는 위태로운 나라를 위해 창을 든 열아홉 살 소녀 잔 다르크가 있는데요. 프랑스 군대를 하느님의 성병(聖兵)이라 부르면서 백년전쟁에서 구했다고 합니다.

―하하. 열남이라니. 금시로 초문이지만 재미있는 말이군요. 여자에게 정절을 지키는 남자라니. 열남은 없고 열사는 있지요. 여자

의 정절은 한 남자에게로 향하고 남자의 정절은 왕에게로 향하니까요. 여자는 두 남자를 섬기지 않고 신하는 두 임금을 섬기지 않습니다. 충효본무이치. 충과 효는 둘이 아니지요. 여자는 효를 배우며 지아비를 생각하고 남자는 효를 배우며 왕을 생각합니다. 그것이 마땅하지요. 프랑스라고 하셨습니까. 여자가 열사가 되는 나라는 얼마나 불행합니까. 남자가 제 구실을 못한다는 뜻이 아니겠습니까.

김병학이 말했다. 일본 상인은 김병학을 곁눈으로 쳐다보았다. 일본 상인에게 조선은 여러 나라 중 하나일 뿐이었다. 그러나 제일 가까운 나라이기 때문에 제일 관심이 가는 나라이기는 했다. 잔 다르크라는 말에 좌중은 일시에 조용해졌다. 낯선 단어가 주는 어감 때문이었다. 일본 상인은 좌중의 시선이 집중되자 어깨를 으쓱했다.

방문이 열렸다. 초선이 김병학 옆에 앉았다. 두 사람은 나란히 앉아서 서로의 얼굴을 쳐다보지 않고 밀담을 나눴다. 초선이 술병을 들었다. 흥선군이 와 있어요. 알고 있어. 김병학이 청나라 여자를 흘끔 쳐다보며 말했다. 김병학은 청나라 여자의 움직임을 알고 있었다. 청나라 여자는 왜 이하응을 만나는 것일까. 청나라 여자의 관심이 묵란 때문이라면 조선에서 흔한 것이 묵란이었다. 김병학이 석파란을 쌓아두는 것은 묵란이 귀해서가 아니라 이하응이 자주 들르기 때문이었다. 그러나 석파란에서 만인지상의 격조가 느껴진다는 말을 듣지 않았으면 청나라 여자의 행동에 신경 쓰지는 않았을 것이다. 그런 말들은 김병학의 눈치를 살피면서 호사가들의 입들을 슬금슬금 돌아다녔다.

김병학은 청나라 상인이 청나라로 돌아가기 전에 중전과 조대비의 만남을 주선할 것을 약속했다. 청나라 상인은 조선 왕실에서 천주학 전교를 보호한다는 약정서를 원했다. 청나라 서태후는 조선 왕실의 약정서를 프랑스 외방전교회로 보낼 것이다. 서태후가 원하는 것은 프랑스 군대였고 태평천국의 멸망이었다. 김병학 입장에서는 천주학에 관한 일이라면 아무래도 좋았다. 조선이 청나라에 도움을 주면 청나라와 조선의 관계는 돈독해질 것이다. 김병학은 청나라 서태후에게 선물할 물건을 생각하느라 고심하고 있었다. 옥새는 조대비가 찍지만 조선의 실세는 김병학이었다. 서태후에게 조선 실세가 누구인지를 알리는 일은 중요했다.

홍선군은 아니 되지. 김병학이 중얼거렸다. 힘없는 왕족에게 자신의 절대 권력을 보여주면서 은밀히 느끼는 쾌감이 있었다. 이하응이 배고픈 승냥이처럼 언제나 집주변을 어슬렁거려 주기를 바랐다. 그런데도 권력으로는 상대가 되지 않는 이하응을 향한 질투가 남아 있었다.

다른 아이를 들여보냈어요. 저는 나리 옆에 있겠어요. 초선이 말했다. 왜. 김병학은 퉁명스럽게 대꾸했다. 술에 취한 얼굴은 점점 불쾌해지고 있었다. 나리를 잘 모셔야 조선이 잘되지요. 음. 그래. 김병학은 대답 대신 초선의 어깨를 매만졌다. 난 홍선군보다 못한 모양이야. 김병학이 청나라 여자를 쳐다보며 말했다. 청나라 여자는 김병학의 시선을 외면했다. 별말씀을 다 들어요. 초선이 웃었다.

그때 거문고를 든 여자가 들어왔다. 소복을 입은 여자는 거문고를 무릎 위에 올려놓고는 검은 천으로 두 눈을 가렸다. 사내들은 술잔을 내려놓고 새로 들어온 여자에게 집중했다. 눈을 가린 여자는 까만 머리를 숙였고, 옆의 기녀가 대신 말했다.

─오늘은 외국 상인들께서 오셨으니 특별히 서양 음악을 준비했사옵니다. 어느 대갓집에서 연주했던 서양 춤곡이랍니다.

오, 그런가. 방 안의 사내들이 고개를 끄덕였다. 오늘 남사당패에서 데려온 계집이에요. 남사당패에 계집이 있어? 누가 알겠어요. 원래는 곱상한 사내인데 인기 끌려고 부러 계집이라고 우기는 건지도 모르지요. 계집인지 사내인지 몰라도 그날 입은 옷에 따라 달라 보인대요. 재주가 많은데 특히 거문고에 귀신이에요. 저렇게 일부러 눈을 가리고 연주하는 것 보세요. 초선이 김병학의 귀에 대고 재빨리 속삭였다.

검은 천으로 눈을 가린 여자의 얼굴은 정면을 향해 있었다. 관이 높은 사내들과 가체가 높은 기녀들의 얼굴은 보이지 않았고 오직 그들의 숨소리만 들렸다. 평소에 늘 끼고 살아서 눈 감고도 보이는 거문고 줄이었다. 여자가 거문고 줄을 한 번 퉁기자 선율은 거문고 통 안에서 깊이 울렸다. 여자는 손가락으로 줄을 끊임없이 밀어내고 있었는데 줄은 격렬하게 떨면서도 제자리를 지켰다. 여자는 여섯 개의 줄을 술대로 내려쳤다. 심금을 울리는 곡조에 사내들의 가슴이 울렁였다.

남사당패 여자는 거문고 줄을 조롱하고 있는 건지 방 안의 사내들을 조롱하고 있는 건지 알 수 없었다. 거문고 줄을 누르는 손가락에는 남모르는 힘이 들어가 있었고, 거문고 줄을 술대로 내려치는 손목에는 서늘한 빛이 돌았다. 어쩌면 두 눈을 가린 채 눈을 뜬 사람들을 조롱하고 있는지 몰랐다. 남사당패 여자의 손가락을 따라 울리는 거문고 줄처럼 사내들의 눈동자는 여자의 손놀림에 꽉 붙들려 있었다. 선이 굵은 선율이 사내들의 귀를 끌어당기며 규칙적으로 빠르게 움직였다. 사내들은 지금까지 들었던 가야금 소리와 해금 소리를 까맣게 잊었다.

김병학은 남사당패 여자의 소복을 노려보다가 홀로 눈을 감았다. 눈을 감고도 연주하는 신기(神技)에 다른 사내들은 깊이 감동했지만 김병학은 조금도 감동하지 않았다. 딴따따단 따따딴딴 둥둥둥 단단. 거문고 소리는 봄날의 새소리 같기도 했고, 얼음장 밑으로 물이 흐르는 소리 같기도 했고, 바람에 꽃이 분분이 떨어지는 소리 같기도 했다. 세 소리가 겹친 느낌이었다.

술 취한 사내들이 입을 다문 사이에 음악 소리가 멎었고, 거문고 연주가 끝났다. 여자는 거문고와 술대를 내려놓고 공손히 머리를 숙였다. 경쾌한 춤곡이었지만 사람들의 어깨는 한 번도 들썩이지 않았다. 음악 한 곡이 다 끝나는 동안 아주 짧은 시간이 흐른 듯했다. 사내들은 소복을 입은 여자가 거문고를 들고 방 안으로 들어왔을 때와 거문고 연주가 끝났을 때만 문득 기억했다.

기녀 한 명이 일어나 여자에게 다가가서 검은 천을 풀어주었다. 여자는 얼굴을 들지도 못하고 일어섰다. 부끄럽게 고개 숙인 얼굴과 소복은 잘 어울렸다.

—왈츠는 경쾌한 춤곡인데 좀 이상하게 들립니다.

일본 상인이 고개를 갸웃하며 말했다. 그 말에 아무도 대꾸하지 않았다. 거문고로 연주한 춤곡이 천주학쟁이들의 찬송가와 닮았다는 사실을 아는 사람은 없었다.

오늘 밤 저 아이를 내 침소로. 김병학이 나지막이 말했다. 초선이 정색을 하며 재빨리 말했다. 아니 됩니다. 요즘은 아랫것들이 무서운 세상이에요. 남사당 남자들이 가만히 있지 않을 거예요. 지금도 대문 밖에서 진을 치고 서 있어요. 음. 김병학은 무슨 말을 하려다가 한숨을 토했다. 어깨까지 오른 술기운 때문에 입김은 더없이 뜨거웠다. 여자가 입은 소복은 연꽃처럼 보였다. 흰색이 아름답구나. 김병학은 남사당패 여자가 방문을 열고 나가는 모습을 노려보며 일본 상인을 향해 말했다.

—신식 총 오백 자루만 거래합시다.

—사냥터에서 쓸 게 아니라면 오천 자루는 있어야 하지 않겠습니까? 민란을 진압하기 위해서는 말입니다.

—무슨 말씀을. 조선이 태평성대인데 전시용은 필요 없습니다.

김병학이 남사당패 여자가 나간 방문에서 눈을 떼지 않고 대꾸했다.

3장 ── 네 마음은 네 마음이 아니다

메마른 계절에 바람은 쉽게 불었다. 꽃은 빨리 폈고 빨리 졌다. 한 계절을 넉넉히 채우면서 오래도록 피는 꽃은 드물었다. 자영은 길거리를 지나며 쓸쓸히 지는 꽃들을 쳐다보았다. 메마른 계절에 겨우 피는 꽃들은 바람이 불면 날아갈 듯 약했다. 가을이 되었어도 농민들을 통해 들려오는 소식들은 암담했다. 작년 가뭄을 해갈하기에는 턱없이 부족한 평년작이었다. 지방 수령들은 관아의 곳간을 지키는 관졸들의 수를 늘렸고, 농민들은 집을 떠나려고 짐을 쌌다.

자영이 재면과 함께 자유당 모임에 동석하게 된 것은 우연이었다. 사부학당과 성균관 유생들의 모임이었다. 자유당의 사상적 성향은 뚜렷하지 않았고, 여러 사상을 고루 섭렵하는 편이었다. 간혹 천주학 집회에서 함께 예배를 보기도 했고, 근처 사찰에 모여서 예불에 참여하기도 했다. 유생들에게 공자와 부처와 천주는 토론의 대상일 뿐이었다. 정기적으로 모임을 가져도 족적을 남기지 않기 때문인지 자유당 모임을 눈여겨보는 사람은 없었으며, 그러한 이유로 자유로웠다. 추운 겨울만 빼고 봄, 여름, 가을에 걸쳐서 한 달에 한 번씩 열렸다. 여름이나 가을에는 우거진 녹음을 따라 걸으며 북한산 솔밭 아래에서 모이기도 했고, 그늘이 필요치 않은 날에는 한강을 따라 걸으면서 자리를 잡기도 했다.

유생들이 주축을 이루는 모임이었지만 특별한 강제성을 띠지도 않았고, 지나가는 길손도 참여할 수 있다는 뜻에서 자유당이라 불렸다. 신진 사대부 박규수가 배후에서 후원하고 있다는 소문도 있었고 안동 김 씨 가문의 차후 정치 세력이 될 것이라는 소문도 있었다. 자유당 유생들은 모임 때마다 좌장을 뽑았고, 좌장은 정치색에 관계없이 돌아가며 맡았다.

오늘의 좌장은 김옥균이었다. 바람은 약하고 희미했지만 숲 속의 청명한 기운이 코끝으로 느껴지는 날씨였다. 유생들은 고개를 숙인 채 경서를 읽고 있었다. 서책을 보며 진지하게 사색에 잠긴 사내도 있었고 무료한 얼굴로 서책을 뒤적이는 사내도 있었다.

─공자께서 말씀하시기를 배움에는 남녀노소가 없다고 했습니다. 우리가 여기에 모인 것은 그 뜻을 실천하기 위해서입니다. 우리는 특정한 정치색을 거부하고 남녀노소가 다니는 길거리에서 배우고자 합니다.

옥균이 좌중을 향해 말했다. 열댓 명의 사내 틈에 서너 명의 여자가 드문드문 앉아 있었다. 댕기머리에 녹의홍상을 입은 여자들이었다. 붉은 야생화들은 나무들 사이로 점점이 흩어져 있었다. 녹의홍상 여자들보다 훨씬 아랫자리에 앉은 자영은 남들보다 고개를 한 번 더 끄덕였다. 성리학은 새로운 학문이 아니었지만 공자의 말은 서책에서 나와 유생들의 귓가를 조용히 떠도는 듯했다. 남녀노소라 는 말은 백성을 의미하는 말로 장안의 유행어였다.

—공자 말씀은 언제 들어도 새롭습니다. 극기복례라. 나를 이기 고 예로 돌아가는 것이라는 말이 마음에 쏙 듭니다. 우리는 오늘 예 를 토론하기 위해서 이 자리에 모였습니다. 예는 한 사회를 지배하 는 도덕이고 규범이며 가치입니다. 작금의 조선 현실에서 우리가 함께 고민하고 실천해야 할 예는 무엇일까요?

옥균이 좌중을 향해 질문을 던졌다. 한양에는 토론 모임이 많았 는데 토론보다 말싸움이 많았고 시끄러웠다. 누구나 시대에 뒤처지 지 않으려고 말들을 하는데 이론에 대한 호불호가 극명하게 갈리는 것이 문제였다.

—유생이라면 누구나 다 아는 성리학의 예를 논제로 던지는 이유 가 무엇입니까.

한 사내가 질문했다.

—성리학은 조선을 확실히 지배하고 있지만 제가 말씀드린 예는 법이 아니라 가치 규범입니다. 과거에 유효했던 것이 지금도 유효 한 것일까요? 창덕궁 농민 시위를 볼까요. 농민 시위를 보면 성리학 은 단지 지배층의 학문일 뿐이라는 생각이 듭니다. 어떤 힘이 군중 을 움직이는 걸까요. 저는 요즘 그런 고민을 합니다. 농민들의 행동 을 성리학자로는 이해하기가 어렵습니다. 그들을 욕하기에 앞서 성 리학은 왜 조선 전체를 포용하지 못할까 하는 의문이 들었습니다.

개인이든 집단이든 영향력을 행사하면 그것으로 정치가 되는 게 아니겠습니까. 이것은 아주 예민한 문제입니다.

—조선사회에서 성리학이 아직도 유효하냐는 물음인가요?

—그렇습니다.

옥균이 단언적으로 말했다. 유생들이 동요했다. 유생의 입장에서 성리학을 부정할 수 있느냐는 표정들이었다.

—성리학은 장유유서의 예를 강조하지만 지금은 존경할 어른이 없는 시대라고 개탄하는 소리도 들립니다. 젊은이들이 배워야 할 전범을 잃어버린 시대라는 말이지요. 그럼 어른의 입장에서는 어떻겠습니까. 그것을 실천하기 어려운 시대라고 말하지 않을까요. 옛날에는 윗사람들이 아랫사람들에게 회초리를 쳤으나 지금은 아랫사람들이 윗사람을 폭행하는 일들이 많아졌습니다. 성리학적 질서가 붕괴되고 있습니다. 농민들이 관아를 습격해서 사또를 심판하고 노비가 상전을 때리는 일도 허다해졌어요.

—젊은이들의 무례함이 문제인 것이 사실이나 이 시대의 과제는 세대교체라는 의견도 있습니다. 어른들은 대접만 받으려고 하지 젊은이들의 사고를 이해하려고 하지 않습니다. 시대가 변하고 있는데 조선만 제자리걸음이라는 지적도 있습니다. 공자께서 말씀하시기를 사람은 나이를 먹을수록 배움을 즐겨하며 지혜로워져야 한다고 했습니다. 그런데 어른이 되면 인생 공부를 끝냈다고 생각하는 건 아닌지요. 지나치게 고집이 세거나 얍삽한 처세술만 익힌 노인들이 많습니다. 자기에 대한 성찰이 없기 때문이지요. 지혜로운 노인은 없고 고집스럽거나 권위적인 노인이 많으니 젊은이들이 따르지 않

고 반항하는 것이 아니겠는지요.

유생들이 고개를 끄덕였다. 성리학도 처음부터 그랬겠습니까. 시간이 지나면서 예가 권력화되고 변질된 거지요. 성리학적 질서가 붕괴되고 있다는 말은 충격적이었다. 그러나 함부로 속단할 수 없는 문제였고 외면할 수 없는 과제였다.

—농민 이야기를 계속해 볼까요. 농민들이 창덕궁으로 몰려와서 나라님을 만나려 했지만 결국에는 만나지 못했습니다. 과거에도 민란은 있었지만 농민들이 궁궐로 달려와 나라님을 만나려 한 일은 없었습니다. 이제 농민들은 과거의 농민들이 아닙니다.

—가난이 죄지요. 가난 때문에 아우성을 치는 모습이 아니겠습니까.

—아닙니다. 그리 단순하지 않아요. 농민들을 움직이는 건 쌀도 아니고 돈도 아니고 지위도 아닙니다. 바로 복음 때문입니다.

자영이 말했다. 복음이라니. 유생들은 여자의 목소리보다 복음이라는 단어에 술렁였다.

—아래 지방에서는 동학사상이 퍼지고 있다고 들었습니다. 서학에 대비되는 이름으로 동쪽 나라, 조선의 학문이라는 뜻이라고 합니다.

옥균이 자영을 발견하며 웃었고, 자영은 옥균을 쳐다보면서 웃지 않았다.

—성리학자들을 뺀 나머지 백성들. 노비들과 중인, 특히 농민들 사이에서 퍼지고 있다고 합니다.

—언제 그런 게 생겼습니까? 도대체 교리가 무엇입니까? 농사짓

는 법입니까?

하하하. 유생들의 웃음소리가 터졌다.

―시천주입니다.

자영이 대답했다. 생소한 단어라서 유생들이 다시 조용해졌다.

―시천주는 사람을 한울님처럼 대하라는 뜻이니 아마도 민심이 천심이라는 말인 듯합니다. 농민들 모임에는 나가보질 않아서 모르겠지만 천부인권 사상이라면 서학과 비슷합니다.

―저는 농민 시위가 왜 심각한 문제인지 모르겠습니다. 꽃이 좋으면 벌레도 좋아해야 하지 않을까요? 꽃이 피지 않는 나무보다 꽃이 피는 나무에 벌레가 많이 꼬이는 법입니다. 권력이 꽃이라면 잡것들로 속을 썩어야 하는 게 당연하지 않겠습니까.

유건을 쓴 유생이 말했다. 오늘의 논제는 새로울 것이 없고 좀 지루하다는 표정이었다.

―민중을 어찌 벌레에 비유하십니까.

자영이 말했다.

―벌레라고 하지는 않았고 단지 권력을 탐하는 자들이란 뜻입니다. 어떤 이유로든 자기 욕심을 챙기는 거지요. 솔직히 사상은 무슨 사상이겠습니까. 백번 양보해서 생각하더라도 천부인권이라는 달콤한 말 때문에 감히 궁궐로 찾아가 나라님을 만나려고 한다는 말입니까? 국가 경제가 어려워지면 민초들이 살기가 어려워서 민란이 일어난다고 했는데 그 배후가 동학이었습니까? 어리석은 민초들입니다. 당장 먹을 것에만 관심을 쓰는 백성들은 나라를 생각하지 않습니다.

유건을 쓴 유생이 얼굴을 붉히며 소리쳤다. 몇몇 유생들이 동조하는 표정으로 고개를 끄덕였다.

—동학도 공부해 보고 싶군요. 그러나 천주학도들은 길거리로 나오지는 않아요. 조선 안에서 서로 싸우지 말고 조선 밖으로 시선을 돌렸으면 합니다. 제가 이번에 일본에 갈 기회가 있어서 다녀왔는데 조선이 이대로 싸움질만 하다가는 곧 망하겠다는 생각이 들었습니다. 형제 싸움이 잦은 집안이 잘 되는 걸 보셨습니까. 일본은 서양을 향해 문호를 개방해서 신문물을 받아들였습니다.

옥균이 말했다.

—설마 조선 왕조가 구식이고 일본이 신식이라는 말씀은 아니겠지요.

자영이 말했다.

—근대를 생각해 보자는 말을 나라를 바꾸자는 말로 들을 필요는 없지요. 무슨 역모도 아니고.

옥균은 역모라는 단어를 자유롭게 사용할 수 있는 입장이었다. 그런 단어를 입에 올려도 의심받지 않는 정치 실세의 아들이었다. 근대? 자영이 역모라는 말에 화가 나서 대꾸하려다가 입술을 깨물었다. 처음 듣는 단어였다.

—시대를 고민하지 않는 남자는 매력이 없어요. 차라리 입을 다물고 있는 편이 매력적입니다. 막연히 어제까지 좋았으니 오늘도 좋다는 것이고 어제와 오늘을 근거로 내일까지 좋을 것이라고 착각하는 거지요. 시대의 변화를 모르면 어느 남자가 좋다 하겠습니까.

—세상을 바라보는 그릇이 큰 줄 알았는데 여자를 바라보는 그릇

은 옹졸하군요. 나도 그런 남자는 필요 없습니다. 남자의 반쪽이 여자인데 여자를 모르는 남자가 어찌 세상을 알겠습니까.

자영도 옥균에게 지지 않았다. 다른 유생들이 자영을 쳐다보며 웃었다. 자영은 옥균을 쳐다보지 않는 유생들을 노려보았다. 두 사람의 싸움인데 한 사람만 쳐다보는 비굴한 사내들이었다. 명문가 남자는 강자이고 이름 없는 여자는 약자라는 뜻인가. 강자의 편을 드는 사내들과의 토론은 재미없어. 자영이 몹시 싫증난 얼굴로 중얼거렸다.

—개인의 문제로 몰아대지 말아요. 세상 사람들이 외면하는 정의에 관한 이야기예요. 작금의 현실에서 보면 조선 사회가 정상적이라고 보기는 어렵지요. 누군가는 정의에 대해 순수하게 이야기해야만 합니다. 내 일이 아니라고 외면할수록 시간이 지나면 우리 모두의 이야기가 됩니다.

—그런데 나는 낭자가 거론하는 정의가 무엇인지 모르겠소. 예를 들어봅시다. 세상에는 파리도 있고 나비도 있고 꽃도 있는데 왜 자꾸 파리 얘기만 하시오?

—파리가 들판을 점령하면요?

—그런 일은 없소.

옥균이 정색을 했다. 하하하. 유생들이 일제히 웃었다.

—정의가 왜 파리인가요? 불의를 도모하는 입장에서 보면 단지 성가시다는 뜻입니까? 정의를 파리로 보는 것은 옳지 않을뿐더러 여자는 예쁜 것만 보고 살라는 말로 들리니 심히 불쾌합니다.

자영이 말했다.

—불의라니요. 조선에서 누가 정의이고 누가 불의입니까. 오. 이런. 논쟁이 쉽게 끝나지 않을 듯합니다. 다음에 개인적으로 와주시지요, 낭자.

옥균이 말했다.

—그거야말로 조선을 사로잡는 새로운 사상이군요.

한 유생이 두 사람을 번갈아 쳐다보며 말하자 다른 유생들이 와, 하고 웃음을 터뜨렸다. 자영의 이마가 붉어졌고, 재면이 옥균을 노려보았다.

—조선에 대해 함부로 말하는데 계속 듣기가 거북합니다. 마치 일본이 세상의 중심인 것처럼 떠드는 것도 불편하고요. 여기 모인 사람들은 모두 지방 서원 출신들 아니시오? 성리학에서 수오지심을 배웠을 것 아닙니까. 작금의 조선 현실이라고 하시었소? 수오지심을 실천하는 사람은 어디 나와보시오. 모두 자기 출세를 위해서 공공의 비밀로 뭔가를 거래하는 소인들 아니오? 아까 좌장께서 죽은 철학이라고 하시었소? 분명 살아 있는 철학을 원한다고 하시었소? 살아 있는 철학이란 실생활에 적용되는 지식입니다. 조선의 현실을 방관하면서 수오지심을 논하는 것은 남보다 우월하다는 걸 드러내는 현학적 쓰레기일 뿐이오.

재면이 말했다.

—그리도 명쾌한 생각을 가지고 있다면 먼저 신분을 밝히고 말씀하시지요.

옥균이 말했다.

—굳이 이름을 묻는다면 소속으로 정치색을 따지자는 말씀입니

까? 자유당은 순수 모임이라고 천명했으니 좌장이 이름을 물을 권리도 없을뿐더러 내가 대답할 의무도 없습니다. 다만 새로운 예에 대해서 생각해 보자는 것에만 동의할 뿐이고 다만 확신하는 건 서학이 조선을 바꾸지는 못할 것입니다.

—그리 생각하는 근거는 무엇이오?

—조선은 성리학으로 근본을 세운 나라입니다. 성리학에는 제례가 있는데 서학에서는 제례를 금하고 있으니 조선에서는 병폐가 아닙니까. 조선인 중에서 누가 조상을 부정하겠습니까? 또한 부모가 지어준 이름을 버리고 서양 이름을 본명으로 사용한다니 그야말로 천주교도로 다시 태어나는 격이지요. 조선인 중에 천주교를 따를 백성들은 일부분에 지나지 않습니다. 자기 이름을 버리고 서양 신을 부르며 조상 제사를 지내지 않는 게 쉬운 일이 아닙니다.

재면이 말했다. 그렇지요. 유생들 대부분이 고개를 끄덕였다.

—아까 천주교도들은 길거리로 나오지 않는다고 하셨습니까? 농민들은 길거리로 나왔습니다. 서학보다 동학이 무서운 이유이지요. 천한 백성을 한울님과 같은 존재로 격상시키고 민족 주체성을 강조하는 동학은 조선 전체를 포용할 수 있는 사상입니다. 조선인들이 조선 안에서 조선의 문제를 해결하려 한다는 점에서 말입니다. 정치권에서 밥그릇 싸움만 하는 성리학자들이 깊이 생각해 볼 문제이지요.

유생들은 재면의 말에 점점 동요하고 있었다. 가장 정확한 지적이었다.

—곡해는 마십시오. 나는 특정 학문에 편견이 없습니다. 탁상공

론이 아니라 실질적인 것에 관심이 있지요. 그러니 서학이 아니라 서양 문물에 관심이 있을 뿐입니다. 일본을 말한 것이 아니라 서양 문물을 말한 것이오.

옥균이 한발 물러서는 어조로 말했다.

—일본이니 뭐니 나라 밖을 쳐다보지 말고 나라 안을 바라봅시다. 민초들은 밥을 굶으면 배가 고프다고 난리를 치니 가장 정직한 백성이기도 합니다. 저는 어떤 사상이라도 함부로 결론 내리지 않았으면 합니다. 내게는 중요하지만 남들에게는 중요하지 않은 것이 있고 남들에게는 중요하지만 내게는 중요하지 않은 것이 있습니다. 동학이니 서학이니 성리학이니 구분하지 말고 각각의 입장에서 생각해 봅시다. 나의 생각은 진정 다른 사람을 위한 것입니까? 진정으로 공유될 수 있는 것입니까?

재면이 말했다.

—공유되지요. 공유되어야 합니다.

옥균이 말했다.

—허면 극기복례가 인을 깨닫는 경지라고 배웠는데, 이 시대의 인은 무엇이고 예는 무엇입니까? 성리학입니까? 서학입니까? 동학입니까?

재면이 물었다.

—그래서 우리가 여기에 모인 것이 아니겠습니까.

옥균이 말했다.

—공자께서도 인(人) 좋아하는 일을 색(色) 좋아하듯 하면 세상이 바뀔 것이라고 했습니다. 사람들은 인을 알지만 실천하지 않고 색

은 알자마자 실천하지요.

재면이 말했다.

—그리 말하는 그대는 누구입니까?

옥균이 호기심 어린 눈빛으로 물었다.

—나는 그 불일치를 느끼는 사람입니다.

재면이 벌떡 일어섰다. 우울한 얼굴이었다. 자영이 따라 일어섰
다. 두 사람이 자유당 모임을 서둘러 빠져나오면서 유생들의 말소
리는 가깝게 들리다가 멀리 들렸다. 유생들의 거친 말소리도 새소
리만큼 멀어졌다.

—일본이 좋은 선례가 될 수는 있지만 조선의 예를 바꾸는 것은
옳지 않습니다. 그것은 조선의 뿌리를 없애는 것과 같습니다. 조선
의 정체성을 잃어버리는 순간 조선은 외국인들의 나라가 될 것입니
다.

—조선의 뿌리? 조선의 정체성이 무엇입니까? 이 씨로 내림받는
왕조입니까? 조선은 변해야 합니다.

유생들의 목소리가 아득하게 멀어졌다. 두 사람은 솔숲을 빠져나
가고 있었다. 조선이라는 이름을 들으면 나는 왜 이리 가슴이 아프
지? 재면이 솔가지에 가려진 하늘을 향해 던진 말이었다.

—정말 말씀을 잘하셨어요.

—평소에 아버지와 주고받던 정치 토론이었어. 사실은 아버지 의
견이지. 성리학자들은 정신을 차려서 백성의 목소리를 들어야 할
때라고 하셨고 서학보다 동학이 무섭다 그러셨어.

—아, 그랬구나.

—약속해. 아버지께는 비밀로 해야 돼.

재면이 흐린 얼굴로 중얼거렸다. 재면은 속내를 쉽게 이야기할 만큼 자영을 깊이 신뢰하고 있었다. 자영은 재면의 눈빛에서 매번 그 마음을 읽었다. 자영을 만날 때면 재면의 눈빛은 불투명하게 깊어졌다. 감정의 두께가 두꺼운 내성적인 남자였다.

왜요? 자영은 모르는 척 물었다. 재면과 어떤 비밀을 공유한다는 사실이 내심 좋지만 부러 아닌 척해야 했다. 남자의 마음을 알면서 대놓고 좋아하는 것은 음전한 규수의 태도가 아니었다. 남자에게는 알아도 묻고 몰라도 묻는 것이 예의였다.

—내가 밖으로 돌아다니는 걸 싫어하신다. 왕족이기 때문이야. 왕족이라는 신분이 멍에처럼 무겁구나. 이하전 형님 생각을 하면. 나에게 자유로운 사상을 가르쳐 준 분이지만. 죽으면 사상도 소용없어. 쓸쓸한 일이야. 나는 명문가 자제들이 다니는 사부학당도 성균관도 다니지 않았어. 집에서 아버지께 배웠어. 한양에서 나를 아는 유생들은 없지만 자유당에서 나를 아는 얼굴이 있으면 저 모임도 내게는 끝이야.

재면의 눈동자는 더욱 불투명해졌다. 자영은 재면을 비밀의 숲으로 이끌었다. 두 사람 다 집으로 일찍 들어가지 않으려는 마음을 눈치 채고 있었다. 자영은 들꽃에 시선을 뺏겼다. 푸른 수풀 속에 부끄럽게 숨은 듯 살짝 얼굴을 내밀고 있는 꽃들이었다. 나뭇잎들은 흐려지거나 붉어져 있었다. 자영은 여기저기 뛰어다니며 꽃가지를 꺾어 머리에 꽂았다. 재면이 지켜보고 있었고, 거울은 필요 없었다. 자영은 들꽃을 입에 물고 먼 산을 쳐다보았다. 자영은 꽃을 뱉어냈다. 꽃은 썼다. 꽃을 딴 자영의 손가락에는 푸른 가을이 묻었다.

숲 속 나뭇가지는 거침없이 뻗어 나가 하늘을 가두었다. 하늘은 먼 산 쪽으로 밀려나 보였다. 하늘을 훔쳐보던 자영은 목이 아파서 풀밭에 누워 버렸다. 발목까지 차오른 풀잎들 때문에 땅바닥은 푹신했고, 하늘에는 구름이 미끄러지고 있었다. 거울처럼 매끈한 하늘이었다. 옆에 누운 재면에게서 비단옷 냄새가 났다.

—김옥균을 알아?

—예전에 한 번 보았는데.

—무슨 일로?

—석파란 때문에.

—다른 남자와 얘기 하는 거 싫다.

재면이 눈을 감고 말했다. 그냥 토론인데. 자영이 우물거렸다.

—내게 따지지 않았으면 좋겠어. 내가 싫으니까 그냥 하지 말라고.

차가운 목소리였다. 재면은 여전히 눈을 감고 있었다. 자영은 재면의 비논리적인 말에 대꾸할 힘이 없음을 느끼며 당황했다. 사상도 토론도 한 남자만 못한 것이 되었다. 재면의 목소리를 들으면 가슴이 조여들면서 따뜻한 물에 확 젖어드는 느낌이었다. 자영은 재면의 눈꺼풀을 멍하니 쳐다보다가 눈을 꼭 감아버렸다. 재면의 입술이 점점 다가오는 상상으로 얼굴이 달아올랐다. 자영은 천천히 눈을 떴다. 숲 속의 나무들은 나뭇가지들을 벌려 서로의 일부를 붙잡았다. 멀리 새 둥지가 보였다. 한 남자의 가슴을 둥지로 파고들어 새끼를 낳고 어미 새가 되는 것도 좋겠다는 생각이 들었다. 유생들의 목소리를 숲의 바람은 점점 더 밀어내고 있었다. 여자의 몸으로 정치 토론에 끼어들어도 조선 사회에 여자 관료는 없으니 궁궐에 들어가 수렴청정을 하지 않고는 정치할 일이 없었다.

아, 오라버니. 자영은 사랑에 젖은 얼굴을 들었다. 생각을 자꾸만 밀어내도 생각은 물살처럼 다가들었다. 재면은 갖고 싶은 남자였다. 재면의 도포 자락에 마른 풀잎이 몇 개 달라붙었고, 흙냄새 섞인 풀잎 냄새가 비단옷 냄새를 덮었다. 재면은 몹시 화난 사람처럼 입을 다물고 눈동자조차 움직이지 않았다. 재면의 속눈썹으로 구름이 지나가고 있었다. 자영은 언뜻 재면의 눈물을 본 듯했다. 재면의 눈가에 맺힌 눈물이 귀로 흘러내렸다. 자영이 벌떡 몸을 일으켰지만 재면은 몸을 돌려 풀숲에 얼굴을 묻어버렸다. 재면의 어깨가 조용히 흔들렸고, 재면의 어깨를 잡으려는 자영의 손가락이 떨렸다. 자영은 자기 때문에 괴로워하는 남자의 마음을 어떻게 위로해야 힐지 몰라서 몹시 당황했다. 미안해요, 오라버니. 말은 입 안에서 맴돌았다. 정확히 무엇이 잘못인지 알 수 없었지만 재면에게 위로가 될 수만 있다면 무슨 말이든 해주고 싶었다.

—왕족인 게 외로워. 남의 눈을 피해 다니는 일 말고 내가 할 수 있는 일이 아무것도 없어.

아. 자영은 이마가 확 붉어졌다. 재면은 옥균을 생각하고 있었던 것이다. 옥균에게는 조선에 대해 당당하게 고뇌하는 특권이 있었다. 저는 일본으로 가는 배 안에서 꿈을 정했습니다. 그것은 조선의 미래입니다. 옥균의 말은 가슴속에 별처럼 박혔다. 난 한 번도 미래를 생각해 본 적이 없어. 단지 오늘을 피해 다니고 있을 뿐이야. 재

면이 울먹였다.

자영이가 재면의 머리에 떨리는 손을 얹었다. 재면의 고뇌에 손을 얹고 동질의 아픔을 느꼈다. 옥균의 당당함은 예전에 보았던 것이다. 자영에게도 부러움과 조바심이 일었다. 옥균은 일본의 무엇을 보았다는 것일까. 김병학 집으로 찾아오는 일본 사람에게서 무엇을 느낀 것일까? 아니면 또 다른 일본 사람을 만난 것일까? 자영은 고개를 숙이고 옷고름을 매만졌다. 시간에 대한 조바심을 느끼는 건 처음이었다. 뭐든지 옆에 있는 것은 떠나기 전에 꽉 붙잡고 싶었다. 엄마를 떠나서 한양으로 올라오던 날의 기억이 흐릿한 별들처럼 떠올랐다. 기억은 언제나 흐렸고 꽉 찬 안개처럼 망연했다. 자영은 재면의 도포 자락을 꽉 움켜쥐었다. 오라버니.

—김옥균은 시대를 고민하는데 나는 아니야. 내가 고민하는 건 아버지야. 내가 아버지 앞에서 얼마나 긴장하는지 알아? 나는 평생 아버지 그늘에서 벗어나지 못할 것 같은 생각이 들어.

재면의 눈동자가 수렁처럼 깊어졌다. 눈빛을 알 수 없을 만큼 그늘이 졌다. 자영이 뭐라고 위로하려다가 입을 다물었다. 아버지를 두려워하는 마음을 알 것 같기도 하고 모를 것 같기도 했다. 아버지를 좋아하든 미워하든 두려워하든 아버지가 없는 사람보다는 낫지 않을까.

—오라버니를 후계자로 생각하셔서 그럴 거예요.

후계자? 재면이 허탈하게 웃었다. 궁궐에 왕위를 이을 왕자가 없다는 사실은 분명했다. 그 외엔 분명한 게 없었다. 아들이 없어서 고통 받는 왕과 아들이 있어서 고통 받는 왕족. 이하응은 언제나 그 사실을 강조했다.

—도대체 분명한 게 뭐지? 왕족인 게 분명한 건가? 아버지께서 인생이 10이라면 7이 불합리한 운명의 장난이고 3이 이치라고 말씀하셨어. 왕족이라는 혈통은 겨우 3이라는 이치에 불과해. 나는 7이라는 불합리성이 불안해. 왕족은 어쩌면 손에 잡을 수 없는 허상일지 몰라. 내가 왕족이라고 주장할수록 백성들이 비웃는다고.

—허상이라도 좋아요. 나라면 7이라는 불합리한 운명에 승부를 걸겠어요.

재면은 자영의 얼굴을 빤히 쳐다보았다. 자영이 재면의 눈을 쳐다보며 고개를 끄덕였다.

—어차피 운명이 그런 거라면 저는 그 운명에 승부를 걸겠어요. 아무것도 가지지 않은 사람보다는 낫잖아요. 보세요. 지금 시대가 아니라도 오라버니는 어차피 3만 확보한 셈이에요. 장자이니까 3의 이치를 가지고 태어난 거죠. 나머지 7의 불합리성은 차자들과 겨루는 승부수에 작용할 테지요. 결국 후계자를 낙점하는 사람은 왕이니까 7은 아버지의 마음이 되겠네요. 7이 시대의 변화이든 아버지의 변덕이든 결코 쉽지는 않을 거예요. 조선이라는 운명이 걸려 있으니까요.

어차피 불확실한 싸움이라면. 재면이 고개를 끄덕이며 중얼거렸다.

—재황이는 차자이니까 3의 이치도 가지지 못하고 10이라는 불확실성에 완전히 지배받고 있는 셈이에요. 오라버니가 재황이보다는 훨씬 유리한 거 아니에요?

자영은 산으로 들로 쏘다니는 개구쟁이 재황을 떠올렸다. 재황은 형의 고민을 몰랐고 형과 같은 고민을 하지도 않았다. 어찌 보면 후계자라는 이유로 부모의 기대를 받는 장자가 불쌍했다. 차자는 집안의 구속으로부터 훨씬 자유로웠다.

—조선의 왕 중에서 장자가 왕이 된 적이 별로 없으니 어쩌면 3의 이치라는 것도 순전히 내 생각인지 모르지. 왕이 되는 공부를 한 번도 게을리 한 적은 없는데 왜 자꾸 불안한 생각이 드는지 모르겠어. 여기저기 혼란스럽기만 하니 자꾸만 그런 생각이 들어. 언젠가는 총칼을 든 폭도들이 궁궐을 점령할 것 같아.

—나약한 말씀 하지 마세요. 조선에서 왕족은 없어지지 않아요.

새까만 어둠을 향해 칼을 들고 서 있는 기분을 알아? 재면은 계곡물로 내려가 발을 담갔다. 물은 맑았지만 차가웠다. 재면은 물속으로 머리를 푹 담갔다. 자영은 불안하게 서서 그 모습을 지켜보았다. 재면은 복잡한 머리를 식히려고 그랬는지 물을 만난 표정은 평화로웠다.

자영은 멀리 하늘로 눈을 돌렸다. 구름은 흘러가는 것이 아니라 제자리에서 모습을 바꾸고 있는지 몰랐다. 재면을 위해 시간을 묶어두고 싶었다. 시간의 장난질에 도망치는 남자의 등을 안전하게 가려주고 싶었다. 새 한 마리가 이 나무에서 저 나무로 옮겨 다니고 있었다.

지지지지, 지지지. 숲은 울창했다. 햇빛은 적었고 새소리는 강했다. 새소리는 나무 그늘 속으로 율동적으로 파고들었다. 푸른 실뱀이 잔가지가 많은 나무를 소리 없이 기어오르고 있었다. 잠시 동안 아무 소리도 들리지 않았다. 적막했다. 고개를 돌린 자영은 깜짝 놀랐다.

재면이 도포를 벗고 저고리를 벗고 바지를 벗고 있었다. 재면의 알몸이 나뭇가지로 조금 가려졌다. 잘 묶은 상투머리 아래 남자의 목덜미가 희고 매끈했다. 등뼈를 따라 미끄러지던 햇빛 알갱이들은 둔부를 환하게 감쌌다. 재면은 굵은 나무에 등을 기대고 하늘을 잠시 바라보고 있었다. 짧은 평화를 붙잡고 싶은 표정이었다.

재면은 맑은 물을 향해 걸어 들어가며 발목을 적셨다. 오라버니, 추워요. 자영이 아주 조그만 목소리로 중얼거렸다. 재면의 알몸이 수면 위로 희게 빛났다. 자영은 천주학 집회를 훔쳐볼 때처럼 남자의 알몸을 뚫어질 듯 바라보았다. 눈앞의 투명한 거미줄은 재면의 몸을 가려주지 못했다. 부끄러움도 당황함도 없이 사랑에 미친 여자처럼 가슴은 뜨거워졌다.

재면은 집 안에서도 마당을 자주 서성였고 사색에 빠진 눈매는 깊었다. 하느님에 대한 참된 토론, 〈천주실의〉 속의 남자 같았다. 재면은 몰락한 왕족의 금기를 깨고 나가려는 자유를 품고 있는 듯 보였다. 조선의 아담처럼. 주위는 고요했고 물과 바람과 나무만이 재면 주위로 한꺼번에 몰려들었다. 또 다른 새가 울고 있었다. 발목이 시린 가을날이었다. 피피피피피, 피피피, 피피. 자영의 머리 위 나뭇가지에서 거미 한 마리가 또 다른 줄을 만들고 있었다.

❖

달이 뜬 밤에는 남의 방을 찾지 않는 법. 달그림자를 밟고 찾아오는 사람은 눈치 없는 도둑이려니. 도둑도 없는 밤, 불 밝힌 방문을 열어 밤을 걸었으니, 달아, 너도 옷을 벗어라.

이하응은 방문을 열고 달을 바라보고 있었다. 어둠 속의 달은 불온했다. 달은 산보다 높았다. 밤바람이 지나가고 있었다. 이하응은 가슴을 쓸어내리며 옷고름을 풀었다. 옷고름 사이로 가슴골이 드러났다.

달아, 너는 천상천하 유아독존이 아니다. 사람들이 모두 잠들어서 너의 명령을 들을 사람이 없구나.

이하응은 멀리 물러선 어둠을 바라보았다. 어둠은 침묵이었다. 거기에는 말로 표현하지 않아도 통하는 세계가 있었다. 이하응은 어둠의 먹물을 묻혀서 붓을 들고는 빛의 세계에 도달하듯 선을 그었다. 종이에는 어둠의 선이 이어져서 숨은 의미를 전달했다. 밤이 가깝게 느껴지는 이유였다. 낮의 소란들이 어둡게 지워지는 밤이 좋았다.

창호지를 바른 방문가로 희끄무레한 빛이 비쳤다. 이하응은 방 안으로 들어가 거북 촛대를 끌어당겨 불을 켰다. 방이 흰자위처럼 환해졌다. 이하응은 시간이 흘러가는 소리를 듣고 있었다. 밤하늘은 변하고 있었다. 뭔가가 흔들리기 시작했고, 이하응은 가슴 옷섶을 움켜쥐었다. 환한 달빛은 가려지고 진눈깨비가 날리기 시작했다. 어두운 밤에 내리는 진눈깨비는 거무튀튀했다. 진눈깨비는 어둠을 한 겹 더 가리는 불투명한 막이었다. 밤을 밀어내는 함박눈과는 달랐다. 속이 옹골지지 못한 진눈깨비여서 하늘에서 내리는 방향도 일정치 않았다.

밤바람은 방황하는 행인처럼 진눈깨비와 함께 떠돌다가 사라졌다. 흰색이 검은색 속으로 가뭇없이 스러졌다. 진눈깨비는 밤의 지붕을 차차로 덮어갔다. 허공에 바람이라도 휙 지나가면 눈은 기와지붕에 달라붙었다. 대청마루까지 들어온 진눈깨비는 방문 앞에서 머뭇거리다가 사라졌다.

기다리던 눈이 아니었다. 이하응은 방 밖을 쳐다보지 않았다. 천지는 눈 내리는 소리로 쩡쩡 울려야 했다. 이하응은 붓에 먹물을 묻히고 기다림을 지웠다. 좁쌀처럼 단단한 눈이 땅에 흩어진 것처럼 뿌연 종이에 얼핏 눈송이의 환영을 보았다. 밖의 눈들은 다 녹아서 물이 될 것이다. 이하응은 하늘에서 첫물을 받은 사람처럼 웃었다.

남들이 모르는 독한 승부 기질을 해갈해 주는 것은 묵란이었다. 사람들을 만나면 잡생각이 몰려와서 독한 외로움을 툭툭 건드렸다. 붓을 들고 난초를 그릴 때는 세상과 절연해야 했고, 붓을 내려놓으면 길거리의 소인배를 만나야 했다. 종이 속의 세계와 종이 밖의 세계, 차원이 다른 두 세계를 오가는 마음은 외롭고 힘들었다.

우우우우우우. 바람이 푸른 댓잎을 스쳤다. 우우우우. 바람이 검은 기왓장을 스쳤다. 우우우우. 묵란은 과거와 미래를 흐르는 강물이었다. 이하응은 입에 잔뜩 물고 있던 달빛을 뱉어냈다. 저벅저벅 밤이 걸어 다니는 소리가 들렸다. 밤과 발자국 소리. 눈 내리는 밤에 눈 뒤에 숨은 밤의 발자국 소리는 선명했다. 이하응은 천장의 대들보를 쳐다보다가 다시 흰 종이로 시선을 옮겼다. 붓의 복종 때문에 붓은 사람에게 어울렸다. 붓끝으로 먹물이 모여들었다. 한 방울. 두 방울. 검은 먹물이 온기 스민 방바닥으로 떨어지고 있었다.

바람이 분다. 바람은 불 옆에 있다. 밤에 핀 꽃은 달. 달을 삼킨 불야성. 사람들이 몰려든다.

검은 난초들이 줄을 서서 자태를 드러냈다. 난초, 고원, 바람, 밤, 불, 태양. 하늘은 단순한 시구였고, 땅은 미래형이었다. 땅을 점령하는 자는 누구인가. 그곳에 보랏빛이 있었다. 맥문동이 지천이었다. 숲은 무성했다. 무성한 나무들이 햇빛을 막고 바람이 습한 냄새를 풍겼다. 아아아. 백성의 함성 소리. 이하응은 귀를 막았다. 이하응은 아주 잠깐 동안 보라색 꽃의 환영을 보았다. 수백 개의 보라색 꽃대는 병사들이 들고 있는 창이었다. 끝없이 펼쳐지는 보라색 행렬이 시야를 막았다. 이하응은 거북 촛대로 기어가서 촛불을 껐다. 어둠 속으로 들어가 누우면서 두꺼운 이불을 목까지 끌어당겼다.

이슥한 밤, 민씨 부인은 남편이 있는 사랑방을 쳐다보다가 안채를 향해 조심조심 걸어갔다. 눈발은 그쳤고 불 꺼진 집 안에는 차가운 달빛이 교교했다. 기와지붕도 대청마루도 조금씩만 환했다. 잠시 내린 진눈깨비 때문이었다. 민씨 부인은 서안 옆으로 나비촛대를 끌어당겼다. 부엌에서 가져온 책은 유모가 매일 밤 읽는 성경이었다. 유모는 출타 중이었다.

민씨 부인은 숨죽이며 책장을 넘겼다. 책 속의 사람들은 청년의 고독을 신성이라 불렀고, 신성은 청년이 짊어진 십자가였다. 가난한 청년에게는 왕관보다 가시나무 관이 어울렸고, 땅에 끌리는 비단옷보다 한쪽 어깨를 드러낸 짧은 옷이 어울렸으며, 신발보다 맨발이 어울렸다. 마른 얼굴은 고뇌를 표현했으며 암갈색 머리칼 속에 숨은 눈동자는 진리를 갈구했다. 사람들은 어둠 속에서 불빛을 찾듯이 청년이 가진 신성을 따랐다.

예수가 사람들과 어울리는 방식은 달랐다. 예수는 박해받는 민중 속으로 들어갔다. 가난한 자들은 예수를 좋아했지만 통치자는 좋아할 리가 없었다. 민씨 부인은 두 아들을 생각했다. 두 아들도 창녀의 발을 씻겨줄 수 있을까. 민씨 부인은 어둠에 놀란 듯 고개를 흔들었다. 아들들이 안락한 왕좌를 버리고 가시밭길을 걸어가는 것은 생각하기도 싫었다.

그날 밤 유모는 집에 들어오지 않았다. 이틀이 지난 후 자영이가 안방으로 들어와서 유모의 소식을 전했고, 민씨 부인은 사랑방으로 달려갔다. 내게 무슨 수작을 걸고 있는 거야. 이하응은 분노한 얼굴로 서안을 내려쳤다. 천주학쟁이를 핑계로 농민의 관심을 딴 데로 돌리려는 수작인가. 이하응은 서안을 손가락으로 톡톡 두드리며 난제라는 표정을 지었다.

이하응은 김병학의 집으로 갔다. 이하응은 청지기를 제치고 대청마루를 지나 사랑방 문을 열었다. 자네가 석파란 없이 맨몸으로 찾아오다니 별일이군. 김병학은 서책을 읽고 있었다. 평소처럼 여유롭고 부드러운 음성이었지만 이하응의 방문에 싫증을 내는 표정이었다. 이하응은 계속 방문 사이에 서 있었다. 이하응답지 않게 신중한 태도라는 걸 깨달은 김병학이 웃었다. 김병학이 특별히 격을 두는 것은 비밀이 생겼다는 뜻이다. 잠깐 동안의 여유로운 웃음은 사라졌지만 그만큼의 멸시가 남아 있었다.

—박 마르타가 누구인지 알아내는 데 오래 걸렸어.

—박 마르타가 누구인가.

—자네는 자네 집 종년의 이름을 모른단 말인가. 하긴 이름을 부를 일이 없었겠지. 조선 왕족의 집안에서 종년의 이름을 서양 이름으로 부를 일이 없지.

—조선에서는 종년이 이름을 가질 턱이 없지 않은가. 종년이 스스로 붙였다면 내가 관여할 일은 아니지.

—박 마르타가 누군지는 몰라도 집 안에 천주학쟁이가 있다는 건 알았겠지.

—갑자기 천주학 집회를 단속하는 이유가 뭔가.

—그들도 국법이 지엄하다는 걸 알아야지. 그만 돌아가게. 국법에 관한 한 예외를 두고 싶지 않으니까.

—자네가 시파인데 설마 시파 정치인들을 상대하는 건 아닐 테고. 천한 백성은 아는 것이 없고 겨우 언문이나 읽을 정도이네. 그 정도 도량으로 예수를 안다 한들 아는 것이 죄가 되기에는 가련한 백성이야.

—자네 말을 들어보니 까막눈이를 겨우 면한 계집이 뭘 알겠나. 천하의 이하응이 겨우 그런 계집에게 신경을 쓰다니 별일이군. 몸

종 하나 죽거나 살거나 표시도 안 날 일을 가지고.

—내 집안사람이니 나와는 무관할 터. 나에게 시비를 거는 이유가 뭔가.

—이게 왜 자네 때문이라고 생각하는가? 자네가 뭔데?

김병학이 어이없다는 표정으로 실소했다. 떠돌이 왕족이야말로 상대할 인물이 아니라는 의미가 분명한 웃음이었다.

—농민 문제를 천주학 문제로 돌리는 건 옳지 않네.

—누가 농민들 때문이라고 했나!

김병학이 분노한 표정으로 서안을 내려쳤다. 이하응은 쉽게 물러서지 않았다. 활짝 열린 방문으로 보이는 오동나무 가지가 굵었다. 집안에서 제일 오래되어 웬만한 바람에도 흔들리지 않는 나무였다. 오동나무 가지로 짱짱한 햇빛이 뭉텅 쏟아지고 있었다. 방과 서책이 어울리듯이 마당과 초목은 어울렸다. 김병학은 그때서야 이하응이 앉지도 않고 계속 서 있는 것을 깨달았다.

—자네가 태평천국의 여자를 몰래 만나는 걸 알고 있네. 이유가 없진 않겠지.

누가 누구를 몰래 만난다는 말인가. 이하응이 방문을 잡고 웃었다. 김병학 앞에서 태평천국의 여자에 대해 아는 척하며 따질수록 백해무익한 상황이었다.

—자네 뜻대로 되지는 않을 걸세.

—겨우 그 말을 하려고 맨몸으로 달려온 건가. 묵란으로 시비를 걸던 이하응의 호기는 어디로 사라졌나. 자네는 난만 칠 줄 알지 사람 일에는 어리석어. 궁지에 몰려도 도무지 부탁할 줄을 모르는군.

친구도 사람인데 부탁 좀 해보지그래.

—나도 가만히 있지는 않을 걸세.

—바둑을 잘 두는 사람이 왜 꼼수를 모르는가. 어디 움직일 테면 움직여 보게. 움직일수록 덫에 걸릴 테니.

이하응이 돌아가고 난 후 김병학은 김병기를 불렀고, 김병기는 의금부 감옥으로 갔다. 의금부 앞에는 신부와 수녀가 근심 어린 얼굴로 서 있었다. 신부는 기도하듯 고개를 숙였고, 수녀는 손수건으로 눈물을 찍었다. 수녀의 묵주에는 아주 작은 예수가 매달려 있었다.

지하 감옥에는 남자들의 방과 여자들의 방이 구분되어 있었다. 남자들은 남자들끼리, 여자들은 여자들끼리 묵언으로 기도하고 있었다.

—조선에도 천지신명이 있는데 왜 예수라는 이민족의 신을 섬기느냐?

판의금부사가 이해할 수 없다는 표정으로 소리쳤다. 여기저기서 웅얼웅얼 기도 소리가 들렸다. 박 마르타는 멀리 불빛을 바라보는 표정으로 고개를 돌렸다.

—무군무부(無君無父)를 모르느냐. 국가도 없고 가문도 없는 사상은 조선을 부정하는 대역죄라는 걸 모르느냐. 삼강오륜의 질서를 어지럽히는 죄인들이 천주학 집회로 숨어든다는 밀고가 들어왔다. 한 나라에 두 임금이 없듯이 하늘의 상제도 둘이 아닐 것이다. 하늘은 하나인데 어찌 상제가 둘이겠는가. 고조선 한민족의 단군께서 천제의 아들이거늘 예수가 천제의 아들이라니 단군께서 비통해할

일이다. 조선의 뿌리를 부정하고 임금께 불충하는 것이니 서양의 주기도문을 외우는 사람은 그 자리에서 죽을 것이다.

—제발. 한 구절이라도 들어보고 말씀하세요. 주기도문을 듣고 나면 생각이 달라질 것입니다.

한 여인이 간절한 음성으로 말했다.

—흥. 그래? 허나 조건이 있다. 내가 허락하는 구절만 외우고 금하는 구절은 버려야 할 것이다.

판의금부사가 죄인들을 향해 명령했다. 천주와 함께라면 죽음도 두렵지 않으니 천주 따라 천국으로 들어가리라. 한 남자가 중얼거렸고 남녀들이 웅성거렸다.

—하늘에 계신 우리 아버지.

한 여자가 용기를 내어 입을 뗐다. 하늘에 있으니 다행이군. 판의금부사가 손으로 턱을 괴고 중얼거렸다. 나름으로는 신중하게 듣고 판단하겠다는 태도였다.

—아버지 이름이 거룩히 빛나옵고 나라에 임하시며.

—왕이라는 이야기군. 삭제.

—오늘날 우리에게 일용할 양식을 주시고.

—나라에서 양식을 주는 것이다. 삭제!

—뜻이 하늘에서 이루어진 것 같이 땅에서도 이루어지이다.

—우주를 통째로 잡수겠다는 뜻이군. 삭제.

—우리가 우리에게 죄지은 자를 사하여 준 것과 같이 우리 죄를 사하여 주시고.

—흥. 죄 지은 걸 알고는 있군. 허나 감히 누가 누구의 죄를 사한

다는 말이냐. 죄인을 용서하는 분은 오직 나라님이다. 삭제.

—우리를 시험에 들게 하지 마옵시고.

—…….

—다만 악에서 구하시옵소서.

—…….

—나라와 권세와 영광이 아버지께 영원히 있나이다.

—삭제! 나라와 권세와 영광은 나라님께 있는 것이다. 국법을 모르는 오만한 기도문이다. 내가 삭제하지 않은 구절만 외워야 할 것이며 주기도문을 전부 외우는 자는 죽을 것이다.

김병기가 박 마르타에게 다가갔다. 쪽 진 머리칼은 헝클어졌고, 무명 저고리에는 때가 묻었고, 할 말을 숨긴 얼굴은 수척했다.

—천주학 집회에는 간음한 여자도 있고, 사기꾼도 있고, 살인자도 있다고 들었다.

박 마르타는 그런 건 하나도 모른다는 표정으로 눈동자를 끔뻑거렸다.

—저런. 물가의 어린애 같구나. 너의 하느님은 어떻게 생겼느냐.

—…….

—저런. 한 번도 보지 못한 모양이군. 네 상전도 너처럼 그리 하느냐. 흥선군 말이다.

—쇤네는 모릅니다.

—그러니 너만의 하느님이지. 천주학쟁이들은 아주 이기적이다. 네 안중에는 상전도 없구나. 하긴 양반을 부정하는데 상전이 있을 리 없지. 흥선군이 안됐구나. 상전을 모시지 않고 헛것을 모시는 종

년을 두었으니.

김병기는 팔짱을 끼고 여유롭게 웃었다. 흥선군에 대한 미움이 어느 정도 가시는 느낌이었다. 박 마르타는 김병기의 웃음을 울음으로 받았다. 속울음이었다. 상처가 많은 여자였다.

—국가의 죄인들이 천주학 집회에서는 신자이다. 흥선군이 낄 만도 하지 않느냐.

—아니옵니다.

—그렇다는 말은 듣겠으나 아니라는 말은 중요하지 않다. 내가 네년의 말을 믿겠느냐. 흥. 예수가 원수까지도 사랑하라고 했다는데 너는 왜 그런 눈으로 나를 보느냐. 예수가 사회에서 지은 죄를 용서하면 천주학 집회는 융성할 것이나 조선 사회는 어떻게 되는 것이냐. 개인만 구원했지 사회는 구원할 줄 모르는 신이다. 대의를 모르니 공자보다 못하다. 자기 품으로 늘어오는 사람만 용서한다는 뜻이 아니냐.

—예수님을 모욕하지 마세요.

—네년은 배은망덕하게도 너를 먹여 살리는 양반을 모욕하고 있지 않느냐. 너의 하느님은 죄 짓는 조건을 만들어놓고 죄 짓지 말라고 말하는 교활함이 있구나. 선악과나무를 심어놓고 따 먹지 말라고 말하는 것처럼. 인간을 죄의 시험에 들게 하면서 죄에 빠진 인간에게 그건 너의 자유 의지라고 떠넘기고 있어. 너의 믿음이 가엾다.

—나리, 기해년 박해 때에 있었던 일이랍니다. 땅바닥에 십자가를 내려놓고 밟는 사람은 목숨을 살려주겠다고 했을 때 대부분의 신자들은 십자가를 밟고 예수님을 부정해서 살아났답니다. 그때 예

수님이 소리 없이 우셨답니다. 예수님은 사람의 발에 밟혀서 우신 게 아니랍니다. 예수님은 나를 밟는 네 발이 아플까 봐 운다고 말씀하셨답니다.

전지전능한 신이 인간의 소원은 들어주지 못하고 인간의 발밑에서 울고 있다? 김병기가 난색을 표하며 돌아섰다.

—미쳤군. 허나 살려달라고 매달리는 말보다는 썩 괜찮구나. 허나 이야기책을 너무 많이 읽었어. 이보게, 다른 사람은 다 내보내도 저 종년은 안 돼.

김병기는 판의금부사에게 말하며 휑하니 돌아섰다. 대화하기 귀찮아서 다시는 오고 싶지 않으니 알아서 잘 하라는 눈짓을 보냈다. 판의금부사는 김병기가 나갈 때까지 허리를 깊이 숙였다.

—우리도 조선인입니다. 제발, 우리도 감옥 안으로 들어가서 기도하게 해주세요.

의금부를 나온 김병기에게 신부와 수녀가 애원했다. 김병기는 못마땅한 표정으로 턱수염을 쓸었다. 아무리 쫓아내도 달라붙는 날벌레를 보는 듯 표정은 몹시 일그러졌다. 어찌 자기 맘대로 나라를 바꾼단 말이냐. 김병기는 신부와 수녀의 옷을 노려보았다. 색깔이 바래고 소매가 낡아서 몹시 가난해 보였다. 잘산다는 나라의 사람들이 왜 그런 옷을 입고 있는지 이해되지 않았다.

—내 눈앞에 예수를 데려오면 허락해 주지.

❖

이하응은 대청마루에 서 있었다. 조성하와 약속한 날이었다. 대청마루로 휭하니 바람이 지나갔다. 조성하 집의 청지기는 마당에 서서 진눈깨비를 고스란히 맞고 있었다. 하나하나 내리는 눈발이 청지기에게 날쌔게 달려들고 있었다. 하늘에 가득한 눈발은 새처럼 떼를 지었다. 칼바람이었고 칼눈이었다.

이하응은 청지기 어깨로 쌓여가는 진눈깨비를 바라보았다. 청지기는 몹시 추운지 어깨까지 부들부들 떨고 있었다. 조대비가 궁궐 밖으로 존재를 드러낸 일은 단 한 번도 없었다. 가마를 준비하게. 이하응은 행랑아범에 이르고는 사랑방으로 들어가서 깨끗한 옥색 도포를 꺼내 입었다.

─인생에서 불확실성에 승부를 거는 게 나 이하응이야. 고수는 빨리 오는 운을 잡지 않아. 운이 너무 빨리 오면 그냥 보통 사람이 되고 말지. 나뭇가지에서 더 익어야 할 풋과일에게는 땅에 떨어진 낙과가 보이지 않는 법이니까. 풋과일이 보는 건 다른 가지에 매달려 있는 풋과일뿐이라고. 제일 뒤에 오는 운을 기다리면서 실력을 닦는 사람이 진짜야.

이하응은 아내의 어깨를 툭 치고는 가마 안으로 들어갔다. 여자가 타는 좁은 가마였다. 기세 좋은 것은 눈발뿐이었다. 조성하 집 청지기가 앞장섰고, 가마꾼들은 고개를 잔뜩 움츠리고는 눈바람에 떠밀려 종종걸음을 쳤다. 가마는 몹시 흔들렸다. 여자가 타는 가마 안에 들어가 있는 처지라서 가마꾼들을 향해 호통을 칠 수도 없었다.

조성하 집에 도착했을 때 하늘은 온통 재색이었다. 어지럽던 눈발은 그쳤다. 기와집은 넓었지만 기와골마다 쇠락한 기운이 감돌았다. 아이고, 이리도 궂은 날씨에 어서 오십시오. 조성하가 달려나와 이하응의 손을 덥석 잡았다. 남자 노비가 재빨리 솟을대문을 닫았고, 두 사람은 서로의 손을 놓지 않았다.

—종친끼리 곁이 멀었습니다.

—송구합니다.

두 사람은 나란히 대청마루로 올랐다. 두 방을 미닫이로 연결한 방이었다. 이하응이 버선발을 내밀며 들어섰다. 가운데 미닫이문을 열고 주렴을 쳤다. 화조도 병풍 앞 조대비 얼굴은 잘 보이지 않았다. 창호지로 스며들어 온 흐린 햇빛과 길게 늘어진 주렴 때문이었다.

—주렴을 거두어라.

조성하가 조심조심 걸어와서 주렴을 걷어 올렸다. 두 사람의 눈이 마주치자 이하응이 먼저 웃었다. 소대비는 웃지 않았다. 조대비의 얼굴은 겨울을 안고 사는 여자처럼 몹시 삭막하고 건조했다. 상대방에게 표정을 보이지 않는 완고한 얼굴이었다.

—장안에 유명한 석파란을 모르고 있었다니 그저 놀라울 따름입니다. 한갓 기녀를 통해 알게 되었지요.

조성하가 말했다. 우연이라고 하기에는 황망할 뿐이지요. 이하응이 교방에서 나온 이후 인편으로 기별을 보낸 일을 떠올리며 웃었고, 조대비가 말없이 고개를 끄덕였다.

—세간의 평은 그리 좋지 못하옵니다.

—세간의 평이란 게 평이랄 것 있나요. 나는 말 잘 듣는 사람에게

는 관심이 가질 않아요. 사냥개 백 마리가 짖어댄들 사냥꾼만 하겠습니까.

─망극하옵니다. 마마께서 늘 똑같으신 이유를 알 것 같습니다. 꽃을 좋아하는 분께는 세월이 비껴간다고 했습니다.

─늙은이의 여유로움이 무엇이겠습니까. 가는 세월을 붙잡지 못하는 마음만 성가셔서 하릴없이 종이만 붙잡고 사는 세월이지요.

─꽃을 아는 혜안을 그리 말씀하시니 소신이 부끄럽습니다. 마마를 위해서 준비한 꽃이옵니다. 늦봄에 피는 혜란이옵니다.

이하응은 두루마리 종이를 조심스럽게 펼쳤다. 조대비의 미간이 조금 움직였다.

─지극히 단조로우면서 이렇듯 화려한 난은 처음이군요. 이 바위는 바위 같지가 않으니 오묘하기도 하지. 어찌 보면 꽃을 받치고 있는 화병이랄까.

묵란을 세세히 훑는 조대비의 눈동자에 생기가 돌았다. 이하응은 은근한 조바심을 느꼈다. 여자이지만 만만치 않은 상대였다. 하나의 꽃이 피면 춘란이고 꽃이 많으면 혜란인데. 조대비는 생각에 잠겼다. 본래 귀한 것은 수가 적은 법이다. 혜란은 춘란에 비해 격조가 떨어진다고 생각했다. 난초가 귀한 꽃이니 꽃의 수도 귀해야 한다는 생각 때문이었다. 그러나 석파란은 봄꽃처럼 무리를 지어 있었다.

─내가 그리는 것은 언제나 춘란이에요. 규방의 여자가 잡는 붓이라서 그런지 소심하지요. 이 총란화는 세속에서 피는 꽃 같군요.

잘 훈련된 병사들처럼, 잘 키운 궁녀들처럼 일사불란한 통일감이 있어요. 그런데 희한하게도 망국의 기운이 느껴집니다. 명품에는 그만큼의 사연이 있지요. 고난을 겪은 영웅처럼. 그 이야기를 듣고 싶군요. 혹시 멸망한 명나라 화풍인가요?

이하응은 깜짝 놀란 얼굴을 들었다. 대단한 통찰력이었다. 이하응의 눈가로 어색한 웃음이 스쳤다. 조대비는 다시 종이로 눈길을 돌렸다. 바위는 사람의 등처럼 매끄러웠다. 반라의 등처럼. 그것은 야밤에 홀로 칼을 든 남자의 등처럼 단단해 보였다. 그 단단한 등에서 꽃은 담묵으로, 잎은 농묵으로 이어졌다. 조대비는 화폭의 결을 눈동자로 쓸었다. 오직 두 눈으로만 흙냄새와 꽃향기를 맡는 듯했다.

—소신이 오늘 새벽에 친 난이옵니다. 새벽빛을 따라 달라지는 방 안의 음영을 넣어서 그렸사옵니다. 마마를 생각했사옵니다.

새벽과 함께 그렸다니 고맙습니다. 조대비의 눈가에 슬쩍 물기가 스쳤다. 눈썹 아래로 단정한 선을 그은 눈자위였다. 조대비는 모란 병풍 앞에 앉아 있었지만 병풍 뒤로 숨은 벽보다 더 단단한 등을 가진 여자였다. 병풍의 꽃이 그녀의 등을 따라 피어오르고 있었다. 이하응은 보기 드문 여장부 앞에 머리를 조아렸다.

—마마, 조선을 걱정하시옵니까?

조대비는 고개를 돌렸다. 관을 쓴 여인은 표정마저도 조심스러워했다. 인간의 희로애락이 그 얼굴에서는 쉽게 보이지 않았다. 두 사람 사이에 어색한 침묵이 흘렀다. 이하응은 조대비의 슬픔이 가라앉을 때까지 기다렸다.

여기는 어딘가요? 하늘나라인가? 난엽은 선녀 옷자락처럼 날리
는데 주위는 바람 한 점도 없이 고요하군요. 지극한 평화가 느껴지
는군요. 조대비가 종이로 아득한 눈길을 던졌다. 난초들이 꾸물거
리며 움직이는 듯했다. 나는 이 나이를 먹도록 말이지요. 지천명을
조금 넘긴 나이인데도 세상 풍파를 많이 겪어서인지 얼른 그곳으로
가야겠다는 생각이 자꾸 들어요. 마마, 어찌 그런 망극한 말씀을.
이하응이 얼굴을 붉혔다.

유일하게 나를 위로하는 그림이 있지요. 추사의 작품. 세한도. 조
대비는 묵란첩을 꺼내 들었다. 그림의 여백은 맹렬한 추위를 표현
하고 있었다. 하늘에서 쏟아지는 눈발을 그리지 않았어도 저절로
보이는 추위였다. 누옥을 지키듯 서 있는 소나무들은 하늘을 떠받
치는 기둥처럼 보였다. 노학자의 자존심이 시퍼렇게 서려 있는 그
림이었다.

─세한도는 가장 단순한 그림이지요. 뼈대만 남은 늙은이의 담백
한 심정을 표현한 그림입니다. 누옥 안에는 사람이 있는 듯 보이지
않습니까. 인간들에게 실망한 노학자가 흰 종이에 붓을 대고 있는
듯 보이지 않습니까.

─참으로 그러하옵니다.

─세상을 살아보니 단순함이 좋지만은 않아요. 단순하니까 권력
에서 밀리는 것이 아니겠습니까. 이 그림에서는 무서운 적요가 느
껴져요. 밀려난 사람만이 느끼는 적요이지요. 바람 대신 쓸쓸함이
지나가고 있는 곳. 인생사 부질없는 욕망들이 거세된 곳. 집 한 채,
나무 두 그루, 그리고 나머지는 허공. 추사의 마음이겠지요?

—그렇사옵니다. 뼈대만 그린 그림이라서 그런지 모든 계절이 다 지나간 겨울의 중심을 그린 듯합니다. 선이 단조로워서 격조가 느껴지는 그림인데 너무 스산해 보여서 외려 가슴이 아픕니다.

—세한도에는 가까이할 수 없는 고독이 느껴지는데 생전의 추사는 고독보다 자유가 느껴지는 학자였지요.

—추사에게 격을 만드는 건 주변 사람들이었사옵니다. 천재의 자유분방함을 질투했습니다.

—천재를 알아보는 눈이라도 있으니 질투했겠지요. 알아보지도 못했으면 무시했을 텐데.

—추사는 질투하는 사람들이 귀찮아서 차라리 무시했으면 좋겠다고 말했나이다.

—그러니 천재는 하늘에서 지상으로 귀양 온 사람이라고 말하겠지요. 천재성을 오해하는 사람들이거나 천재성을 이용하는 사람들뿐이니 얼마나 외로웠겠어요. 추사의 세한도나 묵란에는 속기가 묻어 있지 않아요. 진정 자유로운 정신이지요.

조대비와 이하응은 옛사람을 떠올리며 웃었다. 묵란을 통해 훨씬 가까워진 느낌이었다.

—추사가 부럽군요. 나는 질투하는 사람이라도 있으면 좋겠는데.

조대비와 이하응의 눈빛이 강렬하게 마주쳤다.

—세한송백이라 했으니 추위와 푸름은 통합니다. 소나무와 잣나무는 맹렬한 추위 속에서 만나는 사이라지요.

—그래서 소신이 이렇게 달려왔습니다.

—지금은 맹렬한 추위 속이니 결코 우연일 수가 없지요.

조대비의 날카로운 눈빛이 한껏 풀어졌다. 눈매는 입보다 먼저 웃고 있었다.

─소신은 마마께 진심을 사러 왔습니다. 진눈깨비를 무릅쓰고 온 까닭이옵니다. 소신에게 진심을 파시겠습니까.

하하하. 느닷없이 터지는 여걸의 웃음이었다. 수십 년 동안 궁궐의 바람을 지켜본 눈가의 주름은 진하고 깊었다. 이하응의 직설에 조대비는 한 발 물러서는 표정이었다.

─세상에는 세 부류의 사람들이 있지요. 진심으로 말하면 통할 거라고 믿는 사람과 진심이 있지만 사람들에게는 통하지 않을 거라고 생각하는 사람과 진심은 필요 없다고 생각하는 사람입니다.

─소신은 첫 번째 사람이옵니다.

─나는 세 번째 사람입니다. 불행인지 다행인지 지금까지 사람의 진심은 없다고 생각하고 살았어요. 사람에게 진심이 있다고 생각했으면 그만큼 정성을 다했을 터이고 상처가 더 많았겠지요.

─소신은 파락호로 살다 보니 세상인심을 겪을 만큼 겪었고, 이제는 없는 진심에 승부를 걸어보고 싶은 마음입니다.

이하응은 솔직하게 말했다. 거물 앞에서 수를 쓰면 오히려 낭패가 될 것 같아서 시간에 몸을 맡기듯이 마음을 싹 비웠다. 조대비가 방문 쪽으로 고개를 돌렸다. 나는 궁궐 생활을 하고 있지만 내 정원에는 그 흔한 바람이 없고 그 흔한 꽃이 없어요. 껍질이 굵은 소나무만 몇 그루 서 있을 뿐이지요. 청나라 이화원에는 인공으로 연못을 만들고 산을 만들어 귀한 꽃들이 피어난다는데. 그림을 옮겨놓은 풍경이겠지요? 망극하옵니다. 이하응이 참담한 얼굴을 숙였다.

—흥선군은 귀한 왕족으로 왜 파락호 생활을 하셨습니까.

—이 집 저 집 기웃거리며 술을 구했으니 상갓집 개라고 해도 소신은 개의치 않습니다. 천지를 지붕 삼아 권세가의 바짓가랑이 사이를 기어 다니기까지 하니까요. 욕망과 치욕이 같은 것임을 알기에 계집 가랑이 사이로도 기어 다녔습니다.

저런. 조대비는 이하응을 바라보며 안쓰러운 표정을 지었다. 태양이 구름 속에서 한번 몸을 틀었는지 방 안이 갑자기 환해졌다. 흐린 방문에 문살이 길을 만들고 있었다. 돌고 돌아도 결국에는 한곳에서 만나는 길이었다.

—하지만 없는 진심을 어찌 팔겠습니까.

조대비가 원점을 확인하듯 말했다. 대화가 무르익어도 상대에게 거리를 두는 조심스러움이 있었다. 조대비가 잠시 생각하더니 조성하에게 눈짓했다. 조성하는 조심스럽게 다가와서 두루마리 종이를 펼쳤다. 석파란이 드러났다. 이하응이 그 자리에서 벌떡 일어나 조대비를 향해 삼배를 했다. 마마, 어찌 소신의 묵란을. 이하응이 고개를 숙이며 머리를 조아렸다. 가슴이 잔잔하게 파동치고 있었고 붉어진 얼굴을 들 수가 없었다.

—이 그림의 화제(畵題)를 인연이라 붙여도 되겠습니까.

—망극하옵니다.

—나는 석파란을 얻었지만 그대에게 줄 것이 없어요.

이하응이 고개를 들어 조대비의 눈동자를 쳐다보았다. 아무 표정이 없는 말간 눈동자였다.

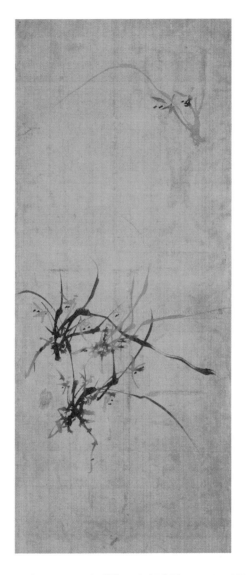

전(傳) 이하응(李昰應, 1820―1898) 필(筆) 묵란도(墨蘭圖), 82×32㎝, 국립중앙박물관

❖

잎이 죄다 떨어진 나뭇가지에는 빈 바람이 쌩쌩 돌았고, 차가운 태양은 높이 떴다. 눈도 몇 번 왔고 간간이 비도 내렸다. 차가운 습기는 구름 속으로 숨어들어 햇빛만 환한 날이었다.

무명옷을 입은 농민들은 최갑수의 죽음을 묻고 있었다. 최갑수를 쏜 사람은 없었고, 최갑수를 기억하는 사람도 없었고, 최갑수의 죽음에 대해 아는 사람도 없었다. 몇몇 동학교도들은 농민들 속에 섞여서 최갑수의 이름을 계속 외치고 있었다.

수문군들은 총을 들고 서 있었지만 별다른 표정도 없이 꿈쩍도 하지 않았다. 수문군들은 농민들을 대적하고 있는 것이 아니라 궁궐에 들어간 김병학을 호위하고 있었다. 김병학은 청나라 상인과 함께 궁궐 안에 들어가 있었다. 김병학과 중전과 조대비와 청나라 상인이 은밀히 만나고 있는 중이었다.

수문군들이 농민들에게 무관심하다는 걸 알게 된 건 청나라 여자 때문이었다. 청나라 여자가 농민들을 헤치고 갑자기 나타나서 수문군들과 격렬한 실랑이를 벌였던 것이다. 제발, 태평천국을 도와주세요. 청나라 여자는 조선말로 외쳤다. 농민들은 조선 솜두루마기를 걸친 청나라 여자를 놀라운 표정으로 쳐다보았다.

청나라 서태후가 태평천국을 없애려고 영국과 프랑스 군대를 끌어들이고 있다는 것이었다. 프랑스는 태평천국을 공격하는 대신 서태후에게 조선 천주교 전교를 도우라고 요구했다는 것이다. 조선 왕실은 서태후 편이었고, 김병학은 서태후에게 보내는 밀서를 작성하려고 궁궐에 들어가 있었다. 종교도 힘 있는 자에게 붙는 거래였다. 종교의 교리는 힘없는 자들을 향해 있었지만 종교 집단은 힘 있는 자들을 향해 있었다.

공평한 신이여, 작고 나약한 여자의 기도를 들어주소서. 청나라 여자는 농민들이 도와줄 것을 눈물로 호소했다. 청나라 상인이 조선 왕의 밀서를 가지고 궁궐 밖으로 나올 수 없게 길을 막아달라는 요지였다. 청나라 여자는 온몸을 다해 절박함을 호소했고, 그 때문에 여자의 절박함은 진실인 듯했지만 농민들에게는 남의 나라 일이었다. 농민들은 여기저기 술렁거리면서 동요했지만 청나라 여자를 도와주려고 나서는 사람은 없었다.

땅에 속해 있되 하늘에 소속되어 있는 나라 태평천국. 태평천국에 속해 있되 청나라에 소속되어 있는 여자. 이 혼란스러운 사실들 속에서 분명한 것은 남의 나라 일이라는 것이었다. 조선 왕실이 연루되었다 해도 농민들 입장에서는 조선 왕의 밀서를 막을 명분이 없었다. 프랑스가 태평천국을 공격하는 일은 남의 나라 일이었고, 조선 군대를 태평천국으로 파병하는 일을 도울 수는 없었다. 태평천국이 어디 있는지도 모르는데 남의 나라를 위해 조선인이 죽을 수는 없었다. 강대국 청나라 황실을 돕는 것이 조선에 이득이라는 조선 왕실의 판단은 옳은 것이었다.

조선은 이국땅이었고, 문득 혼자라는 사실을 깨달은 청나라 여자는 더 이상 하느님을 찾지 않았다. 하느님은 자기 마음속에만 있는 것이지 다른 사람의 마음속에 있지 않았다. 청나라 여자는 죽음을 예견하고 있었던 듯 준비해 온 기름으로 온몸에 불을 붙였다. 자살은 죄라는 교리에 저항하며 죄인이 되었다.

청나라 여자가 불길에 휩싸였을 때 하늘은 잠시 움직임을 멈추는 듯했다. 하늘로 맹렬히 솟아오르는 불기둥이었다. 불길 때문에 바람은 밀려났다. 농민들은 불길 때문에 뒤로 물러섰다. 활활 타오르는 여자 때문에 농민 집회는 대규모 시위가 되었다. 뜨거운 불기둥이 땅바닥으로 넘어지면서 길 가던 사람들까지 모여들었다. 당황한 수문군들이 하늘로 총을 쏘아대며 해산을 명령했다. 탕! 탕! 탕! 농민들은 사방으로 재빨리 흩어졌고, 청나라 여자만 땅바닥에 시커멓게 남았다. 총에 맞아 죽은 사람은 없었고, 사람들의 발길에 밟혀 죽은 사람이 대여섯 명이었다.

군중들이 완전히 사라지고 난 뒤에 눈송이가 그 자리를 메우기 시작했다. 하늘이 잿빛으로 흐려졌고 눈송이는 단단했다. 백색의 결정체는 하늘로부터 수직으로 내려와서 소리도 없이 땅의 흔적들을 덮었다. 외로운 시체에 새하얀 눈이 조문을 오는 듯했다.

그로부터 며칠이 지났다.

밤은 우물처럼 깊었다. 달빛이 쇄쇄 소리를 내고 있었다. 달은 그림자 없이 또렷했다. 밤하늘은 별들 때문에 밝았지만 공소의 대문간은 어두웠다. 달빛이 기와담장을 슬쩍 비껴나자 대문간에는 그림자가 생겨났고, 사람들이 얼굴을 드러냈다. 여자들은 장옷을 이마까지 덮어썼고 남자들도 갓을 이마까지 내려썼다. 남자가 스무 명, 여자가 열두 명이었다. 사람들은 마당을 그림자처럼 지나가며 옷자락 소리도 내지 않았다. 사람들은 표정을 일체 보이지 않았고 오직 행동으로만 말하고 있었다. 사람들이 피하고 있는 것은 사람들의 눈이었다.

사람들은 후원으로 난 뒷방에 각자의 신발을 들고 들어갔고, 마지막 남자가 조용히 방문을 닫았다. 촛불이 켜진 한쪽 벽에는 〈금언(金言)〉이라고 쓰여 있었다. 모두들 침묵을 약속한 듯이 조용히 움직였다. 아랫목 정중앙에는 신부가 앉았고 옆에는 수녀가 앉았다. 길게 늘어진 발을 사이에 두고 남자들은 왼편으로, 여자들은 오른편으로 나뉘어 앉았다.

의금부 감옥에서 풀려나온 교우들을 위한 미사였다. 의금부 감옥에는 박 마르타만 남았다. 판의금부사 말을 안 듣는다는 죄목이었다. 차가운 감옥에 홀로 남은 박 마르타 이름을 되뇌는 순간 권력에 굴종하지 않는 성스러움이 방 안에 가득 찼다. 신부는 서랍을 열고 작은 종 하나와 성경과 십자가를 꺼냈다. 평등과 평화를 위한 기도는 길고 길었다. 신부는 천장을 향해 두 팔을 올렸다. 간절한 기도는 천장을 뚫고 달을 뚫고 하늘로 올라갈 것만 같았다. 밤에 묻힌 하늘은 구원과도 같은 달빛으로 화답하는 듯했다. 신자들은 조용히 눈을 감고는 숨 죽여 기도했다. 천주여, 우리의 기도를 들어주소서. 신부가 손을 움직였다. 손의 움직임은 느렸다. 그 움직임은 너무나 성스러워서 조용히 숨을 쉬면서 바라보는 것밖에는 아무것도 할 수 없었다. 성령이 함께하고 있었다. 신부가 성경의 복음을 전했고, 신자들은 속으로만 찬송가를 불렀다.

미사가 끝났다. 신자들은 각자의 신발을 들고 방문 밖으로 조심스럽게 나갔다. 마지막 사람이 방문을 닫았다. 신부는 옆방으로 들어가서 촛불을 켰다. 책상 서랍에서 공책을 꺼내고 일기를 쓰기 시작했다. 모방의 일기를 흉내 낸 날로부터 백 일째였다. 의금부 감옥에서 신자들이 풀려난 일과 창덕궁에서 시위를 한 청나라 여자에 대해 써 내려갔다. 조선 왕실에서 프랑스 선교사의 전교 활동을 인정하겠다고 서명한 것은 아주 중요한 사건이었다. 조선에서의 전교는 모방 신부 때보다 훨씬 자유로워졌다. 더 이상은 일기장을 숨기듯이 쓸 필요가 없었다.

신부는 조선에 대한 여러 가지 생각들을 자유롭게 써 내려갔다. 간혹 펜에 잉크를 묻히면서 잠시 생각에 잠겼다가 글을 계속 써 내려갔다. 촛불은 밝았고, 신부의 그림자는 커졌고, 벽에 걸린 십자가의 예수는 평화로웠다. 신부는 프랑스어로 거침없이 쓱쓱 글을 쓰다가 문득 한 문장을 기억해 냈다. 선과 악의 기준이 무엇입니까. 조선말이었다. 낯선 청년의 질문이 계속 머릿속을 어지럽혔다. 신부는 조선어로 한 글자 한 글자 더듬더듬 써 내려갔다. 조선어로 쓸 때에는 펜을 잡은 손가락에 힘이 들어갔다.

　—선과 악을 어떻게 구별하지요? 누구나 조금씩은 선하고 조금씩은 악합니다. 어떤 사람에게는 좋게 대하고 어떤 사람에게는 나쁘게 대하면 그 사람은 선인입니까, 악인입니까.
　—고해성사를 하면서 선한 마음을 늘려가야 합니다.
　—고해성사를 통해 영적 구원을 강조하는 하느님은 의로운 하느님입니까.
　—의로운 하느님입니다. 늘 어려운 길을 가라 하셨습니다.

―개인의 영적 구원을 강조할 경우에는 신자들이 훨씬 늘어나지 않겠습니까. 공익을 우선하는 어려운 길을 가라고 하면 사람들이 따를까요. 사람들은 쉽고 좋은 길을 가려 하지 어렵고 불편한 길을 가려 하지 않습니다.

조선어는 심하게 비뚤거렸고, 아는 단어가 부족해서 계속 쓰기가 어려웠다. 신부는 청년의 물음에도 제대로 대답하지 못했다. 어떤 말은 귀에 들리고 어떤 말은 귀에 들리지 않았다. 조선말은 너무 어려웠다. 신부는 종교에 대해 어떻게 설명할까 고심하다가 프랑스어로 적기 시작했다.

종교는 하늘의 별처럼 거룩하지만 사람의 손에 닿으면 눈처럼 스러진다. 성경 속에 잠든 별은 오직 기도 속에서 되살아난다. 지금은 별을 따지 않고 별의 신화를 믿는 사람이 필요하다.

―박 마르타를 위해 기도하러 올 줄 알았는데 끝내 오지 않았어요.
수녀가 방문을 열고 들어왔다. 신부는 펜을 들고 수녀를 쳐다보았다.
―오기가 쉽지는 않겠지.
―어려울 때일수록 천주께 의지해야지요. 다른 사람들은 모두 박 마르타를 위해 기도하는데 말이에요. 같은 집안사람인데 어떻게 그럴 수 있죠?

—아마 집에서 하겠지.

—민씨 부인이 천주학 집회에서 왕족 대접을 제대로 받는다고 말했어요. 평민들과 함께 미사를 받는 민씨 부인을 보면서 신자들이 많이 늘었어요. 왕속과 동등하게 미사를 받는 게 좋다는 신자들이 많았어요.

신부는 펜을 내려놓았다. 수녀가 일기장을 쳐다보았다. 신부는 아무도 모르게 비밀스럽게 써온 일기를 생각하며 어색하게 웃었다. 조선에서 프랑스어 일기를 읽을 사람은 수녀밖에 없었다. 신부는 일기장을 내밀었다. 수녀는 일기장을 이리저리 훑어 넘기며 놀란 표정을 지었다. 프랑스에서 몰래 가져온 불씨 하나를 손바닥에 올려놓고 들여다보는 듯했다. 글을 자세히 읽지 않았지만 프랑스어 문장에서 향수를 느끼는 듯했다.

—조선이 무슨 새라고 생각해? 나는 조선을 생각하면서 황새를 떠올렸거든.

—황새요?

—먼 바다를 쳐다보는 고독한 새. 조선은 동쪽, 서쪽, 남쪽이 다 바다잖아. 조선은 중국 대륙이 전부인 줄 알고 살다가 이제야 바다를 쳐다보기 시작한 거야.

—황새는 조선에 어울리는 새 같지 않고 낯선 이방인 같아요. 조선은 이방인이 사는 땅이 아니라 텃새가 사는 땅이에요. 그 새 있잖아요. 꼬리가 길게 생긴 거. 매일 뒤꼍에서 보는 새.

—물까치?

—그래요. 물까치. 수챗물이고 개밥 그릇이고 우물 주위에 자꾸

나타나는 새. 그 먹성 좋은 새들은 언제나 집단으로 몰려다녀요. 평소에는 십여 마리 정도인데 먹잇감이 없는 겨울에는 두 배로 늘어나서 수십 마리씩 몰려다녀요.

수녀는 어깨를 움츠리며 고개를 흔들었다. 우물가에서 물까치를 쫓느라 어지간히 고생하고 있었다. 음식을 놓아두기만 하면 순식간에 몰려드는 새들이었다. 음식이 없어도 빨래 함지 주위를 돌아다니며 사람을 무서워하지 않았다. 사람에게 친근하게 구는 건지 사람을 무시하는 건지 알 수 없었고, 수녀가 오히려 새 떼를 두려워했다.

—집단적인 성향이라는 뜻이군.

아니요. 수녀가 정색을 하며 고개를 흔들었다.

—지극히 개인적이에요. 각자 생존을 위해 모인 것뿐이니까. 개인의 생존을 위해 집단을 필요로 하는 것뿐이에요. 조선 사람들은 집단 속에서도 개인의 고독을 느끼기 때문에 종교를 믿는 사람들이 많은 거예요. 집단 속에서도 남을 의식하기 때문에 경쟁심이 강해서 종교도 기복신앙으로 가지는 거죠. 한 번도 개인으로 살아보지 못한 사람들이에요.

—한 번도 개인으로 살아보지 못한 사람들?

—집단에 소속되어 있지 않으면 불안한 개인들이죠. 태어날 때부터 서열이 분명한 집안에 소속되기 때문에 개성은 죄악이에요. 똑같이 생각하고 똑같이 행동해야 하죠. 그러니 집단으로 움직일 때는 어느 나라 사람들보다 결속력이 강해요. 생존을 위해 집단을 만들었기 때문에 집단의 존폐는 개인의 존폐와 같은 거예요.

신부는 수녀의 얼굴을 의아하게 쳐다보았다. 조선에 들어온 지 얼마 되지 않았는데 어찌 그리 잘 알 수 있냐는 표정이었다.

―언젠가 김병학 대감 댁에서 양반 규수들에게 왈츠를 가르친 적이 있었어요. 어찌어찌하다가 천민 여자가 끼어들었지요. 양반 규수 한 명이 몹시 불쾌해하면서 집 안으로 들어가 버렸어요. 그런데 다른 규수는 천민과 함께 춤춘다는 사실을 거부하는 게 아니었어요. 그 규수는 다른 규수의 눈치를 보며 똑같이 행동하고 있었어요. 그때 알았죠. 누가 김병학 대감의 딸인지를. 어느 나라 사람들보다 서열 의식이 분명하고 힘의 역학관계에 의해 움직이는 사람들에게 종교는 절대적으로 필요해요. 그들 사이에서 남다른 의견은 죽음과 같아요. 낯설거나 존재감이 없는 사람이 남다른 의견을 말하면 집단의 이름으로 처벌하려 들지요. 그들을 온전히 위로할 수 있는 존재는 오직 하느님뿐이에요. 그들은 하느님의 손길을 간절히 기다려요. 우주의 절대자와 개인적으로 소통할 수 있다는 자부심이 필요하니까. 마치 부모를 쳐다보는 어린아이처럼. 자기 이야기를 부모처럼 들어줄 수 있는 존재가 필요한 거죠.

―그럼 조선에서 우리의 존재는 뭐지?

―우리가 황새예요. 조선 사람들은 자기와 다른 황새를 재빨리 받아들이면서도 자기와 다른 황새를 못 견뎌 하는 이중 감정이 있어요. 남과 다른 것으로 자기를 표현하면서도 자기와 다른 사람을 못 견뎌 하는 거죠.

―이질적인 것을 싫어하면서 왜 받아들이는 거지?

―집단 속에서 남들과 비교하기 위해서죠. 남이 안 가진 걸 가지

고 있다는 걸로 충분히 우월해지니까요.

어쩌면 조선 정서에 익숙해진 신부보다 조선에 온 지 얼마 안 되는 수녀의 느낌이 더 정확할지 몰랐다. 신부는 고개를 끄덕였다. 미사가 끝나면 여자들은 함께 변소에 다녀왔다. 여자들은 똑같은 시간에 동시에 요의를 느끼는 걸까. 남자들은 변소에는 혼자 다녀와도 함께 밥을 먹고 함께 집으로 돌아갔다.

조선 전교는 쉽고도 어려운 문제였다. 안전한 집단에 소속되기 위해 개인성을 억누르며 사는 사람들. 종적 구조의 집단을 통해 공통의 규율을 끊임없이 학습하면서도 종교를 찾는 사람들. 종교마저도 집단적일 수밖에 없는 나라. 조선.

—결국은 개인들만 모여 있는 나라라는 뜻이군. 상당히 집단적으로 보이는데 말이야.

—두고 보세요. 조선 사람들은 같은 조선 사람들을 중요하게 생각하는 게 아니라 함께 생존할 땅을 중요하게 생각하는 거예요. 절대로 땅을 떠나지 않는 물까치의 근성 때문에 조선은 무너지지 않아요.

신부는 모방 신부의 일기를 떠올렸다. 조선은 무너지고 있는 중이다. 신부는 일기장을 덮었다. 조선에 대해 더 고민해야 할 것 같았다.

—김병학 대감 댁에서 천민 편을 드는 게 아니었다는 생각이 들어요. 옳은 일을 했을 경우에 잃는 것들이 있잖아요. 그 이후로 다시는 그 댁에서 왈츠를 가르치지 못했어요. 전교를 생각했다면 양반 규수 편을 들어야 했어요.

수녀는 괴로운 표정을 지었다. 글쎄. 신부도 뭐라 말할 수 없는 참담한 표정을 지었다.

—태평천국은 어떤 나라였어?

신부는 청나라 여자가 공소로 찾아온 일을 기억하고 있었다. 수녀는 조선인으로 귀화했기 때문에 태평천국의 일을 도와줄 수 없다고 거절했다. 청나라에서는 청나라 사람으로 활동했으니 조선에서는 조선인으로 활동해야 했다. 청나라 여자는 태평천국과의 인연을 강조했고, 수녀는 조선인이 되면서 그것을 잊었다고 대답했다. 하느님은 나라를 구별하지 않아요. 수녀는 율법적인 여자임을 강조했고, 도와줄 수 없다는 말은 타당했다. 신부의 입장으로서도 난처한 일이었다. 프랑스 외방전교회에서 태평천국을 하느님의 나라로 인정하지 않았던 것이다.

—사람의 나라였어요.

수녀는 태평천국 사람들을 위해 성호를 그었다. 태평천국은 신분제도만 바뀌었을 뿐 지상천국이 아니었다. 마태복음서에 나와 있는 것처럼 종말의 징후는 간단했다. 혼란스러운 무질서 속에 기근이 계속되는 때에 가짜 그리스도가 여기저기에서 나타나 사람들을 속이며 나라와 나라 간에는 전쟁이 일어날 것이다. 수녀는 벽에 걸린 예수를 두 눈으로 꽉 붙잡고 있었다. 사람의 죄를 대속하는 죽음은 성스러웠지만 가장 참혹한 죽음이었다. 천팔백 년 전에 예수가 왔지만 예수가 오기 이전과 이후에도 인간의 죄는 없어지지 않았다. 인간의 죄는 아직도 구원되지 않았다. 예수는 하느님이 만든 지상 설계 1호일 뿐이었다.

─우리는 프랑스로 돌아가야 해. 내 꿈은 조선에서 전교하다가 죽는 게 아니야. 프랑스에서 인정받는 신부가 되고 싶어. 조선 전교를 훌륭히 수행했다는 평가를 받고 싶어.

─훌륭한 추기경님이 되세요.

─그리 말해주니 고맙군.

─처음 조선에 왔을 때 나에게 물었던 다짐을 기억하세요?

신부는 방바닥에 엎드려서 두 팔을 벌리고 두 다리를 오므렸다. 수녀는 십자가 모양으로 엎드린 신부를 향해 프랑스어로 말했다.

─깔레, 당신은 남자입니까, 신부입니까?

─나는 남자가 아닙니다. 오직 신부입니다.

─깔레, 당신은 신부입니까, 프랑스인입니까?

─나는 프랑스인이기도 하고 조선인이기도 합니다. 그러나 오직 변하지 않는 건 신부라는 신분입니다. 나의 영혼은 늘 천주님과 함께하기 때문입니다.

수녀의 회색 눈동자에는 공감의 눈물이 맺혔고, 신부는 조용히 일어나 단정하게 앉았다.

─조선 왕실이 청나라 황실에 약속했으니 조선 전교는 분명히 성공할 거예요.

─정말 다행이야. 앞으로는 하느님 때문에 억울하게 죽는 목숨도 없겠지. 이번 일로 조선의 국부는 김병학 대감이라는 사실이 확실해졌어.

신부는 바깥의 어둠을 쳐다보며 대문을 잠그려고 일어섰다. 한낮의 태양에게는 타인일 수밖에 없는 밤이 이슥해지고 있었다.

❖

창덕궁 위의 하늘은 구름과 바람 때문에 잔뜩 흐려 있었다. 차가운 햇빛이 방 안으로 스며들고 있었다. 조대비는 머리에 꽂은 비녀를 빼내서 확 집어 던졌다. 비녀는 나인의 오른쪽 귀를 지나서 벽에 부딪치고 나서야 방바닥으로 떨어졌다. 용대가리가 방바닥에 코를 처박았다. 금실로 만든 용의 수염은 찌그러졌다.

조대비는 무슨 심사인지 거울을 보며 혼자서 머리 단장을 했다. 나인이 조대비 뒤에서 조용히 무릎을 꿇었다. 마마, 나들이 가시옵니까? 나인의 목소리가 애써 밝았다. 조대비는 손을 뒤로 내밀어 나인의 손을 잡았다. 권력에서 쫓겨난 늙은이를 돌보느라 너도 늙어버렸구나. 마마. 나인이 황급히 머리를 조아렸다. 내가 뒷방으로 물러나자마자 다른 궁녀들은 나를 외면했는데 말이다. 권력자가 뜯어먹다 남은 뼈다귀를 따라 움직이는 사냥개처럼. 어찌 그리들 영악한지. 거울 속에서 조대비가 웃었다. 네가 하려무나. 조대비의 머리카락을 매만지는 나인의 손가락은 노련했으나 느렸다. 조대비 옆에서 궂은 수발을 드는 나인이었다. 입이 무거워서 말이 없었고 행동은 느렸으나 변화가 없었다. 조대비가 신뢰하는 나인이었다. 조성하의 집에 갈 때에도 몸종으로 데려갔다.

─네가 중궁전 나인들에게 몰매를 맞던 날이 생각나는구나. 나는 너를 돕지 못했다. 너를 돕지는 못하고 화병으로 며칠을 앓았다. 내가 너를 위해 앓지 않았다고 볼 수는 없다.

―마마.

―내가 가진 것 중에서 가장 화려한 뒤꽂이를 꽂아라.

나인이 조심스럽게 칠보 나무함을 열어서 호랑나비뒤꽂이를 꺼냈다. 나인의 조심스러운 손끝에서 두 개의 더듬이가 가늘게 흔들렸다. 나인의 안목이 그리 높지는 않았으나 조대비는 그것이 싫지도 않았다. 너는 남들과 다른 데가 있어. 네가 내 수발을 잘 들지는 못해도 그 둔해 보이는 손길이 내가 너를 좋아하는 이유니라. 남보다 느린 것이 네가 가진 미덕이니 너는 계속 느리게 살아라. 나인은 부끄럽게 웃었고, 조대비의 뒷머리에는 호랑나비가 앉았다.

마마, 무슨 좋은 일이 있사옵니까? 조대비가 말이 많아진 것을 눈치 챈 상궁이 물었다. 조대비는 대답 대신 웃었다. 오랜만에 웃는 웃음이 보기에는 어색했다. 그동안 웃을 일이 없었기 때문이기도 했지만 조대비는 잘 웃지 않는 성품이었다. 혹시 무슨 일이. 상궁의 얼굴이 창백해졌다.

―여자 혼자 골방에서 청승 떨지 않으려고 시문 대신 경서를 읽었는데. 〈논어〉, 〈맹자〉, 〈춘추〉, 〈중용〉, 〈정관정요〉, 〈경국대전〉까지 다 읽었다. 그런 것들을 대놓고 읽어도 아무도 내게 관심을 갖지 않았지. 내가 그런 신세였어.

마마. 나인이 어쩔 줄을 모르며 방바닥에 엎드렸다. 조대비가 웃음을 거두고 속내를 드러내기 시작한 것이다. 몸치장을 하지 못하고 일을 많이 한 나인의 목덜미는 사내처럼 두꺼웠다.

―세상이 원망스러워서 동양의 불경, 서양의 성경까지 안 읽은 서책이 없었다. 인간에게 물을 수 없었기 때문에 동양의 신, 서양의

신 닥치는 대로 찾았지.

조대비는 나인의 어깨를 쳐다보았다. 나인의 저고리는 꽉 끼었고 낡았다. 장신구를 고르는 안목은 떨어져도 조대비의 감정을 예민하게 잘 아는 나인이었다. 사가로 치면 노비인데 나인이라는 허울 좋은 이름을 뒤집어쓰고 사는 여자를 바라보는 조대비의 눈길에는 측은지심이 묻어 있었다. 다른 궁의 나인들과 끊임없이 비교되는 것보다 사가의 노비로 사는 편이 차라리 나을 듯했다. 천한 노비도 남자를 알고 혼인을 해서 자식을 낳는데 조대비만 바라보고 사는 처지가 가여웠다. 조대비와 함께 사는 까닭에 왕을 만나는 일은 하늘의 별처럼 멀어졌다.

—고연 것. 울지 말라. 눈물이 헤픈 년이구나. 나는 아직 죽지 않았다. 눈물을 아꼈다가 내가 죽거든 그때 울어라.

조대비는 방바닥에 납작 엎드린 나인을 향해 눈을 흘겼다. 한 많은 여인 혜경궁 홍씨, 경의왕후도 팔십 년을 살았어. 그러나 나는 그이처럼 방구석에서 〈한중록〉을 쓰며 세월을 보내지는 않아. 조대비는 경대 속에 비친 얼굴을 쳐다보았다. 그러다가 경대 속을 뒤져서 다른 비녀로 바꿔 꽂았다. 봉황 머리를 양각한 옥비녀였다. 조대비가 치장을 마치자 나인이 냉큼 일어나 문을 열었다.

날씨는 차갑고 투명했다. 나무에서 떨어진 잎들이 간혹 굴러다녔다. 굵은 나무들만 둘러싼 궁은 겨울이라고 다르지 않았다. 하늘과 흙, 나무 기둥들만 보는 사계절이 똑같았다. 궁 주변과 궁 주인의 권력은 서럽게도 일치했다.

조대비는 희정당 앞에서 숨을 골랐다. 상선과 지밀상궁이 조대비에게 고개를 숙였고, 막아서지 않았다. 왕실의 어른인 조대비를 막을 명분은 없었지만 조대비가 희정당을 나가기 전에 중궁전으로 재빠르게 기별을 보낼 것이다. 조대비는 무수리가 없는 것을 확인했다.

—수침 중이시옵니다.

—대낮에 수침이라니. 왕실의 어른인 내가 어찌 근심하지 않겠느냐. 추상이 문안을 오지 않으니 나라도 와야 하지 않겠느냐. 왕실의 법도를 거를 수는 없는 것이니.

지밀상궁은 대답하지 않았다. 그럼 다음에 오지. 조대비가 근심 어린 표정으로 몸을 돌렸다. 오른쪽 방문 앞에 선 지밀상궁이 허리를 숙였고, 왼쪽 방문 앞에 선 상선이 고개를 들었다. 잠깐 동안만 뵐 수는 있습니다만. 순순히 돌아서는 조대비를 향해 상선이 말했다. 어른의 발걸음을 되돌릴 수는 없다는 표정이었다. 지밀상궁이 상선을 쳐다보았고, 상선은 지밀상궁을 향해 고개를 끄덕였다. 조대비에게 의심나는 점은 없었다.

—수침에 드셔서 말씀을 나누시지는 못합니다.

—알겠네.

내밀한 방문이 열렸다. 백송을 그린 병풍이 눈에 띄었다. 조대비는 백송 병풍을 탐나는 눈길로 쳐다보았다. 백송의 나뭇가지들은 하늘을 향해 여러 갈래로 퍼졌다. 서설을 만난 소나무인 듯 가지마다 서늘한 흰빛을 품었다. 백송 앞에 철종이 누워 있었다. 철종은 흰 저고리만 입은 채로 창백한 얼굴로 누워 있었다. 황금색과 청색이 두 겹으로 어울린 화려한 보료였다. 철종은 쌍룡이 수놓아진 베개와 비단 이불을 덮고 누운 채 말이 없었다. 깊은 잠에 빠진 듯 보였다. 고른 숨소리가 가슴께에서 들렸다. 조대비는 철종의 얼굴을 빤히 들여다보았다.

추상. 조대비의 음성이 슬픔으로 떨렸다. 철종의 이마는 뜨끈했고 입술은 메말랐다. 철종은 입술을 달싹 움직이려다가 그만두는 듯했다. 인사를 나누기가 어색해서 일부러 눈을 감고 있는지도 몰랐다. 두 사람은 서로의 존재를 알고 있었지만 애써 모르는 척하고 있었다. 철종을 바라보는 조대비는 가슴이 꽉 막힌 듯 강한 통증을 느꼈다.

추상. 조대비는 울먹였다. 본심보다 과장된 태도는 아니었다. 십팔 세에 보위에 올라서 육십 년은 거뜬히 살 것 같은 왕이었다. 철종은 중전과 후궁 여덟 명을 거느린 정력가였다. 정력가의 방 안은 너무나 깨끗했고 별다른 가구 없이 단조로웠다. 중앙에 쌍룡을 새긴 오각형 문살이 격이 높은 방 안임을 드러내고 있었다.

추상의 방과 내 방이 멀리 떨어져 있지만 아무리 구중궁궐이라해도 한 담장 안에서 살고 있으니 지척이라면 지척이지요. 추상의 소식을 듣고 있었지만 제대로 병문안을 오지 못했습니다. 조대비는 늦게 병문안을 와서 미안하다는 듯 얼굴을 조금 붉혔다. 마음을 터놓은 때늦은 고백이었다. 언제 이렇게 병약해지셨습니까. 조대비는 자신이 기거하는 궁에까지 풍악 소리가 쟁쟁 울리던 날들을 생각하며 믿기지 않는 듯 고개를 흔들었다. 철종은 젊은 왕답게 여자를 좋아했고 술을 좋아했다. 경회루에서 술을 먹고 놀다가 궁녀를 껴안고 연못에 빠지기도 수십 번이었다. 철종은 젊음의 혈기를 견디지 못해 달뜨는 밤마다 술을 마시고 춤을 추었다. 철종의 소문을 어두운 방 안에 앉아서 귀신처럼 듣던 날들이 떠올랐다.

추상. 이렇게 누워 계시면 안 됩니다. 조대비의 목소리가 방 밖으로 나갈 정도로 조금 커졌고 간절해졌다. 철종의 눈꺼풀이 조대비의 목소리를 따라 가늘게 떨리면서 조금 움직였다. 철종이 무언가 말을 하려는 듯 보였다. 아아. 조대비의 숨도 가빠졌다. 이십 년의 나이 차이가 나는 두 사람이 죽음을 가운데 놓고 얼굴을 대면하게 되다니. 누가 보아도 죽음과 가까운 사람은 이십 년 젊은 철종이 아니고 이십 년 늙은 조대비였다.

어서 가셔야지요. 조대비의 목소리가 속삭이듯 아주 작아졌다. 철종의 어깨가 조금 움직이는 듯했다. 순간 조대비는 철종이 듣고 있다는 사실을 확신했다. 흐르는 물도 돌덩이 앞에서는 주춤거리는데 이렇게 병든 몸으로 윗자리를 차지하고 있으면 세상이 꽉 막혀서 소통이 안 됩니다. 갈 사람은 어서 가야 세상이 변합니다. 세상이 변하기를 바라는 백성이 어디 한둘이겠습니까.

상선과 지밀상궁이 방 밖에 있었지만 방문은 열리지 않았다. 방 안에 있는 두 사람에게만 들리는 작은 목소리였다. 우리의 악연도 풀어야지요. 조대비는 탐이 나는 눈으로 백송을 다시 쳐다보았다. 백송 병풍은 무식한 왕의 방에 어울리지 않았다. 백송이 거슬렸다. 나는 추상의 어미가 되고 싶었지요. 추상은 내 양자였어야 합니다. 수렴청정은 순원왕후가 아니라 내가 했어야 마땅합니다. 순원왕후가 어미의 자리를 가로채는 바람에 나는 형수 자리로 밀려날 수밖에 없었지요.

순원왕후는 두 번씩이나 수렴청정을 했다. 헌종과 철종. 조대비
는 분해서 어깨를 떨었다. 순원왕후가 살아 있다면 백송은 왕의 방
에 있지 않을 것이다. 순원왕후의 방은 삼 개월마다 한 번씩 그림이
바뀌었다. 조선의 명화뿐만 아니라 중국, 일본의 명화까지 순원왕
후의 방을 거쳐서야 다음 사람에게로 갔다. 그러니 백송 병풍은 당
연히 순원왕후 차지였을 것이다.

아마도 백송 병풍은 중전이 골랐을 것이다. 중전이 무슨 까닭으
로 귀한 백송을 왕의 방으로 들여보냈는지는 알 수 없었다. 그림 욕
심이 없는 중전이 왕의 장수를 기원하는 뜻에서 보냈는지도 몰랐
다. 조선에서 백송 병풍은 귀했다. 순원왕후가 죽고 없으니 왕실의
자리로 따진다면 조대비가 제일 위였다. 귀한 백송은 왕실 어른인
조대비의 방으로 오는 것이 옳았다. 조대비가 그림을 좋아하는 것
을 알면서도 백송을 보내는 사람은 없었다.

조대비는 남편 효명세자와 형제가 된 철종의 얼굴을 노려보았다.
겨우 시동생이라니. 겨우 형수 자리밖에 차지할 수 없다니. 철종은
헌종의 양자가 되었어야 마땅했다. 그래야 조대비가 할미가 되어
당당히 수렴청정을 할 수 있는 것이었다. 순원왕후로 계보가 이어
진 시간을 되돌릴 수 있다면. 과거를 뒤엎을 수만 있다면. 조대비는
입술을 깨물었다. 추상이 내 아들 헌종의 양자로 들어왔다면 내 운
명은 바뀌지 않았을 텐데요. 내가 추상의 할미였다면 골방에 처박
히지는 않았을 텐데요. 물론 순원왕후의 양자로 들어간 것이 추상
의 뜻이 아니었지만. 속세에서 나와 인연이 아니라면 얼른 속세를

떠났어야죠. 지금보다 훨씬 더 먼저.

조대비는 냉정한 표정을 지었고, 목소리를 높였으며, 직설로 화법을 바꿨다. 철종은 병이 깊은 것이 확실했다. 정신이 희미한 왕 앞에서 더 이상 본심을 숨기거나 우회적인 화법을 사용할 필요는 없었다. 단명한 왕들이 얼마나 많은데요. 동서고금이 다 똑같아요. 나는 요즘 심심해서 성경을 읽고 있는데 한 남자의 이야기가 나옵니다. 예수라는 사나이지요. 예수도 서른세 살에 죽었어요. 놀랍게도 추상과 나이가 같아요. 물론 예수와 다르지만 나이가 같다는 사실은 중요하지요. 하나의 죽음은 또 다른 신생을 의미하니까.

조대비는 철종이 강화도에서 나무꾼으로 살던 모습을 떠올리며 썩은 미소를 지었다. 안동 김가들이 모여서 짜고 치는 권력 놀음 때문에 행운을 벼락으로 맞은 사내. 마치 계집처럼 사내들에 의해 간택된 왕이었다. 그리고 계집처럼 권력자의 말을 잘 들었다. 아마도 철종은 정사를 모르는 불안함에서 도망치려 붙잡은 것이 궁녀의 치맛자락인지 몰랐다. 아니면 불안함이 무엇인지조차 모르는 무지렁이인지 몰랐다. 철종의 얼굴은 잘생겼으나 먹물이 묻어나지 않는 얼굴에 눈만 순진하게 동그랬다. 숨바꼭질 놀이에서 너무 멀리 숨는 아이의 눈동자처럼, 철종은 아는 게 없었고 배운 게 없었다. 강화도 밖의 세상을 구경하고 놀란 어린아이처럼, 궁궐에 들어온 지 십삼 년 동안 제왕의 태는 결코 묻어나지 않았다.

추상이 이렇게 병약하니 모든 백성에게 민폐가 아니겠습니까. 세상에는 자기를 희생하며 봉사하는 사람들도 많은데 이렇게 민폐를

끼쳐서야 되겠습니까. 국왕이 병약한 것이 백성 입장에서는 지극히 슬픈 일이나 과연 진심으로 슬퍼하는 백성이 몇 명이나 되겠습니까. 조대비는 혼자 〈정관정요〉를 읽으며 지새웠던 밤들을 생각하며 입가에 엷은 미소를 지었다. 군왕의 덕목을 나에게 배웠어야죠. 떠도는 소문에는 백성들이 스스로 왕을 세운다고 합니다. 가난한 자들의 왕. 오죽 못살겠으면 그러겠습니까.

조대비는 백성의 원성을 생각하며 울컥 가슴이 아파왔다. 백성들도 왕실의 변화를 요구하고 있었다. 백성들이 왕을 신뢰하지 않는다는 뜻이 아니겠습니까. 국왕이 무식해도 먹고살 만하면 그럭저럭 문제는 없을 텐데 백성이 가난하다는 것이 문제이지요. 백성이 민란을 일으키는 것은 모두 국왕의 허물입니다. 강화도에서 나무를 하며 무지렁이로 계속 살았어야죠. 왕의 그릇이 아닌데 자리를 준다고 덥석 받았으니, 쯧쯧. 강화도에서 살았으면 천수를 누렸을 텐데 남의 자리에 앉다 보니 단명할밖에요. 인간이 일을 그르치니 하늘이 나서는군요. 추상이 궁녀를 좋아해도 후사를 보지 못하는 것이 다 하늘의 뜻이랍니다. 때가 오고 있는 거지요. 하, 하……. 철종은 숨을 가쁘게 쉬었다. 조대비가 난색을 표했다.

쉬. 억지로 말하지 마세요. 그러면 기운이 빠져서 숨이 일찍 끊어집니다. 남은 힘을 아껴야 죽을 때 편히 갑니다. 철종은 금방 순하게 말을 듣는 듯했다. 가쁜 숨이 가라앉은 듯 가만히 누워 있었다. 눈꺼풀을 떨지도 않았고 입술을 움직이지도 않았다. 방 안은 고요 속에 가라앉았다.

내 시어머니는. 조대비는 숨을 한번 몰아쉬었다. 기에 눌려 숨죽여 살아온 세월이 한꺼번에 푸르르 되살아났다. 여러 명의 악독한 얼굴들이 머릿속으로 돌진해 들어왔고, 그중에서 한 여자의 얼굴이 또렷했다. 순원왕후였다. 그분이 죽었어도 미움이 가시질 않습니다. 나는 지금 십삼 년째 그늘진 방에서 살고 있어요. 십삼 년째. 내년이면 십사 년이 됩니다. 제발, 십사 년은 넘기지 마세요. 아기가 태어나서 열네 살이 되면 관례를 치르고 혼인을 해서 독립하는데. 내가 키운 미움이 성년으로 자라 있는 모습을 보기가 끔찍하군요.

조대비는 옷감에 단단하게 박음질을 하듯 서른세 살을 넘기지 말라는 말을 되풀이했다. 그것은 철종에게 던지는 저주였고 하늘을 향해 외는 주문이었다. 조대비는 분노에 휩싸여서 갑자기 쉰 목소리가 나왔다. 추상 덕분에 내 아들 헌종은 지하에서 제삿밥도 못 얻어먹고 있어요. 추상이 내 손자가 되었어야 하는데. 내 아들이 양자를 얻었어야 하는데. 내가 수렴청정을 했으면 백성들이 이리 가난하게 되지는 않았을 텐데. 백성들이 저리도 광포하게 변하지는 않았을 텐데. 조대비는 메마른 눈자위를 파르르 떨었다. 철종의 얼굴에 순원왕후의 얼굴이 겹쳐졌다.

—추상, 국가를 위해 죽어주세요.

꿈이었다.

이하응은 혼곤한 의식 속에서 손등으로 이마의 땀을 닦았다. 하

늘은 나의 편이라는 생각이 점점 강해지는 날에 꾼 악몽이 호사다
마의 의미는 아닐 터였다. 이하응은 자꾸 그렇게 생각하려고 애를
쓰는 자신을 생각하면서 쓸쓸히 웃었다. 인간이란 거센 물살을 탄
거품 같은 존재라는 사실을 깨달을 때마다 하늘의 운수를 따지곤
했다. 가슴 깊은 곳에 숨어 있던 생각들은 때때로 하늘이란 이름을
달고 힘을 가지려고 애를 쓰고 있었다. 하늘이라니. 하늘의 소리라
니. 꿈속이야말로 헛것들이 돌아다닐 수 있는 가장 무방비한 상태
가 아닌가.

꿈에서 최제우는 왕이 되어 있었다. 왕이 아닌 자가 왕이 된 모습
은 당당했고 자연스러웠다. 최제우는 오른손에 죽창을 들고 맥문동
꽃밭에 서 있었다. 흐릿한 안개가 푸른 나무들 속으로 실뱀처럼 스
며들고 그의 오른편에는 천어(天語)를 들었다는 최시형이 서 있었
다. 성리학은 이미 운수를 다했다고 최제우가 외치고 있었다. 이하
응도 안개 속에 서서 그의 말을 듣고 있었다. 그의 말이 거짓말이라
고 외칠수록 죽창을 든 최제우는 백 명, 천 명, 만 명으로 불어나고
있었다. 아, 맥문동 꽃밭의 안개. 시야를 가린 안개는 천지를 가득
메우며 살갗을 차갑게 스쳤다. 땅도 하늘도 보이지 않았다. 지독한
안개였다.

꿈을 깨니 꿈속 안개보다 짙은 비였다. 겨울비가 뿌옇게 날리고
있었다. 태양과 구름은 까마득하게 보이질 않고 가볍게 날리는 비
는 바람인 듯 움직였다. 꿈이 선명했기 때문에 현실은 꿈길처럼
멀리 보였다. 이하응은 경계가 흐린 하늘을 내내 쳐다보다가 발걸
음을 옮겼다. 벌써 두 달째였다. 조대비와 은밀히 만나는 동안 한

계절이 다 스러져 가고 있었다. 조대비는 하루도 빠짐없이 이하응을 불렀다. 하루라도 빠지면 감정에 금이라도 가는 듯 이하응과의 만남에 푹 빠져 있었다. 이하응과 묵란을 치는 일은 조대비에게 유일한 기쁨인 듯했다. 두 사람은 세상사를 바라보는 각도에서 말이 통했고, 벽창호처럼 막혔던 듯이 통했으며, 고독의 눈물을 흘리게 했던 취미가 통했다. 오십을 넘어선 독존의 여인은 천하일품 그림을 가운데에 두고 인생사를 논할 대화상대로 조금도 부족하지 않았다.

어찌 조대비의 감정뿐일까. 일상을 고독하게 살아온 초로의 여인은 여인으로 보이지 않았다. 대금의 굵은 선을 알았으며, 가야금의 섬세함을 알았고, 해금의 절절함을 이해했다. 인간사의 사계절을 넘어 천지의 이치를 논하기에 그만한 사람이 또 있을까. 조대비가 입은 당의는 과한 절제였기 때문에 그녀가 든 붓은 긴장의 끈처럼 보였고, 검은 먹물은 마음의 선을 정확하게 이끌어냈다. 이하응은 그녀를 통해 거울을 보듯 자신을 느꼈으며, 소매가 넓은 도포 자락의 자유로움에 감사했다. 당의가 비상할 수 없는 공작새라면 도포는 달과 나무와 동행하는 학처럼 자유로웠다.

궁궐 뒤 인왕산은 비 때문에 병풍 속의 산처럼 굵은 선으로 보였다. 공중을 뿌옇게 흐려놓는 비였다. 비라기보다는 안개에 가까웠다. 이하응은 하늘을 향해 얼굴을 들고는 비를 맞으며 한참을 서 있었다. 아득한 하늘에서 미래가 걸어오는 소리가 들렸고, 이하응은 눈을 가늘게 떴다. 안개에 덮인 바위 속 보라색 꽃을 보는 느낌이 차가운 머리를 스쳤다. 안개비에 가려서 하늘은 멀리로 달아나고 있었다.

이하응은 걸어가면서 계속 조대비 생각에 골똘해 있었다. 열흘 붉은 꽃도 없는데 두 사람의 감정이 두 달을 계속 붉을 수는 없었다. 만남이 석 달째로 들어서자 낯선 의문이 고개를 들기 시작했다. 꼭 만나고 싶다는 감정에서 왜 만나야만 할까 하는 질문으로 변했다. 처음에 순수하게 좋아했던 동병상련의 감정은 내적인 고독을 치유하면서 계산적으로 변질되어 갔다. 처음에 단단함을 보이던 조대비는 시간이 지날수록 둘이 나눌 수 없는 외로움을 거침없이 드러냈고, 이하응은 매일 대여섯 시간을 꼼짝없이 붙잡혀 있었다.

조대비가 홀로 삭였을 시간들은 이하응을 앞에 두고 장황한 이야기로 변했다. 여자의 원한은 바늘처럼 예리하고 분명했다. 조대비는 과거와 현재의 감정들을 향해 바늘을 들고 실로 꿰매듯이 확연하게 드러냈다. 조대비는 이야기를 들어주는 이하응을 향해 감사를 표하면서도 그 인내심에 대해 의심의 눈초리를 풀지 않았다. 상대방에게 뭔가 바라는 것이 없으면 바보처럼 들어줄 리가 없다는 판단이었다. 두 사람의 만남은 조대비의 뜻대로 행해졌고 조대비 마음대로 해석되었다. 조대비는 자기 마음대로 이하응을 조종하면서 자신의 존재감을 계속 확인하고 있었다.

조대비는 이하응이 영원한 동지가 될 수 있는지를 시험하고 있었다. 세상의 풍상을 겪을 대로 겪은 사람이 원하는 건 죽음도 불사하는 절대 충성이었고, 두려워하는 건 등을 찍는 배신이었다. 이익 따라 변하는 인심 때문에 오늘의 동지가 내일의 적이 되기도 했다. 이하웅의 인내심 끝을 보겠다는 심산인지 내적 화증을 풀어낼 때까지 계속하겠다는 뜻인지 알 수 없었다.

이하웅은 점점 차가워지는 마음을 느끼며 허공을 향해 고개를 흔들었다. 이하웅에게는 왕위를 차지하기 위한 기회가 필요했고 조대비에게는 뒤를 봐줄 정치인이 필요했다. 두 사람이 의기투합한다면 미래는 어둡지 않았다. 냉혹한 현실 속에서 둘 사이의 감정을 묶어낼 별다른 묘수는 없었다. 순수한 사람도 없었고 순수를 믿어줄 사람도 없었던 만큼 사람들은 오직 생존하는 일에 목숨을 걸고 있었다. 그러니 조대비를 만날 수밖에 없었고, 조대비가 변심해도 어쩔 수 없는 일이었다. 사람을 탓할 수 없는 현실 속에서도 사람을 믿을 수밖에는 없는 것이니 이하웅 입장에서는 하늘에 운명을 맡기는 수밖에 없었다. 후일에 조대비가 변심한다 해도 칼자루를 쥐고 있는 사람의 변덕이니 그동안의 의리를 따져도 우스워질 뿐이었다.

문제는 매일같이 조대비에게 불려 다니느라 아무 일도 할 수 없다는 것이었다. 사랑방에서 난을 치던 일을 계속할 수가 없었고, 김병학 집에 드나드는 일도 멈추었다. 이하웅은 무기력한 자신을 느끼며 오로지 붓에 의지했던 시간들을 떠올렸다. 혼자 있는 고독한 시간이 적어질수록 명작에 대한 갈증이 심해지고 있었다.

김병학 일가는 태백산으로 겨울 사냥을 떠나고 없었다. 청나라 상인이 조선 왕의 어보가 찍힌 밀서를 가지고 청나라로 돌아간 후였다. 궁궐 어른인 조대비가 어보를 찍는 자리에 청나라 상인과 김병학과 중전이 동석해 있었는데 청나라로 보내는 밀서의 문장은 김병학의 것이었고 어보는 조대비의 것이었다. 조대비는 밀서의 내용을 읽지도 않고 어보를 찍었다. 김병학은 조대비에게 빚을 진 셈이 되었다.

조선 왕실은 천주교 전교를 보호하겠다는 약속을 공식적으로 전했고, 청나라 서태후는 프랑스 외방전교회와의 약속을 이행하게 되었다. 프랑스 군대는 서태후와의 약속을 지키려고 태평천국을 향해 총공격을 감행할 것이다.

어서 오세요. 조대비가 모란 병풍 앞에서 말했다. 여염집 여자처럼 차려입은 조대비의 얼굴에서 수수함이 느껴졌다. 종이와 먹물은 언제나처럼 준비되어 있었다. 조대비는 아침 내내 난을 치는 시간을 기다리고 있었다는 듯 파안했다. 이하응은 웃지 않았다. 조성하는 먹을 갈았고, 조대비와 이하응은 붓을 들었다. 조대비는 허공에 난초 한 포기를 그렸고, 이하응은 굵은 바위에 핀 석란을 그렸다. 바위의 굴곡이 매끄럽게 드러났다.

―그 정도 그림 실력이면 아마도 있겠지요?

조대비가 석파란을 쳐다보며 물었다. 난 옆에는 글자가 필요했는데 바위가 있으니 글자는 필요 없었다. 글자든 바위든 세로획이 많으면 여백은 줄어들었다. 이하응은 글자 대신 바위를 선택했다. 구구절절 문장들로 풀어놓지 않고 굳센 바위 하나로 드러냄이 단순했다.

―일류 시인에게 시론이 있는 것처럼 말입니다. 화론이 있겠지요?

―예, 마마. 유학자들은 문인화를 단지 이상이라 말하였으나 이

상이란 말은 얼마나 공허한지요. 그림 속의 여백은 사물을 통하지 않고서는 느낄 수 없듯이, 허공이 공기로 꽉 차 있어도 오직 숨으로만 느낄 수 있듯이, 사람들 가슴속에 분명 들어 있으나 까마득히 묻혀 있듯이. 사람들 가슴속 깊이가 하늘의 높이처럼 높아지는 지점을 이상이라고 부를 수 있을지. 마마, 참담하게도 이상보다는 진실이 세속과 가까운 단어이옵니다. 소신은 차라리 이상을 진실이라 부르고 진실을 실천이라 부르겠나이다.

세속과 가깝다. 그렇지요. 조대비가 붓에 먹물을 살살 묻혔다. 마마, 몰아치는 눈발에 얼굴을 맞아보셨나이까. 얼굴이 붉어졌다가 얼얼해지다가 단단해지는 그런 느낌 말이옵니다. 단단한 얼굴을 가진 사람만이 할 수 있는 일이 있습니다. 내 생애에서 몰아치는 눈발 따위는 따갑지 않았어요. 사람들 시선이 더 따가웠지요. 허나 내리치는 눈발을 사람들의 눈총이라 한다면 거북이 등껍질처럼 단단해진 얼굴 때문에 머리치장에 유달리 집착했던 것인지도 모르지요. 자존심이 강한 조대비가 흰 종이에 까만 붓을 대며 말했다. 두 사람의 대화는 내밀한 고백으로 이어지지 않았다. 두 사람 모두 대화의 핵심을 빙빙 돌리면서 결코 본심을 드러내지 않았다.

—실천하지 않는 이상은 권력을 탐하는 사람이 자주 사용하는 단어일 뿐이옵니다.

왜 모르겠습니까. 조대비는 바람을 표현하는 데 실패했다. 하늘 끝 고원의 난초가 아니었다. 먹물이 흐르듯 곧은 결. 허공에는 무엇이 들어 있기에 이파리는 허공에서 춤을 추는가. 허공을 꿰뚫어 보는 날카로운 눈빛에 여백을 감당하는 손. 그 손이 쓱쓱 움직이고 있었다. 조대비는 이하응의 손을 한참 동안 노려보았다.

조대비는 이하응에게 화론을 물었고, 이하응은 조대비에게 본심을 묻고 있었다. 조대비는 붓을 슬그머니 내려놓았다. 붓의 필획에서 이하응의 날카로운 눈빛이 느껴졌고, 그 눈빛에서 누구보다 강렬한 기운을 느꼈다. 열에 들뜬 듯 몸에 꽉 차 있는 기운을 무엇으로 이해해야 할까. 이하응이 허공 속에서 본 것은 무엇일까. 영감일까. 야망일까.

─순간의 느낌인가. 영감(靈感)이 정말 부럽군요. 나는 아무리 붓을 들어도 이런 필획이 나오질 않아요.

조대비는 방문의 문살 따라 부옇게 퍼진 햇빛을 보며 미간을 찌푸렸다. 과연 흥선군이 승부수를 띄울 만한 인물일까.

─늙어보니 내일을 생각하면 그건 욕이랍니다. 뒷방 늙은이가 예서 뭘 더 바라겠습니까.

조대비는 저고리가슴에 손을 얹었다가 옷고름이 접힌 부분을 매만졌다. 마마, 그 평화가 욕된 것을 말씀하십니까. 이하응은 조대비를 똑바로 쳐다보며 거침없이 말했다. 저돌적인 인물이었다. 허나 비아냥거림은 아니었다. 욕된 평화? 조대비는 이하응에게 화를 내지 않고 방문 밖의 나인을 불렀다. 나인이 조심스럽게 방문을 열었다. 대화 중에 잠시 시간을 벌려는 계산이었다.

이하응의 말은 들으면 들을수록 말은 끄나풀처럼 자꾸 이어졌고, 그 얼크러짐 속에서 헤어나기 어려웠다. 집요한 사내였다. 그러나 그 집요함이 싫지는 않았다. 조대비에게는 자신이 빠진 구렁텅이에 질긴 끈을 던져줄 사람이 필요했다. 그것은 집요하지 않으면 못해 낼 일이었다. 나인이 조대비 뒤로 조심조심 다가가서 굵은 용잠으로 바꿔 끼웠다. 그 옆에는 봉황 떨잠을 꽂았다.

―이상이란 게 결국은 똑같지요. 불교의 용화세계나 도교의 신선 세계나 서학의 천국이나.

―허나 인간 냄새 나는 이상 세계는 성리학뿐이옵니다.

―그대는 그대의 묵란처럼 독특하군요. 이렇게 화답을 주고받는 것이 재미있어요.

―마마, 소신은 오늘 마마를 보면서 석란을 그렸습니다. 바위는 영원한 반석이 아니겠사옵니까. 바위틈에서 자라난 난은 꽃대가 여리옵니다. 꽃대가 굵은 난이 자라난들 바위의 꽃일 뿐이옵니다. 바위가 단단하니 꽃대가 굵은 것은 필요가 없지요. 단지 꽃의 형상만 있으면 됩니다.

그림 속의 바위가 나란 말이지요. 조대비가 쓸쓸히 웃었다. 지난 세월을 생각하는 붓질 때문에 얼굴에는 기운이 빠져 있었고, 눈빛은 어둡게 가라앉았다.

―석파천경이라고 했사옵니다.

돌이 깨지니 하늘이 놀란다? 조대비는 무엇을 말하려다가 입을 다물었다. 흐릿한 웃음은 입가에만 머물렀다. 이하응은 조대비의 냉정함을 보고는 다음 말을 꺼냈다.

―마마, 소신은 마마를 따를 것이옵니다.

―나 혼자서만 방 안에 앉아 세월을 보내고 있는지 알았어요. 세월을 보내는 사람이 또 있는지 알았다면 그리 외로워하지 않았을

텐데 말입니다. 오늘은 보기 드문 파묵(破墨)입니다.

조대비는 미간에 힘을 주며 웃었다. 아스라하게 먼 꽃은 가깝게, 눈앞에 가까운 꽃은 멀게. 그림 속의 꽃은 잡힐 듯 잡히지 않았다. 붓의 바림은 흐릿하지만 정확한 선을 살려내고 있었다. 누가 더 깊은 고독과 처연한 슬픔을 가지고 있는지 비교할 필요도 없이 두 사람은 너무나 닮아 있었다. 서로가 닮은 것을 확인하는 순간 조대비의 얼굴은 조금 풀어졌다.

—요즘 세상 돌아가는 이야기는 어떤가요.

—안동 김가들은 서양 무기를 사들이는 모양인데 백성을 어찌 총으로만 제압하겠나이까.

그러게 말입니다. 조대비가 난색을 표하며 고개를 끄덕였다.

—백성들도 서양 것에 물들어가고 있는 것 같습니다. 나약한 백성들이 의지할 곳이 없어서 그러하옵니다. 살림살이가 가난해지고 삶이 피폐해지니 십자가를 하늘의 별이라 생각하옵니다. 서학은 외세의 사상이니 겉과 속이 다른 법인데 그런 이치를 모르고 서양 신을 섬기니 물가의 어린애처럼 순진하고 위태롭기만 하지요. 서학에서는 순결한 육신은 별이 되어 하늘에 오른다고 하니 백성들은 육신이 죽는 것은 영혼이 참으로 사는 것으로 여긴다 하옵니다.

—저런.

—마마, 신유년, 기해년, 병오년의 천주학 백성들을 보소서. 백성들은 무엇이 살고 무엇이 죽는 길인지 분별하지도 못합니다. 서양 신을 따르며 조상의 제사를 거부하고 오직 천국을 믿습니다. 마마께서 측은지심으로 보살펴 주셔야 하옵니다.

―내가 무슨 힘이 있다고. 나는 뼛속까지 약해져 있어요.

―마마밖에 없사옵니다. 마마께서 백성들의 마음을 어루만져 주셔야 하옵니다. 지방 관리들은 무덤에 들어간 시체까지 세금을 매기고 집 안에서 키우는 개나 돼지까지 명부에 올려 세금을 걷어내는 실정이옵니다. 갓난애나 늙은이까지 부역에 동원하고 이를 어기면 돈을 내거나 목숨을 내놓으라고 협박한다 하옵니다.

―…….

―마마께서 바로잡으셔야 합니다. 서학은 조상 제사를 지내지 말라는 교리 때문에 종갓집 선비들의 반발을 사고 있나이다. 게다가 유일신을 주장하기 때문에 무당들이 저잣거리에서 집단 시위를 하고 있는 지경입니다. 뿐이 아니옵니다. 조정에 출사하지 못한 선비는 신흥 종교를 만들어서 저 스스로 동학이라 부른다 하옵니다.

―동학이라니요?

―조선에서 일으킨 학문이라는 뜻이옵니다.

뭘 일으켜요? 조대비가 기가 막힌다는 표정을 지었다.

―고통의 소리겠지요. 동학의 최제우나 태평천국의 홍수전은 과거에 낙방한 인물들이옵니다. 특히 최제우는 서자로서 벼슬길에 나갈 수 없는데다가 매관매직하는 세태에 강한 불만을 가졌을 것이옵니다. 홍수전은 열병을 앓으면서 하늘나라 꿈을 꾸었다 하고 최제우는 수행 중에 하늘의 소리를 들었다 하옵니다. 청나라와 조선이 다르다 하나 이 두 사람의 경우가 어찌 다르다 하겠나이까.

오, 불쌍한 나의 백성들. 조대비의 메마른 눈자위에 뜨거운 눈물이 맺혔다. 얼마나 고통으로 힘들었으면 하늘의 소리를 들었을꼬. 어린애가 아버지를 찾듯이 백성은 임금을 찾아야 하는 것인데 엉뚱하게도 천어(天語)라니. 고통을 당할수록 신을 찾으니 난세일수록 종교가 성하는 법이지요. 백성의 고통이 나의 고통임을 이제야 깨달았어요.

—그렇사옵니다. 〈정감록〉의 예언이나 미륵신앙이나 무당굿은 예전부터 있어 왔는데 지금은 불교에 천주학에 동학에. 종교가 우후죽순으로 생겨나는 것은 백성들이 불안하다는 뜻이옵니다.

정녕 내게 무슨 힘이 있습니까. 조대비는 가슴의 통증을 느끼며 이하응의 눈을 쳐다보았다. 진심은 말이 아닌 표정으로 전해지고 있었다. 두 사람의 마음이 통하는 순간 이하응이 이마를 방바닥에 대고 부복했다. 마마의 백성들이옵니다.

—이하전도 사약을 받고 왕족은 이미 씨가 말랐습니다. 누가 이 나라 조선을 진심으로 걱정하겠나이까.

—흥선군이 있지 않습니까.

—어찌 소신이. 마마께서 하셔야 하옵니다.

내가 어찌. 조대비가 슬픈 표정으로 고개를 돌렸다. 이하응은 시커멓게 그을린 십자가를 꺼냈다. 조대비가 이하응의 손을 노려보았다. 태평천국의 여자가 남긴 십자가이옵니다. 십자가의 예수는 형체도 없이 녹아 있었다. 태평천국의 여자가 어찌 조선에 와서 죽는단 말입니까. 조대비의 얼굴이 다시 일그러졌다.

정치범이었다지요. 예수는. 조대비의 표정이 몹시 흔들렸다. 땅위 열기가 느껴지는 무더운 여름날이었어요. 조대비는 기해박해 사건을 생각하며 십자가를 바라보고 있었다. 프랑스 신부 앵베르, 모방, 샤스탕과 조선인 이백 명이 죽었다. 시체의 썩은 냄새는 한여름과 함께했다. 십자가형을 받은 예수. 조대비는 십자가를 이리저리 돌려보았다. 불길에 휩싸인 십자가에서 예수는 사라졌다. 이하응은 조대비의 표정을 놓치지 않았다. 그날 내 백성들의 울음소리가 들리는 듯해요.

—마마, 어찌 괴로워하는 백성들로부터 고개를 돌리오리까.

—백성의 고통을 외면할 수 없지요.

—조선은 선비 정신으로 이어져 온 나라입니다. 성리학은 지배층의 학문이기 때문에 지배층이 반성하지 않으면 조선 전체를 포용할 수 없습니다. 조선 전체를 포용하려면 신분 질서를 유지하되 불평등을 없애는 길밖에 없습니다. 위정자들이 낮은 자세여야 백성들이 따를 것입니다. 동학이나 서학이나 천대받는 백성들을 귀하게 대한다는 게 핵심이니 한 번이라도 천대받은 사람이라면 어찌 따르지 않겠사옵니까.

이하응의 눈자위는 붉어져 있었다. 조대비는 머리를 숙인 채로 저고리가슴에 손을 얹었다. 숨죽여 기도하듯 처연한 얼굴이었다. 왜! 왜입니까! 조대비가 절규하듯 물었다. 동학에서는 사인여천이라고 해서 사람과 하늘을 동격으로. 어찌 동격이 될 수 있습니까. 세상의 차별을 없애서. 오, 이런. 조대비는 불에 탄 십자가를 손아귀에 움켜쥐었다. 차별이 아니라 질서입니다. 백성은 차별로 생각하나이다. 동학에서는 남녀노소와 부귀빈천과 적서노주를 구별치 말라는 것이니. 이하응의 설명은 끝없이 이어졌다.

음. 조대비는 어두운 얼굴로 신음했다. 완전한 평등이라면 조선 궁궐은 광풍에 날리는 티끌처럼 사라지겠군요. 이론 없는 분노는 한순간의 불꽃처럼 쉬이 꺼지기 쉬운 법인데 말입니다. 이론을 얻은 백성의 분노는 창칼처럼 강해질 것이니 최제우가 조선을 무너뜨리고 후천개벽시대를 이끌었다고 역사가 평가하지 않겠나이까. 무서운 백성들입니다. 조대비가 난색을 표하며 고개를 흔들었다.

―흥선군은 아들이 많지요?

―둘이옵니다.

―그리 다복한데 왕족의 씨가 어찌 말랐다 하겠습니까.

―왕족이라는 신분 때문에 담장 안에 숨어사는 자식들이 무슨 위로가 되겠나이까.

―숨은 보석이군요. 아픔이 아픔을 알아보는 법입니다. 비슷한 인연이 만났으니 어찌 우연이라 하겠습니까. 그대와 나의 공통점이 분명해지는군요.

조대비의 목소리는 보다 분명해졌지만 아직도 흔들리고 있었다. 동병상련의 감정을 솔직하게 드러내 놓고도 남이라서 믿지 못하는 심사가 목소리에 그대로 묻어 있었다. 조대비는 감수성이 예리한 사내 앞에서 마음을 들킨 듯 조금 불편해했다. 어디 그리 쉽게 속마음을 나눌 수 있겠습니까. 조대비는 나머지 말을 삼켰다. 벽에도 눈이 있고 방문에도 귀가 있다고 믿고 살아온 궁궐 생활이다.

―하나는 장남이라 그런지 나이보다 일찍 철이 들었고 하나는 막내라서 아직도 철을 모르옵니다.

나이가. 조대비가 은근히 물었다.

―첫째는 열아홉 살이고 둘째는 열두 살이옵니다.

―좋군요.

―큰아들은 학문을 좋아해서 소신이 곁에 두고 가르쳤습니다. 허나 작은 아들은 겨우 소학을 뗀 정도이고 동네 개구쟁이들과 어울리느라 얼굴도 보기가 어렵습니다. 아마도 아비의 몸만 빌렸지 싶습니다. 아무리 그래도 서운한 것이 아비를 닮은 구석이 하나도 없습니다.

―그럼 큰아들이 군왕의 자질을 갖추었습니까.

―아니옵니다, 마마. 동서고금의 서책들을 막힘없이 읽으니 신하의 자질을 갖추었습니다.

현재를 보고 사람을 쓰는 사람은 보통 사람이라 할 것이고, 미래를 보고 사람을 쓰는 사람은 현자라 할 것이. 조대비가 중얼거리며 조금 웃었고, 이하응은 파안했다. 나는 흥선군이 공들인 자식에게는 왠지 관심이 가질 않는군요. 흥선군께 근심거리인 둘째아들을 한번 보고 싶군요. 이하응이 일어나서 큰절을 했다. 조대비가 머리를 숙이며 맞절을 했다.

다음날 조성하의 집에는 조대비와 이하응의 아들들이 마주 앉았다. 큰절을 하고 난 후 재면은 고개를 들었고 재황은 고개를 숙였다. 조대비는 가까이 오라고 손짓했다. 재면이 한 걸음 다가가 앉았다. 조대비는 다시 손짓을 했다. 재면이 옆으로 자리를 옮겨 앉았다. 재황은 조대비의 손짓을 보지 못했다. 혼자 손장난을 치는지 무엇엔가 골몰해 있었다. 그날 조대비의 눈길은 차남 재황에게 꽂혔다.

전(傳) 이하응(李昰應, 1820—1898) 필(筆) 난도(蘭圖), 125×44㎝, 국립중앙박물관

❖

이하응은 한동안 무엇에 골몰해 있기도 했고 방 안 여기저기를 둘러보며 바쁘게 움직이기도 했다. 마치 멀리 떠나는 사람처럼 제자리를 확인하고 싶었다. 아직 실감나지 않는 일들이 방 밖에서 명령을 기다리며 포복해 있는 것 같았다. 방 안은 고즈넉했지만 밖에서 들리는 빗소리 때문에 스산한 기운이 느껴졌다. 빗소리는 세차서 무엇인가 쳐들어오는 소리를 냈다.

조대비는 조성하의 집으로 떡을 담은 함지를 보내왔다. 그날이 풍양 조 씨 집안의 증조부 기일이었던 것이다. 조성하는 떡함지를 이하응의 집으로 보냈다. 이하응은 보자기에다 큰절을 올리고 나서 조심스럽게 매듭을 풀었다. 눈보다 흰 백설기였고 각이 분명하게 자른 네모난 떡이었다. 떡 안에는 어보가 들어 있었다. 만약을 대비해서 조대비가 홍선군에게 보낸 것이었다. 천하의 김병학이라도 어보가 없으면 왕을 세울 수 없었다. 뒷방 늙은이로 밀려났어도 조대비는 대비였다. 이빨이 빠졌어도 호랑이는 호랑이지 토끼가 될 수는 없었다.

하늘은 누구 편일까. 문득 드는 생각이었다. 이하응은 흐린 방 안에 불을 켰다. 홀로 있을 때 어지러운 몽상으로 밤을 지새우던 방이었지만 오늘따라 확연히 달리 보였다. 며칠 전에 자유로운 사색에 방해가 될까 봐 지필묵만 놓아서인지 방 안은 단출했고 별다른 가구가 없었다.

밤새 밀어낸 먹물은 침묵의 그늘처럼 새까맸다. 어두운 방 안에서 환한 것은 촛불과 종이였다. 종이 속의 지란은 예술인이 추구하는 이상 세계였고, 그 세계를 탐하지 않으면 숨이 막혔다. 예술도 정치적이어야 했다. 종이를 가늠하는 눈대중이 정확하고 치밀해야 난이 살아났다. 잎이 휘어지는 각도와 길이가 맞아떨어져야만 천연한 여백이 생겨났다. 바람과 합일되는 지란의 잎에서는 고고한 기품이 생겨났다. 고고한 기품이란 결코 우연에서 생겨나지 않았다.

이하응의 방은 가난한 자의 방이었다. 왕의 잠저가 가난하다면 조선이 가난하다는 뜻이었다. 가난한 백성은 왕의 집을 보고 또다시 가난을 느낄 것이다. 왕과 백성은 운명의 족쇄처럼 서로를 껴안고 가난의 구덩이에 빠져서 허우적댈 것이다. 희망을 모르는 세월은 바닥이 보이지 않는 흙탕물처럼 맹렬히 흘러갈 것이다. 그런 나라에서 태어난 시인이나 화가는 자신의 천품을 모르는 채로 밥을 구하는 노동을 하다가 죽어갈 것이다. 자기가 누구인지도 모르는 채로.

왕의 잠저는 궁궐 속에 들어 있는 집처럼 궁이어야 했다. 좁은 집안을 궁처럼 확장시켜야 했고, 당당한 이름을 지어 현판을 달아야 했다. 운현궁. 광활한 하늘을 자유로이 노니는 구름과 같은 집. 그래, 그래야만 해. 이하응은 홀로 중얼거렸다.

안채와 사랑채를 가르는 길목에 매화나무 몇 그루를 심을 생각이었다. 차가운 눈이 사그라질 즈음에 여인의 속눈썹을 몇 가닥 얹어놓은 듯 피어나는 매화꽃이 운치가 있을 듯했다. 매화나무 앞에는 직사각형 석함을 만들 것이다. 석함에 빗물이 고여 있을 때에 매화

꽃이 그 물 위로 분분이 떨어지면 집안 여인들이 아침 세숫물로 가져갈 것이다. 그 후에 나가서 청자연적에 물을 담아 방 안에 두면서 종이를 꺼낼 때마다 붓 끝에 매화를 묻히리라. 그리고 슬금슬금 붓질로 나무를 떠난 매화를 깨울 것이다. 빗물이 되기 이전에 구름이었던 먹물로 자유롭게 비상하는 글씨를 쓸 것이다. 집의 칸칸마다 구름과 시와 여백을 들여놓고 추사 김정희의 필체로 마름질할 것이다. 오직 천재의 필체라야 족할 것이다.

이하응은 대들보를 쳐다보면서 고개를 끄덕였다. 홀로 생각에 잠길 때마다 대들보는 복잡한 생각들을 나누며 선명한 선을 그어주었다. 이하응이 생각하는 집은 음식을 먹고 잠을 자는 단순한 집이 아니었다. 방 안을 가로지르는 들보와 도리, 부챗살처럼 퍼지는 서까래뿐만 아니라 집 안 곳곳의 사물들마다 문기가 배어 있어야 했다. 일곱 개의 도리를 걸어서 웅숭깊은 우물천장을 만들어 방 안의 격을 높여야 했다. 칠장집으로. 그래, 칠장집. 그래야만 해. 이하응은 고개를 끄덕이며 중얼거렸다. 과거로, 미래로 오가는 생각들을 정리하면서 이하응은 문득 방문을 쳐다보았다. 이제 하루만 지나면 사람들이 요란하게 지나다닐 것이고, 혼자 있는 날은 먼 과거로 물러날 것이다.

방문 밖에서 비는 맹렬히 퍼붓고 있었다. 쐐. 쐐. 쐐. 요란한 빗소리였다. 집 밖으로 나간 서까래가 처마를 받들고 처마 아래로 떨어지는 낙숫물. 그렇지. 이하응이 중얼거렸다. 처마에는 차양을 댈 것이다. 차양을 새 꼬리처럼 날렵하게 덧붙여야 기단이 젖지 않을 것이다. 이하응의 머릿속에 홑처마 팔작지붕이 그려졌다.

이하응은 방문을 쳐다보며 빗소리를 듣다가 큰아들이 마당에 있다는 사실을 문득 깨달았다. 한낮에 독대를 청한 재면은 제 방으로 들어가지 않고 저녁부터 내리는 비를 고스란히 맞으면서 마당에 꿇어앉아 있었다. 기와지붕은 어두워지면서 흙색으로 변해갔다. 집 주변으로 밤이 내려앉고 있었다.

겨울비였다. 강한 빗줄기에 비하면 아들은 무력한 몸이었다. 아들은 빗줄기에 저항하고 있는 것처럼 대책 없이 고집스러웠다. 왕위 계승에 관한 일은 큰아들에게 설명하고 싶지 않았다. 이하응 자신도 의도하지 않았고 예측하지 못한 일이었다. 집안에서 왕으로 키운 아들과 집 밖에서 왕이 되는 아들이 서로 다른 것을 어찌하겠는가.

그것은 운명이었다. 장자 입장에서 동생이 왕이 되는 것을 지켜봐야 하는 심정을 이해할 수는 있었다. 그러나 하늘의 뜻과 인간의 뜻이 다른 것이 운명인 것을 어쩌겠는가. 하늘 아래 인간인지라 운명 앞에 무릎을 꿇지 않는 인간은 없는 것이다. 그런데 큰아들은 운명을 받아들이지 않았다. 장남의 권리를 빼앗긴 재면은 아비에게 독대를 청했고, 장남의 권리를 가져간 재황은 제 방에서 침묵했다. 두 아들에게 권력을 균등하게 나누어 주지 못하는 아비의 마음이 괴로운데 그런 아비의 마음을 헤아릴 사람은 누구냐. 이하응은 방 밖의 큰아들에게 묻고 싶었다. 왕좌를 장남이 차지해야 한다면 재면이 장남이어야 하고 재황이 차남이어야 할 논리는 어디에서 생겨난 것이냐.

─아버지, 소자는 왕이 되고 싶지 않습니다!

재면은 방문에 비치는 그림자가 움직이질 않자 아버지 들으라고 크게 소리쳤다. 큰아들의 말은 왕으로 만들어달라는 말보다 더 억지처럼 들렸다. 미쳤구나. 이하응은 큰아들의 목소리를 들으면서 붓을 들었다. 비가 내려서 별도 없는 밤이 오고 있다. 내게는 익숙한 밤이지. 어두운 밤에 가야 할 방향을 아는 자가 현자인 것이다. 빗소리가 귀를 막고 하늘에는 별도 없으니 더욱 두렵고 외롭겠지. 아비에게 과거는 그랬다. 허나 네가 살아가는 밤에는 별이 뜨지 않겠느냐. 동생은 네게 별이 되어줄 것이다. 그러니 비가 와서 별도 보이지 않는 이 밤이 네가 살아가는 세상인 것처럼 괴로워하지 마라. 네가 괴로운 것은 비 때문이 아니라 별을 보지 않으려는 마음 때문이다.

들어가라. 이하응은 힘없이 말했다. 아비의 말을 듣지 않는 큰아들에 대한 노여움보다 측은지심이 더 컸다. 이하응의 말은 방 밖에까지 들리지 않았다.

—아버지, 자영이는 안 됩니다!

재면은 온몸으로 비를 맞아가며 방문을 향해 소리쳤다. 이하응이 깜짝 놀란 얼굴로 방문을 노려보았다. 네가 괴로운 것이 동생 때문이냐, 여자 때문이냐.

—아비 말을 듣지 않는다고 회초리를 칠 나이는 지났다!

이하응도 방문을 향해 소리를 꽥 질렀다. 아들이 비를 맞고 있는 이유가 여자 때문이라는 걸 알고는 외려 화가 가라앉았다. 사내놈이 고작 원하는 게 민자영의 남편이냐. 네놈은 순정이라 우기겠지만 순정에도 격이 있는 법이다. 아버지 없는 자영을 향한 마음을 측은지심이라 우기겠지만 왕을 잃은 이 나라 백성이 전부 고아가 아니냐. 세상을 크게 보라 그리 일렀건만. 큰아들의 행동은 하룻밤 술값밖에 안 되는 객기였다. 이하응의 얼굴이 실망으로 일그러졌다.

민씨 부인은 안방에서 자영의 머리카락을 빗겨주고 있었다. 자영은 눈을 내리깔고 얌전히 앉아 있었고, 민씨 부인은 몹시 난감한 표정이었다. 민씨 부인과 자영은 서로의 얼굴을 보고 있지 않았다. 민씨 부인은 두 달 전의 일을 기억하고 있었다. 그날 저녁 이하응은 사랑방 문을 꼭 닫고 민씨 부인에게 말했다.

─내일 오시에 두 아이를 데리고 조 대감 댁으로 가. 복색은 달리 입혀야 해. 재면이는 깨끗한 비단저고리로 입히고 재황에게는 낡고 허름한 옷을 줘.

민씨 부인은 남편의 말이 이상해서 고개를 갸웃했지만 안방으로 두 아들을 불러 옷을 입혔다. 옥색 도포를 입은 재면은 바라볼수록 마음이 흡족하고 든든했다. 어머니, 소자는 왜 이래요. 재황이가 형 옆에서 울상을 지었다. 아버지 말씀이 그렇구나. 민씨 부인은 남편의 말을 생각하다가 이내 고개를 가로저었다.

─평소에 아버지께서 후계자로 키우셨으니 큰아들 재면이야 당연하지만 우리 작은아들 재황이 입성이 남 보기 창피하구나. 재황이는 평소에도 형의 옷을 물려 입어서 불만이 많았을 텐데 이참에 새 옷 한 벌 마련해 주마.

민씨 부인은 새 옷을 사서 재황에게 입혔다. 사규삼은 재황에게 잘 어울렸다. 그날 무엇이 잘못되었을까. 왜 큰아들이 아니고 작은아들일까. 조대비의 뜻일까. 남편의 뜻일까. 조선의 법도에서 장자가 후계자가 되는 것은 당연한 일인데 남편 나름으로 분명한 생각이 있을 듯했다. 집안에서 큰아들을 후계자로 가르쳤던 것은 남들 눈을 피하기 위한 속임수였을까. 민씨 부인은 고개를 가로저었다. 파격을 즐기는 남편의 성정으로 보아서 장자라는 것은 이유가 되지 못했다. 민씨 부인이 힘없이 빗을 떨어뜨렸고, 자영이 얼른 빗을 주웠다. 나는 네가 재면이 배필이 되어도 괜찮은데. 민씨 부인이 빗을 받아 들며 말했다. 두 아들 사이에서 한쪽 편을 들어 웃을 수도 울 수도 없는 입장이었다. 자영은 고개를 푹 숙였다.

　—나는 집안 어른들이 혼처를 정한 대로 시집을 왔다. 그런데 살아보니 좋아하는 사람과 혼인하는 것도 괜찮다는 생각이 드는구나. 언젠가 남편이 다른 여자를 향해 환하게 웃는 걸 본 적이 있었어. 나는 남편의 자식들을 낳고 키웠지만 그런 웃음을 본 적이 없었다. 그 여자의 무엇이 저렇게 남편을 웃게 하는 걸까. 남편보다 내가 먼저 말해서 첩으로 들어앉혔어. 부덕 때문이야. 남편을 위해서라면 내 감정은 중요하지 않아. 난 그렇게 배웠어. 그런데 부덕에 의문을 품은 건 천주님을 알고부터야.

　민씨 부인의 목소리가 조금 흔들렸다. 그건 떨리는 게 아니라 흔들리는 거였다. 깨닫기는 했지만 확신을 가지지는 못하는 그런 감정이었다. 자영은 고개를 끄덕였다. 흥선군의 심부름을 도맡아하면서 배운 게 있다면 남의 감정을 읽는 일이었다. 하나만 알고 살아오다가 둘이 있다는 걸 알게 된 사람의 심정일 것이다.

　이제 보니 대감께서 너를 수양딸로 삼지 않은 이유가 있는 것 같구나. 민씨 부인이 한숨을 내쉬었다. 유모가 의금부 감옥 안에서 죽은 이후로 민씨 부인의 마음은 여려졌다. 자영은 그걸 알고 있었다. 어지러운 시국에서 사람들은 살기 위해서 무슨 짓이든 하는 사람과 삶에 저항하기 위해 죽음까지 받아들이는 사람 두 부류로 나뉘졌다. 유모가 감옥 안에서 주기도문을 다 외우다가 죽은 것이 믿음의 순수를 증명하는 것은 아닐 것이다. 유모는 살아야 했다. 주기도문을 당당히 외우며 죽지 말고 주기도문을 버리고 삶의 비굴함 속으로 들어가야 했다. 자영은 눈을 감았다. 엄마의 얼굴이 생각났다. 딸을 위해 등을 돌린 엄마. 엄마의 차가움은 뜨거움이었다.

우르르. 쾅쾅. 방문 밖에서 천둥소리가 들리자 두 사람은 깜짝 놀라며 방문을 쳐다보았다.

—들어가라!

이하응은 소리를 버럭 질렀다. 어쩌면 생각의 미숙함을 드러내는 아들에게 칼 같은 호통보다 한순간의 위로가 필요한지 몰랐다. 이하응은 다시 붓을 들었다. 아비에게 대드는 것은 세상을 향해 대드는 것이다. 담장 안에서 편안하게 자란 너는 그걸 알 수 없지. 비를 맞으면서 밤을 새우는 철없는 아들과 함께할 수 있는 일은 오직 난을 치며 함께 밤을 새우는 것이다.

한순간이라도 방심하면 산중 고고한 난엽은 들녘에 흔한 풀잎이 되고 말았다. 붓질의 한 끗 차이지만 그 차이는 하늘과 땅만큼 멀었다. 방심은 욕심이었다. 하늘을 향한 기상은 이파리가 표현했다. 날렵하게 쭉쭉 뻗어 나간 이파리. 직선이 아닌 곡선의 이파리는 공중에서 몸을 돌리면서 공중을 딛고 한 번 더 올라가야 했다. 곡예를 부리는 것은 이파리가 아니라 그리는 사람의 마음이었다. 이하응은 난엽을 욕심껏 세 번 돌리다가 붓을 떨어뜨리고 말았다. 아비로서의 마음이 난을 방해하고 있었다. 비에 젖는 바위. 이하응은 문득 바위를 떠올렸다. 이하응은 단단한 바위를 먼저 그렸다. 고고한 꽃도 디딜 언덕이 필요했다. 하늘을 향한 귀한 꽃이라고 하나 땅의 도움이 없으면 생명을 잃는 법이니.

병든 꽃을 보살핀 것은 꽃을 사랑해서가 아니라 벌레를 미워했기 때문이었느니라. 이하응은 잠시 숨을 멈추었다. 바위를 중심으로 난의 무리가 몰려 있었다. 꽃을 귀하게 만드는 것은 여백이었다. 여백이 없으면 난초가 흔해지는 법. 이하응은 여백을 향해 붓을 끌어 올리며 마음을 숨겼다. 천상천하 유아독존의 기상을 알아볼 사람은 알아보리라. 잡생각을 밀어내는 눈빛이 날카로워졌다. 가장 힘 있게 여백을 치고 올라간 이피리가 순식간에 그려졌다.

이하응은 방문을 박차고 대청마루로 나갔다. 집 안의 식솔들이 모두 마당으로 나와 있었다. 함께 비를 맞고 서 있는 사람들의 얼굴은 모두 똑같았다. 제발. 들어가자. 민씨 부인이 큰아들의 어깨를 흔들며 울고 있었다. 어둠과 빗줄기에 가려 사람들은 흐릿하게 보였다. 어둠보다 강한 비였다. 이하응은 빗속을 노려보았다. 철없는 아들을 품는 아내가 이하응의 가슴을 흔들었다. 이하응은 방으로 들어가서 여자가 쓰는 은장도를 들고 나왔다. 은장도를 비 내리는 마당으로 힘껏 내던졌다. 은장도는 재면의 머리를 지나 등 뒤로 떨어졌다.

은장도를 주워 든 사람은 민씨 부인이었다. 민씨 부인은 남편을 향해 뭐라고 말하고 싶었지만 참았다. 이하응은 아들을 보고 화를 내고 있었지만 은장도는 아내를 향한 것이었다. 계집에 정신 팔려서 똥오줌 구별도 못하는 놈으로 만들어? 하늘에서 내리는 빗줄기가 바늘처럼 온몸에 다다닥 꽂히는 느낌이었다. 이하응이 내던진 은장도는 가문의 몰락을 의미할 만큼 절박했다. 이하응은 대청마루에 서 있을 뿐 기단을 내려오지 않았다. 함께 비를 맞고 있는 사람들을 한심하게 바라보는 얼굴에는 단 하나의 표정만이 있었다.

그 칼로 자결해라! 옆 사람에게 이야기하듯 높지 않은 목소리였다. 재면은 아버지의 기에 눌린 듯 더 이상 소리치지 않았다. 아버지의 낮은 목소리는 폭풍전야였다. 아버지의 성품은 대쪽 같아서 한 번 시작하면 나머지 사람들을 다 죽이고서야 끝날 것이다. 은장도를 물고 죽어도 자영을 향한 결기가 남는 것이 아니라 동생 자리를 질투하는 치욕만이 남을 것이다. 선비들 말대로 여자를 향한 사랑은 다만 풍류일 뿐 인생이 아니었다. 재면은 땅바닥을 향해 고개를 숙였다.

자영은 놀란 얼굴로 이하응을 쳐다보았다. 누가 봐도 짧은 은장도는 찔러도 깊은 상처만 날 뿐 목숨이 위태롭지는 않았다. 자영은 사랑방에서 은장도를 본 적이 있다. 칼집과 손잡이에는 매화가 세밀하게 음각되어 있었다. 칼잡이에는 참을 인(忍) 글자가 세로로 줄지어서 네 개가 새겨져 있었다. 글자는 아주 작아서 매화꽃이 칼등으로 분분이 떨어져 내린 듯 보이기도 했다. 이하응의 까다로운 심미안은 은장도에도 다르지 않았다. 은장도는 새김장식이 있는 갖은장도였다. 이하응이 남자의 장도가 아니라 여자의 장도를 가진 것은 거기에 새겨진 매화가 마음에 든다는 뜻이었다. 이하응은 은장도를 지필묵과 함께 놓았고, 외출할 때에는 도포의 술띠에 차고 다녔다.

방 안에서 난을 칠 때 종이의 결을 손바닥으로 쓸어보다가 은장도 칼등으로 문지르거나 칼끝으로 그어보거나 남의 눈에는 보이지 않는 작업을 하는 것이었다. 은장도를 긋기 전과 후에 종이의 결은 구별이 되지 않았다. 적어도 남의 눈에는 보이지 않았지만 난의 배치와 구도, 허공의 느낌은 은장도를 통해 드러났다. 묵란이 만족스럽지 못할 때에 은장도는 방문에 꽂혀 있었다.

자영은 과거를 은밀히 훔쳐보듯 은장도를 기억해 냈다. 그런 은장도를 빗속에 내던져 버리는 건 보통 일이 아니었다. 이하응은 자신이 기획한 완벽한 구도에 스스로 흠집을 내고야 말겠다는 고함소리를 내고 있었다. 자영은 은장도로 가슴을 찔린 듯 어깨를 잔뜩 움츠렸다. 이하응의 기획. 은장도가 의미하는 것은 기획이었다. 난의 구도가 완벽하지 못하면 가슴을 찢듯이 소리를 지르며 종이를 찢는 경우도 다반사였다. 그것은 예민함이기도 했지만 과도함이기도 했다. 은장도를 잡고 종이의 중심을 무형의 선으로 죽죽 그어대던 날카로운 눈매와 손놀림. 그 눈매와 손놀림에서 어김없이 석파란이 피어났다.

이하응이 빗줄기에 가려진 자영의 얼굴을 쳐다보았다. 여러 사람 중에서 혼자 말귀를 알아듣는 영리한 아이였다. 자영의 얼굴에 흐르는 것이 빗물인지 눈물인지 알 수 없었다.

그때서야 사람들은 이하응이 장검을 들고 있는 모습을 알아차렸다. 이하응이 내던진 건 장도였고 빼든 건 검이었다. 이하응은 검을 들고 신발도 신지 않은 채로 비가 내리는 마당으로 성큼 내려섰다.

—네놈이 왕족이냐!

서릿발 같은 눈빛이었다. 대감! 민씨 부인이 아들 앞을 몸으로 가로막았다. 아버지. 재면이 울먹이며 말했다. 이하응이 땅바닥에 검을 꽂았다. 비는 검을 타고 흘렀다. 재면이 놀란 눈으로 검을 쳐다보았다.

—그 많은 경서를 왜 읽었느냐. 무지렁이처럼 행동하지 말고 네행동을 설득할 수 있는 명분을 가져와. 명분이 없으면 부끄러움만남을 것이다.

땅으로 떨어지는 빗줄기는 쐐쐐 요란한 소리를 냈지만 검을 타고흐르는 빗물은 침묵이고 금언이었다. 재면은 눈물과 빗물이 뒤범벅된 눈으로 흐리게 그것을 바라보았다. 세상의 소리들을 잠재우는죽음, 아무 소리도 내지 않는 그것은 절명이었다. 소자가 잘못했습니다. 이하응이 아들의 어깨를 내려다보았다.

—이 검으로 무예를 익혀라. 너는 이하응의 아들이다. 조선에서네 몸이 쓰일 날이 반드시 올 것이니라.

이하응이 기단으로 성큼 올라섰다. 학창의에 매달려 있던 빗물이대청마루로 후두두 여러 방울 떨어졌다. 머리도 젖고 학창의도 젖고 버선도 젖고 온몸이 다 젖었다. 이하응은 격한 기분으로 방문을활짝 열어젖혔다. 더운 방 안으로 찬바람이 몰려 들어갔고 난을 그린 종이들이 바람결에 들썩 움직였다. 온종일 난초만 그리다가 그옆에 바위를 그려 넣은 날이었다. 바위는 사람의 등처럼 매끄러웠다.

❖

　황매화의 노란 꽃은 피었지만 아직도 휑하니 추운 봄이었다. 겨울을 안은 봄처럼 봄은 봄답지 않았다. 작년 1862년 12월 8일 철종이 창덕궁 대조전에서 승하하던 날은 몹시도 추웠다. 칙칙한 나뭇가지에 드문드문 돋아난 연두색 새순이 보였다. 봄기운은 성글었다.

　하루 종일 대궐문이 열리지 않았다. 굵고 묵직한 문고리는 천형의 쇠사슬처럼 무겁게 걸려 있었다. 대궐 안으로 아무도 들이지 말라는 조대비의 명령이 있었다. 육중한 대궐문 앞에는 수십 명의 수문군이 창을 늘고 서 있었다.

　저녁달은 대궐 문 쪽에 한참을 떠 있었다. 영추문 문지기가 문을 닫으면 달은 뒤로 물러나기도 했고 대문을 따라 반쪽으로 나누어지기도 했다. 초저녁달이 선명해졌을 때에 대궐 문은 조용히 열렸다. 옥색 도포를 입고 갓으로 얼굴을 가린 선비가 들어왔다. 이하응이었다. 이하응이 들어온 문은 대신들이 드나드는 금호문도 아니고 왕이 드나드는 돈화문도 아니었다. 궁궐의 나인들이 내명부에 관련된 일이 있을 때에 드나드는 비밀 문이었다. 대비 전 상궁이 조심스럽게 다가와서 발아래를 등불을 비추었다. 쌍룡 돋을새김이 분명한 붉은 등이었다. 지독히 닮은 두 마리 용이었다. 용들은 서로의 몸을 휘감아 한 몸처럼 묶어놓고 꼭대기에서 두 개의 얼굴을 내밀고 있었다.

고요히 타오르는 등잔 너머로 어둠이 다가오고 있었다. 궁궐 여기저기에서 하나둘 등불이 켜지기 시작했다. 낯선 방, 사각 문살마다 어둠이 조금씩 깃들고 있었다. 모든 움직임과 소리는 가까이 다가왔다가 멀어져 갔다.

—대신들이 만인소를 올렸다면서요.

조대비는 긴 담뱃대를 물고 있었다. 상궁이 청동 거북 등잔대로 가서 불을 붙였다. 방 안은 두 배로 환해졌다.

—들어오는 길에 보니 금호문 앞에 아직도 앉아 있었나이다. 유생들까지 다 모인 것 같습니다.

이하응이 어두운 얼굴로 말했다. 대신들은 만 명의 이름을 적어 상소를 올렸고, 창덕궁 앞에 선비들을 동원했으며, 해가 떨어졌는데도 밤 그림자처럼 앉아 있었다. 저런. 조대비가 미간을 찌푸리며 허공으로 담배 연기를 내뿜었다.

—굳이 지금 수를 둘 필요가 있습니까.

서원 철폐 선언은 조선사회의 근본을 건드린 것이었다. 조대비는 재떨이에 담뱃재를 조금 털었다. 연꽃을 본뜬 옥그릇이었다. 조대비는 몽롱한 담배 연기 속에서 낮 동안 내내 시끄러웠던 궁궐을 생각하고 있었다. 전하! 왕을 부르는 소리는 밤인데도 간간이 들렸다.

—저들은 성리학이 뭔지도 모르는 자들이옵니다.

—허나 이 나라 정치인들입니다.

조대비가 신중하게 웃었다. 매캐한 담배 연기가 방 안에 희뿌옇게 퍼졌다. 이하응은 담배 연기를 조금 들이마셨다.

—서원에 대해 가장 잘 알고 있는 사람은 농민들이옵니다. 그들

이 느끼고 그들이 울었습니다. 백성을 괴롭히는 자라면 소신은 그 누구도 용서할 수 없습니다.

물론 그렇지요. 조대비가 흐릿하게 웃었다. 담배 연기에 미간이 가려졌다.

―마마, 서원 철폐를 통해 성리학 기관을 재정비해야 하옵니다. 수백 개에 이르는 지방 서원은 썩을 대로 썩어서 국고만 낭비하는 꼴이니 지방에는 향교만 남기고 한양에는 사부학당과 성균관만 남길 것이옵니다.

―그렇다고 전부 없애는 것은 과하지 않겠습니까. 명실공이 몇 개는 남기시는 게 어떻겠습니까. 다 없애려면 희생이 필요할 텐데요. 타협이 어떻습니까.

―소신에게 더 이상의 타협은 없사옵니다.

―이 나라 국부(國父)의 뜻이 그러하다면.

조대비가 상궁에게 담뱃대를 건넸다. 주작 꼬리처럼 날렵하게 빠진 백금 담뱃대였다. 망극하옵니다. 이하응이 머리를 조아렸고, 상궁이 담뱃불을 껐다. 연꽃에 담뱃재가 가득 찼다. 상궁이 담뱃대와 재떨이를 들고 공손히 물러갔다.

이하응은 대비전을 나와 희정당으로 들어갔다. 이하응이 방문을 열고 허리를 굽히며 들어오자 고종은 아버지를 보며 반색을 했다. 이하응이 신하의 예를 표하고자 했으나 고종이 원치 않았다. 두 사람은 다정하게 손을 잡고 마주 앉았다. 방문 밖에는 상선과 지밀상궁과 나인 몇 명이 소리도 없이 조심스럽게 움직였다. 이하응은 방문 밖이 조용해지기를 기다렸다.

어둠이 두려운 사람은 횃불 든 사람을 기다리는 법이지요. 이하응은 아들의 얼굴을 안쓰럽게 쳐다보았다. 아버지. 고종의 눈물은 너무 쉽게 나오려 하고 있었다. 아들의 얼굴은 눈물을 감추기에는 앳되었고 변성기가 오지 않은 목소리는 어리고 여렸다.

태산북두가 그려진 열두 폭 병풍이었다. 태산북두보다 높은 것은 태양이었다. 병풍 속에서 태양은 두 개나 떠 있었다. 두 개의 태양은 나란했다. 낮과 밤을 동시에 그린 병풍이었다. 태양과 달로 보는 사람도 있었지만 이하응은 정확하게 닮은꼴, 두 개의 태양으로 보았다. 서로 닮은꼴을 나타냈지만 동시에 이질적이었다. 하나의 태양을 응시할수록 다른 태양은 가까이 붙었다가 멀리 떨어졌다. 어쩌면 착시일지도 몰랐다. 이하응은 목덜미를 만지며 답답함을 느꼈다. 두 사람의 다정함을 깨는 것은 아들의 눈물이었다. 고종은 독존의 왕이 아니었다. 이하응에게 과하게 의지하고 있었다.

아버지. 고종은 어깨까지 떨고 있었다. 이하응의 속눈썹이 떨렸다. 세상일을 알기에는 여린 얼굴이었다. 고종은 살아온 날도 적었고 고통스럽게 겪은 일도 없었다. 고종은 겨우 열두 살이었다. 십이 년을 살아오는 동안 갑자기 왕이 되었다는 사실만 오롯했다. 십이 년 전에 아들의 울음소리는 방문 밖에는 들리지 않을 정도로 아주 작았다. 여름 물기를 싹 걷어 올린 초가을 바람이 처마 끝에서 맴을 돌던 날이었다. 두 번째로 태어난 아들이기 때문에 특별한 기쁨은 없었다.

아버지. 고종의 눈에서 눈물이 한 방울 뚝 떨어졌다. 왕은 무슨 말을 참고 있는 건가. 이하응은 눈을 부릅떴다.

—하늘이 누구 편일 것 같습니까.

이하응은 아들이 왕이 되던 날을 떠올렸다. 서학의 신도, 동학의 신도 왕실 문제에는 무용지물이었다. 소원을 이룬 사람은 오직 이하응뿐이었다. 그날은 삼남지방에 민란이 한꺼번에 터진 날이었다. 어찌 그럴 수가 있을까. 마치 약속이나 한 듯이 민란이 터졌고, 한양에서도 대대적인 농민 시위가 있었다. 수문군들이 하늘을 향해 총을 마구 쏘아대도 농민들은 흩어지지 않았고, 수문군들은 몹시 당황했으며, 총에 맞은 사람들이 생겼다. 수문군들은 대궐문을 지키다가 밀려드는 농민들 때문에 겁에 질려 대궐 안으로 도망치기 시작했다.

김병학은 창덕궁 앞에서 수십 명의 주검을 본 후에야 수문군들을 향해 총을 쏘지 말라고 지시했다. 총으로 해결될 일이 아님을 눈치 챘던 것이다. 총을 쏠수록 군중은 광포해졌다. 김병학은 김병기를 아래 지방으로 급히 내려 보냈다.

농민들의 함성으로 삼남지방이 쩡쩡 울리던 날 철종은 마지막 숨을 힘들게 내쉬었다. 그날 조대비는 이하응을 은밀히 조성하 집으로 불렀다. 조대비와 독대한 이하응은 곧장 김병학 집으로 갔다. 사면초가에 몰린 김병학은 이하응과 오래도록 밀담을 나누었다. 김병학은 정권을 넘겨주는 대신 자신의 딸을 국모로 삼아줄 것을 요구했다. 이하응은 김병학의 딸을 며느리로 삼겠다고 약조했다. 김병학의 도움으로 왕위 이양은 순조롭게 진행되었다. 국상을 알리고 나서야 농민들은 흩어져서 각자 집으로 돌아갔다.

역시 처세에 능한 김병학이야. 이하응은 고소했다. 천지가 개벽을 한다 해도 안동 김 씨 가문의 딸을 궁궐에 들일 수는 없었다. 권력은 아들과도 나누는 법이 아니었다. 김 씨 가문의 목숨들을 구걸해야 하는 마당에 감히 내게 거래를 하다니. 이하응은 속으로 쓰게 웃었다. 김병학은 거래를 하기에는 때가 늦었고 안동 김 씨 가문의 명줄을 움켜쥐고 있는 사람이 이하응이라는 사실을 아직도 모르는 듯했다. 김병학의 얼굴에 권력자의 오만은 아직 남아 있었고, 권력을 누린 한때를 쉽게 잊지 못하고 있었다.

태산북두 병풍 앞에 앉아 있는 고종의 몸은 작았다. 하늘로 승천할 것 같은 붉은 용포는 형의 옷인 듯 컸다. 용이 아들의 어깨를 내리누르고 있었다.

—왕이기 때문에 알아야 합니다. 농민들의 함성과 유생들의 함성은 어떻습니까. 같은 것입니까, 다른 것입니까.

고종은 비 맞은 새처럼 오들오들 떨었다. 농민들의 함성도 유생들의 함성도 모두 두렵다는 표정이었다. 이하응이 고개를 가로저었다.

—사람들은 말하지요. 이 자리는 하늘이 내는 자리라고. 하지만 이 세상에 공짜로 주어지는 자리는 없어요. 하늘이 공짜로 주겠습니까. 한순간에 얻은 것 같지만 이 아비가 사십 년을 공들인 자리입니다. 아드님은 이 좋은 자리에 앉아 계시면서 왜 우십니까? 이 아비는 사십 년 동안 오르고 싶어도 오르지 못해서 한 맺힌 자리인데요. 자, 웃으시옵소서!

고종의 표정이 바뀌었다. 이제야 알아들으시는군요. 이하응이 고개를 끄덕였다. 아버지, 도와주세요. 고종의 목소리는 더욱 간절해졌다. 아무렴요. 이하응은 의미심장한 얼굴로 고개를 끄덕였다. 궁궐은 너무나도 큰 집입니다. 조선에서 제일 큰 집이지요. 아무리 뛰어다녀도 끝을 알 수 없을 정도로. 허나 아드님은 조선의 국왕입니다. 표정 하나, 말 한마디, 발걸음과 손짓까지도 국왕다워야 합니다. 부탁은 하지 마세요. 명령을 하셔야 합니다. 어찌하면 그리 되는지요. 고종은 눈물을 훌쩍이며 중얼거렸다. 이하응은 아들의 눈물을 차갑게 쏘아보았다.

─슬픔의 눈물은 허락할 수 있지만 두려움의 눈물은 허락할 수 없습니다!

아버지의 냉혹한 목소리에 고종이 눈을 동그랗게 떴다. 어린 용안은 눈물에 젖어 있었다.

─너무 쉽게 흐르는 눈물은 눈물이 아닙니다!

이하응 앞에는 다과상이 놓여 있었다. 이하응이 빈 찻잔을 들고는 고종에게 한 걸음 다가갔다. 빈 찻잔을 고종의 눈가에 조심스럽게 댔다. 고종은 순간 몸을 움찔했지만 아버지의 돌연한 행동을 거부하지 못했다. 이하응은 고종의 눈물을 찻잔에 정성스레 담았다. 한 방울의 눈물은 말갛고 투명했다. 찻잔을 바라보는 아버지의 얼굴은 진지했고 아들의 얼굴은 공포에 질렸다.

─왕의 눈물을 옥루라고 합니다. 세상의 흔한 눈물하고는 격이 다르지요. 이제부터 왕의 눈물은 옥루(玉淚)가 아니라 천하수(天河水)라 해야 할 것입니다.

목 안에 남은 눈물을 꿀꺽 삼킨 고종이 멍한 표정이 되었다.

─천하수. 하늘에서 내리는 비. 왕은 홍수처럼 거세게 분노해서

백성들의 입을 단번에 막아야 하고, 가뭄 끝 단비처럼 백성들의 타는 목마름을 일시에 해갈하여야 하고, 잔잔히 내리는 비처럼 소리 없는 계절을 이끌어야 하고. 왕이 흘리는 눈물 따라 의미가 다를 것이니 함부로 흘릴 눈물이 아니지요. 이 아비는 아드님께 눈물 흘리는 법을 가르쳐 드리지 않았습니다. 제왕의 눈물, 호랑이의 눈물을 말입니다.

─아버지는 한 번도 우신 적이 없으니까요.

─틀렸습니다. 아비는 수도 없이 울었지만 아비의 눈물을 본 아들이 없었지요.

─아버님께서 우시는 모습을 상상하기가 어렵습니다.

─이 아비도 아들인 때가 있었고 아버지를 좋아한 적이 있었어요. 그런데 그게 뜻대로 되지를 않았지요. 나는 아버지가 좋아서 아버지 곁에 있고자 했는데 다른 아들들 때문에 가까이 가지를 못했어요. 먼발치에서 아버지 모습만 그립게 바라보았지요. 아버지께 잘해도 흉, 못해도 흉, 자꾸만 마음이 어긋나서 서러웠던 순간이 한두 번이 아니었어요. 아마도 아버지와 인연이 박해서 그랬나 봅니다. 아드님은 이 아비 곁에 오래도록 머물러도 됩니다. 이 아비의 품을 오래도록 의지하세요.

고종은 고개를 끄덕이며 서안 위 만인소를 들여다보았다. 만 명의 이름이 적힌 만인소 종이는 길고 길었다. 둘둘 말려진 두루마리를 손에 들고 고종은 쩔쩔매고 있었다. 하나의 이름이 한 명의 사람으로 변해서 종이 밖으로 튀어나올 것 같았다. 전하! 서원 철폐는 아니 되옵니다! 만 명의 고함 소리가 천둥처럼 들렸다. 홍복의 신하들과 성균관 유생들이었다.

—기억나십니까. 아드님은 그때 이후로 유독 겁이 많아지셨어요.

—기억나요. 벌통을 건드렸어요.

먼 기억 속에서 날아온 애앵, 앵앵앵, 벌 떼 소리가 들렸다. 아들은 두 손으로 귀를 감쌌다. 꽃송이가 흐드러진 아카시아 숲이었다. 아카시아 꽃들이 나뭇가지마다 주렁주렁 매달려 있었다. 꽃그늘이 깊은 봄이었고 진한 꽃냄새가 진동했다. 죽음의 공포를 느낀 것은 그때가 처음이었다. 위위윙윙윙. 애애애앵. 수십 마리의 벌은 재빠르게 움직였다. 벌들이 떼를 지으며 공중에 포물선을 그렸다. 무작정 뛰었다. 산길이 불쑥 움직였고, 눈앞에 부딪치는 것들을 모르고 도망쳤다.

고종이 고개를 흔들었다. 이하응은 고종의 얼굴을 뚫어져라 쳐다보았다. 고종의 눈동자가 약하게 흔들렸다. 기억은 희미해지고 공포만 남았다.

—왜 벌통을 건드리셨습니까.

—벌통이 거기 있는 줄을 몰랐어요. 고의로 그런 것이 아닙니다.

고종은 종아리에 회초리 맞던 일을 기억하며 손을 내저었다. 용포 자락 속 멀쩡한 다리를 오므리며 자리를 조금 옮겨 앉았다. 아버지가 두려워지기 시작한 것도 그때였다.

—알고 건드리던 모르고 건드리던 건드린 사람의 마음은 중요하지 않지요. 건드린 사실이 중요한 겁니다.

고종은 멍한 표정으로 고개를 끄덕였다. 앵앵. 애애애앵. 벌 떼 소리는 과거 속으로 멀어져 갔다.

—끈질기게 달라붙으며 공격하는 벌 떼는 옳고 그른 것에 반응한 것이 아닙니다. 자기 밥그릇을 건드렸다는 사실에 반응한 겁니다.

그, 그렇습니다. 고종은 조심스럽게 아버지의 눈치를 살폈다.

—그 일 이후로 깨달은 것이 무엇입니까.

—다시는 들판으로 나가지 않았습니다.

—벌 떼에게 혼이 났다고 해서 들판으로 안 나갈 수는 없습니다!

이하응은 고종의 나약함에 화가 나서 소리를 질렀다. 고종의 얼굴이 공포로 새파래졌다.

—아드님이 아비를 보며 울면 이 아비는 누구를 보고 울라는 말입니까. 그동안 이 아비는 웃어도 웃는 것이 아니었고 울어도 우는 것이 아니었지요. 누구 때문이겠습니까! 아드님 때문이었어요!

권력의 자리에 앉아 있지만 권력을 모르는 아들이다. 동네 어귀에서 소꿉놀이를 하는 조무래기들의 이야기, 소꿉놀이를 하듯이 명령하는 사람과 복종하는 사람, 아들이 아는 권력은 그게 전부였다. 아들은 아직 혼례를 치르지 않아서 여자도 알지 못했다.

아드님의 가슴에 없는 그것들이 이 아비의 가슴에는 벌집처럼 빽빽하답니다. 판단력을 키우는 것은 고뇌의 그림자들이지요. 이 아비는 고뇌의 그림자들과 아주 친하답니다. 아드님에 관한 모든 것은 이 아비가 다 짊어지겠습니다. 이하응이 중얼거렸다. 외로움에 눈물을 흘리고 두려움에 몸을 떨어도 아들의 얼굴은 천진했다. 흰 피부에는 붉은빛이 빨리 돌고 빨리 가라앉았다.

—사가에서 소꿉놀이를 하던 때를 생각하세요.

이하응의 눈빛이 다정해졌다.

─임금 노릇이 제일 쉬웠어요. 다 어린애들뿐이었으니까요. 하지만 지금은 어른들뿐입니다.

고종이 아버지의 다정한 눈빛을 느끼며 조금 웃었다.

─맞습니다. 지금은 어른들의 놀이입니다. 그래서 이 아비가 국부(國父)로서 섭정을 하는 것이 아니겠습니까. 이 아비는 오직 조선을 위해 살 것입니다. 공자와 맞설 것이며, 부처와 맞설 것이며, 예수와 맞설 것이며, 최제우와 맞설 것입니다.

고종은 아버지의 말 한마디 한마디를 귀에 담으려고 애써 노력했다. 아버지가 궁궐에 들어오자마자 두려움은 거짓말처럼 사라지기 시작했다. 아버지의 말은 종루에서 뎅뎅 울리는 종소리보다 정확하고 미더웠다. 어지러운 세상에서 살아남는 길은 나 이외에는 다 죽여 버리는 것뿐입니다. 예, 예, 아버지. 방문으로 부옇게 날이 새고 있었다. 방 안 등불이 희미하게 어른거렸다. 고종은 밤을 지새운 피곤함을 느끼기 시작했다. 몹시 졸렸다.

대궐의 지붕은 높고 대궐의 마당은 넓었다. 홍복의 대신들은 추운 날씨 때문에 교대로 시위하고 있었다. 아직 풀리지 않은 얼음장 밑을 흐르는 강물처럼 속을 드러내지 않는 봄이었다. 창덕궁 앞 유생들의 수는 천 명이었다. 조선팔도 서원에서 올라온 유생들이었다. 하룻밤을 꼬박 앉아서 새운 얼굴들마다 간절함이 배어 있었고, 그 얼굴 사이로 빛나는 것은 피곤한 눈동자뿐이었다.

대궐 처마가 그림자를 드리웠다. 이하응이 걸어나왔다. 대신들은 이하응의 모습을 보고 놀라는 표정을 지었다. 조대비가 아니었다. 차가운 땅바닥에 앉은 대신들의 홍복에 덜 마른 햇빛이 감돌았다. 맨 앞에 앉아 있는 사람은 김병학이었다. 김병학 좌우로 김 씨 가문의 사내들이 앉아 있었다. 이하응은 정중앙으로 걸어나갔다.

—창경궁의 춘당대를 돌아보면서 곧장 이곳으로 왔소이다. 나라에 경사가 있을 때마다 임금 앞에서 시험을 치르는 곳이지요. 나는 지금 이곳을 춘당대로 생각하려 하오.

이하응의 뜬금없는 말에 주위는 조용해졌다. 대신들은 이하응의 말을 한마디도 놓치지 않으려고 숨을 죽였다.

—나 흥선군은 전하의 옥음을 전하오!

이하응이 대신들을 향해 소리쳤다. 대신들은 난감한 표정을 지었다. 왕의 말을 직접 듣고 싶다는 표정이었다.

—조선 역사에서 임금의 뜻을 그 아비가 전하는 것은 유례가 없는 일입니다.

김병학이 말했다. 자네가 왜 여기에 있는가? 이하응이 중얼거리며 김병학 앞으로 다가섰다. 아침 햇빛이 두 사람의 얼굴을 비추었다. 이보게. 친구의 메마른 눈을 바라보는 김병학의 눈에 물기가 비쳤다. 어제 퇴궐했어야지. 이하응은 고개를 돌려 먼 데로 시선을 던졌다. 대궐의 지붕으로 이름 모를 새가 후룩 날아갔다.

우리의 언약을 잊지 말게. 김병학이 이하응의 눈을 똑바로 응시했다. 자네가 잊은 건 아니겠지. 마음이 변했을지도 모르는 친구를 바라보는 김병학의 눈동자가 흔들리고 있었다. 이하응은 김병학의 눈길을 피하며 하늘을 쳐다보았다. 우리가 친구인 적이 있었던가. 이하응은 김병학을 쳐다보지 않았다. 조선사회의 부패 온상인 서원을 철폐하겠다는 것은 새로운 조선을 상징하는 일이었다.

이하응은 뒤를 돌아보며 손짓했다. 환관 두 명이 벼루와 종이를 들고 달려왔다. 붓을 들게. 이하응이 붓을 들었다. 김병학이 어쩔 수 없이 붓을 들었다. 이하응이 벼루에 있는 먹물을 묻혔다. 김병학이 벼루에 대고 먹물을 찍었다.

—단 한 번이면 되네. 조선의 묵란은 여러 번 덧칠하는 서양 그림과는 다르네.

—차라리 여러 번 고치고 고쳐 완벽함을 이루는 것이 낫지 않겠나.

—사내란 그저 제 몸 같은 붓을 들고 빈 종이에 일필휘지로 선을 긋고 한 점 실수도 없이 떠나는 것이네. 수십 번을 덧칠하는 마음하고는 비교가 안 되지. 한 줄을 그어도 확실한 것이 조선의 정신이네.

붓을 들고만 있는 김병학을 보고 이하응이 웃었다. 음. 김병학은 입술을 깨물며 신음했다.

—내가 어찌 자네를 이기겠는가.

—왜 이러시는가. 자네답지 않군그래.

—하지만 이 말만은 해주고 싶네. 세상이 변하고 있네.

—나는 문전박대를 당하면서도 자네에게 수없이 말했네. 세상이 변해도 조선은 그저 조선일 뿐. 조선이 조선답지 못하면 그건 조선이 아닌 거지. 서양 놈들이 활개를 치는 조선 땅은 조선이 아니라

어느 나라 식민지겠지.

이하응은 칼을 잡듯이 붓을 움켜쥐었다. 이하응은 흰 종이를 노려보았다. 흰 종이가 달리는 말처럼 눈앞으로 다가왔다. 맑은 햇빛이 머리를 어지럽혔다. 철종이 죽은 날에 흰 옷을 입은 수만 명의 농민들이 죽창을 들었다. 피가 묻고 흙이 묻은 옷을 입은 시체들. 조선의 백성들이었다.

—자네의 조선과 내 조선이 다른 건가?

—뜻이 다르다면 길동무가 될 수 없겠지. 내게 원하는 게 뭔가?

—나는 친구를 죽일 만큼 옹졸하지 않네. 나 이하응이가 그리 옹졸한 놈은 아니란 말이지.

—나는 비굴하게 목숨을 구걸하지는 않네. 허나 내 아들들은 죽이지 말게.

—원수의 씨앗을 남기라는 말이군. 나도 내 아들을 위태롭게 만들 수는 없네. 죽이려면 다 죽여야 하고 살리려면 다 살려야 하지.

—이보게, 나는 이미 오래 살았네. 허나 아들들은 안 되네.

—김 씨 가문의 아들들이 많은데 뭘 그러는가. 양아들까지 수백 명일 텐데. 천 년의 영화를 꿈꾸지 않았다면 아들 욕심이 없었을 터인데 말이지.

—오해 말게. 나는 왕을 꿈꾸지는 않았네.

—딸을 중전으로 들여보낼 꿈은 꾸었겠지. 그 많은 아들들을 정계에 입문시키고 자네는 조선의 국구(國舅)가 되려고.

이하응의 시선은 싸늘했다. 이하응이 원하는 것이 멸문지화임을 눈치 챈 김병학이 힘없이 고개를 숙였다. 김병학은 신하의 예를 갖

추며 포복했다. 더 이상 친구가 아니었다. 김병학은 눈물을 보이지
않으려고 고개를 들지 않았다. 흙 묻고 구겨진 홍복 자락 사이로 차
가운 바람이 함부로 드나들었다.

—백성 없는 나라는 유령의 나라! 학문을 기리는 서원에서 성현
의 정신은 사라지고 허울뿐인 제사만 남았다. 나라의 근간을 뒤흔
드는 부정부패를 뿌리 뽑기 위해 사학을 모두 없애노라.

—서원을 없애는 것은 조선의 정신을 없애는 겁니다!

김병기가 말했다. 서원 철폐는 아니 되옵니다! 홍복의 신하들이
일제히 외쳤다.

—지금 그대가 조선의 정신이라 했는가? 무엇이 조선의 정신인
가? 그것을 표현할 수 있는 성리학자는 앞으로 나오라!

홍복의 신하들은 말없이 엎드렸다. 홍복 자락으로 바람만 윙윙
불었다. 진정 한 사람도 없는가! 이하응의 목소리는 공허하게 점점
커졌고, 바람 소리는 점점 낮아졌다. 이하응은 몹시 실망하는 표정
을 지었고, 대신들은 강한 두려움을 느꼈다. 조대비를 기다렸지만
조대비는 나타나지 않았고, 어린 왕을 기다렸지만 어린 왕은 침전
에 있었다. 조대비의 수렴청정은 어린 왕을 세우는 명분이었고, 이
하응의 서원 철폐는 조선을 재건하는 명분이었다.

이하응은 오른손을 들어 대궐 문밖을 가리켰다. 창덕궁 앞에는
성균관 대사성과 천 명의 유생들이 앉아 있었다.

—오늘 저 자리에는 농민들이 아니라 유생들이 있다. 천지가 개
벽해서 저 세상의 공자가 부활한다 해도 내 마음은 변치 않을 것이
다. 부정부패한 서원 육백 개를 모조리 철폐하고 사십칠 개만 남길

것이니 그리 알라!

─그런 법이 어디 있나이까!

김병기가 울부짖었다. 바람이 달려들어 김병기의 말을 집어삼켰
다.

─내가 조선의 법이니라!

이하응은 홍복의 대신들을 향해 크게 외치며 돌아섰다. 이하응의
발목에 바람이 감겨들었다. 묵란을 그린 종이가 바람에 날려 허공
으로 떠올랐다. 홍복의 대신들이 석파란을 잡으려고 급히 손을 뻗
었다.

아들아, 아비는 오늘 마지막으로 내기를 했다. 정치적 맞수를 굴
복시키려고 내기를 걸었다. 오늘의 내기는 옹기 속처럼 좁고 어두
웠던 마음을 여는 뚜껑이었다. 옹기 속에는 무엇이 들어 있었는지
아느냐. 햇빛을 보지 못해 다 시들어가는 꽃이 나왔다. 조선이라는
꽃. 그 꽃은 옹기 속에서 간신히 숨을 쉬며 어디로 팔려갈지도 모르
는 운명 속에서 살았다. 나는 햇빛 속으로 나온 꽃을 보호하기 위해
들판을 지킬 것이다. 이제부터 쇄국이다.

「석파란」結

전(傳) 이하응(李昰應, 1820—1898) 필(筆) 난도(蘭圖), 125×44㎝, 국립중앙박물관

〈해설〉

난세에 난초를 그리다

정은경(문학평론가, 원광대 문창과 교수)

『석파란』은 흥선대원군 이하응의 이야기이다. 고종의 아버지로
서 최고의 권력을 누리고 19세기 말 어지러운 조선과 국제정세 속
에서 민비와 정치적 대결을 하다가 결국 물러나고 난, 이 풍운아의
이야기는 다양한 방식으로 스토리텔링되어 왔다고 할 수 있다. 김
동인의 『운현궁의 봄』을 비롯하여 '명성왕후'를 다룬 드라마, 연극
등에서 '흥선대원군'은 주연으로, 조연으로 많은 역할을 맡아왔던
것이다. 그것은 그가 왕손으로 태어났으나 젊은 시절 파락호로 시
정잡배들과 어울려 다니며 불우한 생활을 했다는 것, 어린 아들이
왕위에 오르자 19세기 말 부패한 조선 사회를 개혁하는 한편 외세
와 맞서고, 며느리 민비와 정치적 대결에서 패배, 결국 조선의 쇠락
한 운명과 함께 사라졌다는 드라마틱한 삶에서 비롯된 것이다. 개

인의 삶뿐 아니라 조선이라는 국가의 운명이 요동치고 있는 이 문제적 인물의 이야기는 장르를 불문하고 많은 작가들에게 모티브를 제공해 왔는데, 그러나 그것은 주로 '정치적' 측면에서였다. 이하응은 왕의 살아 있는 아버지 '흥선대원군'이고 이전의 세도가인 안동 김씨를 몰아내고 각종 개혁을 단행했으며, 외세와 대결하여 쇄국 정책을 폈던, '난세의 영웅' 혹은 조선의 몰락을 앞당겼던 '국수주의'자로서만 주로 이야기되어 왔다는 것이다.

『석파란』의 작가는 여기에서 지워진 '예술가'로서 이하응을 섬세한 솜씨로 되살려 놓는다. 이하응은 정치가였을 뿐 아니라, 조선 말기의 대표적 서화가요, 가야금에도 능했던 예술가였다. 추사로부터 서화를 배운 이하응은 조선의 대표적 문인화가로 꼽힐 만큼 서화의 대가였으며, 특히 그의 호를 따서 '석파란'이라고 불리는 난 그림은 중국 사람들이 탐을 냈을 정도로 유명하다. 누구보다 문인화에 능했고, 또 그림에 스스로 미쳐 있었던 화가 이하응. 작가 류서재는 이 '석파란'의 화가 이하응에 주목하여 그의 서화에 대한 열정과 탐미를 새로운 각도에서 펼쳐 보인다. 그렇다고 이 작품이 단지 이하응의 '탐미'만을 맹목적으로 좇고 있는 것은 아니다. 작가는 '석파란'이라는 작은 화폭 안에 풍운아 이하응의 파란만장한 정치적 삶과 고뇌를 난을 치듯 절묘한 솜씨로 그려 넣는다. 『석파란』은 석파 이하응의 붓끝을 좇아 그려 나간 한 장의 문인화이자 그 필치를 통해 생의 파란과 고뇌를 읽어내고 있는 한 편의 서사시이다.

우선, 추사가 "압록강 동쪽에는 이만한 대가가 없다"라고 극찬했다는 흥선대원군의 묵란을 들여다보자. 이하응의 묵란의 독보성은 그와 쌍벽을 이룬 운미 민영익의 비교적 담백함이나 추사의 고고함에 비해 '거친 풍파와 고고함'을 동시에 담고 있는 것으로 얘기된다. 투박하고 굵게 표현된 거친 바위 위에 여러 갈래로 뻗은 난초는 허공에 끝나는 그 지점까지 역동적인 긴장감을 놓치지 않고 있다. 직선으로 뻗은 것이 아니라 춤을 추듯 율동감 있게 가느다랗게 뻗은 여러 갈래의 난 잎. 이 난초의 기기묘묘한 선은 거친 바람과 거기에 노출된 선비의 힘겨운 투쟁과 강직함을 동시에 보여주고 있다. 바위를 뚫고 피어나는 생의 의지, 그리고 그 척박함에도 불구하고 비할 데 없이 고결한 생동감을 지니고 있는 난초, 이것이 바로 이하응의 '석파란'의 본질이고, 또 작가 류서재가 포착하려는 흥선대원군 이야기의 심층이다.

『석파란』에 그려진 '바위', 즉 역경의 시공간은 1862년~1863년 즈음으로 한정된다. 즉 이 작품은 흥선대원군의 섭정정치와 그 이후의 외세와 민비와의 정치사적 대결을 보여주는 것이 아니라 고종이 조선 26대 왕으로 즉위(1863) 직전 상황에 초점을 맞추고 있으며 고종이 즉위하고 흥선대원군이 섭정정치를 시작하는 시점에서 끝이 난다. 『석파란』은 흥선대원군이 섭정을 통해 세도정치를 분쇄해 왕권을 다시 공고히 하고, 당쟁의 온상인 서원을 철폐하고, 『양전편고』 등 법전을 편찬해 법질서를 확립하고, 침략적 외세에 맞서는 등 일대 혁신정책을 강력히 추진할 수 있었던 그의 신념과 이상이 어떠한 과정을 통해서 형성되었는지를 추적하고 있는 것이다. 무엇보다 『석파란』이 강조하고 있는 것은 이하응의 운명과 예술혼과의 관계인데, 이는 작가가 이하응의 '석파란'이 그의 둘째 아들이 고종이 되는 데에 결정적인 역할을 하는 것으로 설정하고 있다는 점에서 더욱 근본적이다. 이 작품의 도입부에 등장하는 조대비(효종세자 익종비), 실제로 철종 사후 이하응의 둘째 아들을 왕으로 추대하는 데 결정적인 역할을 한 궁중 최고 어른 조대비가 이하응과 연결되는 계기는 '묵란화'이다. 헌종의 어머니 조대비는 시어머니인 순원 왕후의 그늘에 가려 철종 대까지 권력의 외곽에 있었던 여인이다. 남달리 예술에 조예가 깊어 높은 안목을 가지고 있는 그녀는 조카 조성하의 집을 방문했다가 한 폭의 묵란화를 보게 된다. 그 그림에서 범접할 수 없는 아름다움과 유아독존의 기품을 발견한 조대비는 조성하에게 "이 묵란의 주인이 누구냐"라고 묻고, 기녀의 그림으로만 알고 있던 그 그림의 진짜 주인이 이하응을 만남으로써 '왕위계승'을 성사시키게 만든다. 이러한 설정은 사실여부와 무관하게, 『석파란』의 작가가 이하응의 예술을 핵심적인 위치에 놓고 있음을 짐작할 수 있게 한다.

소설의 내용을 좀 더 잘 이해하기 위해 당대 사회와 흥선대원군의 상황에 대해 짚고 넘어가자. 주지하다시피 헌종이 후사 없이 죽자 헌종 비인 대왕대비는 강화도령 철종에게 왕위를 잇게 하고 근친인 김문근의 딸을 철종비로 맞게 함으로써 안동 김씨가 세도를 잡도록 하였다. 안동 김씨의 세도 아래 삼정은 더욱 문란해지고 탐관오리가 횡행했으며, 당쟁과 파벌의 온상인 서원의 횡포는 더욱 심했다. 백성들의 생활이 도탄에 빠지게 되자, 마침내 농민들은 1862년 봄 진주민란을 일으키고 지배층의 착취에 맞서 1860년 최제우는 동학을 창시한다. 어렸을 때 부모를 여읜 뒤 사고무친으로 불우한 청년기를 보낸 낙박 왕손 이하응은 시정잡배와 어울리며 파락호로 전락하고 안동 김씨 가문을 찾아다니며 '궁도령, 상갓집 개'라 불리며 구걸도 서슴지 않는다. 양반을 상대로 그림을 팔아가며 근근이 살던 이하응은 조대비와의 만남을 통해 둘째 아들이 왕위에 오르자 무소불위의 섭정정치를 편다. 권력을 쥐자 흥선대원군은 안동 김씨의 세도정치를 타파하고 경복궁을 중건한 등 쇠락한 왕실의 힘을 되찾았으며, 서원 철폐, 법전 정비, 쇄국 정치 등 과감한 개혁 정치를 시행한다.

『석파란』의 시대적 배경인 1863년의 상황에서 흥선대원군은 안동 김씨의 세도에 눌려 여전히 저잣거리를 누비면서도 오랜 친구인 김병학과 교류를 하고 있었으며, 한편 묵란에 열중하고 있었던 것으로 그려진다. 『석파란』은 1863년 고종 즉위 이후 흥선대원군의 개혁과 쇄국 정책의 사상적 기원을 보여주고 있는데, 작가가 주목하고 있는 지점은 다음과 같다. 첫째 흥선대원군의 강력한 정치적 드라이브는 '석파란'에 나타난 그의 높은 예술적, 사회적 이상에서 비롯된 것이다.

이하응은 붓을 잡았다. 공자가 살아 있다면 공자에게 길을 묻고 싶었다. 먹물과 치욕이 차갑게 뒤섞이고 있었다. 날숨이 뿌연 안개로, 뿌연 안개가 종이의 여백으로 바뀌는 순간은 알 수 없는 시간 속이었다. 높은 산 깊은 계곡처럼 꿈이 높은 사람은 현실에 깊이 절망하는 법이었다. 꿈은 아름다운 허상이며 바위처럼 각박한 현실에서 피어나는 것. 흙 한 줌 없는 척박한 바위. 그곳에서의 완벽한 개화. 진흙에 물들지 않는 연꽃처럼 그래야 했다. 바위 위에서 뼈와 같은 뿌리들을 뻗는 난초처럼. 거침없는 허공에서 난초는 피어나고 난초의 뿌리가 바위를 감싸면서 결국에는 바위를 깨리라. 그것이 나 이하응의 석파란이다. 이하응은 먹물이 지나는 길을 노려보았다. 허공과 난엽과 바위가 어우러진 절묘한 각도였다. 이하응은 달빛이 들어올 때까지 석파란을 들여다보며 내내 앉아 있었다.

윗 글은 석파란을 그리는 이하응의 심경을 통해 곧 자신의 불운한 운명과 조선의 혼란을 뚫고 자신의 이상을 세우고자 하는 영웅적 개인과 위정자의 의지를 보여준다. 석파란에 미쳤다는 것은 곧, 그의 이상을 끊임없이 되세기는 것이다. 따라서 묵란이란 이하응에게 도피가 아니라 실천으로 통하는 고된 연마를 의미한다. 그는 김병학과 서원 문제를 놓고 논하는 자리에서 공자의 '완전한 도덕정치'를 언급하는데, 김병학이 "어디가 불안하고 어디가 불완전하다는 말인가. 멋대로 말하지 말게. 정치가 묵란인 줄 아는가"라고 반박하자 다음과 같이 대답한다. "정치도 묵란이네. 헛된 줄을 알면서도 절대로 놓을 수 없는 그 이상이란 놈을 말일세." 이하응에게 묵란, 특히 석파란이란 곧 이상이자 정치, 더 나아가 공자의 완전한 도덕정치이고 그것이 이하응이 꿈꾸는 조선의 모습이라는 것이다. 이 작품의 마지막 부분에서 서원철폐에 대해 유생들과 대신들이 항의하자 흥선대원군은 "내가 조선의 법이다"라고 외친다. 이 장면은 "조선이라는 꽃. 그 꽃은 옹기 속에서 간신히 숨을 쉬며 어디로 팔려갈지도 모르는 운명 속에서 살았다. 나는 햇빛 속으로 나온 꽃을 보호하기 위해 들판을 지킬 것이다. 이제부터 쇄국이다."라는 다짐과 겹치면서 흥선대원군의 개혁정책 추진에 대한 강력한 의지를 상징적으로 보여주는 것이다. 그것은 꿈에서 흥선대원군이 도원을 묻는 안평대군에게 가장 완벽하나 스러질 뿐인 아름다움인 '꽃'으로 화답했듯, 조선의 미래에 대한 이하응의 이상의 실현을 뜻하는 것이다.

'석파란'이 곧 흥선대원군의 조선을 통해 피우고자 하는 국가의 이상이자 도원이고, 그 실현의지에 대한 선언이라면 그 내용은 무엇인가. 『석파란』은 흥선대원군의 '석파란'에 어떤 빛깔이 담겨 있는지를 역사 이면의 허구를 통해 포착해 나가고 있다. 『석파란』에서 주목하고 있는 것은 흥선대원군의 비전이 종교가 아니라 국가를 향해 있다는 것, 또한 그 국가를 바로 세우기 위해서는 조선의 근간인 성리학을 바로 세워야 하고 이를 바탕으로 한 법치주의를 실현해야 한다는 것이다. 또한 당대 사회 혼란 속에서 새롭게 대두하고 있는 서학(천주교)나 동학에 대해 흥선대원군은 명확한 반대 입장을 갖게 되는데, 이러한 사상 형성은 다음과 같은 작가의 시선을 통해 지지를 얻는다.

주지하다시피, 흥선대원군의 실제적인 개혁 사상은 지배층이 아니라 민중의 삶을 체험함으로써 형성된 것이다. 흥선대원군은 안동 김씨의 세도가 자신의 권력을 유지하기 위해 무분별하게 서원을 확장하는 것을 일상 속에서 체험하고 이를 비판한다. 작가는 이를 '불만서원'의 이야기를 통해 묘사하고 있다. 경주에서 들른 '불만서원'이라는 곳은 지방 양반가를 확장한 것으로 진정한 서원에 값하지 못할 뿐 아니라 '남녀노소 모집'이라는 간판을 내걸어놓고 처녀를 모집해서 부역을 시키고 또 '원칙'이 아닌 '타협'을 가르치는 곳이다. 홍선대원군의 서원철폐 정책은 바로 이러한 현실체험에서 비롯된 것이고, 때문에 그것은 병든 조선 사회에 대한 올바른 처방일 수 있었다는 것을 작가는 묘파하고 있는 것이다.

한편 홍선대원군이 조선 왕실을 중건하고 쇄국 정책으로 나아가게 된 배경에는 동학과 서학에 대한 깊은 사유와 체험이 놓여 있다는 것을 작가는 강조하고 있다. 작가는 이하응이 천주학이라는 서양근대보다는 '동학'에 기울어져 있음을 암시하는데, 이는 이하응과 최제우의 만남을 통해 제시된다. 이하응은 우연히 자신의 집에 뛰어들어 죽은 동학접주 '최갑수'에게서 '후천개벽'이라는 말을 듣고 경주의 구미산으로 내려간다. 구미산의 산자락에서 맥문동을 본 이하응은 진정한 의미의 '꽃'인 동학교주 최제우를 만나 독대하게 된다. 바둑을 두면서 자살수를 두어 전체를 살리는 최제우의 바둑에 놀라고, 또 한편 '오심즉여심'이라는 평등과 상생의 동학사상을 듣게 된 이하응은 동학이 단순히 사교가 아니라 고통 받는 민중의 마음에서 비롯된 것임을 알게 된다.

최제우에게서 "정치의 본질은 백성에게 다만 정성을 다하는 겁니다. 사람이 사람을 다스린다는 것은 옳지 않을뿐더러 또한 사람에게 정직하지 않고서는 어찌 정치를 하겠습니까."라는 간곡한 조언을 들은 이하응은 최제우를 난세의 꽃으로 여기며 그의 뜻을 받아들이게 된다. 역사적 사실과 무관한 가상의 만남을 통해 작가는 동학사상과 교감하는 흥선대원군을 보여주는데, 그러나 실제 역사에서 그러했듯 흥선대원군이 동학을 수용하는 것은 아니다. 다만 작가는 흥선대원군이 당대 조선사회에 들이닥친 동학과 서학에서 무엇을 읽고 또 이를 통해 자신의 이데올로기를 어떻게 강고히 하고 있는지를 보여주는 것이다. 한편, 흥선대원군은 아내 민씨 부인과 유모(박마르타)를 통해 천주학(서학)의 사상을 접하게 되는데, 서학의 인간평등과 인간존엄사상에 대해 어느 정도 공감하지만 그것은 반상의 법도에 어긋날 뿐 아니라 여전히 이분법적 논리라고 생각한다. 즉, "서학이 만민평등을 주장하나 그 속에는 하느님이라는 절대관념 아래 사람이 순명하라는 율법이 있으니 그것도 지배와 피지배의 이분법적 논리다. 서학의 율법이 지키기에 더 까다로운데 백성들이 그걸 모르는구나. 백성이 성리학을 양반처럼 적으로만 바라보아서 그렇다."라고 논평하고 동학이나 서학이라는 "종교는 변혁을 이루는 징검다리일 뿐 그것 자체가 신흥국가가 될 수 없다"고 결론짓는다. 그러나 단순히 그가 동학과 서학을 배격하고 성리학의 세계로 복귀한 것은 아니다. 다음과 같은 흥선대원군의 고뇌는 그의 개혁과 쇄국이 어떤 곤경에서 비롯되었는지를 보여준다.

그러나 백성들은 동학과 서학으로 또 갈라졌다. 양편의 백성들이 모두 성리학을 공격하는 것이라면 성리학이 무너지는 자리에 서학이 치고 들어올 것인가, 동학이 치고 들어올 것인가. 오백 년 이 씨 왕조가 무너지고 새로운 세상이 온다 해도 백성들은 그들이 원하는 지상천국을 이룰 것인가.

이하응은 삼각형의 꼭지 성리학을 내려놓았다. 동학을 한편으로 두고 서학을 상대편으로 둔다면 결국에는 조선의 정체성 싸움이었다. 허면 어느 쪽이 더 많이 조선의 백성을 끌어들일 것인가. 성리학이 한편이고 동학이 상대편이라면 내란이 일어날 것이었다. 성리학이 한편이고 서학이 상대편이라면 국제 전쟁이 일어날 것이었다. 성리학은 어느 편과도 전쟁을 해야 하고 성리학이 무너지면 새로운 세상이 온다.

윗글에서 이하응은 두 개의 지점, 즉 조선의 유교질서가 무너지고 근대의 평등사회가 도래하는 지점과 조선사회가 서구화되는 두 지점에 대해 고민하고 있다. 이 지점은 사실 구한말 조선이 놓여 있던 문제적 지점이자 과도기적 지점이라고 할 수 있는데, 흥선대원군은 두 개의 필연적 붕괴를 늦추기 위해 성리학의 근간을 다시 바로잡는데 이들 종교 사상의 일부를 수용한다. 지배층의 횡포를 중지하고 백성을 덕치로 다스림으로써 파탄에 이른 유교질서를 바로 세우는 것이다. 그는 "조선의 위정자들은 백성들의 배신을 탓하지 말고 성리학적 가치관을 재정비해야 한다. 법을 합리적으로 실행해야 백성들이 따를 것이다"라고 귀결 짓고 성리학적 이데올로기를 통한 조선의 재건을 실행하게 되는 것이다. 따라서 바위를 뚫고 고고하게 피어난 '석파란'이란 붕괴되어가는 성리학 이념과 시대의 변화 속에 다시 한 번 태평성대의 꿈을 펼친 이하응의 필사의 묵란화이자 근대로 넘어가기 직전에 타오른 유교국가조선의 마지막 불꽃이라고 할 수 있을 것이다.

『석파란』은 동학교주 최제우를 비롯하여 개화파 김옥균, 민비 등 실제 인물들이 등장하지만 대체로 이들이 나오는 장면은 작가의 상상력에 기댄 바가 크다. 1863년 김옥균이 김병학의 집에서 서양 춤을 배우고 어린 민비, 즉 민자영이 김옥균의 자유당 모임에 참가하여 논쟁을 하는 장면은 다소 과잉이라는 느낌을 주는데 왜냐하면 1851년생인 이들이 12살의 나이로 후쿠자와 유키치의 [문명론]을 읽고 일본에 다녀오고 또 동학과 서학 사상에 대해 논쟁을 한다는 것은 다소 무리한 설정이라고 할 수 있기 때문이다. 그럼에도 불구하고 '석파란'이라는 묵란을 통해 흥선대원군의 이념과 의지를 핵을 포착하고 있는 솜씨와 문제의식은 역사소설로서 손색이 없다고 할 수 있다.